只是记下我们青春历程中那段特殊的创业情怀……

只是记下我们青春历程中那段特殊的创业情怀……

只是记下我们青春历程中那段特殊的创业情怀……

这就是我们

或许，
我们有不同的生活经历，
但年轻的脚步重合在了北大荒的黑土地。
或许，
这不是我们自己的选择，
但特殊的历史选择了我们这样一批。
人生的花甲轮回，
时光的半个世纪。
说不清的功过是非，
谈不上的可歌可泣。
无论怎样，
是你我无法磨灭的生命印记！

有谁，滴水成冰用热情取暖？
有谁，泥沼麦海用镰刀割剃？
有谁，以虚幻的理想替换对父母的思念？
有谁，以最原始的劳作磨耗青春的血气？
…… 没有了，永远没有了。
有过的，只是一场没有观众的独幕戏。

我们没有可彰显的成长历史，
更没有可遗存的诲人训记，
我们无须教导别人什么，
也用不着别人指点自己。
年轻时那一段经历，
决定了一生的心路，
只属于我们自己！

我们是幸福的，
因为我们知道：幸福并不是奢侈的堆砌；
我们是开朗的，
因为我们知道：一个人活着并不只是索取；
我们是坚毅的，
因为我们知道：难，能难到哪里去！
我们是淡然的，
因为我们用生命理解了：
过去的，就是不再重复的过去！

如今静下了，轻松了，
已然是邻家的老张老李。
我们可以用平和的话语回忆那些并不轻松的话题，
我们还可以拿当年的傻事彼此打趣，
我们更可以找个由头聚一聚，在相拥与酒醉中放纵一回。

这就是我们！
一群平常人的不平凡经历，
一群不平凡老人的平常心绪。
只因为，
“创业情怀”那一段年轻生命的印记……

周汶川
2017年仲夏
留给战友们共同的
《创业情怀》

目　录

创业情怀

代序一　积淀历史 继往开来

——癸巳新年贺词

无论怎样向世界开放，也无论怎样与国际接轨，中国人所认同的新年还就是农历的正月初一。刚刚过去不久的公历2013年元旦，除了电视媒体仍在那里营造着新年的氛围，现实中的中国百姓对它的淡然就像压根儿就没有这么个日子一样。前些年还被喜欢赶时髦的年轻人热捧的平安夜圣诞节，也在渐渐淡去，只有我们的Chinese New Year，永远保持着无法遏制的热度。“冻掉下巴”的腊八，热乎乎的腊八粥一喝，澎湃的过年热潮便滚滚涌动，到了除夕那天的下午，即使在北京这样的特大都市，平日里日复一日的车水马龙，让人怨声载道的喧嚣，也会突然神奇般地消失，走在大街上，就如同置身于一座空城。这时候，仿佛乾坤大挪移，室外沉寂室内闹，在每一座住宅楼亮着灯光的窗户内都欢声笑语，热气腾腾。每一个家庭都在分别享受着一年中最温馨、最快乐的一个夜晚。

到底是什么样的魔力，能让十多亿的中国人，会在同一个时段几乎都愿意去做同一件事情？

这就是传统——在漫漫历史长河中积淀起来的习惯势力。

126年前，一个名叫拉扎鲁·路德维克·柴门霍夫的波兰籍犹太人医生为了消除国际交往中的语言障碍，创制了一种被誉为“国际普通话”的语言——世界语（Esperanto）。他希望人类借助这种语言，加深相互理解，建立平等、博爱的大家庭。因为是人工语言，所以它是所有语言中最容易学习掌握的一种人际交流工具。但柴门霍夫博士的美好愿望并没有实现，今天，不要说世界语成为通用语，就连这一语种的存在，都很少有人知道。而英语，尽管对于很多母语非英语的人来说，学会的难度要比世界语大得多，但它就是凭着在历史积淀中形成的强势，始终成为国际交往通用语的首选。

历史的积淀，凭个人的意志，即使是符合全人类利益的意志，也难以改变。

61团博客“创业人家”，是我们知青共同的精神家园。在这个家园中，大家用自己的热情与智慧，梳理着我们曾经的历史，以及这段历史的延续。久而久之，这样的梳理就会积淀起一种文化，这是我们这一代人的光荣与自豪，同时也是留给我们的孩子，留给后世的一份无价的遗产。

历史的积淀未必都是必然。“历史是个人的历史”，当个人陷入利益争端而丧失理性时或趋炎附势，或随波逐流，使历史的进程偏离航向；而个人又是“历史的个人”，从根本上讲，只有整体的共赢，才能让每一个人真正获利，于是，总要有一种反映真理本质的价值来调整和校正偏离的航向。我们的“创业人家”应该是一个观点的自由市场，各种观点通过等价交换，得以充分地沟通、理解与辩证，历史积淀便最终趋于理性。

历史的积淀未必都是正面。习惯往往滋生惰性，或故步自封，或墨守成规，经验越多则包袱越重。“千门万户曈曈日，总把新桃换旧符”，新年在即谈积淀历史，就是想借一点“新”气，时时警醒我们自己：到达终点前的整个过程，只是无数个起点的不断延续。老眼昏花，也不能放弃学习。梳理历史，不仅仅是怀旧，更重要的还须探新。生命将渐渐老去，思想却仍要保持年轻的活力。

祝福我们的“创业人家”，在新的一年里更茁壮地成长。

祝福咱家的每一位兄弟姐妹，来日方长……

创业农场知青志愿者委员会

于壬辰岁末

执笔　孙国平

代序二　用青春沉淀的情怀

——纪念创业农场成立45周年

今年的6月18日，是黑龙江生产建设兵团建制45周年的纪念日。我们的创业农场，连同它的前身——黑龙江生产建设兵团61团，成立也有45年了，但具体的日期恐怕还有待商定。是以官方的决议为准，还是就把进驻火烧孟的那一天定为创业农场的诞辰，应尽早有个定论。

45年了，多少个日日夜夜！当初经历的磨难，城市到农村的巨大落差，稚嫩娇弱的生命难以承受之重，许多的光阴是度日如年般煎熬过来的。而往事一旦进入我们的记忆，我们从历史的亲历者变成了回望者。蓦然回首，45个春秋的绵绵岁月，竟然不过是弹指一挥间。回忆如同一张细目的滤网，能够留下的都是生命历程中的珍品。汉语中有不少从古梵文吸收过来的表达稍纵即逝的时间概念，诸如“刹那”“瞬（间）”“须臾”等等，据文献记载，弹指相当于二十瞬，一瞬为0.36秒，一弹指则为7.2秒，“天上方一日，地上已千年”，回忆究竟是什么？回忆是徜徉在天宫的俯瞰，回忆就是被浓缩的历史的精华！

“黑龙江生产建设兵团61团”，是和我们生命中最美好的青春年华紧密相连的。61团意味着什么？61团就是北大荒。人们通常把黑龙江泛称为“北大荒”，但对于大部分知青来说，真正意义上的“北大荒”只是一个历史的概念，他应该是属于1958年十万转业官兵的。而我们61团是个例外，61团就是我们这些在老职工带领下的知青，从最初的睡油罐、喝泡子水，在荒丘野地上开始创建的。中国版图的东北角那个叫“建三江”的地方，应该是知青奋斗史的一座丰碑，它完全是知识青年上山下乡的产物。正是由于广大城市知青的投入，三江平原上大片沼泽变成良田，与这个地区的几个老农场形成规模，才有了一个新的农业经济发展区域——建三江。而所有这一切，都是从61团，从一个叫“火烧孟”的原始树林里起步的。61团的知青，代表着继五八年转业官兵后的第二代拓荒者。我们的国家，疆域辽阔，却人口众多，人均耕地面积在世界190多个国家中要排到126位以后，常年徘徊在警戒线的边缘。当年我们做出了造福于千秋万代的巨大贡献，我们有理由为我们自己喝彩！

在人类平均几十年的个体生命历程中，每个人都有可能至少邂逅一次重大的历史事件，邂逅并能参与其中就不是人人都有的运气了；而邂逅、参与又能成为主流力量的就更为难得。“年少都有凌云志， 平凡一生也英雄”，何况我们的一生并不平凡！我们没有成为大部分看客与同盟中的一员，而是用自己的血汗写就了中国当代史册中极为厚重的一个篇章。

其实，创造历史的所谓英雄主义情结只是一种煽情的传说，渺小的生命个体往往只能被历史的潮流所裹挟，我们不能选择历史，只能面对。能选择的只有我们面对时的态度：进，抑或退；投入，抑或逃避……战争造就战斗英雄，地震造就抗灾英雄，有了小偷便有了反扒能手，有操作失误导致的车祸，才能有最美教师张丽莉……在人类的社会舞台上，永远都是先有机遇，才会有各种各样的角色。如果真要说有什么情结的话，那就是人作为具备理性意识的灵长类动物，还有一点点必须坚守的尊严。这也是在物竞天择中人类与其他动物的根本区别。20世纪六十年代中叶的中国社会，让我们成为知识青年上山下乡的主角，这段历史不可谓不波澜壮阔，不可谓不荡人心魄，但我们依然是一群寻常的普通人。在横无际涯的时间长河中，我们都是弹指一挥间的匆匆过客。

上山下乡是我们生命成熟的起点，由此开启了我们这一代人独特而传奇的人生。就我们个人而言，投身上山下乡只是表象，真正的独特之处在于，一代青年学子的成长道路发生了背离常理的断裂，从而改变了整个人生的走向。数以千万计的知青的命运，实际折射的是整个国家、整个民族的命运。有一种看法认为知青是无法复制的一代，这实在是一个毫无意义的命题，客观上根本不存在，因为除知青之外同样没有可以复制的任何一代青年。历史不可能出现两种相同的机遇，自然也就不可能出现两种相同的角色。

即使没有我们如今走过的经历，一如既往地走在升学成长的道路上，也不可能人人都上大学，在城市里的集体失学，却让我们在广阔天地全员获取了“高尔基‘我的大学’”的学历。这很容易使人联想到那句似乎已经被用滥了的源于西方宗教文化的励志格言“上帝为你关上一扇门，一定会为你打开一扇窗”，我们可以对关上的门不计较，却不能一点都不在意。因为我们无法假设、更无法证实被关闭的那扇门的外面是一番怎样的风景，当然也无法比较门外和窗外风景的优劣。“沉舟侧畔千帆过，病树前头万木春”，话可以这么说，身处逆境时也应该有这样的乐观态度，但以史为鉴，我们还是希望自己的国家能健康、平稳地发展。

“人事有代谢，往来成古今”， 当年的挥斥方遒还历历在目，人却已两鬓斑白。走下喧嚣的舞台，褪尽铅华之后，终于回归生活的本真；超然于世俗的欲望、焦虑之外，真正享受到世外桃源般的恬静与闲适。当怀旧与缅想已成为习惯，伴着我们慢慢变老，却欣喜地发现在我们身上没有丝毫的暮气。1978年，随着国家政策的重大调整，几乎所有的知青纷纷从北大荒撤离，归心似箭，留在记忆中的上山下乡，更多的是惨淡和黯然。重返家乡的喜悦以及重新面临的生存压力会暂时冲淡心中的积郁，偶尔念及也有不堪回首的痛楚。多少年以后，时间慢慢涤清我们头脑中的芜杂，当我们的心真正沉下时，才感到和那个被我们称作“第二故乡”的北大荒有着永远挥之不去的情缘。我们可以用旁观者的平静审视自己亲历的艰辛，没有了当局者的困惑，抛开个体的荣辱得失，体验到赫德说过的那种“最高贵的痛苦”，其中的韵味反而能使我们感受到一种无言的幸福。有人说怀旧如同乡愁，是一种移情别恋。余光中先生在他的经典诗篇中描述过中华民族共有的乡愁：恋人之间的、亲人之间的、同胞之间的，那么在我们这群特殊一代人对同一片故土的眷恋，又该是怎样的另一种乡愁？

那个让我们放不下牵挂的地方叫“创业农场”，寄托着我们心中永远挥之不去的一段难忘情怀，姑且就称之为“创业情怀”吧。

创业农场知青志愿者委员会

2013 年 6 月于北京

执笔　孙国平

我们走过了一段青春创业的历程，但"创业"也是一个刻骨铭心的地名……

速写：白长江

扑救荒火的家书录

王全新

从 1969 年下乡到 1978 年回津前和家里的来往信件中，有一段写的是 1970 年 4 月 27 日一连扑救荒火的记录——

最近一个时期兵团通报许多团、连烧荒跑火事件。39 团死亡 10 多人，伤 100 来人，给生命财产带来极大的危害和损失。兵团、师对烧荒极为重视，并规定一个月内不准烧荒。

昨天下午在我连西南方向就发现烟雾滚滚，黄昏时分，烟雾更浓，远处的火光一闪一闪的，通红的火苗照亮了半边天。吃过晚饭，团里的汽车开到我连，说要去救火，大家准备一番就上了汽车。汽车从我连 43 公里处一直开到 35 公里处，这时火很快就蔓延到公路边上了。那天风大得很。当汽车行驶在大火一侧时，由于冷热空气对流，一股热气扑面而来，当时 25 团及我团的团长都在现场，大家听完领导分配就立即行动起来。下了公路直奔草甸子，一鼓作气跑到火灾前方，进行扑火战斗。尽管地上到处是水，坑坑洼洼的，但是大家不顾一切还是在跑，火很快就一段一段地扑灭了。但前面的火线还长着呢。水没到小腿肚了，这时走路全靠毅力。当时我的胸部感觉很不好受。腿发冷，裤子被泡湿了很沉，足有几十斤重。但我和大家还是一步一步地向前挺进，在过一条地河时水很深，都到了大腿根。我们一咬牙，趟过冰冷的水向有火苗的方向冲去，最后我们终于把火扑灭了。从开始到结束，我们用了一个多小时的时间。大家都累得筋疲力尽。

火扑灭了，后面是一片漆黑，阴沉沉的天空没有一颗星星，只有远方的车灯忽闪、忽闪地发着亮光。这时我发现，由于我们七人没有和扑火大军一同走，方向迷失了。我们在草甸子走了足足四五个小时，回来的路上，地里的水普遍都到小腿肚以上。共过了三道大沟，水都是到大腿根的，走一步摇三摇。大家就互相拉着向前走。幸亏有人带火柴我们就点火取暖、报信号，但是点上火也没有任何回音。大家冻得浑身打哆嗦，最后一致认为不能再久停（原想拔草在外过夜的准备，但这个办法很快就被否决了）。经过辨明方向，大家就又开始前进了，走啊，走啊！方向终于找对了。

终于上了公路。这时我们的心情别提有多么高兴了，上来一看路标是 31 公里。我们显然是走歪了，竟然偏离连队 12 公里。这时路上没有汽车，我们只好往回走。在 32 公里路标过去一点，我团接人汽车来到了。我们终于在下半夜 2 点钟到达连队（别人在 12 点就到了），回连后我听说我连几十个人，扑火时都走散了，汽车往回拉人就拉了好几趟。

今天休息把衣服洗了，衣服昨夜是又湿又脏。这是我第一次参加扑火，第一次感觉到扑火时的苦和累。这大草甸中，火是不留情的，真是说着就着呀。

1970 年 4 月 28 日

作者简历：王全新，男，1951 年 8 月出生。天津知青。1969 年 5 月下乡到黑龙江生产建设兵团 6 师 61 团 1 连。1978 年 5 月返津。

在 61 团 3 连的日子里

韩福轩

时间过去已有 40 余年了，回想起自己青年时代的事，好像就在眼前。

一、到达火烧盂

1970 年，我们这批 1969 届的初中毕业生，作为参加兵团建设的天津知青，于 5 月 9 日在一片敲锣打鼓的欢送人群中冒着小雨乘上列车，奔赴北大荒——我们向往的广阔天地。原计划三天到达，但因在铁力站前方有事故，我们又在铁力站的轨道上停留一天。在带队老师的率领下，我们迈过田埂、沟渠，在县城吃了午饭并周游一番。12 日下午到达了集贤福利屯车站。此时天色阴暗，还在下着小雨，我们穿上绿大衣登上团部接站的敞篷汽车，顶着淅淅沥沥的小雨在漆黑的公路上左摇右摆地随着汽车整整颠簸一夜，终于在 13 日早晨到达了 61 团 3 连——火烧盂公路边。连队的拖拉机挂着爬犁在道边等候着我们，换上爬犁，开动拖拉机，把我们拉进连队驻地，老战友把我们迎进宿舍并端来热气腾腾的疙瘩汤和馒头，一种到家的感觉油然而生。打开带来的行

李，脱掉便鞋，换上战士的胶鞋，开始了兵团战士的生活……

二、徒步看点

来到三连两个月后的一天，正在食堂吃午饭，排长浦汉沪和班长段德桐交给我一个任务，让我饭后随团生产股干事到冬季修水利的站点明确本连的水利任务。

穿上战士的胶鞋，随水利员穿过林间小路来到新团部还未使用的三间砖房附近的地块上，水利员指着远处隐约可见的一片树林对我讲，水利点就在那片林子附近。放眼望去，前方一马平川，绿油油，亮闪闪，茫茫旷野根本没有路。

穿过连里已播种的地块，蹚着低矮没膝的草地，拨开淹没身高的芦苇，踩着松软渗着水的草垡子，再蹚过没过脚脖子的水泡子，躲着碍脚的蚂蚁篓子，看着前方目标，随时纠正着脚下方向，不知走了多长时间终于到了任务所在地。交代完任务，水利员讲：“我有事还要到10连去，你自己回连队吧！”他转过身子踩在蚂蚁篓子上，指着远处时隐时现的新团部的砖瓦房对我说：“你朝着新团部的房子方向走就行了，千万别迷路。”分开后，我独自在空旷的草甸上看准方向，艰难地向连队走着。过了一阵，天色渐暗，但还能看清前面的泡子、芦苇、草地，可是腿脚发软，不听使唤，碰到蚂蚁篓子就摔倒，

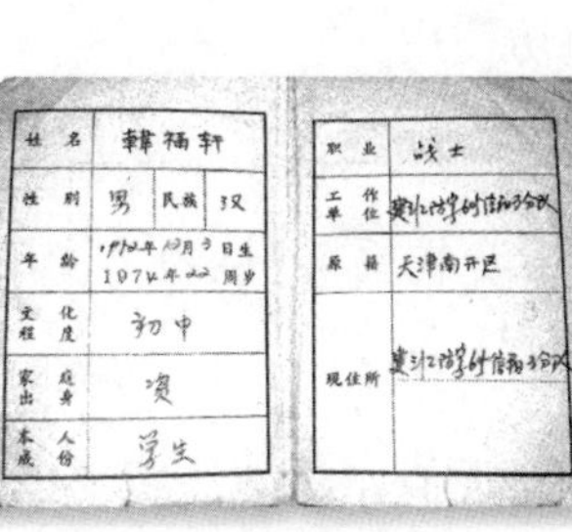

当年的工作证

然后爬起来接着走。

天暗下来了，依稀可见的砖房不见了，我估摸着大概方向，分辨着团部的位置，一步一步向前走着……直到天完全黑了下来，我才回到连队。这一下午，我足足走了 20 多公里坑洼不平的路。

三、3 连的酒坊

翻开 41 年前自己抄写的《烟台白酒酿造操作法》，看到当年的信纸早已泛黄，不禁想起了我在 3 连酒坊工作时的一段往事。

提起酒坊，那是在 1970 年我们刚到连队不久时成立的，由北京知青张志生负责的副业排组建酒坊班，好在连里有位曾在 25 团酒厂工作过的职工，这样又到 25 团酒厂学习。回来后就开始准备所需要的房子和必要的设备，同时学习这本当初仅有的操作法小册子，分头传阅。现在我手里的这本，是我在调到酒坊后利用工作之余抄写的。

初建酒坊时，设备很简陋，但有严格的卫生要求。曲房室内消毒用硫黄熏，木质曲盒要内外逐一刷洗，制曲子时还要保持室温在 35℃左右和一定的湿度。为保证菌丝成长的均匀度还要随时倒盒、码盒、通风，要 24 小时不间断才行，工作量不小。高温、高湿、高强度，每一房要经过 72 小时培养长成后才可供甑坊使用。

甑坊蒸馏用的锅是直径 1 米的铸铁锅加上蒸馏用的甑桶、甑锅盖，每锅需要 6 麻袋原料。烧酒蒸馏用的是锡锅、冷却桶。每个发酵窖深、长为 1.8 米，宽 1.2 米，一排 4 个，在一端要设专门的渗水池，窖的四周及底部用厚木板镶好。在这样近似原始的环境下，经过酒坊班全体战友的齐心努力，3 连的白酒终于烧制出来了。

我是 1972 年初由食堂调到酒坊工作的。换了工作环境，接触新奇的事物，激发出我的工作热情。在烧酒过程中虚心向老同志学习，努力钻研酿造技术，学会了扬馇、入窖，装锅。特别是遇到了一次机会。

一天晚上，排长吴德宝开完会回宿舍提起崔福忠马上要调到机务排工作，他正在从事的做纯锡锅的工作将安排别人来完成。我听后没加犹豫就说：“我来。”吴排长同意了，转天我就在崔福忠的指导下边学边干。

前期烧酒时用的锡锅是崔福忠在25团学习参观后用镀锌铁皮焊上焊锡，再做成一个气包的锡锅。这样制出的白酒中含有铅离子，对人体有害，需改用纯锡材质。团物资股和修理厂给予了大力支持，购置了纯锡锭，修理厂专门制作了两块平整的铝合金板。我们用最原始的方法倒锡板，每块合金板上蒙上几层牛皮纸，码上所需厚度的条框，互相错缝、倾斜，点上煤火炉，坐上小铸铁锅，放上纯锡锭，待锡熔化后，手握小铁勺，舀起锡液浇在缝隙间，冷却、揭起锡板，下料。

学习了两天，崔福忠就要到机务排工作了，而我就按他所讲的要求独自干着，有不懂的就到他干活的地方请教，他也抽时间教我下料、焊接要领。就这样一步一步从浇板、下料、接料、卷管、焊缝，做成一个单体气包，再以其为雏形做另外两个气包，最后组装成三个气包为一体的纯锡锅。我由于文化知识浅，又没有实践经验，刚刚接触这项工作困难真不少，特别是还需要做两个连接用的弯头，自己不会下料，我就找到排长吴德宝，他帮我借到一本《实用钣金工展开图手册》，学习书中关于四节弯头展开法（俗称“虾米弯”），解决了难题。以后又把副业排及连队所需要的工具用品等白铁活承接了下来，如镀锡铁皮的冰棍模子、镀锌的水桶、水舀、食堂蒸锅、烟囱等。

副业排在吴德宝的带领下为连队建设做出了突出的贡献，先后制成了酱油、汽水、冰棍，特别是有了酿酒的基础，酒坊又纳入了重建计划，在领导的支持下购置了烧酒专用的穿心锅。

扩大甑房，首先要解决大烟囱，吴排长在毫无经验的情况下学习建筑方面的知识，从画图做基础开始，到烟囱顶端，反复计算、演算每高 1 米所收缩的比例，连防雷措施都想到了。就这样顶住压力，带领着我、朱元强、张晓江几个人从挖基础、打地基、标中心点开始干起，每天垒一米，垒起了烟囱。搭脚手架，支斜撑干，和灰、垒砖、测水平、测中心点、垂直度、算四面收缩比例，还专门制作了比例靠尺，转天还要先检查一下沉降平稳度。在大家的共同努力下，建成了当时 61 团唯一最高的大烟囱——14.15 米，为此我们排在当年荣立了集体三等功。

余下的工作在连领导的支持协调下顺利开展，陆续完成了垒炉灶，建酒窖以及添置新甑桶、甑锅盖、冷却桶等工作。

大酒坊的建成致使制酒的投料也增加了 3 倍，可是酒坊的人员却还是那七八个人。这也是 61 团各连都佩服的被分别誉为“铁算盘”“李铁嘴”的连长指导员这对搭档，在农闲与农忙时连队核算增加利润的杰作。

烧酒时这几个人分为五部分：粉碎、曲房、甑房、酵母室、保管。甑房人员人手不够时由农 2 班补充，关键工作由酒坊班同志掌握，负责出窑、配料、装锅、出酒、扬馇、加曲、加酵母、掌握水分、入窑温度，步步按要求完成。

俗话说“冷酒热油”，这句俗语就抽象地形容甑房的环境，特别是在冬季，每烧一锅酒，出锅时水蒸气蒙住双眼，看不见对面干活的人。吸着略带酸味的蒸汽，扬馇、加曲、加酵母，身上只穿着绒衣，坎肩瞬间就成了冰盔甲，内衣早已被汗水浸湿冰凉。要是出酒时与吃饭赶在一起，更是不可想象的，都是饭盒盖上放点酒点燃热菜，狼吞虎咽馒头下肚，不然饭菜就冻上了。

3 连酒坊用的原料是玉米、高粱、大麦、小麦，所用的方法是“老五甑”，那时酒从锡锅嘴流出的原酒在酒头过后的相当好，甜滋滋的。有一次连统计到团部办事路过酒坊，赶上正在出酒，尝了一口喝下三两多，直夸好喝，可还没走到连队就有些坚持不住了。那时我连知青探亲都从酒坊买原酒带给亲人，酒的度数最高时达到 73.6%。

翻开手抄本反面，我还在上面总结过截至 1975 年 5 月 1 日酒坊烧酒结束时的不足及再开工的改进意见。没想到只过了几个月，3 连酒坊就按团里的统一部署调到加工连，全班都跟着转到加工连，只有我留在 3 连，安排在木工房。

1976 年春节探亲回连后上班，我正在做门窗，连长找到我，让我马上到加工连去帮忙，完成锡锅制作任务。以后的几天里我就在加工连修理组的里间屋内独自忙碌着……

据粗略计算，每在酒坊停工时，翻新一个锡锅大约需要 22 天，我先后做过 4 个纯锡锅，这就是我在 3 连酒坊几年的工作历程，至今不忘。

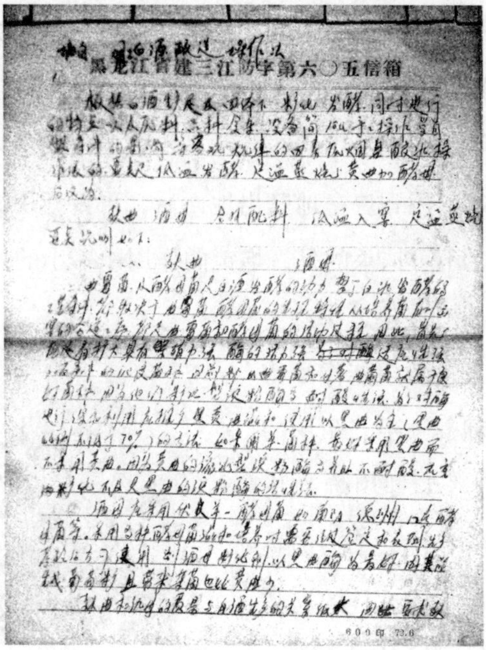

当年的工作笔记

四、炮镜 斧头

我到木工房工作时连里正在计划改善职工居住环境，规划住宅格局，建砖瓦房。连领导组织有关人员设计图纸，反复征求职工意见，决定连队家属区砖房为一幢四户。

木工组所担负的工作，当然从门窗框、房柁的制作直至门窗扇的安装，这都由我们师徒三人负责。同时，连里一线和后勤生产所需的活儿也要同时兼顾，不能落下。

就拿住宅规划测地基说吧，指导员李立森专门找到郑师傅说明情况，抽调我同他一起去测量定线，做好前期的准备工作。当时连里没有专门的测量工具，但这难不倒我们。我们就利用武装排75无后坐力炮的瞄准镜来测量。先做好一个三脚架稳固好炮镜，从炮镜上的水平仪找正水平，用标尺线测每排房的延长线，定点转向90度定好山墙的垂直线，再用某一节的标线测出地基的基准水平，定好木桩。水平板锯上中心线。下一步就等田间的活忙完，农工排人员挖地槽、填沙、夯实，用石块垒地基出地面后，再重新用炮镜复查一遍。这样前期工作就做完了。不可抹杀的是，炮镜的作用是不小的。

我对做木工活很有兴趣，决心干好这一工作，因此我也希望能像师傅那样，拥有一把锋利、顺手、耐用的好斧头。听人讲刃器工具用炮弹皮做非常好使，用时有韧性，不易崩卷刃，我就盼望着能够得到这样的炮弹皮。我的运气真不错，没过多久连里武装排考核打靶，我趁机托人捡了

左：韩福轩　　右：韩福茂

几块炮弹皮，和同到兵团、在连烘炉工作的双胞胎哥哥韩福茂共同锻造斧头。我们找到拖拉机上废旧的变速箱轴做斧顶，用炮弹皮做斧刃，用废机油淬火，按师傅的斧头做样板，精心打造，做成了一把得心应手的斧头，配上木柄，心满意足。1979 年回城时没舍得扔，把它也带回了家。现在，这把斧头仍像宝贝一样被我珍藏着，我把它视作我在创业农场人生经历中不可忘却的纪念品。

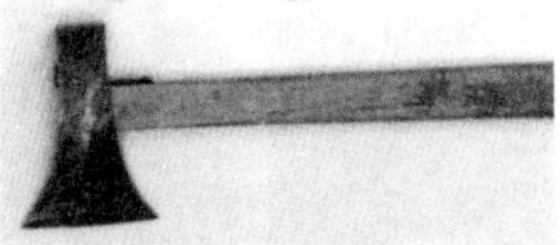

作者简历：韩福轩，男，1952 年出生。天津知青。1970 年 5 月下乡到到黑龙江建设兵团 6 师 61 团 3 连。1979 年返津。

连队忆往

佟慧捷

一、忆苦饭

“天上布满星，月牙儿亮晶晶，生产队里开大会，诉苦把冤伸，万恶的旧社会，穷人的血泪恨……”这首忆苦歌已隔那么多年，曲调歌词还记得清清楚楚。那些年我们13连每年都要进行忆苦思甜活动，大会小会连着开。我最怕开小会——班组讨论，总得结合自身思想“狠斗灵魂深处私字一闪念”，彻底与反动家庭划清界限，进行脱胎换骨的改造，可我连爷爷的影儿也没见过，如何斗啊？（我爷爷确实是地主，唉，当时实在不明白我抖落我爷爷干什么！）

活动的重头戏是吃忆苦饭，那是纯粹的糠窝窝——攥不到一块儿，咽下去拉嗓子，问题是吃一天还好，而我们是要连吃三天。比起平日的伙食，那真有天壤之别。当年知青十七八岁正是能吃的岁数，食堂改善伙食蒸包子、花卷，我都吃过10个，馒头蘸大酱也能吃上六个。最美味的是刚出锅的热馒头抹上一勺猪油，再撒上白糖，那叫一个香！当时中国大概也就是我们东北兵团，是唯一白馒头能撒开吃的地方吧。几年工夫，大白馒头已经把我们的胃撑大了，尤其是女生像气儿吹的似的，好多人都成了小胖子，第一次探亲回京，老妈差点认不出我。

这忆苦饭连吃三天，大家就前胸贴后背了，猪号牛号的知青还能偷吃豆饼之类的饲料，我们农工班只能打地里的主意，高粱秆、生茄子，见到野葡萄（其实有一股怪味，吃完拉出的屎都是紫色的）也如获至宝。吃生土豆也有甜有涩之分，这些年问过许多人是否吃过生土豆，都摇头。反正我们是逮着什么吃什么，可都是些不禁饿的吃食。男生就更惨了，偷鸡杀狗这明摆着不行，有几个哈尔滨知青叫家里寄来了点心，不知让谁揭发了，这回算是撞到了枪口上。晚上在食堂开大会，几盏明亮的汽灯点起来，指导员站在前面严肃地指出，我们连又出现阶级斗争新动向了！有的人追随“资产阶级生活方式”。随后，几个男生举着点心高过头顶，像演戏似的，从后面走到前台。他们先后交代了偷偷吃点心的“资产阶级思想”。然后台下的骨干们相继发言，进行狠批，我记不清事后是如何处理这几个人了，只是他们高举点心过头顶的滑稽画面永远定格在我的记忆中。

那是个特殊的年代，一点小事便可以无限“上纲上线”，现在回想起来不能说对年轻人的心灵没有影响，毕竟当时我们还是十几岁的孩子！值得欣慰的是这样荒谬的事情不会再有了。因为国家也在进步、成长。

二、北大荒的汤

“汤，汤，汤，革命的汤，兵团战士爱喝汤，从北安到嫩江，一直喝到建三江。汤，汤，汤，革命的汤，早晨喝汤迎朝阳，中午喝汤暖洋洋，晚上喝汤勤起床。”想必大家对这首喝汤歌都再熟悉不过了。记得开春时常喝的是土豆汤，早饭是筷子插着俩馒头，端着一盆汤，汤的表面浮着看似黑花椒的死苍蝇（春天苍蝇刚冬眠醒来，也饿呀，全聚在食堂，做汤的大锅一掀盖儿，热气就把苍蝇全扣锅里了。早晨光线不好，看不清来不及也撇不过来的土豆苍蝇汤就打到每个人的饭盆里）。当年的我们正值年轻力壮，喝了这汤，几乎没什么人拉肚子。

那时候病号饭是我们最渴求的美味佳肴，要想吃顿病号饭，除非真有病或者装有病！清楚地记得那次我们班老牛拉肚子发烧，食堂做了一碗热汤面，飘

2015 年于北京相聚

着一层油花儿还卧个大鸡蛋，可她吃了几口，肚子又疼起来。正好我有事回宿舍，她让我趁热吃了，看着那香喷喷、让人垂涎欲滴的热汤面，我也顾不得许多了，三下五除二就下了肚。到了晚上，乃至第二天，我也没有一点拉肚子的迹象——没被传染上。

在我的记忆中，我始终没有名正言顺地吃过一顿病号饭，为这病号饭还有一次装病未遂的记录。那是麦收时节，每天天不亮就起床先下地割麦，干到天亮回去吃早饭，太累了。为了能混顿病号饭，就和卫生员说难受。当时是王强民给了我一只温度表，放在胳肢窝下，趁她出去的功夫，我把温度表往炕洞里一伸（那时太小又傻也不懂看表），等到王强民拿表一看，哈，42℃？再摸我的头，一点儿不热，就乐了。把我羞的呀，乖乖地干活去吧。

三、那时，我们不懂爱情

去兵团时我刚刚16岁，还是个稚气未褪的半大孩子。我家有姐妹五人，都在同一所小学读书，功课个个拔尖儿，分别当过中队长、大队长。记得小时候，妈妈下了班忙完家务，就在缝纫机前忙活。巧手的妈妈利用从布店买的布头，今天给大姐做件蓬蓬袖的小外套，明天给我做条泡泡纱的花裙子，总是把我们打扮得与众不同、漂漂亮亮的。邻居们称我们为五朵金花，我们还享受着校长和老师的夸奖，整天美滋滋的。

70年代那场运动开始时，我因为父亲出身的历史问题，我家被抄，从此打碎了美好的梦想。随即，我们姐妹五人成了“狗崽子”，再也没有去天安门观礼、进大会堂演出的荣耀了。

当时，我们69届中学毕业生都要“上山下乡”，从8月份开始，分别去黑龙江、内蒙古、云南兵团，我因为家庭出身的问题，虽然再三申请，一直拖到9月初才作为第二批分配到了25团道路班。没干几个月，到了天寒地冻的年底，一辆大卡车又把我们拉到了61团13连。农业连队和道路班不同，繁重的农活对刚刚16岁的我来说感觉非常吃力，但是为了自觉进行“脱胎换骨的改造”，只有拼命干活证明自己与家庭彻底划清了界限。

每当春天去草甸子打草，就被蚊子、小咬（一种比蚊子小的吸血昆虫）咬得满脸是包，本以为碘酒能消肿，结果疼得跺着脚大哭；冬天半夜里的一把火将睡梦中的我们惊醒，抱着抢出来的一点衣物，冻得瑟瑟发抖；夏天割麦子，秋天收大豆，需要磨快镰刀……这些一个女孩子感到无助和痛苦的时候，多么希望有个人帮帮自己呀！虽然有时感觉到一双双关注的目光相碰，但，年少的我不敢、也不懂如何与异性接触，全然不知所措。无知的我，甚至不敢和男生拉手，现在说出来是个天大的笑话——以为这样会怀孕。一是母亲来信总是说：

千万不能在东北交朋友，否则就一辈子也别想回北京了；二是连里已经揪出一对谈恋爱的知青，大会小会地狠批这是“资产阶级思想”的表现；三是本人没有红色家庭出身，但是对出身有问题的男生，更是唯恐躲避不及，哪敢跟他们接触！现在想来十六七岁至二十来岁，正是情窦初开充满纯真爱情的年岁，没有异性间的爱与被爱，从人的生理来说，那才是不正常呢。

即使探亲假回京时遇到男同学，对他们其中表示的爱慕之情，哪怕不是直说，我还是深感恐惧，竟然不知所措。甚至有意无意地中伤了他们的感情。虽然过去了许多年，回想起来，我还是愿意向他们道一声对不起！请原谅在那个特殊的年代，特殊的环境中幼稚无知的我。

作者简历：佟慧捷，女，1953年出生。北京知青。1969年9月到黑龙江生产建设兵团25团。1969年12月调至61团13连。1976年返京。

北大荒的第一餐

张渊生

大客车早晨从福利屯出发，拉着我们整整颠簸了一天，到达目的地七星农场的时候，已经是黄昏了。我们刚一下车，迎面就看到农场欢迎我们的队伍排列在公路两旁，在寒风中敲锣打鼓，挥舞着红旗。那场面真可谓锣鼓喧天，彩旗飞扬，甚是壮观。看到这一切，我们当时的感觉是既感动又自豪。但心里还是有点难过，毕竟北大荒远在北京千里之外，几天前还守候在父母面前，突然间就要客居他乡，而且又这么遥远，心里觉得有点空空的。起码我有这个感觉，可马上心里的这点“私心一闪念”便被当时的一句时兴口号所打败，那就是“虽然我们离北京远了，但离毛主席的革命路线更近了”。知青们被这热烈的气氛感染了，高呼着“坚决走与工农相结合的道路”“接受贫下中农的再教育”这类的革命口号作为回应。随后知青们便被农场各单位分别带走了。我们一行25名知青分到了七星农场的直属单位良种站。

随后我们又被分成了几个小组，由站上的老职工分别带到他们的家里吃饭。后来听老职工讲，知青的第一顿欢迎饭安排在各个职工家里，许多老职工都把这

事当作一项光荣的任务，纷纷报名争抢，唯恐落后。但有个条件，就是接待知青的家庭条件必须是贫下中农。因此凡是能被派上接待知青的职工感觉都是相当的光荣。

我和顾伟奇、于晴三个人被分到一个叫陈宝庆的老职工家里。他只是说了一句："欢迎北京来的小将到我家，我叫陈宝庆，你们跟我走吧。"随后就在前边带着我们向家属区走去，一路无话。我们就是想和他说什么，一时也无从说起。我们随着陈大叔一起来到公路西侧的家属区，过了几排房子，就到了他的家。这里的家属区不像农村那样独门独院一家一户的，而是在一栋砖瓦平房内分成几个单元，一个单元住一家。房与房之间都有一条小路，每一家门前都有一个用树枝或板条围起来的小院。小院里除了正房外，大多数人家在房山处接了一间小屋，叫小偏厦，是放杂物的。小院收拾得干干净净的，靠院门堆着一堆木柴，只是这木柴比我以前见的要粗而且也长。后来才知道这里叫劈柴柈子，在东北用这样的柈子烧炕做饭火头猛，还扛烧。

陈大叔走到自家院门口，拉开栅栏门打着招呼："到啦到啦，到家啦。快开门哪！"他是一边招呼我们，一边向屋里呼喊着。话语中带着一股地道的山东味。随着他的喊声，屋门咣当一声大开，人还没见到，声音早已冲出门来："来啦来啦，都快进屋，外边怪冷的！"说话间，就有人掀起门帘把我们一个一个往屋里拉。一股热气迎面扑来，我的眼镜立刻就蒙上了一层霜，什么也看不见了，就这样稀里糊涂被拉进了里屋。

我急忙擦掉眼镜上的霜，才看清里屋东西，一铺土炕占了屋子的一半面积，炕上摆了一张炕桌，大盘大碗把一张桌子摆得满满登登的，大肉大菜直盛得碗也满盘也满，一阵阵香气扑面而来，将一天旅途的劳累和寒冷一扫而光。大叔大婶忙前忙后地招呼我们脱鞋上炕，里里外外地端水上菜，嘴里还不停地和我们聊这聊那。我们三个不知所措地盘腿围坐在炕桌旁，一边听着一边回答着他们的提问，就等着主人宣布开饭。这时我突然注意到我正对面窗户的玻璃，那玻璃上结了一层厚厚的冰花。在家里玻璃上也结冰花，但那只是薄薄的一层，不等太阳出来就消失得无影无踪了，而这玻璃上的冰花和家里的格外不同，既厚重，又清新，花样丰富，层次分明，有的像绵延的山川，有的像茂密的山林，有的像卷起浪花的大海，有的像飘着白云的天空，真是应有尽有。特别是每当做好饭揭开锅盖，那浓浓的蒸汽扑向玻璃时，你再看那冰花，起初是蒙上了一层薄雾，渐渐原先的山川大海又变成了另一幅景象，只是更加秀丽。看着这洁白剔透千变万化的冰花，你会感觉到心是明亮的，生活是多彩的。

正当我欣赏着冰花时，发现屋里的气氛有些不对劲。陈大叔一家站在地上看着我们，那眼神怪怪的，充满了疑惑和不解。我们三个互相看了看：是我们做错了什么吗？没等我们明白过来，陈大叔一家转过身去，面对西墙站成了一排。待我们往西墙上一看，才知道犯了大忌。屋子的西墙上端端正正地挂着毛主席的像，主席像下是一个红色大大的“忠”字。那时有一个不成文的规矩，凡是革命群众每天必须向毛主席早请示晚汇报，每餐之前还要三鞠躬，念一段毛主席语录。我们作为北京来的革命小将竟然把这头等大事忘了，而且是三个人谁都没想起来。这时下炕是来不及了，陈大叔一家已然做好了鞠躬的准备。情急中我们急忙面对主席像跪在炕上，好歹地跟上了大叔一家的节奏。陈大叔一家人诚诚恳恳地鞠了三个躬，我们却跪在炕上实实在在地磕了三个头，只是不清楚毛主席在千里之外知不知道有三个知青对他老人家的一片忠心。由于我们及时的补救，再加上是北京来的戚儿（东北方言念“且”音），陈大叔对我们倒也没说什么，依然和大婶热情地招呼我们吃饭。

过后我们三个才知道，其他到老职工家里吃饭的同学们也有如此的遭遇。在一连几天的知青学习会上，这件事就是大家讨论的主题。通过这件事，我们深挖了在思想深处对毛主席的感情够不够的问题；对毛主席革命路线忠不忠的问题；还有在如何对待这些问题上和贫下中农思想上的差距，等等等等。这就是我们接受贫下中农再教育的第一课。至今想起陈大叔一家毕恭毕敬站在主席像前如同宗教信徒祈求圣餐和我们三个跪在主席像前的一幕，我的心就像被什么揪着一样……

作者简历：张渊生，男，1949 年 11 月 3 日出生。北京知青。1967 年下乡至七星农场（后改为黑龙江生产建设兵团 25 团）良种站。1968 年调至 61 团工程 1 连，后调至宣传股新华书店。1977 年调至工程 2 连。1979 年 12 月返京。

北大荒味道

蔡宝温

北大荒的知青生涯，让我品尝到了那里特有的各种滋味。

战备饼香

1969年3月底，珍宝岛事件后，中苏边境紧张加剧。全团处于紧急戒备状态，各连开展了紧张的战备训练。

为了战备需要，连里发每人一个战备布包，里面装有5个饼，以备应对紧急需要。并且强调：只准保存好，不得偷吃了“战备饼”，否则要受处分。

可是，战备包里的饼香喷喷的，馋得口水在嘴里直转。那时，食堂上下顿吃的全是馒头，猛地捧起热腾腾、香喷喷的饼，怎能经得住诱惑？可是谁也不想因偷吃挨处分。第一天，我睡觉都不安稳，总想尝点饼味儿，可想是想，还真没敢动手。到了第二天，心又开始痒痒了，夜里趁别人没看见，我偷偷地掰下一小块儿饼，躲进被窝，大气都不敢出，跟做贼似地吃了。这一开头，竟勾起了馋虫，一点点的竟吃了小半个儿，哎，再也不敢吃了。第三天，连长突然吹哨集合检查“战备饼”。怎么办？生怕查出来，揪到全连现丑，我急得像热锅上的蚂蚁，心都快跳出了嗓子眼，手心里全是汗，感到我的双腿都在哆嗦。当时我们站两排，我在后排，眼看连长快查到我这里了，索性横下心，佯装镇定，悄悄地把那半个饼夹在中间，缺口的一边朝向怀里。查到我的时候，我头都没敢抬，还好，连长检查男知青仔细，到女知青这儿只是大概看了看，我长舒了一口气，终于躲过了这一劫。当天三四个男知青有吃了两个的，有吃了三个的，连长狠训了他们一顿。训完后，又开恩让食堂补齐了，并且严令下不为例，再要偷吃，二罪并罚。我当时还窃喜，后来才知道像我这样的大有人在。

现在想起此事，心里还非常惭愧。

我患上了药书上有名的痢疾

那一年7月下旬，麦收的季节，天公不作美，突降大雨，连着六七天不停，麦地一下都泡在了水里。机械不能下地，全团人员紧急动员，投入割倒伏麦子的战斗。我们机务人员也人手一把小镰刀投入了战斗。

不知什么原因，割了三天倒伏麦子，我突然发起烧来，而且上吐下泻。头一天，我上了十六七次厕所，最后拉肚子闹得我头晕眼花，浑身无力，走路都能栽跟头。不能下地干活，在屋里也坐不住，总想往厕所跑，慢了还弄到裤子上。卫生员刘淑琴给我打青霉素，一天三针，又吃各种消炎止痢的药，连着三天全然无用，肚子像小刀割似的疼，每天还是得七八次跑厕所。卫生员两手一摊说："我是没招了，好药都给你用上了，还是就让连长派车，你去团部医院吧。"我说："全连都在奋力苦战，我干不了活儿，哪还能让人送我？"

恰在这时，3连的"老庄稼把式"老芦头正巧路过卫生室，走进来问："你怎么了？"我说："我这上吐下泻拉肚子，一天最多跑十多趟厕所。"老芦头又问刘淑琴说："是什么痢疾？"刘淑琴打开医书，翻到一页上一指说："要是普通的痢疾，早该好了，得上团部才行。可她就是拗着不去。"我拿过书一看，上面写着阿米巴痢疾（大概是）。老芦大爷略一思索："要不赶紧止住痢疾，人就拉坏了，这样吧，我给你点儿药，吃了准见效。"不一会儿，芦大爷拿来一个红布包，里面是像核桃式的花苞，掰开里面是黑色像芝麻粒似的籽。他给了我3只花苞，让我把壳捏碎，用水连同籽一块吃。真的好神啊，吃了一回后，我肚子就不疼了。上厕所的次数也少了。第二天，又吃了两回，到晚上就不拉肚子了。当3只花苞似的药全吃下后，我就全好了。我找到芦大爷表示感谢，并且好奇问他给我的是啥宝贝药啊，大爷说:“我给你的是治顽疾的家传秘方。”大爷说:“看你病得那么重，别的药又不管用，只有它了。”大爷心真好，“灵丹妙药”治好了我这药书上有名却用药书上的药治不好的痢疾。到底芦大爷用的是什么秘方，到现在我也没弄清楚。

卖冰棍

1971年7月中旬，该麦收了。麦收时候的天气炎热，任务重，工作时间长。为了让地里劳动的职工吃上冰棍，工副业连的“小能人”崔福忠，巧手打造、研制出了冷冻冰棍的模子，并在麦收之前冰棍试制成功。这卖冰棍的工作就落到了我和刘玉华的身上。记得第一回卖建三江冰棍（品种有小豆、山楂、柿子、

左起：赵艳华、谢绍润、崔幕元、蔡宝温、杨秀英、沈智庄

牛奶等），连部的天津知青张宝禄帮着我俩把冰棍箱挑到地头，战友们就像过年买爆竹似的，把我和刘玉华围得水泄不通。我当时蹲在地上，四面八方的手伸向冰棍箱，这个要两根小豆的，那个要两根牛奶的，那个要两根菠萝的。冰棍5分一根，我忙不迭地接钱、拿冰棍、找钱。没有零钱的就合一块买，刘玉华和我共4箱近300多根一会就卖光了。看他们吃得香甜解渴，我心里也觉得舒坦。我相信，在这炎炎夏日，这小小的冰棍散发的冰冷的美味，是特有的北大荒味道。

送酒

1971年10月中旬，北大荒已下了三四场雪，刮起了烟炮。一天，赵连长通知我，跟着他一起到富锦县送酒（56度的北大荒酒，据说国宴上都有这种酒）。当时3连的酒曲好，产的北大荒酒也好。用大缸保管的酒，闻着香极了。那次装满了三大酒箱（用特种木材打的酒箱，装进酒后不串味，保存时间长）。我们三个人坐在卡车车厢里的货物上，连长问我坐顶上怕冷不，我说没关系，他说要穿暖点、捂严点，一个半钟头就到。经过一个多小时颠簸，到了富锦县，把酒交到团供销站，简单在招待所吃了饭，开车往回赶时已经下午三点多了。这季节在北大荒，下午四五点天就黑了。天一黑，气温就更低了。坐在卡车顶上，穿着大衣，风一打就透，好像穿单衣似的。快到连队时，我的脚都冻木了，不停地站在车上跺脚。如果不活动取暖，肯定会冻成冰棍。到了连队，一摘口罩，我的眼

眶上冻出了两块像5分钱硬币大的肿泡。大家说快用雪擦擦，用雪揉了近一个小时，脸上才有知觉。第二天，两个脸蛋就红肿起来，像大头娃娃一样，涂了冻疮膏，将近两月才好，左右脸颊留下两块明显的黑印记。老职工说："亏你及时用雪揉，要不俩脸蛋还会冻烂呢。"真的领教了北大荒冬天的厉害。

作者简历：蔡宝温，女，1949年出生。北京知青。1968年6月26日到黑龙江生产建设兵团61团3连，1973年5月调到61团8连，1975年8月中旬返京上学。

场部有了照相馆

周汶川

我是专为筹建照相馆，由师部批发站冯士杰处长介绍，从 57 团调到 61 团的。由于是新建点，服务设施都比较简陋。服务连和商店挤在一排半砖半草的破旧平房里，房内光线十分昏暗。所谓服务连就是一个被服社（准确地说是裁缝店），和一个由上海知青顾松林掌勺，只有三张桌子的小馆儿。照相馆隶属服务连，没有场地，我和上海知青何维康只能背着一架“海鸥 4 型”下连照相。每次下连回来，就在一间屁股大的暗房里洗印底片和照片。洗好的照片，送货上门或者让人顺便取走。不管怎样，“照相”这项业务算是开展起来了。

1976 年，团部大道的北侧终于形成了“商业规模”。俱乐部临近竣工，新商店基本落成，商店的东侧盖起了一长遛儿红砖房，依次为理发店、照相馆、被服社、副食商店、饭馆（已不是三张桌的“小馆儿”了）。其中分给照相馆的面积大约有几十平方米。按照当时场部的惯例，房子大框完工就交给各单位，怎么整全由自己规划、自己收拾。并且要求“六・一八”那天一定要开业！一个只有四面砖墙的“照相馆”就交给了我和何维康，加上服务连“阴盛阳衰”男劳力有限，我们俩只好自己拳打脚踢地练全活儿。

量完了屋里的面积，画好了平面规划图，我和小何就当起了泥瓦匠：抹墙、勾缝、刷灰，和商店唯一的木工小于搭间壁、铺地板……不知干了多少个日日夜夜，别提把我俩累成了什么熊样！记得刷墙时用的是烧手的石灰水，石灰渣子随着套袖的反复摩擦，都嵌进了小何的胳膊里。第二天，手和胳膊就肿了起来，上面洗不掉的石灰和烧破的皮肤一块一块地粘在了一起。到卫生队以后，医生不得不用手术刀和镊子从脓糊糊的肉里把石灰渣子一点一点地挑出来！小何属于“疤痕体质”，痊愈后右手腕留下了一圈高高的疤痕，只好再做第二次手术切除疤痕，竟然缝了38针！即使这样，小何裹着绷带仍然没停止工作……我的伙伴小何是个瘦小的标准白面书生，而且是上海人。说心里话，那时我们没有用什么革命理想去激励，也没有标榜立志改天换地的革命豪情，只觉得这是自己的事，怎么干都没的怨。然而，正是这种基于自身的德行修养与北大荒的彻骨历练，何维康身上显露着真正的男人风骨！回上海以后，他在一家合资企业一直做到高管，一干就是十八九年。

粉刷完墙壁，我开始画家具图和电路图。室内的线路由于电工不熟悉都要自己干，特别是暗房和摄影室的设备多，电路杂，一条条电线、一件件电器似乎总也安不完弄不清。不离手的螺丝刀不知磨破了多少双手套，拧破了几回手掌心上的皮。除此之外，照相馆的曝光箱、恒温箱、背景架、儿童椅凳等物件儿，都要就地解决。自己找材料、自己做，技艺比较复杂的地方就请木工帮帮忙。“白手起家”和“自力更生”这两句口号，算是被我俩实践到了极致。终于，创业农场有了一个浸透着我们心血的照相馆。值得自豪的是，创业照相馆当时无论在设备上和环境上，都是管局范围内一流的！

当我俩把上海和佳木斯买回的崭新灯具和堪称“豪华”的大座机支起来；当我俩把精心装帧的印有“创业照相”标识的样片挂起来；当我俩听到大家进门就说和城里照相馆差不多的时候……我和小何是得意的，愉悦的！用今天的时尚名词说：很有成就感！

马上就要开业了，发现还缺一把顾客坐等的长椅，现做肯定来不及了。我忽然想起卫生队的“木匠明星”郑斯文，斯文是北京青年，心灵手巧。他给卫生队做的长椅、病历架、橱柜、化验台，不仅样式美观充满“城市味”，而且颜色特别漂亮！我对小何说：“卫生队有长椅，做得特漂亮，咱俩偷一把吧！”小何苦笑着说：“别偷了，没有就没有呗！”我看出这的确不是他能干的事，于是就打起了利用卫生队“内应”的主意。我到卫生队找到郑斯文、黄公忠、历东友和徐卫国，把想法和盘端出，没想到立即得到响应。大家只是说：“如果兰队长知道了你可得扛着，你的面子大，追究我们可属于监守自盗。”我二话没说满口应承。于是，其中两个人大白天就低着头哈着腰，顶着个大椅子从卫生队的窗户前跑向照相馆。事发之后，兰队长问值班护士走廊里的椅子哪儿去了，那个小护士（记不清什么名字了）说：“我就看见椅子从窗户外头晃荡晃荡过去了，没看见人。”过后，这句带有闹鬼般的描述成了我们的笑谈！

卫生队的兰队长是有名的“把家虎”，丢了把椅子自然不肯罢休，他从招待所排查到照相馆终于见到了这把椅子。质问我：“这是你小子干的事？”当时我只能先耍赖了，赖皮赖脸地说：“谁说这是卫生队的？谁家里没把椅子呀？你叫它答应吗？”兰队长懒得和我“白活”，他也是第一次进照相馆，看到这把椅子放在这么漂亮的照相馆里确实挺合适，就放了我一码。出于答谢，我答应免费给他拍一张卫生队的合影，这是照相馆试营业的第一笔“易货贸易”。当天晚上尽管兰队长没来，竟也来了七八个人。当时拍的这几张照片应该是照相馆的“处女照”。

正式开业以后，大家口碑相传，纷纷光顾，一时间照相馆热闹非凡。由于我在大兴照相馆有一定经验积累，再加上小何比我聪慧勤奋，虽然忙得不可开交但还算顺手，只是我俩一直没得喘息的机会。由于条件好，心气盛，我们还增添了当时只有北京、上海大城市才时兴的黑背景“艺术照”，为此成就了不少爱美之人。记得招待所的上海青年小虞拍了一张比较满意的照片，竟然放大了一张 12 吋的。后来，九〇粮库和连队来场部照相的人也渐渐多了起来，许多知青来场部也爱在照相馆聊会儿。最有意思的一次是，有位 13 连的老职工一家人赶着马车来照相，我问他照几吋的，照几张，他回答说：“这又不是买布，你看着整吧！整它五块钱儿的。”于是，小何“看汤下面”，用五块钱分别安拍了几张单人相和全家照，一家人高兴而归。到了夏天，连队来照相的人往往一路颠簸灰头垢面，我俩就预备上毛巾和脸盆。碰上小孩照相胆小认生，哇哇哭。我俩就轮着出洋相扮鬼脸，逗孩子乐。总之，我们竭尽所能，努力把每一张照片拍好。虽然没有强调什么责任心，却体现了我们尽责的职业态度。北大荒因为“荒”所以更重人情，只要我们做得稍好一些，老职工们就满怀感激。经常有人路过照相馆时留下几个瓜、一袋果、一条鱼什么的，往往都不知道是谁拿来的。那会儿，照相馆几乎没有固定的营业时间。场部的熟人、连队的朋友经常晚上来玩，聊透了、玩够了，顺便照几张相。赶上驾驶员体检换照什么的，跑车在外的司机白天没时间，就是半夜也把你从家里叫起来照一张。也正因如此我们结识了很多朋友，认识我俩的人也很多。即便不知道名字也知道是照相馆的小周和小何。所以我俩要想出门办事，上趟师部、富锦什么的就没有求司机搭车之苦，创业运输连的司机见到我俩基本上“招手即停”。

在照相馆的那段日子是充实的、幸福的。这一隅良好的氛围浸染着我们，也感染着大家。时间一长，特别是知青纷纷返城以后，还激发了一些当地职工子女学习摄影的兴趣。其中张宝林场长的儿子张斌学得最为认真，直至今日我俩仍然保持着联系。张斌调到秦皇岛工作以后，由于有摄影的特长，一度成为公安系统一名专业刑侦人员。书记张宝辰的儿子张健后来也调到照相馆工作，我带了他一段，不过那是我兄弟般的搭档小何回上海以后的事了。

现在，老照相馆没有了，但许多人一定还存有印着“创业照相”标识的老照片，这些照片都会带有那时的记忆。

我常想，从形象思维的角度，照相可以说是凝固的记忆；从逻辑思维的角度，记忆则是动态思维的参照系。人的一生会沉淀许多难以忘却的记忆，正是这些记忆塑造着你的人性，影响着你的一生……

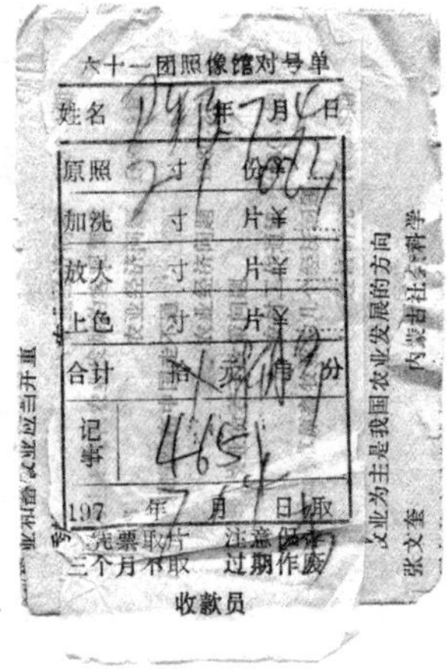
六十一团照像馆对号单
姓名 年 月 日
原照 寸 份
加洗 寸 片
放大 寸 片
上色 寸 片
合计 拾 元 角 分
记事
197 年 月 日取
凭票取片 注意保存
三个月不取 过期作废
收款员

当年照相馆用旧书报糊的照片袋，对号单是团部打字员帮助打的。（王笑微提供）

作者简历：周汶川，男，1948年8月出生。北京知青。1965年到黑龙江省七星农场，后改为黑龙江生产建设兵团25团。之后调到57团。1974年调到61团，先后在团直商店、宣传股、照相馆、工会工作。1981年返京。

创建银行

王 强

我于1969年五月到的6师61团1连，同年8月底连里又通知我去汽车连。年底团里成立武装连，我们汽车连抽调5个人：老鬼（刘继承）、耿永宽、我，还有两个修理工去工程1连武装连。转年1970年3月底我再次接到通知调团部，这件事比我调汽车连更不可理解：我谁也不认识怎么会调我，但在当时对我来说反正是件好事，就马上到团部军务股报到。军务股通知我到后勤处，后勤处冯士杰处长和我谈团里准备建银行，经团领导研究决定调我来，出纳人已定，准备再调一人由我们三人组建。先到25团银行学习、培训。和处长道别，脑子一片空白，建银行，怎么建，这辈子根本没想过到银行工作，但领导决定了，只有坚决服从，那个年代从来没想过有什么做不了，不会做的或者有什么困难不能克服的，只要领导决定了豁出命也要做好。

在25团银行学习、培训20天，头一星期学习基本功，打算盘及点钞，别小看这两样，想十天八天熟练可不容易，必须长期操作才能达到精准。25团银行前辈在算盘上安排了一道训练题：用17951这个五位数连续加10遍、再连续减10遍，反复练。一开始七八分钟还算不准，3天以后几十秒就做完了，而且还准确无误，这为我以后在金额数字计算上打下一个非常好的基础。下一步点钞就更辛苦了。那时没有点钞机而且也没有百元钞，面值只有10元、5元、2元、1元四种，看到前辈点钞的速度以及姿势的美妙真是羡慕万分。经过一周练习，点100张花费的时间由原来五六分钟到只用30多秒，由此我深深感到古人说得真对：只要功夫深，铁杵磨成针。再一个是阿拉伯数字练习，它是一种斜体写法，多年以后许多人看了我写的数字都说：你做过会计。

由于时间紧，团里要求银行尽快开张营业，我便匆忙结业回团进行准备。在老团部搭建一个绿色的木板房，木工用木板钉了一个简易柜台，又不知从哪找了个大铁柜配了一把大铁锁，就这样于1970年4月底开张营业了。那个年代也不讲仪式、典礼，只是团部各部门觉得新鲜，过来看看银行是怎么个样子，凑凑热闹。

当时建银行我们只有三个人：我分工信贷兼储蓄，秦洪德担任会计兼储蓄，原供应股出纳李桂芝任出纳。刚开始一个月非常忙碌，业务不熟练，只有边干边学。头半个月可以说除了睡觉，吃饭都换着吃，剩下时间都在干，根本没有上班下班的概念。全团所有单位——生产连队、直属连队、商店、医院、邮局以及团供应股，都得在银行建户、开户，日常的存款、取款、转账，还有个人储蓄的存款、取款，一天忙得不可开交。每天下班结账，当时由于全部手工做账，有时对不上，哪怕只是一分钱，都得一笔一笔核对，有时不顺利就要干到很晚，甚至半夜。银行规定就是这样：日清月结，每天必须现金账与会计账对上。就这样，一个月以后已经基本熟练，25团银行主任带两个人来我团指导，看到我们现状感到非常惊讶，连连说没想到做得那么好，所做的每一项都符合规定，只指出一些小的地方再完善一点。用现在的词，我们三个草根就这样把61团银行有模有样的干起来了。

速写：白长江

那时我记得最忙的时候是每月发工资以及发工资后一周，因为大家给家里汇款，到商店购物，有的还要到银行储蓄存款，这些钱还得回到银行，所以我们还得忙。当时这些钱每月要到富锦县银行去取，这是个辛苦活。头一天和汽车连要车，一般是我和出纳去，去的时候还行，我们坐在驾驶楼里，回来时因为解放车驾驶楼太小，每次取款都得多半麻袋，只有放到车厢上，我坐在上面。那时总在想，我屁股底下可是全团的口粮，责任重大。好在每次取款都把后勤处那把五四手枪带上，别在屁股后面，别说还真壮胆。那时手枪是个稀罕物，在县城饭店吃饭，屁股后面枪时隐时现，周围老百姓都以一种羡慕、崇拜的眼光看着你，心里还是挺自豪的。回来后枪有时延迟上交两天，约一两个好友到树林里打个一两枪，张新国、吴裕章都和我去过。当时子弹太少，过过瘾就行了。我那时爱交朋友，和装备股管军火库的小冉关系很好，时不时找他要几颗，机关不少人都和我过过瘾。

兵团 10 年的工作、生活经历，对我 30 岁以后的人生影响之大，到我退休时才悟出来。由于有兵团银行工作经历，回城以后，评经济师职称非常顺利，虽然以后工作岗位、职务多次变动，但都能胜任及做好，这都得益于兵团 10 年多的历练。

作者简历：王强，男，1951 年 2 月出生。天津知青。1969 年 5 月 29 日到黑龙江生产建设兵团 61 团。先后在 1 连、汽车连、工程 1 连、团部银行、税务局等处工作。1979 年 12 月底返津。

创业，人生的起始点

李雨农

我是1968年9月18日从上海市来到北大荒的，那时高中毕业，刚刚20周岁。刚到这里时，不叫创业农场，叫25团红旗连、五七连，当地地名令人费解，叫“火烧盂”。后来在这片土地上组建成61团，五七连也改名为61团3连。再后来兵团体制发生变化，又恢复了农场体制，61团就成了创业农场。说起来“创业农场”这名字起得挺好的，符合当时情况——我们就是在一片茫茫荒原上创业的，而作为曾经的兵团战士也在这片土地上得到了锻炼，成就了我们以后的人生。

初学农活

刚到3连，农活就是盖房子。土地刚刚开垦出来，还没有种上庄稼，所以我们从上海市西中学来的34位同学被分配到几个班里，与北京知青混编在一起。北京知青比我们来得早，所以他们就成了我们的第一任老师，他们怎么干我们就怎么干。盖房时我们主

要是当“力工”，负责和泥、挑泥、搬大坯、搭脚手架等粗活，而砌墙、苫草等“技术”活儿都是北京知青干的。

由于是新建连队，无基础设施可言，我们二十几位上海男同学住在一座简易的木板房里，四面透风，苍蝇、蚊子、小咬（比蚊子小的一种吸血昆虫）一个劲儿往里钻，咬得我们这些初来北大荒的上海人无处躲无处藏，领略了荒原残酷的一面。记得1968年那年第一场雪来得特别早，刚过国庆节就飘起了鹅毛大雪。早上我们从梦中醒来，发现被子上、铺上、地上和我们的头发上都挂满了白雪，也感到了丝丝寒意。连里领导——李连长、季指导员下了命令，要尽快将宿舍在封冻前完工，达到员工能入住的水平。于是我们迎着雪花，打开冻土做最后的拼搏，终于在第三场雪下来之前搬进了集体宿舍，宿舍里有热炕，有取暖炉，特别温暖。毕竟都是知青，年龄也相仿，北京知青和上海知青很快就融为一体，成了好朋友。

要说真正学农活是1969年初春的事。那时，按照连里安排，我和钱家鹏到马号工作——学赶马车。由于是新建连队，车是新车，马是新马（据说是从部队淘汰下来的），马号班里有几个老把式都是在老队里赶过马车的，我们就跟他们学：学套车、学喂马、学铡草、学拌料，同时要学老把式的口音指挥马前后左右地行动，否则那些高大壮实的大马是听不懂“洋泾浜”上海普通话的。

马有一个最大的特点是“恋厩”。有一次，我牵着马去遛弯，回来时想骑着回去。谁知刚一上马（马上没有鞍子，光光的马背），那匹驾辕的大红马撒蹄就跑，速度极快，而且所过之处都是以马头能过为标准，根本不顾身上还有一个人。当马冲到马厩前就要进棚时，老班长高喊一声：“快抓住头上的横杆！”在下意识中我抓住了棚前横杆，马冲了进去——好悬！如果没抓住横杆，我的头将正好撞上横杆，动能加势能，肯定是重重一击。老班长一声高喊不仅救了我，也使我懂得了马的特性。还有一次，我们三挂马车去25团13队拉麦种，班长打头走在前，我赶着车在最后。看到前面几位车把式走着走着就躺下了，由着马匹信马由缰地前进着，我也跟着学，谁知等一个觉醒来吓了我一大跳，原来马自己拐弯往回 3 连的方向走了，真是老马恋家呀。也就是在这一次，我第一次住进了大车店，那粗犷的言语、熏人的烟草、拥挤的床铺、活跃的跳蚤给我留下了深刻的印象。

当我亲眼看见自己赶车运来的麦种用播种机撒到了茫茫的黑土地，时间不长又长出了绿油油的麦苗时，从心里感受到了劳动的辛苦和成功的喜悦。只是还没等丰收，我和其他同志就一起整班调到 13 连去了。

宣传生涯

13 连也是一个新建连队，离团部将近 30 里地。刚到那里分配我与一位职工子弟磨豆腐。起初什么都不会，只会泡黄豆、转圈磨豆浆，后来慢慢学会了点卤做老豆腐和干豆腐，极大地改善了职工的生活。干了一段时间后，连里安排我到 2 排当排长。当排长期间带领 2 排战士锄草、割麦、收黄豆、打草和伐木，凡是农工所干的活儿几乎都干过。最奇特的是用茅草在泥沙里搅动形成“拉合辫”用来盖房，那时 13 连的大食堂就是这样盖起来的。

在此期间我还参加了连队的文艺宣传活动，主要是写词，有时也演出。记得有一次写一个关于秋收割大豆的节目，我把毛主席语录揉了进去：“做饭的来了，放羊的来了，我们为了一个共同的革命目标走到一起来了。”在连队演出时当场就获得了满堂彩，这句台词至今我还记得。后来又涉足给团部广播站写稿，这可能是我新闻生涯的起始点。这些广播稿引起了团部宣传股汪世雄股长的注意，很快就把我调入团宣传股任报道员。我的同学杨善华和孙国平早已是那里的主要写手了。去团部报到的那天，在解放牌大卡车里我见到了随团领导到连队去检查工作的团部广播员廉洁。记得在颠簸的车斗里，我们有简单的

几句对话，她问：“听说你要到我们宣传股去？”我答：“是的，我去报到。”她又问：“杨善华和孙国平是你的同学？”我答：“是的。杨善华与我同届，67届高中的，孙国平是66届初中的，都是一个学校的同学。”这一面之交后来成全了我们的姻缘，1974年我们成了夫妻——这是后话。

不知报道员是什么职务，只记得当时的主要工作是跟着汪股长到连队帮助“学习毛主席著作积极分子”写材料和讲话稿。别看不干农活身体上可以轻松了，但写那些材料却实在是一件苦差事，要把那些平凡琐事“拔高”，让它符合时代要求，而且要“出新”，展示出材料主人的高“境界”，这对于知识有限、见识也有限的我来说，真是难于上青天。所以白天写不出晚上写，一憋就是一整夜，困得东倒西歪就是写不出来。这年六七月间我回上海时，特意去上海第一食品公司买了一斤现磨的咖啡（一斤咖啡35元，顶了一个月的工资加边境补助），回来冲着喝，也解决不了困乏。一斤咖啡喝光了，高度还是上不去。那时正赶上麦收时节，我被调到麦收指挥部工作，主要任务是跟着团领导下连队了解麦收进度和麦收中的好人好事，同时兼顾给广播站提供一天麦收情况报道，还要编辑简报《麦收动态》，修改来稿，有时还要写编者按。其中有一期《麦收动态》被师部转发各团，我写的编者按被加黑字刊登，姜政委、陈团长，特别是主持麦收工作的张宝辰团长特别高兴，直夸奖。我写的广播稿是送给广播员廉洁的，她稍加修改后在广播中一日几次播出。就这样我们也加深了了解和感情。但这种感情是非显性的，直到我离开宣传股第二次到3连后，才感受到我们是离不开了，彼此多了一份牵挂，一份思念，一天3次收听广播成了我的必修课。

我仅在宣传股干了11个月，1971年11月就因组建武装连被调入3连当武装排长。排里有几架75无后坐力炮，我在业余时间练过，但一直没有真正放过炮，大部分时间还是干农活。就是在3连工作期间，我在九〇粮库学会了手工扬场、打撮、伐肩、穴粮囤等农活。1972年7月1日，我在李立森指导员和陈崇迁副连长的介绍下加入了中国共产党，同年9月我被任命为11连副指导员、党支部副书记。30日那天，我来到了兵团和黑龙江省的先进典型，具有“千吨粮连队”美誉的11连。

虽然在宣传股只干了11个月，但短暂的时间却在我身上留下了深刻的印记，从此与宣传结缘。后来回城后我当过人事处长、党办主任、党支部书记等职，但干的时间最长的还是宣传部长。后来到报社工作，当主任、副总编、社长，始终没有离开宣传口儿。所以我要感谢创业农场，为我今后从事的工作打下了基础。

千吨粮连队

61团11连在团外名声如何我不太清楚，但罗指导员出席过兵团先进表彰大会一事我是知道的，周连长上调团部当副参谋长就是因工作有成绩。周连长到团部工作后，罗指导员又当连长又当指导员，工作上非常忙。我就是在这一背景下调来的。当时连里还有一位女副指导员夏秋萍，她是我在宣传股时的同事。不久，罗指导员转任连长，我被任命为指导员，从此开始了我在11连长达6年的工作。

由于11连是先进连队又是千吨粮连队，所以这里的机械化程度较高，有一台自行（无须拖拉机牵引）的东德产“康拜因”，省却了每次麦收时人工为半自动收割机开道的时间，工效有了极大提高。记得是1974年的那次麦收，连里来了一位师部的赵干事，据他说是抗美援朝的老兵，是个文艺战士。他拿起任何一篇歌谱儿，一看就能马上将这首歌唱出来，令我惊叹不已。为了争取在雨季来临前完成麦收任务，向八一献礼，不知哪个连队“发明”了晚上收割麦子的“奇迹”，团里要求各连队推广。老职工告诉我晚上有露水，小麦打不净，太浪费了。我想晚上收割麦子，既费事不安全又浪费粮食，反正收割手段齐备，所以没有执行团部关于晚上收麦的指令。说来也巧，在一个风高月黑的晚上，一辆“天津”吉普停在了连部门口，上面下来的是齐玉恩副参谋长，质问我为什么不收麦子，我说明了原因，但他不听，一定要我出车去收麦子。我凭着年轻气盛和齐副参谋长争执起来，把老齐头气跑了。晚上睡觉时，赵干事跟我讲了他年轻时的故事，并告诉我“有理让三分”的道理。这句话点拨了我，使我懂得了让人下台自己也下台的哲理。虽然我因这个“事件”受到了团长政委的批评，但“有理让三分”的道理我一直记在心里，成了我的座右铭。在后来的工作中，我的职务有变化，有升迁，但“有理让三分”这话一直提醒着我，帮助着我，在工作中与同事们和谐相处，使我受益一辈子。可惜赵干事叫什么名字我一直不知道，也不知道赵干事现在何处？

11连是兵团和黑龙江省的先进单位，所以从那里抽调了许多骨干到团部及其他连队当干部。等我去时连队已经开始走下坡了。1973年，罗宝华连长调新组建的14连当连长，团里就把宋政治调来任连长，我当指导员兼党支部书记。

宋政治是一名老农垦战士，之前在2连当过连长。最早知道宋连长，是我在政治处宣传股参加麦收工作组驻1连时。有一次有一个老农模样的人从2连地里走来，抽着烟，一脸的黧黑，给人憨厚的感觉，话不多。他们告诉我他是

2连连长宋政治。宋连长走后，1连连长告诉我，别看老宋名字里有“政治”两字，但他还不是共产党员，连队支委会研究工作他都参加不了。

沉默寡言的宋连长一到连队，我们首先召开了连干部会议，各副职干部汇报了分管工作。对于这一切，宋连长总是认真地听着、记着，并不急于表态，也不谈今后工作打算。散会之后，他就开始调查研究，到机务排、农工排和后勤食堂，查看历年来的财务报表和晒场粮囤，连面粉加工厂、烧酒作坊和猪马号都去了。半个月后，他约我去地号察看小麦、大豆的长势，了解播种和施肥情况，盘算何时收割入库，并从小麦长势估出了当年的亩产和总产量。在此期间，我与老宋相互提携，取长补短，配合默契，11连重新走上了发展之路，每年都保证打粮1000吨。宋政治也在11连工作期间光荣地加入了中国共产党。我1978年底返城时，他仍在11连当连长。我们两家关系甚好，常有往来。记得有一段时间我身体不好，在家里休养，有工作都是他到我家来商量。他极爱抽烟，喜欢用烟叶卷“大炮”，每卷完就想抽一口，可是看到我身体欠佳，他就忍着并不将烟点着，体现了长者的宽厚和细心。

后来听说，他们一家都搬到河北省石家庄市居住了，宋政治连长何时去世不得而知。前几年廉洁与他们家通过电话，得知他们一家目前生活尚好，子女的工作也比较满意，我想，这也足以告慰宋连长的在天之灵了。

由于连队业余生活单调，知青们工余时间无所事事就会生发事端。一次有人揭发：有些天津和哈尔滨知青打牌赌博。在那个时时处处讲革命化，讲“三忠于四无限”，动不动就斗私批修的年代，哪容得下资产阶级剥削性质的赌博出现？连领导经研究，决定给这十几个人办“学习班”：白天干活——扛大原木、剖木成材，晚上学习。作为指导员的我承担了办学习班的任务。白天我们一起干活，晚上一起学习“老三篇”，谈体会、做检查。但是从第一天干活起就下起了大雪，三天没有停过。晚上学习时，有人说，看来赌博就是不对，连老天爷都不答应。朝夕相处，我也与这些“赌徒”们成了好朋友。1997 年我有一次去哈尔滨市东安发动机公司采访，晚上一帮哈尔滨知青请我吃饭时，还提到了这件事，可见印象之深刻。那时他们也已返城多年，有的成了司机，有的是一线工人，还有的当上工段长，成了生产骨干。看来北大荒、创业农场还真是我们广大知青的一所大学校，年轻时在这所大学校里经历一番磨炼，对我们来说，实在称得上是一件幸事。

我是 1979 年 3 月返城的，转眼 30 多年过去了，虽然经常能听到创业农场发展的消息，但因工作繁忙始终没能再踏上那块令我魂牵梦绕的地方。我要说：北大荒、创业农场，你还好吗？如果再踏上这块神奇的土地，还能找到我们当年奋斗的足迹吗？

作者简历：李雨农，男，1948 年出生。上海知青。1968 年 9 月到黑龙江生产建设兵团 25 团五七连（后改为 61 团 3 连）、先后在 3 连、13 连、团部、11 连工作。1979 年返沪，1980 年调北京工作。

当年热血沸腾时

甄迎利

不知从什么时候开始，回忆多起来，遗憾多起来，我知道“老”不可避免地来了！我们加强了营养，增加了运动，试图延缓衰老的速度。但是，时间的运动太强大了，谁又能与之抗争呢？我和我先生都曾把北大荒当作第二故乡，也都曾立下将北大荒建成“北大仓”的誓言。所以兵团10年是我们回忆最多，谈论最多的话题。我们经常把甜酸苦辣搅拌在一起拼凑记忆的碎片。几十年前的边疆老友们满怀感情的回忆鼓动着我也愿将自己的经历体会写出来晒一晒，与老友们共同分享。

遥想当年也是那样“踌躇满志，傲气十足，却又青涩天真的我，真把自己当成了太阳去开拓祖国的边疆，于是就有了去兵团的行动”。这是一次重要的行动，我的人生由此开始。事情还要从1967年说起……

1967年底北京工艺美术学校结束争斗，各派联合开始复课。我当时在校革委会做宣传委员，可以很容易到图书馆拿书看，于是上课之余我会把一大摞书抱回宿舍。好书总能慰藉空寂的心灵，为迷失点亮一盏灯。记得那时读到一本艾芜的散文《漂流杂记》，使我爱不释手。优美的文笔描绘出西南边陲旖旎风光，朴实的描写展现少数民族多姿多彩的生活。还有一本好像是《雁飞塞北》，讲的是一批知识分子和复转军人开发北大荒的故事。这些对当时的我无疑具有很强的吸引力，顿时就产生去那里生活的念头。可能潜意识中自己已开始怀疑、厌倦、逃避，寻找出路，只是自己没意识到罢了。当打听到有西双版纳的建设兵团招人，我迫不及待写了申请书交到三结合的革委会。因我校是属市二轻局分配，所以现役军人代表的主任，工人代表的副主任和我的老师都再三劝阻并通知了我的父亲。父亲那时自顾不暇，哪里敢阻挡女儿的革命行动，但他建议我离京前去看看妈妈和兄弟姐妹（我家 1965 年由于父亲的调职已搬去西安，我从小经历多次这样的搬迁）。当时父亲在北京，是被原单位革命者们叫回去算旧账的。于是，我和请了假的父亲一起回西安去见母亲。我家是住在单位大院里的，当权派自然要夹着尾巴，可这不影响我们一家人团聚的快乐。妈妈从来不会温柔抚爱，她的心都放在几盘平时不常做的菜里了。姐弟们也都分享着相互间的苦与乐。我沉浸在家庭的亲情中，幸福着、享受着，乐而忘返。直到有一天，妈妈说要我转学到西安的学校我才警惕。我想回北京，但妈说快过年了，便与我达成协议，她同意我去边疆，而我必须在家过完年再走。然而，春节还未到，我就在报纸上先后看到了知青奔赴南疆西双版纳和黑龙江农场的消息，我这才恍然大悟，不得不佩服妈妈老谋深算的缓兵之计。过完年，我沮丧地回到学校，为我的迟钝懦弱后悔。1968 年初“接受贫下中农再教育”的最高指示发表，伟大的“治国之策”为迅速安定国家，平稳社会，找到一条快捷、安全、省钱的路，也使同我一样在迷茫、徘徊中寻找出路的一代知青似乎见到光明。领袖的教导是共产主义接班人最高准则，我的热血沸腾，要求自己做一个优秀的太阳，所以当黑龙江建设兵团来招工时我没有任何犹豫，不管领导、老师、好朋友的劝阻马上报名。我和几个同学一起去附近一所中学（忘了 49 中还是 59 中）听情况介绍。垦区来的人讲得很客观，记得深刻的是——条件艰苦，房子是“弯着腰，拄着棍，披头散发掉眼泪儿”，是用草和泥盖成，还有照片为证。还告诉我们“棒打獐子，瓢舀鱼”的情景不再，那是十年前才能见到的。吸引我们的是在草甸子里还是能捡到野鸭蛋。很感谢他给我们讲的艰苦的环境，比如：冬天大烟炮，夏天的蚊子，春天的翻浆期，草甸子里的漂垡子。讲的是苦，却讲得很风趣，越发鼓舞一颗颗初经风雨的年轻人屯垦戍边的决心，也使我有了接受艰苦生活的准备。

报名后写信给母亲告之行期，母亲回信说将派姐姐来京帮我准备行装。我恐怕这又是她策划的一步新的拖延措施，所以我告诉妈妈行李我都打点好了，行期已近没时间等待，执意不让她们来京。就这样，1968 年 6 月 26 日我登上自己选择的人生旅途，没有送行的亲人，只有学校里几个要好的朋友。没有伤心难过，因为我似乎早就准备好了。眼泪是被火车上下亲人们离别之情和站台上锣鼓喧天的气氛催下来的。同行的有特艺班同学吴德宝（后改名吴建疆可见决心之大）和装潢设计班的张志生，都是工艺美校一年级的学生。火车上我又见到我校织专业二年级的一个同学张平卉（后改名张垦）。年轻人的喜怒哀乐都挂在脸上，同车厢 49 中和 59 中的学生刚刚哭得涕泪横流，车开几分钟气氛就完全改变了，这里又成了年轻人无拘无束的天下。我在第一时间认识了王世华、付本立等新朋友。我们自称大哥大姐，把他们看作弟弟妹妹。一路上大家说说笑笑，活泼友好。当到达七星农场时，我却得到一个消息，说我们被分配的连队不是最偏远的连队，而王世华他们分去的五七连才是新建连队。张志生、吴德宝和我都立志要去最偏远的连队。一腔热血鼓动着不知天高地厚的我们，在王世华他们的帮助下我们偷偷把行李搬上了去五七连的大卡车，又在他们的掩护

下上了车。路上被五七连职工小罗发现，又是朋友们帮我们说话才没有被赶下车。就这样我到达了七星农场（25 团）五七连，也就是后来的 6 师 61 团 3 连。（有些事不一定记得很清就请吴德宝补充吧。）

作者简历：甄迎利，女，1949 年 3 月出生。北京知青。1968 年 6 月 28 日到黑龙江生产建设兵团 61 团曾在 3 连，工程 1 连、团妇女队、工程 3 连、团直中学、团一分校工作。1979 年 3 月返京。

第一次

龚礼明

在上海举行的一次青年干部联谊会上，主持人要求每一位出席者介绍本人简历、讲述一件本人人生道路上的有趣小故事。我作为一名上海人称为“黑兄”的参加者，自然不免要谈到那黑龙江的风风雨雨，谈到我的青春年华。至于那有趣的故事嘛，我的题目是“第一次”。不曾想到这小小的故事却引起了与会者的哄堂大笑，一些人笑出了眼泪，直对我说“想不到你这位公司经理年轻时还有如此奇妙的经历”。呵，离开黑龙江创业农场至今已有十一载，回首那“第一次”，毕竟是我20年前的故事，但在我的脑海中却记忆犹新。

1969年，当时我还是一个20岁的小伙子，别看我年轻，在25团已整整骑了一年新疆伊犁种公马。骑在马上真神气，别的小伙子都羡慕地称我像小说中的堂·吉诃德，煞是威风。对种马好马的嗜好驱使我调到刚筹建的61团军马连。当时的军马连，连一匹马也没有，只有树林、野草。领导告诉我们，我们军马连将购买许多好马，什么“三河马”“伊犁马”“顿河”“奥尔洛夫”等等。我的心直痒痒，总想有一天能骑上那些良种马驰骋原野。在连马屁股也见不着的“军马连”苦熬了几个月后，一天连领导找我谈话，说是军马连目前马匹暂时未到，决定送我去团部兽医站办的兽医学习班学习。在兽医学习班一晃就是半年，学习结束后，我就返回军马连。不知是何缘故，军马连就是不见马影子，却见在连队驻地北面开始砌起砖窑。据说那儿发现了很大的沙场。果然没过多久，连“军马连”的名称也改了，称为“工程2连”。为了此事，我们连的知识青年着实悲伤了一阵子。“军马连”成了“工程2连”，马匹变成了红砖，我这名小兽医自然“失业”了，我心里好不难受。我们连当时除了知青外，为养军马曾安置了一些擅长养马的“老把式”，他们把家属也带来了，小孩也带来了，给我们连队带来了生活气息。但大人小孩总会有些头痛脑热的小病，连队曾配备了一名卫生员，但由于这名卫生员体质较差，不能胜任。连队指导员不知怎么搞的，却想到了我这名曾在兽医学习班培训过的小兽医。

一天指导员找到我，向我宣布一项重要决定，要我担任连队卫生员。面对这突如其来的决定，我惊得目瞪口呆，嚅嚅地询问指导员“我学的可是兽医，是给马、牛、羊看病，而卫生员是给人看病啊！”指导员却一本正经地答道：“人也是动物，是高级动物，人和马牛羊一样都吃五谷杂粮，都会得病，得的毛病都差不多，给人看病与给牲口看病的道理一个样，我看你先对付着干吧！”指导员的答复简直让人哭笑不得，但也无法推辞。就这样，我这名“小兽医”摇身一变成了给人看病的“小大夫”。堂·吉诃德没当成，却成了一名“白衣天使”，真是阴差阳错。

靠着我在兽医学习班学到的动物解剖知识和药物知识的肤浅基础，加上我去书店购买的几本医学书籍，居然也能凑合着当“大夫”。开始我们那些知青“哥们”见我这个兽医大夫给他们看病，吓得直喊我“蒙古大夫”，说是可别把他们不当人治。好在连队看病大夫只此一家，别无分号，得了头痛、牙痛病只得找我这名“蒙古大夫”恶治一下，果然奏一点效。没过几个月，在连队中居然也有一些人不再称呼我“蒙古大夫”，而正儿八经地称起我“龚大夫”。连里指导员在全连大会上还公开称赞我“医术有所长进”，这时我心里也暗暗思忖：“指导员当初的话也不错，人与马牛羊治病差不多，这可能叫‘触类旁通’吧”，心中也微微有些得意。可好景不长，没过多久，我这名20岁的小伙子却遇到了一件意想不到的棘手难事。

一天半夜，我在连队卫生所里正蒙头大睡，忽然听见一阵急促的敲门声，我以为是哪位知青“哥们”肚子痛或什么病来要求看病。我穿上衣服，开门一看却是老职工老陈（其实他年龄并不大，只有三十来岁。脸长得较老些，我们知青都叫他老职工）。老陈见我开门，神色慌张、急切地对我说："我老婆肚子疼得厉害，怕今晚是过不去了。"我以为她是吃坏了肚子，忙问："你家今晚吃什么来着？"老陈连忙抓耳挠腮地说："唉，龚大夫，不瞒您说我老婆今晚要生孩子了，你马上去帮忙行吗？"老陈用哀求的目光盯着我。我想我可是从未干过这接生的差事，这可不是闹着玩的。想到这里，我连忙说："老陈，您不能赶快送团部医院吗？""不行，已经来不及了。"老陈急促地回答道。为了进一步劝老陈，我继续说道："我可是个大小伙子，只给马给猪接生过，从来没给人接生过，万一有个三长两短，我可不好交代啊！"可老陈仍不死心，对我瞪大眼珠说："什么事都有第一次，你就把给我老婆接生作为开头，如有三长两短，我绝不埋怨你。如你成功，我将一辈子给你磕头，这还不行吗？"老陈的话和他的眼神使我无法拒绝这"第一次"，真没想到兽医没当成，却在给人接生上要"动真格"的了。当时的我，脑海中直翻腾，这样的"第一次"实在是太难了，这样的"第一次"看来是无法躲避了。我悻悻地整理着卫生箱，努力克制着自己，迈着沉重的脚步，向着漆黑的深夜走去，去履行我年轻人生道路上的"第一次"不寻常的使命。

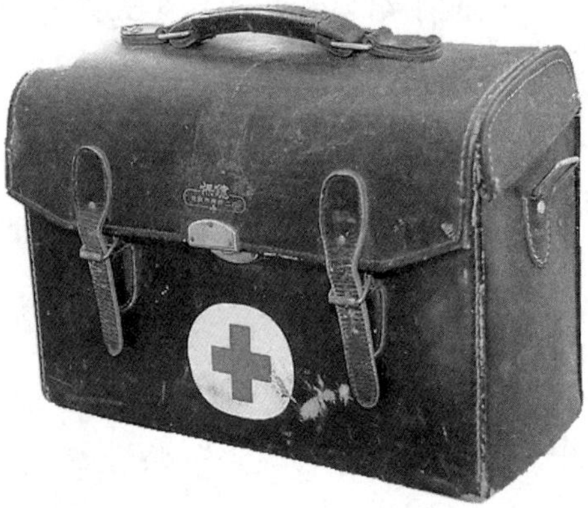

来到老陈家，只见昏暗的油灯下，老陈的妻子正痛苦地呻吟，那急促的呼吸、额头上豆大的汗珠，使我大吃一惊。我竭力冷静下来，这时我真后悔自己平时未多学些妇产科知识，但后悔又有什么用呢？好在学习兽医时，我们曾去实习给马给猪接生的技术，我想大概原理差不多吧，可能的差别是人会说话，而动物却不能，想到这里，我心里反倒踏实了。我壮着胆子，连忙给老陈妻子做阴部消毒处理，老陈在一边也不断安慰我。果然到了后半夜，随着阵阵宫缩，一个小生命就要诞生了，我认真地保护会阴部，但孩子的头部却在会阴部上卡住。老陈妻子痛苦得大叫，我心里紧张极了，心想这下凶多吉少，我的脸涨得通红。老陈在炕边抓住妻子的手，鼓励她“使劲，使劲”，只见孩子的头慢慢地从会阴处蠕动出。啊，成功了，幼小的生命诞生了。老陈兴奋地喊道：“是个小子！”痛苦中的妻子听到这话，像是吃了止痛药，面露难色地说：“好啊！”可惜的是生下的孩子一声不吭，脸色像猪肝似的，我心想坏了，准是让羊水给憋的，赶紧一把抓住孩子双腿倒拉着拍打孩子的屁股，但无济于事。我急中生智，连忙拿出消毒止血带，将管子伸进孩子口中，我用嘴吮吸着止血带，一口羊水吸进了我的口中，哇，好腥啊，再吸一口，又是羊水，只听得孩子“哇”的一声大哭，给昏暗的小屋带来了生机。惊慌中的老陈“扑通”一声跪在地上，连连给我磕头。

我大声吼道：“你这是干什么！还不马上干活。”

清晨老陈妻子与孩子已静静地熟睡了，老陈还在紧张愉快地忙乎，我迈着沉重的步伐走向卫生室。四周又是那么的静谧，回首望去，只见老陈家屋顶上的烟囱冒着袅袅炊烟。打这以后，我又为连队接生了好几个孩子。

20年过去了，多么令人难忘的“第一次”啊！人生总有第一次，但愿第一次是成功的。我第一次接生的那个孩子如今也该20岁了，但愿今后能再见到他。

作者简历：龚礼明，男，1949年8月出生。上海知青。1968年9月下乡到黑龙江省七星农场1队（后改编为黑龙江生产建设兵团兵团6师25团1连）。1969年6月调至61团，先后任职于工程2连、卫生队。1979年返沪。

二十四知青挺进原始森林

陆桂屏

20世纪60年代，北大荒原始森林是什么样的，冰天雪地什么样，没有亲身体验想象不出来；当年热血沸腾的知青，再苦也不觉得苦，现在想起来，的确没有比当年更苦的事了。

一、哪里艰苦哪里就有知青

热血沸腾，雄心激荡，毛主席的红卫兵志在四方。到边疆去，到祖国最需要的地方去。

1967年12月，一列火车满载着北京知青驶向寒冷的北大荒，其中就有我和北京女四中的同学，这一年我17岁。离开首都，销掉城市户口，第一个落脚点就是25团十二马架开荒队。1968年底团部又有新的指示，要抽调人力物力开发新建61团，十二马架的知青都写了申请书，最后批下来只有我和姚燕。进驻61团的是24人的小分队。这些人都是体质棒、非常能干的人，任务是在原始森林中新建一个连队，就是后来的13连。当时61

北京女四中和
北京80中的学生们初到北大荒

我们在十二马架开荒队住过的土坯房

团只有一个作“驿站”用的落脚点，名叫火烧盂，临时栖身的是帐篷，周围都是一望无际的原始森林和白茫茫的积雪。雪地上有动物的脚印，还有动物的嚎叫声。到达火烧盂已是傍晚，12月北大荒寒冷刺骨，帐篷外不见一个人影，帐篷里大铁桶不停地燃烧着木头，没有报纸、收音机。吃完晚饭，天就黑下来了，一个帐篷只有一个煤油灯，星星点点的光亮，每个人坐在属于自己一块的地方背靠着被窝在聊天，聊着聊着就睡着了。

二、大红萝卜和大紫茄子

寒冷袭击着知青，冻白了，冻肿了，稚嫩的脸蛋变成了大紫茄子。

第二天，天刚亮就听到集合的哨子，一台拖拉机，一个特大的木爬犁，爬犁上装着镐、铁锹、锅等，24人一天的食品。我们每个人无非就一个行李卷和脸盆，都放在爬犁上。这时的气温都在零下40℃左右，空气都快冻结了，头上飘着雪花，刺骨的风咆哮着，只有我们准备出发的人在爬犁旁。每个人都蹦着，不蹦就要冻僵，在等待着出发的命令。正在准备的时候，我突然感到鼻尖、面颊和十个手指尖一阵刺痛，被冻白了。好友姚燕马上用雪帮我搓，搓着搓着，她突然说她的手怎么都伸不直了，我一看，只见姚燕的手都成了大红萝卜。虽说过些日子恢复正常，但这几个地方以后特别容易冻伤，直到上了学离开北大荒后才慢慢地好了。一会工夫好几个人被冻了，实在是太冷了，突然一个哈尔滨女知青尖叫起来，大家的目光都转向她。一个非常漂亮的小女孩，大大的眼睛，白白的皮肤，她叫王丽娜，芳龄 15 岁，她也被冻了。和她一起来的哈尔滨知青大多是 15 岁，看到好友冻白了，没有任何生活经验的孩子居然用热毛巾敷到了小王的脸上，马上她那原本漂亮的脸蛋，一下成了大紫茄子。直到一年后离开 13 连也没好利索。40 年过去了，那瞬间变紫的漂亮脸蛋，仍深深地留在我的记忆里。

三、大圆球

北大荒 12 月特别冷，我们穿得像个大圆球。

出发了，所有能穿的都穿上了，脚下穿着棉靰鞡，棉靰鞡里穿着毡袜，毡袜里穿着毛袜子；身上穿着小棉袄，小棉袄外是棉大衣；毛手套棉手套，围巾口罩棉帽子，真是里三层外三层。我们 24 个人坐在一个爬犁上，拖拉机向前驶着，不一会就冻得坐不住了，穿得圆圆的我们，像球一样从爬犁上滚下来，顺着爬犁压出来的脚印拼命地跑，直到跑不动了，就又爬上爬犁。拖拉机不停地开着，只有我们不停地滚下来又爬上去，就这样走了大约 40 里路，到了我们要开发新建的 13 连的驻地。这里只有一片原始森林，森林周围是一望无际的厚厚的积雪。瞭望远处，除了森林就是白雪。当年拼命向荒原要粮，如今时代不一样了，北大荒本来是纯天然的壮丽景观，只可惜，人类为求生存向大自然不断地索取，原生态的湿地现在大多已荡然无存。

四、搭帐篷

把帐篷建在林子边上，建在雪地上。我们都是拼命三郎。

我们50后的知青来了，在原始森林中建设连队。什么都没想，没想苦不苦，没想吃什么，没想在这里呆多长时间，只知道是革命，是党和毛主席派我们来接受贫下中农再教育。下了爬犁，马不停蹄地干起活来，休息就意味着挨冻。为了搭帐篷，大多数人都在用镐刨地挖坑。真是冰冻三尺，一镐下去一个白点。我当然是使用镐的，我的力气不是一般人能比得上的，能干是公认的，大家谑称我是“鲁智深倒拔垂杨柳”。炊事班来了一个人，他搭起了铁锅，把周围的雪放锅里化水，周围的雪都被我们一桶一桶地倒进了锅里，喝着这个雪水，吃着我们带来的压缩饼干。吃完了马上接着干。就这样一个帐篷没搭完，天就黑了，我们又走了40里路，回到了“驿站”。第二天天刚蒙蒙亮，我们又要走40里路到13连，这样往返80里路，同样是刨冰搭帐篷，到了天黑，还是没搭起来。大家说什么都不愿意回去了，连夜干，直到第三天我们才搭起了帐篷。中间隔了一个布帘，有三分之二的地方是男知青和老职工，三分之一的地方就是我们8个女知青。帐篷的两边搭的是通铺，粗的木头当桩子和框，然后在框上摆上细的树干，树干上铺满稻草，再上面就是我们的褥子，每个人只有一个褥子大小的地方。帐篷中间有两米宽的地方，搭了一个炉子，炉子是用大油桶做的，把上盖打开一半，放倒，安上特粗的烟筒直径有五六寸。每天晚上我们24个人锯的锯、劈的劈，大约得干两个多小时，堆上一堆木头才够一晚上烧。有的是木头，每天也要烧掉很多木头。进驻点最初阶段主要是准备取暖的木头。

五、打第一口井

向更寒冷进军，苦战日日月月。现在我虽然进入老年，但比年轻人抗冻。

最寒冷的冬天，我们开始打井了，连里挑选了精兵强将，当然也肯定有我，大概只有我一个女知青。选好井址就开始挖了。从帐篷里出来，冷风一会就刺透了衣服，手脚开始发凉，我们拼命地跑、跳、蹦，一会儿手开始化冻了，手关节由酸痛慢慢舒展开。手开始化冻了，更要玩命干了，否则又会被冻。这种化冻的过程，每天都要经历一次，现在想起来都打寒颤。我们打井只有4个人，站在井址边，寒风凛冽地刮着，镐下去一个白点，每个人只能刨一下，轮换着挖。进展很慢。随着井深了，井边安上了辘轳，下去就站在绳子下拴着的水桶里，在井边摇着辘轳吊入井里。井口很小，大衣就不能穿了，迅速地脱掉大衣，踏进水桶，就被下到井的底部。挖一铲马上就要上来。也就是因为挖井，我学会了喝酒，越往下挖越深，每下去一次，就得喝一口酒，否则人受不了。每次下去，我都争取多干一点，就想干什么都要比别人强，不折不挠的坚强意志，丝毫不考虑身体怎么样了，每次都是井口上的人硬把我摇上来。大约一个多月的时间才把井挖好，也就是说，我们这一个多月喝的是用雪化的水，因此一个

左起：陆桂屏、姚燕、贺放

月也没洗衣服。一个多月只有一口锅一个炊事员，既要做水又要做饭。当我们打出第二口井的时候，留下了我们知青打井的照片。

照片里我在摇辘轳，穿着常年干活穿的衣服，一副风吹雨打的面容。全连欢呼雀跃，清甜的泉水呀，比蜜还甜哪！

六、人与动物的和谐

原始森林动物很多，原始的生态养育着野猪、熊瞎子、狼、野兔等。

没有厕所就在原始森林里，没有围挡，你只要上就行。茫茫森林里有太大的空间，外面刮风，林子里面没有风，白天还好，晚上一个人就不敢出去了，晚上经常有狼在我们帐篷周围走动嚎叫。男知青有勇敢的，到门口去敲钟，狼也就跑了。离团部30多里路，每天都要有一名邮递员往返去取信，我第一个要求当邮递员，我要锻炼自己的胆识。但领导不同意，主要是不放心，最后领导选了一个知青，第一天我们全连人员目送他到了望不见的地方，仅仅一会功夫这个知青就拼命跑回来了，满头大汗，说被熊瞎子追逐，要不是跑得快很危险哪！到处都是狼，白天成群结队的狼，面对我们集体的知青，只是遥望着我们。

七、人与人的和谐

有人问：当年的人为什么那样纯洁无瑕？现在人看，纯洁得有点傻。

此时除了一片森林，一个帐篷，剩下就是我们24个人，在这北国风光、千里冰封的世外桃源里，有一位是领导，一位是管理员，负责到40里外的团部采购我们要生活的食品，其余的人都是农工。我们非常团结，无忧无虑地生活着，没有桌子，没有书，没有学习，没有谈情说爱，没有打架，只有拼命地工作，以能干为荣。天真无邪的我们，只有孩子般的清纯，我们用喝水缸子接满水，放在帐篷外，一夜之后就冻成了冰，没有糖，吃着冰就好像吃的是冰棍，一样好吃。冻冰棍是我们唯一的饭后零食。知青点发展到50多人了，够一个排的建制，排长是北京高三的知青叫甘大方，是四机部高干子弟，人长得比较帅气（现在这样认为），不过，当时没有人注意谁长得如何，只注意谁能干、谁艰苦朴素。1969年我已经19岁了，思想单纯得很。基本的生活安顿下来了，我们开始到林子里伐木，连里派我和甘大方去踩点。这一天吃过早饭，包了几个馒头，拿着雪橇，我们俩就出发了。森林和森林之间相隔很远，因为都是原始森林，根本没人走，眼前是厚厚的白雪一望无际，根本无法一步一步地走，我们拿雪橇滑着走，滑不了的地方就连滚带爬，只管走路，也不说一句话，直到太阳偏斜了，我们才停下来，坐在树棵子上把冻得硬邦邦的馒头一口一口地嚼着吃了，既没有菜也没有水，我既没看他一眼，他也没与我说一句话。慢慢地天黑下来，整整地走了一天，我们是在工作，原始森林里没有其他人，只有野兽在叫、鸟在叫。多像影视剧里的浪漫场景呀：白雪皑皑，一马平川，只有23岁的他在前面飞奔，19岁的我在后面紧紧跟着。那个年代呀什么心思都没有，清纯得像地上的白雪那样无瑕。

八、似乎永远都在战斗

备战、开荒、救火……我们的青春年华充满活力。

两个月后又要来新职工了，在原来的帐篷边上又并排搭起一个帐篷，新来的职工是从25团各队抽调来的，他们是张慧、铁环、贺放、叶湘文等。人多了我们开始凿地窨子，就是凿地一米，有力气的用镐凿，力气小的用铁锹铲，再把冻土块运走，地窨子大约长40米宽10米，工程量很大，都是我们一镐一铁锹地挖。我当然还是抡镐的生力军。不知过了多长时间地窨子挖成了，地下深一米，地上用树干搭起人字形的房柁，柁外面铺满草。所有的男青年都搬到地窨

前排左起：叶湘文、胡乃芳、陈行颐、桂玉兰
后排左起：贺　放、严　敏、姚　燕、陆桂屏、董玉珍

子里去住，帐篷里住的全是女知青。这时正是1969年备战非常紧张的时候。每顶帐篷每天晚间留一个人站岗放哨，并负责烧炉子取暖。这一天轮到我值班，我是非常认真的，目不转睛地盯着远方，怕有苏修特务入侵，我们驻地是离“苏修”较近的地方，属于一线的二线，在当时备战的气氛很紧张，晚上基本都不敢脱衣服，随时都要集合。突然我看到“苏修”方向有几束灯光忽隐忽现、由小变大、由远变近。我马上告诉帐篷最边上的人，一个传一个，很快大家都知道了，急忙起身穿衣穿鞋。当穿鞋的时候，意外发生了，地上的鞋都不见了，正当大家着急的时候，突然一个人小声地说道，鞋都跑到墙根里去了。集合的时间是有限的，有些人没穿上鞋，就跑出来集合了，逗得男知青哈哈大笑。原来这是男知青的一场恶作剧：他们看到我值班连眼都不眨，故意顺着床底下，一双一双地把鞋拖到床里边，才有了前面的镜头。春天到了，冰冻开始融化，我们开始向草原进军，我们经常遇到大火。一次我们正在打草，突然大火朝我们烧过来，大家都朝一个方向飞跑，我看到火向不对，马上招呼大家往另一个方向跑，当我们跑出来的时候，火一下子窜了过去。当时所有人都一下躺在草地上，直喘粗气，我们躲过了一劫。有一次早上太阳刚刚升起，我们就看到了火光。我、甘大方、姚燕在冰冷的草地里走了20多里路去救火，火光就是命令，因为要跑，身上的衣服太累赘，我把上衣脱在了草甸子上，甘大方把雨靴脱在了草甸子上，姚燕把棉裤脱在草甸子上，救完火，我们无法行进了，我们脚抽筋了，腿麻木了，胳膊举不起来了，最主要的是天黑了迷失了方向。回来全靠老职工一路点火把，才回到帐篷里，已经是又一天的早上。

作者简历：陆桂屏，女，1950年1月出生。北京知青。1967年12月下乡到黑龙江省七星农场十二马架（后改为黑龙江生产建设兵团6师25团7营74连），1968年12月调至61团，先后任职于13连、14连、25连、工程2连。1973年9月上学离开兵团。1992年返京。

风雪夜归人

白长江

夜幕笼罩下的黑瞎林风停雪住、明月高悬、万籁寂静，几根被寒风折断的树枝，不情愿地从高高的树梢栽到松软的雪地上了无声息。整座树林和帐篷被刮了多半天风雪交加的“大烟儿炮”（东北当地的俗称）披上了厚厚的雪甲，唯有帐篷里昏黄的马灯宣示着对零下40度严寒的无声抵抗。

帐篷里“劈啪”作响的大木头柈子在炉膛里明晃晃地燃烧着，劳累了一整天的人们或在灯下写着家信，或半披着棉被坐着唠嗑，呛人的“蛤蟆头”烟草味儿弥漫四周。我掏出棉靰鞡里的两只汗湿的鞋垫儿，坐在火炉前耐心地烘烤着。周连长和老张、大徐他们在一旁正商量着第二天的工作。

突然，被“烟儿炮”堵得严严实实的门帘子动了几动，一个满身雪花、寒气袭人的身影踉踉跄跄地撩开帘子，上气不接下气地依靠在门口的立柱上。几乎所有的人都紧张地张大了嘴巴：“大赵！”

“快，快！小赵……”赵志远蜡黄色的脸上透出极度的劳累和焦虑，口里喃喃地说着，手臂颤抖着指着无名的远方。

“妈了个巴子的，要出事！快！大徐，发动车！”周连长急切地一拍大腿，“呼”地从炕上蹦起来。

“你们几个丫头在这儿守着，其他人跟我来！”

什么也别说了，八成赵潞喜在半道儿出了事。

东方红54“轰隆隆”地在帐篷外响了起来，老张抓起狗皮帽子、拎起猎枪随着连长奔出门外上了拖拉机，人们手忙脚乱地穿戴着，慌慌张张地涌出帐篷。

我赶紧把两只鞋垫儿重新塞进鞋里，麻利地把鞋套在脚上站起来，一把扶住疲惫不堪的大赵。

“你先暖和暖和，好好儿歇歇……”

“不！不……你们不知道在……在哪儿，我，我……”

大赵一边说着，一边转过身去，强打着精神要出门。我连忙套上棉袄、戴上棉帽，搀着大赵艰难地尾随着队伍走了下去。

不知为什么，我的眼前分明晃动着《林海雪原》里的侦察英雄孙达德的身影。

月光下，灰白色的雪原上纷乱的足迹都有一尺多深，大赵连忙揪住从身边匆匆而过的小张，指给他大致的方向，让他赶紧去告诉周连长。小张高声答应着，一团黑影随着“吱咯、吱咯”的踏雪声左右摇摆着逐渐消失在茫茫夜色中。

如释重负的大赵轻轻叹了口气，断断续续地向我讲述了事情的经过……

吃过午饭，他和赵潞喜收拾停当就急匆匆地上路了。他们是受周连长委托去团里参加一个传达上级文件的紧急会议。沿着拖拉机爬犁在雪地上压出来的车辙印儿，估计用一个多小时就能够走上二抚公路，天黑之前肯定能住上团部的临时招待所。

飕飕的寒风裹挟着大地上的浮雪越刮越大，大烟儿炮要来了。

“潞喜，你看……前头……公路……不远啦！”

“唔，看见了……快呀……快呀！”

侧着头、猫着腰，紧摆着双臂，两人奋力向前。

“大烟儿炮”带着“日——日——”的哨音开始疯狂地在无垠的旷野中肆虐着，大赵眯着眼透过挂满冰花的睫毛向前望了一眼，不由得倒抽一口凉气：“不好！”

公路不见了！连拖拉机的爬犁印儿也被飞扬的雪末掩盖得无影无踪！四周

一片白茫茫。公路在哪儿？黑瞎林在哪儿？没有天地之分的混沌世界里唯有无边的寒冷与恐惧。

……

“潞喜，你，你怎么啦？”

赵潞喜双手紧捂着肚子，痛苦地微微弯下了腰。“我，没什么，就是有点儿胃……胃疼。”大赵扶住小赵的后背快速地按揉着，“都是这老天爷……闹……闹的……”

身上越来越冷，腿脚开始有些麻木，两边的腮帮子僵硬得越来越说不出句整话来。时间在悄悄地溜走，天黑前还能赶到团部么？

小赵的脸色越来越难看，蜡黄的面部肌肉拧成了一团，他曲卷着身子似要跌倒，大赵一把挽住他靠住自己的身体。

“看，……快……往那儿……”

隐约着，前面不远处几棵柞树下一蓬茂密的臻柴棵子（一种灌木）正在风中颤抖。

大赵连拉带拽奋力将小赵挪到背风的灌木丛下，相互依偎着躺好。

时间在悄悄地流失，也不知道过了多久。

“小赵，你是不是饿……饿了？”小赵痛苦地摇了摇头。

“吃点儿……东西……胃里……可能好受……好受点儿……”

大赵上下摸索着，挎包里、口袋里啥也没有。吃过午饭出来的，连个馒头也没带。无奈，大赵抽出一管牙膏挤出一截儿，“听说这……这也能……吃……来”，说着，把牙膏抹在小赵的嘴唇上。小赵抿了抿嘴唇，摇了摇头，生涩的牙膏难以下咽。

“大……大赵，你赶快……走吧……别耽误了……开会呀！你……别管我……我了……”

“兄弟！……”大赵的眼睛里充满泪花。

“我哪能……把你一……一个人……留在……这儿呢！”

不能再耽搁下去了，彻骨的严寒犹如死神般在逼进他们的骨髓。

大赵支撑着坐起身，把潞喜抱在怀中。

“兄弟，我……我得赶紧回连……去……去叫人……你……你坚持住哇！啊！”

小赵轻轻点了点头，微微地笑了一下。大赵又紧紧地抱了小赵一会儿，坚定地站起身，向前走了几步又回过头来“兄弟！坚持住！……一定……等我……回来！”说这狠劲儿地挥了挥臂膀，随即转身艰难地走了下去。

大赵是体校的学生，体能自然超过潞喜，但长久的严寒和疲惫还是让他此刻显得步履蹒跚。凭着大致的记忆，赵志远朝着来路方向毅然决然地拔起了双腿。

“小赵哇，小赵，等着我，……一定要……等着我！”想着小赵蜷窝在风雪中瑟瑟发抖的样子，大赵僵硬的双腿不知疲倦地跋涉着、跋涉着，他的心里只有一个念头：快呀！快呀！一定要见到周连长！

也不知又走了多久，夜幕低垂，皓月当空，肆虐的大烟儿炮偃旗息鼓了，掩没的爬犁印儿显露了出来，大赵恨不得双臂变成翅膀，一下子飞到大家面前。又转过了两片树林，隐约看见前面黑压压的树林里一点微弱的灯光在跳跃，到了！到了！……

"啪！——啪！啪！啪！"一声清脆的枪声带着回音打断了大赵的回忆，前方传来热烈的欢呼声，小赵，找到了！

温暖的帐篷里，张燕她们早已做好了可口的热汤面，等待着人们的到来。当大家喜气洋洋地涌入帐篷，盛了第一碗面汤端到小赵面前时，他的双眼扑簌簌地滚出了泪花："到家了……真好！"大伙儿的鼻子一阵发酸，全都流出了眼泪。

"哭啥哩！哭啥哩！男子汉大丈夫，不兴哭鼻子的，不哭！"周连长抹了一把眼泪，哈哈大笑着："24个银（人），一个不少！嘿！小张，拿酒去！""哎！"小张快活地跳上炕，去翻连长的挎包。

冰轮高悬，照耀着英雄的黑瞎林，虽说外面是一派冰天雪地，帐篷里却是春意浓浓，喜笑颜开……

作者简历：白长江，男，1950年3月出生。北京知青。1968年7月下乡到黑龙江省七星农场十六队。1968年12月起先后调入61团11连，工程1连、工程2连、宣传股、文教科。1978年11月返京。

感谢北大荒

解兰茹

每年的5月9日，都会令我想起43年前那难忘的一天。转眼间，当年的年轻人已是鬓角花白，但往事仍历历在目。

我是六九届初中毕业生，那年17岁，长得瘦小单薄、弱不禁风。1970年随着知识青年上山下乡的大潮，离别了家乡和亲人，向遥远的黑龙江抚远进发，到那里接受贫下中农再教育。

那天，我们从天津出发，一路北上，眼前的景色由花红草绿渐渐变得荒草遍野。火车到福利屯后，改乘大卡车到61团部集结。天气渐冷，我们挤坐在敞篷车上。天公不作美，下起了不大不小的雨，雨点落在我们身上、脸上，我们赶紧穿上出发前发的棉大衣，可还是冷得瑟瑟发抖。同学们冻得嘴唇发紫、脸色发白，头发湿漉漉地贴在额头。我大概也是这副狼狈相吧。到团部后，被分配到各连队的我们坐在当地特有的交通工具大爬犁上，感觉很是新鲜。大爬犁在没有路的沼泽地里行进，耳边是哗哗的水声，眼前是苍茫一片，看不到尽头。

不知过了多久，我们来到了连队，映入我们眼帘的是几排土坯房和天蓝色的木门窗。连队的领导和老知青热情地欢迎我们的到来。屋里炉火正旺，他们嘘寒问暖，端来了香气四溢的面汤。那一刻我的泪水涌出了眼眶，脱下了湿冷的棉衣后，我们被团团热气包围着，倍感温暖。

从此，我们来到这个陌生的荒原，远离家人的呵护，开始自己照顾自己。从那时起，自强自立的精神一直伴我前行。我在兵团生活、工作了四年零五个月，后选调回津。在这四年多的时间里，我感觉自己长大了，也成熟了许多。脸晒黑了，皮肤粗糙了，身体壮实了，还长了个儿，一顿饭吃的比以前一天吃的都多，不再是那个弱不禁风的女孩子。记得半年后，我把穿着棉大衣、戴着红围巾，站在土坯房前照的相片寄回家，爸妈和家人看了半天才认出我，哥哥姐姐心疼的小妹，变化太大，他们很惊讶！

在那个遥远的地方，气候恶劣，生活艰苦，但是我快乐，我充实。那块黑土地培养了我们坚韧不拔、吃苦耐劳的品格，学到当地老职工朴实乐观的精神。我逐步掌握了各种农作物的春种秋收，还把那猪啊、羊啊喂得膘肥体壮。在家时针不拿、线不缝。到兵团后，记得转年我就可以自己拆洗、缝制棉衣了。还借用老职工家的缝纫机，买布自己做了一件米驼色的棉布上衣，穿在身上挺自豪，臭美了好长时间。

再说北大荒的冬天吧，天寒地冻，多半年的时间都是冰天雪地。在井边打水时可要小心，那井台冰冻得溜滑，一不小心摔倒，那可是浑身骨头痛，费好大劲儿才能爬起来。第一年冬天，我的手和脸上都生了冻疮，愈后的部位皮肤颜色发紫，过了几年后，脸上的斑痕还隐约可见。

骄阳似火的夏天时间较短，但蚊子、“小咬”叮起人来可真厉害。早晨是“小咬”、中午是瞎蠓，晚上是蚊子，轮番来袭，咬得我们忍无可忍、苦不堪言。那时下地干活要带防蚊帽，听说是部队为野外作战研制的，前面有一层浸过药的网布，戴在头上可趋避蚊虫，很管用的。可一旦药力挥发完，蚊虫又发起更猛烈的攻击。现在想起来都心有余悸。晚上必须呆在蚊帐里，蚊帐外边，嗡嗡地包围着黑压压的一层蚊子。睡觉可得老老实实，如果不小心身体挨在了蚊帐上，那对不起了，蚊子逮着机会就饱餐一顿。头一年由于水土不服，我被蚊子咬后，腿上的包溃烂了一个小洞，腿和脚感染都肿了，连鞋都提不上。换药的时候，卫生员把浸过药的纱布小心地塞进那个小洞里，钻心的疼，我忍住了。当时正赶上麦收，连领导让我在家好好养伤。我想，接受贫下中农再教育，这算什么呀！牙一咬，趿拉着鞋就下地了。那时年轻、率真，什么都不在乎。现在想想，年少的我，那股子冲劲是不是挺可爱的！那次，还受到团里的通报表扬呢。真是苦在身上，甜在心里。

经过北大荒那冰雪严寒的洗礼，经过那黑土地的培育和滋养，我的意志更坚、骨头更硬。上山下乡奔赴边疆，我们把知识、热情、朝气带到了那里。北大荒人的善良、坚韧、淳朴传给了我们，又随我们走向更广阔的天地。虽然，我在北大荒只有短短的四年半时间，却让我收获很多，给我的人生留下了浓墨重彩的一笔。

最近我拿到了展现创业农场发展面貌的画册，看着曾经的北大荒已变成现代化的小城镇，变成了富饶的北大仓，心里感到无比欣喜和骄傲。看着 30 多年改革开放的巨大变化，想想一代又一代人的艰苦创业和不屈不挠的奋斗精神，我的眼睛模糊了，那里曾经有我们青春的汗水和泪水，有我们的理想和足迹。画册上，那一望无际的稻田绿浪滚滚，那一排排的农机具功能齐全整齐气派，那林立的高楼，那宽阔的马路……没有了荒凉，只有繁荣。

我的眼睛久久停留在那弥漫时代风尘的老照片上，耳边响起了拖拉机那隆隆的轰鸣声，翻垦的黑土地在蓝天白云下泛着油光，豪言壮语在广袤的大地田间回荡……恍如我又回到了那个难忘的青春岁月。

作者简历：解兰茹，女，1953 年 2 月出生。天津知青。1970 年 5 月下乡到黑龙江生产建设兵团 6 师 61 团 7 连。1974 年返津上学。

嘿，鸡倌

战玉霞

1971年春，连队要搞副业让我去孵小鸡。

接到通知那天，我到排长老杜那儿报到，他把我带到我们原来住的土坯房（9连盖了第一栋砖房后先让我们女青年搬进去住了）。老杜说：“连里进了一批种蛋明天就到，你先把炕烧上，保持屋里的温度。连里叫李宝义负责小鸡的孵化和饲养指导。”老杜走了我就打扫卫生，做着准备工作。

第二天我去上班，一进屋就看到炕上摆了好多鸡蛋，我瞪大眼睛看着鸡蛋不知所措。这时李宝义走过来说：“孵小鸡要心细、勤快，室温不能高也不能低，要保持恒温。”他一边说一边教我看温度计中的有效数值，又叫我把鸡蛋分组摆开便于管理……李宝义走了我就开始按他的要求把鸡蛋一组一组地用板隔开。我每天把鸡蛋翻动两次，看温度低了烧烧炕，温度高了开开窗，心想这可不能马虎，一个鸡蛋可是一条小生命呀！

时间过得真快，转眼到了21天，鸡蛋开始破壳了，也能听到小鸡唧唧的叫声。那时我惊奇地看着小鸡一只、两只、三只……啊，小鸡都出来了！看着一只只毛茸茸的小鸡别提我有多高兴。李宝义教我喂小鸡的注意事项，鸡食的配方，详细讲解真像一个老学究。

我开始当鸡倌了，每天剁菜、合食，一天三餐喂小鸡，给小鸡烧炕，小鸡受凉腿会抽筋。过了一个月小鸡长大了，炕上放不下，李宝义拿来几个木头架子，架子间隔一尺宽斜立在墙上，晚上让鸡上木架睡。刚开始把小鸡放在地上它们不知所措挤成一堆好像不会走了，我就用手巾在它们上方晃动，吓得它们四处乱跑，我就打开门把它们轰到院里晒太阳。小家伙们适应力很强，在太阳底下一会儿拍拍翅膀；一会儿在地上打滚；一会儿在院里跑来跑去玩得可欢了。

到了晚上可把我难住了。天黑前小鸡该进屋了，我怎么轰小鸡就像和我捉迷藏似的，东奔西跑就是不进屋，急得我直跺脚。这时李宝义来了，看到这种情况说："你别轰了！你轰，小鸡就炸窝，一会天黑了再说。"别说李宝义这招还真灵，天黑了小鸡安静下来，一堆一堆地在院里趴着。我和李宝义把它们抓住送进屋，抓小鸡时它们一边叫，一边拍打翅膀，很费劲。鸡太多，我俩一次次地在屋里、屋外奔走，走了十多次，可算把它们都送进屋了。再看我俩脸上、身上都是灰，加上出点汗脸上的灰一道道的，变成大花脸了。

这时难题又来了。原先天一黑小鸡吃饱了就在炕上睡，现在放在木架上它们不习惯，放上去它们就跳下来，它们一遍遍跳下来，我就一遍遍放上去，有时我晚饭也吃不上。经过一个星期的较量小鸡就投降了，晚上乖乖地自己上架睡。我和李宝义可算松了口气。

小鸡能上架了，但仍有一件事叫我头痛。小鸡渐渐长大了，不能天天晚上抓小鸡进屋呀。我和李宝义商量用口哨训练指挥小鸡。第二天李宝义从团部买

来一个口哨，我特别高兴，拿起口哨就吹，小鸡第一次听到口哨声吓得四处乱窜。我就吹一会停一会，这样经过两天的听觉训练小鸡听口哨声不害怕了。看小鸡不怕口哨声我就开始训练它们。

我找了几块木板搭在屋里窗户上，刚开始在屋外打开窗户吹口哨，有的小鸡跳到窗台上往外张望就不下来，屋里的小鸡急得直叫唤。我就把窗台上的小鸡轰下来，这样小鸡一批批轰下来又一批批上太麻烦。我就想出一招，每天早上先把鸡食合好，再开窗放鸡，听到口哨声先上来的小鸡看见院里有吃的，在窗台不停留,就跳下来吃食,口哨声一直响着,屋里的小鸡也很快地跳出来吃食,

几天过去小鸡们就进入了状态。每天早晨听到口哨声小鸡从窗口飞出来，到院里吃食，吃完食大摇大摆地跑到院外去玩。中午听到口哨声小鸡知道开饭了就跑回来，吃完食在院子里阴凉地儿睡一觉，下午自由活动了，有的小鸡在院里刨土，有的小鸡到院外散步。这时我就给它们剁菜、烧水烫麦麸子，烀麦头。有时怕小鸡缺钙李宝义叫我给它们剁小猪（是刚出生没活的），把小猪用稀泥糊上用火烤一下，这样猪毛就粘在泥巴上，一掰开泥巴猪毛就一起掉下来。刚开始剁小猪血呼啦的我直恶心，嘿！为了小鸡我豁出去了。准备好鸡食，我再打扫鸡舍。忙完这些活天色不早了，我又吹起口哨，听到哨声小鸡不管跑出多远都急急忙忙往回赶。你看那场面一片白色小点在移动，像一团团棉花，又像一朵朵白云，从外面飘到院里。它们仰着小脑袋一边叽叽喳喳叫着一边瞅着我，迫不及待的样子真可笑。我看小鸡到齐了才停止吹哨，端起食盆喂它们。吃完了，我就到鸡舍里吹口哨，这帮小家伙一听到口哨声就顺着窗口的跳板进屋里，上鸡架，有时个别调皮的小鸡为占一个位置掐起来，我就按上下层把它们分开，还安抚受伤的小鸡，抱起它，告诉它你打不过，以后躲着点……

小鸡三个半月时开始下蛋了，我真高兴！就在这时，指导员李继美又交给我新的任务，我恋恋不舍地离开了这群可爱的小家伙们。

在我喂鸡的时候，李宝义给我照了一张工作照，洗完拿给我说没照好。我一看确实没照好，做个念想吧，我一直保存着。

作者简历：战玉霞，女，1952 年 11 月出生。哈尔滨知青。1969 年 8 月 27 日到黑龙江生产建设兵团 6 师 61 团 9 连，1972 年调 61 团通电科。1985 年返回哈尔滨。

回忆四连的两次房屋倒塌

廉 洁

1969 年 3 月，我们从山里伐木回到连队，首要任务就是盖房子。男女生宿舍盖好了，紧接着就是盖家属房，迎接老职工们家属的到来。由于有了盖男女生宿舍的经验，连里决定由两个排各承担盖一栋房的任务，两个排比赛，看谁先完成。

在排长金勇的带领下，我们农工女排的三个班从脱坯开始干起，起早摸黑，不敢有丝毫松懈。我是三班长，全班共 12 人，都是知青。5 月的北大荒，天气仍然很冷，早上水里还能看得见冰碴，脱坯必须下手，等于整天浸泡在冰水里，但没有一个人退缩。一天下来，我们班大约能脱 1300 块左右，三个班加一起就是近 4000 块。等土坯陆续干透了，和农工男排的较量正式拉开了帷幕。

我们依旧起早贪黑地干，两个排摽着、比着，进度不分上下。但是由于我们排没有老职工，缺乏技术支撑，所以在房子留门窗、上大梁、苫房顶等关键环节时，速度就明显地慢了下来。金勇带着我们向连里请求支援，连里有意考验我们，让我们自己想办法，于是我们向老职工求教。最后，还是老职工老宋帮助了我们，亲自帮我们把关，手把手地教我们。

结果我们排比男生排的房子完工晚了一天，他们欢呼，我们懊丧，但面对现实我们也只好认了。然而没过几天，事情居然发生了逆转，男生排盖的房子竟然倒塌了，而我们的依然岿然不动。我们这个高兴啊，心里这个美啊，这下轮到他们懊丧了，我们虽然不敢明着欢呼，但在宿舍里和没人的地方，还真是着实地欢呼了一番、幸灾乐祸了一番、扬眉吐气了一番。

第二次倒的是新盖成的大食堂。

这栋房子是用“拉合辫”盖的。“拉合辫”，就是用草在泥浆里沾着拧，像拧麻花一样，让草上劲儿，然后一层一层地平铺着垒成墙。这样盖成的房子，墙体特别厚，冬暖夏凉，很实用，但是垒的过程中不能图快，必须码几层歇一歇、沉一沉、晾一晾、干一干，否则房子极易倒塌。

这栋房子是举全连之力共同盖的。草是全连指战员奋战数日打的，“拉合辫”也是大家泥里水里拧的。那些时日，全连上下人人一身泥水，个个累得东倒西歪，可是房子进展神速，没用多少天，就大功告成即将封顶了。

1969 年 9 月 17 日，是房子上顶的日子，许多战友爬上房顶钉木板。这是个技术活，也是力气活，由男农工排在老职工的带领下完成，我们女农工排则安排了其他活儿。那天正好我负责出黑板报，窗外就是盖房现场。我正写着，忽听窗外传来一阵巨大的“喀拉喀拉”的响声，我抬眼望去，只见新盖好的大食堂摇晃着向一侧倒去，房顶上的男生们也跟随着一起掉下……等我醒过神来，赶紧向现场跑去，大家正在紧张互救，还好，由于人们大多在房顶上干活，因此没有人被砸着，只有副连长、贫下中农李歧先站在屋里的大烟筒旁，被屋顶掉下的木头碰了一下，受了点轻伤，其他全都安然无恙。但是，我们的房子倒了，全连人辛辛苦苦、吃苦受累盖成的大食堂没了，也着实让人心里难过。

这时离“十一”已经很近了。连领导决定，奋战半个月，盖成大食堂，向国庆献厚礼！在全连指战员的共同努力下，新的大食堂很快在原址矗立起来。虽然比计划晚了三天，10月3日我们就在新盖好的大食堂里召开了庆祝大会。

作者简历：廉洁，女，1948年出生。北京知青。1967年12月下乡到黑龙江省七星农场八队。1969年1月调至黑龙江生产建设兵团6师61团，先后任职于4连、团毛泽东思想宣传队、宣传股、11连。1979年2月返京。

魂归黑土地

傅玉玲

我们的青春，我们的梦在祖国遥远的北疆——黑土地开始。

1967年12月6日，一列满载着知识青年的火车，从北京径直驶向北大荒。大家精神饱满，激情满怀，对未来充满了渴望，车厢里欢歌笑语，几乎忘记了长途旅行的疲惫，高志强是其中之一，他是北京十三中66届高中毕业生。

出征的一幕仿佛就在昨日，斗转星移，40年后，当大家再次登上北去的列车，已物是人非。当年的知青早已两鬓霜染，而高志强已撒手人寰。志强临终时，留下一个特殊遗嘱："把骨灰撒在东北大地。"当年一起出征的知青战友，为实现他的遗嘱，专程重返北大荒，陪伴他"魂归"那片黑土地。

这是一次特殊的回访，异乎寻常。列车飞奔，猛烈的嘶吼声却压不住大家心中时起时伏的哀思……

魂兮归来，高志强的遗愿，荒原留存着，记忆着。

无 悔

1967年12月，上山下乡运动尚未开始，北京开始有少数学生报名去北大荒。我们这一批西城区学校的老三届有114人去了集贤农场（29团、双鸭山农场）。

大家虽然满腔热血要"站在最前线"，但是直到出发，也说不清扎根边疆、屯垦戍边究竟意味着什么。当时，满脑子的边疆概念，都是来自书本、电影等文艺作品，但就是这些"书本概念"，不断发酵，激发着我们的青春活力。当时，一部大型彩色纪录片《军垦赞歌》，志强连看数遍，并被深深感动，那部影片生动地记录了上海知青，在新疆建设兵团战天斗地、改变茫茫戈壁的壮丽史实。片中那广阔天地的火热场景，那“牛羊肥来瓜果鲜，红花如火遍草原”的动人主题歌，深深地吸引着他，于是，一个梦形成了，到边疆去，到建设兵团去。

他的决定，有许多阻力，志强学习优秀，又是班里的干部，老师曾想挽留，认为也许还有别的选择；他是家中长子，家境贫寒，父母极力反对；他酷爱物理，也曾想有一个与自己的兴趣爱好一致的工作……但是，青年人那不可抑制的激情，把这一切都改变了。他在日记中写道：“如果能进工厂，也许更好，但是，农村更需要知识青年，那是一个广阔的天地，我还是决定去那里。”

抵达北大荒那天，是当地最寒冷的一天，气温低于 -30℃，四周白茫茫，远远望去，几乎分不清哪是天，哪是地。凛冽的寒风，卷着雪粒呼呼地刮个不停，寒风打透了我们厚厚的棉衣，脸如刀割，帽沿瞬间挂满了小小的冰柱……这样的奇寒天气，东北人称之为刮“大烟儿炮”。

一下火车，面对此景，我们思维瞬间凝滞，畏惧？新奇？茫然？一时不知所措。此时，志强大喊了一声，喂！唱支歌吧！随即扯起嗓子开了个军歌的头，“向前，向前，向前……”队伍马上活跃起来，唱着，跳着，奔向农场前来接我们的汽车。在农场的欢迎大会上，我们这批 114 位北京知青，都被请到主席台上亮相，老职工们热情欢迎这些笑迎“大烟儿炮”前来的首都知青娃。

第二年年底，垦区决定开发和兴建新的农场，地点在富锦抚远，是祖国最北的边陲，那是一片荒无人烟的处女地。面对新的挑战，志强异常兴奋，和许多知青一起，纷纷报名。其间，他正在北京探亲，到京后归心似箭，不几天就告别父母提前返回。1969 年 2 月 3 日，志强与首批人员，离开集贤农场（29 团）豪情满怀地奔赴新的征程，4 日到达 61 团（五七团、创业农场）一连的新建点。他在给我的信中写到：“汽车在颠簸的路上前进，自己放眼一望，那无边无际的荒原，太震撼了，我们要向它要粮了。”是啊，这沉睡千年的湿地就要苏醒，志强他们在那更遥远，更艰苦的地方，绘制新的美丽蓝图，编织更灿烂的青春之梦。

农场创业的几年，是志强和知青们最难忘的岁月，也是一段最辉煌的垦荒乐章。荒无人烟的雪原，支起第一顶帐篷；化雪取水，做成第一顿饭；修出第一条路，开挖第一口井，开出第一片荒，垒起第一间草房……枕着狼嚎入梦乡，化着冰水吃烤馍，趟着水泡子捞大豆，冒着寒风赶爬犁，追着野火，扑向血色荒原……他们用心血与汗水，谱写着如歌如诗的画卷。火热的奋斗，创业的欢乐，也伴随着痛苦，这就是单调与乏味。志强是拖拉机驾驶员，广袤的荒原，开垦一条垄，常常需要十几个小时，甚至是整个昼夜，这样漫长的耕作时间，陪伴他们的只有日出日落、蓝天白云、鸟声机声。他们就是这样日日月月、年复一年、名副其实地艰苦并快乐着。

北京需要教师，到兵团招人，我被选调回京。回京后，自己曾不顾家人的阻拦，和仍在边疆的志强结婚，我们俩暗暗决定，再等几年，如果他无机会回来，我再重返黑龙江。因为我心里明白，志强是根本不想回来。但是，情况千变万化，我家姐弟六人，五人在农村，父母已经年迈，当重返几乎不可能时，我开始为他办理返京手续。当时，知青的返城风刚刚兴起，有此机会的，都被认为是“幸运儿”，大家羡慕不已。而面对“困退”成功的志强，却左右为难，兴奋不起来，他在日记中说：“这几年自己感觉已经扎在黑土地了，现在一定要走，很不是滋味。”

在我们的人生轨迹中，“黑土地”是短短的一段，但是，它的魅力却是独特的。磨难、痛苦与不幸，理想、奋进与搏击，大家从来没有后悔，志强那种回京的“无奈”，我能深深地理解和体会，他还真的不是“作秀”，的的确确是出自内心。

遗憾

永远忘不了我家最黑暗、志强人生中最惨烈的一年。他刚刚赴任的单位需要装修，刚上任，首先就遇到的是这项工作。白天他经常与装修工人一起忙碌，中午没地方休息，有时就在堆着油漆和涂料等装修材料的工作间忍一会，每天回家，满身都是涂料的气味。装修结束后，他逐渐感到身体不适、浑身乏力、口腔溃疡不愈等，在门诊多次检查、治疗，均无效，最后确诊为“白血病”。

突如其来的凶信，不可逆转的厄运，犹如晴天霹雳，顷刻间，把一个家完全打乱，使一个人的人生轨迹彻底颠覆了，如同正在远航的船，顷刻折帆，许多憧憬被迫中止……没有任何余地，生命瞬间进入倒计时，之后的分分秒秒都需要抗争，需要付出更沉重的代价……那是怎样的一种精神痛苦与肌体的煎熬！

然而，在病魔的百般折磨中，在非常有限的时间里，他和我谈论最多的，不是孩子，不是家事，而是北大荒。对前来探望的知青朋友，自然谈的最多也是北大荒。

北大荒暂短的经历像烙印一样，成为荒友人生中的一部分，对那里的关心成了大家共同的特点。志强生病前，不仅关注北大荒，怀念黑土地，还特别想回访建三江，曾多次和我做回访计划，但都因工作太忙作罢，最后我们决定，把“回访北大荒”作为退休后的首件大事，没想到，即将跨入退休大门，却风云突变，病来山倒，顷刻之间，一切都化为泡影……原本很简单的事情，却遥不可及了，这无形中成了一个遗憾。

黑土地的生活与经历，足迹和汗水，深情及友谊……这些宝贵的财富，此时不仅成了他谈话的主题，更是治病的良方和精神的支柱！在化疗的极度痛苦中，只要陪着他聊聊北大荒，说说黑土地，多多少少都能分散些痛苦，减轻点折磨。

病重时，得知一些荒友回访黑龙江，他特别关心，看到那些回访的照片，更是兴奋，他曾喃喃自语：“真为他们高兴，而自己恐怕是不可能了！”为此，他像孩子一样还默默流过泪，偷偷痛哭过，那情感真是难以名状，难以述说！

在人生最后的一幕，也是临终之言，他微笑着，一只手吃力地握着拳头，对照顾他的荒友很有信心地说：“坚持着，明年一定要回北大荒看看……”

每当听到这些，我的心都在流泪。其实，回访只是一种形式，这种未能回访的遗憾，渗透着他许许多多真挚而复杂的情感。

返城后，大家经历了新的风风雨雨，沉静下来，会有许多对比和感悟，北大荒独有的魅力便更加绚丽夺目，更具吸引力。那里不仅有我们的青春、事业、初恋，乃至家庭、子女，有我们人生的第一张试卷。更重要的是，它给予了我们极其宝贵的精神财富：真情、包容、奋斗、不屈不挠，等等。这财富，在现今的市场大潮中，尤其难能可贵，北大荒值得我们永远敬爱、向往和魂牵梦绕。

志强的“遗憾”，正是这种情感的表达，他用“遗憾”这种特殊形式，表达对北大荒、北大荒人、北大荒精神，以及自己和荒友们共同的辛勤付出、艰苦创业、青春之梦的由衷之爱，由衷之敬！

魂归

整整一年，志强与疾病顽强抗争，但回天无力，治疗极不乐观，医生多次提醒，要告诉他病情，使他有个准备，我于心不忍，怎么也难以开口。面对他那强烈的求生欲望，对人生无尽的美好憧憬，告其病危，实在太残酷，所以，我一直隐忍，陪伴他保持正常平静的心。

后来我发现，自己的想法多么天真，多么幼稚，在整理他的遗物时，发现他的遗嘱，看到遗嘱，我声泪俱下，痛哭一夜，他不仅知道自己病危，而且早有准备，遗嘱的第一条就是对骨灰的安排："把骨灰撒在东北大地"，他把人生中最后一份"痴情"，在生命的尽头，留给了北大荒。

经过认真的准备，终于在他去世两年后，2007 年的秋季，荒友们踏上北去的列车，回到黑土地，回到我们的青春之梦开始的地方。

志强患病期间，就牵动着许多荒友，帮助求医问药，轮流照顾，虽然都年近花甲，却努力尽其所能。谢世的那天，更为感人，那种只有亲人之间才会有的灵感，在这些非亲非故的荒友中也出现了，大家似乎都有预感，早早来到医院，病房不让进，就呆在院子里，任凭寒风凛冽，都在默默地祈祷、虔诚地企盼，恳请上苍，幻想奇迹！一直到夜幕降临，志强撒手人寰……

志强魂归，更是牵动荒友，以及北大荒父老乡亲们的心，一时间，亲情、友情、真情，交融、合奏、共鸣，久违的激情也再次涌动，回访之旅，荡气回肠。

哈知青联谊会在两天前，才知道我们的行程，但是，当我们乘坐的火车徐

徐进站时,我们惊奇地发现,站台上静候着许多荒友,手举着“欢迎北京知青”“北大荒精神永驻我心”“情系黑土地魂系北大荒”“高志强一路走好”等横幅,眼含热泪,心情沉重。

在哈尔滨站仅停留一小时,联谊会疏通了贵宾候车室,大家在那里暂歇交谈,畅叙友谊,怀念伙伴,之后知青作家还为“魂归”之行撰文《长眠在你的怀抱里》。这是一个极不寻常的聚会,荒友们心对着心,泪和着泪。

到了农场,当年的老领导、老职工们纷纷赶来,刚见面,话到嘴边,老泪纵横,大家像迎接自己的孩子,迎接着一个普通知青的骨灰。在农场的那几天,我们犹如贵宾,受到盛情款待、周到照顾。参观了农场的方方面面,看到我们青春足迹带来的巨变,每个人都深感欣慰。

骨灰撒在美丽宽阔的同江,农场领导、老职工代表和北京、上海、哈尔滨、佳木斯等地的知青们等等,早早就聚集在江岸,许多是专程赶来的。

蓝天、白云、轻风、朗日,远处水天一色,浩瀚的江面波澜不惊,载着骨灰的小艇慢慢行驶,停摆江心。瞬间,周围静极了,我和儿子把拌着花瓣的骨灰,缓缓地撒落在滔滔的江中,花瓣顺风顺水慢慢逝去……。望着飘逝的花瓣;望着即将陪伴他的白山黑水和三江沃土;望着向他敞开宽广胸怀的大自然,我的心都碎了!“亲戚或余悲,他人亦已歌。死去何所道,托体同山阿。”这是陶渊明《挽歌》中的著名诗句,把自己托付给大自然,和大自然融为一体,这也许是生命最好的归宿。

我的心情真是复杂极了,欲哭无泪,欲叫无声,欲挽无能,只能在心中一遍又一遍地呼喊,再见了,再－见－了!……亲爱的志强,你如愿回归,静静长眠吧!

离开同江,我写下这首《长相思·无奈》:

朔风拦,大雪拦,无力回天可奈言,顷刻舟楫翻。 影只单,鬓霜添,憧憬须臾如梦烟，断肠痴望天。

北大荒，我们的第二故乡，我们的青春梦开始的地方。

当年，我们在寒冷的严冬，在白雪皑皑的世界里，点燃了青春之火，我们的青春梦，多么浪漫，多么丰富多彩，多么浩淼深远。

现在，我们在绚丽的金秋，在霜天尽染的时节，陪伴着志强回来，不仅完成了他的遗愿，同时也获得了一份金秋的硕果。一路走来，不断品尝了这硕果的甘甜，尽享了精神充盈的愉悦。这硕果就是青春之梦带来的光彩与灿烂，就是无价的荒原情，永远充实，终生相伴！

作者简历：傅玉玲，女，1947 年 1 月出生。北京知青。1967 年 12 月下乡到黑龙江省集贤农场（后改为黑龙江生产建设兵团 29 团）。1974 年 2 月，北京选调教师，返京。

祸不单行

李家琪

大约在1975年的初春，连里基建需要一批“站杆”（干枯的死树）。正在连里蹲点的团政治处张主任说七连后面有，于是，连长带人去砍伐。我是仓库保管员，负责提供工具，也跟着去了。

吃过早饭，张继伦开车，大家到了砍伐地点。拉锯的拉锯，打枝的打枝，很快装满了一大车。我们用绳子捆绑好，一面啃带来的糖饼，一面往车上爬。

车沿着颠簸的路往回开。我披着棉衣，不知不觉睡着了。

突然，我被摔到地上。睁开眼一看，眼前全是尘土。尘土散尽，发现装满木头的拖车翻了，直立在面前不到一米的地方，我们都被甩到地上。听到有人在拼命呼喊——是王茂木，他的脚被别在拖车下面了。小兰举起斧头要砍绳子，我马上阻止，如果绳子断了，木头就会滚落下来，拖车下面的王茂木就会有生命危险。

怎么办？张主任说用撬棍撬。于是，我们有的拿撬棍，有的用肩膀扛，有的用手抬。张主任指挥：“一，二，起！”拖车慢

慢地顶起来了。常征爬过去拽王茂木被别住的脚，我用撬棍使劲向上翘。车太重了，不多会儿就觉得手脚发抖。只听到张主任高喊：“坚持住，千万别松劲儿！”

终于把王茂木的脚拽出来，大家松了一口气，都累得瘫坐在地上。张主任拍着大家的肩膀，夸奖说：“哥几个好样的！”他让张继伦开车去7连求救，找台拖拉机，把翻在地上的拖车拉起来。

不一会儿，张继伦回来了，说7连家里没有车。张主任吩咐先把王茂木送团部医院，让我们等着，自已快速向7连的方向走去。

回想刚才发生的事，真让人后怕，如果拖车整体翻过来，我们都会被扣在里面，那就惨了。不知道哪儿来的一股劲，就这几个人，竟然把装满木头的拖车撬了起来。

“真不敢想，真不敢想……”刘连长摇着头说。

我无意中朝连队方向望了一眼，发现有股浓烟正向上冒，说：“连长您看，是不是出事了！”刘连长头也没抬，说：“不会吧！”

正说着，张主任带着七连救援拖拉机开到。拉起拖车，我们重新上路。

刚一开进连队营地，就闻到一股焦糊味，果然失火了。火已扑灭，人们还没有散去，都聚在女生宿舍前。宿舍里一片狼藉，女生们在哭泣。

火灾是因为烧炕引起的，炕洞漏火，烧着房子的柱脚。发现后火势已经很猛，无法抢救了。有人烧得只剩下身上穿的，箱子、被褥全部化作灰烬。

连长看到这般情景，难过得说不出话来。他不顾自已脸上的伤，立即召开紧急会议，盘查女同胞们损失情况，派人去团部商店买被里、被面和被套，并号召大家捐款、捐物，安排受灾的女生住的地方。

全连上下顿时行动起来，女生们很快领到箱子、被子、衣服，洗漱用具、饭盆、喝水杯，一应俱全。

一天之内发生两起事故，真是祸不单行。但是荒友们在困难面前团结一致，齐心协力共患难，顺利地渡过了难关。

作者简历：李家琪，男，1951年出生。天津知青。1969年5月下乡到黑龙江生产建设兵团6师61团9连。1979年返津。

记忆里的寒冷

张志强

说起北大荒冬天的寒冷，不禁回忆起几件我亲身经历的小事。

到达连队的当天晚上，端着脸盆去屋外倒洗脚水，进屋时去拽门把手，手居然被金属把手粘住，硬拽开后有些疼，更是吓了一跳。这还是万幸呢，据老职工讲，门把手暴露在零下近 40 摄氏度的天气中，可谓“寒铁”，手要是再热点就能粘掉一层皮。

第二天清晨，多年住校习惯穿着绒衣绒裤出早操，一出门倒吸一口冷气，感觉像没穿衣服光着身子一样，被刺透骨头的寒风吹了回来，还谈什么锻炼！上工第二天下班回到宿舍准备洗脚，脱下鞋后，袜子怎么也脱不下来，粘在后脚跟上。用手使劲拽脱袜子，两个脚后跟各冻了一个直径近一厘米的洞，烂肉粘在了袜子上。当时竟没任何感觉，不疼不痒。老职工家属知道后，让我买了二尺布，用鹅绒替我缝了对“包脚布”，嘱咐我换双大两号的棉胶鞋。我个子大脚大穿四十四号鞋，这双鞋还是在北京时发的。无奈跑到场部商店去求援。商店的人真好，不仅给我找来一双四十六号的棉胶鞋，还没加钱只收回那双穿了两天的旧鞋。

几年后，我在木材厂当会计。一天，工人已经下班了，运来一卡车木板材，只有我和队长去卸车。当时正准备回家，只戴了一副五指分开的羊皮手套，没戴工作用的“手闷子”。卸完车回家后感到手指冻得疼，很长时间没好，一直到回北京好几年，遇热手指尖还隐隐地疼。

说起北大荒的冷，不能不提到冬天的风——“大烟儿炮”。大雪过后北风狂起，夹卷着沙石般的雪粒（东北的雪不是“花”，而是“粒”）刮得那叫个

昏天黑地，人走在路上完全不能自主，只能顺风而行。到处白茫茫一片没有了方向感，一旦迷路后果很严重，特别是在人烟稀少的荒甸子。记得1969年初到新开荒点组建61团时，据说一个当地青年步行回老农场，遇上“大烟儿炮”失踪，团里组织我们分几路坐着拖拉机拉的特制爬犁整整找了三天，不见踪影。七天后，有人在一片林子里发现了他的尸体，坐在雪地里冻饿而死。

即使不刮“烟儿炮”时出去，回来脸上冻起几个水泡也是常有的事。回来不能着热，只能带着手套用雪搓，也难免留下深色痕迹。有一个小插曲：那年来了批天津新知青刚到连队，一个曹姓小伙子早上去上厕所（北大荒的厕所露天只挡四周），回来发现屁股冻起几个泡，毫无经验赶紧用热水烫，结果烂成一片，趴在炕上休息了好几天。还有一次警卫连抓了个“坏分子”，捆住双手关在一个空屋子里，那时年轻无经验加上考虑问题欠全面，第二天发现他的双手已经冻得发黑，赶快送去了医院。据说双手落下残疾。

有一年我在连队当上士，春节前到一个周围百里无人烟的伐木点送东西，这里虽然紧靠“二抚”公路，但往来车辆稀少，交通极其不便。在这个只有一个班战士的点上，我多呆了几天，准备搭抚远县邮政局半个月一趟送信件的邮车回连队。这是辆南京“嘎斯”轻卡，驾驶室已经坐着司机和押运员，我只能坐在敞篷车里，身下垫一个皮袄，身上盖一个皮袄，靠在邮袋上。车走了近半小时，我渐渐感到浑身在发热，眼皮打架昏昏欲睡（也就是人们看到冻死的人，为什么通常面无痛苦，略带微笑的样子）……突然有人使劲拽起我，拉到车下。原来是司机二人怕我冻坏了，他们有经验，停下车架着我跑起来，直到我恢复。我就这样坐一段车、下地跑一段路，这样交替着才平安回到连队。想想挺后怕的，要不是司机有经验，我恐怕……

其实，多么恶劣的自然环境，人都能够世世代代活下来。就拿我儿子的出生，和现在养儿的麻烦比起来，可以算作一个“奇迹”！ 1977 年初，按农历还是“龙尾巴”。腊月的北大荒滴水成冰，人们都在准备过春节，多数知青都已回城过年去了。可连队卫生员杨桂芝却不能走，这个年纪轻轻的哈尔滨小姑娘准备着给我即将临盆的妻子接生。束手无策的我，又请来当地职工汝兴明的母亲给我妻子作伴、壮胆……终于这一刻来了，就在北大荒的寒冷冬天，腊月十九，土坯垒砌的茅草屋里土炕上，一声啼哭划破北风呼啸的夜空……

如今三十多年过去了，儿子已长大成家立业，生活美满。当他刚有后代时，曾质问我们老两口儿：“为什么把我生在那么恶劣的环境中？多危险！不后怕吗？” 回忆当初，比比当下，至今，我也无法回答儿子的问题。

作者简历：张志强，男，1947 年出生。北京知青。1967 年 12 月下乡到黑龙江省七星农场（后改为黑龙江生产建设兵团 6 师 25 团）。1969 年 1 月调至 61 团，先后任职于工程 1 连、工程 3 连。1979 年返京。

口琴·狗熊·野兔

于和平

1971 年初冬，61 团工程 1 连到山上伐木（我记得当时排长姓温，班长是宋龙），主要劳力是天津、上海和北京青年。

快过年了，大部队已撤回连队，只留下一个班看守木材：班长宋龙，北京老大哥张志强，上海的张国亮、顾迪信，天津的孙某某和我（这里数我待的时间最长，足有 10 个月）。

有一天，不知道顾迪信偷吃了什么山珍，突然间腹泻不止，但每次从厕所回来还要喝一杯凉水，拉得脸都变色了，仍坚持喝。我问他拉肚怎么还喝凉水，他看着我不说话（可能说不出话来了）。当时我还以为这是上海人治腹泻的绝招呢。还别说，没过几天他就好了。

转眼间春节快到了，我们十来个人呆在山里实在感到寂寞，就请回沪探亲的张国亮、顾迪信二人帮我们每人买了一个“国光牌”口琴。虽然我们不会吹，但大家看着随口琴赠送的简谱，每日坚持苦练，两三个月的光景，居然能吹出几首简单的曲子。可见，当时的我们多么乐观，能在艰苦中寻找乐趣。

我们住的林区周围百八十里没有人烟，经常有野兽出没，不过一般没看见过大的动物，只有野鸡、兔子之类，连狍子和狼都很少见。1972 年的三四月间，有一天我们巡山回来，已近傍晚，突然发现帐篷外的空地上放着一大一小两只狗熊，其脑门各有一个黑洞洞的枪眼。我们养的菜狗躲得远远的，狂吠不止，就是不敢靠前。原来，富锦县打猎队来了几个人，在我们附近打得这两只狗熊，是母子俩。当晚，打猎队剥了熊皮，割了熊掌、熊鼻子等值钱的东西。把熊肉留给了我们。打猎队问我要不要熊掌，20 元一只。那时我们一个月才挣 32 元，怎么买得起，所以就谢绝了。熊肉和牛肉不一样，熊肉没有肥膘，肉丝粗，表面看全是瘦肉，但在锅里一炖，熊油就从肉里冒了出来。光熊油就撇了三十多斤。我饭量小，吃的肉少。就是这样，几天的功夫，被子里就变得油乎乎的（原来吃熊肉透油）。

天天有肉吃的幸福日子没过几天，祸事就来了。原来，这三只狗熊是一窝的。富锦打猎队把弱小母子俩给毙了，留下了最厉害的一家之主——熊掌门。这不是害我们吗？

这个熊掌门，嗅着妻儿的味道找来了。白天围着我们的帐篷绕大圈，晚上就在墙外转悠。可把我们吓坏了。我们用木头把帐篷的门堵上，把全部窗户用绳子系紧。年岁大的守着门，拿着斧子、菜刀。我们年岁小的守着窗户，拿着棍子，谁都不敢睡觉。但不知为什么，熊掌门最终没敢发动进攻。好不容易熬到天亮，熊掌门走远了。我们赶紧到公路上，拦下军车，请解放军同志向团里转告狗熊之事。直到宋龙从团里拿着枪回来，熊掌门才远离了我们。一天下午，我看见熊掌门在我们帐篷对面的沼泽地里孤独地行走着，个头很大。想起来真的后怕，看来，天上掉下来的馅饼不是好吃的！

春天来了，冰雪融化，万物复苏。一天，我和战友到公路上散步，突然看见一只小野兔，跑了单帮，在离公路不到一米的地方玩耍。同时小兔也看到了我们，犹豫了一下：是跑向公路，还是退回林区？刹那间我跑了过去，堵住了它退回林区的路，把他赶上了公路。因为，公路两边都是两米多宽的水沟。顺着公路，兔子跑得飞快。一度把我们甩下一里多地。不知跑了多远，它跑不动了，奔向路边，趴在那里，想躲过我们往回跑。我们一步步靠近，趁它向回一窜的时候，我一把抓住它的脖子。这小兔比我手大一点，青灰色。我把它带回连队，交给司号员赵树山饲养。后来小兔长到站起来有半人高。我们看到小兔长得这么好，都想宰了吃肉，赵树山就是不肯，偷偷把它放生了。在那个缺肉吃的年代，我们都觉得十分惋惜！

作者简历：于和平，男，1952年8月出生。天津知青。1969年5月下乡到黑龙江生产建设兵团61团，先后任职于工程1连、加工连。改制创业农场后，调至铁路办公室。1979年5月返津。

难忘北大荒的房、北大荒的床

所福生

我在东北10年半，建过两个新建点，什么宿舍都住过，什么累活都干过，就是没有干过机务。

上下铺我住过好多次，基本都是住上铺，只住过一次下铺。最冷的一冬是1969年，在4连。组建兵团后我不是兵团战士，而是兵团职工，当时4连是武装连，兵团职工的地位可想而知。当时连里盖好的房子都分给干部和贫下中农作为家属房，唯一的一栋大宿舍住上了武装战士。

兵团战士和兵团职工的房子是在十月份上大冻前抢盖的，当时泥还没干就住进去了。我和后来在11连因救马驹死去的北京青年张远征在北边上铺的最西北角，住进去的第二天夜里下雪，西北角山墙的上面塌了。

清晨（不知道几点），我从睡梦中被冻醒，当时觉得怎么这么冷啊，睁眼一看，白晃晃一片，再一看，山墙塌了。透过缺口，我可以清楚地看到连队周围覆盖着白雪的原野。凄厉的冷风刀子一般从外面吹进来，我俩的被子上已盖了一层薄雪。他还蜷身缩在被里酣睡，我赶紧推醒他："你还睡呢？你看看！……"

外面钉一张席，里边钉一张席，中间加上草，

这一冬就是这样过来的。

最无奈的上下铺，是在去 4 连建点的前三天。我们从七星农场七队过来的 20 多人暂时寄住在火烧盂的五七连（后来的 3 连）的食堂侧屋里，上下铺，女生在上面，男生在下面，男生的行动被女生一览无余。

三天后，点儿上的帐篷搭起来了，仅一个帐篷，通铺，中间用席打了一个隔断，男生在外边，女生在里边，隔断中间挂个帘子就是里外屋了。

赵振岗的铺和女生一席之隔，这小子睡觉特别不老实，晚上睡觉时一脚把自己的衣裳包袱踹到了隔壁女生那边。第二天，那女生发现自己被窝里有个包袱不禁大吃一惊："哎呀，这是谁的大包袱？！"

事儿过去几十年了，哥们儿喝酒时一提起赵振岗当年这一脚，仍不禁引起哄堂大笑，有的都笑出了眼泪。

试想，现在的年轻人有过这样的经历吗？

因为我们曾经挨饿，所以我们才能尝到食物的甘甜；因为我们曾到过边疆，才有幸看到原野之辽阔壮美；因为我们曾经历过历炼之苦，我们才对生活和情感有了更为深刻的认识。

试想，如果没有这一切，我们的生活也许黯然失色，所以，我们终身难忘——北大荒的房，北大荒的床。

作者简历：所福生，男，1950 年出生。北京知青。1968 年 7 月到黑龙江生产建设兵团 25 团。1969 年 7 月转至 61 团，先后在 4 连、工程 1 连、架线连、团直学校工作。1979 年返京。

青春难忘 岁月当歌

鲁和平

我是1967届初中生，在那个时期，还没念完初二学校就停课了。当时，天天在家无所事事，感到无聊至极。1968年8月底，听到黑龙江生产建设兵团招人，与父母一商量，就与比我大的邻居的孩子，一起报了名并获得批准。9月8日注销了户口，我当时还差3个月满17周岁，从小生活在部队大院里，对社会接触很少，稚气未脱，什么都不太明白。

1968年9月15日，永生难忘的日子。那一天，上海北站人山人海，送行的人比去边疆的学生多几倍，场面极其悲壮。我的父母也来给我送行。我的父亲是军人，参加过抗日战争、解放战争、抗美援朝，经历多次生死考验。他只是嘱咐我到黑龙江好好劳动锻炼，争取早日入党。母亲一再叮嘱我要注意身体。我是家中长子，这一走今后的命运前途谁也说不清。9时左右，载着千人左右上海学生的专列，向东北开去……

经过三天三夜，9月18日过了哈尔滨以后，陆续有知青按分配地点下了车。我们一批人在双鸭山车站下车，被分配到3师29团5连（集贤农场5队）。9月中旬的北大荒，天气已经很冷了。几十个知青坐上早已等候迎接的敞篷汽车，经过两个多小时的颠簸，中午12点半左右终于到了5连。我们从卡车上跳下来，互相搀扶，活动着有些冻僵的腿脚。再一看，一些穿着黑棉衣棉裤的老职工，敲锣打鼓地欢迎我们，把我们分别领到男女宿舍，洗脸准备吃饭。

到连队吃的第一顿饭印象深刻。食堂橱窗内，黄澄澄的一大箩筐，我们以为是为迎接上海第一批知青到来，特意准备的蛋炒饭。等盛到碗里才看清，是一粒一粒玉米碴蒸出的东北人叫大碴子的饭，这顿饭足足吃了半个多小时，要

后排左一为鲁和平

说感受就是味同嚼蜡，难以下咽。

29团的前身，是1958年十万转业官兵建起的集贤农场，已有10年历史。5连离团部只有4里路远，站在连队能够清楚地看到团部的建筑物。连里的住房都是砖瓦房，有电灯。宿舍和食堂，条件算很好了。在我们之前，1967年12月，已有20名北京知青来到农场。之后，连队又陆续来了天津知青、哈尔滨知青。知青们以地方区域为主，较抱团。特别是上海知青，到一起上海阿拉话一说，别的地方的青年听不懂说的是什么。时间长了，接触一多，感觉北京知青的见识和思想方面较成熟。很快我们就投入到连队的秋收劳动中，主要是收高粱、掰玉米。

1969年1月，中苏边境形势开始吃紧，上级要组建6师，开发抚远边疆。5连的环境还没有熟悉，人员还没有认全，我又报名参加新建团开发荒原。同时报名的还有北京知青程平、刘芸、邢笑红、周石琪，上海的杜毓芬、姚辉君，天津王西连，哈尔滨的李心来等人。我们这些人的友谊延续至今。

1969 年 3 月 25 日，我们一行十多人坐卡车到新建师 6 师 61 团 10 连报到。10 连选址在一个小树林旁，望眼荒原上百里无人家。一切是白手起家，住帐篷，晚上野狼围着帐篷嚎叫，令人毛骨悚然。伐木头，吃黄豆，吃野菜。直到 12 月初，又来了一批北京知青，人多了，拖拉机有了，开始盖草房、开荒种地。当第一年种庄稼，麦浪滚滚一眼望不到边时，连队还出了一件趣事：一个当地知青，在麦地里发现一窝五只小狼崽，出生刚几天，这几只小家伙还没怎么睁眼，他把五个小东西当成狗崽抱回连队喂养。那些天，连队周边可不得了，每天都有野狼围着草房嚎叫，吓得大家不敢出门。连长姓朱，是个老干部，又是老东北人，就赶紧找原因，才知是小青年把狼引入家门。朱连长下令把小狼崽全部活埋了。这一下更加了不得，每天天一黑，野狼嚎叫不断，一连有半个多月，好歹算过去了，没出什么大事。

10 连刚刚初具规模，我又报名参加建 23 连新点，党支部任命我为出纳兼统计员。1970 年 8 月 20 日，我们十男十女在连领导的带领下，坐着拖拉机爬犁，在荒原上奔驰，有些像跑马圈地，选了一块有水泡子的地方安营扎寨。我们立刻砍树枝搭帐篷，挖水坑，埋锅做饭，第一顿是面条。当天夜晚，男女同胞睡在一顶帐篷里，中间只有一张席片隔挡。这种席片是不隔音的，大家起居都小心翼翼。记得那时劳动了一天，睡觉前，点着油灯，没事干，有个外号叫“维得罗”的北京知青魏彤连爱讲故事。他一开讲，那边的女同胞就嚷嚷“维得罗，大声点”。她们隔席有耳，一起沾光听故事。小魏讲的是当时流行的《梅花党》《第二次握手》。虽然当时的生活环境艰苦，但那种氛围和精神特别温馨，十分值得留恋。男女知青之间充满战友情，同志谊。这顶帐篷大约住了八个月，第二年开春，盖好房后才搬家。

劳动是艰苦的。冬天，在零下三四十摄氏度的严寒中伐木，踩着没膝深的积雪装爬犁时，汗水湿透内衣，浑身冰冷，在返回的路上，冻得直哆嗦。十几里路，跟着拖拉机跑步取暖，否则非给冻坏不可。连里有个外号叫“小地主”的哈尔滨知青，就因太累，在爬犁上睡着了，一双脚冻坏，差一点锯掉，落下终身残疾。夏天，在火热的太阳底下割麦子，脱土坯，身上暴晒脱皮。秋天，在寒风中割大豆，手被大豆荚扎得鲜血淋漓。大豆装车脱粒，更是几天几夜不睡觉，连轴转地干，有时人累得连说话的力气都没有。繁重的劳动，枯燥的生活，知青们都经受住了考验。一天，战士们在一块有几里长的地里收割大豆，一趟割到头得半天。冬天白天短，往回割时天就要黑了。在不远处的荒原上，出现一群扇动着大翅膀，修长的脖颈、漂亮的长腿的丹顶鹤，在夕阳的照射下，一身雪白的羽毛熠熠生辉。丹顶鹤悠然自得蹁跹起舞，真是好看极了。谁也想不到在这荒凉的地方，会有这么美丽的精灵出现，像是在梦幻中，我们疲劳的身心一下子就欢快轻松了许多。

到过北大荒的人都尝过蚊子、“小咬”的厉害，蚊子、“小咬”多得不得了。别看“小咬”个儿小，要让它咬上几个包，好几天痛痒难耐。北大荒草甸子上，除了蚊子“小咬”多以外，可能最多的小动物就是老鼠了，而且个儿大肥壮。连队初建时，盖房就地取材，用草裹泥编拧的“拉合辫”盖房子，房顶棚用榛柴铺织而成。冬天大雪覆盖了原野，老鼠就钻房顶棚上取暖，寻找小榛子充饥。冬天的晚上，房顶棚上的老鼠成群结队，动静大得赛马一样热闹。我是连队的统计兼出纳，经常夜里很晚还要整理财务账目，统计连队白天的工作量。一天，和我住同屋的龙相邦排长（河南籍复员军人）睡觉时，听到老鼠动静太大，就拿了一个老鼠夹子支到门口。他从炕到门口转回来，刚上炕睡觉，只听“啪”的一声，就夹住一只大老鼠，回身把死老鼠丢到门外，再把夹子支上，回身上炕钻被窝，没一分钟又“啪”的一声，又夹死一只大老鼠。这次龙排长没去扔死老鼠，他对我说：“这老鼠是怎么打也打不尽了，随它吧。”可见老鼠多么猖獗。1971 年的夏秋时节，晚上我刚要睡着，忽然感觉被子里有东西在动，掀开被子打开手电筒一照（连队那时没有电），看见一只通身发红，浑身没毛，眼睛还没睁开的小老鼠。刚把它丢到门外，一钻被窝脚下又有动静，再一看，又是一只没毛的小老鼠。这一下我紧张起来，把同室的荒友叫起来打开手电筒四处寻找，最后发现在草墙顶端洞里有一个老鼠窝。窝里有十几只小老鼠，这些小东西会动了，一个一个地顺着墙掉下来，落入我们的被子里。等我们把老鼠洞清理彻底，天已亮了，又该出操、吃早饭准备上工了。

冬天，蔬菜匮乏，连队经常做豆腐改善伙食。点豆腐的卤水，一小缸能用很长时间。随着做豆腐，卤水缸渐渐见底了。一天，我和司务长刘毅在缸底看见一只泡得浮肿，足有二尺长的死老鼠。老鼠什么时候掉进卤水缸里的已不可知，可当天的豆腐已经做好，唐副连长当时在场，告诫我和司务长，死老鼠的事谁也不要声张。这顿饭，我俩心知肚明，一口没动，而战士们却吃得津津有味。当时心想，多亏是冬天，要是夏天死老鼠不臭才怪。

除了蚊子、“小咬”、老鼠，我还见过狍子、鹿、狼、狐狸，野鸡、大雁、仙鹤等多种禽兽。还见过狗熊在我们四周活动，留下了硕大的掌印。这些动物是我们开发建设三江大平原的“伙伴”。

春天的北大荒草原，开满半人多高的黄花，开着拖拉机垦荒，就像是在黄花的海洋里徜徉。那花海的魅力，让你感觉到北大荒大自然的另一种壮美。鲜嫩的黄花采摘处理后，更是北大荒人餐桌上的美味。

艰苦的劳动，锻炼了我的品格和意志。在思想上，我积极要求进步，努力工作，严格要求自己。在党组织的帮助教育下，1971 年 10 月 29 日，我光荣地加入中国共产党。

1973 年 8 月，连队推荐我参加文革后第一次恢复的高考，因“张铁生事件”，考试废止。9 月，我被录取到吉林冶金电气化学校学习。3 年后毕业分配到武钢，后调北京工作。从1968年9月18日到1973年10月2日，5年零15天，期间在北大荒的劳动锻炼，我由不谙世事的少年，成长为一个较成熟的青年。北大荒磨砺了我们的青春，我们在苦难中走向成熟。我个人的经历，只是那个时代知青群体的一个缩影，个人的命运永远是和国家的命运相联系的，经历过磨难才懂得更加珍惜。仅以此文怀念逝去的青春岁月，纪念曾并肩战斗过的战友情谊，并向曾关怀帮助过我的领导、战友们表示衷心的感谢。

作者简历：鲁和平，男，1951年12月出生。上海知青。1968年9月下乡到黑龙江生产建设兵团3师29团。1969年3月调至61团，先后任职于10连、23连。1993年元月调京工作。

青春在北大荒闪光

刘永来

一、初到北大荒

1969年5月29日，我们这帮大部分还是十六七岁未成年的天津知青，远离父母，远离家乡，来到了东北的黑龙江生产建设团6师61团。在福利屯下了火车，然后坐上大卡车，过了富锦县城就都是高低不平的土道，剧烈颠簸使我们五脏都好像挪了位。一路上始终没有看到过行人，却偶尔能看到受到惊吓奔跑的狍子。

天将要黑的时候到达了我们连队的驻地，只看到了两顶帐篷和两幢木板房。这些房子和帐篷都是先前来这里建点的老职工和知青共同搭建的。这些人有从桦南县曙光农场调来的，也有从3连调来的。晚上吃了点饭，连长宣布男的住木板房，女的住帐篷。各自整理行李就准备休息。

三江平原五月的天气还很凉，尤其是到了夜晚，住在透风的木板房里盖着棉被还是有些冷，但总算有了住的地方。当时感到很新鲜，住集体宿舍睡大铺，也没有电，煤油灯挂在房子的中间。晚上临睡前，连长叮嘱大家一定要用热水洗洗脚，这样可以缓解一下疲劳，连队专门安排了人给我们烧好了热水。木板房的大铺都是用圆木和木板搭的，铺板上面铺了一些干草，草上面铺有大炕席。北大荒的生活就从这儿开始了。

我们的驻地是61团5连，我们这些天津知青是第二批。第一批就是前面提到的建点的老职工和知青。我们的连长是于长孝，指导员是宋保田，他们都是从31团调来建点的。其中宋指导员就是一个老兵，转业到了北大荒。

连里有一个猪圈养着几头猪，我们这些城里的孩子看到活猪，又是这么近，感觉很新鲜，把猪圈里的猪放出来逗着玩。后来有一个人拿着我们带来的红旗晃了晃，猪看到红旗，吓得撒了欢地跑。几个人拿着红旗就紧追，最后追得猪跑不动了趴在地上，嘴里吐着白沫。这几个人见事不好，就悄悄地溜了。到了晚上这头猪就死了。连长在会上批评了这件事，以后再出现这类事情一定要严肃处理。猪虽然死了，但全连的伙食得到了一次改善，猪肉吃了好几天呢。

六月的北大荒天气开始转暖，我们也开始了连队的建设工作。当年的建设口号是：当年建点，当年开荒、当年打粮。连里当时有三台东方红拖拉机，还有配套的农机具，一部分机务人员开荒种地，其余的人员忙于连队建设的一些杂活。

连里要盖房子也没有砖，只能先建造土坯房。我们这些人从和大泥、脱大坯开始干起，立房架子盖坯房，打草、苫房顶、搭土炕。北大荒的火炕住的还是很舒服的。当时的一切都是我们这些人用我们的双手和汗水创造出来的，当年一群不到20岁的初中生知青，却成了建设北大荒的骨干力量。

二、修水利

1970年代初，全国开展学大寨运动，我们也是一样。到了冬天农闲季节要大修水利，叫大搞农田基本建设。我们连的任务是在15连前面挖一条沟。入冬季不久，地冻得还不算厚，20厘米左右。大伙分成了若干小组，男的有

力气用镐刨冻土，女的清土，然后再用铁锹挖暖层，都是重体力劳动。随着天气逐渐转冷，零下二三十度，冻层有30~50厘米，活就不好干了，要刨下一块土块需要付出很大的劳动量。铁镐下去就是一个白点，对准那个白点一直要刨几十下才能把周围的冻土震裂。天气寒冷不干活呆着就冷，干活就出汗，停下歇一会，外面的衣服就会冻硬。周围都是荒草甸子，连一棵树都没有，要背风只有蹲坐在挖好的沟里。中午吃的是花卷、豆包、馒头之类，再就是一桶漂着几个菜叶，或是几个萝卜条做的汤。北大荒的冬季吃的菜就是土豆、白菜和萝卜，其他的菜根本没有。修水利这样的强体力劳动，一般的女同志，吃十来个花卷不稀奇，我当时就吃过二十多个花卷。每天早上睡醒觉，两只手都是握镐状，而且很痛，自己就双手互相掰直，然后再活动活动，慢慢回复正常。

随着天气越来越冷，冻土层也越来越厚。连领导决定用炸药放炮来提高进度。当时定了由1排抽几个人放炮。我是1排3班的班长，就由我负责。我在班里找了候金爱、丁延基还有两个人。打眼放炮我以前干过，炸过沙子。我们当时用的是岩石白色炸药。每天在收工前打好眼，装好炸药，插上雷管和导火索。点着炮我们几个人就跑，一直跑到铁牛小型车附近。数炮响，点炮的数和响炮的数相差几炮，然后上车回连收工。第二天坐小型车到工地排出头天没有响的哑炮。这时候排哑炮是最危险的，但又必须得排除，不然就要影响下午的工作。我们用的是导火索，不是电炮，电炮一断电就不会引起雷管爆炸，而导火索它有时是里面还着着火，着到有药的地方它就会引爆雷管，根本不知道埋着的导火索是什么情况。我们团别的连就有把知青炸残的例子。哑炮得排，活得干，每一次排哑炮都是我去，害怕得手都哆嗦，可表面上还得装出一副大无畏的样子。真是感谢苍天，很庆幸我现在还好好地活着。后来团里控制炸药供应，连里决定自己用土法制作。开始我们做了实验，架上铁锅，烧上火在锅里炒锯末，直炒到锯末变黑成木炭状然后倒上化肥（硝酸铵）拌一下。开始不太理想，后来我们又从工程3连拉来了红松的锯末，再次试验，效果很好。后来由我和侯金爱，还有机务排的老徐，我们三人负责。当时在我们连没有完工大食堂的露天房子里架起了一口巨大的铁锅。翻炒锯末火不能大了，火大了锅里的锯末会自燃；火小了效果不好更是白费力，所以炒锯末就要尽心尽力。

每天早上我们穿好衣服，把自己裹得只露两只眼，那个年代的衣服都是老三色，上了车根本就分不出男女。在气温零下三十度左右干这么繁重的体力劳动，还要在大野外吃饭。那时一切都是为了革命工作，根本不顾及人的生命和身体健康。你是知青就要吃苦，就要接受再教育，就要改造世界观，就要按照“一不怕苦，二不怕死”精神去战斗。电视剧描述的知青生活，确实是“高于生活”的，与我们的亲身经历还是有很大的差别。我们对现在的生活状况特别知足，就是因为当年我们吃过太多的苦。

三、完达山伐木

那是1975年11月底，北大荒的冰雪已经覆盖了大地，秋收的果实也已开始入囤。一天于连长派人来叫我，说今年冬天有伐木的任务，要我马上跟陈参谋长进山去选点，看来连里又准备让我带队了。当时我是连里的一排排长，很受连里器重和信任，连里只要有外派任务基本上都让我带队。我曾带队参加了70年富锦码头的前期基建、带队驻扎163公里处伐木一年。陈参谋长跟我也算熟悉了，老首长对我印象也不错。从连里出来，经过11连、15连然后进入了一片沼泽地。11月份的沼泽地已经结冰，上面是厚厚的积雪，看车辙早有卡车驶过。我们的吉普车快速地奔跑着，车后腾起一条长长的雪的烟雾。如果夏季去完达山得绕道饶河，那就远了，现在冬天直接就可以到达山脚下。经过几个小时的路程，我们来到了完达山脚下的一个小镇，在当地管林业的一位老同志家里边吃饭边谈着这次进山伐木的品种和数量，从他们谈话的情况看，陈参谋长已经来过几趟。饭后一位姓滕的山东人带我们进山。盘山道很不好走。山里冬天虽冷，零下二三十度，但能挡风，无论山外刮多大的风，只是感觉到树梢在摆动。路两边都是高大的树木，景色十分迷人。这里以杨木为主，间有白桦、柞木、水曲柳、榆树、黄玻萝等。我们主要是勘察周围的环境和道路状况，之后，选定了大部队的驻扎地。

两天之后，于连长带领我们先遣队进山，主要任务就是搭帐篷 、找水源、支锅灶，大部分都是就地取材。再过三天，帐篷搭好，灶坑刨好，两个大灶砌好。帐篷里的大铺还铺上了松软的麦秸，一切就绪，只欠东风。

这次进山任务比较重，而农工排冬季回家探亲的人不少，经决定从机务排抽一部分人，可还是不够，最后干脆找几个女同志，再加上一个卫生员，她们主要是帮着做饭，清清场地、打打树杈。这次派卫生员是因为进山的人员较多，有30多人，有个伤病什么的能够应急处理一下，不像以前只带个药箱。

于长孝老连长亲自带队。到了山里放下行李，我马上就安排人赶紧伐木，截成长短一样的木楗子，立马装上车。冰天雪地、路途遥远，汽车上一趟山不易，千万不能放空载。

车走了，我们才喘口气，大家好歹吃了饭，晚上就在帐篷里开了动员会（大帐篷用帆布一隔为二，这面住男的，那面住女的和存放伙房用品）。连长讲了这次伐木的任务和注意事项。我重点强调安全问题，还讲了林业局对伐木的要求，树根不要留高（主要是森林的夏季，地面上长满了杂草，树根高容易生虫子，各种鸟类在树桩上活动多，害虫会危害森林），不按要求伐，林业局会按规定进行处罚。人员分配是三人一个小组，互相观察周围情况。树倒的时候要喊山，伐下的木头要截成六米、八米的木楗子，然后分类归拢到一起便于装车。

伐木工作是非常艰苦的，林子里不仅有厚厚的积雪，行走不便，而且树也非常高，基本上都在10米左右。我们先清雪，砍除各种荆棘杂草。拉锯的两人首先要确定树倒的方向，因为树要是倒下时搭在别的树上，特别容易出事故！拉锯时更要配合默契，否则会很累还不出活。大伙用的是“快码子”，两个人你来我往，只听见刺啦刺啦的锯木声，还有穿透山林的喊山声和树倒下时咔吧咔吧的声响，大树落地时溅得积雪四处飞扬，偶尔也会惊起一两只飞禽。初冬森林里的景色特别美好，但艰巨的任务让我们无暇欣赏，大家的心都在伐木上，我们每个人都放开了喉咙高喊，我们的喊声在森林里久久回荡。

树放倒再截成段，然后再归楞。转天汽车上山我们还要装车。装车可是力气活，而且还要讲究配合。两个6米长的跳板搭在卡凳上，人就走在跳板上。前面四个人，两人抬“蘑菇头”(木杠),一人手扶拔门(也是木头做的)卡钩搭在拔门上：一人手扶绳子。后面有两个人抬，抬木头分大小肩，也就是左右肩。因为我总伐木装车，而且每次都是我带队，是个小领导，所以在小肩(左肩)少的情况下我每次都抬小肩，这样也练出了左右肩都能抬东西。车上有一个人负责把楞，拿搬钩和撬棍在车上把木头放好找平衡。走山路如果车装得偏重，就会有翻车危险。汽车连和我们多次合作，相互很信任。越是这样我们就越不敢掉以轻心，装车可是人命关天的事！他们每次来都会给我们带来家信、生产和生活用品，成了我们的好朋友。于连长身体欠佳，没几天就下山了。整个伐木工作和生活都由我来安排，责任重大。

山里的冬天亮得早，黑得也早。山里伐木都是吃两顿饭，八点钟吃早饭，馒头，加上连里拉来的冻白菜和土豆，冻萝卜还有肉。工作劳动强度大，吃饱肚子是关键。早上洗脸用伙房给大伙化的雪水(我每天漱完口都用雪擦脸，凉水洗脸至今我还坚持)。整个一个冬天，从来没有洗过澡。出汗多了也就是化点雪擦一擦身子，所以每次到山里都会生虱子。唯有晚上睡觉是最大的享受，我们安排专人负责晚上烧炉子，大家都累了一天，在炉火熊熊的帐篷里，却是温暖如春。

冬天我们唯一的消遣，就是休息时间去山上采猴头菇。我们上山一般都带着枪，主要是怕出现意外，用以防身。 猴头菇主要长在柞树上。发现了我们就砍一根树杈捅下来。偶尔还可以找一些野葡萄，摘下来放到嘴里含化了觉得酸酸的。最大的收获是弄回了一些花椒树，拿回帐篷化软了，再把皮剥下来，切碎，用来炝锅挺不错的，尝了一下感觉有些花椒味还有点姜味。在整整一冬缺姜少葱的山里生活，它成了我们炒菜炝锅、顿顿不可少的唯一调料。

山里的生活比在连队里吃肉多一些，老首长陈参谋长，进山看过我们两次，每次都带几瓶白酒，给我们解解馋。整个一个冬天我们过得昏天黑地，哪天是元旦春节都不知道。只想着快点完成伐木任务。晚上睡前大家在一起聊天、讲故事，有时还打打扑克，下下象棋。休息时在我们的周围找粗的椴木，伐倒后，我们就锯菜墩，准备探亲时带回天津。只有那天，我们被敬爱的周总理逝世的消息惊醒，大家的心情无比沉重。从那以后每天晚上大家的话题都离不开周总理，对周总理的高尚品格、非凡气质和风度钦佩。更把对周总理的深深怀念化作一种力量，融进每天的工作中。

随我们上山的卫生员叫秦秀云，也是天津知青，我们一起从天津到北大荒，也一直在五连。没有病号大伙干活时她就帮着做饭。有一天机务排的孙跃得了感冒，吃过药后不见好转，到晚上烧起来了，体温表一试，拿出来一看到头了，41.8℃！再试还是这样，人已经说胡话了。吃退烧药，打消炎针，都不管用，急得我们手足无措。当时秦秀云很着急，真怕出现意外，她赶紧在外面找了块冰用毛巾包上，放到他的脑门上冷敷，进行物理降温，又找了点白酒前胸后背的给他擦，整整一宿折腾到天亮。烧一点点的退下来，人也清醒了，这时她才松了一口气。白天拉木头的车来了，怕再出意外，就找了一个战友送他下山了。

这件事，让我看到了秦秀云的一片爱心和办事沉稳的气质，令我十分感动。我们是战友关系，偶尔碰上也能聊几句，但这件事让我对她产生了好感。回到连里以后，慢慢地发展成了恋爱和夫妻关系。至今我们一直幸福地生活在一起。

这个冬季——我们相约在完达山，是完达山伐木成就了我们美好的姻缘。

回想起那样的环境，那么艰苦的生活，我们不计较任何得失，人的思想很纯洁、品质很高尚，真是觉得特别留恋。

尽管这些人现在有的下岗，有的重病在身，家庭生活困难……但我们不后悔曾经的付出，相聚时也没有沮丧和怨恨。从发展的眼光看那一场运动，客观上推进了北大荒的发展建设，使荒无人烟的荒原沼泽变成了良田，成为现在的中国粮食基地。就像当年的十万官兵，开进北大荒的意义是一样的。这是千千万万知青给祖国创造的财富，是他们用自己的青春年华，为中国农业的发展所创下的丰功伟绩。

我们共同的信念是：知青十年的艰苦岁月，奠定了我们人生的基石，无论道路怎样曲折，生活总是美好的。

作者简历：刘永来，男，1953年4月出生。天津知青。1969年5月下乡到黑龙江生产建设兵团6师61团5连。1979年1月返津。

情系黑土地，汗洒建三江

齐振德

1969 年 2 月 22 日这一天，天气十分寒冷，用东北话说“嘎嘎的冷”。我是按所谓“三红四满意”的标准被选中参加“屯垦戍边”的人，就在这一天从 31 团踏上了征程。我们一行 6 个人，乘坐一台解放牌大货车，大家共同顶着一个又厚又大的棉被挤在一起，一路上好像没人说话，不是因为我们互不相识，是因为大家心里都有一种说不出的滋味，据说要去的地方很苦，究竟苦到什么程度，谁的心里也没底。

一路上的前 4 个小时路很好，后 4 个小时就是坑洼不平了，车颠簸得厉害，大约下午 4 点钟左右到达目的地时我们全身都是麻木的，腿也不听使唤，艰难地从车上爬下来。我向四周瞄了一眼，这里是一片树林，在它的南面有两顶很长的草绿色的棉帐篷，还有一大堆物资用苫布盖着，再就是白雪茫茫。啊，这就是 61 团团部。

我们在一位姓袁的高个子带领下，蹒跚地走到了帐篷的东头。从一个低矮的小门进了帐篷，一股热浪扑面而来，我低头一看，原来是一个平躺着的大油桶，一头开了一个口子，里面燃烧着木头，上面接着很粗的炉筒子通到外面排烟，炉筒子与油桶接口处已经烧红了，热得人都不敢靠近。身上的寒气还没有缓过来，31 团带队的刘振山向我们介绍了马金堂政委和张野团长，马政委热情地与我们握手表示欢迎并介绍了 61 团的现状和卫生队的人员情况。我们卫生队暂时安排在这个帐篷的西头，用木板隔开，顶多算个卫生室，人员有兰队长，北京知青张大平、王笑微和王淑惠。看到目前的状况，我心想真的是要白手起家呀，以后会有干不完的活在等着我们。在这 13 年中我与知青们一起劳动、一起学习、一起工作、一起玩耍，建立了深厚的友谊，许多难以忘怀的人和事，总是在晨起前从眼前过来过去，对每件事的细节，对每个人的音容笑貌都记得很清楚。

开春了，招收卫生员和培训等一系列工作逐渐展开。卫生员大部分是从连队抽调上来的知青，这些知青思想基础好，能吃苦，聪明又爱学习。经过培训后大部分又回到连队里当卫生员，根据需要也留在卫生队一部分。大家可能认为留在卫生队工作会很清闲自由，总比在连队好，其实不然 。留在卫生队的人，要不怕苦不怕累，什么活都能干才行。卫生队也是建筑队，卫生队的知青都非常能干，还没听说哪个人叫过苦。在兰队长的带领下盖家属房，建医院，扒烟筒，修自来水，今天的活还没干完，明天的活就已经派好了。记得那时候团里召开麦收动员大会，会上连队领导上台表决心，一位指导员说他们要苦干、实干加傻干，一定要保质保量完成好麦收。这句话后来传开了，卫生队有个知青开玩笑说，卫生队是苦干、实干加蛮干。其实这个知青说这话时是有所指的。原先由工程连帮我们建的两栋 40 米长的房子，中间是不相连的，后来兰队长为了增加建筑面积，想把两栋接起来，而且改成二层楼，再向北延伸做食堂。这个计划征求团里的柳长江工程师意见并经过营房股批准，但却要我们医院自己盖。大家十分卖力，进度也很快，就在食堂上房架子的时候出了问题。第一个架子立起来后用套马杆撑着，我带着锤子和钉子爬上去了，准备与第二个架子立起来后，把斜拉条钉上固定好。第二个架子刚立起来，白永利也像我一样爬上去还没站稳，我在上面就看他那个架子开始向一面倒并很快翻了下去，架子的尖朝下，白永利像沙包一样甩到了一个墙根边。大家一下子吓傻了，我马上从第一个架子上滑下来，跑向白永利，只见他脸色苍白，站不起来了。后来经过检查是骨盆骨折，经过治疗后没有生命危险。造成这种情况的原因是撑套马杆的人太少了，支撑的力量不够，而深层次的原因是没有经验，事先没有引起足够的重视。

医院原设计自己烧锅炉，所以在医院西头后面修了一个烟囱，很高有几十米，但团里后来在招待所后面修了一个锅炉房，能管招待所和医院，这样医院烟囱就没用了。兰队长又开始琢磨了，总看它不顺眼想把它搬倒。当时我想这个活有点难度，没干过会有危险。在卫生队说到干活的问题兰队长还是听我的。后来他听人说，可以在烟囱顶端绑一根粗绳子，在烟囱根部扒掉一部分砖，再用拖拉机在远处拽住绳子把烟囱拉倒。我说这很难讲，万一绳子断了烟囱向相反方向倒，正好砸在放射科的房顶上，那损失可大了。权衡再三，最后决定再

加一根绳子做保险，找了个胆大的爬上烟囱绑了两根粗绳子。用医院的小拖拉机稍一用力，即刻向指定方向倒下去，我终于长出了一口气。后来我才知道，兰队长他的打算是用这个烟囱拆的砖盖水泵房。

自己解决家属房，就得出力气盖房子。卫生队盖房子的主力军也就是砌墙把大角的人，常常有我、张善水、胡生久、龚礼明等，说起那时盖房子也简单，整个房子一根钢筋都没用。从放线、打地基、砌墙、上盖、抹墙到刷灰两个多月就完成了。我去年回过一次 61 团，那几栋房子仍然有人在住，我家的那个加高烟囱还在。

解决医院家属房的自来水问题，在兰队长的脑海里已经酝酿已久。他也真有办法，联系打井队，打了一口深水井，盖了一个水泵房，然后就安排挖 3 米深的管道沟，有家的每人分 6 米，限期挖好。我和康大夫一起分 12 米，当然都是我一个人挖的。记得那几天下连阴雨，泥土沾锹又沾脚，但是我的力气也很大，一天就挖完了。最后清底的时候我发现有点不对劲，沟怎么渐渐变窄了，一个可怕的念头在我脑海里闪了一下，不由分说，把铁锹一丢，飞一样的跑到沟的另一头，借惯性向上一窜，跳了上来。这时只感到身后一股冷风，呼的一声，待我回头一看，天啊，塌方了！真悬哪！第二天我一说，巧了，还有两个人说他们那里也塌方了，好在他们的还没有挖到 3 米深，没出什么意外。经过大家的努力总算把自来水通到了各家。我对康大夫说，这可是用命换来的。

医院房子有了，室内的家具没处买，都是靠木工做的。我们医院有个小木匠郑斯文，人如其名，长得白白净净又斯文，但人不可貌相，他的木匠活真叫漂亮。我看惯了东北的家具，但一看到斯文的活，真是耳目一新，线条简洁精巧，不是大方大正，但很结实。那时我经常下连队做手术，当斯文知道下连队做手术要带很多东西，十分不方便，他就帮我设计了一个多功能手术箱。这个箱子可以装四个手术包和所有手术用的物品，并且把箱子打开，就是一个简易手术床。师部手术队看到我们这个箱子，问是哪里买的，我开玩笑让他多给点钱就送他一个。前一段时间，吴裕章在网上发了一组照片，其中有手术室的一张，照片上一个落地的血压计，那是郑斯文用一个台式血压计改制而成的。

医院的中药制剂非常重要，都是草药饮片，需要煎药。没有中药注射剂，我们药房有一个很能吃苦耐劳的龚礼明，我们卫生队本来条件就很差，但他自己创造条件，克服困难，采用石馏法提取中药注射液。制作完成后，还要在自己身上做实验，根本不在乎个人安危，记得那时用狗骨头提取的叫狗骨注射液，与今天的骨钛注射液很相似，他在中药的应用和发展上做出很大的贡献。

卫生队工作应该说是成绩斐然，外科手术开展的项目多，难度也大；内科抢救流行性脑脊髓膜炎成功率100%，抢救有机磷中毒成功率100%。值得一提的是护理工作，当时，在艰苦的条件下，王笑微护士长带领全体护士把护理工作做得近乎完美，尤其是长期卧床的病人竟无一发生褥疮。卫生队没有清洁工，所有的清洗工作和烧炉子都是护士来完成。我们除了完成医疗任务外，还做了大量营建及其配套工作。

所有的这一切都让我刻骨铭心，永远！

作者简历：齐振德，男，1944年3月出生。1964年9月毕业分配到原黑龙江生产建设兵团3师31团卫生队。1969年2月调至6师61团卫生队。1981年8月调至总后勤部第七职工医院。现定居深圳。

“三英战吕布”

王少寅　付本立口述　崔福忠执笔

“三英战吕布”是我国古典名著《三国演义》中一个精彩的故事情节，出现在第五回中。

该片段以刘备、关羽、张飞三兄弟与猛将吕布的殊死战斗为主线描绘了一场酣畅淋漓的沙场血拼。

今天我写的“三英战吕布”是描述当年我们团 5 连，三台拖拉机围剿一只大黑瞎子的故事。那天清晨，据王少寅讲，他们老早就起来烤车。因为已经进入深秋时节，天气较冷，不烤车不好发动。他们刚吃完早饭，准备去发动机车。这时一位骑车上班的职工（此人家住老团部）向连长报告说：“道边小树林里发现黑瞎子了，很可能就是前些日子在老团部连续伤了两人的那头大黑瞎子吧。”这时 5 连连长立刻决定马上发动拖拉机，四台拖拉机全部出动，迎战这个不速之客——“吕布”（黑瞎子），绝不让黑瞎子入侵连队伤人。

“轰隆隆”“轰隆隆”拖拉机发动了。17 号车——“张飞”抢先开向小树林，勇敢的兵团战士，急先锋么。第一个要会会这个连伤我兵团战士数人的“吕布”，看看它有多高武艺、有多厉害。

“张飞”赶到小树林时正碰上黑瞎子从小树林里走出来。两将一照面，猛“张飞”一句话不搭，直冲向黑“吕布”。“吕布”见“张飞”来得又凶又猛，转身就躲了一招。“张飞”看见“吕布”不敢招架，大叫一声“哪里跑”，就从它屁股后面，用单侧链轨将其撞倒，并紧接着压了上去。但“张飞”没想到这“吕布”不仅武艺高强，而且比楚霸王力气还大。这三吨重的拖拉机压在身上，它两腿一使劲，两膀子一晃——让拖拉机单侧链轨着地，就如同人的金鸡独立，那17号车差点被晃倒了。“张飞”赶紧从黑瞎子身上开下来。这个黑“吕布”好像很得意，站了起来，意思是你这个“张飞”，不是我的对手。它正想打翻“张飞”，转眼一看，不行，“关羽”“刘备”也开了过来。

这个“吕布”见此情景，心里想，我一个对三个，不行，得赶紧跑，否则让他们三个欺负我一个，哪有胜算？想到这，“吕布”转身就跑。“吕布”还真有心眼，它想，拖拉机在平地上比我跑得快，要是横穿公路，你们仨可没有我跑得快。大家都知道，我们公路两侧有坑坑洼洼的排水沟，公路是高出地面的，拖拉机过沟还得收油门，挂低档，缓慢地过沟、上公路、再过另一侧的沟才能到平地与“吕布”较量。

黑“吕布”几下子就蹿过公路，向西逃去。“张飞”“关羽”“刘备”也陆续过了公路后，立刻挂上五档，加大油门，成倒品字形追了上去。这时5连的第四台拖拉机也开始向西追来。由于公路西侧的田地与3连最南边的田地接壤，3连彭继贤正在地里开着东方红拖拉机耙地，老远看见一只黑瞎子前面跑，三台红色东方红拖拉机在后面追，他立即停车，摘了重耙，开车进了5连地号，准备截击西逃的黑瞎子。

黑瞎子“吕布”被三位英雄撵得有点累，喘着粗气，跑得也不像开始那么快了，可是我们拖拉机的速度并没有减下来。不大一会，就快追上了。左边是“关羽”右边是“刘备”，“张飞”在后边，把“吕布”夹在了中间。“吕布”

要是慢了“张飞”就从后面给它一“枪”；它想往左边跑，“关羽”横向里就是一“刀”；想往右边跑，“刘备”也不客气地给它一“剑”，那个意思告诉“吕布”：我不是《三国》里的那个刘备，让你一吓唬就躲，你是没机会逃走的。

“吕布”慢了不行，想往左不行，想往右也不行。它往前一看，似乎又多了一个截击者，心里想要玩完。一不注意，被“张飞”从屁股后面给撞趴下了。“张飞”吸取第一回合的教训，直接从“吕布”身上压了过去。没等“吕布”爬起来，“关羽”毫不犹豫地用双链轨横向压了过去，这“吕布”被这两下子压得喘气都有点难了。这“刘备”想我两个兄弟都出了力，我这当大哥的不能不出力。于是一拉转向杆，脚下一使劲，18号拖拉机横向双链轨压到“吕布”身上去。驾车的王少寅想，黑瞎子不是比楚霸王还有劲吗，楚霸王力举千斤鼎，我这18号东方红拖拉机有3000多公斤，你倒是举呀。他一个急刹车，将车停在了黑瞎子身上，迫使它不举都不行。过了两分钟——车底下怎么没动静了？

这时王少寅走出了驾驶室，看了一眼黑瞎子，说道：“你竟敢伤害我们兵团战士，这回让你知道我们兵团战士的厉害，不用一枪、一炮，就可以扒你的皮，吃你的肉。”再看看黑“吕布”已经在三吨多的重压下没了力气，呼吸也喘不上气来了，头也慢慢地耷拉下去了。

不一会，5连的第四台车，3连的车都到了跟前，大家你一脚，我一脚地，一边踢着黑瞎子的头，一边说着笑着：这真好比“刘关张三英战吕布”，为民除害，各显神通！

当天吃晚饭的时候，5连司务长荣光廷还给我们3连送来了一大块黑瞎子肉……

作者简历：王少寅，男，1950年3月出生。北京知青。1968年6月下乡到黑龙江省七星农场五七连（后改为黑龙江生产建设兵团6师61团3连）。1969年5月调入5连。1979年5月返京。

作者简历：付本立，男，1950年2月出生。北京知青。1968年6月下乡到黑龙江省七星农场五七连（后改为黑龙江生产建设兵团6师61团3连）。后又先后任职于工程1连、工程2连、14连。1977年1月返京。

作者简历：崔福忠，男，1949年11月出生。北京知青。1968年6月下乡到黑龙江省七星农场五七连（后改为黑龙江生产建设兵团6师61团3连）。后又先后调入加工连、团部商店。1979年5月返京。

森林中的巾帼战士

姜淑珍

1971年的冬天，工程一连为来年盖房储备木材，由一位副连长率领两个女子班到山里去伐木，我有幸身在其中。

茫茫雪原，一辆解放牌大卡车和一辆铁牛55拖拉机在二抚公路上急速行驶着，砰砰的马达声传遍寂静的雪原。颠簸了两个多小时才到达伐木的山里。这里人迹罕至，从未开采过。我们就在这里安营扎寨了。大家很快把行李卸下来，选好一片空地搭了三个帐篷，一个女生住，一个男生住，另外一个做食堂。

每个帐篷里安置一个大油桶当成炉子用来取暖，我们在林中捡来许多干柴，放到大油桶里点着，熊熊烈火立刻燃烧起来，不一会油桶就烧红了，顿时整个帐篷暖了起来。缕缕白烟从帐篷的炉筒里冒了出来，森林里有了人烟的味道，时不时的还从帐篷里传出了女生清脆的笑声。

第一天副连长给我们做了伐木战前总动员，讲了伐木的基本知识和注意事项。我们两个人一组，工具是一把快码子锯和一把大斧头。就这样我们扛着锯和斧头，背负着全连指战员的期望，开始了艰苦而又充满乐趣的伐木生活。林中的路很难走，雪没过脚脖，雪下面是多年落下的树叶，踩上去软绵绵的，走起来很吃力。

我和安英爱选好了树，在树的一侧先下锯，锯到大约树直径的三分之一处，把锯拿下来，再从树的另一侧，距离前面锯口高出大约七八公分位置下第二锯，她推我拽，相互交替做着同样的动作，当锯到一定程度，就能听到树发出咔咔响声，这时马上停止，我们同时喊出“顺山倒”，一棵树倾然倒下。这时我们马上拿起大斧头，把树杈和树头砍掉，只剩下直直的树干。到了快收工的时候，把伐完修理好的树木集中到一个地方，这叫归楞。小点的树我们两人抬，我总是抢大头抬。大一点的树就四个人用“蘑菇头”夹铁勾来抬。四个人抬木头，如果做不到团结互助、步伐一致，是完成不了的。那时，我们在零下30多度的严寒环境中伐木，巾帼战士们个个干劲冲天，勇敢乐观，真的做到了一不怕苦，二不怕死。

我们这些从城里来的青年，从没有亲眼见过这么大的森林，对它的一切充满了好奇。那次进山伐木，我学到了以前从课本上学不到的东西。树林里各种树木种类很多，其中就有被称为树中王冠的黄菠萝树。我们在林中碰到的都不太大，据老职工讲这种树的木料花纹特别漂亮，可它的树皮是黑的，不太好看。

树林中经常见到的是柞树，这种树据说木质结实，林区多数人家用来做菜板。有的柞树上长猴头蘑菇，令我奇怪的是：猴头蘑菇它是对着生长，你只要在一棵树上发现一个，它对面的柞树上一定还有一个。我们把采摘的猴头蘑菇送到炊事班，炊事班的战友也算给我们打牙祭，做成面条卤子，那鲜美清香的味道我至今没忘。

水曲柳树在林中也常见到，它长得又高又直，这种树的木质和花纹也很好，林区多数人愿意用它来做家具。

给我印象最深的是白桦树，它的生长是大片大片的，在林中很少看见独立的白桦树和其他的树在一起。它们好像有自己的区域，喜欢群居，这是它与其他树的区别之一。它挺拔的树干，身披白纱，白纱上面还掺杂着许多大小不一的黑点。我喜欢它的纯洁高雅的品格。

连里的铁牛55每周来山里伐木点一次，给我们运来白面、蔬菜（土豆、萝卜、白菜）、豆腐，还有豆油。说实话，让我们每个人最期盼的是铁牛转送来的家信。那可真是家书抵万金哪！收到信的战友当晚埋头给家写信，第二天好让司机把信带走，寄出。

林中没有水，我们就收集积雪，装到盆子里，然后放到大油桶上烧开，每天就用这天然的雪水解渴，好在那时年轻火力壮，没留下毛病。

林子里的夜很宁静。晴天的夜晚我们走出帐篷，抬头仰望天空，蓝宝石般的天幕下，月光好似水银，满天的星星又清晰又明亮，好像用手就能碰到似的，那景色太美了！

非常可惜的是，那么美好的伐木生活，那么美丽的天然景色，竟连一张照片也没有留下来！那个年代我们都没有照相机，只能将这一切长留心中了。

屈指一数，40多年过去了，那段艰苦又愉快的日子，令我至今记忆犹新。它值得我们这些巾帼战士炫耀一辈子！

作者简历：姜淑珍，女，1951年11月出生。哈尔滨知青。1969年8月26日下乡到黑龙江生产建设兵团6师61团工程1连。1975年8月上学离开兵团。

忘不了的北大荒，忘不掉的黑土情

笪秀云

1970年5月9日，我在“上山下乡”的大潮中，踏进北大荒，至1993年的3月离开这片黑土地，度过了24个春夏秋冬。我亲眼见证了北大荒的千变万化：千变中凝聚着多少兵团战士和知识青年的血和汗；万化里孕育了我们无数战天斗地的故事。返城已有20年了，回忆起在北大荒的生活，往事历历在目，仿佛就在昨天。

刚到北大荒，被分配到6师61团7连，在4排12班当战士。排长是王莲（哈尔滨知青），副排长金玉芬（哈尔滨知青，朝鲜族），班长是李玉芬（北京知青）。虽然当时不穿军装，一切却都是军事化。从早上起床到晚上就寝，一切行动，都是军号指挥。土坯房宿舍里大土炕上，住着40多人。连里对宿舍内务要求做到三条线：褥子折叠成一条线，被子叠得高矮一条线，毛巾搭在绳子上一条线。班排长们每天检查内务，谁的不合格要重新做！开始时我们真有点吃不消，总怕不合格。在老知青的带动下，慢慢地也就习惯了。

我们班的工作是基建：挖地基、拧拉合辫、挑水、和泥、钉板条、抹墙……样样都干，工种可多了。挑担子肩膀压肿了，我们咬牙坚持，抹墙手扎破了，忍住疼接着干，没有一个叫苦的。在班长的带领下，总是提前完成连里交给我们的任务。

几个月后，连队工作逐渐走上正轨，为照顾老职工生活，把他们的家属和孩子陆续从老团接了过来。孩子多了、年级也多了，原有的一个老师实在忙不过来。一天，指导员徐殿忠在连会上宣布让我当教师。当时我很惊讶，我才出校门几天呀，自己还学生气十足呢，怎么会教学生呢，心里忐忑不安，但既然领导决定了，硬着头皮也得干。

从那一天起，我开始了教师的生涯。第二天，我就和王老师一起深入学生家庭了解学生的情况。当时有十几个学生，分四个年级。我教三、五年级，王老师教二、四年级，进行复式教学。连队建设初始，没有教室，没有课桌椅，只有一块小黑板。我们两个教师，分头领着学生到处找地方给学生上课。老职工家的炕头上，大食堂的“舞台”上，宿舍的角落里……都是我们的课堂。只要小黑板一挂，就开讲。因为是复式教学，一个年级上课时，另一个年级就在旁边做功课或复习。赶上两个年级都讲新课，一节课就得上一个小时。孩子们的自制力不强，上课时，另一个年级的学生有时就插话，造成课堂混乱，常常得维持纪律。刚当老师没经验，教学进度一度落下，只能利用业余时间给学生补课。为了把时间分配好，组织好课堂教学，我和王老师经常研究如何上好每一节课。为提高教学质量，我不断改进教学方法，尽力回忆自己上学时老师是怎样教的，千方百计启发和调动学生的学习积极性。比如，汉语拼音教学中标声调是重点，学生经常标错位置。我就用顺口溜，帮他们记忆：有“a”不放过，无“a”找“o”“e”，“i”“u”并列标在后，单个字母不用说。学生们不费劲就记住了，作业中标调的错误几乎不见了。还有一个难点是拼音规则，声母 j/q/x 和 ü 相拼时要去掉上边的两个点，学生也记不住。我又教他们：“j/q/x 太淘气，见到 ü 就把眼挖去。”这样一来，学生们的学习兴趣来了，

所学的知识就很牢固了。

自从当老师后，总感到肩上的担子沉甸甸的。连队教学环境虽然很差，条件艰苦，但绝不能辜负领导对我的信任和老职工们的期望。不论学生多少，我都认真备课。冬忍寒冷，夏驱蚊虫，每晚在油灯下，认真批改学生作业。有时为给基础差的学生补课、纠正错误，很晚才回到宿舍。功夫不负有心人，由于不断的努力，我教的学生，学习能力和成绩提高很快，几次全团统考，都名列前茅，我的教学工作也得到团教育部门肯定。从 1975 年起，我年年被团里评为优秀教师。这段经历，是我在教育事业上迈出的第一步，为我今后从事的教学工作打下了坚实的基础。

1971 年，我参加了一个不同寻常的麦收，让我终身难忘！那年小麦长势喜人，麦秆有一米来高，麦穗颗粒饱满、沉甸甸的。全连都在为打好麦收战役

忙碌着。这时节，老天却没完没了地下起了大雨。麦地饱和了，大片的麦子倒伏了，大片的麦地被水淹了。大家看在眼里、急在心头，不能再等了！连领导连夜召开班排长紧急会议，决定“龙口夺粮、水中捞麦”。

因为地里都是水，机械发挥不了作用，所有人员都拿起镰刀下地割麦！我放下教学工作，与大家一起到了地头，都呆住了，这哪里是麦地，简直就是一片汪洋。隐约有一些麦穗露在水面，怎么割呀？大家相互望着，有人把镰刀插进水中，水淹没了刀把。在大家正在迟疑时，只见老排长（已是副连长）王喜已跳进水中，挥镰向水下割去。这行动就是无声的命令，紧接着排长金玉芬跳进水里，跟着，其他班排长都跳下去，各班战士也都勇敢地跳进水里一字排开，挥着镰刀，学着连排长的样子干了起来。因为被水浸泡，泥土很松软，麦秆湿滑，很多麦子是连根拔出来的。我们的雨靴全都灌饱了水，每走一步都要费很大劲，就这样深一脚、浅一脚地摸着向前割。一不小心，张月英的靴子陷在泥里，脚拔出来了，可靴子还在泥里。几个人费了好大劲才帮她拔出来。刚帮她拔出来，李津凤、刘惠芝的又陷了进去……这时，因为劳累和水凉，我的脚和腿抽筋了，几乎要跌倒，班长和几个战士赶紧过来，有的扶着我，有的抱着我的腿使劲揉……稍有好转，大家又继续奋力地向前割去。

快黑了，收工的军号响了，第一天的“水中捞麦”结束了。每个人都像泥猴，可每人只有半盆热水洗脸擦身。女生爱干净，换下的衣服洗完没有地方晾，只好搭在自己的蚊帐前和炕沿边上。雨水多，蚊虫更多。吃晚饭时，一只手拿馒头、一只手端粥碗，脚下要不停的跳，手舞足蹈的。大家实在坚持不住了，扔下粥碗，拿着馒头跑回宿舍，一头扎进蚊帐里。可蚊帐也不是保险箱，胳膊、腿稍不小心贴在蚊帐上，就会被蚊子狠狠地叮一口。累了一天，浑身像散了架一样，但我们没有一个人叫苦叫累。有的战士坚持在油灯下学习毛主席著作，写完学习心得才熄灯睡觉。

第二天一早，四点钟起床号一响，我们又立即起床，极不情愿地穿上无法晾干、又凉又湿的衣服，匆忙吃过早饭，风风火火地直奔麦收战场。大家每天就是这样雨里、水里，不怕苦、不喊累，战斗了近两个月。原本是个丰收年，没想到却遇到天灾。我们每个兵团战士都经受住了这次考验。北大荒的艰苦劳动和生活，锻炼了我们的身体，也磨练了我们的意志，成为我们一生宝贵的精神财富。灿烂的青春在依恋中逝去，却给我们留下了永不磨灭的记忆。

作者简历：笪秀云，女，1948 年 12 月出生。天津知青。1970 年 5 月下乡到黑龙江省生产建设兵团 6 师 61 团。先后任职于 7 连、团直中学、5 连、团直小学、教育科等。1993 年返津。

我们女拖拉机手

董立敏

1969年初我上机务时，同批还有两个女生——穆瑞福和曹月华。我们都喜欢开拖拉机，因为在人们的心目中，能上机务的都是好样的。

别看我们女生力气小，摆弄机器不如男生反应快，但我们认真、心细，翻地、耙地量足质好；收工后机车擦拭得干干净净；保养、维修车时给师傅打下手有眼力价儿，让师傅感到得心应手，经常受到表扬，心里美滋滋的。

一次维修发动机，需要用绳子把汽缸拉起。师父吩咐我系绳扣，还要看我系的是“爷们扣”还是“娘们扣”。我平时比较留心观察师傅干活的门道，所以很快就把绳子系好了。师傅称赞说：“嘿！还真是个‘爷们扣’！。”

拓　荒

三月，冰雪悄悄消融，一望无际的沼泽地里遍布高低不平的塔头墩子（一个个土包），上面长满了比人还高的草。

虽然机械化的大生产，但面对莽莽荒原，拖拉机纵有万钧之力，也不敢贸然开犁，因为茂密的野草会把铧犁塞得死死的。因此，清除杂草就成为开荒前的第一件事。最简便的方法是“火攻”——一把火将这些野草烧光。

接下来，用大马力东方红-75拖拉机，携带铧犁开始翻地。铧犁的利刃斩断地下几十厘米长、密密麻麻、相互纠结的草根，让亘古的处女地彻底翻个身。

我和穆瑞福常分在一班。在漆黑的原野上耕作，拖拉机的两盏大灯直射眼前的地面。一次，我们发现几只巴掌大小的小野鸭，毛茸茸的，蹒蹒跚跚，在

灯光下惊慌失措地奔跑。我们立即停下车，捧起它们，一个个转移到安全的地方。我爱怜地望着它们，嘴里念叨着：“对不起了宝贝儿，赶紧去找妈妈吧，千万小心，离这儿远着点……”

耙　地

经过风吹日晒，地里的水分逐渐蒸发。我们要赶在秋后地冻之前，用拖拉机拉着重型耙，切碎春天翻起的土块，平整土地，为来年播种打下基础。

来年春天，冻土开化，再换上中、轻型耙作业，将土地重新平整一遍，使表层土壤细碎、疏松，大规模的播种就可以开始了。

我们女生和男拖拉机手一样夜班作业，不曾有过丝毫的害怕。我们将耙挂好，关紧车门，坐到车里倒着班开。越近黎明，人越是发困，脑袋随着拖拉机的颠簸摇晃，常常会不由自主地瘫在操纵杆上睡着了。这个时候，拉着耙的拖拉机，依然轰轰地向前跑，像脱缰的马，跑出自己连队地界，直冲草甸子开去。人被猛烈的颠簸惊醒，赶紧掉转车头，沿着链轨的痕迹找回自己作业地块。幸亏没遇到过水泡子，不然就惨了。

事 故

我的师傅王胜福高大魁梧，浓眉大眼，外号“熊瞎子”。他性格开朗，胆大放手，我上车不足两周，就让我带徒弟。开车还不能跑直线呢，就让我以“师傅”的身份带着徒弟开车到一连支援麦收。

一次，我带着徒弟，拉着满满一爬犁草回连队。在由公路拐向连队的小桥时，拐弯早了，拖拉机机身上了小桥，后面爬犁却上不来，眼看要翻向沟里。坐在上面的人惊呼起来，我连忙刹车，跑进连队把师傅请来。他摘下爬犁，调整拖拉机在桥上位置，轻而易举将事故排除。

一天，拖拉机挂耙，我没有踩好离合器，把后面挂耙的穆瑞福的手挤掉一块肉，直流鲜血。我用擦车的棉纱为她紧急包扎。棉纱沾着柴油，穆瑞福的手因柴油过敏，肿得抓不了东西，两腿也起泡肿胀，走不了路，治疗又不及时，足足歇了一个多月。

挨冻之后的“美味大餐”

开拖拉机，最怕的是冬天拉木头。路途较远，单程一个多小时，加上装爬犁、捆绑加固，返回来就要多半天。气温零下 30 多度，上穿棉袄、皮袄，下套绒裤、棉裤；脚穿大头鞋，头戴皮毛帽，脖子围大毛围巾，再戴上口罩、棉手套。我们全副武装，简直就像一个大狗熊，但还是挡不住寒气袭人。铁质驾驶室不能保温，身上的热气很快耗光，两脚麻木，四肢僵硬。跟车的男生也不停地在车上拼命跺脚。

我强撑着，勉强把车开回连队。回到宿舍，在战友的帮助下解除全身武装，靠在火墙上取暖。这时，才开始浑身哆嗦，牙齿打战，手脚像被猫抓一样的疼痛。足足两个小时，才渐渐恢复正常。

我靠着火墙打哆嗦的同时，还在不停地翻烤着炉子上的馒头，一共十几个。平时，我的饭量敢和男生相比，每顿能吃八九个，最多时一气儿吃了十三个。这时，馒头烤得焦黄，散发着浓郁的麦香。在我眼里，这是多么诱人的美味大餐啊！于是，“三下五去二”，一口气消灭干净。困倦随之袭来，进入了沉沉的梦乡。

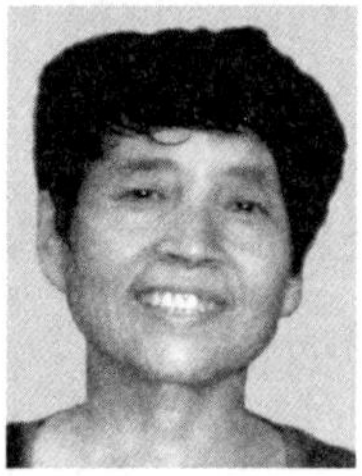

作者简历：董立敏，女，1947 年出生。天津知青。1968 年 10 月下乡到黑龙江生产建设兵团 29 团（现改为集贤农场）。1969 年 3 月调到 61 团 2 连。1971 年 1 月调到团直学校。1973 年 9 月返津上学。

想起北大荒

苏明信

首先，我向为祖国奉献青春的我的战友们，致以崇高的敬意！相近的年龄，共同的命运，把我们连到一起。我们有着共同的语言，有着同样五味杂陈的亲身感受。在上山下乡的大潮中，十六七岁年华的我们离开父母，离开城市，为了祖国边疆的建设，毅然踏上了东北边陲这块自古以来渺无人迹的蛮荒之地。

从此，我们的梦从火烧盂开始。

没有路，我们坐着爬犁在沼泽草地间穿行，花季的心愿把它看成是一艘军舰乘风破浪在大海中航进。

连队驻地，没有高楼大厦和宽阔的马路，只有土坯垒砌、拉合辫交织的草顶房和绿帐篷。在这里，开始了我们的创业梦。

第一年的夏秋，让我知道，与我们这些拓荒者接触最亲密的是蚊子！蚊子之多，一巴掌可以拍死十几只，蚊子之大足以令人瞠目。当时有荒友把一只大蚊子装进信封里寄回家，着实让家人揪了一把心。在给天津人描述“小咬”时，讲了很多次，他们都无法理解“小咬”的威力。被“小咬”叮咬，会起一个很大的包，痛痒闹心。钻进头发里还好办，钻进耳朵眼里，真是让人束手无策，若钻进嘴里，牙一咬竟是甜的。它们还有帮凶——“瞎蠓”，像极端可恶的盗贼，凶恶地袭击我们暴露的肌肤。也有美丽的事情，就是遍地的百合花伴随我们的整个夏天。

第一次除草，才让我真正理解了儿时天天都念而不解的著名诗句：“锄禾日当午，汗滴禾下土。谁知盘中餐，粒粒皆辛苦”。北大荒的夏天，快近中午时骄阳似火，在看不到头的田间除草，真是又热又渴，偶尔抬头，只看见远远的地方浮现一条河，河水波光粼粼，其实那是从地下蒸腾出的热气，在阳光的照射下形成的景象。

夏日的天，猴子的脸，说变就变。天空中，时有含有大块小块的下着雨的积雨云扫过。有时把两臂左右平伸，一边已经淋湿，另一边却滴雨未落。不管你是刚打好饭，还是睡梦中，只要听到敲打耙片的钟声，男女老少就会不顾一切奔向场院，冒雨抢场，等把场院的粮食收拢好、盖好，一个个都成了落汤鸡。还有很多时候，场院抢完了，风雨也随之扬长而去。那时候有谁怕过风雨？又有谁想过个人的得失？这就是一种精神，北大荒的精神！

夏末，是北大荒麦收的季节，金色的麦浪如诗如画，走在金黄的麦海中，麦香的味道扑面而来，捻几个麦粒嚼一嚼，那叫一个欢喜。但是麦收对荒友来说却并不像诗境一样惬意。初次割麦子，一会儿就让你汗流满面、腰酸臂痛，你不知怎样才能把腰伸直。送饭的终于来了，真不容易，可以歇口气。费力直起腰身，看不到终点，回首也看不见起点，看着手上磨起的血泡，却毫无怨气。

晚上，在探照灯的照射下，体重不足百斤的女孩，也敢和男生叫板，肩扛一百六十斤的麻袋走在颤颤悠悠的三级跳板上，她们毫无惧色，在灯光的照射下，仿如仙女飞天，她们真让人萌生爱意！

北大荒八月十五的月亮格外明亮。第一次在外过中秋，望着高悬在星空中又大又圆的明月，怎能不想家呢？此时，家人团聚，老人们更是挂念着远在边疆的儿女。男儿有泪不轻弹，我们把泪水和忧伤悄悄埋在心底，默默地写一封平安信给爹娘寄去。

大秋时节割高粱、割玉米，最锻炼人的莫过于踏进那一望无际的大豆田，从太阳尚未出来，干到日落西山。成熟的豆子，豆秧硬、豆荚扎手，就是戴上家里父母的帆布劳保手套，也用不了两天就扎得稀烂，只好左右手颠倒戴着干。男生没那么娇嫩，赤手上阵，手让豆荚刺破，满是血口子。晚上回到宿舍，累得躺在炕上使劲地舒展四肢，连打饭都懒得去。

火烧孟的冬天是冰雪的世界。眉毛上、稚嫩的胡须上，连皮帽子上都是洁白的冰霜。一眼望去，俨然一个个冰雪中的圣诞老人。在这风雪肆虐的季节，一队队热血青年开进原始森林。远远传来“迎山倒喽”“顺山倒喽”的喊山号子声，又有“撑起那个熊腰！嗨咗！嘿咗！”悠扬的抬木号子在林海中回荡，直到现在仍在我的脑海中飘起。“吃饭喽！”大家高兴地把送饭的炊事员团团围住，可包子已冻成“手雷”。每个人把包子插在树枝上，围着篝火烤，包子的表面烤得黑乎乎的，大家把包子磕一磕带着焦糊吃起来，吃到嘴才知道，包子馅敢情还是冰坨子。我们就这样吃着，开着玩笑，没有牢骚。在艰苦中透露出的伟大情怀和钢铁的意志，让我永生难忘！

春节快要到了，心里隐隐欢喜，可除了比平时多给家里写信和汇款，一切都平静如常。除夕夜没有鞭炮、没有喧嚣，没有守岁，也没有亲人在身边，只有连长、指导员和战友。连里努力给我们改善伙食，组织大家一起包饺子，擀的擀、包的包，好不热闹。驱散了想家的惆怅，更让我们暂时忘记了屋外那皑皑白雪和呼啸着力图撕碎一切的寒风。真是应了那句话：儿行千里母担忧，母行千里儿不愁。

时光如风，岁月无痕。原本的青春少年怎么一下子就成了花甲老人，如霜斑鬓什么时候更替了我的黑发？洁白的牙齿什么时候有几颗缺失？单位分房时我因在厂工龄不够，被排除之外。我曾经彷徨，为何自己拼力辛勤付出，却受到不公正待遇？……光阴荏苒，已到耳顺之年，方知人生起起落落本是寻常。看国家日渐强大，看稻浪潮涌三江，看孩子们健康成长……我坚信祖国强大了，我们的生活就会越来越好。

我们是承前启后的一代，我们秉承了中华民族的传统美德。我们甘愿付出，为社会、为老人、为孩子、为他人。老了，真的老了，我不再热血沸腾，我不再轰轰烈烈，我只留一抹晚霞。我开始经营夕阳，要把最后的余晖留给这个世界。我不管这一抹晚霞是否绚丽，我不会让这一抹晚霞染半点污渍，因为我的心永远向往纯净，就像那北大荒的冰雪，洁白无暇，剔透晶莹。

作者简历：苏明信，男，1953 年 4 月出生。天津知青。1970 年到黑龙江生产建设兵团 6 师 61 团 7 连。1979 年返津。

坚守不住的诺言

赵宝元

新建点那年在连队开荒，拖拉机的轰鸣声惊醒了沉睡的千古荒原，草甸子被犁铧翻开了，露出了黑黝黝的土地。

我们机务班开荒每天两班倒。有一天我上夜班，在翻开的垄沟里，总是看见有条“狗”跟着灯光在往前跑。我想“这是哪儿来的狗呢？”因当时连队老职工的家属还没搬来，连里没有人养狗啊！

第二天的早晨在交班时，我不经意地将这件事说给副连长张洪利听。他听后立马黑下脸来说：“坏了，有狼了！”“啊，不是狗，是狼！”我心里顿时打了个寒噤，立刻就想起在公园看到狼凶残、狡猾的样子。我问他狼为什么顺着垄沟跑，张连长告诉我拖拉机翻地时把老鼠洞也给豁开了，它是在找老鼠吃。

晚上，我和小徐又是夜班。我们两人嘀咕着昨天晚上看到了狼的事。尽管我们心里很忐忑，但表面上还装着满不在乎的样子。正要开车走，张洪利副连长扛着枪跑了过来，把小徐撵走了，让我开车，告诉我他要去打狼。我一看他扛着猎枪，心里顿时兴奋了起来，跳上车挂上高挡就往地里跑，颠得张连长直跟我发脾气，“慢点、慢点，你着什么急？天还没黑呢！”

前半夜，一切正常。午夜时分，炊事班送夜班饭的小赵提着一个包着馒头、菜的包袱和一个灌满水的暖瓶来了，把饭送到我们车里后，他就回去了。我和张连长吃过饭，就把小包袱包好和暖水瓶靠在一起，放在了翻过的地边。稍事休息后，我们就继续工作了。后半夜，白天忙碌了一天的张连长，再加上水足饭饱，他实在撑不住了，就抱着枪闭着眼打起了瞌睡。

那天开荒的地块儿特别的大，转一圈儿要用很长时间。当我到了地头转过弯来回头看着放下的犁铧时，猛然发现前面有两个小亮点，忽闪忽闪的，车灯照着的地方隐隐约约好像有个什么东西趴在那里。我急忙把张连长推醒，大声地喊着“狼、狼！”张连长迷迷瞪瞪地抬头一看，果真是有两个小亮点。他二话没说，举起枪瞄准那两个小亮点就是一枪。随着“砰”的一声枪响，那两个小亮点顷刻间消失了，还冒起了一股白雾。“打着喽，打着喽……”我兴奋地跳下车，朝着有“狼”的地方跑去。

“咳，哪是什么狼啊！”原来被打的是我们吃夜班饭用的暖瓶和包袱。暖瓶被打得粉碎，小包袱上也布满了枪砂。张连长也跟了过来，看到此情此景，别提他有多沮丧了。冲着我大声说：“嘿嘿，我说你是啥眼神啊！”

回到车里，他不停地嘱咐我，回到连队这件事千万不要和别人说！我心里觉得好笑，但嘴上没敢说啥。不过我非常佩服张连长的枪法，百发百中，就是在漆黑的夜里也很奏效啊！

过了几天，张连长扛着一只狼回到了连队。躲得了初一，过不了十五，那只狼最终还是没能逃脱这位猎手的眼睛。

狼真的被打死了，我们不用再担惊受怕了。一直信守诺言的我，再也忍不住了。于是我就和哥几个说了那天夜里误打暖水瓶的事儿，他们无不笑得前仰后合。

后来我琢磨，那天夜里的两个小亮点是怎么来的呢？噢！肯定是拖拉机的两个大灯，被暖水瓶瓶口水银玻璃反射出的两个小亮点，被我误认为狼的眼睛了，把小包袱看成是狼的身子了，再加上天又黑，我又紧张，以及张连长被我叫醒时迷迷糊糊的状态，导致了误打暖瓶的事件发生。说的也是，世上这么多巧合的事，咋都叫我给碰上了呢！

至今我还很内疚，由于我的紧张和误导，让张连长闹了个大笑话。这件事要是传了出去，张连长这个名声在外的打猎高手，该多没面子啊！

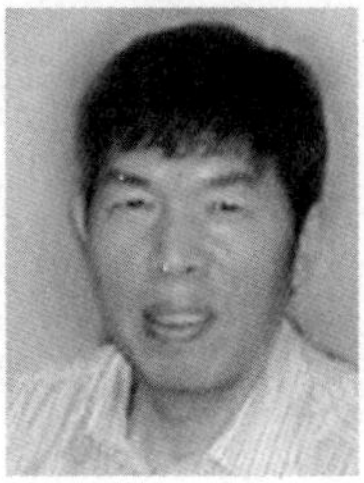

作者简历：赵宝元，男，1953年7月出生。天津知青。1970年5月下乡到黑龙江生产建设兵团6师61团12连。1977年12月返津。

一张狍子皮的故事

吴桂森

2014年3月27日是我离开曙光农场奔赴建三江创业农场45周年的纪念日。记得那是我下乡的第二个年头。连长宋荣春带队去建三江创业农场建点。点将点到本人的头上，我欣然应允。就在离开连队的头一天晚上，我们连的王书记腋下夹着一卷东西来到了我们宿舍。他老人家径直走到我的炕前说："桂森，你嫂子听说你要去建新点，她怕你着凉，让我把这张狍子皮给你送来，它隔凉隔潮，到了新点能用得着。"我光着脚丫从炕上跳到地下，大喊一声："谢谢嫂子！"王书记接着鼓励我："到了新地方条件一定非常艰苦，你是共青团员，我相信你一定能战胜困难。"老书记走后，我也没想太多就睡觉了。因为明天还要长途跋涉。

第二天，也就是3月27日，我们连的三女五男一行8人在吃过早饭后，装好行装，坐上了"大解放"汽车。汽车跑了一天的路。晚上四点多钟，我们才到了目的地。这里说是连队，其实从远处看，只看见一片树林，走近了才隐隐约约看见一顶低矮的棉帐篷。帐篷是军绿色的。虽然早春三月的树还没有放叶，但这栋军绿色的帐篷在烧得火红的无际晚霞映照下，加之大草原上皑皑白雪的衬托，这红白绿的景色美极了。

帐篷外边只见有三处烟筒，它们从四方格的棉帘窗口伸到外边。我们进到屋里才发现这个帐篷被用炕席分隔开成三间屋子。男的住边上一间，女的住中间一间，另一边上的屋子就是简易的伙房、兼水房和食堂。我们住的是用鲜木板搭成的大通铺，没有火炕。我在离隔断最近的位置。屋子间谈不上隔音，别说互相能听见说话，就是放个屁都能听见。晚上躺在床上还能和异性朋友聊天。

我们屋里一共有十二位女同胞，一个卫生员、一个炊事员、一个保管员、一个售货员、三个拖拉机手，其他的是班排长。我们分住南北两铺炕上。屋子中间有一个用大油桶改制成的烧木柈子的炉子。我们将直径二十几公分，半米多长的大圆木一劈四瓣，直接往炉子里面添。因为烧的木头是砍的鲜树，因此烧得炉子丝丝直叫，火中的木头还直往外淌水。早春的天气，一炉桶子火就使得屋子里暖洋洋的，但火一停，屋子里就立刻凉飕飕的了。我们每人都发了一个稻草垫子，虽然又将棉褥子铺在了上面，但大家还是觉得被窝凉，得用身体的温度来捂热乎被窝。我的被窝怎么不感觉凉呢？我忽然明白了是那张狍子皮起的作用。这时我想起了老书记，想起了嫂子。他们对我们知青是多么关心啊！

记得那是四月中旬的一天，吃了晚饭后天就开始下雨，淅淅沥沥地下了一夜。天才蒙蒙亮时我醒了，并打开了手电准备上厕所。忽然脚下的冰凉使我情不自禁地惊叫了一声，把大家都惊醒了。我定睛一看，发现站在了水里，再一看，只见大家的脸盆、饭盆和鞋子等都在水里飘着，原来雨水灌进了我们的帐篷。由于建点时没有经验，把连队驻地选在了草甸子低洼的“湿地”上了。

大家都起来了。连长安慰我们别着急并组织了男工和女工各自拿着洗脸盆往外掏水。这时天亮了雨也停了。大家开始在附近的树上拴绳子晾被褥、鞋袜、衣服等。就是这样，没有人抱怨，没有人叫苦。晚上睡觉潮湿难忍，但依然没有人抱怨、叫苦。

连里马上召开了紧急会议解决眼前问题。派拖拉机去团部领高筒靴子和雨具。从连队到团部有十六七公里。因为没有路，拖拉机要绕过好几片湿地，走不好就要连车带人掉进“大酱缸”。机车早上走了以后到天黑了还没有回来。当远处有了灯光时，大家就都从帐篷里出来，站在连队的门口眼巴巴地向远处眺望。不知不觉一个多小时过去了，大家也没有走的。上夜班的蚊子、“小咬”嗡嗡地叫个不停，大家拍打的声音也不断。只听见他啪一下，你啪一下。也不知道是打在了胳膊、大腿上还是打在了脸上。晚上八点多钟才看到拖拉机回来了。赵明全连长有点口吃，开玩笑地说："盼……盼你……们就像……盼父……母。"

大家一动不动地站在那里三个小时，没有亲身体会，谁会相信呢！

这以后，连里决定重新选址建点。新选的地方地势高，但离我们驻地有两里多的路。我们去那里往返都要趟过一片湿地，湿地最深处有一尺多深。

五月里我们接来了18名哈尔滨青年，七月份，我们又迎来了60名天津青年。我们这些"老人"成了行家里手，带领他们自己动手盖房子。木工打门窗、凳子，瓦工师傅因陋就简，用拖拉机将翻起的草垫子两边切割成一定的长度后，一层一层地跺起来，中间再打上木桩……

我们每天穿着高筒靴子干活、吃饭、活动。天津青年因水土不服，手背上、大腿上、头上、面部等被瞎蠓子、蚊子、"小咬"咬了一下就都起了脓包。没有办法就贴拔毒膏。大家贴得左一块、右一块、上一块、下一块的，有人戏称"前补后补"。早上太阳出来了，蚊虫就慢慢退去了。晚上太阳一下山就开始听见了嗡嗡声，蚊虫铺天盖地而来。大家赶紧点起篝火，让这些上夜班的蚊虫们离我们远点。就这样，那些蚊虫、飞蛾还是被火烧得噼里啪啦地直往火堆里掉。夜深了，大家还要钻进帐篷里打一遍蚊虫才能睡觉。早上起来一看，两个相邻蚊帐之间夹缝里的蚊子能收起一大捧来。

那年的十月份，我们搬进了新房。这时，我们才告别了陪我们走了五个多月的高筒靴。这期间我的狍子皮一直

跟着我。由于新房里搭建了火炕，狍子皮就不能再铺了。我就重新把它卷了起来，将高筒靴子里放了卫生球，一并用牛皮纸包了起来，外面还裹了一个包袱皮。这可是我的宝贝啊！

那年，我们通过大家的努力做到了当年开荒、当年盖房、当年建点、当年打粮。实现了自给自足。

由于全连的努力，我们还盖起了4栋家属房。这样在冬季到来之际，家属们就都搬了进来。其中一个叫雷建荒的孩子要去团部中学上学，他的身体很弱。我知道后就将那张心爱的袍子皮送给了他。我觉得这也应该是王宝林夫妇的愿望，让这张狍子皮继续发挥它的作用吧！

作者简历：吴桂森，女，1950年12月出生。哈尔滨知青。1966年7月12日下乡到黑龙江曙光农场（后改为黑龙江生产建设兵团3师31团）。1969年3月调至6师61团，先后任职于6连、7连。1979年年底返哈。

只身擒飞雁

马成春

七月中旬的北大荒，骄阳似火，草青林密，满眼绿色，风景十分怡人。

由于工作需要，又有几人下山回连队了，山里只剩下我们七八个人。团里这两个月来拉木头的车很少，一个月顶多来两三次。豆油、白面是不缺，缺的就是蔬菜、猪肉等副食，都说人少好吃饭，可你得有啊。做菜的调料除了花椒、大料，连葱、姜、蒜都没有。北京青年栗大哥负责喂我们肚子，对，就是那个临危不惧、抄菜刀要和黑熊拼命那主，干巴巴的小身板，还架着一副大眼镜。说话不紧不慢、表情丰富、你笑他不笑，侃起来跟说相声似的。时不时皱皱鼻子，手往上推眼镜。为这几人吃饭他真犯老愁了。

只有在这时，我才真正体会到了"穷则思变"的真理。这不，最近团里给我们捎来一桶酱油，这栗秀才晚上睡觉前就郑重宣布，明天中午吃打卤面。馋得我们直流口水。好容易熬到第二天中午，我们抢着擀好面条，煮熟拔凉。只见人老先生，不慌不忙，大声命令用小火。锅里放上油，不等油热就放了两把花椒粒，又扔进去几瓣大料。用慢火炸得黢黑、焦酥，这才倒进小半盆酱油，熬开出锅。还别说，我们头一次吃这样的打卤面。这面条拌酱油红赤拉鲜的，那花椒粒透着香酥麻辣，还真是别有一番风味，特下饭。撑得我们哏儿嘎的直打饱嗝。只是一下午嘴里总是麻酥酥的，齁得我们一个劲喝水都不解渴。

回哈尔滨后，我是念念不忘那顿过水面。试着做一次，又是放葱又是放姜，还特意多放了点鸡精、味素，哪成想家人谁都不买账。我琢磨半天：肯定是哈尔滨那些不法奸商，整些假的花椒糊弄咱，要不怎么就没有在兵团时吃的那么香？

生活苦是苦了点，但高兴事也不少。说实话，我参加工作近四十年，就属那几个月轻松，没活！跟旅游度假似的，没人管没人问的，愿意干嘛干嘛。吃饱饭成天呆在帐篷里太腻歪，天热时，我们几个人时常只穿个小裤衩满大道地溜。林子里是不敢去了，害怕再碰上黑瞎子。二抚路太偏，整天也碰不上几个车。好容易要是碰上一辆车，我们高兴地手舞足蹈地跟人家哈喽、你好地打招呼。这荒无人烟的地方突然冒出几个近于裸奔的大小伙子，吓得人司机紧着往边上躲。有时候个别人还真就全裸出去晒太阳，不巧碰到抚远来的大客车。没辙了，只好跳到路边的水沟里。两边沟里的水都一米来深，一蹲下，正好露出个脑袋，照样热情地哈喽着打招呼。从来没有给咱们兵团战士丢了脸，惹得车上的人都忍俊不禁。

这天上午，这帮人又犯懒，谁都不愿动。我这个人呆不住，大晴天的出去晒晒太阳多好。离中午吃饭还得两小时，呆着干嘛。照样穿个紧身小裤衩，脚穿网球鞋，溜达着我就上了大道。路两边的草差不多都有二尺来高，由于就地取土修道，两边的沟都有三米多宽。水也不那么深。我走出去有三四里地，一个人还真没劲，正想着调头往回走，突然听见前方二十多米处，右边草丛中传来悉悉索索的响声。我哈腰拾了两块石头，二抚路为沙石路，隔不远就一堆土石，平时维护路面使用。这地方野鸡、野鸭多，时常能看到。这些东西鬼着呢，鸡飞、鸭入水，你瞧着到挺近，可就是抓不着。所以我们都用石头砸，却从来没战果。我刚直起身，还没做出投弹姿势，一只大灰雁就从草丛中钻了出来。突然的遭遇使双方都呆愣了一下，随后都迅速地做出了反应。大雁猛地张开翅膀，扑闪着顺着公路跑动起飞，我扔下石头也猛地窜了出去。大雁的身体相对庞大，不像野鸡、野鸭那样灵活，快捷，能迅速起飞，它必须助跑上几米才能逐渐飞起来。短距离内，它那小短腿可不是我的对手。当他刚扑棱扑棱飞起一米来高时，我已经追上来了。右手一伸，正好从它双翅间掐住了它的长脖子，就势把它压了下来。大雁的翅膀很大，而且很有力。生死关头它拼命挣扎，翅膀乱扇、腿乱蹬，大长脖子还使劲往回扭过来用嘴啄我。我一只手怎么也无法把它两只翅膀拢在一起。情急之下，我用右膝突然跪地，压住它右边翅膀。左手抓牢左翅，右手突然松开它的脖子，扭住它的右翅膀，不顾它扭头来啄我的疼痛，瞬间把它两翅反向别住，这样它翅膀就动不了。可我还是没办法制服它，它两腿乱蹬我就不好办。我身上只有一条小裤衩，总不能脱下来绑它吧。着急间一下看到了网球鞋。这网球鞋只有四个眼，鞋带很短，但总比什么都没有强。我单腿压住它，左手掐着它脖子，右手抽出鞋带。两根都抽出后，又松开左手，任它拧我，反正只是疼，也啄不坏。迅速把鞋带系到一起，两手分别握住它两只脚，用鞋带把它捆结实。这下好了。我一手提膀根，另一只手握脖子，这才站起身来。直到这时我才发现，我的身上、腿上，被雁翅挂了好几道小血道子。被它嘴拧的地方也发红、发青了。累得我呼呼喘粗气，心脏砰砰直蹦，汗也开始下来了。好歹也算逮了个俘虏，值了！来时轻手利脚，回去可有点惨。八九斤的重量，还不老实，怎么拿都不得劲，咳，命苦啊！

刚走回驻地，栗大哥就叫我差一点背过气去：“呦，从哪里整只鹅呢？”我没好气地喊：“这叫鹅？叫鹅也是天上的鹅！快拿绳子来，可累死我了。”听到叫声，懒虫们全冲了出来，个个脸上笑成了一朵花，人人眼中闪着绿光。那可怜的大雁，一见这阵势立即就瑟瑟发抖了……

多少年后，当我观看冯小刚的贺岁片《甲方乙方》时，我深深地怀疑作者王朔也下过乡，也曾经数月嘴里淡出鸟来！要不写得怎么那样有生活？那个吃腻了山珍海味鸡鸭鱼肉的大富豪，花重金要求乙方为他安排过几天清贫日子，言之凿凿地声明不许有半点油星。坏坏的葛优把人家扔到偏远山区的二舅家，还一扔俩月把他忘了。害得那小子天天趴在院墙上盼。车一来上了车，一手攥着一只烧鸡、狼吞虎咽，说啥也不肯下车。那二舅满脸无奈追着葛优屁股后面告状，说他把全村的鸡都给偷吃光了。已经发展到除了两条腿的人，见到活物就眼冒绿光。每当看到这里我就嘿嘿地傻笑，总怀疑这编剧是我山里的战友！

结果，我就不详细说了。只记得刚开锅时间不长，就有人不断地去捞一块尝尝。害得栗大哥提拎个勺子、守着锅，紧着喊还没熟，还没熟！可这些兄弟们可不是吃素的，岂肯浅尝辄止。你拿走勺子他用笊篱捞。眼瞧着锅里干货越来越少。情急之下，哪还管它生熟，赶紧自己捞两块也撕扯着吃起来。

香不香？什么味？我全不记得了。只知道那点雁肉没等熟透，就被这些大馋狼争抢着造光了。害得那几天这些人没事就去折树枝削牙签，张大嘴巴一个劲地捅牙缝。

作者简历：马成春，男，1952年出生。哈尔滨知青。1969年8月下乡到黑龙江生产建设兵团6师61团，先后任职于工程1连、加工连、科研站。1976年12月返哈。

那里不是故乡，是黑色的故土；
不是乡愁，却似乡愁……

速写：白长江

远逝的记忆

车忠禄

殷枫有一篇提到张远征的文章，勾起了我的记忆。张远征的形象犹如一张张年代久远的、褪了色的老照片，他曾经的音容笑貌，又渐渐地浮现在了我的面前。这些“照片”一张，一张，又一张地在眼前掠过……现在我写下这些支离破碎的片段，算是对殷枫文章的补充，和对大张的祭奠吧。

他是一个大孝子，每月的工资除了饭费和一些必要的开支外，都寄给他远在北京通州觅子店乡的母亲，用以接济家用（他在家是长子）。我自打在四连和他相识后，几乎就没见过他花零钱买过什么吃食。让我记忆最深的是：他只抽烟叶，而且是自己在连队的田边地头种的。他说：我还有弟弟和妹妹，我得帮我妈拉扯他们，能省点儿是点儿，我妈一人拉扯我们不易呀。

那是一个阳光明媚，但依旧寒气袭人的早春季节，是开始为春播做准备，农工班的人们在场院拌种的时节。那天一大早，也就是刚上班吧，天津青年宗朝宽（当时他是连里的兽医）找到我问：“大车，你看见大个儿（张远征的外号）了吗？”“没有”，我说，“怎么了？”他说：“大个儿不见了，我以为在你家呢。”我赶紧来到马号，一看，他平时穿在身上的一件对襟中式便服小棉袄里子朝上搭在马号的炕沿边上，一摸，似乎还带着他的体温……

张远征远去了，带着他的青春年华，带他对生活的眷恋，带着他的执着，带着他的义无反顾，带着他的善良和他的美德。陪着他心爱的，他看着一天天长大的小马驹——路生（马驹的名字，因为那匹马驹是在由内蒙买回的路上生的）去了。从此与我们阴阳两隔，他去了另一个世界。

给张远征出殡的那天，是团里的陈参谋长来主持的追悼会。在张远征的灵

柩由追悼会会场向墓地抬去的瞬间，刚才还晴朗的天空，突然飘来一片浮云，淅淅沥沥地下起了小雨，直到下葬仪式结束。上苍啊！那一年大张是准备过完麦收就回北京相亲的……

忆及往事，不胜唏嘘；斯人已去，唯愿安息。

作者简历：车忠禄，男，1950年6月出生。北京知青。1968年6月下乡到黑龙江生产建设兵团25团（当时为七星农场六队）1968年12月起，先后调入61团4连、18连、11连等。1979年3月返京。

重返北大荒

王国栋

自从1988年离开兵团后，这是我第三次回东北，目的地依然是心中永远无法割舍的地方——创业农场！心情依然是那样激动。近20个小时的旅程，大家的话题大都是围绕着要去的连队和在那里生活的老职工。坐在车窗边，看着窗外掠过的房屋、树林、庄稼及田间小路，一切都是那样熟悉和亲切。当年我们曾多次往返这条干线上，由于对未来人生的恐慌和担忧，根本无暇顾及窗外的景色。如今我们都已过了耳顺之年，返城后就业、成家、离岗、退休，但依然对年轻时曾经生活过、奋斗过的地方有着浓浓的眷恋，都想在有生之年再回去看看那片熟悉的土地，那些在那里生活的老熟人，这就是我们相约回农场的初衷与心愿！

一、勇救收割机

一到北大荒，踏上黑土地，看着蓝天下的白云和一望无际的田野，这些已经不再年轻的知青们一下就激动了起来，我们当中离开北大荒最早的从离开至今已有35年了，最晚的也有28年的光景。这些年以来，大伙的足迹遍布全国乃至国外，可“北大荒”三个字牢牢地刻印在每个人的心中，此时此刻更是无法抑制心中的激动与欢喜，感觉仿佛一下又回到了年轻时初来乍到的情景！

回到阔别了30年的家园，我们感受到创业农场的整体建设和经济发展的翻天覆地的变化，为之欣喜，为之振奋。八月中旬，若在40年前正是麦收扫尾时节，地里的小麦收割完毕，场院正忙得热火朝天，而这次行走北大荒竟然没有看到一处麦收！原来黑土地的庄稼已经改朝换代了，水稻取代小麦成为三江平原的“新贵”产业！同时，农垦技术先进程度和水平也随着改革开放的大潮日新月异，新的思维、新的观念、新的技术，可以毫不夸张地说，北大荒现代化农业水平不比任何地方逊色！

在这片黑土地上，不但有着我们挥之不去的青春回忆，并且每次回来，都会给我们留下不同的、别有一番情趣的记忆。哈……这也许就是黑土地独有的魅力！

我们途经当年曾在那里辛勤劳作流血挥汗的11连，看见这里时过境迁的场景，原来在这里劳作的人们都已经搬入宽敞明亮新建的场部楼房了。正当大伙沉浸在追忆中，回忆哪里是当初的牛马号，哪里是老职工张家、李家的时候，车已行至当年大库的旧址。突然车前有人拦车，此人一脸焦急和恐慌，原来是一台现代的稻谷收割机卡在了前方铁路道口上，抬眼望去，大约百米开外的地方，一辆货运列车正飞驰而来。情况万分危急，不容大伙多说什么，一个个犹如出弦的利箭窜出车外，直奔铁道路口。也许是多年前在一起工作生活的默契，不用分工，个子大有力气的直接去推收割机，而我则带领着几个力气小的对着迎面火车开来的方向挥舞手臂、大声呼喊，警示火车减速停下。这一切说起来条理分明，实际上就是电光火石之间，就在收割机被推出铁道口时，火车也在距离我们 50 多米处停了下来。此时，大伙才惊魂未定的相互对望，一个个面红耳赤，满脸汗水，身上的衣服也被蹭黑扯坏。看着彼此的样子，大伙开心地仰天大笑，一下子仿佛回到了 40 年前风华正茂时的样子！有人拍着我的肩膀说："老王你厉害啊，都能指挥火车了！"我也笑着回应道："还是你们几个给力，身子骨不逊当年啊！"收割机司机也上来一个劲地道谢。这时，来自天津的霍云芳说了一句："别客气，我们离开北大荒 30 多年了，这次回来，就是给你推车帮咱老乡解决困难的！"司机和大伙一下子被逗得哈哈哈大笑起来，这笑声久久回荡在北大荒那蓝蓝的天空中……

二、情深谊长

此次重返北大荒，一踏上这片黑土地，迎面就是特意赶来接我们的老职工，那种浓烈的热情气氛就像我们当年初到北大荒时一样，让我们每一个人心里既兴奋又感动。原 11 连的老排长潘兆林事先就已为我们安排好了食宿。

提起老排长潘兆林，这里还有一个当年连里尽人皆知的感人往事。11 连刚组建时潘排长就过来任职了。当时条件的艰苦就不必多说了，他的妻子那时身体不太好，孩子也刚刚几个月大，尽管如此，潘排长愣是从平时家里的口粮中节省出来一部分，把本应该给妻子和孩子补养身体的鸡蛋送给连里生病的知青吃。后来我们还专门排演了一个小节目叫"手捧鸡蛋想老潘"，来表达对这个可亲可爱的老排长一份敬意和感谢。他对知青的那种关爱和情感直至今日也丝毫没有减少。此次返乡行程，农场方面出于种种原因无法帮我们安排，又是我们的老排长毅然承担起这个事情，上上下下忙里忙外地替我们解决了各种问题。还有我们的吕宪滨副连长，由于患有脑血栓腿脚已不利索，但当得知我们到来，硬是从三江局赶来看望大家，当时在场的每一个人都不由得为之动容。在随后的几天中，我们在老职工的引领下，分别看望了当年的朱股长、房参谋、24连老连长郑培举老两口等。这几日，场领导在百忙之中还为我们亲自安排车辆出行和游览，老战友张广存也自驾车带我们去了东方第一县——抚远，以及著名的黑瞎子岛等地，一睹祖国东北边陲的美好景色。临别前，场领导更是专程为我们送来土特产品作为纪念。

这次行程我们也考虑到尽量少给老领导和老乡亲添麻烦，大伙自己出资住进了一个名为“大众饭店”的宾馆。说到这个宾馆就不能不说这个宾馆的老板，他为人憨厚、十分实在，特别是得知我们都是这片黑土地的知青，此次返乡就是为了回来看看当年的老领导老乡亲时，对我们的照顾更是格外热情，因为在他们心中，我们这群知青早已成为他们生活中的一部分，是他们每一个人的家人和朋友，随时在等待和迎接我们的归来！

可爱的第二故乡，这里不但有美丽的风景，更有让我们深深眷恋的亲人，在这里，我们曾洒过汗、淌过泪甚至流过血，但也正因如此，才使我们与这片土地牢牢地相连在一起，水乳交融，情深谊长！

作者简历：王国栋，男，1951年1月出生。北京知青。1968年7月下乡到黑龙江省七星农场一作业区十八队（后改为黑龙江生产建设兵团6师25团5营53连）。1969年1月调入61团，先后任职于11连、22连、23连学校。1988年返京。

爱与家的纠结

郭淑兰

知青在北大荒兵团只讲“革命友谊”，不知道还有什么“姻缘”，因此，男女知青在那里结婚的并不是很多。偶尔感到了一种特殊缘分的存在，也都到了“男大当婚女大当嫁”的年龄，走向婚姻便顺理成章了。我就遇到了这样的姻缘。

那是1977年5月，经别人介绍我认识了他，小伙子是从部队转业来北大荒的。由于他家在安徽农村，转业后投奔他大伯，到了当时的24团，在车队当司机。说是缘分，是因为我俩本来不在一个团，认识的几率几乎是零，可我原来连队的司务长认识他师傅，他们觉得我俩挺合适，非让见个面不可。当时我没太在意，觉得司务长那么热心肠，见面就见面吧！见面以后，用现在的话说，还真“来电”了。小伙子瘦瘦高高的，长得很帅。听说在部队当过警卫员，看得出也挺机灵。总的感觉很好，心情自然很愉悦，也可以说开始初恋了吧。

在那个年代，自己有什么“活思想”都要向领导汇报，更不用说婚姻这大事了。当时，我在创业农场公安分局做户籍员，几天后就把这事向潘局长作了汇报。局长一听小伙子是他安徽老乡十分高兴，并提出一定要领到家里见个面。那时，在北大荒如果遇到好领导，确实像长辈一样无微不至地关心你，让你感到家人般的温暖。我是幸运的，有一个真心关照我的领导。终于有机会我把他领到了潘局长家，局长夫人做了一大桌子菜，分局的同事基本上都去了，场面确实比较隆重。席间，局长以长辈和领导的口吻问了他许多问题，真不愧是搞公安的，“审讯”可是他的专长。好在我的那个他经过部队锻炼，一点不怯场，对答如流。加上他眼里有活儿，里里外外帮助忙活，大家对他印象不错，尤其局长很满意。

关系公开了，我俩就可以公开见面了。

由于不在一个团，那会儿打电话又特别费劲，打一个电话要从单位先呼叫到我们团总机，再从我们团总机呼叫到24团总机，24团总机再呼叫到他们车队……有时线路又不好，通了也听不清。用当地人的形容：说几句话比生个孩子都费劲！再加上人工线路没有私密性可言，又怕总占线耽误别人，我俩基本上不怎么打电话。好在他开油罐车去富锦县拉油，必须要经过我们团，而公安局就在路边。隔一天拉一次油的工作虽然辛苦，却给我俩创造了一星期能见两三次面的机会。

爱的感觉是美好的，也是忐忑和略带羞涩的。他每次来看我，我都会脸红红的，心砰砰跳，又怕同事看出来，又怕别人说：你脸又红了，他又来了吧？但心里真希望他天天来。

几个月后，经过潘局长的多方努力，把他从24团车队调到我们团车队，我们终于可以朝夕相处了。他很聪明，热情而健谈。有时休息日来我们宿舍还帮助干一些活儿，姐妹们对他印象也很好。

领导通过了，同事认可了，下一步就要看家人是否同意了。现在的年轻人恐怕理解不了结婚还要走这么复杂的程序，可那会儿就是这样，好像结婚也不是自己的事，活着都是“为了全人类的解放”嘛。

1978年春节我回天津探亲，他回安徽探亲，顺路我让他在天津停一下脚和我们全家见了一面。当时我父亲已经病故，他对我妈很是孝敬，老人很满意；弟弟还小，他也能和弟弟玩到一起；哥哥、嫂子都说他不错。“全票通过”以后，我俩的事就算正式定下来了。没几天，他就起程回安徽老家了。

同年9月我俩“旅行结婚”（只是一起回家探亲而已），回到农场后便立灶开火，就算把“家”安在了北大荒创业农场。没想到，这家安得并不让人安心。

随着 1978 年底一股返城风潮，1979 年 1 月家里把我也办回了天津，小弟拿着回城的手续亲自到北大荒接我。我怀着两个月的身孕回到天津，开始了夫妻两地的分居生活。

1979 年 7 月我们的小宝宝降生了。半年以后，我很幸运地被安排在街道办事处工作。时值改革开放街道兴办企业，准备成立一个木器厂，我负责一些组建的具体工作。上班离家很近，加上妈妈帮我照顾孩子，工作、生活还算过得去。

1980 年春天，我的老领导潘局长和宋龙来天津出差，顺便来家里看看我。大家在天津重逢格外亲切，无话不说。聊到他时，我知道他一个大男人在那边独自生活的艰难和苦闷。本来他就胃口不好，出车没时没晌连个热乎饭也吃不上，有时只得东家吃一顿，西家吃一口。特别是冬天，长途出车回来凉屋冷炕，确实让人心疼。由于潘局长他俩都像家里人一样，便直说道："不行和我们回去吧！在哪儿生活也是一家人在一起好。"一下子我的心就乱了！但不管怎样，有人陪着先回去看看吧。于是我请了假，带着孩子和潘局长他们一起回到了创业农场。

一边是潘局长为了我们全家团聚，上下斡旋和场领导研究我调回农场恢复工作的事；一边是我自己在两难的抉择中痛苦地纠结。

如果回来，我要放弃刚刚重拾的天津生活。千载难逢的返城，来之不易的办事处工作，家里费尽心思的努力，老母亲对两辈人都在身边的欣喜……都要一一化为泡影！特别是我妈妈，就我这么一个闺女，朝思暮想盼我回家，刚刚回到天津又带着她外孙走了，回北大荒了，她如何承受！

如果不回来，爱人不是知青，永远不可能调到天津。自己应该终身相伴的人却与他永远两地生活，这何时才是个头儿？如果他病了、有点什么事，谁来帮他？谁能给他点儿家人的温暖？

这“回来”还是“不回来”的考量，比哈姆雷特的“生”还是“死”都让人撕心裂肺！我深知，不管回来还是不回来，自己都要万分痛苦地伤害一方至亲的真心挚爱！

晚饭后，我抱着孩子在场部大道上徘徊。这里没有繁华的灯光，也没有大城市的喧闹；四周只有旷野上深邃的宁静，偶尔有辆扬灰颠簸的大卡车咣当咣当驶过……这种“静”让我对心里的“空”更畏惧，让我更加在没有着落的感觉中，无助地挣扎……

一转眼假期就到了。我没能给局长一个明确的答复，只说我回家再商量商量。我俩也没能有一个两全的决定，彼此的爱只能融进苦涩的无言……他送我们到佳木斯车站，看到他抱着孩子亲了又亲，看着他含泪的眼神，我再也抬不起头，趴在车窗压抑着无言的痛苦。汽笛响了！车轮开始沉重地移动……我俩握在一起的手被扯开了，熟悉的形象随着火车的加速变成了退去的身影……此时我再也忍不住了！如同从心里喷发般地喊了一声：“你等着我，我安排好就回来！”

回到天津，我说出了要回北大荒的想法。家里一下子从震惊到愤怒地反对：“人家个个儿拼着命想回来，你回来了却又想回去，脑子出毛病了吧？”——我真不知道自己的毛病到底出在了哪里？只是一个劲儿地哭，只剩下了哭……

最后，还是妈妈说了句话：“我岁数大了，你不能跟我一辈子，还是你俩在一起是一辈子的事。你自己决定了妈不能拦着。把孩子户口留下，将来也算是城市人，你自己走吧……”

这一夜，我想了很多。想得无头绪，想得无悲喜，想得昏昏沉沉……

第二天，我就去办回北大荒的手续了。不用说，比当时办回城的手续快多了！还附带送了我一封表扬信。当时，当时国家的经济状况根本没有能力安排这么多返城知青的工作，有个像我这样“脑子有毛病”主动要求回去的，自然求之不得。

就像我回天津演了一幕戏。演完了，落幕了，又回到了现实。

还是那熟悉的分局办公室，还是那张熟悉的办公桌……

很快孩子四岁多了，为了让孩子有个好的受教育环境，我把他送回了天津。好在有妈妈和哥嫂的照顾，我比较放心。然而，放心归放心，却丝毫不能冲淡我对儿子的思念。一个母亲对儿子的思念之情，确实无法用语言和文字表达。我此刻的笔下确实不知怎么写我当时的感受……

万万没想到局里有了一个去天津办事的机会，领导照顾我又批了一个星期假。我便归心似箭地回到了家里。

快一年没见到儿子了，母子相见以后他的亲热劲儿，简直到了寸步不离的程度。他问我："你想姥姥吗？为什么不来接我？""怎么总是见不到你和爸爸？"我喜极而泣地回答着他每一个令我感动不已的问题。

家里人告诉我：这孩子心可重了，特别是刚来天津那阵子天天想爸爸妈妈，天天问爸爸妈妈怎么不来。在幼儿园，学前班的老师说他口袋里总装着一张照片，一有机会就拿出来看。老师问他这是谁？孩子就哭着说这是妈妈……我听了以后，泪水夺眶而出！无法名状心里的滋味。

一眨眼一个星期就过去了。临行前，儿子提出要和舅舅一起送我。由于是半夜一点多的火车，我不想折腾他起来。我让他先睡觉，答应走时一定告诉他。他说："你不许骗我！我有办法。"然后，找来一根绳子，一头系在我胳膊上，一头绕在自己的手上。躺在床上，我看着这根把我们连在一起的线绳，心里如同被一根根扯不断的亲情纽带撕扯着，无法解脱……

儿子还是如愿地去送我了，他止不住大哭，我也泪流满面。

回来以后，我把这一切讲给我爱人听，他也哭了。

泪水啊泪水，恐怕是人类最纯净的感情表达了……

一定要再回天津！为了孩子，为了一个安心的家。

我从 1979 年 1 月回天津，1980 年 8 月又折回北大荒。再次经历了六年北大荒的漫长生活，熬过难以名状的种种坎坷，终于在 1986 年又回到了天津。又是两年的竭力奔波，我爱人也有幸于 1988 年在天津落户。这期间，所经历的事情恐怕一部长篇小说也写不完。我相信，每一个返城的知青恐怕都有一段"回路难"的辛酸。

如今，整整 25 年过去了。我爱人很珍惜自己的机遇，在天津干得很好，我也算工作平顺。一家人亲情和谐，生活宽裕，算是真正的小康了。我十分知足！孔子他老人家说："五十而知天命，六十而耳顺。"一生"天命"至此，回归到了安宁。六十而耳顺，听什么无所谓了，我们经历的事实比听说的多。如果说感想，我觉得：有"爱"可以成"家"，但"家"字虽然有个"宝盖"，却盖不住你因为爱而产生的所有愿望。一个人懂得"爱"，才能铸造一个心中的“家”。

“家”，是甜酸苦辣都有的。生活本来就五味俱全。

作者简历：郭淑兰，女，1953年5月出生。天津知青。1970年5月下乡到黑龙江生产建设兵团6师61团6连。1973年6月调保卫股。1986年8月二次返津。

北大荒的故事

——青春祭

王洪源

十六七岁，不谙世事，就告别亲人离开家，到那几千里之外、荒无人烟的北大荒，对于今天的年轻人也许觉得很刺激，很自由，而一干就是整整十一年，又岂只是“刺激”一词所能概括的。殊不知，在那风狂雪暴、流血流汗的艰苦岁月里，有多少我们的知青战友把自己的青春永远地留在了那里。每当想起他们，我的心就隐隐作痛。在今天我们一次次相聚，回忆往昔的苦与累、辛酸与快乐，畅谈未来，幸福享受金色晚年的时候，又怎能忘记他们——我们可亲可敬的长眠于北大荒的战友，我想你们！几十年难以忘怀！

那时我在团部，认识不少连队的知青。其中有一个是12连的农工班长，叫朱小亮。他出生在哈尔滨一个知识分子家庭，人长得挺拔，又英俊又文雅。在连里，他不仅能吃苦，还特别爱学习，但似乎有点不善言辞。当时也许有不少女孩子对他心仪，却不敢表白，独有一位北京知青勇敢地爱上了他。然而，正当这茫茫雪原上的爱情之花刚刚绽放，天有不测风云，在一次排哑炮中，他却与另一位北京知青血洒荒原。

1973年的初春，冰雪覆盖着大地。当人们循着皑皑白雪上殷红的血迹找到他时，他已在那雪廓下静卧多时。那天正是三八妇女节，没想到却成了他的祭日。当我们把他的父母接到团部时已是晚上，正赶上漫天大雪，去连队的路已被大雪掩埋。团长命令出动两台推土机在前面开道。雪中的旷野一片迷蒙，推土机轰轰作响，像一阵阵沉闷的雷声，路上的雪被推到两侧，形成了两道雪墙。车灯照着前面的路，也照着那纷乱而无声飘落的雪花。小亮的妈妈一路上紧紧攥着我的手，像攥着一线希望，竟然攥出了汗！我能体会到那是怎样一种刻骨铭心的母爱啊！我的心被震撼、被挤压，觉得透不过气来。

“小亮，妈妈看你来了。”一声呼唤，痛断肝肠！我的眼泪“哗”的一下就涌了出来。这一声母亲的呼唤，积蕴着无尽的深情，饱含着亲人的泪水，轻柔而又悲凉，她多么渴望小亮能睁开眼睛再叫一声妈妈，又好似害怕惊醒了静眠于棺内的小亮。白发人送黑发人，面对此情此景，我忘记了自己的任务，任凭泪水打湿了我的棉衣。连里的人都来了，他们默默地站在四周，啜泣声在荒原上回响。

我流泪，不仅是因为我认识小亮，也不仅仅因为他是一个好学上进、受人称赞的好青年。是惋惜、是痛心……，连我自己也说不清。十八岁，多么美好

的青春年华，可他却来不及向这个世界说一句告别的话，就默默地去了。他的青春实在太短了。在那个年代里，他常常就着小油灯孜孜苦读。北大荒的冬天冻得人伸不出手，夏夜有蚊虫叮咬，但这一切都不能动摇他学习的意志。他曾经给团广播站投稿，流畅的文笔，隽秀的字体，似其人其貌。他每天奔波于田间，连里一千多公顷的土地上，不知洒下他多少汗水。他丈量着翻耕过的土地，计算着春播的进度，统计报告着丰收的消息。

那些年，当麦子成熟的时候，我们仿佛看见小亮在麦田间兴奋行走的身影；当大豆摇铃的时候，我们分明听见他爽朗的笑声；每当一个3月8日来临的时候，他的墓碑前都放着我们亲手采摘的冬青……

多年以后我和我的战友们终于从兵团回到故乡，回到亲人的怀抱。但命运对我们并不公平，已到而立之年才获得重新学习的机会，尽管如此，我们依然倍加珍惜，不沮丧，不自弃，也许是因为在我们的胸膛里涌动着那永远无法归来的战友的热血，是他们的生命在我们身上延续……小亮，你安息吧，我们没有辱没这一代人的理想和追求，我们生来就是为共和国挑大梁、承担苦难的一辈人。如今我们都从工作岗位上退下来了，我们又有许多时间翻翻过去的老照片了……

小亮，我们祝你在天堂快乐！

作者简历：王洪源，女，1950年10月出生。北京知青。1967年12月下乡到黑龙江省七星农场九队。1968年12月调至黑龙江生产建设兵团6师61团，先后任职于4连、军务股、宣传股、文教科。1978年12月返京。

创业农场真的换新天了

于存举

从哈尔滨乘火车到换新天站下车，就来到了我当年下乡曾经工作过的地方，我的第二故乡——创业农场。我的青春是在这里度过的。短短几天的参观回访，只能是走马观花，但我已深切感受到农场发生的巨大变化。我从内心发出赞叹：创业农场真的换新天了！

主打产品变了。当年我们是以种小麦为主，然后再种植少量大豆和其他作物。因抗自然灾害能力较差，收成怎样，很大程度上是老天说了算。天公不作美，收成就大打折扣。而如今农场改成了以种水稻为主，抗自然灾害能力大大增强。除极端天气外，基本上是旱涝保收，摆脱了过去靠天吃饭的窘境。这一改变，不但从根本上扭转了对老天的依赖，还大大提高了粮食产量，如今水稻亩产已达到680公斤，而过去种小麦时，即使在好年景下，亩产也仅有200公斤左右，同过去相比，如今的粮食亩产是过去的3.4倍。

生产工具变了。现在的创业农场乃至整个黑龙江垦区的农业机械化程度，可以说是全国领先。大马力拖拉机、先进的联合收割机、插秧机和其他配套的各种农机具，应有尽

有。一个生产周期，从种到收，6天到10天就全部搞定，可谓速战速决。人们开着小车到田间干活，真是派头十足。灭虫害，喷洒农药等甚至还用上了飞机。这在几十年前真是想都不敢想。我们可以自豪地说：创业农场已经实现农业现代化了。

管理方式变了。如今农场也实行了土地承包，农机具也都是个人的；但承包的同时又不失统一管理，体现了管理方式上的科学性。承包制无疑大大提高了每个承包者的责任心，与过去“大锅饭”时给集体干活的心态不可同日而语，生产积极性自不待言。与此同时，农场又实行了强有力的统一管理。从种植的品种、整地、播种的时间、田间管理、除草、施肥到收割，都在农场的统一管理下进行，甚至每家每户的农机具都是在统一固定区域内停放，设专人管理，有条不紊。

思想观念变了。现代化大农业需要具有现代化思想观念的领导者。创业农场现任领导班子就是这样一批具有超前意识的新时代的现代化大农业的领路人。在与他们接触交流中，可以看出他们的思想很前卫，眼界很开阔，目标很宏伟。他们的眼睛紧紧盯着的是国内甚至国际发达国家农业现代化的成功经验，相信在他们的领导下，创业农场的发展会越来越好。上世纪六七十年代，当我们从《参考消息》上看美籍作家韩素音介绍美国农场主的生产作业过程及生活情况时，我们除了羡慕外，感到对我们中国来说那都是遥不可及的梦想。但三十几年后，当年想都不敢想的事情如今竟变成了现实。回访期间，我巧遇一位当年从山东投亲靠友来农场的老相识。那时他还不是农场职工，无正式工作，后来他成了农场正式职工，如今他承包了近千亩地，下地、出行开着私家轿车，回家住在场部舒适的居民楼里，种地的一切活计全靠花钱雇人、雇机械完成，他成了“甩手掌柜”。他自己也有部分农机具，他本人曾是农机手，很多活计他可以自己干，如果自已干可以节省很大一笔开销。问他为何不自己动手干，他笑笑说：“不想挨那个累，只想活得轻松潇洒一点。”思想观念真的变了。农场人如今也会享受生活了。

医疗卫生变了。当年的医疗卫生条件确实简陋得很，没有什么像样的医疗设备。一栋小平房就是医院。从技术力量看，当年大学本科生仅有一名，连中专生都是凤毛麟角，很多都是半路出家，送出去培训、进修后回来就承担了重任，遇到疑难杂症或重大情况他们就有些力不从心了。现如今，今非昔比，四层楼的医院拔地而起，先进的医疗设备也是应有尽有，专业医疗人才自不必说，真是“长江后浪推前浪，一代更比一代强”了。

文化教育变了。想当年，场部有学校，但各个连队离场部都比较远，连队职工子女上学很成问题。只能由各连自己安排人任教师负责给孩子们上课。这就出现了一个奇特的现象：一名教师同时负责教好几名不同年级的学生，给一年级的讲完再教二年级的，教完二年级的再教三年级的，这样的学习效果可想而知，但也实在是无奈之举。而现在，全场职工全部集中到场部居住，彻底解

决了职工子女入学问题，使教学质量有了可靠保证。近些年来，创业农场职工子女考入全国各地名牌大学的越来越多，有很多已走上工作岗位，成为了建设祖国的优秀人才。

业余生活变了。这次回访农场，在农场领导的精心安排下，我们不但全面参观了农场的各个生产环节，还参观了农场社区服务中心，观看了茶余饭后农场男女老少自发参与的广场健身舞，场面很是壮观。我们还和农场干部职工进行了联欢，观看了农场文艺演出团体的精彩演出，表演颇具水准。给我的感觉是：生活在创业农场是幸福的。他们的业余文化生活丰富多彩，丝毫不亚于城市。在社区服务中心，我们看到设有日间照料室、棋牌室、乒乓球室、健身室、老年活动中心、书画室、音体活动室和4D影院，还在4D影院看了一场电影，我虽身居大城市，但说老实话，这还是第一次看4D电影。还有互联网、数字电视等在这里已经很平常。我为创业农场感到骄傲！

场区环境变了。回访创业农场，震撼最大的莫过于场区环境的巨大变化。土坯房已见不到了，低矮的砖瓦房所剩不多，取而代之的是和城市一样的、由一座座整齐漂亮的居民楼组成的住宅小区。小区内花草、树木、健身广场、车库应有尽有。小区内卫生整洁、管理有序。场区的主要街路笔直宽阔，绿树成荫，造型别致的路灯把农场的夜晚打扮得格外迷人。农场建设的300栋别墅，样式考究、美观实用。而且200多平米的别墅售价仅30多万元。如今很多普通职工群众都住进了豪华别墅。创业人真是有福气！

创业农场今非昔比，第二故乡越来越美丽。在此，我要向创业农场的父老乡亲表示深深的敬意。特别是农场的现任领导们。火车跑得快，全靠车头带。有了领导者们的先进理念，超前意识，勤奋工作，才有了创业农场的今天。我也祝愿创业农场的明天更美好！

作者简历：于存举，男，1952年11月出生。哈尔滨知青。1969年8月26日下乡到黑龙江生产建设兵团61团9连。1974年8月调到团部军务股（后改为创业农场劳资科）。1979年2月返哈。

春天祭

——记我的好友朱小亮、任维杰

殷 枫

朱小亮，浓眉大眼朱唇，高高的个子，爽朗、阳光、健康、上进，可爱的哈尔滨小伙儿；任维杰，北京知青，英俊的面庞，精神抖擞，有些瘦削，略高的个头。每当我想起他们俩，都不由地思绪滚滚、感慨万千……

那是一个即将过去的冬天，虽然春天的暖意即将来临，但白雪仍将北大荒的草原山林覆盖。12连的领导为了天暖开工搞基建、盖住房，安排劳动力筹备沙石。小亮、维杰和其他战友们承担了采挖基建用砂子的任务。那一天正好是3月8日——属于女人的节日，连里原计划停一天连队以外的各项生产活动，但固执的小亮及他的战友们，为了尽早完成采砂的任务，还是去了，来到寒风吹袭、枯草和稀疏的树林覆盖的土丘下的砂坑。

冒着炮火向前冲，那是革命先烈在战斗年代为祖国的解放而做的事情，而此时的他们不该如此英勇。

排除哑炮，难中之难，险中之险，他们哪曾有过那样的经验和经历哟！可是由一个哈尔滨知青和三个来自七星农场的北京知青组成的战斗小组，就这样勇敢而轻率地冲上去了……

朱小亮是班长，责任感、使命感促使他毫不犹豫，冲锋在前。他让其他战友留在后面的坑里躲避，自己匍匐身子接近炮位，查看炮口。任维杰不放心战友，紧跟其后。当他们动手掏炮眼排哑炮，撬开压在导火索上面的冻土块时，悲剧发生了！可能是填炮眼时，填的太死，冻砂块硌死了导火索，产生了延时爆炸。

沉闷的一声巨响，打破了生活的宁静……那天，我正在11连的场院劳动，从连队东南方向远远地传来一声闷重的炮声后不久，连队突然大乱，人们开始惊悚地传递这可怕的消息。要知道，12连是以11连为主承建的新连队，与我们血脉和筋骨都连着啊。

团部的医生赶来时，已经回天无力了，当时的惨状让人不忍目睹。任维杰当场死亡。小亮炸成重伤，却仍有生命迹象，对人们的呼唤仍哼哼着回应，生命残留了好几个小时。潘连生和王志忠虽然被留在砂坑里隐蔽，但他们不放心战友的安全，跑出砂坑向炮口方向观看，也被爆炸的碎砂、气浪击中。潘连生被从砂坑边上掀到坑底，擦伤了脸。王志忠则被崩起的冻砂块击中左眼，从此失明，抱恨终生……

亲人们赶来了。小亮的父母从遥远的三线赶来，维杰的亲人从北京赶来，面对残躯，他们强忍着悲痛，是那样坚强，令人肃然起敬。

领导和战友们精心整理两位遇难青年的遗体。团领导亲自主持，召开了庄重的追悼大会。

一时间，12连、11连被悲切、凄惨的空气笼罩着，乃至全团都压抑在沉痛的气氛中。

亲人啊战友，年轻的生命，从此在北大荒的黑土地上，化作了两座青冢。

在沉痛悼念朱小亮和任维杰的同时，我们仍要关注另一位惨遭重伤战友的消息，那就是王志忠。王志忠脸白白的，有点胖，显得很英气。回城后，他因左眼失明拖累，不仅生活一直很困苦，还在过马路时遭遇车祸，腿落残疾，右眼现也几近失明。后来农场出具事故证明，按相关的知青政策在北京享受工伤待遇。现退休，妻贤子孝，静度晚年。

……逝者去了，我们悲痛。活着的人们怀念你们，你们当年那年轻的英姿和逝去的魂灵，永远存映在我们的心中。

作者简历：殷枫，男，1949 年 11 月出生。北京知青。1967 年 12 月下乡到黑龙江省七星农场（后改为黑龙江生产建设兵团 6 师 25 团）。1969 年初调至 61 团，先后任职于 11 连、23 连。1979 年 3 月返京。

在创业农场（原61团）知青北京大聚会上的发言

创业农场知青志愿者委员会

各位来宾，知青战友：

大家上午好！

受创业农场知青志愿者委员会的委托，作一个发言，为大会助兴。

有一首歌这样唱道，“再过二十年，我们来相会”，而我们的再相会已远远超过了二十年。1978年，由于文革后的国家政策作出重大调整，黑龙江农垦系统的知青解体，大家收拾行囊，各奔东西。三十二年后的今天，我们再次相聚，许多人都说这样的时刻是千载难逢。

2012年的10月25日来得有点晚，但毕竟还是来了！

为什么我们有这样的凝聚力？因为我们是患难之交！

二十世纪的六七十年代，由于文化大革命，国民经济的发展基本停滞，国家处于严重的危机之中，通常的说法是“濒于崩溃”。为了拯救，或者说为了缓解民族危机，我们这一代城市青年作出了重大牺牲。

最近这些日子，我经常拿十年上山下乡与八年抗日战争作比较。两个时代的青年，从投笔从戎到投笔从农，形式内容都大相径庭，但对于国家命运的意义，本质上是一样的。抗日战争是战争年代的救亡运动，上山下乡则是和平年代的救亡运动。“中华民族到了最危险的时候”，“把我们的血肉，筑成我们新的长城”。时空转换，如果我们的十八岁是在三十年代，那么我们就是扛枪打鬼子的战士；同样，如果我们前辈的十八岁是在六七十年代，那么他们就是开荒种地的农工。这是历史对我们两代青年的选择，尽管这种选择在很大程度上是被动的，但我们接受选择的态度依然是可歌可泣的。面对常人难以想象的艰难困苦，我们没有退缩，没有屈服，这是我们的骄傲！

各位战友，我们生命中最美好的年华，是和一个番号紧密相连的，这就是“黑龙江生产建设兵团61团”。61团意味着什么？61团就是北大荒。人们通常把黑龙江泛称为“北大荒”，但对于大部分知青来说，真正意义上的“北大荒”只是一个历史的概念，他应该是属于1958年十万转业官兵的。而我们61团是个例外，61团就是我们这些知青在老职工的带领下，从最初的睡油罐、喝泡子水，在荒丘野地上开始创业的。中国版图的东北角那个叫“建三江”的地方，应该是知青奋斗史的一座丰碑，它完全是知识青年上山下乡的产物。正是由于广大城市知青的投入，三江平原上大片沼泽变成良田，与这个地区的几个老农场一并形成规模，才有了一个新的农业经济发展区域——建三江。而所有这一切，都是从61团，从一个叫“火烧孟”的原始树林里起步的。61团的知青，代表着继1958年转业官兵后的第二代拓荒者。当年我们种的粮食，早

已消费殆尽，但我们亲手开垦的良田还在，只要没有天灾人祸，它们将与日月永存，将年复一年源源不断地产出粮食，为人类提供生存所需。我们作出的贡献，是造福于千秋万代的伟大事业。仅凭这一点，我们就可以坦然面对我们的国家，面对我们的子孙。如不能说无怨无悔，但肯定是问心无愧！这是我们的光荣！

亲爱的各位战友，上山下乡是我们生命成熟的起点，由此开启了我们这一代人独特而传奇的人生。今天再次相会，我们都已经或行将退出历史的舞台，人生也越来越接近天命。将近五十年的风风雨雨已经深深地刻在我们每个人的脸上，我们都老了。然而，我们依然有这样的兴致欢聚一堂，很多人甚至不远千里，从上海、哈尔滨等地专程赶来，充分说明我们的精神不老。我们曾经的苦难，早已教会了我们如何乐观坚强地面对过去、面对现实，以及面对我们的未来，这是我们共同的财富！

“天若有情天亦老，人间正道是沧桑”，愿大家健康快乐地活着！

谢谢大家！

（注：此文系会后根据回忆整理，文字上作了一些润色，有些话题也作了适当延展。作者：孙国平）

狗的故事

王树本

那年王志军探亲回来从哈尔滨带来一只警犬“威力”，据说还是刚转业复员的。那是一只纯种德国黑贝，身材高大修长，凶猛、聪明、训练有素。连里那些柴狗跟人家一比还真该杀了吃肉。“威力”来了后立刻成了连里的明星，男生都爱和它玩耍，尤其是李连成，几乎形影不离。

开春后，机务人员开始下地干活。连里为节约柴油和提高工效就规定不许开车回连吃饭，找人送到地里。连成身体不好，连里就让他送饭。他也想得出来，训练狗送。每次我们下地之前，他带“威力”过来转转，食堂做好饭后他把菜饭放在一个篮子里盖好，“威力”叼起篮子飞奔而去。每次觉得快吃饭了就见“威力”那矫健的身影由远而近飞奔而来，打开篮子那饭菜还热着呢。“威力”蹲在旁边得意地晃着尾巴，好像在说：怎么样，快吧。我们总是摸摸它的头表示夸奖。给它吃的，主人不在，绝对不动。我们吃完后把碗筷放在篮子里，“威力”叼起篮子飞奔而回。自那以后，每次饭都是准时而且热乎乎的。

但是动物与人一样也是有缺点的。人无完人，狗无完狗。“威力”一见到女生就来了精神，狂吠不止，非要扑过去。连里放假的时候女生爱臭美穿点鲜亮衣服那就更坏了。有一次它挣断了铁链，追得姑娘们爹妈乱叫抱头鼠窜，不敢出门，事后纷纷到连长那告状。连长把狗主人叫到连部好一顿训示。但狗性不改，最后是因为骚扰了机务副连长的千金，副连长不依不饶。连长痛下决心，命令狗主人要是不把狗处理了就让团部来人枪毙了它。没办法，“威力”被送回了哈尔滨。可我们从此也没了准时热乎乎的饭菜了。

现在想想机务副连长也够没水平的。狗哪有不犯错误的？这点问题充其量也只能算是小节问题。你看在它天天不管白天黑夜、不管刮风下雨，给你机务排送饭的份儿上，也不能要枪毙人家。

作者简历：王树本，男，1950 年 5 月出生。北京知青。1967 年 12 月下乡到黑龙江省集贤农场（后改为黑龙江生产建设兵团 3 师 29 团，现为双鸭山农场）。1969 年 2 月调至 6 师 61 团 1 连。1973 年至 1976 年到黑龙江省八一农大学习，毕业后返回 61 团 (创业农场) 科研站。1978 年返京。

我珍藏的61团的四件“文物”

贺　放

在我的北大荒日记本里夹着当年61团的四件“文物”。

第一件是一张“小组意见”。时间是我在13连的1969年5月至1970年4月间。1968年9月我们上海市西中学34名同学来到北大荒的“火烧孟”，当年叫七星农场五七连（后改为61团3连）。1969年5月五七连被拆分到各个新建连队，我和李雨农、许得舒、叶湘文被分到13连。“小组意见”中的北京知青陆桂屏和哈尔滨知青任铁固比我们到的早，是13连的第一批拓荒者。那是一个“政治挂帅”的年代，连队的政治空气非常浓厚，每天除了艰苦的劳动外，政治学习、斗私批修、谈心活动等有关思想改造的内容都是我们的必修课。这份“小组意见”可能是一次团小组的会议记录。那时李雨农任排长，陆桂屏任班长，叶湘文任副班长，我和任铁固是战士。这份记录我夹在日记本里一放就是三十多年，直至近日才翻出来，但不知是谁写的。直至2012年13连聚会我把这份记录带去询问，才得知是李雨农的笔迹。虽是一页薄纸，分量可是

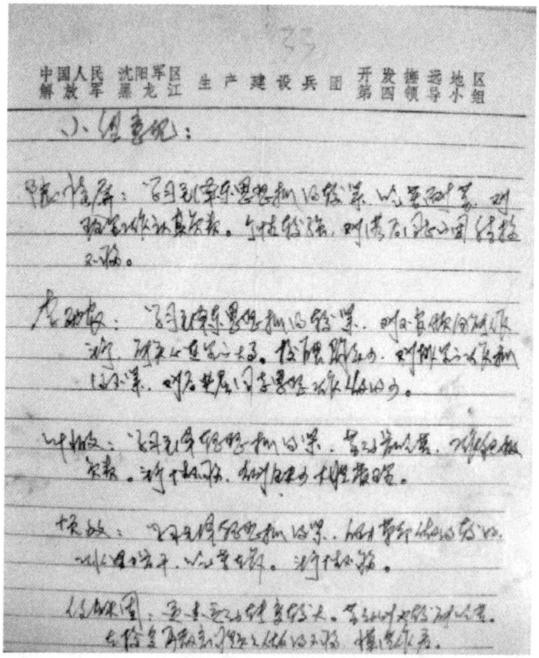
中国人民解放军　沈阳军区黑龙江　生产建设兵团　开发抚远地区第四领导小组

小组意见：

左起：叶湘文、董玉珍、姚燕、陆桂屏、贺放、宋小新

不轻，无论从信笺的题头和记录内容来看，它都承载着北大荒创业农场近半个世纪来的厚重感。

第二件是一张老照片。时间是 1969 年 6 月，我们刚调到 13 连不久。身后那顶帐篷就是我们女生宿舍。照片从左至右：叶湘文、董玉珍、姚燕、陆桂屏、贺放和宋小新。除了我和湘文来自上海，其他几位都是北京知青。我非常珍视这张照片，它把我们最宝贵的青春年华，把我们的单纯和乐观，永远刻在了那片北大荒尚未开垦的处女地上。

第三件是一张“团工委委员选票”。时间是 1972 年的五四青年节，61 团召开“双代会”（团员、青年代表）期间。关于此次会议的内容在我当年 5 月 5 日和 6 日的两则日记中曾有若干细节的记载：听取了三年来共青团建设的总结报告、3 连和 9 连团支部的经验介绍、浦汉沪和吴光和（都是我的同学）的大会发言以及 3 连北京知青张志生用生命践行自己理想的感人事迹。张

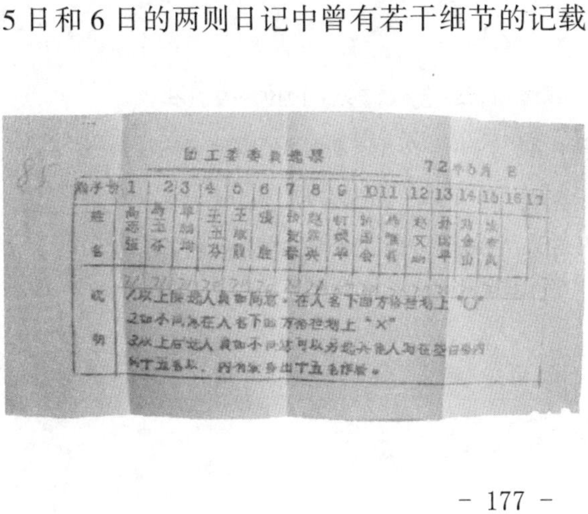

团工委委员选票

72年5月 日

志生在重病期间曾说过，“在革命中度过一生，在战斗中结束生命。暂将忠骨埋边疆，迎来五洲红旗扬”。会议结束后举行了张志生的遗体安葬仪式。

关于“团工委委员选票”中的候选人，当时我只认识我的同学孙国平和马唯真。名单中第一位高志强的感人事迹是我近年从一连战友谢晓蕴那里听说的。高志强于2005年不幸在京病逝，留下遗嘱要把骨灰埋在北大荒黑土地，2007年他的战友们完成了他的遗愿。

第四件是我当年参会的“代表证”（证件上的姓氏有误）。虽然小小证件材质、制作都略显粗糙，却也不失为61团创业大道上的一枚小脚印。

作者简历：贺放，女，1949年9月出生。上海知青。1968年9月下乡到黑龙江生产建设兵团，先后任职于3连（当时为黑龙江省七星农场五七连）、13连、14连、25连。1977年9月返京。

怀念战友曹学勇

武仲魁

身材不高，红润的脸庞，眼睛不大，但很有神，笑脸中透出一股大男孩的稚气。这就是当年的曹学勇，1969 年来兵团的哈尔滨知识青年。因为我在机务排开拖拉机，他是武装排战士，接触不多。从我认识他，到他最后离世我们总共也没说过几句话，可我目睹了一个鲜活的生命在我眼前逝去的整个惨痛过程，又没能尽力阻止这一悲剧的发生，所以他的名字深深地印在我的脑海中。每每回想起此事就心中难过，并伴有深深的自责。谨以此文沉痛悼念那些长眠在黑土地的战友。

我连 1968 年年底组建，大家都是从老团调来的，先在抚远林区伐木，开春到新建点盖房、开荒、种地。当时的工作、生活很是艰苦，但大家同甘共苦、苦中有乐。

1970年开始组建武装连，大家当时都很高兴，真正是屯垦戍边，能拿枪了！也算圆了当兵梦。没想到组建时把人分成三等，所谓“根红苗正”的，出身好的，到武装排，发枪，叫“武装战士”；出身差一点儿的不发枪叫“兵团战士”；出身再差就叫“兵团职工”了。我当时划为二类，当个“无枪战士”吧！原来都在一起同甘共苦的战友，现在被人为地分成三等，原本生龙活虎的连队就此蒙上了一层阴影。我也因为没当上武装战士而背上了思想包袱，看着朝夕相处的战友们很多都背上枪，心中不是滋味，很是自卑，这也是没能避免那次事故的原因之一。

事情是这样的，那天我开拖拉机拉着爬犁带人去林区伐木（爬犁是当地一种简单的运输工具，类似较大的雪撬，可拉人、载物），随车去的都是武装战士，而且新兵较多。到林区，他们两人一组开始伐木，当时我们用的锯和动画片中光头强的锯可不一样，光头强的锯只是听说，谁也没见过。我们用的锯当地叫“快马子”，两头窄中间宽，一米多长，鱼肚形。工作时，树两边一边一人单腿跪地，锯齿向树，一拉一送，若配合得好也很快。从这一工作姿势就可以看出树在伐倒时应是向人身后倒，也就是屁股的方向，这是一般常识，但这群生龙活虎的新兵没拿这常识当回事，付出了生命的代价。

战士们两人一组各自伐木去了，我找了一把斧子打枝桠，就是把树杈砍下方便装车运输。

大约十点多时我无意中走到曹学勇一组身边，看到他和邻近的一组正背对背地拼命拉锯。这里说明：当树的高度大于两树之间的距离时，对伐木的人是很危险的，很可能互砸。我马上说：“你们屁股对屁股可危险，注意！”回答我的是一阵笑声，我再想讲下去根本没人听，只是拼命地拉锯。由于没当上武装战士很自卑，我没再往下说。现在回想起来当时真是想得太多了，人命关天怎能不管哪！

当我转身离开他们数十米时，听到有树要放倒的“咔，咔”声，回头看时只见曹学勇身后的树正向他们砸过来，我着急地大喊：“危险！快跑！”但两棵树撞在一起的噼噼啪啪的声音淹没了我的喊声，眼看着那棵树的树梢砸在他的头上，皮帽子掉在地上，人跪在地上一动不动，当时的空气好像凝固了，人们都呆呆地站在原地。我马上意识到出事了，大喊一声：“快把他扶起来看看！”他身边的人才把他扶了起来，这一扶吓坏我啦！几秒钟的时间他的脸大了许多，而且变成了可怕的紫色！我用最快速度发动了机车（当时的东方红履带式拖拉机启动很复杂），将他软绵绵的身体扶上了机车，由另一个人陪同向连队驶去。

我心急如火地往连队赶，但林区遍地树桩开不快，好不容易出了树林，又是一片“塔头墩”（东北的一种特殊地貌，蚂蚁为了防水把窝建在地面，有三十多厘米高，窝头形，相距不远就有一个，到冬天上冻后很硬），车开上去像是叩头虫，真是干着急！可能是因为机车的晃动，曹学勇醒过来了，大喊着："疼呀！疼呀！"那声音撕心裂肺，而且乱动了起来。旁边的人用力抱住他我才勉强开车。那片塔头墩好不容易开了出来，前面是一大片冰甸子（冻结的水草地〕，我用最高的速度向连队开去。到连部说明情况后，连长马上让"铁牛"（公路运输车辆）把他送到了团部。

曹学勇在团医院治疗了约一年，团里请来了哈尔滨的名医也没能留住他年轻的生命。他就这样长眠在了仅仅工作了一年多的黑土地上。

四十余年过去了，当时年轻，工作又忙，没时间想那么多。现在每每回想此事就很是自责，如果当时不想那么多，如果当时看到有危险就别离开，就不会有这悲剧。

我真羡慕现在的年轻人，他们为自己的学历、工作，努力着，奋斗着。而我们那时除了艰苦的工作，还要搞运动弄得人人自危。回想起那次事故如果发生在组建武装连之前，大家一如既往地平等，我一定能阻止他们危险的工作方式。那时我敢说，也愿说，没什么顾虑。因为建团之前我在完达山伐木一冬天，听过林业工人讲课，又有一冬的伐木经验，特别是安全方面，有段时间同志们叫我"老经验"我也不反感，我觉得在安全方面多说几句很有好处，而且在我的制止下也确有避免人身伤害的事例，但是在曹学勇这次事故中却没能尽心尽力。曹学勇，在天有灵，这里我说一句："对不起！哥没照顾好你！"

往事如烟，几十年过去了，那些长眠在黑土地的战友们被大多数人淡忘了，但我们这些共同战斗过的荒友们是永远不会忘记的。

所有长眠在黑土地的荒友们，安息吧！

作者简历：武仲魁，男，1948年5月出生。北京知青。1965年下乡到黑龙江省七星农场（后改为黑龙江生产建设兵团6师25团），先后任职于十七队（后改为61连）、九队（后改为24连）。1968年年底调至61团，先后任职于4连、18连、24连。1979年返京。

荒姐与情书

林东升

“男大当婚，女大当嫁”，但是，在那个特殊的年代，人性最基本的需求常被罩上奇怪的政治色彩，如“不入党就不结婚”等。受其影响，直到发觉身边不少知青都结对成双，我才开始暗自着急。回想我和于光的结缘、相知相爱40年，说是机遇姻缘，总还是离不开热心的荒姐当红娘，至今让我俩铭记不忘。

1967年12月，114名北京知青同一车皮来到黑龙江集贤农场（29团、双鸭山农场）。我们北京丰盛中学10个女生被分在良种站，于光和高志强他们北京十三中的8个男生则安排在12队。工休的时候，大家常常互相走动，于光和高志强等12队同学也经常到良种站来玩，与我校高中的傅玉玲、林菲、才晓敏较熟。听她们说，于光踏实、不太爱说话，虽然是老初三，但看书多，喜欢思考。我和他说话不多，只是敬而远之。

我俩的初次接触是十分偶然的。一次，于光他们来我站玩，晚上借住在果园宿舍。半夜，他突然来敲女生宿舍的窗户，轻轻喊我的名字。原来一个老职工的孩子犯了癫痫病，他正看书还没有睡，听说我是卫生员，就跑过来找我。我赶紧穿戴好、背上药箱，随他到了果园宿舍。我找到与病情相应的穴位扎了几针，病人慢慢平静下来，等到没事了已是下半夜，于光又送我回来。在来回的路上，穿过百米漆黑的果树林，我俩的距离约有两米多，几乎都没有讲话。不久，他就去了6师新建团开荒建点。

1974年初，傅玉玲被抽调回京当老师。傅姐临走那几天，我们依依不舍谈了很多。她关心地问到我个人问题和今后的打算，那时我正为这事发愁。在聊到相识的一些男知青时，我想到了于光，觉得他为人实在，是个可以托付一辈子的人。但阴差阳错当时于光去了父亲所在的湖北五七干校，是否有女朋友，已经离开北大荒还愿和我交友吗？于是，就请傅姐回京见到于光为我提提，她很赞许。当时，我还写了个提纲给她，列出了自己的理由、打算等。美丽朦胧的初恋之始，本应是浪漫、模糊的，我却列出提纲，就像写工作计划，现在想起来，都觉得挺可笑，但是，这提纲居然打开了我的初恋大门。

傅姐走后，我就翘首以盼。3 月 8 日，终于收到于光的来信，让我喜出望外。信中提到他和傅姐的谈话，同时寄回了那个提纲，说从中感受到了坦诚与真情。信中还表达了对傅姐和林菲的感谢，知道没有她们的赞同，我是不会提出此事的，并表示对我的好感许多是来自她们的介绍等等。林菲看了信为我高兴，傅姐也来信祝贺。我马上给于光回信，激动地写道："我们友谊的纽带是靠朋友们来连接，两人的友谊凝结了更多人的友谊，所以更为宝贵，让我们更加珍惜并努力发展吧！"

我俩开始鸿雁传书，我怕写不好，就先打草稿请林菲修改，再抄整齐寄出。

后来，我调到军马连，交通不便了，往返一封信要一个月以上，那时盼他来信可谓望眼欲穿。半年后，我俩回京探亲时见面了。于光回湖北路过保定去看才晓敏，告之我俩的朋友关系，她非常高兴，嘱咐于光“一定要一辈子对东升好”。以后我再写情书就不劳荒姐们把关了。我俩畅所欲言，通了三年半的信，相互之间更加了解，直到他重返北大荒，结婚后又说服我离开条件较好的 29 团，到创业农场安家。如今这些两地书还都保存着，不仅记载了我俩的感情历程，也浸润着荒姐们的情谊。

回首往事，我俩从安家创业，到回京待业；从夜大自学补课，到报社新闻业务切磋，一路走来，相濡以沫，执手白头，福缘珍贵，幸运之中永远难忘荒姐们的真诚帮助。

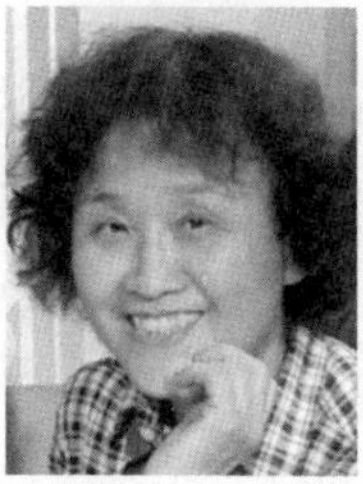

作者简历：林东升，女，1950 年 1 月出生。北京知青。1967 年 12 月下乡到黑龙江省集贤农场（后改为黑龙江生产建设兵团 3 师 29 团、现为双鸭山农场），先后任职于良种站、军马连。1977 年调至创业农场，先后任职于加工连、宣传股。1979 年困退返京。

纪念我的妹妹——张藜

吴光和

你走了，走得那么匆忙。

没来得及与出差在外的一生相爱道个别，

没舍得惊醒工作一天后熟睡的女儿，

也没能给远在哈尔滨的姐姐捎上一个梦！

你走了，带走了许多遗憾，

不能再为年老的父亲养老送终；

不会看到爱女喜庆结婚生子；

也不能重游魂牵梦绕曾经战斗过的北大荒。

你走了，匆匆的脚步曾是那么从容，

你从容地热情接待了每一位同在农场工作生活过的战友；

你从容地年年协助爱人组织了一次次兵团战友的聚会；

你从容地用你心爱的照相机、录像机记录着每次聚会的浓浓友情；

你从容地刻制了一张张光碟分送给每一位朋友和战友；

你还从容地在每一个节假日纪念日，给我们发出一条条热情似火温暖人心的短信。

你走了，给我留下了阳光般丝丝温情，

从你到农场的第一天起，大家便认定你与我是那么相像，

你是我的妹妹！

我们曾同吃同住同劳动，你的笑容给我带来了那么多温暖和欢欣。

你回上海了，每次我回去，都感受着你火样的热情和关爱。

我女儿到上海上大学了，

你说：姐姐不在，我替你照顾女儿！

每每的嘘寒问暖，周末接她回家小住，我的女儿接受了你的母爱！

一次寒流来临，你和爱人抱着厚厚的暖被，冲上不让探访的大学宿舍，亲手铺好了暖暖的被窝。

或许，亲生母亲也不能这么细心！

妹妹！我的好妹妹。

我感谢命运让我有缘结识你，

我也诅咒命运让我过早失去了你！

张藜啊！你是那么善良，那么纯真，从不以功利取舍朋友！

你为年老独身的朋友编织毛裤，针针线线，集聚温暖；

你为有病有患的朋友寻医问药，四处奔走，不辞辛劳；

你为心情烦闷的朋友开心解惑，声声言言，心真意切；

你为你认识的，不认识的，周围所遇上的人们，送上你的帮助、关心，送上一颗善心！

张藜，你的一生没有轰轰烈烈，但绝不畏畏缩缩！

你就像春天北大荒原野里那一片片盛开的鲜花——
普普通通，却热情奔放，绚丽多彩，
为世界奉献了美丽、奉献了爱！
哈尔滨的天空为你撑起了雨幕，
淅淅沥沥，呜呜咽咽……
张藜妹妹，一路走好……
你姐夫说：天堂将敞开凯旋的大门，
隆重迎接一位美丽善良的白衣天使，
天堂将举行欢乐的酒会，
继续演唱真善美的颂歌。
祝张藜妹妹天天快乐！

作者简历：吴光和，女，1950年出生。上海知青。1968年9月下乡到黑龙江省七星农场五七连（后改为黑龙江生产建设兵团6师61团3连）。又先后调至5连、团部机关任职。1980年2月调到洪河农场。现定居哈尔滨。

建设与破坏

顾广宙

1972年冬天，我们七连武装排15位男同胞被派到了二抚公路168公里处的林子里去伐木。第一天，陈南方参谋长带领进点，帐篷未搭，他就指着一片大林子豪气冲天地下达了指令："把这一片林子都给我剃了。"孙殿凤排长当然是带领我们说干就干。结果，我们真的把这一片林子全给剃光了。小树劈柴火，大树做建材。那时为了取暖，一夜就要烧掉两大堆木头。其实，伐木是很有学问的，要有所筛选地由林业技术员先行踏勘，按照林业工作条例选择可伐的树木做好标示，伐木工要根据技术员的标示来采伐，才能保证这一片树林的再生能力。而像我们这样的野蛮砍伐，就会使这一片树林从地球上消失。

刚开始的时候，日子蛮好过的。为改善伙食，拿面粉与23团的伐木点换狗鱼。一麻袋面粉换一麻袋狗鱼，还有两坛红腐乳，一坛被打碎了就扔在雪地里了。大约一个半月后伐木任务完成了，就等着把木材运出去时，却遇到大雪封山。运输线断了，吃的也没有了。无奈我们就爬到用杨树枝搭的大铺底下去寻找以前吃了一半扔在铺下的剩馒头。好在铺下一直是-15℃左右，剩馒头都冻得"杠杠地"，捡出来放在柴油桶做的铁炉上烤烤就可以吃了。用脸盆或搪瓷缸装一些雪水烧开了就当茶喝了。有几位"小天津"还把以前剥下来的野猪皮割下一小块放到柴油桶炉子炼出一点油沫子再把剩馒头放上去搽抹一下，以享受一点油香。

有一天下午快两点多的样子，孙殿凤排长气喘吁吁地背着一杆三八大盖同徐尚军副排长回到帐篷就嚷嚷，说打到一窝熊瞎子，跑了一只大的，有三只被打倒了，叫我们紧急集合趁天黑前把三只熊拉回来。三只被打死的黑熊大的

500 斤左右，小的 300 斤左右，洁白的雪地被熊血染红了三大片，另外还有一路血滴子和熊脚印形成的一条血路通往向东的一片“王八柳”(当地的一种柳树) 小林子。熊窝就是平地挖的一个土坑，当时我很好奇，就跳到土坑里，站在下面头露不出来，两臂伸开差一点能摸到边壁，大约也就四五平方米，怎能容下四只熊呢？听老孙说，他们以为是猍头洞呢，下面黑乎乎的，什么也看不见，就盲目朝里面开了一枪，只听见一声吼，窜出一只大熊往东跑了，他俩赶紧往西逃命。他俩跑了一阵不见动静，又回到洞边，看到洞里还有熊，就开了两枪一只熊窜出来跑了三十多米就倒下了。他俩再回来，以为没事了，想看看熊窝。哪知道又窜出一只熊来，就连开七枪把这只小一点的熊也打死了。结果摇摇晃晃又伸出一只熊头来，老孙也没子弹了，就用斧子劈在熊头上，熊跳出洞也被劈死了。逃掉的那只熊不见了踪影，但一路血迹和熊掌印清晰可辨。老孙拿出一把匕首把熊一只一只开膛破肚，取出心肝下水，割下熊胆。然后我们又七手八脚把两只小一点的熊肚子朝下翻向地面。据说，明天这只熊的尸体还是软的，熊皮保温性特强，不会冻硬的。接着我们把大熊装上爬犁十几个人分两队，用绳把大熊拉回了帐篷。虽然每个人的内衣都浸透了汗水，但晚上就吃到了熊肉，可真香啊。

第二天一早，我们又到了熊窝边，循着血迹找到了那只大母熊。只见它背对着我们，靠在一棵“王八柳”(当地的一种柳树)上喘粗气，看来伤得不轻。当时老孙不敢再开杀戒，吩咐徐副排长处理。只见老徐抖抖豁豁，用杨树枝做了一个枪架子，对着大母熊瞄了又瞄，连发三枪，只见那头大母熊一下子站直了身子，挺了三四次胸，就像电影里鬼子中枪似的那种挺法，然后一头向前倒下了。

据说只有熊后掌有营养，好像我们只吃到两只熊掌，我有幸吃到了一块，像肥猪肉似的，只是更有嚼头而已。剥下的熊皮被拿到富锦去硝，结果熊鼻子还被硝皮的师傅割去了，据说那玩意儿也很值钱，是名贵药材。熊骨头尤其是膝盖骨比虎骨还要值钱。我们傻乎乎地全扔了。据说其他的熊掌都被陈参谋长拿去了，天知道最后落到谁手里了。反正我们后来连皮毛也没看见。就是四根熊舌头便宜了我，都下了我的肚子。那时团里来了铲车，路打通了，粮食运上来了，日子好过了，熊肉包子也吃上了。为了让连队里的同胞们能同享一下熊肉的味道，就把那只大公熊剥了皮送回了连队，立在大食堂里，像个人似的靠在墙上，晚上看见还怪怕人的。不知是谁说的，吃了熊肉脸上身上都会冒油，所以连队的同胞们都不敢吃，最后还是让我们这帮傻小子们吃掉了。

说到四根熊舌头被我独吞，那是有原因的。当时大家净顾着吃熊肉、野猪肉的包子了，熊脑袋就留下了。我年长一些，发扬风格天天值夜班，负责添木材烧炉子，保持帐篷内铺上的温度。半夜里饿了，就烤馒头或包子吃，后来想到熊脑袋黑乎乎的没啥好吃，就把熊舌头割下来，化点雪水洗干净，在那只被打碎了的腐乳缸里敲几块腐乳，用饭盒子把熊舌和腐乳往油桶上一放，多加一点柴火就烧开了，还真香。但这事只有在后半夜大家伙都睡死了才能偷着干，真是天赐的无可比拟的美味啊，到今天我一想起来还流口水呢！

几十年后再来反思此事，心里还真不是滋味：人家熊爸爸熊妈妈带着两只可爱的熊儿子又没招我们惹我们，我们却痛下杀手，灭了人家一门四口，多不应该啊！想想刚去北大荒时，在草甸子里能捡到一窝一窝的鸟蛋，有一次我捡

到过一窝21颗鸟蛋呢。后来呢，啥也没了。修别拉洪河，修排水干渠，挖暖水池，种大米，黑土层正以几何级数在递减变薄，土地白浆土化；地下水水位也在不断下降；鸟类品种在减少，湿地面积不断缩小……我们在建设北大荒的同时也在破坏北大荒的自然生态。孰对耶孰错耶，俺问谁去？

作者简历：顾广宙，男，1948年10月出生。上海知青。1969年6月下乡到黑龙江生产建设兵团6师25团13连。1969年12月调至61团（后改为创业农场），先后任职于7连、计划股、计财科、团直学校。

酒心巧克力

赵志远

1978年夏天，带学校篮球队去七星农场参加中学生篮球赛。出发前的晚上，我把一盒酒心巧克力放进了书包，那是一盒10枚由五彩锡箔纸包装的酒心巧克力，裹着巧克力的糖胚做成了造型各异的小巧杯瓶，巧克力杯瓶中注满了各种各样的酒。我想，头一次带这拨学生出门打比赛，比赛之余请他们吃酒心巧克力，大家一块高兴高兴。

参加建三江管局首届中学生篮球赛有八支球队，他们分别来自四个老农场（七星农场、勤得利农场、饶河农场、859农场）四个新农场（大兴农场、前进农场、创业农场、红卫农场）。比赛场地设在七星农场中学篮球场。裁判员由管局篮球队选派掌握兰球规则的队员担任。

首场比赛对手是勤得利中学队，这个球队有几个随军小孩，接受过篮球训练，基本功不错。比赛中两个队得分交錯上升，双方比分咬得很紧，下半场比赛打到最后三分钟，我们队仅领先一分，很快对方投进一球，反超了一分。最后关头，有拼命三郎劲头的刘佳福突破上篮进了一球，我们队由落后一分变成了领先一分，对方底线球刚发出，裁判员吹响比赛结束的哨声，就凭这一分，赢了勤得利中学队。后面的比赛又赢了其他两个队，以小组比赛三战全胜第一名成绩出线。

另一小组的出线球队是七星中学。创业中学与七星中学队便成了决赛中争夺冠军的对手。

冠军争夺赛，七星中学队是东道主。比赛还没开始，场外观众为七星中学的加油声、喝彩声，此起彼伏，显现了七星中学的主场优势。我们的队员第一次在外界压力这么大的场合里打比赛，难免有些紧张。在赛前准备活动时，我与队员们开开玩笑，队员们作跑篮练习时，为他们每一个进球叫好鼓劲，以此来缓解分散球队压力。我们这支球队建队三年来训练一直没有中断，平时训练中抓基本功训练，即使枯燥乏味的防守动作训练也不放松，训练队员掌握全面的攻守技战术，在创业农场经常约成年人球队打比赛，三年里前前后后与成年人球队打了三十多场比赛，在输输赢赢的历练中积累了临场比赛经验和应变能力。客场比赛的不利因素，对我们队固然有影响，但比赛是双方球队技战术实力的较量，只要我们队正常发挥，还是我们队获胜希望大。

七星中学队有一个队员叫张健，能投篮、能突破，还善于传球助攻，是球队的绝对主力。比赛中他个人得分占他们球队得分的一半左右。我告诉队员们

要想赢这场球，就必须防住他，必须减少他的得分。比赛中布置刘佳福和李亚辉两人在场上轮流盯防他，不时地对他左挤右夹、前挡后拦、抢位干扰，尽量让他少拿球，由于死死地盯住主要得分手张健，下半场我们队比分一直领先。王长杰是左撇子，从左侧突破上篮是他的特长，比赛中即使有两名队员防守夾击他，仍然被他多次上篮成功得分；张立新、张炳泽两人中距离跳投较准，他俩只要在投篮点上拿球，就果断出手投篮不手软，本场比赛他俩超常发挥，得分率高于前三场比赛；谢兵在场上防守对方的中锋，贴身防守防得这个中锋有点毛了，致使他几次持球走步违例。队长张健是组织后卫，在他的组织发动下，打出了几次漂亮的快攻，得分，引来了场外观众叫好声“好球”。这场比赛，创业中学队以领先七星中学队 3 分胜出。获得建三江管局首届中学生男子篮球赛冠军。

比赛打完了，中午吃完饭，回到招待所收拾东西准备回家，同学们个个兴高采烈，说说笑笑。我招呼全体队员在大通铺上坐好，拿出了酒心巧克力准备分给大家，屋里面突然静了下来，队员们注视着我。

十块酒心巧克力九个人分。因刘佳福在这次比赛中表现突出，我特意给了他两块。当他们小心翼翼地剥开五彩的糖纸，咬开杯瓶的顶端时，一股浓浓的酒香弥漫开来。

最小的队员周亚非（13 岁）拿着葡萄酒酒心巧克力悄悄地问：“吃了会醉吗？”那拨大孩子起哄：“小孩吃了就醉，还得我们背你回去，干脆给我们分了吧 ......”在大家哈哈的嘻笑声中我说：“来，用酒心巧克力庆贺我们获得了冠军，干了！”队员们齐声喊“干！”……

35 年过去了，当年读九年级的 17 岁的学生们，如今已 50 多岁了，他们都有了自己的家庭和事业，而且有的已经当爷爷或姥爷了。可在我的记忆里，他们还是一群单纯天真的孩子，喜欢打篮球，并且曾在一起以酒心巧克力庆贺获冠军。刘佳福（创业农场）、李亚辉（建三江管局）、王长杰（建三江管局）张立新（牡丹江管局）、张健（山东烟台）、张炳泽（黑龙江肇东）、李福庆（创业农场）、周亚非（哈尔滨），你们还都好吧？想起那段我们共同经历值得回忆的、欢乐的日子，就像那块酒心巧克力的味道，余香弥久，回味悠长。

作者简历：赵志远，男，1946年出生。北京知青。1967年12月下乡到黑龙江省七星农场（后改为黑龙江生产建设兵团6师25团）十五队。1968年12月调至61团，先后任职于11连、12连、团直学校。1979年返京。现定居上海。

峰回路转

——经历77年高考

顾迪淳

1977年10月的一天，上海家中忽然发来电报，说："家有急事，速回。"我不知出了什么事，急忙请了探亲假赶回上海。

推开家门，只见家里人个个都好好的，不像是发生了什么事；再一看，发现桌上堆满了书。我心里很纳闷。妈妈说："现在允许考大学了，这个机会对你很重要。我担心领导不放你回来复习功课，就发了电报。"

可是，我假期只有两个星期，而且文化程度只是初一，能在这么短时间学会初、高中六年的课程吗？

我犹豫不决，妈妈却一个劲地催促。几分钟之后，我还是坐到桌前，开始复习功课。坐了三天两夜火车，两条腿肿到了膝盖。妈就在桌下放个小板凳，让我搁脚。从此，每天从早上五点到深夜一两点，小板凳不离脚，但是，直到假期结束返回东北，脚肿还没有完全消退。

几何、物理和化学课程都没有学过，连"三角形的内角和等于180°"都不懂。好在有哥哥（也下乡到东北，因病回沪）教我。他使劲地灌，我拼命地记，两个星期时间，竟囫囵吞枣地把六本数、理、化书啃了下来。

回到团里，我没有及时到连队，而是住在广播站的校友张梅康那里，又复习了一个多月。高考气氛在团部已经很浓了，大家可以互相切磋，一起做习题。在上海那些临阵磨枪温习的东西逐渐消化，考试的信心逐渐增强。

考试的时刻终于来临。因为是“文革”以来第一次高考，报名的人非常多。考试分“初试”和“复试”两个阶段进行。

初试下来，感觉不错。我继续留在团部，一面等结果，一面复习，准备复试。然而，复试名单里竟然没有我。我一下子蒙了，和我考得差不多的都通过了，为什么单单我没通过呢？

朋友们帮我分析原因，一定是批卷过程中出了问题。他们替我往师部打电话，找人查成绩。得到的答复是，我的数学成绩为“0”分。大家不相信，又要求查卷子。

接下来，是焦急地等待。那天，我一夜没闭眼。几个月来拼命学习的情景浮现眼前，若复试参加不了，一切努力岂不付之东流了吗？

早晨起来，我把自己关在屋里，独自等待最后的宣判。朋友们理解我的心情，没有人来打扰我。紧张、害怕、期待，从未有过的复杂心情，一分一秒都是那么难熬。

中午时分，终于传来脚步声。我的心提到嗓子眼，既盼他进来，又怕他进来。来人告诉我：“成绩找到了，你能复试了！”我的眼泪哗哗地流了下来。

原来，数学试卷是一张试题和三大张白纸，我字写得小，都答在了一张纸上。交卷时，我把没用过的白纸放在答了题的纸上面。大概当时交白卷的太多了，阅卷人一见是白纸，就不再往后翻，大笔一挥判了“0”分。

据说，我们要求查卷时，试卷已装进麻袋封存了。一位不知名的好心人，一麻袋一麻袋地翻了一个晚上，才找到了我的卷子，为我找回了决定命运的数学分。

复试之后，我回连队等候发榜。在那段日子里，不断听到别人被录取的消息，就是等不来我的。心想，好事只能遇到一回，恐怕这次不会再有起死回生的好事了。我开始绝望了。

不料，1978 年 3 月，一封入学通知书送到了我的手中。又一次峰回路转，我终于实现了上学的梦想。

直到入学报到，我才明白入学通知书姗姗来迟的原因。老师告诉我，我原本被佳木斯医学院录取了的，只因为我家复杂的“海外关系”，又把我的档案扔了出去。后来，中央全会纠正了对“海外关系”的政策，才把我从落选的名单中捡了回来。

高考改变了我的命运。回想这段经历，我要感谢的人太多了。一谢党和国家的政策，给了我们这样一次机会，让我和常人一样享有受教育的权利；二谢十七年的教育路线，给我打下坚实的文化基础；三谢妈妈和哥哥，关键时候推了我一把；四谢团部收留我，给了我一个月加强复习的时间。

当然，还要谢那位花了一个晚上的工夫，帮我查卷子的不知名的好人。

作者简历：顾迪淳，女，1952 年出生。上海知青。1968 年 9 月到黑龙江省七星农场（黑龙江生产建设兵团 6 师 25 团前身）。1969 年春转至 61 团 9 连。1978 年 3 月离开兵团到哈尔滨上学。

拉柴火

顾广宙

离开我们生活过战斗过的创业农场已整整33年了，在创业农场生活工作的镜头还时常出现在我的梦境中，尤其是第一次也是最后一次给我自己拉柴火时的艰辛和焦虑时常把我从梦中惊醒。“那一车柴火哟……”当我坐在苏州河畔的长椅上远眺夕阳时，我就会完整地回想起1977年9月底我们迎着夕阳进入20连大林子为我自己拉的那一车柴火。

当时我在场部财务科当统计，那时我与劳资科戎玲妹已确立了恋爱关系并已打算在东北安家。大家都知道那时知青和老职工一样，安家的首要条件就是要拉一车冬天取暖做饭的柴火。

拉柴火是一件兴师动众的事情，靠一己之力是不行的，花钱请人去拉？一是没钱二是无人可雇。当时生活条件艰苦，人们收入有限，但大家团结、心齐，一家有事大家帮忙，同事间亲密无间。我清楚地记得把拉柴火的打算跟七连（我是从七连调场部的）的颜国祥、霍玉德、武志强等五人一说，他们便非常痛快地答应帮我的忙，并很快替我落实了7连的铁牛55，定下了拉柴火的日子。接着我就跟场部财务科的老同志袁金根和王福同商量，请他们帮忙落实一桌饭菜。因为劳烦大家出汗出力，分文不给不说，伐木装车还有很大的人身伤害风险，不做一顿当时条件下丰盛的饭菜来招待一下帮忙的战友们那就太说不过去了。由于我们还没成家，没有锅碗瓢盆和炉灶用来做饭，所以只能向已成家的老同志求助。我记得拉柴火的当天，老袁把家里的鸡宰了，把仅有一点肉和菜都拿出来了，王会计也把家里好吃的都贡献了出来。大约在下午五六点钟王会计就到老袁家帮厨，老袁一家更是全体动员，好像是老袁做的菜。他们认为我们五六点进林子，伐好装好大概九点多就能回到场部了。当五点钟七连的车来接我时，戎玲妹也到老袁家去帮厨了。

我和7连的五位战友六点半左右进入20连西面靠别拉洪河边的林子里，两人一道锯，三把锯，大约两个多小时我们就伐倒了一片杨树、柞树，好像还有几棵榆树。伐好木截好材归好楞，大概九点半左右我们就出林子了。当时我想十点半十一点再怎么也能卸好车吃饭了。可是，一出林子我们就傻眼了。原来我们进林子时穿过的大豆地里的车辙不见了，整个地被五铧犁南北向犁过了，由南向北是一条一条一尺多高的泥土，倒霉的是这些刚翻过的泥土已被冻得像石头一样坚实了，铁牛55的大轮子无法穿越这片大豆地了。怎么办？我的心焦急万分，想想老袁他们一家和王会计为了这一车柴火还没合眼，想想小戎一定是望眼欲穿的样子，我急得都快要哭了。无奈之下，我只能挥动斧头劈向那一波一波的冻土坎。我必须用斧头砍出两道车辙，才能让铁牛驶出这一片大豆地，这可是2000多米长的土坎啊。我不停地用斧子去劈那坚实的土坎，伐木时7连的小兄弟们已经累得不行了，我不忍心再让他们来帮忙，况且当时只带了一把斧子。不一会儿，我身上又被汗水湿透了。我砍了大约半个多小时，颜国祥来替换我，后来是大家轮换着砍。在铁牛的车灯照射下我们不停地砍，铁牛只能像蜗牛一样慢慢地爬。就这样轮换着砍车辙，慢慢地往前爬，直到清晨五点多我们才走出那片大豆地，六点半左右才回到场部家属区。

当我们走进老袁家大门时，就看见一炕桌菜肴在冒着热气，袁红、袁芳三姐弟都合着衣服睡在炕上。老袁、王会计、老袁家属赵姨、小戎他们一夜都没合眼，他们一遍又一遍地热菜，几次三番地到大道上去迎候我们。那时没有手机，不能随时沟通情况，他们这一夜是提心吊胆过来的。他们为我们担心，不知道是翻车了还是出什么事故了。当我们把一车柴火卸在老袁家院子里时，大家才算松了一口气。

那一车柴火最终我们也没有用上。1979年3月，还没等安家，我们按病退规定返回了上海，柴火也就送给了老袁，但拉柴火的那一段经历却深深地印在了我的脑海之中。

每当回忆起这段往事时，我就会有很多感慨。感慨中最值得回味的是在那艰苦条件下人与人的关系，那是一种多么亲密的关系，无论是我们这些来自各大城市的知青之间还是知青和老农垦战士之间，大家都能赤诚相待、无私互助；而在物质生活日趋丰富的今天，人与人之间的友情、亲情、乃至爱情却日渐淡薄，追名逐利似乎充满了人们全部的生活内容。

"阑尾"小手术，出了医疗事故

张志强

上山下乡前，本人从来没有因病住过医院，在北大荒我却两次住进了医院。

第一次住院做个小手术，竟出了个"医疗事故"。那年，从年初我就经常肚子疼，有时疼起来难忍，头上直冒冷汗。止痛药吃了不少，过后照旧疼，只能靠连队卫生员用针灸对付。到团部卫生队经医生一检查，怀疑患了阑尾炎，需要动手术，于是住进了卫生队，也就是后来的医院。当时，医院就是刚刚建好的一排三五间简易平房，有四位医生和几个护士。平房右边两间是住院病房，中间是住院处、办公室，左边尽头是手术室，门诊室设在前边帐篷里。

住进医院第三天，我被医生叫到手术室。因为当时新建团，团部人员不太多，大家比较熟悉。赵大夫对我说："卫生队没有外科手术大夫，由我这个内科医生主刀，儿科 X 大夫协助。不过你别紧张，怎么说我们当医生也十几年了，割阑尾是个小手术，咱们互相配合，没有问题！"我当时年轻，也不懂得惜命，根本没多想就欣然接受了。赵大夫还非常体谅地说："你和护士都是互相认识的年轻人，我来给你'备皮'（剃净下腹部体毛）作术前工作，省得你们不好意思！"

上了手术台，腹部打了麻醉药，刀子割上去不像在割自己的肉，有点像拿刀在割汽球那种怪怪的感觉……当赵大夫找到阑尾往上一提时，我全身一抖，五藏六腑那个难受劲就别提了……手术完成，回到病房，有些疲倦，很快就睡着了。

第二天一早醒来，好友吴 XX 来探望，非要看看伤口。我说："盖着纱布，有什么可看的！"吴 XX 一看惊叫：伤口流血了！我心想开刀还能不流血，有什么大惊小怪的！吴的话被护士小柳听见，忙过来看了看，什么也没说就出去了。不一会，卫生队的医生全来了，一通查看。出去在一起商量后，赵大夫对我说："你别害怕，问题不大！可能里边血管没扎住，回头重新打开扎紧就行。"刚才还没事人儿一样的我，突然脑子一片空白，失去了理智："不！不！！爱怎么着，就怎么着。不用你们管！……都出去！"

护士小柳端盆热水走进来，她用热毛巾给我擦脸、擦身、洗脚，我也毫无感觉。最后，胳膊上被打了一针，渐渐地睡了过去。

不知过去多久，我被颠醒，睁眼一看，我被医生、护士抬在担架上，直奔手术室而去。赵大夫轻轻按着我，说："别动，一会儿就好。"我已经平静下来，无可奈何，任凭医生处置。

第二次下了手术台，我自己走着回到病房。此后被医院多留了近一个月，因为是医疗事故，受到了各方面特殊照顾。

一所简陋的医院，一位内科医生第一次给病人作手术，还出了问题，只能发生在那个特殊的环境，特殊的年代里。若是现在，新闻又有的"炒了"。

后排左四为本文作者张志强

立正 老兵向您敬礼

——深切怀念刘恒友同志

马成春

那一年，我十七岁。

1969年刚刚入冬，北大荒的天气就异常寒冷了。上午在屋里干活出了一身汗，出门被冷风一吹，不禁激冷冷打了个冷战，哇，真冷啊！

下午干活时感到身上阵阵发冷，浑身没劲，好容易坚持到下班，晚饭也没吃几口就倒在炕上。班长宋龙看我发蔫，带我去找卫生员检查一下，一测体温38℃，有些发烧。打了一针，开了几片退烧药，遵医嘱服了两片，就钻到被窝里发汗。其他人都去连部开会了，偌大的屋里只剩下我一人。

身下的火炕在慢慢地变温，可屋里的温度却并不高。我迷迷糊糊地望了一眼，地下的火炉已没有了亮色，显然，代替炉灶的铁桶里木柈子已快燃尽。我咬咬牙，披衣起来，穿着衬裤就下了地。快速往铁桶里塞了几块大木柈，鼓足气吹起来火苗，哆里哆嗦赶紧钻进被窝。这一番折腾，我只感到头晕目眩，浑身颤抖，牙齿"得得"地叩响，胃也在不断抽动，感到浑身哪都疼，好难受啊！

刚刚离开家几个月的我，这时分外怀念家里的温暖和母亲的呵护。由于我从小就很"皮实"，很少得病，从小到大，记忆中也没有过几次头疼脑热。所以在家时偶尔的小恙我倒很开心，赖在床上接受妈妈的关怀，吃点小灶，心里总是暖暖的。可那天，面对着空旷、寂静的黑黢黢的墙壁，疼痛、寒冷、寂寞、孤独、无助、想家、想亲人，还有莫名的委屈一股脑向我袭来，我紧闭着双眼，拼命抑制着想大声呻吟、哭泣的冲动。

忽然，随着房门的开启，一股冷空气向屋里灌进来，我赶紧向下缩了缩身子，手不自禁地抹了一下脸。在那个“一不怕苦、二不怕死”“轻伤不下火线、重伤不哭”的年代，男人流泪让人不耻，叫人笑话。何况这里是青年人扎堆的地方，比着表现、比着进步，这让人看见还了得，脸往哪搁？

脚步声停在了头前，来人关切地问“怎么了？小伙子，咋没去开会”？我睁开眼，看到是别的排的刘恒友。刚到连里时就有人对我们介绍：刘恒友苦大仇深，是真正的老贫农。由于不在一个排，彼此并不熟。他骨架挺大但并不胖，肤色黑黑且粗糙，额头刻满深深的皱纹。口中已有缺牙，故说话有着轻微的漏风声。我费力地回答：“浑身难受，有点发烧。”他“哦”了一声，从棉手套里抽出双手，使劲地搓了搓，随后一只手轻轻地放到我的额头上。“真挺热，吃药没有？”我回答吃过了。他探手摸了摸我褥子底下，又看了看四周，轻轻皱起了眉头，“这儿太冷，起来，家去！”这短短的“家去”两字，让我心头猛地一热，眼泪夺眶而出，差点没哭出声来。那是寒冬里一腾熊熊燃烧的烈火，那是慈母对迷困中孩子的真情呼唤。我强抑激动的心情，尽量用平静的声音说：“谢谢您了刘师傅，没事，我很快就会好的。”他见我执意不去，便起身说：“我去各屋添添火，检查一下，你好好歇着。”给我掖了掖被角，就走了出去。

火炉里的木柴已经开始剧烈燃烧，劈劈啪啪欢快地爆响，铁桶与烟筒在逐渐变红，温暖的气氛驱逐着寒冷的空气，也在不断温暖着我的心房。

随着屋门被再次推开，刘师傅又走了进来。他全身黑色棉袄棉裤，一条蓝色布带横系腰间，土黄色的狗皮棉帽子两边挂满了白色冰霜。右手提着一个漆面严重褪色且满是斑驳的暗红色铁皮暖水瓶，左掖下夹着一个大包裹，看得出来他由于过于匆忙而有些气喘吁吁。

我有些惊愕地看着他的一举一动，他将暖瓶放到我身边，随手将包裹放下。

“你吃饭的家什呢？”我不解地指了指架子上的小盆，他走过去取来，放得离我远些，拿出里面的勺和筷子，打开瓶塞往盆里倒去。随着汤水夹杂着柔软的面条不断涌进盆里，一股炝锅葱花特有的香味，伴着弥漫的热气四处飘散，直入鼻孔，令人垂涎欲滴。按说面条应该算是简单食品，但由于连队人员太多，所以平时很难吃到。偶尔打回来桶热面条，全班人眼睛盯着，恨不得脱鞋下去捞点干的！这并非说我们这些青年那么没出息，一天三顿饭，顿顿馒头汤，冷不丁换个花样不馋才怪。可那天，望着那一小盆柔软细致、香味扑鼻的面条，我的鼻孔一酸，泪水霎时又滴落而下……

趁我大口吃面时，刘师傅打开包袱，拿出一床棉被，双手擎开，仔细地里外翻动着在火炉上烘烤。火光映衬着他黝黑、刻满皱纹的脸颊，那一丝不苟、认真细腻的神态，犹如一位为子女甘心贡献、无欲无求、呕心沥血、无怨无悔的慈祥老妈妈。

把烘烤好松软的棉被覆盖在我的被上，洗净碗筷和暖瓶，又灌上一瓶开水，看着我服下药躺好，这才满意地戴上手套和帽子，说“好好睡一觉吧，我得去值班了”。

那一晚，我睡得异常安稳，屋里暖暖的、被窝暖暖的、胃里暖暖的、心里更是暖暖的。

清晨起床时，我感到身体特别舒适轻松。深吸一口早晨寒冷清新的空气，浑身充满了青春的活力。积雪的大地依然白茫茫一望无边，不远处食堂袅袅的炊烟散发着勃勃生机。

时光的脚步匆匆地走过了四十四载，北大荒的记忆早已像断了链的珍珠散落在记忆的深处。平庸的一生没有可歌可泣的悲情壮举可资炫耀，上山下乡的轰轰烈烈也已成为历史。多少往事早已成过眼云烟，而这件小事却历历在目，就如同发生在昨天。我深信很多战友都有过类似的经历，因为当年的人们就是那样善良、纯真。他们做这样的事情，犹如给自己的孩子擦去脸上的灰尘，搓一下衣服上的泥点一样，自自然然、毫不做作。不为功、不为利、更不求回报。这样的小事在他们心中竟会不留丝毫痕迹。1974 年冬天的一个晚上，我去加工连看望朋友时，意外地看到了刘师傅。他那时在加工连也是打更，穿着打扮一如往常，只是显得更老了些。分开近四年，见面自然很亲切。我分外感激地提起往事，他竟是一脸茫然，如同在听我激动地讲述着别人的故事。可爱的刘师傅，着实令我对他更加崇敬。

在我平凡的一生中，上山下乡是件大事，因为它彻底改变了我的命运，而这个在别人眼中的一件小事，却同样影响了我的一生。做人要有爱心，做事要有耐心，观察事情细心，要富有同情心。当你心底无私地面对别人，回报你的必然是真诚的微笑。今天，我也已经迈入花甲之年，而刘师傅却早已进入天国。我坚信天堂的花园里您时刻都在微笑，因为您的质朴的品行为您赢来真诚的祷告！

请接受一个老兵虔诚的祝福……

立正——老兵向您敬礼！

落日

所福生

“收工啦！……”指导员在林子里一声吆喝，大家陆续放下手头的活儿，收拾了一下准备回连队。

所谓连队，不过是二抚公路 54 公里拐弯处，北边林子前的一顶帐篷。三四天前它才搭起来。

没有报纸、没有广播、没有日历，也没有表。不知道是几号、星期几，只知道建点儿那天是 1969 年 1 月下旬的一个早上，气温零下 40 摄氏度，天气奇冷。我们这一行男女 20 多号人，除个别哈尔滨知青和几个老职工外，大多数是刚下乡不久的北京青年，坐着由拖拉机拉的爬犁，装上行李、帐篷、工具，从那个叫“火烧盂”的地方出发向东方驶去。

凄厉的狂风呼号着像无数鞭子在空中挥舞，卷起地上的雪粒打在脸上刀刺般疼痛，迎着风根本喘不上气来。漫天的“雪沙”翻飞肆虐，天地间白茫茫一片；荒原上厚厚的积雪被风吹成一道道棱子，只有一些枯草的梢头在寒风中战栗。透过风雪往前看，拉爬犁的拖拉机虽然近在咫尺，却只是一个朦朦胧胧的红色影子，

只听见巨大的轰鸣艰难前行，爬犁后面拖拽出两道深深的雪沟。拖拉机链轨卷起的雪粉被风使劲抛向后面，劈头盖脸地打向爬犁上的人，不一会儿，一橇人就活像一组“雪雕”。渐渐地身上冻透了，只觉得脑门木了，脸也麻了，双手在棉手闷子中攥起，贴着手心的指尖个个冰凉；早上烤热乎垫在棉胶鞋里的两只毡垫和厚厚的毡袜子，此刻一点暖和气儿也没有，脚尖儿冻得钻心般疼。真冻傻了！脑子里一片空白。早就听老职工说过冬天的“大烟炮”，今天总算领教了它的厉害。

不知道过了多久，拖拉机在一片树林前停了下来。

这是北靠林子的一片草甸子，西边不远是二抚公路，东边远处有一片林子，其他方向莽莽苍苍直达天边。

“这儿就是我们的连队，今后我们就在这里安家，今天先把帐篷搭起来。”指导员在那里大声地吆喝着。

有了北边的林子，这里的风小多了，空气寒冷而清新。大家下了爬犁，掸掉满身的雪，活动一下冻僵了的身体，然后卸下东西，开始踏着没膝的雪干活儿：铲雪、割草，到后边的林子里锯树，再把截好的木楗子、杆子扛出来；那边有人用几块冻土支上大锅，找来干柴禾点着，开始化雪水。

在雪地上清出一块空地后，先用扦子按量好的距离打坑，再在坑中立上柱子。中间的柱子高，两边的矮，如“山”字型，添上冻土用水一浇，立刻冻上，如水泥浇注般结实。木工师傅用树杆子把立起来的柱子都钉好连上，一个房架子就成了。然后把帐篷一片片披上连好，四周落地处培上雪，浇上水，帐篷搭起来了。

帐篷坐北朝南，里面南北两边用原木钉好架子，上边横上一层直溜些的木杆子，再把从雪窠子里掏出来的草铺上，盖上席，就是铺。

帐篷里两个炉子，都是汽油桶改的：汽油桶由土块儿支着倒放在地上，一边的桶盖儿下边挖掉半圆添柴禾用，油桶靠地的那边打了些方孔用来漏炉灰，上面的另一边开个大孔，安上炉筒子，炉筒子有八九寸粗，从帐篷的烟筒眼顺出去，炉子就安好了。

在帐篷外边一左一右几十米处各清出一小块地，刨个沟，上边搭上几根原木，四周用木杆子一围，留个掩门就是男女厕所，木杆子不高，人站在里面能露个脑袋，谁上厕所，外边人一准儿知道。

支上帐篷，盖好厕所，吃喝拉撒睡都齐了。再点上炉子，打开行李，这家就算安下了。

那汽油桶改的炉子还真好使，填上木头桦子，烧起来劈劈啪啪呼呼直响，立起来的半截子炉筒子一会儿就烧红了。面朝炉子坐着都烤得慌，可还得披着棉袄，因为身后帐篷接缝处钻进的冷风像小刀子似的。以前常听老人说："针鼻儿大的窟窿斗大的风。"真是一点不假。

帐篷里边分成三块，紧东边做饭，中间住男生，西边是女生。之间钉上席隔开，为了保暖，帐篷的西门封死了，大家都从东门进出。男女生间壁的中间开个小门洞，挂个帘儿。晚上睡觉，这边谁要是咬牙放屁，那边都听得一清二楚。

伙食还行，顿顿馒头，偶尔有肉；菜有萝卜、土豆、大头菜，不过全是冻的，最好吃的菜是炒干豆腐。在帐篷里能喝上热水，是雪水化的，水有点混，加上那口锅蒸馒头、炒菜、烧水都用它，所以水里有股很怪的油腥味。水只够洗脸刷牙，至于洗衣裳、洗澡那就别想了。

在这亘古荒原上一旦来了陌客，自然就有"原住土著"的关注。一连多日，晚上总有三两只狼站在帐篷东边远远的枯树下向西观望，看上去就像在风雪中闪动着对对幽绿的磷光。好在外边除了厕所，没有别的地方可去，所以也不必担心谁走单了遭狼暗算。

没有电，帐篷柱子上挂上几盏马灯。入夜，那柔和的灯光却也凭添了几分暖意和温馨，环境虽差，毕竟是“家”。工作一天的人们在这里生活、开会，还有那不时响起的歌声，使这小小的帐篷洋溢着青春的活力和气息。没有书，但人手一册《毛主席语录》。

每天早上吃完饭，大家一起把那几段重复过无数次的语录再念一遍后，便拿起工具、背上两口袋馒头上林子里干活去了。

东边的林子距离连队5里地，第一天是坐着爬犁去的，当天雪地中留下的两道爬犁印，就成了日后每天步行来往上下班的通道。

林子前长满灌木，雪最深处没过大腿，不是一步一步走，简直就是连滚带爬、连锯带砍地开出了一条进林子的路。这是一个沉睡千年荒野中的杂木林子，里边各色树木横躺竖立，光怪陆离。除个别躯干苍劲的柞树上还挂着一些枯黄的树叶外，其他树的叶子早就掉光了。铺满落叶的地上、树杈上和倒地的枯树上，都盖着厚厚的积雪，树的枝条上全是树挂，一片玉树银花。林中风清气朗，在阳光的映耀下，晶莹璀璨，气象万千。

林子是个好地方，不管外面风多大，里边也没风。雪也没有那么深，洁白平缓的雪地上常有清晰的各类野兽脚印，弯弯转转一直通往林中幽深的远处。

没有人偷懒，大家都竭尽全力地干活：锯树、砍枝桠、截楗子、扛木头，对于抵御严寒来说，没有比干活更好的办法了。几天后，林中就开出了一块空地，四周堆起了一垛垛木头和柴禾。

中午吃饭时，找来干树枝在空地上堆好点着，打开装馒头的口袋，把个个冻得雪白梆硬、敲起来当当响的馒头拿几个扔进火碳里。一会儿外皮就烤软了，找个树枝，一头用斧子削尖了插在馒头上，再拿着树枝在火上转着烤，烤焦一层吃一层，就这样一层层地吃。远远望去，一圈人跟钓鱼似的，一人一根杆子双手向前伸着，围着火堆享受这“纯天然”的烧烤美味！

没有菜，连咸菜也没有，也没有水。渴了，就把身后雪地冻硬的那层壳儿敲开，抓下边的雪吃。那雪冻得一粒一粒的，用牙一嚼咯吱吱响，刨冰般爽口，只是不甜，还有一点淡淡的涩味。

吃完饭稍一休息就干活儿，天太冷，干活儿身上还暖和点。

不知道已经几点，只知道肚子空了，也该收工了。回去时每个人还要扛根木头，为了回到驻地锯断劈好当柴禾烧。扛大的太沉，怕顶不住，小的又不好意思，找根中不溜儿的吧。扛着木头刚走到林边，一股冷风夹着雪迎面扑来，呛得差点儿没背过气！赶紧带上口罩，扣好皮帽子下边的扣。一行人扛着木头，沿爬犁印低着头，顶着风雪蹒跚地鱼贯西行。

这“烟炮”已经刮了几天几夜了，一直没停。透过风雪，隐约看到爬犁道的尽头有个绿点，那就是驻地帐篷。太阳已经偏西，像个脸盆，白晃晃地挂在天上。银白色的光照在雪地上，没有一丝暖意。

该穿在身上的都穿上了。每个人都是一身棉衣，戴着皮帽子，打着绑腿，臃肿得像个狗熊。除了高矮，分不清男女，看不出胖瘦。全身上下捂得严严实实只露俩眼睛，狂风夹雪打在眼皮上生疼。由于没有围脖，脖子喉头下面的凹处被风一吹，像钉了一棵钉子般疼痛。前边远远的那人，可能是个女生，脖间闪动着红色头巾，真令我羡慕……

“路远无轻载”，走了一会，觉得肩上的木头越来越沉，呼吸也急促起来。就地转身180度换个肩，这一转身，冷风一吹，后背、膝盖立马吹透，一身冰凉！

帐篷渐渐近了，身上也开始出汗。穿了多天的贴身秋衣早就又脏又硬了，一天天干活出汗，干了湿、湿了干，现在又被汗水浸软。随着大口的呼吸，口罩中间是湿热的，呼出的热气在口罩四边马上变成霜，眼睛一眨，睫毛都往一块粘。

风渐渐地小了，帐篷近在眼前。

无意中发现，脚下的白雪表面悄然出现了一层红晕。抬头一看，眼前的景象不禁令我心头一震！一轮金红色的太阳已落在了地平线上。那太阳磨盘般大小，像炉中的热铁，如流彩的蛋黄，周体彤红，霞彩四溢，蒸腾着缓缓下行……一时间，丹霞漫天！将帐篷、林子、雪原都镀上了一层红色。无垠的雪地一片金红，迎光处橘红色恰似红绸般柔美，背阴处铅灰色犹如青铜般冷峻。那风做的雪浪就像红色的翰海，红波起伏，直达天际……

这迎着霞光走的一行人，在逆光中成为一个个婆娑的剪影，在浩渺的天穹下默然移动。

此时，西沉的太阳像一个身披红色斗篷的巨人，缓缓地沿着天边金色的舞台拾阶而下。当离开地平线的那一刻，将斗篷一挥，似钢水飞溅，如礼花绽放，绚丽的彩霞即刻撒满天际……之后余光迅速收敛，红霞褪去。

天，慢慢变成了青灰色。

到了帐篷边，卸下木头摘下帽子，两腮处已积了厚厚的一层霜，拿起帽子在腿上使劲抽打后赶紧戴上。不禁再次回首：落日的余辉已经消失，只在天边留下一抹淡淡的绛紫色。天也暗了许多，风不知道什么时候停了。天幕的余光下，林子和帐篷的轮廓依然清晰，皑皑的白雪无声地伸向远方，原野上一片寂静。没有一丝风，没有一点响；那静，静得空灵，静得纯粹，像一曲辉煌交响乐结束的瞬间。然而，在那似乎凝固了的静静的远方，似仍有一缕余音悠悠飘来，若即若离，时隐时现，水一般清澈，丝一般纤细，在这荒原的清冽空气中飘动，仿佛低吟着一首悠远的生命之歌……

这是我生平第一次，也是唯一一次，被一轮落日所感染。以至回忆起初到北大荒新建点儿的所有情景，都不及那一幕对灵魂有如此的触动。

有人说：在纬度高的地方看太阳就大；

有人说：天太冷看太阳就显得大；

但以后我再也没见过那么大的太阳。

难忘的兵团情

——我的一篇日记

赵振岗

今天是2011年1月25日，我的援疆工作进入第四个年头，也是我一生最后一次参加领导干部年终述职述廉的会议。新疆生产建设兵团副司令员宋建业参加了我们党组的会议，这次述职使我终身难忘。

1968年，我听从党的号召，到黑龙江生产建设兵团开始人生旅途，2011年作为一名援疆干部在新疆生产建设兵团结束我的职业生涯，画上圆满的句号，使我感到自豪。作为随共和国一起生、同共和国一起长的党员干部，认真回顾自己的一生，觉得每一次进步都是党和人民教育培养的结果；每一件工作成绩都是报答党和人民的培育之恩。会议上大家对我的援疆工作成绩给与了很高的评价，宋建业副司令员对我述职后长达近十分钟的讲话使我深受鼓舞。他说："振岗同志的充满深情的述职，饱含汗水、充满奉献，深受感动，使我的心灵受到碰撞，是含金量很高的工作成绩。""小车不倒只管推，在他身上充分体现。每个人在这样的年龄离开工作岗位的时候，若都能够像这样真正付出了，无怨无悔，才是我们的高境界。……"

来新疆建设兵团援疆是我人生必须走的路程。文革年代，我的家庭受到冲击，能到黑龙江建设兵团就已经很不错了。到兵团后拼命地干活，做到了"一不怕苦、二不怕死"，1972年冬季在架设61团万伏输电线路的会战中曾受到过通令嘉奖。1973年全连一致推荐我上大学，改变了我一生的命运。以后我当了医生，当了院长，到了省卫生厅、卫生部、中国红十字会总会，但我始终不忘兵团的培育之情。所以2008年我和当年一样，满怀激情来到新疆生产建设兵团开始援疆征程，“来自兵团，回归兵团”，40年以后再回到建设兵团，为建设和谐兵团再出一份力，是我的愿望，是报答、是感恩、是奉献，是我一

生的心愿。

来到新疆建设兵团后，我时刻不忘自己是一名共产党员，不忘自己是党培养多年的干部，更不忘自己是一名老兵团战士。严格自律、时时自省、不争待遇地位，克服困难做好工作。我积极参加兵团科学发展观学习等历次学习活动，先后走访了12个师40多个团场连队，指导红十字会相关工作的落实。主持建立红十字会机关各部门规章制度和岗位责任制，积极为兵团红十字事业的发展出谋划策。我认为兵团红十字会应该在备灾救灾、救助救护工作上发挥自己的优势特点，为兵团多作贡献。利用我多年在总会负责的工作与各省级红十字会比较密切的关系和工作资源，争取了总会彩票公益金备灾救灾、救护师资培训、红十字博爱送万家等项目的支持，为灾区和困难的职工送去救灾物资和慰问物资，组织兵团干部职工开展普及救护知识的培训，在南疆、北疆各个师团开展相关项目工作；争取总会和地方红十字会“红十字连队卫生室”项目的

支持，为几十个团场连队盖起了房子，配置了设备，建起了新的连队卫生室；在2010年兵团遭受雪灾后，争取到上海、北京、江苏、广东、黑龙江、重庆、湖南及苏州等地红十字会救助款物的支持，其中上海红十字会一次捐助70万元救助款与价值31万多元的大米、棉被。还有天津红十字会2009年近500万元的物资支持，贵州红十字会支援边境团场卫生建设等。2008年以来，争取总会和兄弟省市红十字会资金、项目、物资的支持近2000万元。千方百计为建设兵团多做实事，是我最大的满足。

三年一转眼过去，不久我将结束援疆工作和43年的职业生涯。“回首向来萧瑟处，归去，也无风雨也无晴”，想起曾经的一年年，一幕幕的画面，可以问心无愧地说：我没有愧对党和人民的培养，没有愧对兵团的培养，做了我应该做的事情。

三年援疆路，一生兵团情。我热爱援疆工作，热爱建设兵团。建设兵团的山山水水养育了我，锻炼了我，培养了我，使我从一个稚嫩的知青，成长为国家专业干部，用我的知识为边疆群众做出一点点贡献，我为建设兵团骄傲！为我是一名兵团人自豪！我17岁从建设兵团开始我的人生旅途，今天仍然能在建设兵团这块神圣的土地上为边疆的事业工作就是我人生最大的幸福。通过我们的工作，把红十字会“人道、博爱、奉献”的理念在建设兵团广泛传播，为构建和谐兵团做一点实事儿是我一生最大的荣耀。

作者简历：赵振岗，男，1950年11月出生。北京知青。1968年6月26日赴七星农场（后改为黑龙江省生产建设兵团6师25团）直属七队。1968年12月调至6师61团，先后任职于4连、团文艺宣传队、工程2连、架线连，其间有一段借调至师部文艺宣传队。1973年上学离开兵团。现定居北京。

难忘的情怀 感恩的心

金 勇

2012年10月25日61团盛大聚会，我因身体原因没参加。兵团战友贺再余和李小兰、廉洁、王洪源、李雨农、武中魁、林瑞华一起到家里看望我，还给我带来农场产的黑米、大米，我感到非常亲切和激动。2013年大年初六，我在61团发放光盘的聚会上，见到了多年未见的老战友，心情久久不能平静，就像在平静的湖水中投了一块石头，掀起了不小的浪花。一晃40多年过去了，很多尘封往事我都忘记了，唯独忘不掉的是在我最困难的时候，战友对我的包容、理解和帮助。这些金子般的情怀，已经铭刻在我的记忆中，难以用语言表达我的感激之心，我在这里要向战友说声迟到的谢谢！我有很多心里话想和大家说，就从40多年前讲起吧。

当指导员之前，我是个排长。身边有贺再余、李小兰、廉洁等大哥大姐做榜样，干起活来累并痛快着。回想起那时耐人寻味的劳动，现在有点不可思议。入冬时盖房子，在冻冰碴儿的泥里拧拉合辫。夜里手疼得直叫，白天不休息还接着干；收麦子时镰刀把手上割开一寸长的大口子，到连队卫生室撒上点消炎粉就完事了；伐木时四人抬“蘑菇头”，对面的夹钩翻过来打在眉骨上，差一点就碰到眼睛了，当时竟然没太当回事；和战友一起睡在冰冷潮湿的帐篷里，吃着馒头喝着汤（早上喝汤迎朝阳，中午喝汤暖洋洋，晚上喝汤映月光），整天高高兴兴唱着歌，其乐融融的。那段时间我感觉充满自信和自豪。现在看来还就是活学活用毛泽东思想的口号支撑着：“一不怕苦、二不怕死，轻伤不下火线，忠骨埋边疆”，嘿嘿！

1969年我参加完国庆观礼，领导安排我担任指导员工作，我很努力想把工作做好。那年回北京探亲，当时没有直接回家，先到天津青年家里挨个进行探望，在这里我谢谢知青家长当时对我的热情款待。印象最深的就是吃到与北京炸酱面不太一样的天津面条。那位阿姨为我准备了那么多的各式各样的菜码，好吃极了。听到知青父母对儿女的担心，我感到自己责任的重大。谁知后来我们连队有一个20多岁的天津青年就因为得了痢疾去世了，和他要好的女朋友又得了精神病，犯病时把我摆在书架上的书，全部扔到了地下，嘴里还胡言乱语。那段时间自责、担忧，常常折磨得我睡不好觉，就担心由于自己工作不到位，对不起知青家长，对不起战友。我觉得自己不适合当指导员。

产生不想当指导员的思想后，我便向领导提出辞呈，结果没批准。我又不善于和领导进行沟通，也不愿意给好朋友添麻烦，憋在心里不和任何人讲，时间长了就变得不理智了。说来也巧，那天我正在街上，恰好停着一辆去火车站的卡车，当时头脑一热就决定“离连出走”，和司机一说还真拉我了。到了车站我自己也知道做事太草率，就给领导寄了一封信，又一次提出了我不想当指导员的想法。回北京后我顺便看了看手臂疼的病。在北京我每隔几天就到医院扎针灸、烤电，治疗了一段时间也没见好，心里也不踏实，后来就回兵团了。

当时的心情是五味杂陈，不辞而别造成的不好影响让我感到自责，战友对自己的担忧让我感到内疚，一些人的过激言行我感到不解。在这儿我向大家说声对不起。就在我处于人生最低谷时，得到了许多战友的包容、信任和无私的帮助，给了我雪中送炭的温暖，让我刻骨铭心，至今想起来就掉眼泪。我体会到什么是患难见真情，也让我结识了许多重情重义、宽厚善良的战友。我感到欣慰，这也是我在兵团的特殊经历中得到的意外收获。

祸不单行，回来后的一个冬天挖菜窖，我和几个战友在3米多深的菜窖底下，使劲地往上甩土时，被一个深度近视的本地青年，铲到我鼻子上了。当时一点都不觉疼，可周围的战友都吓坏了，立刻把我送到连部，我从柜子的玻璃看到那可怕一幕，妈呀！鼻子就连着一点点皮，再深一点就掉了。现在想起来真够后怕的。大家赶紧把我送到团部医院，还记得当时把我鼻子放在脸蛋上进行消毒的感觉。是齐大夫给我缝合，卫生员小蔡每天给我细心换药，手术做得太成功了，鼻子长得很好，没留下太明显的疤痕。谢谢医术高超的齐大夫；谢谢耐心的加工连卫生员小蔡；谢谢及时把我送到团卫生院的战友。谢谢！

我回来后仍执意要求辞去指导员工作，谢谢领导后来安排我到服务连卖油、卖面。我和复原兵老李、天津青年小金三人整天赶着辆老破牛车拉面、卖面，浑身弄得里外都是白面。也不知哪来的那么大劲，50斤的面我一次能扛两三袋。很苦很累也很踏实，我们三人关系处得很融洽，我谢谢老李和小金对我的帮助。

王敏华看到我回团后难过的处境，主动叫我和她一起住，说到这我眼泪不由自主掉了下来。王敏华、王洪源、李宝凤和我四人挤在王敏华办公室的一张木板床上，睡觉都要侧着身。下班后我们一起唱歌、聊天，那时感觉到的就是幸福。王敏华知道我手臂疼，还从北京给我买来蝎子、白花蛇泡白酒喝，鸡蛋上掏个洞，把蜈蚣放在里面，用灶台的余火烤熟了吃。王敏华是我人生遇到的贵人，在这里我说声谢谢！

到新团部卖面、卖油，每次都是到李小兰学校去吃饭，好像都成习惯了，真的就像在自己家一样，她就像我的姐姐，我叫一声兰姐，谢谢了。40多年来她一直关心我，呵护我，帮助我。回北京后听说我得了肾炎，她给我织了双毛袜子送来，我冬天穿上脚和心都暖和极了。有一年冬天特别冷，李小兰和她爱人齐大哥，开着一辆敞篷三轮摩托车，从通州跑了几十里的的路，给我送来好多的山药，这份情我感动死了。写到这我又哭了，谢谢小兰和齐大哥，他们俩太好了。从李小兰身上我感觉到了真诚实在、正直善良。

后来由于身体原因，领导给我调到照相馆有幸和周汶川、何维康一起工作，他们两个人没日没夜地修建照相馆，刷墙时石灰把手都烧坏了，真叫人心疼。

他们像大哥一样照顾我，不让我干重活，教我学会了修照片底版工作，还给我和战友留下了许多珍贵的照片。我们一起下到连队为战友照相，其乐融融。他们身上有太多的优秀品质，是我敬佩的偶像。上大学临走时，周大哥还特地从北京给我买来圆规、角尺和画板。这套画图工具一直在哈尔滨工业大学陪伴我四年，谢谢周大哥！

一次我帮服装组卸车，那布匹又高、又宽、又厚，我双手托在下面背着，人都看不到了。因为太重，刚开始有两人一左一右帮着抬，可到了门口只能容下一人进去，他们俩只好松手了。一瞬间我就感觉像一座山似的压了下来了，我硬挺着把布背到屋里，当时没感觉怎样，过后就瘫在床上起不来了，好长时间都不能翻身。多亏了上海知青王芳云，自己照着书上的穴位给我按摩，后来还真的能起炕了。在这里我向芳云表示深深的感谢！在我心里她是一个漂亮、善良、聪明的女孩儿，我真的很喜欢她。还记得那次过年时，芳云和会计刘菊生特地从新团部走到老团部看望我，她变扑克牌魔术给我们看，那时感觉很温馨。真羡慕她找到一个好老公，衷心祝福他们幸福美满！

我忘不了多才多艺、开朗乐观又漂亮的廉洁，我们是贴心的好姐妹。她经常和我一起促膝谈心，她给了我很多快乐，谢谢她和宣传队的战友们为我参加国庆观礼辛苦编排节目。前不久她和李小兰一起找我聚餐，还给我带来了兵团的木耳、蘑菇。在她家电脑里我看到了多年珍贵的兵团老照片，她还用电脑和扫描仪为连队聚会编辑资料。人家是男才女貌，她和李雨农两人皆是才貌双全。真是太羡慕了。

能走到今天我是幸运的。这段磕磕绊绊的兵团岁月，是朋友们用金子般的心温暖着我，是领导和战友们的理解和帮助下走过来的，我要感谢的人太多了。我怀着无比感激之情再向你们说声谢谢！谢谢！在困难中感受到兵团领导和战友的理解、关心和帮助，这别样的情怀深深印在我脑海里，永远也忘不掉。这

是我一生最大的财富和幸福。

祝大家身体健康！快乐幸福！

作者简历：金勇，女，1951年出生。北京知青。1968年下乡到黑龙江生产建设兵团25团（当时为黑龙江省七星农场）。1969年调到6师61团4连。1976年上学离开兵团。1980年毕业返京。

浓浓的牵挂

吴裕光

一

北大荒是我们青春时代的家，退休了，知青们大多定居在北京、上海、哈尔滨或天津的家，依然浓浓地牵挂着北大荒的家。人老了，有时也风风火火，一些别人看起来不好干的活，(买房装修)也能办，嘴里还说：比和大泥，脱大坯，轻松多了。那时，一天收 2 亩多的小麦，不算什么，干过和大泥，脱大坯，盖大房，就知道这才是第一大累活了。取土、铡草、挑水、焖土、和泥，不断地翻，不断地踩，挥汗如雨。运土、取模、脱坯，1 块、2 块、3 块、4 块、5 块……60 块 70 块 80 块 90 块 100 块……还有太阳和“小咬”，永生不忘。我喜欢北大荒的土坯房，它墙厚，冬暖夏凉，从现在环保角度看也有不足，取土太多，伤了耕地。我们现在住的楼房，有节能的，也有不节能的，10 年前的房子不节能，夏天热，冬天冷。为了改造不节能的房子，一要给房子的外墙贴保温板；二要更换不保温的窗户；三要改造串连的供热管道为并连的。这些改造，住户几乎不花钱，政府出面，为的是减少碳排放，要建设美丽城市。北大荒的冬季是漫长的，北

大荒的冬天滴水成冰，北大荒现在住的房子，墙冷不冷？窗户严不严？在北大荒针大的小眼，斗大的风。屋里的暖气热不热？楼上的和楼下的一样热吗？我很想念北大荒的土坯房，她是我们青春的写照，是我们割不断的乡愁，住进去好暖和……北大荒，浓浓的牵挂。

二

我有北大荒和天津两个故乡。现在天津的家，10年前，是一片稻田，要建300万平方米住宅，搬进来的时候，周边还有不多的田地，虽人烟稀少，但蚊虫多多，10年了，地铁通了，蚊虫少少，你说是好还是不好？40年前，我们战天斗地，让我们切肤之痛的是蚊虫，小小的蚊虫给我们深深的记忆，蚊子，蚂蝗，“小咬”，最可恨的是“小咬”，它个子小，有空就钻，一咬一个包，钻皮透心，还拿它没办法。那时有一个传说：夏天，在林子不能迷路，迷路了，不等被狼吃了，就先让蚊虫吃了，好厉害的蚊子，蚂蝗和“小咬”。每当太阳落山，我们就要进屋了，那时蚊子出来了，天空蒙蒙，随手就能抓几只。白天干活，没有蚊子，有“小咬”，可恨的“小咬”，在我们干活时捣乱，又不能不干活，只能跟它斗了。那时不可能有防蚊油，多热的夏天，我们穿长衣长裤，扎紧袖口，裤口，即便带上防蚊帽，也不行，因为防蚊帽能防蚊子，不防“小咬”，“小咬”小，能钻进去。干活时，手上有湿泥土，打脸上的“小咬”，人人都成了花脸，有了花脸，“小咬”咬不着了，花脸好。现在，我们知道，“小咬”学名“蠓”，有水就有蠓，是消灭不尽的，它是生物多样性的一环，如果它没了，说明水就没了，水没了，就没有草甸子了，就没有湿地了。湿地是地球的肾，不可以没有肾，所以要有湿地，有湿地就有蚊子和“小咬”。如果有机会回到别拉洪河流过的创业故乡，我会大声喊：“小咬”，你好。魂牵梦绕的北大荒，好！“小咬”，好！浓浓的牵挂，好！

三

我有两个故乡，一个是天津，一个是魂牵梦萦的北大荒。天津有九河，“创业”有三江，天津有海河，“创业”有别拉洪河。天津有古海岸湿地，绝无仅有，“创业”有高寒黑土湿地，也绝无仅有。天津要在永定河，北运河，金钟河，南甸，东丽湖，建10个郊野公园，这些公园，野花，野草，种经济适生的林木，依水，依路，延绵十数里，没有楼堂馆所。天津七里海湿地公园在1992年就开建了，面积约100平方公里，是古海岸湿地，国务院批准的保护的湿地，现在是国家AAA级的景点，20年共投入约20亿，建了一些楼堂馆所。从天津站坐570路公交，直达，北京的朋友可以当天往返。每到深秋，私家小车爆满，七里海的自助抓螃蟹每斤50元，螃蟹肥、香、大，抓着好玩。回来送亲朋，大家都欢乐。七里海收门票，天津郊野公园不收门票，是开放的。建设资金由政府负责牵头，退耕还林，退耕还草，退耕还湿地，是科学发展，和谐发展的需要，是建设美丽中国的需要。现在全国人民解决吃的问题，同时要保护地球的“肾”——湿地，她是美丽中国的一部分，美丽的北大荒是不可缺的一部分。有朝一日，我们从天津北京坐高铁，5个小时到哈尔滨，再坐小车，沿高速公路一路经过佳木斯、

富锦、换新天。春天，蓝天、白云、黑色的大地和绿色的生命；夏天，蓝天、白云、黄花遍地；秋天，蓝天、白云、稻浪滚滚；冬天，蓝天、白云、白雪、白桦。来到我们创业农场的湿地公园，创业湿地公园是全国独一无二的，不可复制的，因为全国只有一个“黑土珍珠”北大荒，只有一个三江湿地，只有一条别拉洪河。别拉洪河，好！北大荒，好！浓浓的牵挂，好！

四

我们有哈尔滨、北京、天津、上海的家，还有北大荒的家。收获季节，是欢乐的季节，欢乐因丰收而得。丰收也有忧愁，不是嫌粮食多，是怕和粮食同生同长的秸秆太多。奥运期间，环北京各省市出台最严厉的措施，严禁焚烧秸秆，保护了那时的空气。焚烧秸秆，不科学，是不可持续发展的，大家都明白，可不焚烧，这秸秆怎么办？这个问题，难倒政府，难倒科学家，也难倒种地的庄稼汉。现在，创业农场也城镇化，住楼房，用暖气，没了火炕，没有了火墙，以前，家家有柴火垛子，现在更不用了，这秸秆怎么办？现在秸秆回田，有些地区政府给是补贴的，每亩回田的成本大约 20 元。在北大荒网高兴地看到，10 月 26 日汤源农场大马力拖拉机深翻（请注意“大马力”），秸秆还田，直接把茬子翻进地里，减少了以前焚烧秸秆对大气的污染，还增加了土壤的有机质，为明年生产打下了坚实基础。只要有政策，有顶层设计，摸着石头过河，会克服一切困难的。首先就是要办大农业，要机械化，北大荒已经机械化了，现在已经有秸秆还田的玉米联合收割机了。在收获玉米的同时，秸秆被打成厘米段，翻地即成，好。水稻的秸秆还田联合收割机的研究也有进展，但水稻的秸秆与玉米秸秆不同，水稻秸秆不好打碎，易堵塞停机，所以，收割机的机构复杂，成本高，售价降低是关键。科学家逆向研究，培育秸秆易碎水稻品种，已经在报上有过报道，推广还早着呐。有把秸秆压块当燃料的（一吨相当半吨

煤），有秸秆加菌快速堆肥的（东北不行，冷），有把水稻的米壳做白炭黑的，有用秸秆发电的（投资大），我看好秸秆还田，把秸秆还田的环境成本加进米价里是应该的，每斤米1分钱？不焚烧秸秆，北大荒的天是蓝的，云是白的。黑土、蓝天、白云的北大荒，好！浓浓的牵挂，好！

作者简历：吴裕光，男，1946年8月出生。天津知青。1968年下乡到黑龙江生产建设兵团61团工程1连武装排。先后任职于1连、团直中学。1979年返津。

亲历恢复高考

杨仁蓉

1977 年，那个难忘的秋天。一个震撼全国的喜讯迅速席卷了黑龙江垦区——中断了 11 年之久的全国高校招生统一考试制度恢复了！

当时，我在创业农场宣传股广播站，听到这个消息，真是百感交集。从孩提时代起，“上大学”就是我心中一个美丽的梦。然而，正当我初中毕业要考高中那年 (1966 年)，一场谁也没料到的运动开始了，教育领域是重灾区，大专院校停止招生。1968 年，我随“上山下乡”的洪流奔赴黑龙江生产建设兵团，一晃就是 9 年。在那些漫长的日子里，无论是在基层脱坯、盖房、铲地、打草，还是在机关写稿、播音，我心灵的深处，始终珍藏着那个挥之不去的大学梦。1973 年到 1976 年间，国家也曾采取“推荐与选拔 (考试) 相结合”的方式招收大中专学生，怎奈我出身于“臭老九”家庭，在那个受“极左”思潮影响、“唯成分论”盛行的年代，这种“推荐”注定与我无缘，而由“白卷先生”事件掀起的闹剧，又使“选拔”被彻底颠覆。

历史进入了 1977 年，这是粉碎“四人帮”后的第一年，国家百业待兴，人才奇缺。第三次复出的邓小平同志分管科技和教育工作，在他的支持下，全国高校招生统一考试制度得以恢复。

团部机关庆祝七一大会上新党员宣誓
右一：廉洁，右二：杨仁蓉

当时在创业农场机关司政后各部门中，宣传股的知青人数最多，也是得知恢复高考消息后最兴奋的一群。那些天，广播站成了大家热议高考的地方。我更是连着几个晚上与播音搭档张梅康、好友王惠畅谈至深夜。我们感谢小平同志，让我国的教育在遭受“文革”的重创后，重新迎来了春天；我们庆幸自己还能有机会赶上这趟空前绝后的“高考列车”；我们也担忧农场方面能否允许知青们自由报考。

农垦总局很快作出了反应：国家恢复高考制度意义重大，支持符合条件的知青报考，但前提是必须服从工作需要。我不幸被划入了“工作需要”名单，不能报考大学。我很难过，我与这次圆我大学梦的天赐良机擦肩而过了。我的父母也为我难过，毕竟，恢复高考不但为渴求知识的万千知青重启了读书学习之门，更为我们改变命运铺平了金光大道。

1977 年，宣传股只有杨善华、孙国平、张新国、张梅康和王惠 5 人被允许报考。从报名到考试只有一个多月，其间工作还不能耽误，他们只能抓紧业余时间复习备考。我看到王惠学习数学常常到深夜，有时会找我一起解几何题，那是我非常快乐的事情。那段时间，多年不见的讨论数理化题解，背诵政治、史地试题的景象吸引、感染着知青们，激活了更多人的求知欲、读书欲，无形中掀起了学习文化知识的热潮。经过 12 月份的考试，5 个人全部考上。

他们离开农场已是1978年的春天。我急切地想知道中央1978年的高考政策，于是回京探亲。几个要好的同学来接我，他们说，在北京，凡是符合条件的青年都可以自由报考，在街道就能报名！我瞪大了眼睛，真是羡慕不已！我的一个哥哥已考上北京师范大学，他对我说，国家建设急需的人才在许多行业都青黄不接甚至断档，1978年仍然延续1977年的高考政策，赶快复习功课吧！

可是，农场的高招报名精神没有松动。我意识到，这恐怕是我一生中最后一次圆大学梦的机会了，机不可失，时不再来。而想做通农场、管局，甚至总局的工作，谈何容易。有人告诉我，黑龙江农垦有许多知青向高教部反映问题，强烈要求参加高考，在国家需要的时刻，站出来接受挑选。我通过同学的帮助，也与几十名知青朋友联名给高教部拍了电报，表达了同样的愿望。

大约过了两个月左右，《兵团战士报》头版刊登了高教部给黑龙江农垦总局，也是给垦区全体知青的电报，具体文字我已记不清了，但最关键的一句话却深深地刻在了我的脑海中："任何人不能以任何借口阻挡国家挑选人才！"很久以后，每当想起这句话，我的眼里都会溢满泪水。

1978年6月8日——高考报名截止日，我走进了创业农场高招报名办公室……

那天晚上，一向头挨枕就着的我，竟久久不能入睡。我第一次感受到了自己把握自己命运，自己选择自己前途的激动与兴奋，同时也伴随着一丝忐忑：1978年的高考是全国统一命题的第一年(1977年是恢复高考的第一年，由各省自行命题)，而且黑龙江省于6月18日要进行初试，既无考试大纲和教科书，也无复习资料，只有10天准备时间的我，能行吗?

开弓没有回头箭，好在初试只考语文、政治和历史3门。我们找到了考走的战友留下的一些资料，如饥似渴地读了起来。白天上班，早、晚复习功课，心情愉快、劲头十足，初试顺利通过了。正式考试定在7月18日，只有一个月的时间!

当时农场规定：不能因高考复习影响工作。我们也必须这样做，因为谁都不能保证自己一定能考上。我是场部广播站的播音员，而且那时只有我一个人。每天早、中、晚三次播音，早、晚各有半小时的场内新闻。我每天要组织、修改、编辑，甚至自己撰写大约5000字的稿件，晚上要录好音，正式播出时要操作、看机，不能出半点差错。那些日子对我来说，一分一秒都很金贵，一天24小时，除了保证完成工作任务和很少的睡眠，其余的时间全部用来复习功课。说来也怪，那时精力特别充沛，思维特别清晰，记忆力也出奇的好，复习效率很高。大家笑称：可能是十多年没正经念书了，脑子里有很多空地方吧。

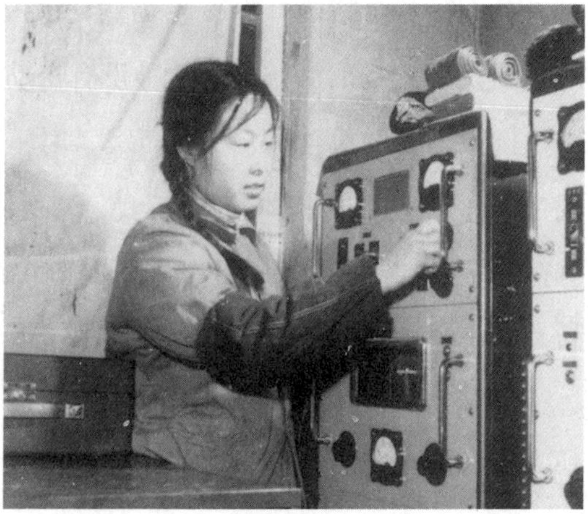

1978年的高考，文科规定考五门：语文、政治、数学、历史和地理，同时加试外语，但成绩不计入总分，只作参考。因此，开始时，我只在每天早6点广播前，复习半小时的俄语，不敢占更多的时间。10连的副指导员晓红来找我，“文革”开始时她在读小学五年级，压根儿就没学过外语，为了不让外语试卷打零分，要求我教她俄语。因此，我把俄语的复习时间延长至1小时，还大言不惭地当了回老师。我是66届初中毕业生，高中课程一点没学过。应付高考，其他科目还好点，数学可是硬碰硬。对我来说，想在一个月内，只用工余时间，在复习好另外五科的同时，学会、学好高中数学，几乎是不可能的。因此，我决定放弃学高中数学，只复习初中部分。这节省了时间和精力，提高了其他科目的复习效果。最终我的数学试卷高中部分一分没得，初中部分一分没丢。机关与我一同参考的肖金、张国平经常来广播站和我讨论问题，演算数学题，不考的人，像史和平、杨文生帮我们查资料，陪我们背语文、政治、史地题，好友朱连萍还隔三差五用煤油炉做点我爱吃的菜或煮鸡蛋挂面送来。

紧张、愉快、充实的一个月转眼就过去了。考试时间比预定的推迟了一些，记得是 7 月 23 日。考场设在创业农场场部，非常正规，桌椅都是单行摆放，准考证放在桌子左上角，每个考场有两名监考，我那个考场的一位监考是宣传股的文教干事王洪源，另一位则来自其他农场。

现在想起来，虽然这场考试对我来说意义非同寻常，但当时也不知为什么，我并未感觉有多么紧张。卷子一发下来，看着一道道题目，头脑中的相关知识就非常清晰地一点点地流淌出来，从容不迫地答卷。遇到不会的题目也不慌张，只是迅速搜索脑子里的“库存”知识，能挨上边的就诌上几句，决不空题。中午我照样广播，下午再考另一门……

大约是 9 月中下旬，成绩出来了。10 月上旬，黑龙江大学经济系的录取通知书到了，紧接着北京市西城区知青办批准我困退回京的通知也到了。很多朋友，包括一些领导，都劝我放弃上大学，还是回北京稳当，因为黑龙江大学是省级重点综合性大学，毕业生除了俄语系的，一般都很难分配到北京工作，但是我毫不犹豫地选择了上学。

在与领导、师长、同学、战友告别和收拾行囊的过程中我强烈地意识到，真的要离开北大荒了，真的要离开这浸润了我的青春汗水，镌刻着我的成长脚步，养育了我 10 年的黑土地了，心情变得五味陈杂：有考上大学的兴奋和激动，有对未来的憧憬和向往，还有对北大荒的留恋和不舍……

入学后听说，1977、1978 两年的高考，由于十多年的积攒，全国共有 1200 万人参加，可最终只有不到 70 万人圆梦大学，录取率不到 6%。因此，我和我的同学们对通过自己努力争取到的深造机会格外珍惜，一开课，就全身心地投入了学习。我们要把损失的时间夺回来”。

1978 年底，党的十一届三中全会召开。我们 1977、1978 级成为中国改革开放政策下的第一代大学生，幸运、自信、坚定的我们，肩负重大使命，胸怀万丈豪情，和着共和国铿锵的步伐，奔向辉煌灿烂的前方！

作者简历：杨仁蓉，女，1950 年 7 月出生。北京知青。1968 年 6 月下乡到黑龙江省七星农场五七连（后改为黑龙江生产建设兵团 6 师 61 团 3 连），又先后任职于工程 1 连、团宣传股广播站。1978 年 10 月上学离开北大荒。现定居北京。

情 缘

孙云华

与“鸠山”（张渊生）相伴几十载，总结他的人生：艰辛操劳而无果，俸薪微薄而淡漠，一生平淡心态好。只是枉费了他当年的文笔才华。文学爱好放弃了几十年，“创业人家”又激发了他的热情，现老马扬鞭，潜心领悟，只是花甲之年自娱自乐而已。

记得从北大荒探亲到天津，我们三姐妹在一个小公园里背靠小山，面对潺潺小溪让他拍照，相片洗好后，我让他题词，须臾间他挥笔写下：碧溪小山旁，留下一群芳。寥寥几笔，小山、小溪和我们姐妹三人都写在里面了，真贴切，看了也很欣然。

在北大荒我与他刚刚相处的岁月，了解不多，也没有什么共同语言可讲。他属于政治处，我在后勤处，我关心接触的是业务，而政治处呢就不言而喻了。当时机关大部分知青都已成双结对。从13连调到机关，生性不爱接触生人的我，男知青就更少联系了。在那“极左”思潮泛滥的年代里，13连黑板报经常批判资产阶级腐朽没落的思想，知青是不能够公开谈恋爱的。黑板报上动不动就是一对生于几几年，另一对生于几几年的批判。时代的熏陶，幼稚且懵懂的我，认为男女谈恋爱就是小资产阶级腐朽没落的思想，那时我只能把我所爱的人深深地埋在心底，爱我的人也被我拒之千里（这也是前世不欠情，今世又无缘吧）。后来一放开，一对对如雨后春笋般地公开面世，这时我真的领悟到自己真傻、愚昧又无知。

在我的记忆中，机关当时没有交友的女知青好像没有几个了。我的校友、天津铁路一中的老高中生及后勤处的人也频频给我撮合。

记得一个冬天的晚上（春节期间）有的知青回家探亲、有的知青成双结对到机关家属宿舍去聊天吃饭，机关办公楼没有电，那长长的走廊里漆黑一片，我只身一人出去打水。打水回来时，走在那静静的、黑黑的、冰冷的走廊里，使我感到寂寞凄凉。推门走进办公室虽然有一丝暖意，但却空无一人，只有跳跃的蜡烛一闪又一闪，我顺手又点燃了两支，虽然明亮了许多，但我还是想起营房股老柳头写的一首凄凉的诗（现在只记得一句）“孤灯独坐老妻旁”，当时我想老柳头还有老妻在陪伴，而今偌大的一个办公楼漆黑一片，我只能独身孤坐蜡烛间，孤独寂寞感不觉油然而生，如果在天津，那春节期间全家人在一起该是多么地热闹，联翩的浮想更使我黯然神伤。

我们股的崔淑华跟我聊天说机关的鸠山尚没交朋友，刘静与他接触感觉这个人还是不错的，我只是腼腆地支应了，虽然接触得不多，但我对宣传股这些人印象还是可以的，既有头脑又实诚仗义。鸠山在宣传队演的角色以及在广播站朗诵时那浑厚的声音，也给我留下很深的印象。

一天机关都在看电影《爆破》，鸠山来到我的宿舍，开始了我们的第一次接触，只是拘谨地聊聊家常。

没想到相识的时间不长厄运却扑面而来，他被人告发有反革命言论。政治处开始调查，团里开始批判、停职反省写检查。怎么又碰上了反革命？在13连时连领导曾让我批判过疑似反党、反革命的人（实际是和连领导有不同意见的人）。那时我单纯幼稚，认为连领导是党派来的，跟着连领导走就是跟着党走。可当我接触到这些被批判的人时就对我的言行感到懊悔，因为我觉得他们都是好样的，工作热情、吃苦耐劳，有头脑、人缘好。在我与鸠山的接触中，我觉得他很革命，听说25团的人因为他的“左”给他起了个绰号叫“老革命”，现在怎么居然成了反革命呢？“祸从口出”，他这个人就是嘴没把门的，说话很随便，开着玩笑，不知什么话就蹦出来了。我想这次批判教育对他是个警示未必不是好事，反省反省也好。

事态发展严峻程度与我肤浅的想法相距十万八千里。不但政治处批，团里召集机关及各连队指导员、连长开批判会，甚至合江地区公安局都挂了号。一天机关通知开批判会，我琢磨着是去呢还是不去呢，批判他，我坐在那，时不时地接受别人对我投去的目光，心灵的感受内心的滋味多复杂呀！不去了，愿意怎么批就怎么批吧！谁让我与“反革命”有缘。现在想起来当时真应该去看看那批判的场面，遗憾！

记得一天我陪着他写检查，我跟他说你如果觉得你不是反革命就不要上纲上线承认自己是反革命，那时正值冬天已经写得很晚了，气温也有零下二三十度吧，他出去了，我以为他上厕所，但半天未见回来，我到处找他，最后在一颗大树还是电线杆子下找到了他，他紧抱着树干倚在那里，我说你干什么这么冷的天，快回去，他说他热，那是零下二三十度啊！没有穿棉大衣，在那冰天雪地里呆了许久。看到这里我心里酸楚楚的，虽然当时与他只是肤浅地相知，我只觉得什么反革命都是乱上纲上线，毕竟都是同命运的知青。就这样检查写了一遍又一遍，除了写检查就是反省自己的问题。后来团里觉得他一天到晚光写检查也不是个事，应该让他干点啥。那时学校要培训小学语文老师，就让他去培训老师吧。虽然还在反省中，但他还是觉得很惬意，如鱼得水，有事做了。好景不长，结果引来了更多的麻烦，上面追究下来：怎么能让一个反革命培训老师呢，那将把老师培养成什么人了？他又无事可做了。这期间他被发配到工程2连，临走那天工程2连来了小毛驴车，他自己赶着毛驴车离开了机关。从此在工程2连过起了烧窑、推车、拉砖的生活。机关里有的知青问我今后的打算，我只是淡漠地说走一步看一步吧，其中的酸甜苦辣只能深深埋在了心间。

在此期间团部及政治处的领导找我谈话，谈了关于鸠山的反革命言论、性质等问题，并想通过我与他的关系近一步了解及揭发政治处的问题。我很茫然，虽然与他接触的时间并不长，对他的认知也是朦胧的，但我并不认为他是个反革命，我俩从未提及过政治处的问题。面对领导我只是觉得政治处的问题应由政治处内部去解决，通过我与他的关系私下去了解、揭发政治处的问题，这光明磊落吗，我并不是政治处的干事。一种逆反心理不觉油然而生，这种逆反通过大脑瞬间反映到嘴边，我直率的一一回绝了领导，当时回绝的话忘了，反正没说什么招领导爱听的话，只记得有这么一句话“政治处的阶级斗争盖子应该光明正大地召开政治处全体人员会，让政治处的人去揭发、去检举”。当时也没有考虑领导的感受，谈话不欢而散。

当鸠山被发配到工程2连时，他向我提出终止我俩的关系，虽然表面看不出他忧伤的情绪，但我内心感受到他心灵承载着极大的痛苦。合江地区公安局挂了号的人，今后命运未卜，那个年代那种氛围有谁敢明目张胆为他开脱、与他同行、为他牺牲呢？鸠山是怕影响我今后的一生。看着他那可怜兮兮的样子，一种怜悯的情思涌入心头，我哭了，泪如雨下，难道这时候还让他再遭打击，人在最危难的时候需要的是什么？我知道他并非是我心目中的帅男，我俩的情趣、性格也不尽相同。我心绪杂乱、思绪万千，如果是自己，这时候最需要的是什么，每个人都会不言而喻，就这样随它去吧！我甚至有点“信命”了：我俩能够走到一起，是不是我前世欠他的情。

1978年知青返城风起云涌，我也被卷进这浪潮中，打起了回城的念头。那时他在工程2连已经要了房，并准备冬天去林中打柴。我提出要一块办病退，当时他的问题还未解决，还尚待处置，而他依然是那样的革命，不回城要扎根边疆。我没有听他的，在卫生队开了证明。这一年我们回家探亲，等来了回城的批复，又一同回团办理回城手续。但麻烦又接踵而来，军务股说他的问题还等待处置，不敢批他回城，待问题解决了再说。没办法，我只好去找张团长，我把情况一说（现在也忘了说的什么）只记得请求领导能妥善解决他的问题，北大荒十年辛辛苦苦、摸爬滚打、没有功劳也有苦劳吧！千万别让我们错过这千载难逢的机会。张团长真是一个通情达理的领导，他看着我，慈祥地微笑着。我看出团长的眼睛闪烁着同情的目光，“他的问题比较复杂，还要与合江地区公安局沟通好，不过你放心吧！我会竭尽全力妥善处理这件事，让你们一同回城”。我焦急地等待着，终于有一天军务股通知我们办理了回城手续。现在想起来回城前为什么没有再去张团长家道一声谢呢！今天只能在这里向他的在天之灵鞠躬感谢！我们永远怀念你！感恩你！

手续办完了我们拿着户口转移单、档案资料就要启程了。干部股的王世平找到我，给了我一份没有封口盖有骑缝章的档案袋，告诉我回去后打开鸠山的档案，把相关的批判材料拿出来销毁。我惊愕了，霎那间目光凝聚，看着他大脑一片空白，有谁能想到王世平会这样做？这是曾经给我做工作，让我远离鸠山多考虑今后个人前途的人，如今却也来帮我。当时我拿着这档案袋连一句感谢的话都忘了说。鸠山把自己的档案及没有封口盖有骑缝章的档案袋带回了北京给了他父亲，他父亲不同意销毁档案中的材料，怕让人发现了罪上加罪。这岂不是枉费了王世平的一片好心。今天在这里向王世平的在天之灵表示歉意！同时也弥补我所欠他的谢意！

风风雨雨瞬间相依几十载，磕磕碰碰转眼相伴花甲年，天之广地无边，你我有缘相遇在其间，这也许就是前世的因缘在现世的结果吧。

作者简历：孙云华，女，1951年出生。天津知青。1969年5月下乡至黑龙江生产建设兵团6师61团13连。1974年12月调至财务股。1969年12月返津。

如此篮球赛

赵志远

当年兰球队训练吕德和（左）与张世友（右）争抢篮板球，
坐在凳子上中间小孩是吕德和的女儿吕涛。陈念强 摄影

1968年麦收后七星农场成立了篮球队，大兴分场朱延福原是崇文体育舘少年体校篮球队的，4队林迎健是西城官园少年体校的，15队路幼钧是东城东单少年体校的，17队石占亭和徐世坤是体院预科篮球班的，其他队员也都是原学校篮球校队的。

训练一星期后出去比赛，第一站是同江县。赛前练习，一看对方队员身高比我们矮一个头，水平也一般，我们心里有数了，赢他们没问题。

比赛开始后，场上发生的事是我们始料不及的。裁判哨响对方队员犯规，只见这队员站得倍儿直，口中背诵毛主席语录："要斗私批修。"我们看愣了，这是咋回事？没见过这场面，球场上犯规要斗私批修？打了几分钟后，场外教练领队——大兴分场青年干事曲礼福和武装部参谋赵俊喊暂停，布置我们学对方的样子，裁判哨响判咱们犯规也要背诵毛主席语录。

朱延福来了句："背毛主席诗词'红军不怕远征难'，别老'斗私批修'。"赵参谋又嘱咐："场外观众这么多，语录千万别背错，挑短的背。"

大路身高1.86米打中锋，在篮下犯规了，裁判哨一响，大路也开始背语录："因为我们是为人民服务的，所以我们如果有缺点错误就不怕别人批评指出。"赛后他说："前两天刚用过这条语录，在球场上一下子就背出来了。"

这场球打得真是磨磨叽叽的，在场上运动员一边打球，一边还得准备万一犯规背哪条语录，就这样，我们在篮球场上"被高举"了一回。

2010年10月北京长安戏院餐厅，当年七星农场篮球队员们再聚首。李建魁摄
前排左起：吕德合（球员，已去世）的小女儿吕涛、焦华云（张世友夫人）郭涛、于晴、赵志远（球员）朱延福（球员）、王晓清、石占庭（球员）
后排左起：王宗善、李竹全、付哲生、陈英、林迎健（球员）、任广泊、路幼钧（球员）张世友（球员）、宋焕武、王炜、杲文川（特邀）。

三江忠魂

李　伟

在清明节这个悼念逝去亲人的日子里，我们会回忆起许多往事，想到许多人，当然也会想起身边那些已经离世的知青英灵。

一、融化冰雪中

肖新凤，你是从我们眼前消失的第一位北京女知青，也让我们最先想起你不幸的那一刻。

1970年的初春。那一天傍晚，荒原上开化的大地被风一吹，又早早地结上了冰茬儿。突然，传来消息说，附近“火烧盂”连队（3连）有人落井了。我们团部政治处的几位知青立即套上雨靴随着几位现役首长去现场。我们踏破林莽中一片片冰凌儿，十几分钟后便来到你的身边。此刻，6师师部驻地的几位军医正在做最后的抢救。可你没有机会了。在一片昏暗的灯光下，依稀看清你煞白的脸庞。你好像刚刚梳洗打扮过，一身新棉服，领口处绽露着一圈鲜红的内衣。你走了，走得很冷清，没有任何的仪式。你被送到了不远的林丛边，用厚厚的冰雪覆盖起来，你将在这里被融化。有人说，你不该早早地离开这个世界。你长得很机灵，爱干净，爱打扮，会做针线活，活泼、开朗，

荒凉的“火烧盂”那时只有几栋泥板房，随时都能听到你的说笑声。也有人说，你有千条路万条路可选择，可不该选择这条路。你太不珍惜自己的生命了。

不珍惜生命，也许是那个时代的一个特征。多少年后，我想起“火烧盂”的往事时，眼前总会出现你这个并不熟悉、而又看得真真切切的女知青留下的最后身影。

二、五七大道上

你叫张志生，1968 年下乡的北京知青。与你相识很偶然。那年，连队响应毛主席号召，走五七道路，成为兵团典型。我们奉命一道在兵团招待所，整理典型事迹材料。

你中等身材，方脸上架着高度近视镜，说话口气很和蔼。我们同住一个房间，发现你很注意卫生，几乎每晚都要洗一洗。不久，我们回到团里继续整理典型材料。为了方便，我来到连队同你住了对面炕。你是连队（3 连）副连长，白天负责连里工作，晚上睡得很晚，照样睡前洗一洗。一次，我发现你擦身的水里有血红，你说，是痔疮犯了。后来，我时常问你病情，你总回答，没事，不影响工作。不久，你便血越来越厉害，人也消瘦起来。你终于回北京看病了，结论是患了重病。可是，你又抱病回到连队继续工作，最终被病魔夺去了生命。那一年，你才 24 岁。知青们按照你的遗愿，把你的骨灰安放在了连队附近。他们希望上级能追认你为革命烈

士。不久，知青们都走了，只有你还安睡在荒原的一角空地上。

1991年，深秋的早晨，我和农场幺万和、邸洪军两位老领导、老朋友来看你。你依然静静地睡在两棵粗粗的老柞树下。农场为你重新置换了墓碑，清除了杂草和荆棘，周围还意外地长出了一圈赤莓果，晶晶莹莹。我在柞树上采摘了两片老叶，拾起几粒赤莓果粒，带回城里，想有机会送给你的亲友，让更多的人经常来看看你。

三、倒在哑炮前

你们俩突然倒下了。我下连采访时或许见过你们的身影。你们都才20岁，一个班长，哈尔滨知青，一个副班长，北京知青。都刚刚下乡四年多。

追悼大会开得很隆重，花圈、悼词，还有挽诗，都说你们死得其所，重于泰山。其实，你们死得很意外。那天，你们和另外三个战士去沙坑放炮作业，因为炸药受潮，出现哑炮。你们俩上前去排哑炮，哑炮却突然响了。农场的场志记载着你们献身的经过，多少年后看到都让人痛悔、惋惜。当年，千古荒原上许多施工作业都使用炸药。我当指导员的那个连队（5连）简易仓库里时常存放着雷管、炸药，时干时潮。秋后、入冬和开春时每天

都有部分战士背着钢钎、锹镐和雷管、炸药到野外清理地号，实施爆破作业。战士们为了加快进度，常常把十几个、上百个炸点并连点燃，爆炸声常常震得大地发抖。那时，时常有哑炮出现，真不知战士们是怎样一个个排除掉的。现在回想起来，真是后怕啊！

你们俩被安葬在连队西北角小林子。1991 年，探望张志生的那一年，我建议农场选块地方把你们都安葬在一起吧，互相有个照应，让怀念的亲友看你们时也方便，但这件事情当时没有做成。

四、定格海河边

你叫韩志贵，1969 年从天津下乡到创业五连，没有出身包袱，人干练，有灵气，很快当了武装战士，女班班长。

我来到连队时，正赶上生产大忙，女排和男排一样地劳作，有时，还要战备训练。不久，你因为表现突出，被提拔为武装女排副排长，很快入党，又当了排长，担起了带领三十几名女知青的重任。这年，大学开始招收工农兵学员了，经过层层推荐，你赢得了上学机会。你带着北大荒的征尘，回到家乡开始了大学生活。你是佼佼者，比同龄人幸运，你在城里读书时，战友们还在北大荒守望着。你应该比别人走出一条更好的人生道路。你是学医的，理应健康长寿，但恶讯传来，你不幸患上重病，饱受折磨，最后痛诀人生。你是连队知青中较早离开人世的，人们都为你的英年早逝惋惜。

多少年后，我来到了天津，见到了你的聪明、秀气的儿子。孩子的性格像你，体魄像他的父亲。孩子对我说，将来有机会一定到妈妈战斗过的北大荒看看。

五、被人遗忘过

你是天津知青，接班回城后，靠着打拼入党，提干，走上区粮食局领导岗位，是5连天津返城知青中，谋得公务员职位最突出的一位。

你叫薛继东，高高的个头儿，白净的方脸，天津味儿很浓。你一直在连队马号喂马，铡草、打水，清理马厩，干些默默无闻的活儿。马号经常被人遗忘。有时我见到你，你总是一句话："指导员，你来了。"过后听人评价说，你还是很爱说话的，考虑问题有哲理。一晃多年过去。1999年，在天津知青聚会时，大家告诉我，你是活动的主要组织者之一。听后，我又惊又喜。我见到了你，没想到你还是那句老话："指导员，你来了。"知青们向我介绍了你返城后不断进步的事迹。你是天津返城知青的骄傲。

纪念活动结束后，我总想有机会同你唠唠，但老天没有给我们机会。没过多久，你不幸重病辞世了，让我感到十分难过和失望。你的离世让我悔悟到，沉默也是一种能量的积蓄。我们每个人都应当善于从被遗忘的角落、被忽略的人群中，从默默无闻中发现积蓄能量的光和热。

六、走出轰鸣中

你是北京女知青，个头儿不高，团团脸，见人说话总是笑。你有一头花白的头发，看上去总有些未老先衰的感觉。你不应该有这样一头花白的头发。

你一直都很敬业。你和另外两个天津女知青姐妹生活、工作在通往黑龙江抚远县的公路旁的一个小木板房里，长年看守着连队的油库、零件库和一台发电的座机。座机房是连队的机要重地，给每个人带来了光明和希望。座机又像个只会发怒的老虎一样，昼夜不停地轰鸣吼叫着，震撼着大地，震撼着你们三姐妹的心房。你们常年吃在这里、住在这里，守候在这里。天长日久，你被座机折磨得有些憔悴了。

你很善良，谦和地对待每一个人，经常为别人做些力所能及的事情。我的夫人吴光和也是老3连的，一直和你很要好。那年，她从上海带回了毛线，是你帮助她给我织成了毛衣，这也是我的第一件手工毛衣。后来，你和一位天津知青也在连队成家了，我们邻友互济，相帮相助。你则一边照看家务，一边继续坚守着工作岗位。返城后，20多年我们才见上一面。那天，在北京聚会时，你还像当年那样一副笑模样，只是头发更花白，人更疲惫了。这次见面，你对着我们落泪了，有患难后相聚的欣喜，也有回城后生活的艰辛和酸楚。

你是重病倒下的。你悄悄地离开了大家。你叫李根才，1968年从北京下乡到创业农场五七连（3连），后因连队解体，你又被安排到5连参加了新点建设。

七、高高铁塔上

夏国强，我们算是半个老乡。那年，我们一见面就是这样相互称呼的。大家都是为了一个目标——建设现代化洪河农场走到一起来的。

你是七星农场（25团）的上海老知青，掌握了一手娴熟的钳工技术。1981年，洪河农场粮食处理中心为了安装美国进口的万吨金属大粮仓，特意把你从老农场调来。接到任务时，你几乎失眠了：用集成电路控制的金属粮仓，每一座都比过去的土粮仓高大十几倍，别说安装，见都没见过。然而，你没有被这个庞然大物吓住。你从资料室取来安装图纸和手册，借助外文词典看起来，很快掌握了安装程序。安装开始了，你领着青年工人把仓板一层层升入空中。最艰难时，你带头爬到高空，圆满地完成了安装任务。你很快被晋升为技师，被提拔为粮食处理中心主任，家也搬进了农场科技楼。我曾用新闻通讯把你的先进事迹介绍到农垦、地方的电台、报纸上。在改革开放的春天里，在中国农业现代化的试验田里，我们这些重新集聚在一起的来自上海、北京、天津、哈尔滨、齐齐哈尔、牡丹江等地的老知青们有了越来越多的共同语言。

你是幸运的，又是不幸的。你没有在现代化农场长久生活工作下去，也没有回到上海家乡安度晚年。当病魔将夺去你的生命之际，你带有太多的懊悔、自责，也让我和知青朋友们感到无限地惋惜。

八、魂归北大荒

“把我的骨灰洒在东北大地”。你——高志强生前留下了这样的遗愿。你的北京家人和知青战友要实现你的遗愿。我再一次被震撼了。

志强兄，在哈尔滨的一连各地知青们以特殊的方式迎接了你。我向迎接你的知青作家、记者和许多人说，建三江垦区、创业农场的大部分土地是当年知青们开垦的，你就是其中一位。那年，你和你的北京知青战友、几位连队干部最早来到一连荒原上安营扎寨。春天到了，是你开着全连惟一的“东方红”，领着你的车组吹响了开发荒原的号角。你们创造了当年开荒、当年种地、当年打粮的奇迹，为以后的农业现代化建设奠定了基础。后来，你和许多返城知青一样，开始了新的人生征程。不同的是你长时间在知青办工作，为无数知青返城、就业做出了努力和奉献。2004 年，你患了重病，同病魔展开了顽强斗争。知青战友来看望、照顾你，你一次又一次地表示说，病好了，一定回北大荒看看。你终于回来了。那天，农场的同志和你的北京战友在 1 连见到了那辆废弃的“东方红”，你的儿子站在车上，代你环顾了那让你一生倾情、一生眷恋的北疆大地。

志强兄，从这个意义上说，作为1连开发史的见证人和实践者，你对这片土地的爱恋、思念之情是不同寻常的。国有农场、农业连队是你人生道路中最负有责任感、成就感、光荣感的地方之一。我时常在想，十年，对于农场或一个连队的建设发展或许只是个起点，然而，对于志强兄，对于一个北京重点中学的六六届“老高三”，放下身段，在这片大荒原里朝朝暮暮、辛辛苦苦、默默无闻地奋斗了近十年，那是一桩一寸光阴一寸金，寸金难买寸光阴的壮丽事业。正是如此，志强兄对这片土地的投入之力是全身心的，恋舍之情是全身心的，超脱了一般人的境界。正是如此，他才有了临终前那种超常的强烈愿望和生死寄托，他要“回北大荒、回1连看一看”，他要“把我的骨灰洒在东北大地”，他要“即使明天我逝去，也要长眠在你的怀抱里”。今天，我们缅怀志强兄，就是要为他引以骄傲，并从他的身上获取精神，焕发奉献社会的力量。

志强兄，2007年8月30日，你的家人和知青战友们来到松花江上，把你的骨灰连同许多花瓣一起洒进滔滔江水中，祈望你今生今世、来生来世高瞻望远，志强不息。此刻，中央电视台“心连心”艺术慰问团正在三江大地上现场演出。

作者简历：李伟，男，1947年出生。哈尔滨知青。1968年11月到黑龙江生产建设兵团29团，1969年1月到61团，先后在1连、4连、机关、5连、机关工作。1980年2月到洪河农场工作。

狮子林桥断想

周汶川

1979年的冬天雪不大，但是很冷。

场部广播站“创业农场广播站现在开始广播”的开始语，已不是熟悉的北京音儿，换成了略显生硬的当地普通话。

知青走得差不多了。

服务连那排房从西往东数，照相馆就剩我带着张宝臣书记的儿子张健和李继美的儿子李前生；被服社就剩哈尔滨知青小辉（关明辉）陪着张祥的夫人刘姨和谢文广的夫人李姨；副食店一水儿都是老职工或老职工的家属；唯一的“小馆儿”剩下了唯一的天津青年金万禄。

俱乐部前面的广场堆着几个木板钉的大箱子，三五个连队的知青在那里拦车，准备去福利屯火车站托运行装、返城……往日的喧嚣与热闹没了，甚至有些萧条。就像路北面的小树林，枯黑的树杈顶着几片没吹掉的柞树叶，稀稀拉拉一动不动，没有生气。

我沿着墙根儿往小馆儿走，想去看看金万禄，听说他病了。

小馆儿没开。扒窗子看到地上堆着没撮的炉灰，灶台上散放着炊具和水缸上的冰溜子。看来，关门停灶好几天了。

绕到后面宿舍，推开门屋里窗帘没摘，黑乎乎地一片凌乱。

金万禄半躺着靠在枕头上，两眼发直，脸无血色。屋子里很冷，炉子只剩下奄奄一息的余火。炕边的小桌上放着一副很久没刷的碗筷……我摸了摸他的头，不热。问：“好点儿了吗？”金万禄眼含泪水，喃喃地说：“我这是心病。”

我没听懂什么意思，便和他慢慢聊了起来。

他对我说道："眼瞅知青一拨一拨都走了，家里也总问我能不能回去。办困退吧？我家孩子多，不够条件。再说家里也没那路子去街道开证明；办病退吧？我连医院都没去过，嘛病没有，也不知道怎么办。想来想去嘛招儿没有，这可哪么好呢？更烦心地是，在这节骨眼上我入党的事还总没信儿，听说快批了，可没人能说个准日子。这些事不同别的事，没地界儿问，没地界儿询的。自己在心里翻腾好么多天了，吃不下、睡不好。越想越乱，叫我哪么办呀？怎么好呢？……"说着，已泪流满面。

金万禄在服务连算是个性格内向的人，平时话不多，干活儿挺勤快。虽说是一个连队的战友，却远不如我与何维康那种无所不谈的关系。听到他能把这些话都倾诉给我，让我有一种兄弟般的同情和贴近。

我说："开个病退诊断证明不是什么难事，现在大家都知道返城是怎么回事，找哪个大夫磨磨都行。"

他说："我这边快入党了，那边找人开病退证明，怎么说都不是回事。再说，团部就这么大，谁都认识谁，传出去太输面儿啦！"

我觉得他说得不无道理。说心里话，这是我第一次听到他快入党的消息。那个年代有谁入党，在批准之前除了党员内部很少有人知道，颇有一种"光荣的神秘感"。今天他能亲口告诉我，确实是一种极大的信任了！

我想了想说："入党这事你只能让指导员'老歪'催催团里。你就照直和他说，现在知青返城是国家政策，你也说不好以后会怎么样。自己真心加入组织，努力了半天不想半途而废，只盼快点批。我了解'老歪'，肯定没问题。"

服务连指导员"老歪"大名郑喜林，为人随和、实在，打根儿里就没斜的歪的。此人作为"政治指导员"确实有点"不政治"，搞政治思想不会"事儿妈"，干政治工作不会"整人"。对谁都一副笑脸，男女老少都敢和他开玩笑。没什么太大威信，也绝对没人对他反感。不知什么时候什么原因，得了个"郑老歪”的外号。我结婚后与他是门挨门的邻居，相处得和一家人一样，连他家的鸡都去我家鸡窝下蛋（后来分析，是我家的鸡窝比他家弄得舒服）。我心里很有把握，和他这种人说点心里话，肯定不会有节外生枝的问题。

金万禄说：“我这么问，不是成了入党目的不纯了吗？”

我说：“他听着‘纯’就行，这和入党目的有什么关系！再说，他又不会把你问他的话告诉别人。”

“那我试试吧！”金万禄心中无底地说。

“别试，就这么问！紧盯着‘老歪’。”我努力给他打气。

我对他说：“办病退证明的事你怕咱团别人知道，我去师部给你办，你就甭管了。”

“那我和你一起去吧”他说。

我说：“你又没病，开诊断又用不到你，去干嘛？办不回来再说。”

我看他的心情好多了，顺手摘下了窗帘。顿时，一缕刺眼的、但并不温暖的阳光照在金万禄疲惫、虚弱的身上。一股酸楚油然涌上我的心头，也感到了一个人无助时的凄惨……我说：“你自己弄点吃的，把屋子收拾一下，该找‘老歪’找‘老歪’去。我明天早上就去师部。”

走出宿舍，我觉得还应该把这事办妥帖点，便径直去了团部组织股。

组织股的徐股长就像他的名字：徐醒雅。是个清醒而儒雅的地方干部。他严于律己，不苟言笑；办事丁卯齐整，绝不胡来。由于我和他有点“沾亲带故”，和他说话还算随便。

见面后我问他：“徐叔，知青一返城这么乱，咱们还批不批知青入党了？”

他十分惊讶：“你也要申请入党啦？”

我嬉笑着说：“不不不，我这种人不想给组织添麻烦。听说服务连还有没批下来的知青呢，我是为人家的‘政治前途’瞎操心。”

他略思一下，笑着用手点点我说：“你呀！还是关心关心自己的政治前途吧！”

我看得出他已经明白我的意思了，扯了点别的就告辞了。心想：这样一来，至少给“老歪”找徐股长做个铺垫。

第二天，我去师部医院找荣国一。

荣国一官称“大荣”，是个“神仙”式的人物。他年龄较大，不是知青，更不是军人，却是现役师长王少伯从北京带来的人。有着“竹竿儿挑大褂儿”的瘦高身材，大长脸上架着一副高度近视镜，看人总要把眼睛扒扯到眼镜上面。此人美术功底很厚，学过正统的俄罗斯画派油画。我在二十五团时，是在俱乐部门前同时认识的他和张垦。当时他和张垦正在画宣传画，由于都是北京人，聊得十分热闹。他打趣张垦，说张垦画的工农兵形象都和张垦一个模样。我说，画无对象的形象时不知不觉像自己，好像是个规律。要不怎么有人推测蒙娜丽莎是达芬奇的自画像呢！由于志趣相同，越聊越投机，大荣让我也在画上也凑了几笔。虽然我也学过两天油画，但没办法和张垦比。（张垦后来成了颇有造诣的知青画家，曾就职于徐悲鸿纪念馆直至去世。）从此，我和大荣一直保持着联系。一起切磋摄影技巧，一块儿拆照相机研究结构。直到他在北大荒结婚、离婚，回到北京。

大荣调到师部医院是件很“跨界”的事。据我所知，除了他为医院画过几幅人体解剖挂图，基本找不到他与“医学”有什么瓜葛。调到医院后，他在X光科正经干了两三年。他曾对我说：刚开始时，他想看看X光照人脸有没有层次，偷偷把X光机往上移，发现就是骷髅！一点他妈美感也没有。再加上这玩意有辐射就死活不干了。好在医院又购进了一台心电图仪，他就开始鼓捣心电图了。一个人、一间屋、一台仪器，也算自在。

见到他后我直接说明了来意：要一张诊断证明，再加一张心电图。他使劲挑着眼珠子说："人呢？谁呀？"我说："有人还用找你？人不在。"他说："周爷，这他妈是科学仪器！没人我测什么？测根木头棍子出来的都是直线，是死人图形！这叫'心电图'，没心没肺我侧个屁！有点儿常识没有？"我说："你找一张现成的，改个名字不就得了！""心电图都得给病人，让医生看。我留那玩意儿干嘛？"他真有点急了。我笑着说："知道'荣国一'这仨字什么意思吗？光荣属于全国第一！叫这名字的人对这点儿事还没办法？上住院处找个心坏的，测一下不就有了吗？"他上下打量了我一下说："我看你小子心最坏！心眼子跟漏勺似的。"他站起来看看我说："这倒真是个办法，我看看去。你等着吧！"

不一会儿，大荣领进个老头儿对他说："昨天我给您测的恐怕有点不准，今天再给您看看，您还躺这儿。"测完后，大爷问："心电图还交给谢大夫？""您甭管了，我得和谢大夫商量商量，我替您交给他。"大荣冲我一眨眼。

随后，大荣又楼上楼下跑了一阵，把开好的诊断证明和心电图都交给了我。看了看表说："我他妈就是上辈子欠你的！走，回家吃饭去。"

回到团部以后，我把这些东西交给了金万禄，对他说："入党一有信儿，你就把材料交给军务股房参谋，我和他说好了。"

过了没多久，金万禄带着共产党员的组织关系，踏上了病退回天津的路程。

出发那天，大家帮着装车时他握着我的手说："汶川，回北京时一定到天津！我接你。"

这是他第一次称呼我时省略了姓氏，眼睛里闪着真诚的泪花……

第二年，我带着三岁多的女儿回北京，正好在天津倒车。那天火车晚点，半夜才到天津站。听说金万禄和他小妹等了好几个钟头才接到我们。他家住在狮子林桥的一个大杂院，那时狮子林桥周围有许多破旧的民房。我记得一进院就是一个公用自来水，水池四周积聚着泥水和菜叶。到院子里面进了屋，我惊呆了！不大的房间里中间摆着一个大圆桌，桌上布满了各种炒好的菜，一家五六口坐在桌子一头的床上等我们。见我们来了，他妈妈赶紧起来忙着热菜。吃饭时，大家轮番给我们爷儿俩夹菜。说实话，当时我真不知道一家人为什么这样热情？更没想到是什么缘由受到这般款待。

那晚，我们在他家挤着睡了一宿，第二天就回北京了。

从 1981 年我也返城回北京，一直没能和金万禄再联系上。直到前两年才听说他已经去世了，可能还真是心脏病……

一晃三十多年过去了。

去年我和女儿带着小外孙女去天津玩，路过狮子林桥时我看到宽阔的桥面和现代的建筑群，还有那些脚步匆匆的陌路，不由得感叹了一句：“变化真大呀！”

女儿问：“这也是一个景点？”

不知是自言还是回答，我低声说了一句：

“这是爸心中一个抹不掉的‘景点’”……

四十余载创业情

于存举

2013年8月下旬，受创业农场之邀，当年的下乡知青数十人在原兵团时的团副政委王敏华同志的带领下，对创业农场进行了回访。短暂的行程，虽只有五天时间，但每一天我都是在兴奋和激动当中度过的。离开农场已有一段时间了，每每回想起在农场时的每一个场景，仍思绪万千，浮想联翩，夜不能寐。

农场的盛情令人感动

8月24日，我们乘火车抵达换新天站，走下车，刚刚踏上创业农场的土地，我们立刻被扑面而来的热情所包围。当时是清晨时分，农场杨场长、孙书记、孟副场长、王副书记、张志刚、袁斌、刘胜军及其他部分我们叫不出名字的场机关干部已早早地迎候在那里。简短的寒暄后，立刻驱车把我们送到下榻的宾馆，这是一家当地条件最好的宾馆。电脑、数字电视、室内卫生间、淋浴应有尽有。回访期间，正值黑龙江流域同江至抚远段抗洪救灾的关键时期，农场上下正全力投入到抗洪救灾中，这让我们感到来得真不是时候，唯恐干扰了农场的正常工作。但农场领导统筹安排，合理分工，既保证了抗洪救灾和农场各项工作的正常进行，又全面、细致、热情、周到地接待了我们知青回访团。几天的参观、访问、座谈、联欢，农场主要领导都亲自参加，特别是孟副场长、志刚、袁斌、胜军自始至终，全程陪同，回访团的每一个成员都从内心对他们表示由衷的感谢。

几天来，我们还见到了很多老领导、老同事、老朋友以及他们的子女们，多年不见，大家在一起总有说不完的心里话，讲不尽的思念情。一些老领导、老同事、老朋友和他们的子女们为表达心意，还非要盛情相邀，到酒店举杯相庆才行。创业农场这片热土上，从场领导到各部门干部，从服务人员到农场的各位父老乡亲真是热情得不得了，我们回访团的全体成员在农场期间，真切感受到了回家的感觉。离开农场时，几位场领导带着部分场机关干部乘车一直把我们送到创业农场地界之外，才再次握手依依惜别，这令我们所有回访团的成员都十分感动。

激情燃烧的岁月令人难忘

回访期间，农场领导陪同我们几乎走遍了农场的各个作业区。行进在农场的一草一木、一山一水间，无不勾起我们对当年建点、开荒、屯垦戍边、艰苦创业历程的深情回忆，思绪不由得又回到了几十年前那激情燃烧的岁月。一幕幕场景又重新浮现在眼前，仿佛就在昨天。我们曾在这里伐过木；我们曾在这里割过草、和过泥、脱过坯、盖过房；我们曾在这里驾驶拖拉机开过荒、种过地；我们曾在这里养过猪、放过羊；我们曾在这里水中捞麦；我们曾在这里扛过麻袋，稳稳地走上那高高的三节跳板；在那辛勤

劳作过程中，还有一天 24 小时密切相伴、挥之不去的蚊子、瞎蠓和“小咬”。在这片土地上，我们曾经挥洒过汗水和热血，有的战友还献出了他们宝贵的生命……

当时的工作条件和生活环境是十分艰苦的，但正是这艰苦的生活环境磨练了我们的意志，强健了我们的体魄。这段经历恰恰成了我们下乡知青最宝贵的财富，因为在这之后的人生历程中，再苦、再累、再难的事情在我们这些知青眼中已实在算不上什么了，正因为如此，绝大多数知青后来都成为各自单位的骨干和中坚，这得益于当年的那段不平凡经历，真要感谢创业农场这片热土，还有这里的父老乡亲对我们的关心、爱护、培养和哺育。

新朋老友的欢聚令人动情

这次知青回访，我有幸见到了几十年未曾谋面、散居在全国各地的战友们，当年的小青年如今大多年过花甲，有的已近古稀之年，两鬓斑白。当年朝夕相处的战友相逢已然不相识，因岁月无情地让我们变老了。老友重逢让人心潮澎湃，热血沸腾。总有说不完的话，唠不够的嗑，叙不尽的情，战友们相聚，仿佛又都回到了青年时代，让人感慨万千。

本想在这次回访中能多见见当年的老领导、老同事、老朋友，但很遗憾，有些人退休后回了原籍，而有些已故去，永远见不到了。有些人虽然见到了，但已身体欠佳，行动不便了，看后让人心情很沉重。当然，也还有很多虽年事已高，却仍然身体硬朗，生活非常幸福快乐，让人为他们高兴。更让人高兴的是农场的下一代，有很多年轻有为者，他们敢闯敢干，开创了自己的一片新天地，事业有成，过上了富裕、幸福、高质量的现代人的生活，让我们为他们感到骄傲。创业农场是我们的第二故乡，那里有我们太多太多的牵挂，我们像关注自己的家乡、自己的亲人那样关注着那里的一切，与那里的人们休戚与共。

美好未来的远景令人期待

这次重返创业农场，让我们振奋的是农场的巨大变化。如今种水稻基本上是旱涝保收，而且产量是过去种小麦时的三倍多，效益大大提高。农场十分重视科学种田，不断加大科技投入。农场创建的种子科技示范园区已有相当规模，这些都为农场进一步发展壮大提供了强有力的保证。农业机械的现代化成为农场的一大景观，一排排农业机械整齐地停放在现代化农机停放场内，雄伟壮观。农场职工开着小轿车去种田，比城里工人上班还神气，而且每年从整地到收粮入仓，总计6个十天就全部完成，为种地者提供了更多休闲娱乐的时间。农场为了丰富职工群众的业余文化生活，筹资1000万元建起了社区服务中心。里面健身室、棋牌室、乒乓球室、老年活动中心、书画室等等，真是应有尽有，

完全可以满足广大社区居民的精神文化需求。闲暇之时，他们来这里运动消遣，和城市里大多数每天忙忙碌碌、生活在快节奏当中的人比起来，他们可真是惬意多了。农场如今实行撤队并区，职工群众统一搬迁到场区居住，住上了楼房，过上了城市居民的幸福生活。在很多一二线

城市房价高得让人不堪重负的今天，创业农场的一幢 200 多平方米的别墅仅售价 30 多万元。如今很多普通职工群众都住上了别墅，生活条件越来越好。劳作在广袤的田野上，居住在舒适的城镇里，这就是现代化大农业给农场职工群众带来的现代化生活。我们为他们感到高兴。展望未来，相信农场的发展会越来越好，希望他们将来能成为我国农业发展的一面旗帜，一个方向，期待着农场在不久的将来会给我们带来更大的惊喜，衷心祝愿创业农场的父老乡亲们生活愈加幸福、安康，祝你们都过得比我好。

探亲历险记

王杏英

1972年年底，我们盼来了第一次回家探亲。大家思乡心切，早早聚在连里的操场上，等候团部派来的卡车，把我们送到福利屯赶火车。

7点左右，远远看到一辆带篷的大卡车向连里驶来，大家欢呼雀跃："车来了！车来了！"。车一停，一齐向前涌。一看傻眼了，原来卡车从团部出发，一路带人，已经有了十几个，加上我们连的30多人，无论如何挤不下的。由于回家心切，都怕自己走不了，争先恐后地往车上爬，往车上扔行李。

我也跟着往车上爬。下面的人举着我的脚，使劲往上一托，我就翻进了车厢。没等我爬起来，后面的行李接二连三地扔上来，压在我的身上。紧接着，又有一个男生爬上车，不管不顾的，先把旅行包往我背上一扔，然后一屁股坐在旅行包上。

我拼命地叫喊："慢一点，压着我了……"车里一片漆黑，人声嘈杂，没人能听见我的喊叫声。不断有人往车上挤，慢慢地，我的力气越来越微弱，最后叫也叫不出声来了。我开始绝望，心想这下完了，今天要死在这儿了，回不了家啦！

忽然，一只大脚插过来，差点踩到我的手。求生的愿望，使我想到救命的办法，我把

手伸进他的棉裤腿里去，用力抓他。那人立刻大叫起来："不好，有人压在下面了。大家赶紧起来，下车！"

没人响应。好不容易挤上来的，谁肯下去呀，还说他多事，故弄玄虚。他急了，连喊带骂，连拖带拉，把人都赶了下去，我被他从行李堆里拉出来。我已经被压得喘不上气来了。人们大吃一惊：要不是他，真的要出人命了！

原来，他是我们连的大个子——上海知青王宗麟。我的救命恩人！

作者简历：王杏英，女，1954年3月出生。上海知青。1971年9月下乡到黑龙江生产建设兵团6师61团22连。1980年1月返沪。

我的班长卢隆盛

汪东辉

冬

1970 年，我从上海来到 61 团 1 连时，北京知青卢隆盛已经到北大荒两年多了，是我的班长。北大荒的冬天最让人难忘，严寒、风雪、糊着窗缝的双层窗户上结满厚厚的冰霜。

一天夜里，我在班长的带领下打夜班，把 2 号地（71 垧地）里割倒集堆的豆子拉回连队脱粒，前半夜大家已感到冻得慌，吃完夜班饭，想再拉回一趟豆子。爬犁开到地里后，感得呼吸都要冻住了，卢隆盛当即决定“撤”，我们抱了些豆秸铺在爬犁上，坐着返回了。第二天听天气预报说零下 42℃！乖乖！要不怎么会感到出奇地冷！

卢隆盛是个站在生活和工作前头的人，从没让生活的艰苦、工作的繁重、条件的恶劣压垮。我没看到过他疲沓消极的状况。他能扛起两个装满小麦的麻袋，能把平躺在地上的整麻袋小麦抱起放在自己的肩上。而他的针线活非常细致——衣服上的补丁又平整又美观。有他在，我就感到安全、踏实、有依靠。

1973 年冬到 1974 年开春前，1 连没有回家探亲的男知青到二抚公路 138 公里处建点伐木。12 月 23 日是我生日，也是个“嘎嘎冷”的日子。他带我去师部采购垫肩、棉手套、绑腿。那天一早我们就到公路边等着截车，还算顺利，路过的第一辆车就停下让我们捎脚。我连准备好的口罩都来不及戴就爬上了大厢，车上有一个大轮胎，我俩都搭边坐下。车启动后加油门加速，旋起的的冷风迅速冻僵了我的手，口罩怎么也没法戴上了。不一会儿，他就叫起来：“你的鼻尖冻了。”我说：“我没感到冷，不要紧的。”“什么不要紧的，你的鼻尖都冻透明了！”他说着就已经解开他的蓝大衣扣子，揽过我的头塞到了他的怀里。我挣扎着要出来：“我没感到冷，不要紧的。”他用更大的力气摁住我：“什么不要紧，冻死的人没一个说自己感到冷的。别动，再动鼻子就要掉了。”除了感到温暖，我什么也看不见了。

他不顾自己的寒冷，一劲儿说笑话宽慰我：“没事，你是个二皮脸，半边脸没皮，半边脸有两层皮。冻这半边没皮，冻那半边有两层皮，你说你还能冻着吗？”“你的脸皮比城墙还厚，能冻着你吗？”

车过了营部了（25 团 4 营），就快到目的地了，但我感觉那天这 29 公里的路程很长很长，这一段时间好像一块凝固的里程碑，埋进我心里永远忘不掉，那是一段用他的体温温暖着我，在严寒中走过来的路程。

爱

在兵团，我从没看到卢隆盛写什么日记，对黑板报之类也没感过兴趣。到现在我也不记得他在什么会上有过重要的发言。

他当过男排排长，除了安排活计就是带头干活。他的劳动工具总是准备得那么得心应手，那镰刀总是磨得十分锋利，可以当刮胡刀用；那捅锹可以用来当菜刀使。扛麻袋用的那块白披肩方布兜头一蒙、牙齿一咬，帅得就像《林海雪原》中战士的雪地防伪装一样。

每年秋后，他托人从老团买来关东烟叶和木耳，细心地把烟叶从烟梗子上捋下，然后邮寄给父亲，可以省点邮费，也使父亲抽烟时省点劲。他说他的这位父亲（继父）就得意关东烟这一口，抽不惯纸烟。

卢隆盛困退返城后，我就按他的习惯，每年买点亚布力烟叶替他寄北京去。卢隆盛说我心细，居然还能牵挂此事。

我记得。卢隆盛对那首《北京颂歌》非常喜爱，大喇叭里一放，他就会驻足聆听，一得空闲他就会哼唱歌里的优美旋律。他还喜欢那个马季与唐杰忠合说的相声《友谊颂》，听多少遍也没够，“拉菲克”常挂在他嘴上。也可能是受他的感染，弄得我也对北方的相声情有独钟。

我们有一次跟爬犁去比黑瞎子林更北面的林子砍柴火，因为冻脚，下来跟着爬犁走。就在这时，他吐露了他爱上倪丽敏的意思。大家伙的猜测得到证实。他说：“观察好长时间了，她是一个好姑娘。”我问：“你向她表达过意思了吗？”他说：“她要征求家里的意见。”

嘿！卢隆盛是北京市人，而倪丽敏却是上海姑娘。当时就有个多一“市”不如少一“市”的说法。后来卢隆盛先回的北京，倪丽敏还在北大荒，卢隆盛发誓也要把她办回去，因为这个“市”，倪丽敏回到上海去了，因为这个“市”，他们想尽一切办法，最后找到了一个与人对调的机会，才得以团聚。

1980年4月下旬，他们上海的婚礼，被我赶上了，我正好从大庆出差到上海。这是我在1976年3月到农大上学后与他的第一次见面。

卢隆盛住在虹口公园旁边的上海邮电招待所，我请他去看场电影，记得是刚上演的日本片子《生死恋》，他问我是在哪个电影院，我说在“红都电影院”（就是百乐门），他应道：“噢，就是静安寺愚园路的把角上。”我说是，惊奇他对上海的熟悉。看完电影，我推着自行车和他一起从静安寺走到中山公园。一路唠不完的嗑。

他得知我回去要路过北京，让我一定要去他家住，不能住招待所。去看看他的父母亲。

他在离开北大荒时的最后一封信是在福利屯投寄的，寄给在八一农大上学的我。信中表达了他对北大荒的深深眷恋，对能成功返京表示了不易。他说：有机会的话他到北大荒来看我。（因为我当时确定毕业后要回团里。）

1981年初寒假，我们准备回上海结婚，卢隆盛让我和国琴一定到北京拐一下。他给我们准备了一份丰厚的礼物。

他们的第一个孩子因病夭折后，他在信里告诉我，每当路过那个医院的门口他都要难过地流泪。

悟

1976年3月，我要离开连队去农大上学了，去团部集合的那天，行李装在马车上，卢隆盛和小艾（艾振江）陪我跟着马车走，临别的话说了又说。那是一个北大荒早春的日子，春播马上要进入高潮了，是一个充满希望的季节。不由想起李白的《送汪伦》，桃花潭水深千尺，不及"战友"送我情。

他俩都是在老团待过的，我们都不满意连队的生产、生活现状，都想把连队建成像老团那样赢利常态化的连队。我们依依不舍，将来在一起工作的机会也许不多了。

卢隆盛是北京67届的初中生，他想继续上学深造，但他没有机会。他好学，对上过学的人有一种发自内心的敬重。我们那时对侃大山有另一种叫法——吹大犁。他给我解释过：大犁，看似简单，但制造大犁可有学问了，那些农业技师能把大犁给你说上半天。后来我农机课学过大犁后才真正感到，大犁曲面上的入土角、碎土角、翻土角……学问太大了。用半天时间讲清大犁是很难的。我把在《土壤学》中看到的五种成土因素理论体会讲给他听，他非常认真，眼睛始终注视着我，多少有点让我感到胆怯，怕讲不准。

"哦，有道理！沙子里倒上墨汁那不叫黑土。"

"看到沙子，看不到黑土那叫没有辩证法的观点。"

这是多年后再见面时，我用五种成土因素理论和他讨论知青下乡的问题。没想到他还有那么高的悟性。现在想来，他那时对教条的（城乡）“血统论”有了新的认识。实际上要让知青群体本身放弃用“血统论”看问题和判断问题都是一件比较难的事。我们到现在有时还只看到沙子，有时只看到黑土。

和在连队时一样，回到北京后他干活仍然从不惜力，他当工人开过叉车、卡车，也当过小车司机。印制邮票的纸，原料在河南，加工要去上海，再回到北京印刷，跑一圈长途他还乐呵呵的，不知道累和难。

悟性的产生是需要一棵大树的。北大荒无疑是一棵菩提树，在那棵树下我们感悟了。“从本身的错误中，从痛苦的经验中学习。”

感悟了的人，不会再迷乱。

根

卢隆盛是个心中有家乡的人。心里有家乡的人才有坚强的意志，有根。

他参与了1连的建点。1连那片土地的“文明史”从他们建点起始，他们之前的为“史前时代”。“史前时代”留给我们的是荒原中几座木制的、高大的觇标，这些觇标常引起我们遐思和追问，那些大地的测量人员是怎么造就的这些觇标？

我到1连时，1连的砖窑已经废弃，成了建点历史的遗迹，走进这废弃的砖窑，感觉走进了一个古城堡，那些中间带有没烧透的黑心红砖还俯首可拾。

除了建成1连营区，他们还创造了团结、友爱、坦诚、高尚的人际关系。所有在1连工作生活过的人都说这些建点的汉子打了一个好底子。

1连附近有一处较深的沟泡我们常去游泳。走过漂筏甸子、走过高高的铁路路基。游完了，卢隆盛总喜欢把拧干的游泳裤顶在头上，说小时候都这样的，我们也都跟着他学。

高压电线杆架设完毕后，我们一起到团部去拉回变压器，我们靠人的力气把沉重的变压器装上尤特牵引的拖车上，回来的路上我们的双手把扶着变压器，大家都很兴奋，国电要通了，心里早就亮了。

故乡，实际上就是把汗水和脚印埋在一块土地上变成“根”的故事，有的欢乐，有的悲壮。

1975年秋收结束后，团里安排改造别拉洪河，施工的现场就在猪号的北面，4号地的东面。要开挖的这条水渠上宽要6米，这样宽的沟很难挖，要向两边移动脚步不算，站在沟中间甩出挖起的土就很费劲。更难的是，那块地里杂草和芦苇盘根错节，地面的荒草很厚，铁锹根本挖不动。

那次我和他的施工段挨着，我们决定合着干。不好挖，我们商量一下用火烧一下。但天干物燥，火迅速蔓延开了，火势越烧越大。

经过拼命扑打，火总算让我们扑灭了，险些造成“跑荒”。尽管满脸黢黑、筋疲力尽，我们还是庆幸没有闯下大祸（隔天有个天津知青同样的操作造成“跑荒”，人被带到团部119关了好几天禁闭）。这一天，一点土方都没挖。

现在可以告慰卢隆盛了，我们当初开挖的这条水渠确实和别拉洪河有关，别拉洪河我们在冬季曾无数次地穿越过。

他曾说过：一条路上往左走的、往右走的都可以理解，最讨厌的是站在路边不走还评说左走如何、右走如何。

他说过：知青返城，有的是返回自己的故乡；有的人无所谓谈返回故乡，这种人的灵魂没有故乡；还有种人尽管背井离乡，但他的灵魂有故乡。

让我惊异的是，这种对故乡的感受和米兰昆·德拉何其相似。

我在农大学成后觉得应该回到农场去，他说：这是真正的“上山下乡”。

趣

有着高雅情趣的人，无比热爱自己的生活。无论现实的生活状况如何，始终保持着信心和希望。卢隆盛能烧出味道纯正的京味菜，连队会餐时他总能露几手。“折箩”就是他和伯弢的拿手好戏，几个吃剩的菜底儿经他们一番加工就变成了一道新的美味。在山上伐木，得空闲他总去帮厨，他和景春都得意于做“戗面馒头”，使劲地把干面粉揉进发面中，做成的馒头一咬直掉粉粒子，但那种馒头吃了扛饿。

因为他好动，他总是满头大汗，他总是撩起衣服或汗背心的下摆擦汗，惹得夫人和老丈人直摇头，老丈人说他什么都好，就是对穿着不够讲究。大家很难看到他衣冠楚楚的时候。但他不邋遢，衣服穿脏了就洗，盆里不会有脏衣服攒着。

卢隆盛在1连场院

有一回张民阜骑车从团部回1连，恰逢水泥晒场打成不久，我们轮流骑车玩，看见地上的小虫子什么的，就指挥骑车人压过去，压着的就欣喜若狂，压不着的就有点不好意思，一辆自行车把几个“城市”知青都吸引过来了。

最有趣的是，一到夏秋时节，连里会搞些西瓜、香瓜来犒劳大家，一般情况就是把拖车甩在宿舍前的空场上，大家自己去任意拿着吃。西瓜好的不多，多是那种还没成熟的水了吧唧的；香瓜有又脆又甜的。大家都抢着拿自己感觉好的瓜，砸开瓜后咬几口觉得不好就扔掉再拿。卢隆盛告诉我一个吃瓜的“窍门”：吃到好瓜不要声张，别人问，就说这瓜不好吃。但他自己就做不到，一旦得到好瓜，他就会嚷嚷“这瓜好唉”，然后就被大家“瓜分”掉了。

他爱好集邮又在邮票厂工作，邮票厂的职工在集邮方面有点优先权，他却让我享受了，每年给我一套完整的邮票，连定位册都按我喜欢的样式买好。这一整就是十好几年。每年央视春晚发行的明信片，他定会准时寄出。直到他病重期间还念念不忘地吩咐，给东辉的邮票要带齐有邮票厂边沿的。

1991年暑假，我出差带上小学的女儿一起到北京。正赶上南方遭遇洪灾，邮票厂赶印赈灾邮票，厂里忙得团团转。卢隆盛为了接待我们，家里厂里两头跑。我们在北京度过了一个难忘的夏天，他还一个劲儿地说：“没玩好，陪你们的时间太少了。”我跟他说：“累坏你了，你们夫妻俩等到我们睡下后还要忙乎，每天都要忙到半夜才睡。我们过意不去啊！国家事为重。”

星期天，我们去陶然亭公园，游船漂荡在湖面，岸上的亭子掩映在花草树木中，心中漾起熟悉的《让我们荡起双桨》，感慨少年、青年时代远去，儿女都长大了。我们相约，一旦京沪高速建成，他就开车拉着我走一趟。

祭

2001年8月22日，我独自坐上了上海开往北京的沃尔沃大巴，大巴全程走京沪高速。没有你的陪伴,这一程我感到了孤独——8月19日卢隆盛走了……

记得有一次我从内蒙出差回大庆路过北京，在他家的四合院大门口差点和他撞个满怀，他回头冲着院里大叫：“妈，你看谁来了？”那天是北京夏日里难得的一个凉爽天，我们一起吃饺子，我说：“我闻到饺子的香味就赶来了。”

还有一次寒假，我离京回上海，因为路堵，赶到北京站时，离开车已剩下几分钟的时间。我着急地往检票口冲，他却跑向小卖部，买回一大抱食品，小东东都纳闷了，他说：“东辉叔叔不会自己去餐车的，他会饿着自己的。”

8月23日清晨，在北京八宝山，1连的战友们为卢隆盛送行，除了来自京津沪等地的知青战友，葛连长的儿子玉贵坐飞机从广州赶来，和小四玉娟一同代葛连长献了花圈。男儿有泪不轻弹。回到卢隆盛家，景春和我抱头痛哭。

“亲戚或余悲，他人亦已歌，此去何所道，托体同山阿。”尽管卢隆盛离开我们已经12年了，但不论何时何地，我总是觉得班长就在身边。

作者简历：汪东辉，男，1953年12月出生。上海知青。1971年10月26日到黑龙江生产建设兵团61团1连。1976年3月到黑龙江八一农大农学系上学。1979年1月到大庆油田工作。2000年回上海定居。

我的北大荒姻缘

杜毓芬

相亲、相扶、相靠几十年，生活给予我们的是无限的温暖和快乐；那些苦、累、愁是生活的调料，是五彩的点缀。当我们回忆往事的时候，常被那些调料和点缀感动不已，觉得由缤纷色彩构成的生活才是幸福的。

1968 年，我从上海来到黑龙江生产建设兵团。开始在 3 师 29 团，1969 年调到 6 师 61 团，在广阔的荒原上白手起家开始建设 10 连。我们连队的人员来自上海、北京、天津、哈尔滨，正值青春年华，个个雄心壮志，满腔热血，大家在一起克服各种困难，互相帮助，团结友爱，那真是一种至高无上、无比纯洁的友谊。

年复一年，知青们随着年龄的增长，慢慢地变得现实了，不约而同地想到今后要在这里生活一辈子，一旦结婚生子，孩子不是上海人、北京人……而是北大荒人，千里之外的父母、兄弟、姐妹和那个养育我的家都会变成过去。我沉默了，变得话少了。

我们在十二马架开荒 左起：王振忠（山东）、吴振斌（上海）、王德臣（天津）、周石琪（北京）、王晓鹏（哈尔滨）、高虹（天津）。

1969 年春暖花开的时候，我开上了拖拉机并认识了他——个子高高、瘦瘦的天津知青。人长得不帅，少言寡语，有一股男子汉的阳刚气质。他工作积极肯干，为人热情，做事稳妥，很受大家尊重。我渐渐对他产生了好感，觉得他是一个能伴随我一生的好男人，和他一起踏实。可能这就是爱情吧！当时，知青们谈恋爱是被禁止的，我们的恋爱是从“地下”开始的，是真正的“单线联系”，好长时间无人知晓。

1971年，他被调到了团部电影队；我则去了23连，被任命为农工排长。我们见面的机会少了。连里有电话，但也不敢打，怕被人发现。往来交通又不方便，我担心这样下去感情会出问题，心里很是不安。

直到他来我们连放电影，才见到了他。在食堂打饭时，他趁人不备偷偷地塞给我一张小纸条。从此我们确定了感情关系，并约法三章：一、不到时机不向大家公开；二、恋爱不影响各自的工作和学习；三、女方26岁以前不考虑结婚问题。

日后，我们见面的机会更少了。见面时非常害羞，心里总是怦怦直跳，怕同志们看出来影响不好；不见面吧，心里又牵挂着。我们好像是搞地下活动的“特务”，在做见不得人的羞耻行为。我们常常靠纸条传递爱慕之情，偶尔约会也只是房后三言两语，草草结束，绝对谈不上浪漫。有一次他放完电影，我们在一起多说几句，回到宿舍，睡在旁边的荒友就问：“排长，你干啥去了，这样晚才回来？”我只好编个瞎话，脸热热

左起为 杜毓芬（上海）、李桂荣（哈尔滨）、刘 芸（北京），站在车上的是陈珊萍（上海）。

的，心里忐忑不安。

1974 年，团部盖了俱乐部，他下连队放电影的机会越来越少，我们见面的机会也越来越少。分别一久，不免产生思念之情。一次，我利用连里放假休息的机会，徒步去团部找他。我独自一人背着书包，手里拿根木棍给自己壮胆；口袋里揣着火柴和纸，用来防备狼的。

我们连离团部大概有 20 多里路，全程都是土路。路边草地里开满了艳丽的黄花、芍药花，蓝蓝的天空各种鸟儿飞来飞去，偶尔能看到漂亮的野鸡和野兔。我却无心欣赏这些美景，脚下快步如飞，恨不得一步跨到团部见到思念的情人。几步一回头，看看有没有狼。走着走着，突然感觉身后有动静，急回头，只见一只褐色皮毛的动物窜出，我连忙挥起木棍，又摸口袋里的纸和火柴，以为狼光顾了。定睛一看，原来是只狍子，揪着的心才慢慢平静下来。

终于到了团部。看到他，我像久未看见亲人的孩子，眼泪禁不住淌下来。他握着我的手，说我不该这样徒步来，话里带着理解和怜爱，使我心里感到无比安慰。

1973 年，有学校招生，这是知青梦寐以求的良机。我有自知之明，初二没毕业的文化水平只能报考中专。不久，我被扎兰屯卫校录取。前思后想同他的关系，我不愿离开他，最终还是放弃了。

随着知青年龄的增长，连队建设的不断完善，上边对知青恋爱不再禁止，而且鼓励恋爱结婚，扎根边疆。1975 年，我俩持续四年之久的秘密终于公开了，荒友们惊讶、高兴、为我们祝福。

我俩都是中共党员，必须向组织汇报，取得组织的认可。我回上海探亲，向父母谈起他。他们对他本人没有太大意见，只是希望我找一个上海知青，将来有一天能回到上海。临回兵团时，妈妈语重心长地说：“当初下乡是你自己要求的，终身大事也是你自己作主。你已经长大了，希望你们今后工作和生活上相互关照。妈妈太远，帮不了你们，全靠你们自己。祝你们幸福吧！”看到母亲两眼含着泪花，我的眼泪也不由自主地流下来。

1975年12月，我们旅行结婚。两年后，女儿降生，母乳少得可怜，全靠奶粉喂养。那个年代买奶粉很困难，年轻人喂养孩子又没有经验。孩子两个多月开始经常闹病，实在没有办法，只好求助天津的婆婆，把孩子送回天津。

1978年，返城狂潮打破了北大荒知青们的平静生活，人心躁动，工作学习完全没有了秩序。我们心里只有一个念头——回家。1979年1月，我们回到了各自的家上海、天津。

上海的政策不接受两地结婚的知青。这时，我又怀了第二个孩子，经常拖着笨重的身躯往返知青办，却一点结果也没有。回到家不敢放声哭，只是默默掉泪。

二女儿的降生没有给我们带来喜悦，却增加了烦恼。我们天各一方，他和大女儿在天津，我和二女儿在上海。工作、住房，种种问题一股脑儿涌来，困难反而比在北大荒时更大。摆在我面前的最大问题是，家安在上海还是天津？他家准备把我调到天津。他精神恍惚，惦记着我和孩子，担心这个家散了，几乎两天一封信，三天一个电报，安抚我，让我耐心等待。

心如乱麻，度日如年。我和孩子在上海成了黑人，无户口、无工作、无经济来源，生活全靠父母和兄妹资助。我于心不忍，经常暗自落泪。

1979年底，上海的政策有所放松，同意接受两地结婚的知青。1980年1月，我和两个女儿的户口落在了上海。父母家人替我高兴，我却一点也不高兴。看到他一封封的信和电报，我心里很矛盾。

父母、妹妹和朋友们听说我要办到天津，说：“费了九牛二虎之力才办回上海，又要到天津去，脑子进水了？”同学劝道：“他来不了上海，就两地分居呗！慢慢办，不行离婚算了，上海好男人有的是。”“离婚”两个字让我感到很刺耳，我不敢去想，也不忍心去做。

在上海的日子，我得到了父母无微不至的照顾。回到生我养我的家，守护在父母身边那种感觉无法言喻，我舍不得离开父母。回忆和他在北大荒患难与共的日子，看着他一封封情深意切的信，我的心碎了。

这边是年迈的父母、那边是曾经朝夕相处的丈夫，心里一团乱麻，摸不着头绪。最终，我还是决定离开繁华的大上海到北方的天津去。

老伴老伴，老来相伴，相伴到老。再鲜艳的花朵也会凋谢；再好的朋友也只能偶聚。沧海桑田，云烟过眼，最后能够陪伴终身的，只有老伴。

父母见我心事重重，日渐消瘦，不再勉强留我，同意了我的选择。

1980年10月，我和两个女儿的户口从上海迁入天津，终于结束了一年零十个月的感情纠结的生活。

如今，我们已过花甲之年。退休后，他主外，我主内，互相体贴、互相帮助，老有所为。我们深深感谢北大荒这块肥沃的黑土地，让我们得到的人间的真爱。

作者简历：杜毓芬，女，1950年8月出生。上海知青。1968年9月下乡到黑龙江生产建设兵团3师29团5连（双鸭山农场前身）。1969年3月调至6师61团10连。1971年2月调至23连。1975年1月起先后任职于团部托儿所、招待所。1979年1月返沪。现定居天津。

我的返城之路

王笑微

1978年，北大荒知青返城形成了高潮，到了1979年大多数知青都已离开了这片黑土地。而我却因为革命的老爸，比别人又多坚守了6年，在赴北大荒18年后，才得以返城回到北京。

那段时间，经常听说谁谁病退回京了，谁谁困退回京了。来的时候轰轰烈烈，回去的时候神神秘秘。没有上级指示，没有红头文件，全凭每个人的本事走门子。听说师部医院的走道里每天都被知青围得水泄不通，都是从各团、连远道而来的知青，为了一张所谓的“通行证”。医生们弄虚作假，换取的则是一个个知青家庭的团聚，也算是积点德吧。

至于我，病退，我没病。虽然我护理过各种病人，可就像刀枪不入，什么病都没被传染过。

再说困退，我家兄弟姐妹六个，我在北大荒，两个先山西插队后当兵，家里还有三个，何困之有？

看着滚滚人流陆续返回了家乡，我也怀念故土和亲人，我给家里写了信。得到父亲的回答是：“国家虽然开始‘拨乱反正’，但上山下乡没有错。都挤到大城市有什么出息？最勇敢的是去西藏！”我知道没有父亲的支持，自己的任何努力都将是徒劳的。从此，我心无旁骛、老老实实地继续呆在了北大荒，每天迎着朝阳上班，披着落日的余晖下班。因为那时还有一些留在农场的知青，倒也没觉得孤单。再说了，天天从早忙到晚，没有时间多愁善感，没有时间自哀自怜，傻人傻活着也挺好。

其实，老爸也不是一点都不近人情，在大多数知青返城后，他还不顾自己

戎马一生的父亲

高龄，专门跑到北大荒来看望我。我带他在创业场部周围转了转，当在路边汽车飞驰而过时，老人家掏出手绢捂住了鼻子。这回让我抓住了小辫子，我说，您在农村这样不怕人家说吗？老人家还真拿掉了捂在鼻子上的手绢。现在想起来很后悔，那汽车后面的扬尘要比 PM2.5 厉害多了。

父亲听说在比创业农场还远的地方又建了一个现代化农场，就非要去看看。这个现代化农场就是洪河农场，在同江县境内，是建三江垦区和日本以补偿贸易形式建起的现代化国有农场。父亲去洪河农场在李伟的《节节草儿》书中有这样的记载：“老红军专程从北京来农场看女儿。老人高龄高寿，知识渊博，吃遍了东北各地的蚂蚁（那时流行吃蚂蚁，就像打鸡血、喝红茶菌），对‘左撇子’很有研究。农场的人都愿意听他说话。一天，他来到地里看到大马力拖拉机正在作业，农场领导和技术人员正在用单频无线话机指挥调度作业机车，有时在和数十里外的机车直接对话。他被震惊了，他说，这里的装备比空军部队还要现代化。他曾在空军部队工作过，所以，他这样说。空军作战最讲协调配合，上下衔接。现代农业生产也和空军打仗一样，讲究协作，装备要精，配合要好。老人说得很随意，却说出了一段大道理。不久，也在农场成为了一段佳话……”

我偶尔也会心酸，那是 1982 年，杭州老知青、著名女作家张抗抗来北大荒采访。到了创业医院，亲切地和我聊了一会儿。已不记得我当时说了些什么，但肯定的是我没有说那些豪言壮语。嘴上不说，心里有些酸酸的，有种被遗弃的感觉。

张抗抗和我在创业农场医院前的合影

大多数知青返城之后，有人说拖拉机没人开了、收割机没人开了。但那只是暂时的断档，北大荒人的第二代很快就接了上来，创业医院就接连来了几位年轻的大夫，都是老北大荒人的子女学业有成，充实到了各个岗位。

最后两年，我从裴德卫校学习回来，到了现代化的洪河农场。我又操起了老本行，每天穿梭在病房里完成护士的职责，排班、执行医嘱。为住院的病人心急，为痊愈康复的病人欣慰，日子就这么一天天过去了。

1985 年 8 月，共青团北京市委员会慰问留在边疆的北京知青，发给了我们每人一枚纪念章——赠给光荣的北京人，志在边疆，建功立业。主图为“牛”(直径 5.98 厘米)

北京亲人的慰问，志在边疆，建功立业的鼓励，让我继续坚守在北大荒。

后来，我之所以下决心不顾一切的返城，是因为让我遇到了不得不回去的理由。

那年，适龄职工子弟实行考试择优录取，成绩优秀的去哈尔滨上学。但后来传出来的结果是：考第三名的职工子女没去成，第十三名的领导子女却去上学了。由此我对将来自己孩子的前途感到茫然，这才痛下决心一定回家。

老爸单位的老干部处以父母年迈，需要做医护人员的女儿回来贴身护理为由，把我办回了北京。老爸真的老了，我轻而易举地就蒙混过关了。以后，老爸多次问我怎么还不回北大荒，我就说是来北京长期进修学习的……

回家的路坎坷而漫长，但毕竟还是回来了。1986 年 4 月 1 日，在那个愚人节的日子，在销掉北京户口的 18 年后，我又重新有了北京户口。

作者简历：王笑微，女，1950 年 1 月出生。北京知青。1967 年 12 月下乡到黑龙江省七星农场直属二队（后改为黑龙江生产建设兵团 6 师 25 团 1 营 1 连）。1969 年 1 月调 61 团。先后任职于 1 连、三连、卫生队。1982 年 11 月调到洪河农场医院。1985 年 11 月回京。

我们的老连长葛存礼

王树本

从四十多年工作经历中我深深感到，遇到一位正直善良的领导真是一种幸运。

回忆在1连工作的那些年，我心中暗暗庆幸自己遇到了葛存礼连长这样的好领导。

初识葛连长是1967年在集贤农场（29团、双鸭山农场）三队。当时葛连长是三队副书记，旧社会又被国民党抓过壮丁，因此在运动中也受到了波及，承受了不少痛苦。以后的相处发生在调到61团后没几个月，1连董志富连长就调回了29团。没几天就听说葛连长要来1连。当时心里非常矛盾，高兴的是调来的领导和我们熟悉，心里打鼓的是当时在队里总归是造反派，不知葛连长怎么看。可见到葛连长第一面时，这种矛盾心理立刻一扫而光。葛连长拉着我们几个人的手问寒问暖就像久别的亲人。

在以后几年的工作中也处处体会到葛连长无私宽容的长者风度。

1969年夏天，1连来了一批小天津、小哈尔滨知青。这些人在文革初期还是上小学的孩子，来到北大荒也还带着孩子的顽皮。让我们这些早他们几天到荒原、长他们几岁的班排长，最头疼的是他们不起床。可是葛连长从来没有以阶级斗争的观念来看待这一问题，或用行政命令的方法来解决这一问题。而是把他们当成孩子。那时候一连早晨连长哨声响过之后，葛连长就会来到男生宿舍，拍拍这位的脑袋，或用凉手伸进那位的被窝抓两下。这同时再加上黄伴华副连长那标准广西口音的“起来了，一咕噜就起来了”的招呼声。接着就是那些“淘气的孩子们”嬉皮笑脸地喊着：葛大爷来了，快起！

葛连长与家人合影

一支官兵和谐的晨曲，拉开了1连一天工作的序幕。

直到这些孩子们也成了大爷以后，还是嘻皮笑脸跟葛连长叫“葛大爷”。聚会的时候二两酒下肚，聊起那些年那些事，还会用广西口音学黄连长喊：“起来了，一咕噜就起来了”相互逗闷子。

他们父亲般的宽容已溶入我们心中。

老连长的宽容给我印象最深刻的，是自己那次犯错误做检查的经历。

那年我正在农工班当班长。班里有位小哈尔滨知青叫王松滨（已病故），外号叫“四坏”。从他外号就可知他当时淘气程度。有一次播种时捣蛋，收工后我批评了他几句。我说一句他顶一句，气得我火冒三丈，顺手抄起身旁一只“维达罗”（小水桶）就向他砸了过去。我估计姚明要是在场都会佩服我的“投篮”准确度，维达罗不偏不倚像戴帽子一样扣在这小子脑袋上。可让我当时傻眼的是，我忘了这桶里还有半桶拌种没用完的“六六六”。王松滨立刻成了个“六六六”粉人。我意识到闯祸了，赶紧帮助他清洗。东北人的仗义就在这儿，这时候他反倒安慰起了我，一个劲地说：“没事。”返城后有一次他到北京出差。一起吃饭的时候说起此事他还说：“都说我们东北人打架下手狠，其实王树本这小子下手更狠。”

他本人再说没事，可连里不能不把班长用“六六六”粉扣人不当回事。对我的处分是暂停班长工作，检查，待处理。

我那次检查，从阶级立场到资产阶级教育路线对我的影响，从私字一闪念到灵魂深处闹革命，引经述典洋洋几千字。我敢保证我那次检查比我以后在团里活学活用毛主席著作讲用稿有水平多了。

检查完，我怀着忐忑的心情来到连部，等待领导对我宣布处分结果。

可让我想不到的是葛连长用平静口气说："回去吧，不要背包袱，班里工作还要大胆去抓。"

我一下控制不住自己，痛心地哭了。正是因为这份宽容才使我从心里认识到错了，而且会记一辈子。

后来我听说，是葛连长在班子会上力主对我只批评不处分。就这一个不处分，可能影响了我一生的政治生命，包括以后上学入党等等。因为那时候档案里的一个处分就是现在的"犯罪记录"，永世不得翻身。

在那个处处都是阶级斗争的年代，葛连长用他无私宽容的品质默默地抵制着那个不正常的社会现象。用他的厚道父亲般的理解，关心着我们这些离家几千里远的孩子们，让我们后来都安全地回到了父母身边。

陪葛连长旅游

1连的同志们都会记得那次上级命令的打荒火。是葛连长带领全连奋力扑救果断指挥，为接应每一个战士的平安返回彻夜不眠。我们遇到这么一位把人的生命放在第一位的领导又是多么幸运！

其实葛连长是一位真正把组织放在第一位的共产党员。连长到了晚年，多种疾病使他行走已经很不方便。儿子接他到广州养老，他先到北京来看我们，我们从北京护送他到广州。儿媳收拾他从东北带去的物品，除去一些随身衣物就是几本整党学习材料。儿媳问他："大老远带这干什么？"老人认真地答道："农场正在整党，这是发给我的学习材料，不带怎么行。"儿媳笑着说："瞧瞧，都这样了，还忘不了整党呢。"

面对老人，我们这些也是共产党员的人无地自容。老人一生都在自觉地用一名共产党员的标准要求自己。从老人身上，我们看到了，也知道了什么是一名真正的共产党员。

于光在得知老人去世后写了一副挽联。伯弢代替我们到广州看了老人最后一眼。哈尔滨、上海等城市知青，他曾呵护过的"孩子们"，不远几千里去广州送了老人最后一程。

葛连长在北京与1连知青合影

于光挽联写道："正直磊落凝冰雪品质，宽厚善良拓大荒胸怀。"这是四十多年来老连长刻在我们心底的感触。

挽联写出了一连知青"孩子们"的心声。葛连长的高尚人格得到大家的尊重与眷念，老人的宽厚善良使我们终生受益、永不忘怀。

我在兵团的婚后生活

肖淑芬

我于1976年7月和老崔一起回北京结婚，那时我们打算就在兵团落户。1977年7月，我们的女儿出生。直到上世纪80年代，我们才分别返城。我们全家在北京团聚，已经是1986年的事了。想起在兵团成家后的几件生活琐事，可谓苦辣酸甜全都尝遍，现在仍然记忆犹新。

第一件，是我女儿出生时的事。听老职工说，在月子里产妇要喝鸡汤，可以补身子。正好头一年我结婚时，朋友送了几只鸡，喝鸡汤应该不是难事；可是，我喝鸡汤却把我弄得心惊肉跳的。我家老崔是个心地善良从不杀生的人，就是吃活鱼也要请别人把鱼弄死后，他再收拾鱼鳞，就这样他还心里不好受。这回，他能不能杀鸡呢？

那天我坐在屋里，隔着窗户看见老崔还挺麻利地就把鸡抓着了。只看他把鸡按在地上，拿起菜刀，放在鸡脖子上，同时把脸扭到旁边……刀在鸡脖子上来回“拉锯”，那鸡没命地大声叫唤，老崔手下的刀还在继续“拉锯”，鸡的叫声越来越小了……等鸡完全不出声了，老崔才把刀拿开。他刚想收拾一下地上的鸡血，那顺脖子流血的鸡突然窜起满院子飞跑，弄得满地的鸡血和鸡毛。按理说抓挨过刀的鸡应该比没挨刀的容易，可老崔显得比先前更费劲。他本身就看不得杀鸡，这次是被逼无奈，为了给我坐月子喝鸡汤，还得好好表现表现。后来鸡可能因流血过多，也跑不动了，老崔才抓到鸡。

这回他也不用刀了。只见他用发抖的手拿起斧子，把鸡脖子按在门坎上，闭眼就是一下子，随着鸡头掉下来，老崔手里的斧子也扔在了地上。这时隔着玻璃窗，他看着我，我也正看着他。我心里说，真是难为他了！鸡汤总算喝上了，但是，一想到杀鸡，就让我心惊肉跳的。不管怎样，我算是喝上了鸡汤、补养了身体、达到目的了。

在我坐月子的时候，有好多老职工来我家看望，告诉我在月子里要注意这个注意那个。特别是大康大夫，上下班从我家门前过都要进屋看看，叮嘱几句。我坐月子期间，长了几十斤肉，孩子满月了，我的体重比怀孩子时还重；我的奶水还可以，孩子也长得挺好。这事过去30多年了，在此诚心地谢谢那些曾经帮助过我的好心人。

我讲的第二件，是我女儿七八个月大的时候的事。每当想起这件事我的心就会揪在一起，不由得让我倒抽一口凉气。那是我和老崔结婚的第三个年头吧。有一次老崔不在家，正是该做午饭的时候，我怕女儿从炕上掉到地上，就用一条很结实的布条子，一头拴在了女儿的腰间，另一头拴在了窗户框上。虽然说“东北三大怪，养活孩子吊（摇篮）起来”，但我女儿没有摇篮。把孩子拴好，我以为安全了，就去外屋做饭了。

我在外屋做饭，心总是惦记着女儿。一会儿感觉好像听到女儿在吭吭哧哧地哭，我想她可能是看不见我，在找我吧，也没太在意。菜炒得差不多了，锅铲的杂音小了，我忽然觉得女儿的哭声不对劲。放下手里的锅铲，我一个箭步跑进屋。哎呀我的妈呀！孩子好动，在炕上爬来爬去，不知咋整的，把拴在身上的布条子都绕在了她自己的脖子上。我再晚一点儿进屋，会是什么后果，真不堪设想！我的心扑通扑通地狂跳，眼泪“唰”地就淌了下来。手忙脚乱地给女儿解开绕在脖子上的布条子，我抱着女儿就哭，真的是后悔莫及。哭着哭着，闻见了锅里的菜糊了……得，别吃了。那时我才 26 岁。

每当想起这事，我都后怕不已。几天以后，我家老崔出差回来，遇上团机关托儿所负责人（张书芳副政委的夫人），向她诉说了我拴孩子的事。她说：“小崔，你相信我不？你把孩子送到托儿所，我保证孩子的安全。”我俩第二天就送孩子去托儿所了。我们在兵团遇到了许多困难，但同时也得到很多好心人的帮助。

第三件事，是在那年冬天的一天早晨。我和老崔像往常一样，吃完早饭，把女儿用棉被包好准备送托儿所。我一推门要往外走时，才发现门已被大雪封住了。老崔放下手里抱着的女儿，和我一起用劲推，推了半天，才把门一点儿一点儿地推开。开门一看，啊！银装素裹，天地间白茫茫一片，厚厚的积雪几乎没过膝盖了。老崔抱起女儿，一步一步艰难地行走在没膝深的雪地里，当时雪地里还没有其他人的脚印。我目送了他们爷俩一阵就回屋了。

过了半个小时左右，我收拾完屋子刚要上班去，隐约听见门外有动静，把门打开一看，老崔累得气喘吁吁，满头大汗地抱着女儿又回来了。我一问，才知道，从我们住的商店

的家属宿舍到机关托儿所必须经过一条大马路，由于路基很高，路基两旁又是斜坡，平时爬这个斜坡并不难。这次下这么大的雪，老崔抱着孩子，爬了几次也没爬到马路上去，只好又返回来了，可见雪有多深路有多滑了。那天我没能上班，只好在家看女儿了。几年以后，我俩都回城了，一遇上冬天雪大的时候，我总会想起北大荒大雪封门的情景。那时有多难哪！

结了婚的知青，尤其是有了孩子，生活与工作和单身过集体生活的知青相比，确实发生了很大的变化，特别是我们女同胞，不仅要忙于洗衣服、看孩子、做饭、种菜等家务，还要上班工作，更重要是照顾好自己的男人，让他身体健康，能更好地在外面工作。所以，我俩从早上一睁眼一直到该睡觉，都在不停地忙……

男人除了工作，家里的一些大事都需要他去完成。如担水、劈柴、买粮、种自留地、秋收、挖菜窖、拉柴禾等等，也是家里家地的忙。老崔有时出差，有时帮朋友解决个什么问题，所以我家的大事小事几乎都是我的了。

苦也好，累也好，乐也好，我们也一直互相扶助着过来了。幸福与快乐都在平凡琐碎的生活之中。生活不会总是一帆风顺的，尽管也有让人落泪犯难的时候，但是只要我们一直向着幸福去努力，我们的生活就会幸福长久。

作者简历：肖淑芬，女，1952年10月出生。哈尔滨知青。1969年8月下乡到黑龙江生产建设兵团61团，先后任职于工程2连、3连、加工连、团部商店。1979年12月底返哈。现定居北京。

小　红

韩树茂

北大荒十年，有快乐的往事，也有惨痛的回忆。

这是一段凄美的爱情故事。

那年好像是刚过中秋吧，马号出车进山拉木头。农工班跟车，其中有一个山东小姑娘，叫小红。她长得小巧玲珑，活泼水灵，那时正和一个北京知青谈恋爱，而那个知青却调别的连了。都说人逢喜事精神爽，一个热恋中的姑娘，更显得出众。那天早上刚到马号，她就拿出一块月饼，掰了一块给我，说说笑笑，套上车就走了。

刚过中午，大概下午一两点钟的时候，进山拉木头的另一辆车，空着跑回来了。车老板一看见我就说，小红坐的那辆车翻了，把她砸在下边了，人送营部了，不知死活。我一听，心里一哆嗦。没过多长时间，小红从营部又拉回连了，抢救无效，早就不行了。

我赶到卫生室，外边围着很多人。听一块进山的人说，车装好木头，一路顺利。快到57连时，前边一辆拖拉机坏了，停在路中间。老板赶车想绕过拖拉机，可是，路太窄了。在绕过拖拉机时，马车外边轱辘已经轧到排水沟边了，车上的人一看不好，急忙跳了下来。当车慢慢翻过来时，人们才发现上边还坐着一个人，是小红。大家一块喊快下来，已经来不及了。眼看着一车木头，重重地翻了过来，小红被甩了出去，一根弹起的木头砸在她的头上。

小红被拉回连里，送到卫生室，卫生员给她清洗伤口。卫生员是上海知青，我们同在演唱组，很熟。他说，小红当时头肿得像水桶一样，闭着眼，没有一点痛苦的样子，好像还沉睡在美梦之中。她的皮帽子已经戴不上了，有人把它放到栅栏上，离老远就能看到那帽子随风一动一动的。

落日余晖，残阳如血，阳光洒在皑皑的白雪上，也洒在那顶随风摇动的帽子上。那一刻，那情景，深深地印在我的脑海里。

当晚，小红的遗体安放在大宿舍西边的会议室里。那个北京知青得到消息后，匆匆赶来了，悲痛欲绝。他默默地守在小红的遗体旁，一直到下葬。

后来他回城了，每年小红的忌日，他都会去到墓地看望她，坚持了很多年。

作者简历：韩树茂，男，1951年出生。北京知青。1968年7月下乡到黑龙江生产建设兵团25团。1977年调至6师61团，先后任职于科研站、16连。1978年返京。

选 择

于 光

1979年风向骤变，当年的下乡知青掀起了返城潮，一时间势不可挡。很惭愧，我也选择了返城，但李伟选了坚守。他说“人一生选择的机会并不多，就那么几回”，那份倔强和勇气令人敬佩。实际上从1976年“拨乱反正”开始，退潮已然形成。那时的我虽然早已离开农场，却一脑门的“扎根边疆”，反倒逆流而上，执着而艰难地办理着重返北大荒的手续。

事情还得从1972年底说起。我探亲回家，在哈尔滨意外遇见父亲。得知他在离开湖北五七干校前，准备把我和2师16团的弟弟办到干校去，那里已经有不少随父母下放的小青年。我说，你只管办弟弟，不要办我。但回京后得知，他还是去了61团，把我们的户口粮食关系都迁到湖北干校了。无奈之下，1973年春节过后先去湖北报到。父亲还同时把外单位一个老战友的女儿也从兵团办到了干校，干校里由于极左思潮的作怪，我们经常遭到排挤，户口和粮食关系迟迟难落。我进退两难。

在干校，开始是到菜班种菜，挑粪除草任劳任怨；后来去拖拉机班，驾轻就熟，全力以赴。这期间，遇到三件事：一是1974年8月干校小青年有4个大学招生名额，听师傅说，我报名后虽然顺利通过了群众推荐，但在领导小组内激烈争论到下半夜一点，最终卡在了“没有粮食关系”上。既然选择的权利并不由我，所以也不太在意；另一件是，1974年初在“批林批孔又反走后门”的运动中，一位造反派的政工组领导，知道我有回农场的初衷，找我谈话，情深意切地启发我听毛主席的话带头走人，背后指示手下人准备写大字报，接茬让农村来的小将们（干校称轮训干部为老将、子弟为小将）哪来回哪。当时我虽属于理想浪漫型，但还没浪漫到涂一脸油彩随歌声起舞。本来是个人的选择，忽然成了“运动需要”，干革命非死在哪儿不可吗？我选择了沉默；第三件是1974年年底回京探亲，偶然遇到林东升，并开始谈朋友。她是1967年同一车皮到集贤农场（29团、双鸭山农场）的战友，但那时我们都没有谈以后的去向。

1975年年底，干校小将被湖北的工厂接收已成定局，我打报告“重返北大荒”。干校感到为难，征得工厂同意，先办到工厂，再和兵团联系。出乎意料，返疆之路更难。先是双方家人反对，希望我慎重，表示可以把东升调离东北。也许是不合时宜，兵团也不理解，几度周折，甚至都快要放弃了（1976年2月黑龙江农场总局成立，兵团撤销，农场也许正处在人事变动的纷扰中）。其间又遇到父亲重病、唐山地震、毛主席逝世、四人帮覆灭、拨乱反正起始。

1976年7月19日，终于收到章伯戣的信“为了你早日回来，师团是没少跑，首长也没少找。这次总算有了结论，张团长已表态，同意你归队，望早日办好各种手续，携档案、户口、粮食关系、组织关系等必备材料早日回到连队，再聚首一起共同奋斗。”工厂起初不肯放人，再三让我打报告说明回边疆的理由，最终还是放了。

不少人问我，为什么选择重返北大荒，是为了她吗？我笑笑，不置可否。理解为个人的选择，挺好。只是委屈了她，她曾怨我“从来不为她着想”。给干校和工厂领导打报告回兵团的理由，都是“扎根边疆”。但心里还有一个难解的结——“失信”。当年，大家一起下乡，信誓旦旦扎根边疆“站在最前线”，半道溜了，不辞而别，自己尚且不屑，如何直视战友们的眼睛？回想重返北大荒的动机，除了信守扎根边疆不动摇的原则、越苦越革命的信条、忠诚党和领袖等热血理念，脚下并没有明晰的路。直到1977年2月，再次踏上黑土地时，还说不准去向。先是说服东升不去29团；然后婉拒伯弢留我在1连提干的建议。我怵头管人，倾向具体的技术工作。在农场、干校和工厂车队大多与机械运输打交道，于是提出能否去车队。文教科长老纪听说后，动员我去文教科，许诺哪怕先干一阵子，实在不成再去车队。

5月12日，我到文教科报到。然后就是组织篮球、乒乓球赛和文艺会演等等。麦收之后，我请假结婚，老纪先劝我不要着急，但也没阻拦。8月8日，我和东升踏上了两个人的旅程。东升一直不死心，劝我留在29团，那边的房子现成，木料、烧煤等都更方便。终究拗不过“越吃苦越革命”的大道理，“顺理成章”来了创业农场。

1977年11月2日，我们从双鸭山拉着一车准备安家用的煤和木料，回到了创业。这天是我27岁生日。东升暂时和王敏华、李宝凤、王洪源挤在一铺小炕上。马上面临工作安排和安家的问题，一番曲折，让我明白了老纪的劝告。没住房，先借所福生家的院子卸了那车煤和木料。热心的战友们帮助找房子，但不是无力重修就是被他人占用。幸亏张民阜和谢晓蕴帮助联系学校刘老师的一间空房，民阜和喻卫东帮助抹墙、修炕，东升不顾身孕自己搬砖铺地。13日，我借个老牛车拉来家当，暂时有了个窝。东升去加工连报到，任副指导员。

1977年秋，就在我们忙着结婚的时候，孙国平、张新国反锁屋门突击复习功课，民阜、晓蕴也都在准备参加恢复后的首次高考。11月，当我们四处找房安家的时候，他们已在考场拼博。开始我还用连队习惯的口头语，称他们是“大学迷”，当洪源提醒我不要这么说时，方醒悟，人生之路一种新的选择已经开启。之后社会发生的深刻变革，正是从这里起步。暗暗祝他们好运！

1978年3月29日，早晨“大烟泡”刮得对面不见人，我们送新国上八一农大。5月初，总算分到一间小屋。同时女儿也在北京降生了。我一边排练文艺会演节目、准备新一轮球赛，一边在众多战友的默默帮助下，拆墙搭炕修炉灶、盖仓棚、种菜、养鸡……尤其八一农大毕业后自愿回团的王树本，这下用上了专业，不但教我如何种菜，还送来种子、肥料。到秋天，机关上上下下都忙着找熟人下连队，打柴禾、拉豆秸——在互助友爱的框架中抱团取暖。一直到离开创业返城，我也不认为自己是个称职的干事，看着宝凤、洪源和吴裕章各自的工作安排紧张有序，我却常常不知该做什么。电影队、俱乐部有王德臣管，根本不用我过问。参加团、师的文艺演出，组织篮球、乒乓球赛，铺冰场，去师部高考监卷等等，许多事务性的工作，即使可以打电话联系的，我宁肯跑腿，不惜时间和体力。时光匆匆，生命流逝。不禁自问，想干什么，又能干什么？本来已开始温书，准备1979年的高考，风云突变，转眼踏入“今夜有暴风雪”的归期。

李伟在“大地的儿女”中问：“我至今还在疑惑并且总想与你们商榷，当年许多知青手中的一纸薄薄的困退、病退证明，除了证明解脱与机遇，是否还裹挟着这样那样的无奈、苦涩与依恋……”确实，解脱与无奈、机遇与苦涩并存；对新境的期待与旧梦的依恋并存；对理想的愧疚与忠诚的眷念并存。当时农场的困境，李伟应比谁都清楚，看着缺人手停班的拖拉机、缺教师停摆的课程……还有，北京战友张志生那座夕阳里的孤坟，在难言的纠结中踏上回家的路。是非曲直，恐怕还有待今人、后人，站在国家的个人的、理想的现实的、历史的未来的、善意的恶意的、批判的赞扬的……各种角度去审视和评说。

今年2月到广州，见到葛连长的女儿小红。她问对知青下乡是什么看法，我说，总的说应该是悲剧。她说，为什么是悲剧？他觉得我们到北大荒做出了很大的贡献。

一时语塞。她说的没错，当年广大知青的确是创业农场开荒建点的骨干。

同时艰苦的磨练也为知青的人生奠定了基础。至少对自愿者来说，还不能简单说“悲剧”，但多数知青并非完全“自愿”，而是迫于当时上山下乡的形势。一次和高志强聊天，他觉得初中生下乡年纪太小了，应该高中毕业以后。我嘴上没说，心中不快：小看我们？比你们差哪啦？但志强是对的。“老三届”初中毕业生（69 届的弟妹们小学毕业就在动乱中荒废学业），大多还在成长求学阶段，下乡运动打断正常的学业，不仅难以健全人生必备的基础知识结构，国家的经济、文教、科技也存断代之忧。当初在文革的大舞台上，知青上山下乡、屯垦戍边，用稚嫩的双肩共担国难，而后选择病困退返城，对于多数人来说，并无良心上的负累。纵观上山下乡运动整体，不仅几千万知青和他们背后的家庭别无选择，广大农民别无选择，国家也别无选择。

那种因否定文革“上山下乡运动”，进而否定一切到边远贫困地区“上山

下乡”的选择、甚至否定“知青群体”本身，所谓“路线错了一切皆错”的文革式思维，知青们见得多了。而在“统一思想、统一意志、统一行动、统一口号……”的年代，当一个被作为螺丝钉拧在“共同革命理想”战车上的人，除了闪闪发光别无选择，福兮祸兮？

如何客观评价“上山下乡”？城市“志愿者”舍弃优越的生活条件，选择上山下乡到边远贫困地区，与当地农民结合，改造当地贫困落后面貌，无论过去、现在、将来都应该得到社会的认同和鼓励。不过在原则上，应要求成年、健康、有理想的大学毕业生自愿参加。形式上可选择短期、轮换（比如支教老师），也可选择较长期（比如大学生村官），还可以鼓励回乡创业等。只要有热情、有能力，有谁会禁止他们实现梦想吗？作为现代文明发达兴盛的基础，尊重人，尊重每个人合法的选择权利，已成为当今社会普遍的共识。

《农民日报》4 月 8 日有篇《重返黑土地　圆梦山河村》的报道，讲一对知青姐妹返乡创业的故事。上海知青徐桔桔和河南知青贾爱春，1970 年插队黑龙江省逊克县齐克镇山河村，1979 年返城。山河村的乡亲曾希望知青来当村官带他们致富，经过调查思考，毅然杀了个回马枪，决心与当地农民一起走现代化大农业发展之路。在县领导支持下，徐桔桔担任了村党支部书记，成立了贾爱春担任理事长的农民种植专业合作社。她们引进抗低温、早熟玉米品种并发挥大机械作用，在 2016 年 60 年未遇的大旱中取得大丰收，农民人均增收 2000 元。还解放了 80% 的劳力，推动了养猪、蔬菜种植、加工业的发展。2017 年她们准备开发寒地水稻等高效品种，继续调整种植结构。该村专业合作社联合当地 8 家农民专业合作社，成立了逊克县首家农民专业合作社协会，为构建集约化、专业化、组织化、社会化相结合的新型农业经营体系探索新路。

李伟说：“望着创业、望着一连的大地沉思冥想，深深感到往昔光靠调整生产关系，不发展生产力，没有好机械、好种子、好肥料、好苗床、好科技、好政策、好农时，大地里是永远不会长出好庄稼、获得好收成的。同样，人际间，一个人一辈子能真正做出名堂的事情并不多……”知青姐妹重返边疆用发展现代化大农业为当年的激情岁月圆梦，不仅需要目标、激情和能力，也需要社会经济、管理与科技进步的新成果，还需要——尽管今天已习以为常——人生选择梦想的权利。

作者简历：于光，男，1950年11月出生。北京知青。1967年12下乡到黑龙江省集贤农场十二队（后改为黑龙江生产建设兵团3师29团8连，今双鸭山农场第八作业区）。1969年2月调至6师61团（今建三江创业农场）1连。1977年调至场部机关。1979年返京。

一封寄往天堂的信

杨仁蓉

志忠：

你好！

到6月15日你就离开我们整整3年了，真的好想你！我宁愿相信，你在天堂能够感知我和家人，以及你的同事、同学、学生，特别是兵团战友们对你的思念，一点也不寂寞。

6月10日那天咱们团3连战友聚会了，到了45人。我把你的照片放在包里，带到了现场。因为我知道，如果你还在我们中间，你一定会与我一同前往，你是老3连的女婿嘛。你熟悉的杨善华、孙国平、张渊生和好友廉洁的老公李雨农都参加了。还有我的同班同学郑云，就是和你一起参加过兵团学习毛著积极分子代表大会的那个小姑娘，与她的夫君一起去的。大家回忆往事，畅叙友情，合影留念，全场充满了欢声笑语。你都看到了，听到了，对不对？

以前，你常对我说，你到北大荒时才17岁，是那片广阔天地教你懂得了应该怎样做人、做事，使你一步一个脚印成长、成熟起来。其实，这与千千万万的兵团战友是一样的。不一样的是，在那蓝天白云的苍穹下，在伸向天边的二龙山到抚远县的公路上，在美丽的白桦林中，有只属于我们两个人的甜蜜回忆。我们早就约好，要一起回去的，你还要给团里写几幅字。还记得吗？有一次，你在海军总院的病榻上，唱起了我们喜欢的歌：

乌苏里江翻波浪，完达山巍巍入云霄，

兵团战士心向党，提高警惕保国防……

还没唱完就哭了。当时我真是万箭穿心，强忍泪水告诉你，医生说你的病会治好的，只要稍好一点我们就启程。这是我第一次，也是最后一次骗你。当然，我无须请你原谅，因我后来才发现，你早已知晓了全部病情，只是为了让我好受些，故意装作不知罢了。

今年，我们一大帮战友相约，组团回北大荒，我一定带上你，圆我们的重返兵团梦。

祝你在天堂快乐！

蓉

2012 年 6 月 13 日

张稼人书法作品

附:

张志忠简历

张志忠（笔名张稼人），1951年生于上海，1968年9月赴黑龙江生产建设兵团3师29团，同年12月调6师61团，先后在10连、工程1连、团司令部警卫班，以及铁路施工大队工作。1977年3月被推荐入齐齐哈尔师范学院中文系学习，1979年毕业留校任教。1984年底举家南迁苏州，在苏州市委党校教书。1992年与妻杨仁蓉一同调回北京，供职于北京市台港澳交流促进会，直至2008年患肺癌，2009年去世。

张志忠一生酷爱书法，坚持学习、研究书法艺术，在书艺理论和作品创作方面均有一定的造诣。1992年调京后即加入北京市书法家协会，翌年入中国书法家协会。《中国书法通讯》报聘其为编审。1994年上海书画出版社出版了他的专著——《书法美的表现——书法艺术形态学论纲》，此书提出了“书法艺术的非线条特征”论，见解独到，体系完整。他曾两次参加全国书学讨论会并获奖。由于他对中国书法理论的贡献，被书法界誉为“北京地区不可多得的书法理论家”。

一对青花大瓷瓶引发的小故事

丁海嘉

我是1967年12月从北京来北大荒的那批“蓝棉袄”知青，1973年，有幸比较早地返回了北京。后来把我分配到外事部门工作，又派到中国驻哈萨克斯坦使馆。到了这个国家，从工作环境来说有点像第二次“上山下乡”。但是，如果没有第一次“上山下乡”在北大荒的历练，就不会有我后来的工作成绩。

我讲一个“后知青时代”的故事，算是对我知青经历的祭奠。

自从1991年12月16日哈萨克斯坦从前苏联独立出来，每年的这一天便成为哈国的独立日。前后这些日子，便成为我们开展外交活动的重要时间节点。

关于哈萨克民族的历史，史学家著书立说的版本很多。其中较为普遍、广为流传的一种说法认为，哈萨克民族的起源可以追溯到公元前794年，“哈萨克”这个名字是斯拉夫语KAZAKH“游牧战神”的意思。中亚自古就是哈萨克和突厥民族的神圣之地。哈萨克人世世代代生活在广袤无垠的大草原上，用他们自己的话说，这个民族是个地地道道的“马背上的民族”。草原的特质有点宽阔中带着荒蛮，一位哈萨克哲学家曾经说过：“哈萨克人对客人和朋友热情、厚待、殷勤，甚至粗心大意与直率都是与生俱来的秉性。”我这个外来客在同哈萨克人的交往中，深感此言不谬。

一天，大使在使馆宴请哈国海关委员会主席，我和政务参赞作陪。卡西莫夫主席可谓是哈萨克人中的美男子，他中等身材，留着帅气的连鬓胡，既有军人的刚毅之气，又有外交官的儒雅之风。在前苏联时代，他曾出任过驻法国外交官。哈国独立后，在共同建设中、哈边境霍尔果斯口岸的过程中，曾给予中方热情的支持与帮助。在年轻的共和国，尤其是在他主管的海关系统里威望很高。在法国时，他便对中国文化产生了浓厚的兴趣和爱好，酷爱中国美食，对中餐津津乐道。

使馆的特级厨师陈启生师傅来自“钟阜龙蟠，石头虎踞”的六朝古都南京，做淮扬菜是他的烹饪特长。淮扬菜始于春秋，兴于隋唐，盛于明清，素有中国“东南第一佳味，天下之至美”的美誉，成为中国四大菜系之一。据记载，新中国开国大典首场盛宴便是著名的淮扬菜。

为了款待卡西莫夫主席，陈师傅拿出了自己的看家本事。席间，一道道极具淮扬菜特色的菜肴悉数登场：“文思豆腐羹”“玛瑙鸡片”“松鼠桂鱼”“水晶虾仁”，还有软滑嫩鲜的“清汤鱼圆”和肥而不腻的“南京盐水鸭”。面点食品更是丰富多彩：“翡翠烧卖”“江南酥点”和“蟹粉汤包”，无不令人馋涎欲滴。记得那天喝的是国酒茅台，美酒配佳肴，宾主推杯换盏，真有不醉不归的架势。酒过三巡，主席先生开始对陈师傅烹制的纯正淮扬菜赞不绝口，他还说，对中国鲁菜中的葱爆羊肉和川菜中的宫保鸡丁也情有独钟。他对中国有别于西方的书法和绘画艺术很有研究，造诣也很深。

说来也巧，在他坐席两侧摆放着一对两米高，中国瓷都景德镇出产的青花瓷瓶。这对青花瓷瓶不仅器型硕大，胎质厚而坚实，而且纹饰繁复，蓝白相间，晶莹典雅，很是气派。宴会厅里的这对瓷瓶，可以说是使馆的“镇馆之宝”。卡西莫夫一眼便看上了这对青花大瓷瓶。他眨着有些“诡异”的眼睛，对大使说道：“这对青花瓷瓶最能代表中国文化的悠久与厚重，如果大使先生不介意，我希望能借这对瓷瓶，在海关委员会办公大楼展览一段时间，展示中华文化的精髓。”

在使馆的宴会厅里，尽管还陈设着玉雕、漆雕、牙雕、双面苏绣、景泰蓝，以及颇具中国特色的折叠屏风，但是，卡西莫夫主席最青睐的还是这对青花大瓷瓶。这对青花瓷瓶的纹饰中融入了伊斯兰的文化元素，比较符合穆斯林传统审美观点。青花瓷瓶主色调的蓝色又是穆斯林的崇尚色彩，在伊斯兰教义中蓝色是崇高、纯洁的象征。这应该是卡西莫夫主席对青花大瓷瓶格外青睐的主要原因。

然而，他的要求如此直白，又如此突然，让大使听后一时间无言以对。考虑片刻后，大使说道：“这段时间我们还要举办几场活动。我们会认真考虑主席先生的请求，给你一个满意的答复。”

卡西莫夫主席走后，大使蹙蹙眉头对我说：“借给他，还能再要回来吗？！这可是在使馆固定资产里登记过，价格不菲的陈设！海嘉，你有什么好办法？”

“我去乌鲁木齐出趟差，估计能买到类似的青花瓷瓶。”我回答道。

“我看可以，你抽空回去一趟，把事办好。”大使考虑到做好哈国海关工作的重要性，把回国购买青花瓷瓶的任务交给了我。

周末，回到乌鲁木齐。时逢隆冬季节，户外北风呼啸，寒风刺骨，天寒地冻，滴水成冰。大街小巷堆满了积雪，整个城市一片银装素裹。也许是因为寒冷，街上几乎见不到几个人影。在新疆外办和文化厅朋友们的陪同下，我们冒着严寒，顶着风雪，对市内各大商场展开了“地毯式”的搜索。虽然，商场里摆满了琳琅满目的各类商品，各种陶瓷制品名目繁多，粉彩、斗彩、珐琅彩各式瓷瓶应有尽有，唯独找不到我们需要的青花瓷瓶。原以为是件很容易完成的事情，没想到却是这般窘境！不禁涌起了几分焦躁与不安。心想，如果空手而归，不但对大使不好交代，对卡西莫夫也不会是“满意的答复”。

一直陪伴我“寻宝”的文化厅陈香玲老师似乎看出了我的心思，安慰我说：“前段时间在市郊开设过一条陶瓷街，有几年没去了，不知是不是还有。我们到那里去看看？”她的话虽不确定，但对于我却如同抓住了拯救此番使命的“最后一根稻草”。

来到市郊空旷冷清的“陶瓷街”，店铺不是早已歇业就是已经打烊。眼看到了“山穷水尽”的地步，我们不约而同地发现，在街道的尽头，一间店铺的窗子透射出昏暗的灯光。怀着最后一线希望，我们敲开了这家店门。

一位大约四十来岁的老板娘操着南方口音，问清我们的来意后说道：“现在生意不好做，我们也准备回老家了。就剩下这几对瓷瓶，你们先看看货，价钱好说……”

我和陈老师此时看到，用稻草和草绳捆绑的正是寻觅已久的几对青花大瓷瓶！这真应了明代文学家冯梦龙的名句“踏破铁鞋无觅处，得来全不费工夫”！

一番讨价还价，花了一千八百块钱，挑出一对高 1.6 米，品相最好的青花大瓷瓶。说实话，这对青花瓷瓶真可与使馆的“镇馆之宝”一比高下。

我请陈老师在附近木材加工厂借来手锯、锤子，买了一些木板，又从老板娘那里讨来钉子、稻草和一些草绳。在路灯昏暗的市郊街道上，冒着零下二十多度的严寒，亲自为这对清花瓷瓶做了两个包装箱。看到我头上满是汗水的样子，陈老师在一旁打趣道：“看你戴着眼镜，文质彬彬的，干活还挺麻利。你这哪像个外交官？分明就是个熟练的搬运工！今天忘了带相机，真该给你拍个照，让老外看看咱们中国的外交官是个啥样子！”

“你还别说，二十多年前，在黑龙江生产建设兵团，干的活儿比这要苦得多。冬天零下三、四十度，冒着连风带雪的‘大烟炮’，还要抬着整棵的大木头往汽车和爬犁上装呢！在那里我连房子都盖过，干这点活儿还不是‘张飞吃豆芽，小菜一碟’！”

我油然感慨，在北大荒历练的收获，也许是一生的受用。

一对长 1.8 米、宽 60 公分的包装箱做好后，新疆外办的朋友们也开车赶到了，大家一起把这对硕大的清花瓷瓶放入箱子，四周填满稻草，再用草绳捆绑结实，径直送往乌鲁木齐国际机场。由于体积超大、超长，这对“宝贝”竟是“乘坐”飞机的 VIP 包厢，来到哈萨克斯坦首都阿拉木图机场。

机场 VIP 海关通道十分冷清，我是唯一在那里入关的乘客。当机场电瓶车把一对“宝贝”运到时，引来了海关值班官员。一位身材瘦小的少尉用奇怪的目光，指着两个近两米长的木板箱，满腹狐疑地问道：“这是您的行李？”我给予了肯定的回答。“您的箱子里装的是什么？”我看着他那好奇的样子答道：“是一对花瓶。”显然我的回答没能让他满意，他无论如何也想象不出，什么花瓶能如此硕大？碍于《维也纳公约》的规定，他无权开箱检查一个外交官的行李，但又不敢放我离开。“您是否填个什么单子，或是写个什么说明？”我说可以，但他却拿不出适合外交官使用的个人物品海关申报单，双方僵持着。使馆派来接我的车在海关外面足足等了一个多小时。我见他依然喋喋不休地“纠缠”，便对他说：“如果你觉得有问题，这两个箱子就留下，请你们直接送到卡西莫夫主席那里去，顺便说明，这是中国大使馆送给海关委员会的礼物。”听到此话，少尉只好作罢，怏怏而去。

第二天，我陪大使将这对“宝贝”送到哈萨克斯坦海关委员会。见到盼望已久的青花大瓷瓶，卡西莫夫主席十分欣喜，一面招呼我们坐下来品尝咖啡，一面吩咐他的手下把一只瓷瓶搬到自己的办公室，另一只搬到大厅最醒目的地方展示。为了表达谢意，他兴奋地邀请大使和我分别与他在瓷瓶前合影留念，还把他几位得力助手介绍给我们，并给我们提供了可以直接与他通话的电话号码。辞别时，他一再表示衷心感谢。并说，有什么困难可以直接给他或他的助手打电话，欢迎我们常来做客。

与卡西莫夫主席以青花瓷瓶为背景的合影照片，在我后来的工作中，只要涉及海关的相关事务就是一道“护身符”。

哈萨克斯坦独立以后，新建的海关系统难免“鱼龙混杂”。在日益频繁的国际交往中，一些个别海关人员总想借工作之便捞点油水。1997 年 5 月，我国广东省拟在哈萨克斯坦首都举办《今日广东大型图片展览》。代表团到达当天，我同政务参赞到机场迎接。出海关时，一位哈萨克斯坦机场海关中尉命令手下，把代表团一行七、八人排到出关队伍的最后。在放完本国公民后，他突然对手下喊道，“让所有中国人把箱子全部打开，接受检查！”

这一举动令我和政务参赞十分气愤。我对代表团成员说，“大家先别急，不要开箱。”政务参赞义正言辞地对那个中尉喊道：“你们的公民查都不查便可以通过，为什么要让中国人全部开箱检查？是要搞歧视吗？！”哈萨克斯坦海关人员先是吃了一惊，随后，那个中尉问道：“你们是什么人？竟敢干预我们执行公务！”我们亮出外交官证，正色道：“我们是中国大使馆的外交官，如果你们认为谁的行李有问题，可以抽查。为什么要全部打开？我们绝不接受这样无理的检查！否则把你们的关长请来。”双方对峙着，真有“剑拔弩张”之势。海关想借机“捞油水”的几个人没想到，眼看着“大鱼”已经入网，马上就可以大捞一把时，却“半路杀出个程咬金”。无奈之下，只得抽查了几个行李，草草了之。我注意到，这几个人并不甘心，悄悄地把代表团成员的护照号全部“记录在案”。

一周的访问和展览活动十分顺利。代表团在离开阿拉木图的那天，我再次陪他们来到机场。中国航班要在夜间 12 点 10 分起飞，返回乌鲁木齐。离登机还有半个多小时，代表团成员来到机场海关。这次我是有备而来，只见又是那个中尉当班，真是“冤家路窄”。从代表团成员的行李中他们查出十几个胶卷，里面记载着这次举办展览活动时拍摄的照片。那个中尉扣住胶卷，再次发难，“这些胶卷不能带走，谁知道你们是否拍了不该拍的内容！除非把胶卷都冲洗出来。”他梗着脖子得意地对我说。因为他知道，夜里十一点多是没有地方可以冲洗胶卷的，他想用这种方式来报复我。 我不急不忙地从衣袋里掏出事先准备好的“护身符”，把那张同哈萨克斯坦海关委员会主席的合影照片递给那个中尉。中尉先生顿时变得“丈二和尚摸不着头脑”，搞不清楚我与他们最高上司的交情，把几个同伴叫过来，拿着以青花瓷瓶为背景的照片仔细对照端详，窃窃私语：“没错，就是他！咱们可别找麻烦。”见他们没了辙，我便说道：“照片后面还有电话号码，你们是否想同主席先生通通电话？”此刻，那个中尉仿佛变了一个人，满脸堆笑地对我说，“有您这位外交官为他们担保，我们就不查了。还请您多多包涵！”

关于与海关委员会主席结下的“青花之缘”，还有那张“护身符”的故事，在海关上下不胫而走。无形间，卡西莫夫主席成了我被关照的高层朋友，所以在海关办事畅通无阻。

一次，使馆接到国内通知，我国领导人出席在哈萨克斯坦举行的多边国际会议，将有几十名媒体记者随团访问。为了保证访问顺利进行，大使将这些记者和他们所带摄影、摄像器材的通关任务交给我负责。

阿拉木图国际机场海关关长是名上校。在多次与海关打交道的过程中，我们之间已经十分熟悉，关系相处得也很融洽。我提前几天专程拜会了上校先生。在关长办公室里，上校先生用上好的咖啡热情款待了我。说明来意后，我不无担心地说，几十名记者同时通关，时间比较紧张，他们还要随同中国领导人做即时报道，请关长先生届时多安排一些人手，加快通关办理手续的速度。因为我深知一些海关官员的“办事效率”，生怕出问题。上校先生不加思索地对我说：“不必担心，到时我会在现场，有事尽管找我。”

当波音 747 客机平缓地降落在阿拉木图机场时，数十位记者和摄影师在我的带领下，肩扛手提各种摄像摄影器材，来到为他们专门设置的海关通道。他们当中许多人曾多次参加过此类出访活动，对通关是否会遇到麻烦，显然有所了解。纷纷向我打听，这里通关是否需要小费？要不要预先“打点”有关人员？只见上校关长先生正在向我频频挥手，他正带领着手下十几名海关官员，微笑着向人群打招呼，心里便有了底数。我一面向他们致意，一面对记者团成员说：“大家抓紧时间通关，这是为大家设置的‘绿色通道’，不必担心，不会有麻烦！”我当时真想说一句，我的“护身符”会保障大家顺利通关。 但还是发生了令我始料未及的事情，为了抢时间，记者们蜂拥而至，一些体积较大的摄像器材箱和摄像机堆挤在通道上，直接影响到后面动作稍慢一些的记者通关，绿色通道发生了拥堵。只见上校关长疾步跑上前来，指挥几名海关官员帮助记者把一件件沉重的“障碍物”搬运出关，曾数次同我打过交道的那名中尉也在其中，一个个干得挥汗如雨。此情此景不仅让我深受感动，即使是这些见多识广的记者们也无不为之动容，向他们伸出大拇指高声喊道：“哈拉少！”“斯巴西巴！”（俄语“哈拉少”是“好”，“斯巴西巴”是“谢谢”）由于海关关长和他伙伴们的鼎力相助，接送中国记者团的任务完成得十分顺利。会议结束后，我找了一家在阿拉木图办得不错的中餐馆，请来关长和几位主要官员，品尝中餐，共叙友情，其中自然少不了那位多次交往的中尉。按咱中国话说，这才叫“不打不相识”。席间，我代表中国大使馆，代表中国记者团，向上校关长及阿拉木图海关全体官员表达了最诚挚的谢意。上校关长向我敬酒时动情地对我说：“我相信，卡西莫夫主席如果知道我们的合作如此成功，他一定会十分欣慰的。衷心祝愿我们之间的友谊地久天长！”

中国的青花瓷器在古丝绸之路上，就书写过传播友谊、促进交流的传奇。今天，它再次演绎着一个超越国界，超越不同宗族之间友谊的故事。

作者简历：丁海嘉，男，1950年出生。北京知青。1967年12月到黑龙江省七星农场。1968年12月转至6师61团，先后在11连、3连和工程1连工作。1973年返京。

永远的宣传股

孙国平

谨以此文向宣传股的伙伴们呈奉我深深的敬意。

在61团团部机关的“衙门”内，宣传股则是一片另类的江湖。

一个领导机关有十来个股，宣传股是唯一在人、财、物上没有实权的部门。按照兵团机构编制的惯例，营（股）级以上单位的一号首长都从军队直派，我们宣传股却是个例外，由清一色的“土八路”掌门。宣传部在地方各级党委的地位举足轻重，第一把手往往由常委担任。兵团仿效部队的军事化管理，宣传部门有不同于地方的独特机制，顶头有政治处执掌实权，宣传股便趋于边缘化，平时只是忙于诸如吹拉弹唱、新闻报道、广播电影等务虚的琐事，后来还不伦不类地管起了九年义务教育。养的几个“笔杆子”，为了适时配合团部党委的宣传需要，也偶有机会接近高层领导，甚至还可旁听党委会，但能让我们知道的不过是一些领导精神、指导思想之类的名副其实的大道消息。除非另辟蹊径，宣传股确实不是通达仕途的处所。在别人眼中贵为机关干部的我们，其实就是这样的一片平民的江湖。

没有权力的功利，也就没有了权力的拖累，较之团部的其他单位，宣传股的知青显然活得更真实，更洒脱。这是一片自由快乐的江湖。有人群的地方不会没有利害冲突，宣传股却始终保持着互助互敬的大家庭般的氛围。处在一个被政治运动断裂的年代，从城市向农村迁徙，北上专列的汽笛一拉响，所谓的资历、门第等城市基因便全部归零。无论你从哪里来，大家只有一个共同的身份——知青；无论世俗把我们在农场的社会分工分出怎样的高低贵贱，履历表上填写的都是“农工一级”，后来又提升为“农工二级”。这在客观上决定了知青相对单纯的心态。然而，宣传股历经十年乃至更长久的和谐凝聚，更重要的是取决于一种过人的素养和境界：各在其位，各司其职，不贪、不争、不作、不诈，透过知性的人际关照，把握着处事的恰当分寸。每个人都有权利去努力争取自己想要的，但利己损人的事则坚决不做。

宣传股的日常工作需常下连队，除相对稳定的广播站集中了几个女性外，其他岗位则以男性为主。十多条光棍平时一起住在那个被我们谑称为“大车店”的宿舍里，睡的是上下铺。地域文化的差异明显体现在生活起居的习惯上。上海人洗脸洗脚的用具和程序都很讲究，北京人则仅用一盆清水就能从头连同躯干一直洗到脚，这是我生平首次见识到的奇观。而最终渐渐被同化的恰恰是上海人，因为北京人的习惯更接地气，因陋就简，既满足了单身汉们普遍拥有的惰性，并且节水减排，绝对的低碳，何乐而不学之、仿之并趋之呢！宿舍的中央是一面又长又高用作冬天取暖的火墙，挤压了屋内本不宽敞的空间，从门外看倒像是大宅门里的影壁。墙的外边，常可避免异性突然来访的尴尬；墙的里边则是几乎藏不住任何私密的开放空间。尤其在夏日的黄昏，收工后的我们在洗洗涮涮间，众目睽睽下展示着人最初始的本真，平日里相互间的插科

打诨、嬉笑怒骂自然也是如此地率性而没有遮拦。都说人生就像一场化装舞会，从这样的环境中走出去的人，相互之间还能戴得住什么样的假面！群居是一种能孕育平等和坦诚的生态，家庭模式的确立，人类的庞然之躯被分割成了一个个细胞，同时也筑起了心灵的藩篱，那种倜傥不羁的快意最终只能收藏进我们每个人的记忆。

说宣传股，不能回避的一个话题就是那场号称“现行反革命案”的政治风波。在61团机关，这类案子会涉及哪个具体的人有一定的偶然性，但只要有人涉案，这个人跑不出宣传股则是必然的，这是宣传股独具的江湖气质所决定的，在其他部门事发的概率几乎为零。从地方公安机关不时传来的未加证实的信息让人感到惶恐，当时的政治处，空气就像凝固了一般，大家的心头如同堵了一块石头，为自己的哥儿们担忧，也为各自的未来担忧。为防节外生枝，我们平时都刻意避谈此事，私底下也没有什么沟通，但在政治处首长召集的宣传股全体成员的表态会上，大家的态度却是出奇地一致，即使是保持沉默，因无人出其右，照样能形成强大的气场，是一种无声、却是旗帜鲜明的叛逆。宣传股的一帮小喽啰不可能左右处置此案的最终结果，但外柔内刚的态度，对局势的发展有一定的制衡，对患难与共的兄弟是莫大的慰藉。

知青的最高学历不过高中，由于新建团队几乎没有大学生，知青中的老三届在这个偏远的基层社会就能划归知识分子阶层了。在61团，有

两个知识分子相对集中的地方，除了团直学校，就是我们宣传股了。我们这些知青类型的“知识分子”几乎没有所谓知识分子的文人相轻、趋炎附势，甚至口不对心的臭毛病。虽然说我们也处在当时的政治环境里，有时不好说真话，但也决不说假话，我想我们的宣传股是守住了这条底线的。对客观事实的尊重成为我们共同的恪守，尽管当时还不是出自完全的自觉意识，但起码是向善的本性驱使我们选择了一种被以后的实践证实为正确的态度。

大环境的阴冷，挡不住宣传股江湖上的扑面春风。在那个政治斗争肢解了无数美满婚姻的年代，宣传股竟然成就了一段超越政治偏见的联姻佳话。一个疑似“反革命分子”与一个确定的共产主义战士，在被监督与监督的过程中牵手，结成了永远的情侣。多少年以后，我们在一起还时不时地重提这段佳话，伴随而来的往往是一阵轻松欢快的笑声，不知情的旁听者根本无法想象，彼时彼境，当事人都担当着何等的重压。

真的是未必“日久”才能“见人心”，有的时候，患难之中只需一个瞬间，瞬间中的一举手或一投足，就像一条能精确测出溶液酸碱度的 PH 试纸，足以让人心的本质昭然若揭。十年光景中稍纵即逝的一段插曲，既是验证，又是预言：即使宣传股的躯壳解体，宣传股的神与魂也将永存。“10·25”北京大聚会后，很多人惊叹那个看上去十分纤弱的召集人哪来的能量支撑起如此大规模的集体活动，答案其实很简单，因为她是宣传股的一员，宣传股是 61 团志愿者委员会的中坚。在这个零内耗的团队中，老板与员工没有区别，低成本高效率的运作，指挥与管理已不再重要。我们仿佛又回到了当年围绕一个中心任务全股协同作战的激情岁月，岁月仍在延续，激情犹存，只是各自的心性磨砺得更加地纯粹与淡定。阅历无数和阅人无数后，我也时常无端地遐想：冥冥之中，究竟是怎样的动因，会把这样的一帮人聚合在一起。文革结束，知青通过各种途径陆续返回各自的家乡，在宣传股供职过的老三届上海知青，除了有一个定居国外，其他的竟然不约而同地全都成了北京的上门女婿，使宣传股的原班人马较为完整地留存在北京。这难道不是天意！？

上世纪80年代的中期，看过一部名叫《野鹅敢死队》的英国大片。一帮参加过英非战争的老兵解甲归田后都在享受着“采菊东篱下”的闲适，这时当年的一名军官奉命组织一支敢死队去南非营救一位被反叛者囚禁的黑人领袖，便向这些战友故交发出召唤。很显然这是一桩搏命的差事，可大家二话不说就慷慨赴义。代远年湮，影片中许多惊心动魄的情节我都已淡忘，唯独这种战友情义的常态让我赞赏并刻骨铭心：没事的时候可以老死不相往来，内心却不失彼此的牵挂，一旦有事，召之即来且义无反顾。与欧美发达国家的宪政相比，中国社会的稳定，几千年来更多倚仗的是儒学道统的忠信仁义，官场有官场的忠义，江湖有江湖的忠义，家庭有家庭的忠义，团队有团队的忠义……如果一个国家既没有健全的法制，又缺失了起码的忠义，该用什么保障社会持续稳定的发展？

满清才子纳兰性德写下过这样的诗句“人生若只如初见，何事秋风悲画扇。等闲变却故人心，却道故人心易变。”原本只是一位被遗弃怨妇的嗟叹，我却读出了人间普遍的世态炎凉，一如商场的一句名言“没有永远的朋友，只有永远的利益”。我们的宣传股不是商场，更不是官场，它就是一片纯粹的江湖，植根于俗世，却能超然于物外，在这里没有阴谋，没有背叛，没有永远的利益，只有永远的朋友，永远的忠义。虽然未到盖棺定论时，我却愿意相信！

制印 王德臣

宣传股成员于2015年春节在北京聚会。

作者简历：孙国平，男，1950年9月出生。上海知青。1968年9月下乡到黑龙江省七星农场五七连（后改为六师61团3连），后调入宣传股。1978年上学离开兵团，1986年调入北京工作。

珍贵的文物

——我保存的创业农场的文件和试卷

赵春华

在我保存的北大荒物品里，有一份三十四年前创业农场政治处的文件。在这个文件里，我看到了我、张凤芝、李翠平、王云婷、郭艳萍、李玉玲、马启云、许新茹、孙忱谦、李淑英，还有笪秀云、马桂芬、廉洁、殷枫、石颖的名字（文件中的名字多有别字，以本文为准），这些人都是创业农场各个连队的老师。

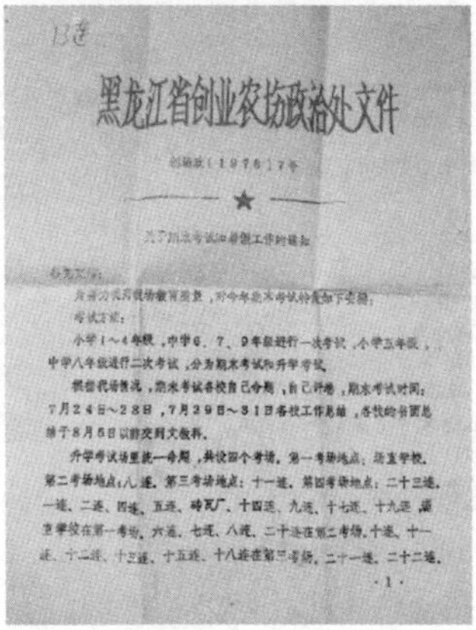

黑龙江省创业农场政治处文件

小学1~4年级，中学6、7、9年级进行一次考试，小学五年级，中学八年级进行二次考试，分为期末考试和升学考试。

·1·

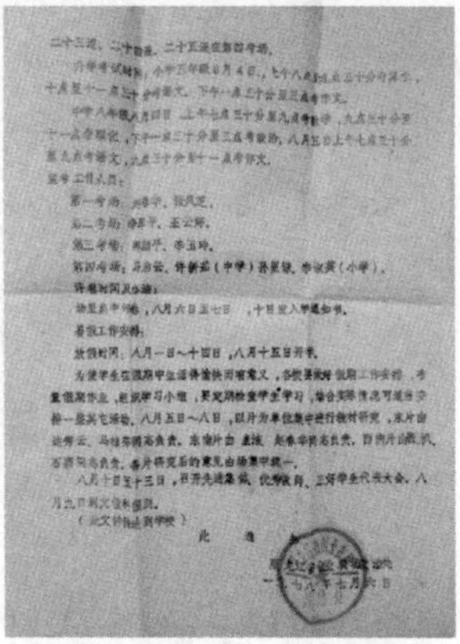

回想起 1978 年 3 月，以全国科学大会为标志，举国上下、拨乱反正，迎来了“科学的春天”，创业农场也紧跟形势，抓教育、抓教学质量。

在 1978 年 4 月，创业农场召集全团教师，进行了一次摸底考试。

这次考试分小学教师和中学教师两部分（小学教师也可以参加中学教师的考试）。那时，我是小学教师，但是我这个人什么都想试一试，于是我就两部分的考试都参加了。并且，至今保留着这次考试的试卷。

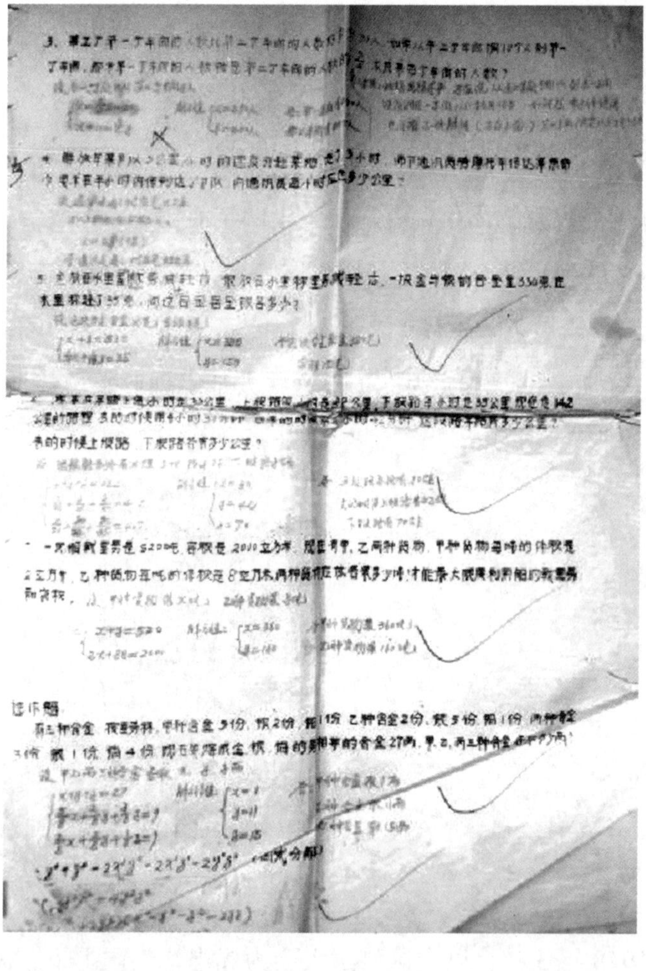

以上是小学教师的试卷，还不错，得了 98.5 分，而且做对了全部选作题，又加了 25 分。

下面是中学教师的试卷，也不错，得了 93 分，并且选作题加了 10 分。

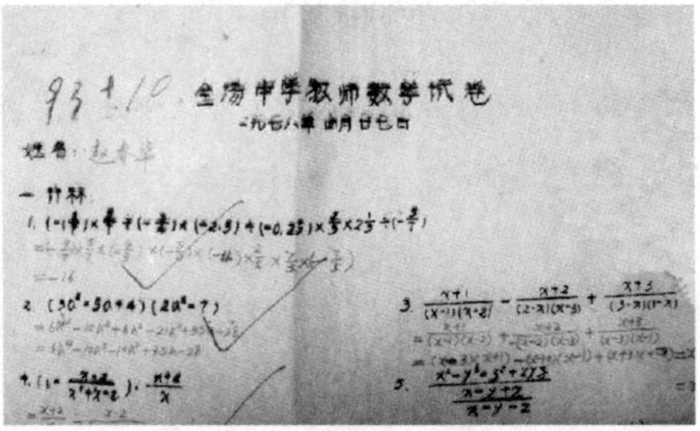
全场中学教师数学试卷

姓名：赵春华

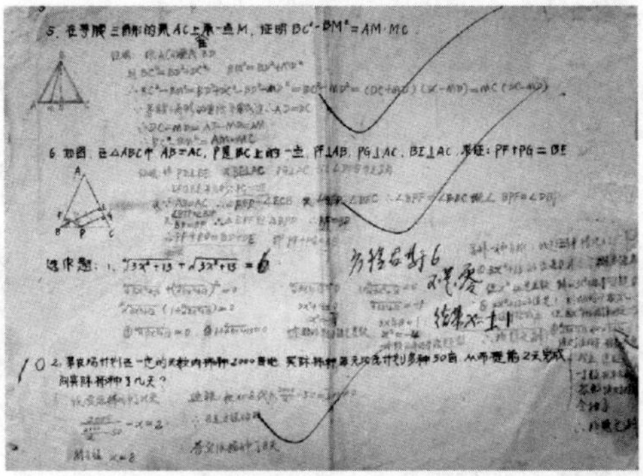

虽然，这次考试离我上中学的时间已相隔了12年之久，但是大部分知识我还能清楚记得，这，还要感谢我的母校——人大附中。

作者简历：赵春华，女，1950年4月出生。北京知青。1967年12月下乡到黑龙江省七星农场采石队。1969年1月调至61团工程1连。1971年3月调至13连。1979年返京。

编后语

《创业情怀》共计收录了101位作者的138篇文章，这些作者都是1968年之后的10年中参与“创业农场”垦荒建设的各地知青。他们以创业铭心的情怀，描绘了3000多名知青战友共同经历的点滴往事，从不同侧面反映了那段特殊历史中这群年轻人的人生磨砺。本书作者署名“路拾遗”就是61团知青的共同名字，是我们人生路上拾起的那段难忘的青春遗迹。

本书文章的初稿基本取自《创业人家》博客。为了保障成书质量，61团志愿者委员会组织了一个专门的“编委会”，对本书的主旨定位、文章选编、结构安排等进行了布署，在大家的分工合作下奠定了良好的基础。

在此期间，张渊生负责文章下载、集合分类，具体事务繁复而纷杂，加上两次电脑文件丢失，承担了巨大的工作压力；全书近40万字的文稿最后都是由孙国平一人逐篇、逐字核对，工作量之浩繁可想而知；“一曲舟歌文化创意工作室”邬洁负责图文排版、装帧设计，仅照片修复一项其难度就不可言述。工作室的年轻人感动于书中内容，主动加班工作，表示“我们也是志愿者”！为了丰富本书的内容，吴裕章倾尽所有的61团老照片，并以内容分类无偿提供；白长江当年的速写作品，王德臣的“我们的宣传股”篆刻等都为本书锦上添花！

我们应该感谢为本书倾注心血的所有人！

今天，在大家的努力和期盼中终于集册成书了。

“创业情怀”又一次注释了我们共同的心声！

2018年元月

编委会成员（以姓氏笔画为序）：

于　光　马志顺　王洪源　白长江　刘宝华　孙国平

李　伟　李雨农　杨仁蓉　杨善华　吴裕章　张民阜

张渊生　陈　正　陈宜年　周汶川　赵春华　顾一兵

顾广宙　殷　枫　谢晓蕴　廉　洁

创业农场隶属于黑龙江农垦总局建三江管理局，位于富锦市、同江市及挠河县交界处。南临七星河、东南接挠力河、北依别拉洪河；三水环拥，西通平川，天泽沃野。是在亘古荒原上开垦的一隅粮仓宝地。

1968 年 12 月 26 日，由三个农场抽调 441 人，首批挺进这个传说名为“火烧盂”的茫野之地。雪墙围帐，薪火融冰，第一缕炊烟告示了一个新农场的诞生。1969 年，根据毛泽东主席“6 · 18 批示”，国营农场改制为生产建设兵团。1970 年 2 月，18 名现役军人带领 3051 名城市知青，在这里组建了沈阳军区黑龙江生产建设兵团 6 师 61 团。

1976 年 2 月，“61 团”改回“黑龙江农垦总局建三江管理局创业农场”。至今，创业农场仍旧开创着宏大的农垦事业。

“创业”不仅是地名，不仅是词组，更是每个“创业人”的人生铭忆……

同一视角
创业农场三十年

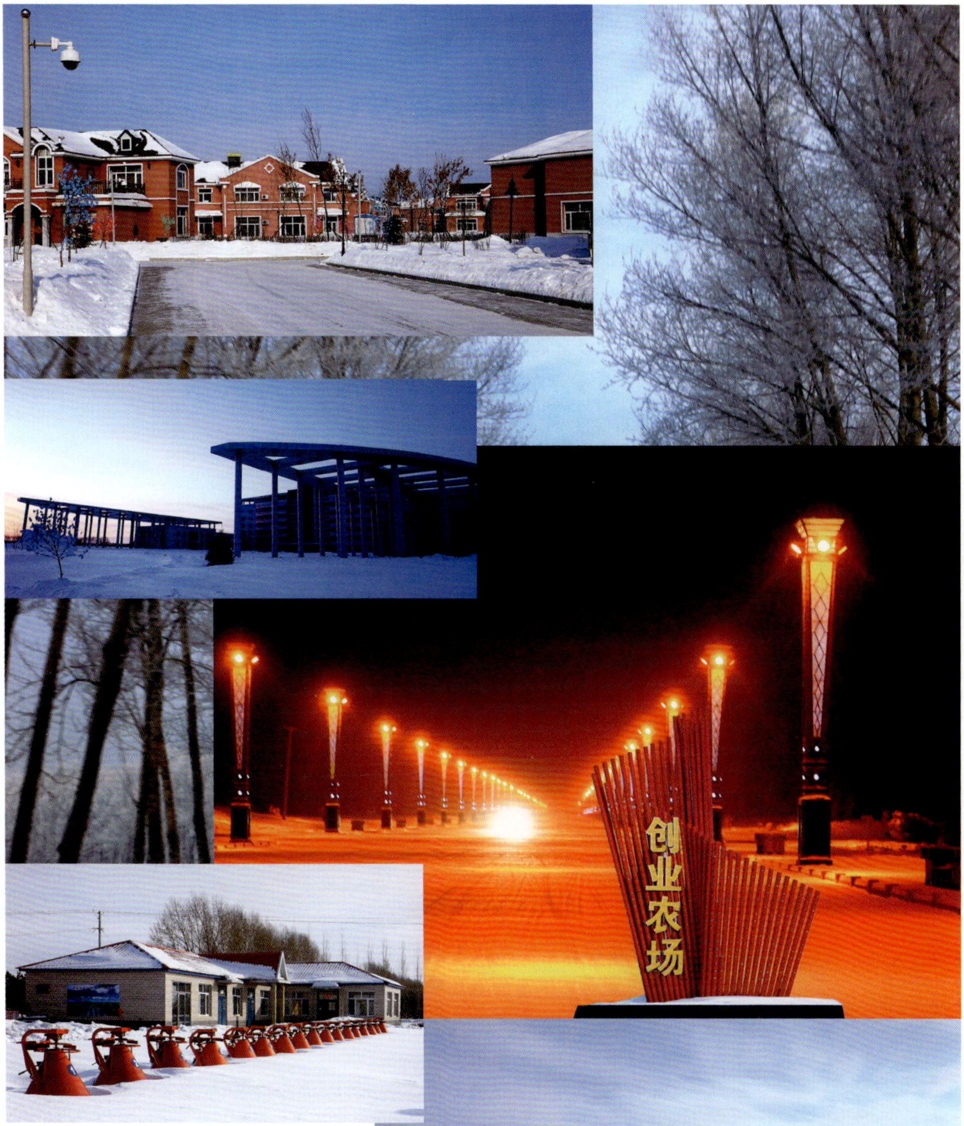

创业农场新貌

摘自网络，
向原作者致谢！

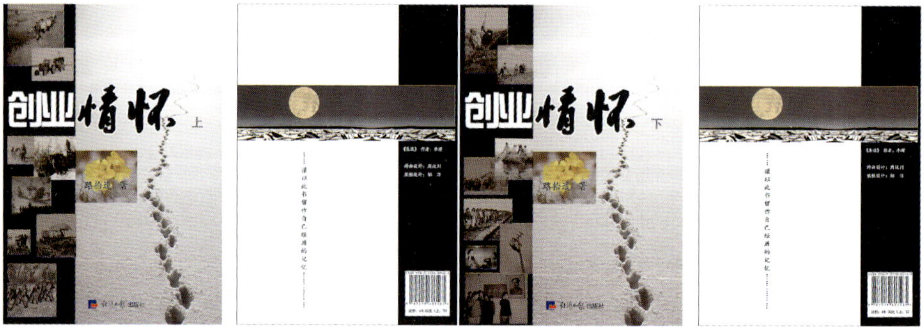

图书在版编目（CIP）数据

创业情怀/路拾遗著. — 北京：经济日报出版社，2018.5
ISBN 978-7-5196-0346-5

Ⅰ. ①创… Ⅱ. ①路… Ⅲ. ①随笔—作品集—中国—当代 Ⅳ. ①I267.1

中国版本图书馆CIP数据核字（2018）第082300号

创业情怀（上册） 路拾遗 著

总 编 辑 周汶川
著作权人 孙国平
封面设计 周汶川
编 辑 林 珏
校 对 李艳春

出版发行 经济日报出版社
地址：北京市西城区白纸坊东街2号A座综合楼710
邮箱：edpbook@126.com
网址：http://www.edpbook.com.cn
电话：010-63567691（编辑部）
010-63567692（发行部）
印 刷 北京文昌阁彩色印刷有限责任公司
开 本 787毫米×1092毫米 1/16
字 数 568千字
印 张 43.5印张
版 次 2018年6月第1版第1次印刷
书 号 ISBN 978-7-5196-0346-5
定 价 68.00元（RMB）（上、下两册）

只是记下我们青春历程中那段特殊的创业情怀……

只是记下我们青春历程中那段特殊的创业情怀……

只是记下我们青春历程中那段特殊的创业情怀……

这就是我们

或许，
我们有不同的生活经历，
但年轻的脚步重合在了北大荒的黑土地。
或许，
这不是我们自己的选择，
但特殊的历史选择了我们这样一批。
人生的花甲轮回，
时光的半个世纪。
说不清的功过是非，
谈不上的可歌可泣。
无论怎样，
是你我无法磨灭的生命印记！

有谁，滴水成冰用热情取暖？
有谁，泥沼麦海用镰刀割剃？
有谁，以虚幻的理想替换对父母的思念？
有谁，以最原始的劳作磨耗青春的血气？
……　没有了，永远没有了。
有过的，只是一场没有观众的独幕戏。

我们没有可彰显的成长历史，
更没有可遗存的诲人训记，
我们无须教导别人什么，
也用不着别人指点自己。
年轻时那一段经历，
决定了一生的心路，
只属于我们自己！

我们是幸福的，
因为我们知道：幸福并不是奢侈的堆砌；
我们是开朗的，
因为我们知道：一个人活着并不只是索取；
我们是坚毅的，
因为我们知道：难，能难到哪里去！
我们是淡然的，
因为我们用生命理解了：
过去的，就是不再重复的过去！

如今静下了，轻松了，
已然是邻家的老张老李。
我们可以用平和的话语回忆那些并不轻松的话题，
我们还可以拿当年的傻事彼此打趣，
我们更可以找个由头聚一聚，在相拥与酒醉中放纵一回。

这就是我们！
一群平常人的不平凡经历，
一群不平凡老人的平常心绪。
只因为，
“创业情怀”那一段年轻生命的印记……

周汶川
2017年仲夏
留给战友们共同的
《创业情怀》

目 录

创业情怀

用青春的热血取暖，用原始的劳作磨砺。
我们也在成长、成熟……

速写：白长江

“138 公里”逸事

武仲魁

“自来茶”

1969 年 12 月 26 日，作为先头部队，我们奉命从团部沿二抚公路东进建立伐木点。汽车在二抚公路上不知跑了多久，下午，我们终于到了新“家”——138 公里伐木点。

二抚公路是当年为战备而修的一条公路，由二龙山到抚远。因为沿途多为荒无人烟之地，本无地名，凡是采伐点大都以二抚公路的里程碑为标志而得名。我们的伐木点建在二抚公路 138 公里处，所以就叫“138 公里”了。

北大荒冬日的白天是很短的，特别是林区，高大的杨树林早早地挡住了阳光，才三点多天就一点一点地黑了下来。为了当晚有地方睡觉，到了伐木点，我们立即着手紧张地“安家”。

这里有一座当年修路时盖的大马架，就是草棚子，正好可以利用，我们把棚顶上厚厚的积雪除掉，盖上苫布，固定结实，“家”就盖好了。帐篷里用圆木搭两排半米多高的架子，上面铺上木板，再铺上厚厚的草，这就是我们的床，把被褥铺上就可以舒舒服服地睡觉了。再把用汽油桶改制的炉子生上，屋里渐渐有了些暖气。因为那天正好是 1969 年的 12 月 26 日——毛泽东主席诞辰纪念日，我们还在这新的“家”里开了一场别开生面的颂扬会。

住的地方安顿好，吃的是从老团带来的饼干，唯有饮用水成了大问题。开始，我们把雪放在盆里化水喝，但发现一大盆雪也化不了多少水，太费事，而且有一股怪味，不好喝。后来改为饮用路边沟里的水，但是，需要把上面厚厚的冰层砸开才能取到。沟里的水有很多树叶，呈深褐色，像是浓浓的茶，喝到嘴里又苦又涩，我们为此给它起了个好听的名字，叫“自来茶”。我们每天就喝这“自来茶”,不知喝了多少日子。

一天，一位战友偶然发现，我们为取水而刨出来的冰块堆在一边，晶莹剔透的，如果能用这些冰块化水喝不是很好吗？于是试验了一下，没想到，效果竟是出奇地好，冰块化成的水真好喝呀！清清的，甜甜的，还有一丝微微的香气，从此我们告别了“自来茶”，纷纷用冰块化水喝。你还别说，离开138公里后再也没喝过那么好喝的水。现在回想起来，真应感谢那位不知名的战友，否则我们不知还要喝多长时间的“自来茶”呢。

遇熊记

为了迎接后续部队，我们又搭了一座棉帐篷，挖了一个能睡二十余人的地窨子。大部队来到后，我们就开始了紧张的伐木工作。由于当时工作紧张，施行“大礼拜”休息制，即十天休息一天。大家都利用这宝贵的休息日，或整理内务，或在附近林子里散步玩耍。

一个休息日，一位老职工到林子里去“撵皮子”——就是打猎。因为我们伐木点地处原始森林，野生动物较多，有狼、狍子、兔、獾、野猪等等，老职工往往悄悄搞点副业。这位老职工是早晨出去的，直到天黑也没回来。第二天一早，连领导决定全体出去寻找。

为了扩大搜索面，我们五六个人分成一组，向各个方向搜寻。我们这一组正好由连长带队。连长雒兴和是典型的山东大汉，转业老兵，性格直爽，脾气火爆，平日哪里工作苦、累，哪里总能看到他的身影。有他带队，我们心里踏实了许多。为了防备遇上猛兽，我们每人都带了防身的武器——斧子或木棍。

当时伐木点的四周除了林子就是草甸子和水泡子，也就是沼泽地，根本没有路，我们几个"穿林海、跨雪原"，艰难地在林子和水泡子里行走。雪很深，有的地方没过膝盖，不一会儿就全都累得满头大汗。最不好走的是草甸子，可能因为那里地势低洼、水多，蚂蚁为了生存，筑了很多蚁穴，高出地面 30 厘米~50 厘米，上尖下圆，呈窝头形状，当地人叫"蚂蚁楼子"，也叫"塔头墩"，这东西几乎一个挨着一个，再叫雪一埋，行走的难度就可想而知了。我们深一脚浅一脚地在密林和草甸子间搜寻着，不知不觉已到了下午。这时正好遇上了另一组搜寻人员，听到一个消息，原来他们人没找到，可找到了一个"黑瞎子窝"——就是黑熊窝，惊动了冬眠的母熊，窝中有两只熊崽，母熊抱着一只逃走了，剩下的一只叫我们抱了回来。

我们这一组和那组分手后继续搜寻着，一边走一边议论着刚刚发生的事情，都很兴奋。这时已到了下午两三点钟，眼看着天要黑了，连长决定返回营地。我们开始往回走。走了一会儿就远远地望见了来接我们的拖拉机，东方红 75 拖拉机拉着一个大爬犁，上面已坐了不少人。大家累了一天了，都想坐上拖拉机快点回去，于是快步向拖拉机走去。正当我低着头艰难地迈过塔头墩子时，忽听旁边几人喊了一句什么就飞快地向拖拉机跑去，由于我没听清，也就没当回事，还是慢吞吞地按正常速度走着，心里还在想，着什么急，也不能把咱们几个丢下。走了一段路，忽听拖拉机猛轰油门的声音，抬头一看，爬犁上的人们手里拿着皮帽子一个劲地向我挥动，拖拉机也摘掉了爬犁，单车向我驶来，我这时才猛然意识到有情况了，回头一看，顿时吓出了一身冷汗，只见有一只大黑熊正追着向我扑来，大约还有 100 米距离，这个家伙起码有 1.5 米高，别看它身体庞大，但跑起来却像兔子一样灵活，一窜一窜的，每一窜比兔子可远多了，跟动物园里作揖敬礼、憨态可爱的黑熊一点儿都不一样，于是我没命地向拖拉机跑去。满地的塔头墩使拖拉机有劲儿使不上，像个笨重的叩头虫一样，点着头艰难地晃着。这时有一个老职工拿着猎枪带着两只猎狗冲向我，很快超过了拖拉机，我心里稍稍踏实了一些，再回头看时，那黑熊可能是害怕猎人和猎狗，放弃了对我的追逐，悻悻地向附近的树林跑去。两只猎狗冲着钻进树林的黑熊狂叫几声也回来了。危险解除了，我像泄了气的皮球，全身无力，大汗淋漓，最后一段路自己都不知道是怎么走到爬犁那儿的。上了爬犁，同组的几个人都问我："刚才我们看见黑瞎子追过来，叫你跑，你怎么不一块跑呀？"我说："唉！没听清啊！听清楚了我能不马上跑吗！"都怨我当初上学时经常听耳机（当时自制的矿石收音机），使听力受到影响，再加上皮帽子的护耳捂着，所以没有听清楚。

拖拉机拉着我们慢慢地往回走，大伙兴奋地议论着和黑瞎子的邂逅，一位老职工说，黑瞎子追人是因为我们抱了它的小崽。

万幸，我们兴师动众四处寻找的老职工，两天后自己平安地回来了。那只小熊我们则养了好长时间，它的母亲曾在夜间几次光顾过我们的伐木点，吓得我们晚上起夜都提心吊胆的。当时有些生活条件好的战友拿出奶粉喂小熊，但是奶粉很快就吃完了，只能喂些玉米大碴子汤，根本满足不了小熊的生长需要。后来被一位老职工拿回家喂养，再后来就不得而知了。

40年前6月的那个夜晚

顾广宙

那是1973年6月7日晚12点多发生的一件事。当时我在7连2排2班当班长。在极"左"路线的影响下，连队指导员对我们知青的要求是不但要交工作权、生活权，而且还要把自己的心也交给党，交给组织，交给贫下中农。他提出了"出了问题不过夜"的口号。一有同事间摩擦就要上纲上线，晚上不是开会就是学毛主席语录，其他的书都不准看，所以每天晚上我们这些班长以上的小头头们都要开会开到很晚，有时要开到半夜一两点钟。

那晚的班长会开到十二点多了吧，我筋疲力尽地回到宿舍。外面下着大雨，雷电交加。我躺下不久，同班天津知青万和临就喊我，说要睡到我这儿来聊聊。聊了不一会儿，大约一点钟了吧，一个闪电，只听宿舍门"呀"地响了一声，我抬头朝门响处一看，一个白色身影一闪，门就关上了。我对小万说："不好了，大概孙友忠跑掉了。"我即刻起来，到孙友忠的铺位上一摸，人是不在了。我穿上衣服冒着雨出去找。晒麦场、食堂，都没找到人。我又回去把一位当地青年外号叫刘嘎子的给叫起来，陪我到离连队二里多路的砖窑去找，烧窑的战友说没见着，这时我没辙了，只好摸到徐指导员家，也没敢进去，敲窗唤醒了指导员，告知了情况。他让我到女排宿舍去找一下。我就带着刘嘎子，拿着手电到食堂去找打夜班的王玉明，她是女同志，负责做夜班饭的。我请她帮我到二排女宿舍去查看一下。她拿着我的手电走进二排东屋。我和小刘站在屋外。只见她的手电光柱在南炕扫了一遍，没啥。再见手电光柱扫到北炕东头第三个铺位时她尖叫起来把手电筒也扔到了地上。我知道不好了，马上冲进女宿舍东屋，捡起手电照到北炕第三个铺位上，只见孙友忠赤条条躺在一位北京女知青铺上，那位女知青已睡着了，浑然不知。孙友忠左手还搭在那位女知青肩上。再看铺在褥子上的白床单还印上了几个泥脚丫子印，原来孙友忠是赤着脚光着身跑过来的。见此光景，我也害怕出事，就大叫孙的名字，叫他自己起来，他不理我。我一看这种情况，就用双手把他拖到炕沿，接着用右手搂着他脖子，左手抱着他膝弯部，一直把他抱到连队刮路机刮出来的土路上。然后我拉着他和刘嘎子一起冒着雨回到了自己宿舍。当我在女宿舍叫喊时，女排所有女知青都醒了，有的还哇哇哭起来了。

第二天，女排几位知青拿着木棍要去打孙友忠，我拦住她们，我告诉她们说孙友忠有病，你们不要打他。孙友忠疯了，他真的疯了。不久以后他因精神分裂症被送回了天津。2012 年 10 月北京大戏楼六十一团知青大团聚时，听天津知青说，孙友忠去世多年了。

孙友忠是一位憨厚、老实的人，平日话不多，干活肯出大力，我内心很喜欢他，也关心他。去年听到他离世的信息后，我惆怅了好几天。他得病，表面上看是一个特例，而往深处想，与当时极左氛围的精神压抑不无关联。在那个时代，不准我们知青谈恋爱，说是资产阶级生活方式。有一位北京小伙与一位哈尔滨姑娘相恋，还被大会批判。那时我们正处青春期，不准谈恋爱，每晚都要开批判会，不是批这个人的“资产阶级思想”就是批那个人的“反动行为”。再加上又没有什么文化娱乐活动，还不准看其他书，更加上白天一刻不停汗流浃背地劳动，真是苦不堪言。

但愿这样的历史永远作为教训存放在我们的记忆中。

“605广播站”现在开始广播

廉 洁

我是1970年11月到宣传股广播站任广播员的。每天清晨，迎着东升旭日，伴随着《东方红》的乐曲声，广播站开始播音，晚上转播完各地人民广播电台联播节目后结束。每天早、中、晚播音三次，雷打不动。因为我们团对外公开的番号是“防字605”，所以我们广播站就叫605广播站。

605广播站最早只有黄雪萍一名播音员，后来因她回京探亲，我临时接替，没想到就留下了，可能领导考虑两名播音员工作起来更方便吧，从此我们俩一人值班、组稿、播音，一人下连队，深入生活、参加劳动、组织稿件，或者参加宣传股的其他工作。1972年她嫁到其他团去了，又从工程一连调来了杨仁蓉担任广播员，我们俩在新团部的广播站合作了几年，结下了深深的战友情谊。

左起：孙国平、李伟、夏秋萍、黄雪萍、廉洁

初到广播站，第一个考验是“半夜记稿”。那时，正是备战备荒为人民的时候，一切行动军事化，农活多以“会战”的形式安排，春有春耕播种、夏有夏锄麦收、秋有秋收秋翻、冬有兴修水利，一年四季没有空闲。我们广播站的重要任务之一，就是配合中心工作，传达上级意图、领导指示，进行战斗动员，

鼓舞士气，表彰会战中的好人好事。由于各连队的通讯员都是兼职，所以大多都是晚上才有时间写稿，写完稿有时已是半夜了。多数连队离团部很远，有百十里路，再加上各连队只有一条电话线（广播和电话共用一条线路，用闸刀控制），白天不可能占用太多时间，因此往往采取半夜用电话传稿的方式，通讯员在那头念，广播员在这边记，第二天一早就要在广播里播出，充分体现了新闻的快和新。第一次记稿我印象深刻，那是我到广播站没几天的事。半夜一点多钟，我睡得正香，忽然电话铃声大作，拿起一听，是连队传稿，我点亮油灯（那时候夜里没有电，每晚广播一结束电就停了），迷迷瞪瞪拿起笔和纸，迷迷瞪瞪地记了起来，记好后吹灭油灯就接着睡了。第二天早上起来想广播夜里记的稿，一看，可傻眼了，只见纸上乱七八糟一大片，根本认不出写的是什么东西。没有办法，只好上午重新辨认，与连队核实，编辑后中午才播出。这样的事仅此一例。后来，每当半夜记录连队来稿时，我都要把自己彻底弄醒，明明白白、工工整整地把稿件记好，重要数据和人名核实清楚，挂上电话后我还要自己再看一遍，直到确保没有问题了，才敢放心去睡。时间长了，我也练就了基本功，那就是不管夜里几点，不管睡得有多熟，睁开眼睛就是清醒的，也不管字迹多草、多乱、多怪，都能很快就认出来，这个功夫可真帮了我不少忙呢。由于传稿、记稿，我和好多连队的通讯员也成了好朋友，给我传稿最多的有 13 连的陈行颐和张惠、8 连的蔡宝温、3 连的汪轶孙(后来调到了宣传股任报道员）

广播站从老团部搬到了新团部，我（廉洁）和杨仁蓉（左）身后的房子就是新的广播站。

等等，如今见了面还倍感亲切呢。

现在电台、电视台节目直播挺当回事的，如临大敌，其实我们那时候一直都是直播的，想录播都没那个条件。我从小在中央人民广播电台少儿广播剧团受过专门训练，所以对直播并不怵，但有时对一些专用词汇或生僻字词也感到头疼。一般情况下，播音前我们都能把要播的稿子准备好，播音时做到流畅通顺，很少出错。但有时碰到急稿、重要的稿件，那边宣传股的同志刚写完，或领导刚刚审定，拿来就要播出的稿子，麻烦就比较大，我们一般对播出这样的稿子的关注点都放在读通顺，少出不出错上。几年下来，倒也没出过什么大错。

有时播音时还要有点灵活性。比如，一次晚上播音结束前，我照例要播出团气象站送来的天气预报，明明外面下着小雨，可是天气预报上却说是晴间多云。再与气象站联系已经来不及了，我随机应变，播成“多云间阴，局部地区有阵雨”，怎么理解都没有破绽。气象站的同志第二天特意对我表示感谢，说我帮助她们避免了一次错报事故。

广播站有专职的维修人员，
黄雪萍（右）和廉洁纯粹是在摆摆样子。

记得那时为了收到更好的播音效果，我们可真是煞费苦心。当时想得最多的，就是能够让广播的形式活泼一点，新鲜一点，想来想去，我们决定制作一部配乐诗朗诵，诗很快选好了，是后来成了作家的57团的肖复兴发表在《兵团战士报》上的一首诗叫作《前进！年轻的兵团战士》，却苦于找不到音乐。在当时的政治环境下，我们手里的唱片除了样板戏就是运动员进行曲之类开大会发奖用的乐曲。正在一筹莫展的时候，宣传股不知是谁从师部搞到一套大型音乐舞蹈史诗《东方红》的唱片，我如获至宝，和黄雪萍两人一遍一遍地听，从中寻找可用的音乐，再翻录到录音机上。为了使乐曲衔接流畅、自然，还得再翻录到另一台录音机上，幸亏我们广播站有两台录音机，乐曲做出来不仔细听还真听不出破绽。记得用得最多的是《东方红》中“大生产”那一段落，音乐比较柔和，也相对长一些，特别好听、耐听。早就听说宣传股的孙国平在上海读中学时就是朗诵高手，我们特意把他请了来，一台录音机播放我们编辑好的音乐，另一台录音机录男女声朗诵，于是，一部配乐诗朗诵就“新鲜出炉”了。这个节目播出后，好评如潮，好多人都感到新奇，前来跟我们打听，汪世雄股长还在宣传股的会上表扬了我们，我们心里那叫一个高兴。

受此成功制作的鼓舞，我们后来又搞了好几部诗朗诵，宣传股的好几位男同胞，但凡普通话讲得好一点的，都被请来参加配音。我们还别出心裁，编了个小小的广播剧呢，那套《东方红》唱片也发挥了其最大的使用价值。在随后的日子里，我们尽自己所能，把个小小的广播站搞得生龙活虎、热闹非凡。

2014 年 9 月 22 日我团宣传股大聚会，几任播音员欢聚一堂。
右起：第二任的我、第三任杨仁蓉、第四任张梅康、第五任林东升。

北大荒从医生涯中的几台手术

齐振德

第一台手术

刚到61团做大夫的时候，卫生队还没有房子。根据兰队长的经验，设计了一个“拉合辫”的房子，就是用不太粗的圆木，用钉子钉一个房子的框架，在不同层面钉上撑子，把草在泥里滚成辫子，然后拧在撑子上，两三天干了后，表面用泥抹平，这就是墙。安上门和窗户就成了一个房子。这种活可能除了兰队长没谁干过，大家都觉得很新鲜，干劲十足。当时团部那个地方的土质不能和泥，因为土中含沙子多，必须去工程3连后面拉土。还好，机关有一台东方红75拖拉机，可以使用，我就成了驾驶员，一上午要运两次土，直到房子盖完，咱们也叫竣工吧。这是团部的第一栋房子。东头的那一间就是手术室，虽然十分简陋，总算是有了，应个急总还可以。说来也非常巧，有个叫李玉的，大家可能都知道，一天晚上他对我说肚子有点不舒服，我说检查一下吧，他说没事不用。第二天又找我说，昨天晚上痛得一夜都没睡。我马上给他做了检查之后，告诉他得的是典型的急性化脓性阑尾炎，得快点做手术，否则会穿孔的。他一下就慌了神，说咱们这个破地方怎么能做呢！我说这个手术室就是给他准备的，咋不能做呢？就这样我

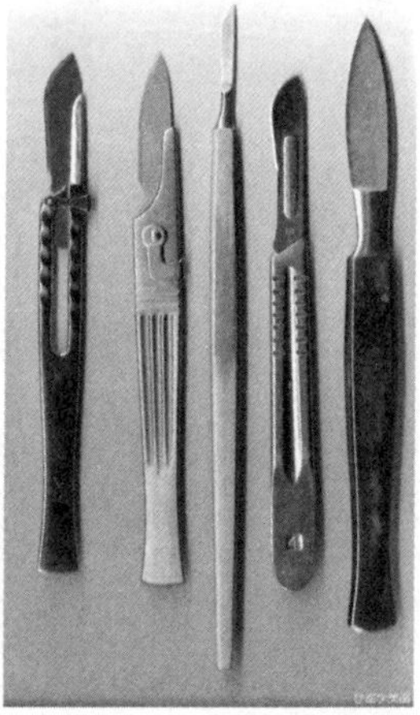

们马上做好手术前准备。当时人员和器械都不全，没有麻醉师只能用局部麻醉，至于手术器械连刀柄都没有，那就克服困难吧。还不错，手术很顺利做完了。这是 61 团即创业农场的第一台手术。术后那天晚上恰巧沈阳军区领导视察，住在我们团部，可能是闫副司令员吧，听说我们能做手术了，很高兴，要见见我，可是我也没有见过这么大的领导，心里有点忐忑不安，领导见面时说："你们是新建点，就是要有你们这种克服困难的精神，要向你们学习呀！"

第一台开颅手术

已经不记得是哪年的事了，一位 5 连的转业兵，可能姓周，因为工作中摔伤了头部，伤情非常严重，连里很快把他送到了卫生队，已经处于昏迷状态。在那个时候卫生队的医疗检查条件十分简陋，像这样的病人也只能拍一个 X 线平片检查，看看有没有颅骨骨折，因此，当时只能根据临床症状和体征来判断病情。由于病人是脑外伤，已经昏迷，左侧瞳孔散大，以此诊断为脑外伤，颅内血肿的可能性非常大，如果具有现在的医疗条件，仅做一个 CT 就可以确定诊断。我们都很清楚，这样的情况就必须争分夺秒，争取尽早做开颅手术，稍有延误，颅内压增高可以造成枕骨大孔疝而致死亡，但是开颅不是开腹，对我们来说，没有开颅的经验，如果手术中出现难以解决的问题该如何处理？若想把病人转院或请专门的脑外科医生来手术，时间是绝对不允许的，那样会失去抢救时机，所以一定要尽早开颅才有挽救生命的希望。当时，我们有些犹豫，卫生队的领导兰队长和李方武指导员鼓励我们，只要尽了最大的努力，谁也不会责怪大家，大家要相信自己，放下包袱轻装上阵。就这样我们医生和护士，各负其责做好了术前的各种准备工作，在异常紧张的气氛中开始了手术。开颅后发现硬膜下有一个很大的血肿，并且有一个小动脉还在出血，好在大脑实质并无损伤，所以，在清除血肿并充分止血后，病人的瞳孔就开始恢复了。大家这才松了一口气，手术是在轻松的气氛中胜利结束了。

这是创业农场的第一台开颅手术。在这样简陋的条件下，仅凭症状体征予以确诊，并实施快速手术挽救了一个生命，意义重大。据说这个病人后来恢复得很好。

难忘的手术

我从医 48 年，做过许多手术，给我自己留下深刻印象的还就是在 61 团那 12 年中的那些手术经历，其中最令人难忘的是这样一例：

大概是 1972 年的事。那年在老团部演忆苦剧《收租院》，我演那个要饭的老头，我刚从台上下来，兰队长就拉着我说 60 团来人请我，说有重病人。我们赶紧上了一台北京吉普。在车上他们告诉我说：有一个 4 岁的智障小孩自己吞了 3 根缝纫针，他们解决不了向我们求援。很快就到了 60 团卫生队，一下车他们就介绍我是齐大夫，可我看到人家的眼神不对，十分茫然。嗨！真晕，我这时才想起来我还是一个要饭的老头的装扮呢。我马上洗了一下脸，立刻就去查看病人。小孩的一般情况还好，X 光片子上证实孩子的胃里确实有 3 根金属异物，我和 60 团卫生队的医生讨论一下，并和家属沟通后，就决定手术取出。手术是在一个条件极差的手术室里开始的，我倒也没什么，已经习惯了艰苦条件下手术。手术开始了，顺利地进入腹腔，当切开胃寻找那 3 根针时，可怎么也找不到。这时我的心就悬了起来，哪里去了？下去了吗？我努力使自己冷静，果断决定去 X 光室透视。(那个年代的 X 光透视必须在暗室内进行) 在 X 光下一看，哇！那 3 根针跑到食道里去了，刚好在心脏的后面，分析可能是在麻醉下，孩子的贲门松弛，3 根针随着胃液一起漂了上去。怎么办呢，那个年代又没有食道镜，我思考了一下，问她们手术室的护士，有没有妇科的阴道填塞钳子？因为这种专用钳子前端长约十几厘米，她们还真有，我要她们快拿来消毒。

就这样我摸着黑，在 X 光下谨慎地把钳子的前端通过贲门进入食道，还别说，钳子通过贲门时还很宽松，这时我已经有了底，看准一根针的一端夹住，缓慢地退了出来，真好，出来 1 根、2 根、3 根，都出来了。

手术很顺利，可是术后真有点后怕，如果在取针的时候，万一针横过来或者夹不住，针滑向侧方刺入心脏那又该如何是好？真运气，成功了。到目前为止，我还没听说有经胃取食道里的异物呢。

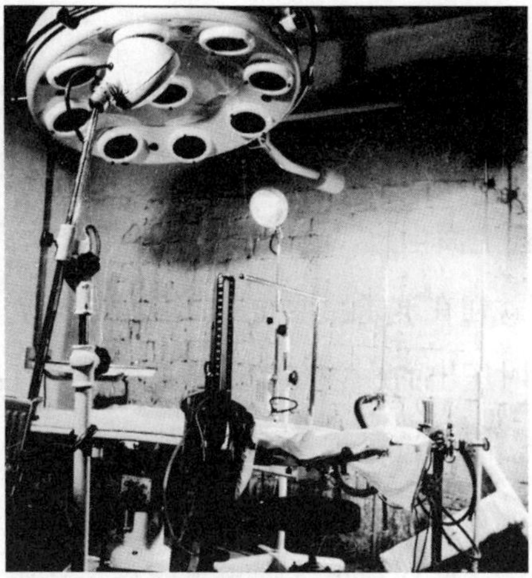

当年卫生队的手术室

北大荒的往事

李淑凤

一、路

每当晨练时，不论我健步走在大街的路边，还是走在公园的林荫小路上，脑海中时常会呈现出，我步入人生所走的第一条路，那就是连队通往团部的一条土路。

61团刚组建的时候，只有一条公路，就是位于团部办公室前，由二龙山通往抚远县城的那条公路，当地人把这条路简称为二抚路。那是一条沙石路，天气好的时候，车跑在上面尘土飞扬，到了夏天雨季路面就翻浆变得十分泥泞。

全团的各个连队就建在这条路两边的茫茫荒原上。说是“路”，其实就是拖拉机拉着爬犁进点时压出的一条车辙，从此就成了往返连队与团部之间的交通要道。几个月之后，团部进了推土机，才正式开始修路，那是用推土机推出的高出地面不到一米，宽三米左右的一条土路。路的两边是一眼望不到边的庄稼地，春天把一粒粒种子撒到地里；到夏天就像一片绿色的海洋；秋天庄稼变成金黄色；严冬来临，白茫茫的积雪像给大地盖上一层层厚厚的棉被。就是这样的一条路，40多年前迎来一批一批的城市青年，并由此奔赴几十里外的各个连队，在农耕生活中品尝人生的又一种经历。就是这样的一条路，不知承载过多少饱含知青血汗的运粮车，把成千上万吨的大豆、小麦运到了福利屯火车站，送往全国各地；还是这样一条路，把连队生产、生活的物资源源不断地运了进来……

我在连队担任出纳、会计期间，为了定期前往团部办理报表、领取工资等业务，经常要往返在这条路上。有时搭乘本连队或是途经我们连队的车，如果没车就徒步前行，来回要走四个多小时。记得在24连有一回我和我的同学赵长春，曾经穿着高筒雨靴，在雨中走在泥泞的路上，有时还能看见成群的野狍子在远处的草甸子上跑来跑去。

这条路就像一条纽带，把我们与团部及外面的世界紧紧地连接在一起，它陪着广大知青一道默默无闻地奉献着……十多年之后，经历了风霜雨雪的知青战友们，怀着万分感慨的心情，告别了青春年华，告别了亲手建立起来的连队，最后一次沿着这条路，返回到了故乡。这是让我永远难以忘记的一条路，这是一条非同寻常的路。

二、领工资

回忆着难以忘掉的那条路，就会让我想起曾经独自一人到团部领工资的往事。

在1970年秋末冬初的时候，正是大豆收获的季节，连队所有人员全力以赴投入紧张的秋收劳动之中。有一天到了发工资的日子，头天的晚上周连长对我讲：“明天你一个人去行不行？”我不假思索地回答：“行！”他让我带上一支冲锋枪，配上二十发子弹，还一再地叮嘱我：“早去早回，路上多加小心。”我吃过早饭，背好枪支，带上连队战友准备发出的信件上路了。

早上初升的太阳，照得大地上暖洋洋的，我独自一人走在通往团部的路上，心情异常的兴奋，就像士兵去执行一项艰巨的任务，嘴里不时哼着小曲，不知不觉就走过了十连，十点钟左右就到了团部。

到了团部机关办公室，就到几个股室办理各种相关业务。中午吃过饭，到了财务股找了出纳员，拿着开好的支票，急忙赶到银行领取工资。十月份是北大荒开始发放取暖费的时候，共领取一万多元，各种面值都有，装了满满一书包。一切事情办好，我左肩背着报纸及书信，右肩背着全连职工的工资，胸前还挎着一支冲锋枪，只身一人默默地踏上返回连队的路。

当我从二抚公路拐向路边的土路时，看着路两边空旷的庄稼地，突然想起东北人说的一段话：北大荒真荒凉，又有兔子又有狼……眼见着太阳很快就要下山了，还刮着小风，我的心情渐渐地紧张起来，一边走着一边用手把工资包往胸前拉了拉，又把枪压在工资包上，双手紧握着枪，密切注视周围的一切动静，几乎是一路小跑着赶路。当天快黑的时候，已经走到十连的附近，我长长地松了一口气，还有几里地就到家了……就在这时，前边离我几十米的地方，隐隐约约看见有人在向我这个方向走来，他的旁边好像还牵着牲畜，具体是什么牲畜看不清楚。我还没来得及多想，就传来了对方的声音："李会计，我接你来了"，原来连长见我还没有回到连里不放心了，于是就派通信员杜长友牵着毛驴来接我，这时我悬着的心一下踏实了。杜长友接过两个沉甸甸的挎包，放在毛驴的背上。回到连队时天已完全黑了。只见周连长和田会计站在连部门前，我立刻迎了上去，冲着他大声笑着说："连长我回来了！""傻丫头，还乐呢！真不该让你一个人去，把我急死啦！"连长一边说着，一边让田会计接过工资包，还催着我赶快去食堂吃饭。

吃罢了饭，我和田会计一道把工资发到职工手里，彻底完成了领工资、发工资的任务。晚上睡觉我还在想白天走在路上的事，说不定就有一只狼悄悄地跟着你，危险就在你身边，你该怎么办呢……

2004年夏天再次回到阔别近三十年的创业农场，24连的连长郑培聚领着我和我的爱人到了周连长的家里，坐在一起聊着难忘的往事，连长又提起让我一个人领工资的事，他发自内心地说："太欠考虑了，只顾抓生产，差点闯了祸。"他的话使我深受感动。分别时，连长还拖着带病的身体，眼里含着泪水，把我们送出家门，走出很远还在不停地向我们招手……

在周连长家门前分别时的留影

三、飞车

再想起那条土路时，又一次想起那时我们所使用的交通工具。

在61团刚组建的时候，农业连队唯一的运输工具，就是拖拉机。拖拉机凭着马力大、体积重、摩擦力强，能在任何复杂的地面行走。建连初期全靠它运送各种物资，接送往来的人员。在连队里，拖拉机经常拖着爬犁，拉着我们到林子里伐木，到大草甸子打草。我们把一捆捆草码在爬犁上，足有两米多高，运回连里，苫在新盖的房顶上……随着连队的建设不断发展，又有了马、牛等牲畜，这样就有了马车、牛车这些运输工具。

记得在11连时，有一次我们坐着马车去团部办事，走出连队快到10连附近的地段，马不知听到什么声音，立刻惊叫了起来，抬起两个前蹄昂着头，直奔路边的庄稼地里跑去，把车上的人吓得连蹦带跳下了车，只见马拉着车和车老板儿，一直跑了很远才停了下来，我们急忙赶过去，再次坐上车走在通往团部的路上……

生产规模扩大了，运输力也逐渐加强，各个连队又添置了胶轮拖拉机。在24连时，连里有了一台“铁牛55”，车上配备了三位司机，分别是：天津知青叶志东，哈尔滨知青徐伟、崔吉祥。他们一年四季不分白天黑夜，不管是炎热的夏天，还是严寒的冬天，开着车在田间地头忙着运粮，往返于连队与团部的路上，有时还要到百公里以外的25团北山上拉石头，运水泥、沙子等，十分辛苦。

有一次，叶志东拉沙子回到连队，当我和几个战友卸完车，从场院南边返回连里，车走到半路时，只见叶志东突然离开驾驶座站了起来，头也不回地喊了一声：“快坐下！”一会儿车就停了下来，定眼一看他趴在车的机器盖子上。我们急忙从拖车上下来，走到跟前问他：“怎么啦？”“飞车了！”他看看我们几个人，一边从车上下来，一边对我们说着。这时我才明白原来车出了问题，据懂行的师傅说，是车的调速器失灵了，幸亏发现得及时，将减压杆压下去，才免于了一场车祸的发生。

时隔多年想到那次在场院边上发生的事情，我就会想起叶志东兄弟，多亏他当时眼疾手快，使车上的人转危为安。在这里，我祝愿当年在24连三位开铁牛的小兄弟，身体健康、幸福，好人一生平安！

四、烧荒灭火

1970年初冬季节，为了完成团部“多开荒、多种地、多打粮”的指示精神。11连的连领导经过商讨，决定利用大地还未彻底封冻之前的这段时间，再翻出一块地，以便来年及时播下种子。

一天上午周连长、罗指导员就带着我们连部班的几个战士，还有一台拖拉机牵着一台大犁，穿过连队东边的一个地号，来到了东北方向一片草甸子。连长指挥拖拉机司机打好防火道，指导员带着我们开始点火烧荒，他还不停地嘱咐大家注意安全，离火远点千万别烧着。我有生以来第一次看到这么壮观的场景，当大家把手中的火把一块扔进草甸子里，“轰”的一声大火立刻燃烧起来，大火噼噼啪啪地吞噬着大片的荒草，干枯的茅草助长了火势，增添了火威，发出轰轰的响声，草木灰漫天飞扬，在半空中出现点点红火。我们每人手里拿着一根大树条子，跟在火的后面，扑打着灰烬中残余的火星慢慢前行。

忽然，从东北方向传来一声骇人的喊声：“不好了，跑荒了！”指导员高喊着：“快！快！这边来！”原来是风向变了，只见大家奋力跑着用手里的树条扑打火苗，还好幸亏扑救的及时，火总算扑灭了。真是水火不留情，刚才还是一片杂草丛生的荒地，经火这么一烧立刻变成黑色的海洋，还带有着微微的余热。

就在这时连长找了一块干净的地方，拿出出发时准备好的包子，招呼大家坐下吃饭，我们吃着包子，连长在一边说话了，“吃完了，好好歇会儿，下午我们接着烧另一块地。”他还风趣地说：“千万别把火烧到二抚路上，要是那样话，我就该蹲笆篱子了。”逗得大家直笑。紧接着他又一次叮嘱我们，烧荒时一定要站在上风头，千万别把自己围进火里，要不然是很危险的。

休息之后，准备烧第二个地块，大家像上午一样，拿着火把分散开，指导员一声令下，大火再次燃烧了起来。当太阳快要西下的时候，风力也越来越大，就在这时不知是谁大喊了一声：“不好了，火又跑了！”这时，只见连长、指导员跑在前面，我们在后面紧跟着，挥着手中的树条，不顾烟熏火烤，向着烈火扑打着……

天渐渐地黑了下来，连队里见到了火光，火光就是命令，迅速集合了队伍，向着远方的火光开始了急行军奔向了火场。荒火夹着浓浓的烟，呛得人睁不开眼睛，喘不了气，憋得嗓子直冒火，战士们全然不顾个人的安危，上气不接下气地喘着，拼命地挥动手中的“武器”分片扑灭火势。我们连部班几个人经过一天的劳累，已经达到了身体承受的极限，跑不动了就走，也不知道摔了多少跤，手中的树条也没了，就脱下衣服沾着沟里的水，不停地抽打着灭火……也不知过了多长时间，滚滚翻腾不可一世的火龙，在我们的奋力扑打下气数已尽，火势越来越小，大火终于被扑灭了。

灭火的战斗结束了，集合队伍回家。十月份北大荒已经开始进入了冬天，草甸子表面只是一层薄冰，一踩就裂，冰下就是烂泥。连长、指导员带着队伍走在前面，还不时地提醒后面的战士们：“小心点，别掉队！”筋疲力尽的战士们互相搀扶着，肩并着肩，手拉着手，趟着泥水，深一脚浅一脚，就像长征红军过草地一样，走出了茫茫的荒地。回到宿舍里，在灯光的照耀下，你看看我，我看看你，一个个被烟熏火烤得全成了大花脸，都忍不住地笑了。

四十多年过去了，那是我有生以来第一次，也是唯一的一次经历了烧荒灭火的全过程。当时烧荒、灭火及走出荒地的情景，给我留下深深的印象，战友们那种“一不怕苦，二不怕死”的精神实在可嘉。

作者简历：李淑凤，女，1950年9月出生。北京知青。1968年7月下乡到黑龙江生产建设兵团6师25团57连。1969年初调至61团，先后任职于11连，24连。1975年末调回25团木材厂。1979年初返城。

北大荒趣事两则

廉 洁

脸怎么红了

那是我在团政治处宣传股广播站工作时的事儿，那时我们还住在老团部的帐篷里……

20 世纪 70 年代初，隆隆的拖拉机声惊醒了亘古荒原，也惊醒了在荒原上世代栖息的蚊子。素日以露水为食的它们狂舞着，欢呼着，兴高采烈地扑向人们，吮吸人体的血液。对它们来说，这无异于美味佳肴了。

北大荒新建点的蚊子个大、肉厚，傻乎乎的，不知道躲避，尤其到了傍晚，扑头盖脸地向人们袭击，竟一胡噜一大把，变成小肉球球往下掉，穿两件衣服它都能咬透。我们不得不早早钻进蚊帐，躲在里面吃晚饭，就着小煤油灯看书、写信、聊天……不得已出来一会儿，也要把头裹严，套上雨靴，全副武装好，否则待上一会儿，就会带着满身满脸的大包逃进蚊帐。有时在空场上放电影，你就看吧，来看电影的——特别是女同志，一个个都是“全副武装”：头上戴着帽子，脸上蒙着纱巾，脚上穿着雨靴，手中拿着扇子，整个放映期间都要不停地和蚊子“较量”与“搏斗”。

大概是由于皮肤过敏，我对蚊子尤其害怕，不仅特别招蚊子，而且咬了包也不爱下去，奇痒难忍，直到挠烂了，流脓水、结疤，以至我的额头、两颊、腮下、脖颈上就没有好地方，旧包上压新包，重重叠叠，密密麻麻，实在痒了，就抹上点儿碘酒煞一煞。

一天晚上，我又耐不住痒的折磨，借来卫生室的钥匙，摸到碘酒药瓶，用棉签蘸着，把“包们”抹了个遍。立刻，痒被抑制住了，凉丝丝的，略有点痛感，真是舒服极了，借着这舒服劲儿，赶紧钻进蚊帐睡了。

第二天一早，我像往常一样起床、整理、洗漱。忽然，对面铺位的张颖对着我惊呆了：“廉洁，你的脸……”其他伙伴听到喊声也都探过头来，立刻一片惊诧：“哎呀，这是怎么了？”“我的天哪！”……旁边的丁维荣递过一面镜子，我一照也吓了一大跳，只见我的脸上左一片，右一片，涂满了红红的颜色，活像电影里的伤兵。还是卫生员王淑惠最早醒悟过来：“你是不是把红药水当成碘酒抹了？”我也一下子明白了！唉，黑灯瞎火的，竟让我搞错了，把红药水当成碘酒抹了满脸。紧张的气氛一下子松弛了，伙伴们笑啊笑啊，我也笑得流出了眼泪。

这红红的颜色在我脸上足足驻留了三四天才彻底洗干净。

冻屁股的风波

1970 年的冬天，天气格外的冷，大雪一场接着一场，“大烟泡”隔三岔五地刮。有时一觉醒来，大雪封了门，不得不用铁锹一点一点地挖。来自祖国四面八方的知青们哪儿见过这阵势，新奇得不得了，面对银装素裹、冰凌树挂，往往兴奋得忘乎所以，因此，冻坏鼻子、耳朵、脸颊的事情时有发生，在连队里你就看吧，经常可以看到这位脸上一块黑，那位鼻子上一块黑，这都是发生过冻伤的痕迹，正常情况下要过上 3 个夏天这痕迹才能完全去掉。

这天，工余饭后，6 师 61 团副政委马金堂来到 4 连，他把我们喊拢过来，和我们这帮“小鬼”拉起了家常。马政委挨个端详我们，逐个查看谁受了冻伤，然后慢吞吞地讲了个让我至今难忘的故事。

工程一连的一名北京知青，上厕所的时间长了点，冻得屁股疼痛，回来后他用热水洗，本以为能尽快暖和过来，没想到这一洗可糟了，满屁股起了大水泡，火烧火燎的，害得他不能坐，不能躺，不能穿裤子，只好整天趴着……

马政委话音一落，大家忍不住哄的一声笑了，但紧接着是一片沉默，大家对这名男知青充满了同情、怜惜，对冻疮感到可怕。马政委似乎看透了我们的心思，告诉我们，天冷并不可怕，重要的是要学会适应，要用科学的方法，学会保护自己。他还不厌其烦地向我们讲解如何防止冻伤发生，以及治疗冻伤的方法。

打那以后，我们4连的知青们冻伤还真的少了，平平安安地度过了一个又一个寒冷的冬天。

我们几个都曾经是4连雒连长的兵。

左起：丁维荣、李晓兰、单藕琦、雒兴和、廉洁、王淑惠、金勇、王洪源

北大荒往事琐记

白琬懿

“跑荒了”

那一年麦收快结束了，为了让学生们知道粮食来得不容易，体会到“粒粒皆辛苦”的含义，我带着学生们去地里拾麦穗。（当时我们23连学校只有学生12名，分为一年级、二年级、四年级和五年级4个班）我跟着一、二年级的学生，在前面拾麦穗，后面是四、五年级的学生，边拾麦穗边归拢，就这样分工合作……

正当大家干得起劲时，我闻到了一股煳味，往后面一看，一缕缕的青烟直往上冒。不好了！我意识到要跑荒了！只见大孩子们在后面挪动着麦堆，太危险了！孩子们的安全怎么办？辛辛苦苦打下的粮食怎么办？我一边招呼学生，一边灭火。就在我忙得不知所措时，支连长带着战士们来了，他们顾不上个人的安危冲上去，不一会就把火扑灭了，还用拖拉机翻了一道防火沟。这时满脸是灰的连长走过来很严肃地说：“吓着你们了吧？多危险啊！带着孩子们快回学校去吧！”我以为连长要狠狠地批评我呢？没想到……我哽咽了，含着眼泪在孩子面前作了检讨。学生们却纷纷围过来安慰我：“白老师，我们不对，不应该随便挪动火堆，我们为了多烧些麦秸多积肥，才导致了失火，请老师原谅我们吧！”

看到孩子们一个个的小脏脸，我的心被深深地打动了，多可爱的孩子啊！他们敢于担当，知道分担责任，在错误面前不畏惧。这就是我的学生！我为他们骄傲自豪，随文附上他们可爱模样的照片一张！

以毒攻毒

1969年的冬天，我们从25团9队调到61团10连。新建团条件很艰苦，真是一穷二白，连我们宿舍的墙都是白的（因室温低而挂满霜）。虽然艰苦，但是我们很快就融入了连队生活。

一年之计在于春。天气渐暖，万物复苏，紧张的春播工作顺利地结束了，天气也越来越热了。不知什么原因，全连上下不分男女，许多人拉肚子，是吃了什么不干净的东西，还是食堂的卫生没搞好？查来查去找不到原因。朱连长说："你们这些城里的小青年就是骄娇二气，喝水还得喝凉白开，家属区怎么一个都没有拉肚子的？我们一进门，就舀一勺缸里的凉水，咕咚咕咚地喝下去，什么事都没有。我告诉你们一个好办法：越拉肚子越喝凉水，这就叫'以毒攻毒。'"

“二亩二”

秋收战役马上就要打响了，连长做了战前动员，要求全连上下齐参战，每人每天割豆“二亩二”。

战士们个个摩拳擦掌、斗志昂扬！但是我们连部的工作人员，像出纳、会计、司务长、卫生员、老师等，要完成“二亩二”的割豆任务，真有点吃力。可是大家当时都年轻，互不服输，镰刀磨得快快地，早晨很早就起了床，迎着朝霞兴冲冲地出发了。

到了地头一看，好壮观啊！一眼望不到边的金黄黄的大豆响铃，十分耀眼。这是一个丰收年啊！这时连长的一声哨响，开始割豆了。大家像离了弦的箭一样，你追我赶地弯着腰割了起来。

一天、两天、三天……我的左手由于总是一把一把的抓豆棵子，脱了臼，肿得像个小馒头一样。直到现在落下了个毛病：左手活动僵硬迟缓。由于时间紧、任务重，我们每天很晚才收工。回到宿舍，只想躺着什么也不干，真正体会到了什么叫腰疼。虽然白天劳动了一天，很累很辛苦，但是到了晚上，连里还要组织我们学习，用毛泽东思想武装头脑。连长手里拿着一张不知过了几天的《人民日报》（那时交通不便，看不到近期的报纸），在马灯昏暗的光线下认真地读着。为了让大家更好地领会学习精神，连长还不时地停顿下来提问：“我读到哪了？”这时只听到一声：“二亩二、二亩二！”《人民日报》

我们的朱连长

中也没说到“二亩二”割豆的事啊！当大家顺着声音一看都笑了，原来是一个人睡着了，在说梦话。类似这样的趣事经常发生，那时大家都很年轻，觉多，何况白天工作量又大，真是见怪不怪了。现在想起来还会情不自禁地偷着乐呢。

记忆中的23连

记得每当日出时，随着“一二、一二”的口令，战士们开始了早操训练。由于实行军事化管理，大家起床、叠被、洗漱动作都很快。排长整队，“稍息，立正，向右看齐”，大家齐刷刷地向右一看，王喜茹穿着一样一只的鞋跑出来了，真有意思，但都强憋着没有笑出声，继续跑步练习，这就是严格的组织纪律性。为了丰富大家的业余生活，连长提议浇个冰场。说干就干，大家热情高涨，连夜你一盆、我一桶地往篮球场上泼水，就这样，第二天一片光溜溜的冰场出现了。只见冰场上欢声笑语，人仰马翻，好不热闹。滑冰的人，摔得屁股疼；围观的人，笑得肚子疼，笑声把一天的劳累冲走了。夏天到了，冰场没了，篮球场恢复了。每当夕阳西下时，几位男生总是在投篮或是打比赛，女生在一旁观战，多么和谐。支连长还经常组织我们进行篮球比赛。记得有一次，我们到团里比赛，对方好像是9连女篮，由于双方都是业余球员，全场结束比分是2∶4，比赛赛况可想而知。赛后大家诙谐地说，这是一场篮球比赛，足球得分。在那个年代，23连的生活让我记忆犹新，回味无穷。

“马蜂事件”让我长见识

兵团战士有组织有纪律，听从指挥，无论出工、收工、吃饭等都要排队行进。1970年初夏的一天，我们一班人列队去割草。战士们正兴高采烈地走在路上时，不知谁不小心踩在马蜂窝上，一时蜂拥四起，战士们纷纷躲避。但是，草甸子上只有大片的茅草和低矮的灌木枝，哪有地方躲呀！这时，我想起在北京时，见到男孩子们捅马蜂窝时的情景，他们用竹竿捅下树上的马蜂窝后马上趴倒在地上，马蜂只往高处飞，于是他们就躲过了蜂蜇。我马上就对大家喊："趴下、快趴下！蜂往高处飞！"正当大家不知所措时听到我的喊声，迅速趴下。谁知情况更糟糕，非但没有躲过马蜂，脸上，手上，凡是裸露在外面的地方，反而都被马蜂狂蛰了一个遍，大包小包的。

回到帐篷大家忙着找卫生员处理伤口，痛得吱哇乱叫。过后，大家七嘴八舌地都怨我让他们趴下，之前谁也没有这种经验，只好听我的，让趴就趴下了，害得他们被蜇了那么多包。

当时我也感到很委屈。北京的蜂窝搭在树上，蜂往高处飞，东北的蜂窝在地上，直往低处钻。我真是年轻无知，只知其一不知其二，机械照搬，好心办了坏事。事后"趴下！都趴下！"竟成了笑谈。

作者简历：白琬懿，女，1952年3月出生。北京知青。1969年8月下乡到黑龙江生产建设兵团3师29团9连。同年12月调至6师61团，先后任职于10连、23连、团直一分校。1978年12月返京。

编外“小大夫”

倪丽敏

我很小的时候因出麻疹高烧不退，患上了肺炎，很厉害，都奄奄一息了。要不是爷爷奶奶天天很早去儿童医院排队挂号，然后抱着我去看病打针，可能早就没命了。

听大人们说，当时我妈妈觉得我活不了，都要放弃治疗了。所以，我从小对医生这个职业很崇拜，他们“救死扶伤”的技能和精神让我很佩服。再后来，表哥考上了上海第一医学院，当上了外科大夫，我就想我也要学医。

1970 年初中毕业，当年上海 70 届没按时分配，学校安排我们学工半年，学农半年，个别人去学医，我就去学了医，参加了“赤脚医生”培训。先是上课，后来去医院各科室轮转学习约半年，学习诊病、包扎、打针、针灸等赤脚医生的基本技能。其间还参加了上海市、区组织的两次大型野营拉练，跟着随队医生给营员们看病。

1971 年 10 月来到咱们 61 团 1 连。不久卫生员王红卫有事回京，连队安排我接替她当了个临时卫生员。那时头脑简单，干工作光凭一股“干一行爱一行”的热情劲儿，尽心尽力去做。表哥给我寄来了一本很厚的医学书，书里中医、西医，内科、外科、妇科、儿科的知识都有，简单易懂。我拿它当宝贝似的，有空就看就学，还在自己身上找穴位针灸，碰到问题更是从书中去找解决问题的办法。这本书真是帮了不少忙，让我长了很多知识。北大荒的冬天很冷，冰天雪地的，连里的知青、老职工、家属小孩感冒发烧是常有的事。只要谁有个头痛脑热或其他的不舒服，我就会很认真地诊病、用药，只要病人需要，不管是白天还是黑夜，不管是刮风还是下雨下雪，我都会随叫随到。若碰上个高烧不退的，我不仅按时给他们打针用药，哪怕半夜三更都会去量体温、观察病情、打针送药，一心想解除患者的病痛。

王连长的前老伴患有肺心病，喘得很厉害，她从团卫生队拿回来的针剂药都得我们给她注射。每次给她打针都很累，因为那时的条件有限，在家里无法输液，只能用针管打静脉针，把药抽到大针管里，她半靠着被垛，胳膊下垫着枕头或小被子什么的，我必须稳稳扶着针筒，很慢很慢往静脉里推药，那一针下来要很长时间，常常会累得腰酸背痛手发麻。

记得有一年，连里出现一只疯狗，见人就咬。有一位老职工的小儿子让疯狗咬了小腿后跟处，伤口翻了花似的血淋淋地跑来了，小孩哇哇地哭，我一边哄着孩子，一边迅速消毒清洗伤口、打麻药，给他缝了好几针，包扎好，带他去团部打了狂犬疫苗。然后隔天换药，经过治疗很快就痊愈了。

说实在的，我这个编外的卫生员仅在下乡前学习了半年，也没有“资格证书”，到农场也没参加过培训，也没什么“资质”，给大家打个针、发个药，包个伤口也就算了，有个复杂点的病还有咱团部卫生队呢！可这傻大胆却还敢给连里的产妇接生，这可没在上海医院里学过。记得第一次是跟红卫去的，给一位老职工的家属接生很顺利，我给红卫当帮手。后来红卫不在，我便去给她们做孕检，并独自给她们接生。

要说这接生，刚一开始，我也害怕紧张，尤其是听到她们阵痛的呻吟，看到她们痛苦的样子，我是又着急又紧张，但我强迫自己要冷静，脑子里一边回想着医科书里接生的步骤，回想着红卫怎么教我的，一边安慰鼓励产妇，告诉她们怎样用力，协助她们顺利生产，然后迅速给孩子剪断并扎紧脐带，清洗包裹好，再仔细检查胎盘有无缺损等。

最让我难忘的是那次给杨荷莉接生。头天傍晚就有动静，然后破了水，随着产程的进展，一次一次地看见孩子的头就是出不来，杨荷莉痛得满头大汗，曲德富心痛得直着急。我虽然心里急但还算镇定，按照书上催产的方法一遍遍去做，整整折腾了一夜，直到第二天早晨八点多，那小子才生了出来，当我提起小孩的双腿、孩子哇哇哭起时，总算松了口气，我那累劲儿全没了，一起和他们夫妇分享幸福和快乐。确实每一次看到一个小生命的降临，我会无比兴奋，也会觉得自己更要好好学习为人民服务的本领。

事后给家里写信，结果让父母替我担心，说我胆子太大，两条人命的事都敢干。现在想起来还真有点后怕。再后来卫生队把柳国胜调来后，只要是生小孩子的事，他总让我去。那些年连里由我接生的孩子得有好几个（现在他们可都是小四十岁的人了）。

就这样，我这个替班的编外卫生员一干就干了好几年，按现在的话说那叫非法行医。当然这是在那个年代，是工作的需要。搁现在，领导敢让没证的人上岗吗？

作者简历：倪丽敏，女，1953年12月出生。上海知青。1971年10月下乡到黑龙江生产建设兵团6师61团1连。1979年初返沪。

冰凉的小手

王树本

某团某连有一位北京知青，在连里属“正排级干部”，下边管着20多头牛。这位出身不好，正宗“黑五类”。

那时候连里有人好用别人缺陷起外号。他们用“20倍放大镜”在这位脸上找了一个钟头，也没挑出毛病。但在他衣领上发现一只虱子。用“放大镜”一照，发现这虱子三个眼皮。就把这位的外号敲定下来：“三眼皮”。至今这位对此还耿耿于怀。

这位“三眼皮”前些日子写了一篇博文《八戒归西》。文章结尾说：“人为财死，猪为食亡”。其实这位也曾经差点为了一口吃的“归了西”。

那是一年初夏。他带领他们“排”的牛吃完早饭，回来后就独自一人去猪号休息。进门时见畜牧班的同事们正团团围着熬猪食的锅，眼睛直勾勾盯着锅底，个个哈喇子流得三尺多长，心中好生纳闷。心想：这些人难道在偷吃猪食不成。走近一看才知，不知是谁从哪儿捡来几个野鸭蛋正放在猪食锅里煮，几位正焦急盼着鸭蛋快点熟。熟了以后人家正好一人一个，没有一位跟他客气一下。他气得一跺脚：自己捡去！也不给你们吃。他放牛，道熟，就直奔连队旁边一个叫“月亮泡子”的地方。

某连旁边有一个被茂密的芦苇围着的月牙形水泡，非常漂亮。但因为泡子周围沼泽密布，连里下令夏天任何人不许靠近。这位心里知道那里很危险，但为了也能吃个野鸭蛋就顾不上自己性命了。一开始还好，水最深地方也就到膝盖。但当他接近水泡，已见到了那茂密的芦苇，听到了一声连着一声的鸭子叫时，他脚旁的水突然冒起了水泡，身子开始慢慢往下沉。这位的心一下就到了嗓子眼，意识到：坏了，可能踩到漂垡上了。他马上停住脚步，但身子还是继续向下沉，直到水快齐腰深时停住了。他缓了缓神，深吸了一口气，试着慢慢往后退，直到脚下觉得有根了，撒腿往回就跑，屁滚尿流地回到连队。从此好长时间不敢靠近那水泡子，也不敢提吃鸭蛋的事。

但他这人有个和“八戒”一样的毛病“记吃不记打”。到了冬天还没过年，就把这事忘了。又是因为吃，又去了一次月亮泡子。

那年冬天连里有人在月亮泡子发现了“鱼窝子”。连里派人过去，竟打回几麻袋的泥鳅。那年月有泥鳅吃就是大餐了。从这开始许多老职工有空就去那碰运气。那天他也想见识见识怎么找“鱼窝子”，就跟着别人去了那个差点要他命的地方。那天运气真不错，不一会就找到一个。几钎子下去就凿开一个洞，捞去浮冰，从冰窟窿里捞泥鳅，感觉就好像从锅里捞饺子一样。捞出来往冰上一撒，马上就冻住了。往麻袋一装走人，太爽了！不过那次也有些不足，就是捞到的泥鳅并不很多，而是东北人说的那种“蛤什蟆子”（蛤蟆）占了很大比例。

回到连里老职工也分给他们小半麻袋。他们把麻袋放到宿舍炉子旁边，为了早点把泥鳅化开，麻袋还敞开了口，洗洗就睡了。

那天夜里这位做了个好梦，是“桃花梦”。梦见连里有漂亮姑娘追他，还用那冰凉的小手摸他的脸。他用手去抓那小手，那小手还不好意思地挣扎着往回缩。这时他猛地醒了。但迷迷糊糊地觉得手里还攥着那只小手。赶紧把灯点着一看，原来手里攥着的是一只爬到他脸上的哈什蟆子。他再拿灯一照，可不得了了。被子上、炕上、地下，全是这“蛤什蟆子”。宿舍里的人听到动静全都起来了。全都点着了自己的灯，这才发现那装泥鳅的麻袋瘪了。麻袋里“冻”眠的蛤蟆全缓过劲来，跑得满屋子都是。全屋子人就开始捉蛤蟆，等把这些“冰凉的小手”全部捉拿归案，已是半夜时分。

白天连里有人说：他们宿舍里的人，这回可占了便宜了。说这“蛤什蟆子”是中药是大补。可他却非常失落，还是觉得：要是梦中那只“冰凉的小手”是只真手就好了。

这正是：癞蛤什蟆子想吃天鹅肉；“三眼皮”做梦娶媳妇。

兵团知青生活琐忆

杨善华

1968年9月15日上午，我们市西中学34名66届和67届初高中毕业生登上北去的列车，4天4夜后到达七星农场五七连（火烧孟）。一直到1978年3月我上学离开，我在这块可以称之为“第二故乡”的土地上度过了将近10年的时光。下边记录的就是反映我们当时生活的一些侧面和花絮。

麦收指挥部

兵团的任务是屯垦戍边，所以种田打粮是本分。61团组建后的一大任务就是开荒，虽然我们这里原来大都是湿地，地势相对低洼，但是经过近三年的努力，到了1971年，全团播种的小麦已经达到3.6万亩。尽管在黑龙江生产建设兵团一个老团（比如3师18团即友谊农场）来说，这点播种面积大约只相当于三个连的播种量，但是对于我们来说，这就是命根子，因为收的小麦不仅要上缴国家，还要作为全团的口粮。所以等到麦收的时候，都要开誓师大会，还要成立麦收指挥部，组织、协调和指挥麦收。麦收指挥部一般由团长任指挥，机关司、政、后的有关职能部门出人，主管生产的司令部生产股当然是责无旁贷，其他还有司令部管统计的、后勤管物资的物资股与管运输的装备股等。我因为在宣传股管新闻报道，而报道好人好事鼓舞士气则是麦收中不可缺少的一环，所以也经常会代表宣传股参加麦收指挥部的工作。

1971年的麦收，是我在麦收指挥部工作的诸多经历中难以忘怀的一段。按季节，我们这里一般是7月20日左右开镰，然后在差不多20多天的时间中收完。那年麦收，前期应该是很正常的，但是中期一场暴雨就将整个情况改变了。一天之内这里下了90多毫米，地里积满了水，已经收下的麦子都漂起来了。6师所在的建三江地区本来就大都是湿地，下雨必涝，因此这场大雨让团里的领导们眉头都皱起来了，因为最大问题是拖拉机与收割机下不了地，这意味着剩下的麦子全部要靠人工来割。雨刚停，我跟着麦收指挥部的小车到了受灾最重的13连，那里的麦子都在水里漂着。北京知青李刚和一帮青年就穿了个小裤衩，在水里只露着个头，用手将收下的麦子推到一起，然后捞到岸上。记得师宣传科管摄影的小冯当时是和我们一起去的，他用照相机摄下了这幅“水中捞麦”的真实画面，也为这难忘的岁月留下了一个珍贵的记录。

水退了，更大的考验在等着我们，这就是将剩下的麦子收回来。全团上下只要是工作上可以离开的都被动员起来去割麦子，机关也不例外。虽然我们麦收指挥部的可以享受不割麦的“特权”，但看着每天去割麦的战友或是湿着半截裤腿，或是沾着满鞋的黄泥回到团部，我心中总是觉得十分羞愧。

61 团在整个六师受灾是最重的，所以那年 8 月兵团政委任茂如来六师视察时曾到过我们团。他在听取了团领导的汇报之后表示，可以将 61 团抗灾的情况写成稿件，寄给兵团战士报。姜元昌政委把这个任务交给了我，还开玩笑地跟我说，你这个稿子兵团战士报一定会发表，不然他们对任政委也无法交代。那个时候，我虽然已经干了一年半的通讯报道，但是对怎么写好一篇报道还没有完全上路。接受了任务，心里有点沉甸甸的。几经考虑，总算写好了。稿子寄出后，果然很快就发表了。在我从事通讯报道的职业生涯中，我一直认为这篇报道的刊发是一个转折点，因为它大大增强了我的自信。

那时团广播站广播里每天都会播报生产股汇总的全团麦收的进度，到了 9 月初，我们终于收完了 70%。我写了一篇报道，说经过了艰苦和持续的奋战，现在终于看到了胜利的曙光。当时同在麦收指挥部的生产股吕凤祥股长在听到广播后深有同感，还在我们碰头时提到了这篇稿子，说它说出了大家的心里话。

那年麦收是在 9 月中旬结束的。在水里泡过的“捂麦子”我们一直吃到来年新麦下来。

“大车店”

1969 年 1 月，黑龙江生产建设兵团开发抚远地区第四领导小组成立，这就是六师 61 团领导班子的前身。它的办公地点在后来工程一连和汽车连的位置。1969 年年底，六师组建。六师的师部原本设在 61 团 3 连的位置，已经盖起了一字排开的三栋房作为师机关的办公室，但是后来六师的领导决定将师部迁到 25 团，所以在 1970 年 61 团主要领导（团长陈必连、政委姜元昌、政治处主任张书芳、后勤处长李良栋）到职后，师里决定将 61 团机关迁到原六师师部的位置。我因为在 1970 年 2 月已经从 5 连调到政治处宣传股任报道员，这样，我就随政治处机关从老团部（这是大家对原来位于工程一连的团部的称呼）搬到了“新团部”（原六师师部）。先用的是南边离后来修的铁路较近的几栋大房，后来搬到了北边靠近二抚公路的师部的三栋一字形的平房。

刚搬过来的时候没有集体宿舍，最初我们都住在办公室里。当时三栋房，中间那栋是司政后机关，西边那栋后来就变成了食堂，东边那栋是广播站和电影队等下属部门。宣传股因为人多，分的办公室也大，是三个窗户的。我记得当时用木板架起了双层铺，办公桌在底下，睡觉要爬到上面去，空间很狭窄。后来经过政治处领导多次要求，团里终于在东边那栋房子里拨出一间四个窗户的大房间作为政治处（主要是宣传股下属人员）的宿舍。当时在这里住的基本都是宣传股的，包括报道组、电影队、广播站和宣传队，除了我，还有赵潞喜、孙国平、张新国、吴裕章、李璞、王德臣、张渊生、杨文生、何佳、陈富荣、林元明等。我记得一共住了 14 个人。虽然房子不小，但是因为床是一字排开的，一共放了 14 张，剩下的空间也就没什么了，所以机关的知青就给那个地方起了个名字叫“大车店”。

“大车店”的好处就是人气旺。因为住在那里的有北京知青、上海知青、天津知青和哈尔滨知青，每个知青在机关和连队都有同学或朋友，所以它就成为一个聚会的场所和过往行人的临时旅店。电影队的队员经常要下连放电影，我们报道组的也经常要下连采访，所以我们的铺位被出借的概率是最高的（当然，反过来，我们在团部的时候，有时候来个同学或朋友，也会找空铺安排客人住宿）。李伟（哈尔滨知青，原报道组成员）那时虽然已经调到组织股，不在“大车店”住了，不过他经常回“大车店”来串门。我脾气好，有时就成为他们开玩笑的对象。有一次李伟知道我外出回来，就将一件棉袄塞在我被子里，弄得鼓鼓囊囊的，像是一个人在里边，然后跟我说：“你的铺被人占了。”我不相信，就去揭被子，于是大家就都哈哈大笑。还有一次，不知是谁将我们“大车店”打克朗棋用的象棋子塞到我的褥子里，说是要考验我皮肤的敏感度。

虽然我们搬到了“大车店”，但是因为当时团机关的暖气还没有安上，所以我们都是用煤炉取暖。“大车店”大，用烟筒热量不够，因此我们还多砌了一道火墙。1970 年，物质生活还是很艰苦的，再加上学大寨强调“先治坡，后治窝”，也使大家都不敢提生活方面的要求。不过，想吃得好点总是人之常情，所以我们也总是变着法儿地弄点吃的。那时，机关食堂杀猪，下水是可以外卖的，不过一般总是有家的才让买。那次，不知我们中的哪一个通过关系搞到了一副下水，这下“大车店”就喜气洋洋跟过节一样。厨师不用愁，孙国平的厨艺是大家公认的。大家弄来铁锅和油盐酱醋等调料，只等晚上下班后动作。时值严冬，我们有足够取暖的煤，这也使炉灶真正发挥了自己的作用。当炒猪肝的香味在“大车店”内飘荡的时候，每一个“大车店”居民的眼睛都放射出狼看食物般的光彩。一个猪肝怎么也得两三斤，炒出满满一大盆，我记得那天还没有电，大家在煤油灯影影绰绰的灯光下吃得真是尽兴——因为真的是很难有这样的可以敞开肚子吃的机会啊。

故事会

那个时候知青的文化生活也是很贫乏的，因为学习文化会被认为是“扎根边疆思想不牢”，要是被领导发现了，可能会受到批评甚至批判，所以学习数理化或者外语是不可以的。但是别的书也没有什么可读的，以往的小说基本上都是宣传封资修的“毒草”，除了像“四人帮”搞的《虹南作战史》那样的不是小说的小说之外，就是浩然的《金光大道》和《艳阳天》还可以在书店见到。记得在“大车店”的时候，吴裕章拿出几张从天津带回的音乐唱片，其实就是像《二泉映月》《步步高》这样的民乐曲，但给大家的感觉的确是像白居易在

《琵琶行》中写的“如听仙乐耳暂明”一样。这就使后来的“故事会”有了“足够的群众基础”。

在“大车店”之后以及搬到广播站隔壁宣传股宿舍里的故事会一般是我当主讲，这当然是因为我有故事资源。我因为在报道组的缘故，经常要到师部或兄弟团去开通讯报道工作会议，晚上睡觉前就是我们交流故事的时间。因为别的团的报道员或报道组长也是跟我一样的知青，所以交流起来也不用害怕被扣上宣传“封资修”的帽子。不过讲的人通常也会卖卖关子，吊吊大家胃口，提些交换条件。我当年在“大车店”开讲的故事，大都是这样批发回来的。其中

从左至右，前排：廉　洁、王洪生、赵潞喜、孙国平、汪世雄

后排：夏秋平、张新国、保卫股的同志、杨善华、么万和、李　伟

著名的有《绿色的尸体》《梅花党》等，还有一些虽然名不见经传，但是作为那时知青“口头文学”的代表作品其实还是很出色的。比如说《一条黑纱巾》和《生产队长的故事》。当然效果最好的是《还我肝》。这个故事我是听师报道组的梁喜忠讲的，小梁讲的时候特意声明：这是一件发生在哈尔滨的真事。不过就是这样的“真事”经他绘声绘色的渲染，居然与“鬼故事”的恐怖程度相当，弄得我们一夜不能安睡。我回到团里，每次开讲都取得了差不多相同的效果。记得那次去九连，在连部讲《还我肝》，讲完之后几个女知青就不敢回宿舍了。这样的故事，记忆深刻，我曾在2001年元旦前夕给我的学生讲《生产队长的故事》和《还我肝》，仍然有类似的惊险效果。

后来，我们的故事会又增加了新的内容。知青回家探亲经常能看到一些所谓的“禁书”，这些“禁书”实在是太好，大家就把它记下来，然后回来凭记忆复述。政治处干部股的张国平就曾经给我们讲过大仲马的《基度山恩仇记》，一解大家对世界文学名著的饥渴。

不过，在当时的那种政治气候下，虽然讲故事可以解大家的“文化饥渴症”，但我内心一直有点忐忑不安。因为根据我的政治经验，一旦到了政治运动到来的时候，这种事情就有可能让我成为受批判的靶子。果然，到了1974年“批林批孔”运动开展起来的时候，9连有人把我在那里讲故事的事情抖了出来，传到了政治处。不过出乎我意料的是我并没有成为批判的对象，只是政治处副主任张恒人对我提了一句：你在9连是不是讲了些故事？以后不要再讲了。事情就这样过去了。

图书馆

“九·一三”事件后，“批陈整风”改成了“批林整风”。毛泽东向全党发出号召，要多读马列，不要上像陈伯达这样的政治骗子的当。那时开出了六本书——《共产党宣言》《哥达纲领批判》《法兰西内战》《反杜林论》《国家与革命》与《唯物主义与经验批判主义》——要求全党尤其是中高级干部阅读。为了配合读书，我猜可能是最高层的决策，决定开放一些图书并翻译一些国外的政治、经济、文艺读物供批判或参考，这些书籍当时都采取内部发行的办法发到县团级单位。当时团里有个新华书店，隶属宣传股。再说这些书都是在参考学习的名义下发下来的，所以这些书籍就决定由主管学习的宣传股收藏与管理。

对于我们这些渴望学习的知青来说，这批书的陆续到来无疑是打开了一个知识的宝库，因为有那么多有意思的书等着我们去看！《第三帝国的兴亡——纳粹德国史》《历史的见证》《出类拔萃之辈》《戴高乐将军之死》《基辛格——一个智者的画像》《阿登纳回忆录》《蓬皮杜》《苦寒的拂晓》《你到底要什么》《多雪的冬天》《人世间》《教父》《爱情故事》……这只是当年我看过的这类“内部书”的一部分。对于我来说，读这些东西是在享受一顿思想的盛宴。直到现在，我还认为是这些书打开了我的视野，让我学会了从另一个角度，一个非意识形态的角度去看问题。《第三帝国的兴亡——纳粹德国史》是我至今不能忘怀的一本好书。当年读书的时候，我就为作者威廉·夏伊勒的渊博的学识、深刻的洞察和优美准确的文笔所折服。哲学、军事、政治、经济、历史……作者要读多少东西，要掌握多少东西！实际上，它也是一本帮助我政治启蒙的著作。《苦寒的拂晓》是当时在6师宣传科工作的小应向我推荐的。公正一点说，这本书是我凭毅力读完的。这本介绍核时代的军事战略和裁军谈判的著作写得十分枯燥，用现在的话来说，可读性实在是太差了。我好几次都想扔下，不读了，但是想想既然小应推荐，总有他的道理，所以决定还是硬着头皮读下去。一直到读完，我才体会到这确实是一本好书，它让我明白了什么叫核威慑，为什么只有具备第二次打击的力量才能防止对方的核打击，保卫国家的安全。

对于当时在宣传股工作的一个报道员来说，我看这种东西实在是太不实用了，也太超前了，但是我坚信总会有用上的一天。事实上，这样的阅读也确实改变了我自己。

团里知青多，宣传股有好书的消息也逐渐传了出去。因此也少不了有人跑来借。这样，宣传股藏书就开始流通，图书馆的作用就显示出来了。到底有多少人从这些书中受益，现在已经很难统计了。但我记得，团机关、3 连、7 连、9 连、11 连、13 连、15 连、工程 1 连、工程 2 连、卫生队……都有人借过。为了怕这些珍贵的图书丢失，我们弄了个借书登记本，随借随登记。尽管这样，还是有些书出借之后就杳无踪影了。碰到这样的事我们也无可奈何，只能用鲁迅小说中孔乙己的“窃书不能算偷”的理由来宽慰自己了。

附记：这篇东西我是根据自己的记忆写成的，我对有些自认记忆不够清晰的事情做了模糊处理（比如像兵团任政委到我们团的具体时间和 1971 年 8 月那场导致涝灾的暴雨的雨量以及下雨的时间）。但也有些事情因为相隔时间太长了，可能会有误，因此也希望得到当年的战友的指正。

作者简历：杨善华，男，1947 年 10 月出生。上海知青。1968 年 9 月下乡到黑龙江省七星农场五七连（后改为黑龙江生产建设兵团 6 师 61 团 3 连）。1969 年 5 月起先后任职于 5 连、团宣传股。1976 年改制为创业农场后，调至办公室。1978 年 3 月上学。现定居北京。

采石队“削发盟志”

赵春华

1967年我17岁。没有谁动员，也无须谁做工作，我们几个同学认为，应该走与工农结合的道路，于是就毅然报名去祖国边陲北大荒。我独自一人去海淀派出所销了户口，满怀豪情踏上了奔赴北大荒的知青专列。

我们来到了七星农场采石队，采石队的工作虽然艰苦、劳动强度大，但是我们毫不畏惧。我们每天挥舞着六磅或八磅的铁锤，有时还会抡起十六磅的特大号铁锤，把巨大的坚硬山石打成拳头大小的石块儿，为农场修路做铺路基石。还需要把一部分石头粉碎成糖块大小的碎石，做铺在基石上的碎石。然而，这些活儿不过是最基本的工作，更艰苦更惊险的活还在后头呢。

其中一项工作就是打炮眼，这项工作需要两个人配合完成。一个人负责掌钢钎，钢钎截面是六方的，和铁锹把粗细差不多，一头是扁尖的，对准山石；另一头是平头，被捶打成帽状，由另外一个人抡锤对准帽打，打一下，钢钎转一下，直到打出一条长洞，再往里塞进炸药，插上雷管、接上导火索。只等下班时大家都下山了，留一个人点燃导火索，然后迅速跑下山。顷刻之间，只听山崩地震，只见硝烟弥漫，伴随着噼里啪啦的声音，山上石块礼花般飞落，蔚为壮观。

让我难忘的是，有一次我和一个老职工打炮眼，老职工负责掌钢钎，我负责打锤，我们配合得很好。但是谁料想，我有一锤打偏了，大铁锤抡向了老职工太阳穴，亏得我及时意识到并迅速收手，才没出大危险，但是也打出了一个大包，真让我们两人都惊出了一身冷汗。我这叫一个懊悔，连忙道歉，并心疼地抚摸着老职工头上那个大包，轻轻为他吹着，仿佛这样能减少一些他的疼痛。而让我想不到的是，老职工定了定神说，没事，咱们继续干吧，我那一颗悬到的嗓子眼的心才算落了下来。我想，要是人家一生气，说我搞阶级报复，我不也得吃不了兜着走吗？

山被炸开后，半山腰有时会有一些摇摇欲坠的险石，这就需要有人去排除，我就曾勇敢地参加过这项工作。我们拿着钢钎和缆绳爬上山顶，把绳子一头拴在一棵结实粗壮的树干上，然后先把绳子顺到险石处（山下有人观看并指挥），找准绳子下垂的距离后，就把拴在树上的绳子重新固定好，这时我就骑在绳头的保护带上，然后像空中飞人一样顺着绳子滑下去。

在绳子上爬上滑下，这可是我的拿手好戏。因为上中学时，每天下午放学后，我都要到操场上设置了联合器械的地方运动。吊环上上下翻飞荡秋千，吊杆、吊绳上爬上滑下，日久天长就练得轻松自如了。也正因为这样，我才心里有底，有勇气有自信，敢于去干这个活。

滑到危险山石处，拿起系在绳头上的钢钎，对准危石一翘，危石就落下去了。我吊在半山腰，看着落下去的山石，听着山石落下发出的响声，一种自豪感、一种征服感油然而生。

在采石队，我们干着男人的体力活，我们不让须眉。

离开了家长的管束，我们自由得像小鸟一样。我们干的最出人意料的一件事就是：几乎是几天之间，采石队差不多全体女生“削发盟志”，全部把秀发剪成了和男生一样的小平头。这，就是我“削发盟志”后拍的照片。那一年，

我 18 岁。是在我生日那天到团部照相馆拍的。

回想起我们 50 后这一代人，上小学时课本上的一篇《木兰辞》，让我们幼小的心灵就铭记了花木兰女扮男装替父从军的壮举，至今这首诗我们仍然熟记于心；苏联小说《卓娅和舒拉的故事》《古丽雅的道路》是我们的课外读物，她们的勇敢和坚强成为我们学习的榜样。剪着男孩子般短发的卓娅，就是我们心目中的女英雄形象；电影《战火中的青春》中同样剪着短发的高山，在我们的眼中是那样坚强而可爱……这一切儿时的女英雄情结，都成了我们“削发盟志”的缕缕情愫。剪发，是青春年少的我们在尽情地宣泄着对青春、对理想、对英雄、对北大荒的豪情与畅想！

我们不仅在形象上改变着自己，更在行动上证实着自己。怎能忘，富锦江边码头上，我们肩扛煤袋，一溜小跑穿梭在码头和煤轮上，我们走下装煤的船舱，让装煤的人尽量给我们多装，我们扛着煤袋，大步流星登上船舱、踏上跳板，随着跳板微微颤动的节律，调整着我们的步伐，把一袋袋煤倒在煤山上。扛了一会儿，我们甚至可以不用手扶煤袋，稳稳地走着船舱的甲板上。在空袋子返回时，我们甚至快乐地哼上几句歌曲，驱除工作的疲劳，增添我们的力量。

据说，之所以让知青卸煤，是因为那年运送全团过冬用煤的驳船停靠在富锦码头，由于和码头装卸工谈不妥卸煤价钱，船舱里的煤卸不下来，超期押船占用码头就要承担经济赔偿。采石连接到团部紧急命令，和十二马架（74 连）

等几个连队奔赴富锦码头，承担卸煤任务。整整两天一夜，知青没有一个人叫苦，更没有一个孬种，硬是把几百吨煤在规定的时间内抢卸完了。知青们的顽强作风惊呆了码头上的装卸工，他们无论如何也理解不了，这些一个月只有32元工资的知青，怎么会有这么大的热情和干劲？知青富锦卸煤给富锦县城的人民留下了一片赞扬之声，采石连在这次卸煤任务中表现出来的敢于打硬仗的作风，也受到团部的表扬。我们用行动证实了知青的善战与坚强，我们为兵团争得了荣誉，出色完成了团部交给的任务。

怎能忘，富锦粮库卸粮，我用自己18岁女生的肩膀，以自己100斤的体重，扛起了装着180斤大豆或200斤小麦的敞口麻袋，登上6节跳板，倒入高高的粮仓，看的当地装卸工都惊呆了，他们心悦诚服地竖起大拇指，夸赞北京来的姑娘。在完成卸粮任务后的总结大会上，我受到了表扬。我们就是以这种革命加拼命、拼命干革命的精神，只要压不垮就要往前闯！

前段时间，当我看到电视剧《知青》中，男青年扛着半麻袋粮食上跳板还踉踉跄跄，努了半天总算扛到粮囤，战友们还为他热烈鼓掌，我不禁想起了我们的曾经，看来还是我们更胜一筹！

这是1969年第一次回北京探亲时，我和同为人大附中初三的学友、并同为采石队战友的谢冰（左）、周林（右）在天安门前手持语录、胸佩像章

的留念。那时，我和谢冰的头发刚刚长成了女孩样，而周林的头发还是小伙子模样。这就是那个年代，那个年代的我们——单纯透明，满怀激情、永向前方！

我们在人民英雄纪念碑前庄严宣誓。

尘封的记忆

郝洪建

载着我的梦想起步的列车轰鸣着驶向那遥远的北大荒。从真正意义上讲，我的人生是从北大荒开始的。那是一段不能割裂的个人历史；红与黑的经历对我的后半生有着深远的影响。今天，那段比全面抗战还长两年的历史早已变得有些黯淡，但它却永远留存在中国的历史中，给今人和后人提供一个思考和研究的论题。年轻时往往会在忧国忧民中出差错，总是在思想的荒漠中跋涉。从北大荒的特殊经历中可以看到一些粗粝而真实的历史画面，也可以听到一些时而激越，时而低沉而又悲怆的历史回音，还可以感受到一个脆弱的灵魂是怎样经历了思想的躁动和狂热 ，信念的彷徨和盘桓，心性的转化和蜕变，最终走向了理性。诚然，最感人的是历史，因为它已经鲜活地发生过了，最折磨人的也是历史，因为它已经无可改变了。

武装押解下山

1970年冬，在远离工程二连的伐木点，我和战友们一起热火朝天地劳作着，一棵棵笔直的杨树、桦树在无情的锯声中顺山倒下，茫茫的原始森林被我们这些毫无环保意识的战天斗地的知青摧残得体无完肤，大自然的悲鸣声完全淹没在知青高昂的劳动号子中。中午起风了，一辆汽车开进工二伐木点，两个威武的持枪人走进男生帐篷：“谁是郝洪建？跟我们走。”在战友们惊奇的目光下，纷纷的猜测声中，我被武装押解下山。狂风怒吼，车在风中驰骋，车内静得吓人，我像一只被捕获的猎物惊恐不安，心脏超负荷地跳动着，思绪万千：学生时代我是好学生，是班长，积极参加文化大革命，也受过毛主席老人家检阅，怀着一颗红心来到最艰苦的火烧孟，住帐篷，抗蚊虫，开荒建点，自认为一直站在毛主席革命路线上，我会有什么问题吗？不知不觉，车开到团部，我被关到保卫股的一间房子里，等待命运的宣判。夜幕降临，万籁无声，我人生中第一次感到孤独是多么可怕，它可以让人发疯；无助又是多么可悲，它使人突感死亡的临近。突然门悄悄开了，一个熟悉的身影闪进来，我的同学，战友李栩来啦，悄悄递给我两个带着身体余温的馒头，小心翼翼地附耳道出我被押解回团的秘密："荣光庭到同江边界给你们查探外逃路线去了，团里已派人抓他去了，说你是反动组织黑龙会的参谋长，你可要小心。"五雷轰顶，我木讷地站着，直直地看着前方，什么外逃？什么反动组织头目？天哪，哪有的事呀！但在那个特殊年代，欲加其罪，何患无辞啊。倒是战友的突访，给原本阴冷的小屋带来一丝暖意，我吃了一生中最香最甜的馒头，心反而平静了。风吹动着门窗，仿佛预告着，明天风更大。

"心里反毛主席，你也得交代"

彻夜无眠，门终于开了，一个高高胖胖的保卫干事威严地走进来，生平第一次受审开始了："你什么时候参加的黑龙会？"我小心翼翼地回答："黑龙会只是同学自发组织的经济互助组，仅半年就解散了。""黑龙会的组织纲领是什么？""只是经济互助，不是政治组织，没有纲领。""原则是什么？""攒在一起的钱，谁有困难谁花。""你们和日本的黑龙会怎样联系？""我不知道日本有没有黑龙会，在北大荒也没有见过日本人，说实话我和日本人民都不往来。"保卫干事有些激动了，脸红红的，"你不老实，你是黑龙会核心成员，参谋长嘛，是不是你派同伙去看外逃路线的？""我在山里伐木，能派人去探路吗？！我们都热爱自己的祖国。”“1 月 6 号的武斗是谁策划的？谁是幕后指挥？”“只是突发事件，没有人策划，我参加了武斗，已做过检查了。”“黑龙会如何实施‘狗马事件’？”“黑龙会没有干过任何反动的事，‘狗马事件’只是一个杜撰，受伤的马早治好了，苏联狗也宰了，狗肚里没有发报机，也没查出谁是特务。”“黑龙会如何煽动三连两派斗争的？”“三连没有派系斗争，只是对问题的不同看法，上海知青反李，北京知青保李，只是对不同的认识展开辩论罢了，我是主辩手，谈不上什么煽动。”“你今天很不老实，你就是心里有一闪念反对毛主席都要交代。”保卫干事走了，给我留下了笔和纸，也给了我时间，却剥夺了我的自由。寒气逼人，六神无主，我感到巨大的恐慌，孤独，茫然；麻木得像木头一样任人摆布，屈节地编着供词，玷污着自己的清白，希望揽责任于一身，能让战友们躲过这场灾难。

黑龙会只是一个符号

1968 年我们一帮同窗挚友同赴北大荒屯垦戍边，同学们朝夕相处，同甘共苦，分享着那种抵足而眠的袍泽之谊，彼此间有一股同生死共患难的豪情。

初到三连第一个深秋，几个同窗故友在我住的宿舍天南海北地闲聊。刘大锁豪情满怀地说“我们哥几个从学校到边疆可谓异姓骨肉，心腹之交也，各位的父母就是我刘大锁的父母，有灾有难，义不容辞。我提议，咱们每个人一个月从工资中抽出几块钱，集中在一起，谁有困难谁有急事谁先用。”我附和着：“缓急相济，好主意。”刘进武说：“这么定了，成立一个经济互助组。”王庆海道：“互助组太俗气，起个响亮的名号。”大家你一言我一语热烈地调侃着，齐长岭一拍脑门，颇有仙风道骨之相，神秘地说：“远赴黑龙江，身居三江地，有江必有水，有水必有龙，有龙必腾飞，此乃风水祥地也，将来必会遇水而发达，民和年丰，就叫黑龙会怎么样？”大家欣然赞许，都道长岭不愧词人才子。

这就是黑龙会的由来，不过是几个兄弟般的伙伴们远离父母，抱团取暖而已，它既不是政治结盟，也不是帮会组织，它只是一个符号，不过给61团阶级斗争新动向添了几笔油彩罢了。世事的巧合就是这样的无奈，当年老三连接二连三发生的两派辩论，“1·6（指1月6号）武斗”，“十三勇士”大逃亡，“二轰工作队”，被团里掌握名单的所谓黑龙会成员恰恰都是参与者，有嘴说不清，让历史评说吧。

患难真情

在以阶级斗争为纲，用大批判开路的非常岁月里，我这个黑龙会参谋长自然是万箭齐发的靶子，让我“体无完肤，遗臭万年”方显丰硕成果。我不想描述批斗大会的场面，那种无中生有罗织罪行，形式却千篇一律的画面，都是挑动群众斗群众罢了。拍案而起的领导，空洞无物的揭发批判，漫天飞舞的帽子，震耳欲聋的口号……所有的惺惺作态，针对的都是“被踏上千万只脚”的“阶级斗争对象”。那是一段既劳其筋骨又触动心灵的痛苦磨难，是无情与温情并存的特殊年代。怎能忘哈尔滨知青高先华，每次开完我的批判会，都悄悄地为我打好饭菜，在食堂的角落里静静地等着我把饭菜吃光，才放心地走开。每当我被批得筋疲力尽的时候，她会一连几天和我抢着干活儿，为了让我多喘息一会儿；上下班时，她总默默陪在我左右。多么

善良可敬的战友呀！怎能忘，一次批斗会上，一个老职工声嘶力竭地高喊“打倒郝洪建”“打倒黑龙会”……空气凝结了，我不寒而栗，突然一个知青战友站起来带头振臂高呼“打倒蒋介石”，霎时“打倒蒋介石”的怒吼声响彻会场的各个角落。我为战友的智慧折服了。怎能忘，两个天津小知青，竟以打赌的方式求证第二天是不是批斗我，赌的是敢不敢拿着饭到厕所里去吃，小哥俩都去了，结果第二天批斗会真开了，批斗的竟是他俩而不是我，罪行是“对社会主义不满，充当了黑龙会的爪牙”，那年头玩笑开不得。又怎能忘，在业余体校运动场上曾一起训练的儿时伙伴尚志燕，指导员点名让她批判我，她却说:“那时都是孩子嘛，允许犯错误，有什么好批的。”她始终坚守底线，一句话不说。

是的，我们能够承受苦难，但并不意味我们会违心地赞美苦难，因此任何精神和道德的制高点，都需要我们保持内心绝对的真诚，我们的笔是我们的心弦，它所拨奏的音符，属于那段几乎被湮灭的远逝的动荡青春。回眸非常岁月，我的青春有血滴，有汗珠，有泪痕。很多埋藏在记忆中的东西令我至今说不出话，哭不出声。很难用“青春无悔”囊括，反而是万分痛惜那蹉跎的岁月。实际上我们这一代人的知青生活，留在历史中的印痕是永远无法抹掉的；那是一段“心不死，梦犹在，路难行”的尘封记忆。

2012 年 12 月 28 日

作者简历：郝洪建，男，1948 年 11 月出生。北京知青。1968 年 6 月下乡到黑龙江省七星农场五七连（后改为黑龙江生产建设兵团 6 师 61 团 3 连），后调工程 2 连　1979 年 10 月返京。

沉重的历史

陈宜年

1968年6月26日是我永生难忘的日子，我，一个66届高中毕业生，要去黑龙江的国营农场做一名农业工人了。这可是个令人“羡慕”的工作，是我花费了几个月的时间才争取到的！

能去黑龙江对我来说有一层特殊的意义，当时中苏边境形势比较紧张，被批准去北大荒的人必须“政治可靠”；我总算得到了学校的批准，这就足以说明我的母校还没有把我列到“反动”之列，我甚至感到有些得意。在学校里，我对“文革”中抄家、打人、批斗持有异议，始终被视为异端；军训团的解放军干部也认为我这个高中年级的学生思想很危险，甚至怀疑我是“5·16”分子。这种怀疑导致他们整理出一大批关于我的“黑材料”。当然我认为这些是捕风捉影，想当然的东西证明不了什么。

我是自愿到北大荒的，对艰苦的劳动早有思想准备。要适应这里的生活，成为真正的农业工人，必须经受种种磨炼。

刚到北大荒，正值麦收季节。第一天分配我干的活就是在场院里编草帘子，这是最轻的活儿。哪知我的手一沾青草就红肿起来，奇痒无比，惹得不少职工家属都来看。她们咂着嘴说:“这么细皮嫩肉的，她爹妈怎么舍得让她来这儿！”这话真让人扫兴！我离开这伙“老娘儿们”（北大荒对结了婚的女人的称呼），要求去扛麻袋。在场院上，男人扛120斤的大麻袋，女人扛70斤的小麻袋。两个男知青把70斤的小麻袋往我肩上一放，我的右手赶快撑在腰间，左手举上来抓住麻袋口。当我走向100米以外的粮囤的时候，传来了一阵阵哄笑。我被笑毛了，脚下一绊，整袋麦子被扔到了场上，全撒了。队长过来说：“你是不是腰有病？刚才扭成那个样，都说你在跳舞！”我说：“我的腰是扭伤过，可是我想学会扛麻袋。”他说：“扛麻袋腰腿一定要有劲，你力气小，算了吧。”我坚持道：“我有力气，就是不会使。您教教我吧！”他二话不说，双手提起一袋麦子，放到我的肩头，我一步一颤地往前走。队长叫道：“腿不许弯！把腰挺起来！手把住了！脚下走稳一点！唉……算了吧。”又是一阵笑声——我又撒了一袋麦子！我心一横——今天非学会不可！我看见一个高个子男知青装好一袋麦子站在那里笑，就央求他帮我把麻袋放到肩上，他一边帮我把麻袋放到肩上一边说：“我看你是重心不稳，所以才走得歪歪斜斜的，麻袋能不掉下来吗！”我似有所悟。这次不知是麻袋放对了劲儿，还是经过两次失败有了点经验，总算是把麻袋扛到了粮囤里。这年麦收，我扛麻袋入囤磨破了两件衣服；我肩膀上的嫩皮也由红肿而磨成了厚茧。70斤的小麻袋对我来说已不在话下，连120斤的麻袋都能扛了。当然我不是最能干的，因为有的女知青能像男人一样扛起150斤乃至180斤的大麻袋呢！

经过半年多的锻炼，我学会了各种农活，成了一个粗壮的农村姑娘。艰苦的生活磨练了我的意志，使我能够熬过比艰苦生活更严酷的政治动荡时期。

1969年12月结束了我的第一次探亲假，准时回到连队，直觉使我感到连里的气氛有些异样，正在暗暗纳闷地时候，一位团军务股长（这时农场已改成建设兵团）到连理“蹲点”来了。在全连大会上他发表了声讨“5·16”反动组织的讲演，然后“上挂下联”，把我当“5·16”分子揪了出来。

会后这位股长和连指导员把我叫到连部，声色俱厉地又把我训了一顿，大概意思是“别装出满不在乎的样子，要老实交代自己的问题”等等。“我没有参加过‘5·16’。”我解释说。“你还要狡辩！明天把你所有的日记和信都交到连部来！”

回到宿舍我久久不能入睡：我猜测这是我母校的一个已留校做了革委会

负责人的同学把她整的那些“黑材料”转过来了。心中无鬼不怕鬼，那些黑材料都是一些不实之词，日记和信谁要看就来拿，我不自己交出去！我拿定主意决不屈打成招，更不嫁祸于人。我要用事实证明自己的清白。第二天，我的所有信和日记都被指导员派来的人拿走了，连里并没有让我写什么检查交代，大概是那位股长已经拿着我的日记和信回了团部。从此我成了“阶级斗争对象”：我失去了和家里人和同学的联系——收不到任何来信，我要发信必须经过连里的审查。我决计在没有恢复自由之前不写信了。那时，我又不能随便出入连队，行动要有师部政治处批准。

对我的审查和批判根据上级的需要时紧时松，只要那位股长一来，形势立刻变得剑拔弩张。常常是白天上班晚上批判，要不又是连夜的逼供。他要我交代反动的组织纲领、计划，无休止地写各种材料，几天几夜不得安宁。审问中，我进一步证实了我的推测，因为大部分要交代的问题都同中学的文革运动有关。这位股长实在找不到像样的证据，居然把夹在我信件中的同学们画给我的两个团之间的行走路线图，当众污蔑成偷越国境的地图。甚至连到连队找我小聚的男女同学也要怀疑，逼着我交代与他们的关系。我一口咬定我们就是正大光明的同学关系，这时有位老职工很和蔼地说：“小陈呀你是个痛快人，不要挤牙膏似的，挤一点说一点嘛……要是有什么不好说的，会下可以和XX（一个哈尔滨知青，女排长）说……”会后我找到这位女排长，她经常在审讯我的时候坐在旁边陪审。我说：“请你转告X股长，我没什么‘不好说的事’。”她很有兴趣地等着，似乎我能说出什么“爆炸性”新闻……我忽然明白了，什么“不好说的”，原来就是想知道我和男同学干过什么见不得人的事！在他们眼里，一个人如果是个“反革命”，那她一定就是个流氓。

从1969年底到1971年秋天，我干的体力活多是惩罚性的。没有休息日……包括女孩子每月应该休息的例假。大家休息时我要到一公里以外的水房为大家挑一担水，而这担水是轮不上我喝的，我经常只能喝路旁沟里的水。那里面有许多小虫子，当地的人都说不能喝。

砖瓦连在夏季要抓紧日照时间长的季节做出砖坯，每天从日出到日落（早3点至晚上8点）连续作战，一气十几万块砖坯或一天之内装出几孔窑。每当此时，我都被点名做最重的活，比如，连续十几小时推独轮车给制砖的搅拌机供土，每车土都有三四百斤；出窑的时候专门让我在摄氏35度左右高温的窑里往外递砖……我一直自觉地承担起这些重活儿。

出窑这活儿从前一般是劳改犯干的，自从知青来接受贫下中农再教育后，倒是不分男女全都干起了这种又脏又累的活儿了。窑里的粉尘呛得人睁不开眼，而且鼻咽也因吸进了大量的砖末而过敏，流鼻涕、咳嗽。我的眼睛近视600多度，进入窑里又不能戴眼镜，只能凭感觉摸索着捡砖，而且速度一定要快。慌乱之中，被倒下的砖砸伤腿、脚、手、脸是常有的事。况且同样是窑里面的人，别人干10多分钟就会有外面的人替换，劳动结束后还能受到各种表扬。而我不干完这一窑砖（约4万块）是不可能走出砖窑的，没有表扬，更休想有人替换，因为我是“反革命”！在接受改造！每次出完窑，我的头发上、脸上、鼻孔里、耳朵里、嘴里、嗓子里、脖子里全都是红砖末，完全像一尊庙里的泥菩萨。

能和大家一起干活儿，虽然累但毕竟是一种“幸福”，最可怕的痛苦是遭到孤立，没人理。从1969年至1971年，北京、上海、天津、哈尔滨等城市的知青源源不断地来到建设兵团，每来一批新知青，连领导都要介绍本连的“阶级斗争”，我就成了“不可接触者”，没有几个人敢接触我，我常常独自一人完成一种活儿。比如伐木的时候，我一个人拿一把斧子在一片树林里伐树。那时我的力气很大，两三下就能砍倒一棵碗口粗的杨树；需要用锯子的时候，我就带一把小手锯，也能锯倒不太粗的树。扛木头也很少有人帮忙。记得几次扛木头，适逢我来月经，脚下像踩着棉花一样没有根，扛起木头，眼前金星直跳，腰也直不起来，脸上直淌冷汗。我总是咬紧牙关，心中默念着：“坚持，坚持就是胜利！”

这样的超强劳动大约持续了三年，直到发现身患各种疾病，再也不能做体力劳动了。幸亏那时我已被平反了。

在令人窒息的压力下，我时刻用两句话来鼓励自己：“真理在胸笔在手，无私无畏即自由”；“我们应该相信群众，我们应该相信党”。没人理我，我就在日记上和自己交谈，但是所写的日记又被收走了，还会“罪上加罪”，所以我就和书交谈。我爱读书，当时只能读毛主席著作。我买了一些马恩列斯的书来读，就被说成是用“马恩列斯来反对毛主席”。对于这类荒唐的指责，我只好置之不理，这当然又会落下“顽抗到底”的罪名。

我被安排住在女宿舍的角落里，这儿又冷又潮，冬天墙上永远挂着冰霜，没人愿意来，对我来说可是一块独处看书的“宝地”。我看的书，会有一些女知青夺走交给领导鉴定，每逢这时，我总是默念着“不要站在群众的对立面”，不能生气更不能发火。我不能扩大这种人为的隔阂，尽量对她们表示友好，主动帮她们挑水、刨厕所、缝补衣服等，但还会有人指责我“拉拢腐蚀青年”。

我真诚地求助于党组织，把心里想不通的问题向连领导倾诉，所以几次谈话之后家信能收到了，要求去看望弟弟妹妹或同学也能获准了，在连里，来找我谈话人也多起来了。

我是相信党的政策的，否则我难以熬过那“可怕的寒冬”！我也理解连长和指导员的苦衷，他们还是比较讲政策的，甚至还暗中派人看守着我，怕我因想不开而自杀。

中苏边境冲突，珍宝岛战役打响以后，搞了几次“一级战备”。过年时全连男女老少必须衣不解带马不卸鞍，招之能来，来之能战。宣布“一级战备”那天，家属区一片哭声，一些老大娘都吓瘫了。女宿舍里也乱作一团，相比之下北京姑娘们比较镇静，毕竟是首都来的，在中学参加过军事拉练。我们只是默默地按规定收拾行装。我实在舍不得我自己的书，那都是我探亲时从北京旧书店里买来，又千里迢迢地背来的呀！

忽然我想到，如果真有敌情，连队需要行军打仗，肯定是要在行动之前除掉我这个“阶级斗争对象”，带什么东西，对我来说还有什么意义呢？我赶紧写了一封信，把它藏在身上，希望有机会寄出去。告诉爸爸妈妈眼下的情况，我只想家人知道：我是准备去打仗的，不是胆小鬼，并没有任何自杀的念头。如果我不得不死，希望家人能了解真相。

1968 年底组建兵团审批兵团战士的时候，临近团的一位北京女知青因家庭出身不好，不能当兵团战士，只能做“兵团职工”（当时我也是兵团职工）。她把这事看得很重，认为自己满怀激情献身边疆，政治上得不到信任毋宁死。她自缢身亡。这事震动了兵团，上级领导修改了兵团战士的审批条件，批准我

们所有“出身不好但可以教育好的子女”当上了兵团战士。这位把政治看得高于一切的姐妹，用生命为我们换来了兵团战士这一“神圣”称号，但她死得值吗？后来成立了武装连、排，当武装战士又要讲政治条件，于是兵团战士中又分出了有枪的和没有枪的。

林彪出逃事件对全党全国人民都是个很大的触动。此后，再没有人向我逼供审讯，我究竟是不是“5·16”分子，是不是“反革命”已不言而喻了。但是，我在连里仍是“异己分子”，这个“阴影”在平反之后还跟随了我数年。

我一次又一次地找团、连各级领导，要求给我一个结论。那时我已经快满25岁了。

终于，1973年的春天，团军务股找我去谈话。一位现役军人（不是当初那位股长），当着我的面把所有“黑材料”投进炉火中，其中也有我写的检查和交代，还有他们收走的我的日记和信。他承认整错了。我要求在我所在的连队宣布此事，他答应了。

此后不久我就病倒了，病了很长时间。连领导看我再也不能承担重体力劳动了，就让我负责连队的黑板报，文化夜校和为宣传队编写节目。我很喜欢这些工作，边学边干，后来成为团宣传队的专职创作人员。

1973年爸爸被重新起用以后，上级领导考虑到我家的实际困难——妈妈已病卧在床多年，小弟弟在学工劳动中瞎了一只眼睛，决定帮助我的父母调回一个下乡的孩子。1975年的春天，负责团宣传队的一位宣传股长出差到了北京去了我的家。回来后，他到我们连同连长谈了好一阵子。后来连长把我叫去说：“快回家看看你妈妈吧，X股长说你妈太想你了，你再不回去，怕是不行了。”

1975年6月26日，我办好了离开北大荒的手续，结束了整整七年的北大荒生活。

1977年恢复高考以后，我考上了北京师范大学中文系。事有凑巧，1981年我在北京的某中学毕业实习的时候，遇到了母校那位给过我极大“恩惠”的革命同学。她急忙向我道歉，说:“对不起老同学。”我劝她不要再提过去的事了。她解释说，当年她整了那么多的人，总以为自己是站在革命立场上的，直到她的父亲也被划为“5·16”分子，她才怀疑这是不是整错了。我想，这是她的心里话，我可怜她。

回忆起在北大荒的岁月，我的感情是复杂的——自豪总是和苦涩掺在一起！我在人生的沉重的旅程中认识了社会，更认识了自己。值得庆幸的是我保持了一颗赤诚的心和奋发向上的坚强意志。

2013-01-31

作者简历：陈宜年，女，1947年出生。北京知青。1968年6月下乡到黑龙江省七星农场大兴分场五队，1969年4月调至黑龙江生产建设兵团6师61团军马连（后为工程2连）。1975年6月返京。

床塌了

——北大荒趣事二则

王洪源

之一 那个掉枕头的是谁——请举手

床塌了，咋回事？小孩子瞎蹦跶的？两口子起腻？都不是。这事儿发生在遥远的北大荒，四十多年前的一个晚上。

61团4连是1969年初进驻的点儿，估计是在五六月份的样子，盖房子正在做前期准备，男女生已经分开，但仍住在帐篷里。帐篷里是两排大通铺，中间是走道，支着取暖用的大油桶。一天晚上，约九点多了，大多数人都睡了，也没个电，不睡干嘛。只有个别人还点着小油灯看书或写家信。帐篷里很安静，帐篷外就更安静了，四周漆黑寂静一片。突然，“哈哈哈哈 ”“哈哈哈哈”……一阵爆笑从女生宿舍传出，这笑声简直就像黄河发大水，突然迸发，一发不可收，持续了得有两三分钟，虽然节奏有点乱，却一下子就打破了寒夜的宁静。怎么回事，发生啥事了？被惊醒的男生从他们宿舍跑了出来，想一探究竟，连长和指导员披着大衣、急匆匆地提着马灯也来了。撩起门帘，提灯一照，“娘耶！”他俩用带着山东味儿的普通话惊呼起来，原来帐篷一边的大铺，已经完全着陆，整个趴在地上了。

一个女生笑得上气不接下气地说：“报、报告，…非得头，头朝里、朝里睡，里面挨着帐篷，她、她不小心，枕头就掉下去了，她去够枕头，往外一使劲，床就塌了。不过没事儿，这床是慢慢倒的，我们都没事。”连长指导员也乐了。大家七嘴八舌地跟着说“对、对，我们都好着呢，连长指导员放心”。

“一个个还挺想得开，没事就好，好了好了，今天就委屈你们了，睡吧睡吧，明天就派人来修。”

连长指导员走了，帐篷里的女生还意犹未尽，不时还有人止不住又笑出声来，回味着，当大铺缓缓倒下后，一瞬间谁都没醒过味来，帐篷里出奇的安静，可突然明白是怎么回事后，大家就不由自主地一起大笑起来，那叫一个齐，那叫一个响，真跟有人指挥一样。事后有人打趣地说：“给她一根棍子，她都能撬动地球。”这虽然是一个小小的意外，却给荒原上寒冷的夜晚增加了许多欢乐和温暖。

那个掉枕头的是谁，请举手。

之二 教师培训班的床少了什么？

自从各连队建立了学校，组织培训教师就成了我的主要工作。原来搞培训都是找一个条件相对好的连队，事先和连队领导谈好，提供宿舍、自带行李、吃食堂。可这次我们头儿决定在团里办，因为正好有两间空房，男的少，女的多，女的住大间，兼教室，唯一的问题就是得自己搭铺。

各连老师报到后，男生去木材厂拉木板和板皮，女生到3连背麦秸。物料都备齐了，在汪股长的带领下，大家就乒乒乓乓地干了起来。虽然刚刚入秋，空气中就夹杂着一丝寒意了，但大家相互配合，一个个干得直冒汗。等我们女生每人背着一座小山似的麦秸从一里外的3连回来时，他们差不多已经完工了。我们把柔软金黄的麦秸均匀地铺在木板上，厚厚的，松松的，还散发着麦草的香味呢。最后，再把两领大炕席往上这么一铺，齐活！

汪股长一看表，挺高兴地说：“好，先去吃饭，回来咱们再开个小会。”虽然机关食堂伙食也不怎么样，可大家吃得还挺香，毕竟是忙活了半天，都饿了。

回来后，我们一溜儿排开坐在床沿上，不知是谁还高兴地晃悠着两腿，高大魁梧的汪股长站在屋子中央，严肃地说："咱们这期教师培训班，主要任务是……"主要任务是什么还没出口，就听见咔吧吧床在响，大家还未及反应，一瞬间，我们就全都坐到了地上，无一幸免。

"哈哈哈哈 哈哈哈……"大家一边大笑，一边狼狈地爬起来，看着我们一下午的劳动成果，变成了地铺，大家笑个不停，尤其是女生一个个都笑弯了腰。只有汪股长强忍着笑，还假装皱着眉头，像是在说，怎么搞的？！"好了好了，别笑了，时间也不早了，没关系，我们重来、重来。"

这回他们学聪明了，先分析为什么会塌，如何才能保持平衡。嗨，其实就是立柱与横撑之间得有斜撑做固定，三角形稳定结构，这么基本的原理一忙都给忘了。这床就是钉子钉的，糙活，没有隼，再没有斜撑，不塌才怪呢！

随后大家又七手八脚地忙了起来，这回结实了，在上面打滚都没事了，女教师们在上面踏踏实实、舒舒服服地睡了半个月，一直到教师培训班圆满结束。

大荒情：关于青春的记忆

——写在赴兵团44周年前夕

赵文麟

“我们都是共产儿童团”

1969年8月18日，是我一生中难忘的日子。这一天，我和我的同学们——北京第十一中学部分69届初中毕业生，奔赴祖国的北疆——黑龙江生产建设兵团。

永定门火车站站台上，挤满了送别的人群，到处都是叮嘱和哭泣的声音。泪水挂在同学们那青涩、稚嫩的脸上。家长和亲人们显得更加悲伤，有人竟号啕大哭，不能自已。

我曾到车站送别过老三届的玩伴去山西插队，场面远没有这么压抑。究其原因，一是我们这些人年龄太小了，大部分人刚满16周岁，小的甚至不到16岁。去那么远的地方，亲人们的心里满是担心和不舍。另一个原因是五个多月前中苏边境爆发了“珍宝岛事件”，据说那里离我们下乡的地方很近。前些日子，我们这些学生还曾踏着北京的积雪，在街上、到苏联大使馆游行示威。所以，

这是一个十分让人担心的时间段。我们去与珍宝岛同处祖国北疆的北大荒“屯垦戍边”，使送别的亲人们心里充满了担忧，忧伤的气氛中渗发着些许悲壮。

69届毕业生是这样一个群体：1966年还没上初中时“文革”来临，直到1968年初“复课闹革命”才踏入中学的大门，这期间基本没上文化课。所以，说是中学毕业，其实只是小学五年级的文化水平。就是这些懵懂少年，即将踏上北去的列车，奔赴千里之外的边疆，去接受“艰苦”和“危险”的双重考验。

“少年不识愁滋味”，接下来发生的事情连我也始料未及。列车还没到丰台，车厢里的气氛为之一变，聊天的、说笑的、吃东西的、唱歌的，好像站台上的事情根本就没有发生过。不知谁滑稽地唱了起来:“我们都是共产儿童团”，一个更调皮的家伙用同样的曲调接唱:“我们都挣32块钱。”真是让人哭笑不得，把工资数都唱出来了。

我们是在欢乐的气氛中到了北大荒，我被分到25团工程5连。

那一夜，我孤身与荒原为伴

在25团仅仅待了4个月。12月份的一天，一辆解放牌大卡车把我们拉到61团10连。又过了8个月，一台拖拉机拉爬犁，把我们20多人拉到一片荒原——建23连新点。不到一年的时间，我经历了“没有最艰苦，只有更艰苦”的“三级跳”。新建点的生活是艰苦的，同时也是快乐的。盖完一栋土坯房，挖好了一口井以后，冬天来了，连部决定留下6个人看点，其余的人回10连过冬，分配我留下做饭，其余5人伐木，为10连和新建点准备明年的基建材料。

记得是1971年新年后的一天，连里过来一台拖拉机给我们送给养，顺便通知我们：这两天连里举行活动，让我们留下两个人看点，其余的人随车回连队。我们的负责人是老职工房玉忠，他能干、有威信，是新建点的“精神领袖”。老房决定，由他和我留下，其余人回连队。从建点到现在，我们已经四五个月没动地儿了，憋得够呛，也想回去“放放风”，特别是有车，机会难得。我和老房商定：我随车回去，晚饭前赶回来和他一起看点。

回到10连，和要好的战友聊天，吃过午饭，带领我们建新点的唐连长找我，意思是：连里晚上要开会研究拉木头的事情，因木头是老房带着伐的，情况比较清楚，让他马上回来参加晚上的会议。那个年代晚上开会是很正常的事情。让老房回来，意味着晚上只能我一个人看点。唐连长是一个四川汉子，待人真诚、友善。看着他那面露难色的样子，我未提任何要求，“放心吧，唐连长，保证人在点在”。

告别了唐连长，我踏上了回新建点的路。10连和新建点之间距离大概有30里地，没有正经路，只有一条爬犁轧出的雪道，两边是一些含有桦树、柞树的杂木树林。我顾不上欣赏路边的风景，一路小跑赶路，一是要争取时间，好让老房天黑前赶回10连。另一个原因是：怕遇到狼。虽说是大白天，但毕竟是孤身一人，心里多少有些忐忑。

送走了老房，我看天还亮，就在厨房外面劈柈子，干点活消磨时光。放眼望去，旷野上，只有这唯一的落成不久的土坯房。房子后面靠东处是一口井，那是我、老房、天津知青王喜连共同的“杰作”。房子两边各有一片不大的树林子。远处是一望无际的草甸和或密或疏的树林。天很快黑了下来。屋里只有一盏马灯发出微弱的光亮。外面没风，静得能听到自己呼吸的声音。我此时突然感到人其实很渺小，大自然是那样让人敬畏，脱离了集体的人显得那样孤独和无助。

克服恐惧和寂寥最好的方法是睡觉。当我准备睡觉时，才发现门槛处不知什么时候冻了一个大大的冰溜子，门关不严了。记得刚从帐篷搬入“新房”的时候，眼尖的知青发现前方不远处的弯八柳林子有熊瞎子踪影。如果真有熊瞎子潜伏在附近，夜间来访，该如何是好？环顾屋里，有两把砍柴用的长把板斧，用一把将门死死地顶住，另一把放在我伸手可及的地方。灭灯，上床倒头便睡。也许因为年轻，心无旁骛，那一夜我睡得很沉、很香，连梦都没有。

和“死神”的一次亲密接触

那时我们的工作繁重而艰苦。知青的生产技能和经验都很缺乏，技能和经验都是老职工带知青、老知青带新知青的口传身教，安全事故经常发生。“一不怕苦、二不怕死”是我们奋斗的口号。遇到带有危险性的工作，防范不到，就会付出血的代价。我自己就有惨痛的教训。

1972年年初的一天，连长给我布置任务：带领男女各一个班于21连与22连之间的路旁修排水渠。这是一段“翻浆路”。每到春天，车辆一轧，路面翻浆，行车困难。为彻底解决这一问题，团里决定在路旁修渠排水，任务交给了23连。当时我是连里3排代理排长（其实只有一个班）。除我之外，还有我的同学赵志荣，和刚来4个月的上海男知青。经过现场勘察，东北隆冬季节，地面冻层太厚，只有采用“爆破”的方法才能保证工程进度。

在大家的努力下，工程进展很顺利，提前完成了团里布置的任务。唯有一天的经历，让我记忆犹新。这一天，我们照常来到工作地点。人员分成两拨，一拨清理昨天爆破后未清理完的冻块，一拨负责打6个炮眼。工作场面热火朝天。“小上海”们干劲十足，大部分人都脱掉了棉衣，须知那时已是零下三四十摄氏度的气温。女生们“巾帼不让须眉”，能一人搬走的冻块绝不两人搬。我一边干活一边想：连长毕竟是连长，他让一个男生班和一个女生班共同完成这一任务，“男女搭配，干活不累”，高，实在是高！6个炮眼顺利打好，然后是装药，安装雷管、导火索。各个环节我都亲自过目、仔细检查。一切准备就绪，只等点火放炮。这时，有几个男知青要解手，因施工现场没有适合隐蔽的地方，要借放炮的机会往相反的地方跑，找地儿方便。于是赵志荣他们负责点西边的三炮，带领大部分人（包括全体女生）往西跑，我带领几个男生点东边的三炮，往东跑。计划看似周密，但却忽略了风向和风力的影响。北大荒冬天一般都刮西风，爆炸中的冻块抛射半径随风向东偏移，我们平常选择往西（上风头）跑躲避。那天仍刮西风，而且风力较大。顺利地点燃靠东边的三根导火索后，我和几个男生往东（下风头）依然跑了同样的距离，在自认为到了安全的地方站住了脚步，转身迎着风，观看爆炸情况，是否有哑炮。一旦出现哑炮，要第二天才能进行排除，不但影响工程进度，也危及公路上过往车辆、行人的安全。

“轰！轰！轰！……”，巨大的爆炸声音响彻在荒原上空。“咦，怎么只响了五声”，正想着，“轰！”，最后一炮炸响了。六炮齐鸣，没有哑炮，我简直要高兴得跳起来了。乐极生悲，突然有的冻块“雨”从天而落，砸在周围的雪地里，发出“噗、噗”的声响。正惊恐间，一个冻土呼啸而来，重重地砸在我的右手背大拇指根部，随后溅落在腿上。顿时，我只觉得右手动不了了，腿部也有不适。定睛一看，我穿的涤卡上衣右前襟衣角处，被冻块砸出一个直径近3厘米的窟窿，再砸在手上，而后溅落在腿部。谢天谢地，如果再偏一厘米，若没有衣襟的阻挡，那么……我不敢往下想，当时被砸蒙了。赵志荣知道我负伤了，把他的里面有毛的棉手套戴在了我的手上。因为工期紧张，我

一天也没休息。

知青们放炮出事的事例屡见不鲜。在《创业人家》看到记述十二连爆破取沙排哑炮出事故的博文，事故造成两死一伤，让人触目惊心。在我返京后工作单位的同科室里，有一位来自3师某团的北京知青，也是69届毕业生。他装有一只义眼，那是在兵团时落下的。我从来没有问过他，怕触碰他的伤痛。一次酒到酣畅之处，他讲述了事故的经过。在修水利爆破时，一块冻土击中了他的眼部，使他永远地失去了一只眼睛。那时他才18岁，遭遇到如此的磨难，真让人唏嘘不已。那时，知青们出事故的很多，有些很难说是意外，未出事就是幸运的了。

知青运动、北大荒、黑土地、青春记忆及其他

随着岁月的流逝，我们已进入花甲之年。当我们梳理青春的记忆时，绕不开"知青"这一话题，忘不掉我们在北大荒那充满磨难而又多姿多彩的经历。"上山下乡"是时代的产物，我们无法左右，虽是被动地承受，但却勇敢地面对。这就是我们曾经的人生。在面对的过程中，有人经过努力，获得了机会，生活、事业都顺风顺水；有人返城后工作艰辛，生活困苦，面临二次就业，但仍不懈努力。我认为，虽然境遇不同，但我们曾经经历过、奋斗过、快乐过，这已足够。

那充满神奇色彩的北大荒，那淳朴、厚重的黑土地，那朴素、洁净的白桦林……孕育了我们坚强的意志、质朴的情怀、淡然的心境。不敢忘那块黑土地给予我的恩泽，它教了我谋生的本领和做人的道理。我到北大荒8年，在23连度过7年时光。在那里，艰苦的磨难、火热的生活和燃烧的激情，留给我永不磨灭的青春记忆。我在那入团、入党、提干。领导和战友的信赖，给了我信心和勇气。是团供应股姚股长把我引入财会队伍，王股长推荐我到兵团农大学

习培训。在业务上，王会计是我的启蒙老师和益友，他那严谨、认真的工作态度，以及秀丽的书写都对我影响颇深。有在北大荒培养锻炼的业务知识和能力，我在以后的工作中，什么样的业务都能应对。

回忆往事，我不禁黯然神伤。那些牺牲在黑土地上的战友，他们再也不能谈论诸如我们今天有关人生机遇类的话题。那些长眠的年轻的知青战友们，在我们记忆的那片热土上飘逝……

怀念北大荒，怀念黑土地。

作者简历：赵文麟，男，1953年2月出生。北京知青。1969年8月下乡赴黑龙江生产建设兵团25团。1969年12月调61团，先后任职于10连、23连。1978年返京。

寒冬整地

陈兴亚

秋收结束了，北大荒又迎来了冰天雪地的寒冬。连队领导决定趁着冬闲，清除地里的“残渣余孽”——那些开荒时残留在地里的小树林的树根，让耕地一马平川，提高机械作业效率。

连长作了部署。第二天，保管员乔会文从团里大库领来了炸药、雷管、导火索等爆破材料，还有做钎子的粗钢筋。烘炉工历德君，把钢筋打成一头是鸭子嘴，另一头是尖尖的钎子。我们特意把鸭子嘴那一头用锉镗出刃来。钎子差不多有一人高，比大拇哥还粗，颠在手上就是一件好武器。历德君还打了一个比拳头小点的“耳挖勺”，近一米长的杆。一切就绪，该我们农工排施展才华了。

农工排长刘迎春，是一位特别能干、能吃苦的天津知青。刘排长带领我们

儿人扛着钎子，背着用麻袋装的炸药，踏着没膝深的积雪出发了。荒原上，四面无遮无挡，寒风吹起的碎雪不断地往我们的大衣领子里面灌着，一会儿的工夫，眉毛、胡子和皮帽子两边的护耳都结了厚厚的白霜。

到达目的地，望着一个个参差不齐的树桩，刘排长将人员分成两组，各自寻找树根下手。在冻土地上打炮眼，要用钢钎子愣撴出来。从树根边一尺多远的地方，斜着打到树根的底下。那可是个力气活，两手拿着钎子用力地往下戳。撴一会，用铁勺子把里边的碎冻土块给掏出来（冻土层下面就是泥了），这可真成了土地爷掏耳朵——崴泥了。打到一定深度时，要把炮眼挖成口小肚子大，这样的炮眼才好用。过了 12 点后，每组都打了十来个炮眼，大家开始在炮眼里装填好炸药、导火索和雷管。接导火索和雷管的技术是关键，一定要掌握好。全部炮眼都装好炸药封好后，大家又仔细检查了一遍，安排两个人负责点炮，其他人收拾好工具，都躲得远远的。一会儿，那两个点炮的也跑了过来，接着，就听到一声声的爆炸声，碎木冻土腾空而起，真是壮观！我们一声声数着炮响，直到炸完，准确无误后才回连里去吃晚饭。

记得有一回放完炮后，一数少响了两声，有了哑炮，怎么办？刘排长当即决定：下班回家，有什么话明儿再说！一宿呢，没响的再排它不晚。果然，第二天把它们掏出来重新装药引爆，十分顺利。就这样，每天在那无遮无掩的雪原上劳作着。渴了，抓一把雪塞进嘴里，焐化了咽下去；饿了，把冻得像石头一样的馒头，用钎子戳碎，放在嘴里焐软了嚼嚼吞下去。这样干了将近一个月，随着一声声的炮响，地号里的“残渣余孽”被彻底地消灭了。来年拖拉机可以一马平川地驰骋，再不用躲躲闪闪的了。

清理地号这活，最大的困难就是寒冷。我们那时候胆儿也大，不知道害怕。以前没人动过炸药，就是听老人一说一比画，就自己干上了。哪像现在的孩子，放个炮仗大人都不放心。回想过去，并不是回忆痛苦，而是回想咱们当时的那种精神。就在那么艰苦的环境里，大家伙都没忘了嬉笑打闹，一样高高兴兴，乐乐呵呵。嗨！比起现在的孩子，还是咱们知青抗折腾！

作者简历：陈兴亚，男，1951 年出生。北京知青。1969 年 9 月下乡到黑龙江生产建设兵团 25 团 13 连。1969 年 12 月起先后调到 61 团 7 连、工程 1 连、17 连。1977 年 6 月返京。

第一次回家

王全新

1969年5月29日离开天津的家来到61团1连后，特别想家，能回一趟家简直就是我的一个梦。

那时国家还没有颁布知青探亲假政策，由于中苏边境形势紧张，加强战备，团里经常冻结请假，所以归心似箭的人大部分人都擅自出走，被称作“逃跑”。1连离公路近，就为“逃跑”提供了方便，所以从1969年到1970年1连跑回家的人很多。当然别的连队这种现象也不少。长水河农场的五个哈尔滨知青，在春节前连夜出走，连里开车追来，不敢走公路，就走进了沼泽地。竟然走了10个小时140里地，才到达了火车站。回家的方式是“八仙过海”，有人扒货车，有人不买票，到了车站都各自有出站的办法，但也受了不少罪。记得我连的尹长青和另外的一个人，扒上了一列运煤的火车。那还是夏季，夜间把两人都冻得够呛，下车后都成了“黑”人。临近天津时还要想办法混出站。我经常听大家讲出站的办法，都认为天津火车站是最难出的。虽然我到了兵团就想回家一趟，虽然许多人回家更加深了我的思家情绪，可是我并不想不请假就走，因为连里经常开会宣称要严惩“逃跑”的人，还真把我给吓住了。其实法不责众，那些所谓逃跑回家的人没有一个

被处理。现在仔细一想，连领导就是吓唬大家，不然人都走光了谁来干活，就算是真走了，领导也不忍下手，他们那时还将我们当孩子看呢。

1970年，春节将至，我要回家的念头特别强烈。加上连里许多人都回过家，有人甚至还回过两次，我心里很不平衡。这次再也控制不住自己的情绪，和郑洪华两人在一天黄昏毅然上了公路准备拦车。本以为趁着夜色神不知鬼不觉，拦住一辆车，就远走高飞了。哪曾想还是被连里发现了，派人来截我们。一开始还想挣扎一下，不甘心乖乖回去。见我们不动，他们也上了火，其中和我同屋的张民阜、老翻译抱着我的腰将我们拉了回来。当时我非常气恼，将一个瓷碗狠狠地摔在地上，不得已在连里度过了到兵团的第一个春节。

到了1970年的7月，我到1连已经有一年多了，父母亲想念我，来电报盼我回家。我拿着电报找到葛连长，连长二话没说就给我写了报到团里的请假报告。不曾想好事多磨，到了团里就又赶上冻结请假。心想我怎么老是这么不顺呢，强烈的回家愿望让我再也不能坚持了，我想反正连长批假了，我就走吧。就这样我背了个小书包就奔向了回家的路。

那时，福利屯、佳木斯没有直达天津的火车，我就到哈尔滨倒车。我走出哈尔滨车站望着已经有一年多没见到的城市繁华街景，心情非常轻松和痛快，感觉像是冲出笼子的小鸟飞向远方。

在哈尔滨，我乘上开往天津的火车。当我走出天津站，乘上24路公交汽车，听到的、看到的，处处都感到那么亲切。当然，到了家见到了亲人，更是全家欢喜。如果没有亲身体验过骨肉分离的痛，就不会知道“儿行千里母担忧”的深层含义，“说句心里话，我也想家”，确实是真心话。在我的母亲患病就要离世的时候，她对我讲“这么多年来，最使我分心担忧的就是你了”，我才更加了解了一个母亲的心。因为我的妹妹弟弟都留城，只有我离家远去。

这次回家我一住就是一个半月，到了9月17日，我和先期回家的史景民、尹长青一同回兵团。我们是坐轮船绕道大连又到了哈尔滨平房才回到连队的。那时天津到大连，上船还在市里呢，要到现在的塘沽去上船。在大连火车站过夜时联防险些将我们当成盲流，非得要我们拿出证件，我们都没有经团里的请假批准，哪有什么证件，幸亏我带着连长写给团里的请假报告，这才放过了我们。

转天我们离开大连，很快就到了哈尔滨的平房。我知道曲增文也回家了，见到我们的到来，他热情地款待我们。他的母亲急急忙忙地给我们做饭，买菜、蒸饭，还宰了一只鸡。我还记得尹长青一个劲地跟我讲，曲增文的母亲做的饭菜特别香。那时候哈尔滨的副食供应比较差，曲增文和工程连的战友还宰了一条狗，我平生头一次吃狗肉，很香！也是在这儿头一次喝了白酒，虽然是头一次喝酒，当时年轻不知深浅，还真喝了不少。他们还说“狗肉解酒”，也不知是真是假，不过酒后还真没什么事。原来我不知道小哈尔滨有不少人都回家了。我们习惯地管1969年去的哈尔滨知青叫小哈尔滨。曾宪庭请我们到他家，喝了不少啤酒。看见他准备了那么多的啤酒，还有一股酒不喝完人不散的劲头，我才知道了东北人的实在和豪爽。现在曲增文、曾宪庭都是事业有成的人了。

我们离开平房时，是坐的箱式装货的火车，这是我头一次也是最后一次乘坐这样的列车。车上来了十好几个人，都是我们连的。原来回家的人有那么多，也都是没批假“逃跑”的。我想，这倒好，带回了那么多人回连，不然肯定有人要过了国庆节才回去。那时离国庆节就不到10天了。在车上，你一言我一语，议论回连后会不会被处理的事。我们顺利地到了连队，三天过去了没见领导找我们，看来是无事了，我们的心才都放下了。

以后兵团对探亲假做了规定，我们也愈发成熟，所谓“逃跑”回家的事情就逐渐消失了。但是，从兵团第一次回家的经历却始终难忘。

第一个新年晚会

黄维义

1967年12月9号，我们25个人来到七星农场良种站，以后自命名为“12·9青年”，想与前辈学生运动齐名。说实话，场里对我们这帮孩子挺照顾，又值冬天没什么活儿干，成天净学习。有点儿太阳就在场院给谷子脱脱粒，天儿不好就在屋里剥点儿麻，那活儿一般是妇女同志干的，后来男生提意见说是看不起他们，还没拿他们当劳力。干这点儿活，对他们这些满怀激情来农村锻炼、又是成天能吃一斤大馒头的十几岁孩子来说一点儿累不着，闲得难受，就想出不少玩儿法。其中就有不知谁发明的“沾田鼠”。场院的谷子堆下经常有很多田鼠，有人现在还记得那小东西土黄色背上还有3条浅黄色的杠。那时的冬天零下30℃~40℃，真的是滴水成冰。男生们抓了田鼠来，吐口唾沫把它们头朝上贴到大犁上，冻成一排，刚沾上时田鼠还拼命挣扎，扭来扭去（从农业的角度看田鼠是有害的动物，少一个就少糟蹋些粮食，即使今天的动物保护主义者也不要指责我们年轻时玩的看似残忍的把戏吧）。我是天生大胆，又是假小子，看看挺有趣，反正带着棉手套也不怕田鼠咬，我也敢抓。在场院玩不够，还把几只小田鼠拿回宿舍放到窗户双层玻璃之间养。不小心跑了一只，吓得同屋哈尔滨青年连叫带蹦，翻箱倒柜地找。我赶快用通红的火钳子去夹剩下的那只，差点引着底下的木屑造成火灾。这是小插曲。

转眼就到了年底，站里布置了任务：准备节目，参加场部的新年晚会。场部宣传队就在我们站，刚来那天见识过他们的演出，不客气地说和北京中学生的水平不在一个档次。更何况我们这25个人在学校时大多都参加过各种演出，有指挥的、编词的、教歌的、排舞的，人才济济。于是我们信心十足地接下任

务，要露一手，有正事干，就不玩老鼠了。

晚会那天什么大合唱、诗朗诵、三句半、快板、器乐演奏、舞蹈等等丰富多彩，让观众大开眼界。随着报幕员报出舞蹈《北京有个金太阳》，台下一片期待。音乐声响起，蹦出高高矮矮7个大小伙子，台下立马笑声一片。一看跳得还真是像模像样的，尤其四个高个的帅哥。人家吴继光是舞蹈世家，跳得最有范儿，举手投足一板一眼带着艺术气息，真可惜没去跳洪常青。就是那几个矮个的差点儿，小虎练体操出身，动作硬邦邦的，怎么看怎么像做操，还不能算艺术体操。张新国、张渊生最爱捣乱，时不时要创新出点怪动作惹人发笑。快乐的节奏引得我们在台边跟着节拍跺脚，笑得直不起腰。在一片喝彩和笑声中，舞蹈应该以藏族特有的动作“巴扎嘿”结束。正规动作应该是，弯腰左手向下摊开，右手摘帽挥向头后。谁知他们悄悄商量好爆出个冷门，帽子一摘，亮出齐刷刷7个锃亮的光头，可把大家都笑岔气了。真不知他们怎么想出的怪招，可能是见有人头上长虱子嫌麻烦剃秃了受到的启发。雷鸣般的掌声、叫好声经久不息。以后人人都记住良种站的“巴扎嘿”了。接下来几个节目之后，又是一个高潮：“舞剧白毛女选段——扎红头绳”。随着优美的音乐，一个穿紧身红棉袄的姑娘迈着小碎步出现在台上，大家眼前一亮，接着她转身一跳，大辫子一甩，“张丽丽，是张丽丽！”认识的人兴奋地大喊。太美了，人家丽丽在学校就是跳白毛女的，有舞蹈功底。来到站里和小虎一起在牛号喂牛、挤奶，不怕脏、不怕累，成天一身牛粪，走哪儿带着牛味儿，到食堂去，有时爱干净的姑娘都躲着她。她才不管这些，成天活在舞蹈世界里。干活儿都带着舞步。挤奶、背草模仿着蒙古舞动作，放牛踩着新疆舞的点儿转圈走，提着奶桶都恨不得踩着秧歌步扭。没事儿就下腰、压腿、劈叉、转圈。走在路上看看前后没别人，冷不丁会来个劈叉大跳，还让我看她两腿绷得直不直，我一叫好，她再来个倒踢紫金冠，我最爱看了。这次正是她大展身手的机会，她平日裹着大棉袄，带着大皮帽，分不出男女，现在突然变成个仙女飘上来，那轻盈的体态、柔美的身段、曼妙的舞姿、飘逸的步法立马“hold 住”全场。随着剧情进展，杨白劳出场了。低沉的歌声，惟妙惟肖的舞步，对喜儿充满爱意的深情表演又震撼了全场。“谁啊？是谁演的？”其中不乏不怀好意和嫉妒的揣测：“哪个男青年和张丽丽这么亲热，啥关系？”一曲结束，随着舞者谢幕，杨白劳把帽子一摘，露出两个小辫儿，“女的！太像个老头了，谁啊？”待杨白劳跑回幕侧带上眼镜，“黄维义！杨白劳是黄维义！”认识的人都笑成一片。对了，就是本人。丽丽决定跳舞时就和我商量，不想找男生演，一是怕风言风语，二来时间紧没人答应。我的中学是女校，我一贯女扮男装演戏，歌剧、舞剧白毛女我都熟悉得很，每段都会，稍加调教就配合得天衣无缝。我俩都在牛马号干活儿，排练时间自由，保密性很强。就是临上台化妆手忙脚乱。丽丽好说，拿出自己的小花袄，接个大辫子就行。我向机务组借了个特破的棉袄，油脂麻花地看不出本色，五个扣子掉了仨，也不用扣扣子，大襟一抿，用个布条在腰上一系，带个大破帽子，有点老农民样了。我在台边候场时让张新国看见了还说不像，跑出去捡了条脏兮兮的草绳让我换上。再看看我说：“脸

太白净不像，得整点儿土抹抹。”我正系草绳腾不出手想都没想就回答：“好，你帮帮忙。”话一出口，明白不对了，自己闹个大红脸，又不知怎么收场。幸亏他也为难地说：“还，还是你自己来吧。”我赶紧蹲下用手掌就地蹭了些灰，涂在脸上。那时候真是啥都不在乎，搁现在谁干啊，抹防护霜还要挑牌子呢。就这样演出成功下台来，张新国又挑出毛病来了：“瞧你脚上，杨白劳有这双鞋也不至于卖女儿啊！”低头一看可不咋的，崭新的北京灯芯绒棉鞋，尤其白塑料底锃亮，站着还看不出来，我出场一抬腿正好鞋底朝台边，黑乎乎的场子里白塑料底挺显眼。别人的关注点在我脸上猜是谁，他注意演出细节看到鞋底。疏忽，疏忽，没办法，早上跟着小虎去打猎，在雪地里转了半天，一根兔毛都没见到，鞋全湿透了，回来赶紧换上这双新鞋，要演出也没注意脚下。其实演出中有更严重的纰漏才好笑呢。报幕员不知吃错什么药了居然把“笛子独奏”报成“独子笛奏”，又成连里一大笑话，后来他自己就落下了这个外号。

不管怎么说，我们的演出出了名，年初三那天还用马车拉着我们去外连联欢。以后有什么庆典就会找我们编节目。第一个新年在欢声笑语中过去了，我们这些离家千里的孩子就是靠这种苦中寻乐的精神支撑了这十几年。

作者简历：黄维义，女，1951年出生。北京知青。1967年12月下乡到黑龙江省七星农场良种站。1968年12月调至6师61团，先后任职于工程1连、工程2连。1973年上学，1976年返回4连。1977年调到广西农学院。

电影队趣事

王德臣

我1968年下乡，一开始在29团，组建新团时调到61团10连，没多长时间就调到宣传股电影队当了一名放映员。当时知青的生活很单调，特别是基层连队，从宿舍到食堂再到田间，日出而作，日落而息，一年到头，周而复始，看电影就成了人们闲暇时唯一的文化生活。

电影队共有六个放映员，负责全团二十几个连队的放映任务，要求保证每个连队每月至少看三场电影。我们六个人分成三个组，每组负责七个连队的放映工作。拿到片子后我们就通知连队派拖拉机来接。那时候没有什么影片，除了几个样板戏就是《地道战》《奇袭》等老掉牙的片子。偶尔也能看到进口前南斯拉夫的《桥》《瓦尔特保卫萨拉热窝》等战斗片。

我和一个北京青年分在一组，他叫张新国，他来电影队的时间长，高干子弟，共产党员。年龄上小我两岁，但无论工作和生活上我都听他的。在当时那个火红年代里，每个人都积极要求进步，为了加强自身的锻炼，更好地为连队服务，他突发奇想，从一个山东老乡那里自费花30元钱买了一辆手推独轮车。车形是中间凸出来、两边凹下去的那种。我只在电影里见过农民用来推粮食等物品的运输工具。

我有点纳闷买这个干什么用，他说："咱们以后下连队放电影，把放映机绑在独轮车上自己推着去。"

我听后也很赞同，这样就不用连队派车接送，减少连队的负担。可是心里也有些畏难，一是独轮车只有一个轮子，稳定性差，不好掌握平衡，自己又从来没推过；二是各连队放映点相隔十几里甚至几十里，这么远的路能行吗？

新国看出了我的想法说："咱们从明天开始练习推车，只要有信心，用不了几天就能学会，要发扬小车不倒只管推的精神。"

真还别说，经过几天的练习，我们很快掌握了推车的技巧。这天是我们推车下连队的第一天，心里多少有些激动。我们把发电机、放映机以及必带的东西用绳子牢牢地绑在车上，那牢固的程度即使车翻了东西也掉不下来。准备好后开始上路了。由于公路经常过往汽车和拖拉机，我们只能小心翼翼地靠路边推行。路边下面是推土机修路填土后留下的壕沟，下雨后存了很多水像条小河。连队过往的拖拉机看到我们，几次停下来让我们上车，都被我们谢绝了。虽然在家练了几天推车，但车上堆了这么多东西，在大道上实际走起来就不那么容易了，即使我们推车的手死死握住车把，车子还是经常会歪歪扭扭的很是累人。我们相互交替没推出多远已是满头大汗了。

休息时新国跟我说："车老是不稳可能是咱们车上的东西太轻压不住，车上装的东西再重一些就稳当了，要不这样吧，你坐到车上去，我来推。"

我想他说得有道理，看电影里农民在小车上装很多粮食，车压得很重，就同意试试。我慢慢地坐到独轮车最高一点的凸起位置。看我坐稳后，他抬起车把，刚推出几步，我就觉得不好，还没等我反应过来，只见车子一歪向右倾斜倒地。我一下子滚到路边的小沟里。爬上路基时如同一只落汤鸡。我们相互嬉笑着对方的狼狈，没有埋怨，好在离宿舍不远，我跑回去换了一身干净的衣服，又出发

了。

我从小就有一个怕狗的毛病，虽然现在已经六十多岁了，看着有人牵着大一点的狗我就不敢从它跟前过。那年夏天我和新国到离团部不远的连队放电影，说好放完不在那里过夜，回团部宿舍。这时我们推独轮车的技术已经很熟练了。下午三点多钟便到达了那个连队。早早吃完晚饭，稳好机器、挂好银幕，刚准备停当，天突然下起了大雨，好在我们在室内放映没什么影响。电影放完后我出去一看，雨不知什么时间停了。我们捆好机器，谢绝了连队给我们安排的住宿，推着车往回返。天黑得伸手不见五指，刚下完雨路上一片泥泞。新国推车我在前面拉。一路上深一脚浅一脚，沾满了泥的鞋足有三四斤重，泥巴裹着车轮与车架子粘在一起几乎不能转动，车子行进得非常艰难。前面隐约能看到团部的灯光了，穿过眼前的三连就到家了，心里顿时充满希望。这时突然从三连的一排房子里窜出一只大狗，狂叫着直冲我们扑来。听到狗叫声我被惊得一身冷汗，感觉连头发都竖起来了。我本能地勒紧绳子拼命拉车，可是那只可恶的狗好像离我们越来越近了，我几乎感觉到狗的嘴马上就要触到我的脚后跟，情急之下我突然使劲甩掉拉车的绳子撒腿向团部狂奔而去。把我的组长新国扔在那漆黑泥泞的路上。30 多年过去了，每当回忆起这段往事都让我感到内疚和羞愧，在这里向我的组长、亲爱的荒友新国兄弟道一声：“对不起！”

在那个特殊年代里，兵团的广大知青在广袤的黑土地上，顶烈日迎风雨，起早贪黑很是辛苦。放电影是知青们羡慕的一项工作，但是我们也有苦衷。每次下连队放电影至少是一个星期不能回驻地，每天都要换一个地方，当时的生活和卫生条件都很差。连队领导没有条件给我们安排住宿，全靠我们自己想办法。好在我们下连队放电影的次数多了，已经与连队的知青混得很熟。他们中有的是与我们同一个城市或同一个学校的，有的干脆就是同学。只要他们中有人上夜班或外出未归，他们睡觉的铺位、被子、褥子就归我们享用了，我们也从来不会嫌弃或抱怨。由于条件有限，知青们常年不能洗澡，加上工作也辛苦劳累，很难注意个人卫生。有的甚至连穿脏的衣服都不洗，脏了就把它放在箱子或手提包里，探亲时带回家。所以每当我们回到团部驻地，换洗衣服后晾到绳子上时，总会发现内衣里有一辆辆小坦克（虱子）在爬，有的则是趴在衣服缝里，使我们十分尴尬。后来还是新国想了办法：我们自己买布、棉花请女生帮忙按我们的要求每人缝制一个被筒子，筒子上按一个大拉锁，人钻进去拉上拉锁就可以了。因为东北都是火炕，每天有人烧炕，很热，想睡觉时挤出一块地方，把被筒一铺被褥就都有了，很是方便。我们的工作都是晚上，白天知青们都下地干活了，宿舍里没人。午饭后 ，我们就在那里睡一觉。时间长了就养成了晚上不想睡觉，越到夜里精神头越大的毛病，十分痛苦。

一次我到卫生队找大夫要了一瓶安眠药叫“氯丙嗪”，现在才知道那药也叫“冬眠灵”。记得一次我和新国到连队放电影，电影放完后与往常一样我俩没有一点睡意。我拿出小药瓶跟新国说：“我在卫生队要了点睡觉的药，咱们吃点可以早一点睡。”

按照小瓶上说明的剂量每人吃了两片，没过多久就进入梦乡。转天要不是同屋的知青叫我去吃饭，真不知道什么时候会醒。我起来穿上衣服看了一下表，已是上午八点多了。我随手推了推还在睡的新国，他只哼了两声，翻过身去又睡着了。为了让他多睡一会儿，我没有再去叫他。我到食堂吃完了早点，保养了一下机器，看看表已经十点多了，赶紧回到宿舍，新国已经醒了，正躺在被窝里抽烟。

他看见我进来说：“咱们今天中午在这里吃完饭再走，我还想再躺一会儿。”

快到中午的时候，他才慢腾腾爬出被窝。我说：“你今天怎么啦？不舒服吗？”

他看了看屋里只有我们俩，才很不好意思地说：“你拿来的药太厉害了，昨天晚上吃完药，我一觉睡到今天早晨九点多，夜里撒尿都没起来，结果是做梦上厕所，就全招呼在里面了。”

我听完后先是一愣，然后就忍不住哈哈大笑起来：“那还不赶快把被子拿到外边晒晒，晚上还得用呢。”

他瞪了我一眼说：“晒什么晒，那得现多大眼，咱们也不能让咱们电影队丢人哪。你还别说，亏了他们的炕烧得热，现在我已经捂干了，什么事也没耽误。可这事千万不要跟别人说。”

“行行行！”我一边笑着一边说。

我们一回到团部，他就急忙把被子拆了。可我还是憋不住，让电影队的人全都知道了，这成了我们电影队里的一个经典笑话。好在这件事除了我们电影队，还真没有外传。

作者简历：王德臣，男，1947年7月出生。天津知青。1968年10月下乡到黑龙江生产建设兵团3师29团13连。1969年1月调到6师61团10连。1971年初调到团电影队。1979年初返津。

风雨麦场

李秋敏　渠惠英　刘玉华

每逢收获的季节，晒麦场就成为连队最瞩目、最神圣的地方。这里不仅有收获的小麦、大豆和高粱，还承载着垦荒者辛勤耕耘的喜悦和希望。

麦收、秋收的大忙季节到来时，连队机务、农工排的战友们都紧张地战斗在生产第一线。我们连部班的战友，由于工作性质的不同，每人都有自己的一摊工作，我们在完成本职工作后还担任了场院的扬场、灌袋和入囤等工作。

连部班以女知青为主，每个人身高都超不过 1.6 米，可大家干起活来，个个都不含糊。会计李秋敏体重只有 80 多斤，人称“老干巴”。但是，她照样扛起 180 斤的麻袋一步一步、一节一节地走在三节跳板上。其他的女知青，更是不甘落后。扛上 200 斤麻袋上三阶跳，稳稳当当地悠着走，往而复返……

北大荒有句俗话，“八月的天，孩子的脸，说变就变。”这话说得还真的很应验。

麦收的一天，天空晴朗，阳光妖艳，大家正按部就班地在场院工作着。转瞬之间，狂风大作，乌云密布，雷声阵阵，一场大雨眼看就要袭来。渠惠英立即冲着刘玉华大声地喊道：“快、快，赶快回连队叫人抢场！”刘玉华放下手里的活，急忙向连队方向跑去。渠惠英话音未落，天空中一股黑龙似的旋风席卷而来。转瞬间天昏昏地暗暗，面对面不见人，晒麦棚被大风刮得“嘎嘎”响。大家立即拿来绳子，拴住晒麦棚的砣，紧紧地拉住不放。灾难临头，粮食难保，场院紧张的气氛令人窒息。大家边奋力抢场，边焦急地等待着连队援兵到来。

回连队搬兵的刘玉华，这时已被一阵龙卷风从大道上刮到了水沟里，她想到场院的粮食绝不能被大雨冲跑，就努力挣扎着从水沟里爬出来，踉踉跄跄跑回连队。

“当当当……当当当……”连队的紧急钟声敲响了。钟声就是命令，抢场如同上战场！看吧，农工班、后勤班、家属、小学生和全连在家的男女老少都跑来了，一场龙口夺粮的紧张战斗打响了……渠惠英、刘玉华和其他几个人指挥女职工、家属、学生攒麦子、拿苫布、搬石

和同班同学赴北大荒前合影

后排左起：李秋敏、渠惠英、刘玉华

头；罗宝贵带领男职工拽绳子固定晒麦棚……

当大伙刚刚把场院的活收拾停当的时候，暴雨从天而降。因担心晒麦棚可能有倒塌的危险，大家只得冒雨站在露天。雨水如注，拍打着每一个人的脸，憋得叫人喘不过气来。再看场院主任和那几个男子汉任凭狂风暴雨的袭击，双手仍旧紧紧地拽着固定晒麦棚的绳子，岿然不动。

风雨中，隐约传来阵阵歌声：“风里锻炼，雨里考验，我们是一群展翅高飞的海燕……练就了一身胆……千难万难都不怕……”

风停了，雨住了，太阳出来了，场院恢复了原有的平静。

大家努力了，粮食保住了，晒麦棚经受了风雨洗礼和考验。我们悬着的心也放下来了。这时大家你看看我，我看看你，“哈哈哈……”相对大笑起来。晒场上每个人的身上、脸上都是泥都是土，全成了泥猴子啦！

第二天，我们听连长说，昨天这场特大的暴风雨，团里有的连队的晒麦棚被刮倒了，场院的粮食也遭受了很大的损失。

四十多年过去了，岁月抹去了我们对往事的许多记忆，但当年全连男女老少齐心合力、大战龙卷风那惊心动魄的场景，至今仍令我们难以忘却。

作者简历：李秋敏，女，1953年8月出生。北京知青。1969年9月下乡到黑龙江生产建设兵团6师25团。1969年12月调至61团，先后任职于11连、12连。1977年12月回京。

作者简历：渠惠英，女，1953年4月出生。北京知青。1969年9月下乡到黑龙江生产建设兵团6师25团。1969年12月调至61团，先后任职于11连、12连。1978年12月回京。

作者简历：刘玉华，女，1952年9月出生。北京知青。1969年9月下乡到黑龙江生产建设兵团6师25团。1969年12月调至61团，先后任职于11连、12连。1978年12月回京。

凤凰浴火

邢素文

我是天津68届初中毕业生，在老三届中算小字辈了。由于我出身不好，差一点就被剥夺了去兵团屯垦戍边的权利。

1969年在停课失学当了三年逍遥派后（由于出身不好被班上的红卫兵轰出了学校），被学校召回参加上山下乡动员大会。大会后我和大家一样积极报了名，到农村去，到边疆去，到祖国最需要的地方去。我报名要去黑龙江生产建设兵团。

开始发榜了，可是三榜过后，还是没有我。我着急了，到学校一问，是出身不好没被批准。我的母亲带着我找到了校革委会筹委会主任骆老师，说了很长时间，我也一个劲地表决心。我家同院的初三年级的一个学生是红卫兵司令部的，也为我说了很多情。就这样学校同意了我去兵团。但没有在榜上公布，可以直接去领服装了。

出发的那一天，我的母亲没有去送我。是我的弟弟、妹妹去送的我。在火车站、在火车上我的同学们都在哭，我强忍住了没有哭出来，我深深地知道我能到兵团是多么不容易。

从那一天起我暗暗下了决心，一定要好好干，北大荒我来了！没有人能再剥夺我好好干的权利了。

可事实上事情没有那么简单。下乡的路还是崎岖、坎坷不平。

记得我们刚到一连时的指导员，应该是于指导员吧，没有多长时间，就找我谈话，说我出身不好，要跟家庭划清界限。这个倒霉的家庭出身要影响我一辈子吗？我很茫然，压力也很大。我把郁闷藏在心底，坚定了一个信念，好不容易来到兵团，就得好好干。带着这个信念，苦活累活我都抢到前边。北大荒的十月份，坑里的水都冻了薄薄的一层冰。我们班负责拧拉合辫，看到排长谢晓蕴，一个人在坑里和泥浆，根本供不上用。我脱掉雨靴卷起裤腿跳进坑里和她一起和泥浆。天太冷，我真的体会到冰冷刺骨的含义了，真是冻得心在哆嗦。晓蕴叫其他战友到水房挑来热水，倒进坑里和泥，我们俩就一直坚持着到泥浆能供上用，才从坑里上来。班里脱大坯，我捡最重的运泥的活，为了能供上大泥我总是让班长给我挑的泥桶里多装一些，再多装一些。我想的是好好干，只有比别的战友多付出，才能进步更快当上兵团战士，好给家里写信报喜，让母亲放心。

冬天厕所里的粪冻起了尖，我抢着去刨粪，粪落在口罩上，落在鞋上，我全然不在乎这些。只是想来到了北大荒，就要好好干，只有比别的战友付出的更多才能进步。即使这样，第一批兵团战士也没有我。我是第二批被批准的。

那年在麦收中我中暑了，发高烧。连里把我送到团部医院，刚好了一点我就跑回来继续出工，遇到连里机务排宿舍着火，我跟大家一起救火，跳进坑里用盆淘水，病情加重了，很长一段时间低烧、腹部疼痛，团部医院诊断是结核性腹膜炎，最严重时我上炕都困难。

是同学和战友们照顾我，帮我打饭、打洗脸水。最让我感动的是我从团部医院住院回来，看到我们从拉合辫房搬到新宿舍，我的同学徐湘玲把我的被褥拆洗干净，叠得整整齐齐放在大炕的第一个最暖和的位置上。连里为了照顾我，安排我半天工作。我着实受到了感动，从那时起我感到自己像是找到了方向，我放下了包袱，轻装上阵，不想那么多，不再那么孤僻，跟同学战友多接触多谈心，使我心情开朗了很多。

连里安排我做豆腐，是对我的信任。不管是做大豆腐、干豆腐（豆腐丝）还是豆腐脑。为了把豆腐做好，我细心琢磨，努力学习做豆腐技术。为了不耽

误开饭时间，保证食堂的需要，我早早起来悄悄来到马号，牵上小毛驴去做豆腐。记得连里小毛驴产仔，可是豆腐还得做，黄连长牵了一头老黄牛，用牛拉磨，它劲儿虽然大，但是它不听话。我跟黄连长费了好大劲才把豆腐做完 。

第二天黄连长有事没来，我发愁了，是猪号班长王树本帮我套上的牛。记得那一天我还被牛踢了一脚，我忍着痛，在王树本的帮助下我还是按时把豆腐做出来了，没耽误食堂开饭。那时我总觉得自己有使不完的劲儿，我早晨做豆腐，下午劈柈子，劈了好多柈子存着，就是不愿意闲着（这是我内心真实感受，可能有的人会觉得不可思议）。

在我们天津一起来的知青中我是第二批入的团，后来我当了团支部组织委员，团支部副书记。这在今天看来都算不上什么，但是在七十年代初在北大荒，对我一个出身不好的知青来说，这说明我进步了，组织上接纳我、相信我了。

后来我当上了猪号班长，1 连猪号是有着光荣传统的。单藕琦、王光文，都是从 1 连猪号走出去的。我向自己提出了更高的要求，好好干不辜负连里和战友们对我的期望。在猪号全体战友的共同努力之下，猪号班几次受到团里的通令嘉奖。

十八岁到二十八岁，我跟所有知青一样，把青春理想全部献给了为之迷茫、为之疯狂、为之奋斗的北大荒。我自认为这十年我努力了，我拼搏了，我无私地奉献了。我没要求索取什么，可能这就是我们这一代知青所共有的经历吧。

作者简历：邢素文，女，1951 年出生。天津知青。1969 年 5 月下乡到黑龙江生产建设兵团 6 师 61 团 1 连（后改为创业农场 1 分队）。1979 年返津。

荒原上的勾股弦

孙忱谦

1969年，我们来自北京、上海的知青和来自曙光农场的老职工们一起投入了新建5连的工作。工作任务之一就是在荒原上建房。那天清理完建房的场地，连长布置：第二天由木匠张洪弟师傅带领我们打地基。

我在3连时参加过盖房，可是不知道房子的直角最初是怎样确定的。夜晚，我暗自设想，张师傅会拿一块直角三角尺—— 就是学校里几何老师在黑板上演示用的那种，直角对准房角处，然后将两直角边延长……不能用学生做作业用的那种，因为太小了，会影响精确度……

我是数学爱好者，上学时曾任数学课代表。读小学时因为用珠算加法制作了平方表和立方表，受到过表扬。在初中阶段因为数学成绩好，被同学称为“标准得数”，还被老师推荐去区里听数学讲座。对于初中数学，我很自信。

第二天上工，我看张师傅手里并没有什么三角尺。他在空地上打下两个小木桩，相距若干米，木桩上各钉了一颗钉子，在两颗钉子上联结了一根白线绳，绷紧。显然这是房子的一条边线。它的邻边呢？也是一根白线绳，一头系在其中一颗钉子上，另一头在张师傅的助手的手里，抻直了。张师傅掏出了木工折尺，我马上明白了：只要从钉子向两边各量出1米，再使这两点形成一定距离，直角就可以确

定了。这个距离应该是 2 的算术平方根，我记得是 1.414 米。可是张师傅的折尺总长只有 1 米！我转念又想，要使斜边等于 1 米也行，那么直角边应该都是 0.707 米。张师傅在一根白线绳上量出 0.8 米，用墨水钢笔做了个记号。我心生疑问：0.707 不是 0.77 啊，怎么能近似于 0.8 呢？只见他在另一根白线绳上量出了 0.6 米， 又做了个记号。然后打开折尺，令助手移动白线绳，使两个记号恰巧相距 1 米！我恍然大悟——0.6∶0.8∶1，也就是 3∶4∶5，勾三股四弦五，这不明明是勾股定理的典型例子吗？我早就看过《中国古算》中的介绍，可说烂熟于心了。可是我却偏偏想成等腰直角三角形！其数值还是近似值，远不如张师傅的精确和简单！我心里十分惭愧，幸亏没有说出来，要不然多丢人。知识青年虽然学过一些书本知识，可是没有在实践中应用过，往往纸上谈兵，真应该向张师傅等老职工学习，让知识与实践结合起来。

此后，我注意在工作中应用原有的知识，有目的地学习新的知识。伐木时求算木材的体积，打井时求算开挖的土方量，春播时求算种子和化肥的配比和用量，在食堂里试探面粉的“发酵曲线”，在晒场上根据粮堆的散落坡度估算粮食的含水率是否合格，根据粮食的吨数确定粮囤的直径和周长…… 在实践中积累了经验，增长了才干，知识变成了活生生的真正有用的东西。我越来越强烈地感到自己原先的浅薄，萌生出进一步求知的渴望。

作者简历：孙忱谦，男，1950 年 1 月出生。上海知青。1968 年 9 月下乡到黑龙江省七星农场五七连（后改为黑龙江生产建设兵团 6 师 61 团 3 连），之后先后任职于 5 连、23 连学校。1979 年返沪。

回首荒原不了情

孙长青

反 复

1969年5月29日我和妹妹响应毛主席上山下乡接受贫下中农再教育号召，一起来到了黑龙江生产建设兵团6师61团13连。离家那天，火车站上人潮涌动，伴随一声长笛，亲人们流着眼泪追赶着火车那最后一眼的相望，至今铭刻在心。

我本来是留天津做小教工作的，就要去培训了，父母高兴极了，给我打点行装，什么书包、纸墨笔砚的，父亲把他最心爱的、年轻时上私塾时用的美国金尖大钢笔也送给了我。我妹妹是去哈尔滨郊区插队的，户口也已注销。但当时不知为什么，该走、该培训的都不让动了，最后等来的是：68届毕业生一片红，一个不留。我又被分配去北大荒，我身体一直不大好，父母无奈只能让妹妹跟着我同行。

1969年6月至11月我在13连当通讯员期间，由于水土不服，病了多次，浑身无力，什么活也干不了。团部卫生队、25团医院看不了，转到了富锦医院，一验血那指标高得惊坏了医生，医生说他们医院都看不了我的病，说是白血病。1969年6月到北大荒，仅半年，就由师里给我办了证明，退回了天津。

1969 年 11 月回到家，街道和派出所听说我从北大荒回来了，不但不给上户口还三番五次到我家，说“远处去不了近处可以去”，动员我到附近的农村去插队，父母说我有病，还要在天津看病。有病也不行，派出所的警察隔三岔五动员我父母，带着红袖章的居委会“小脚侦缉队”，真狠真厉害，街里街坊的也不留情面，你不走她们就不停地到家里来动员，我们家成了他们每天光顾的场所，弄得全家都不得消停。

我经不住片警及“小脚侦缉队”的轮番折腾，一次次地来，我一次次地头疼，我在天津看病化验后医院的大夫都说我的指标太高了，要好好休息，并给我开了许多治白血病的药。我拿着医院的化验单跟时不时上门动员的人说理直至吵架，都无济于事。父母也爱莫能助，无可奈何。我妈说：“不行就到天津郊区赤土去插队吧！省得家里不得安宁。赤土那是我的老家，你身体不好，你老舅在那还有个依靠。”当时我想我妹妹是随着我去的北大荒，我回来了，把她扔在那，我又去近郊插队，何必呢？那种亲情的牵挂，就是去郊区插队，又怎能放得下呢？一不做二不休，干脆打道回府，再回北大荒。

1969 年 12 月母亲泪流满面又一次为我打点行装，仅在家里待了半个月，万般无奈，就这样病还没有治好，我一个人带着箱子、行李又一次告别家人，孤苦伶仃登上北去的列车。此时的车站没有了欢送的人群，只有年老的父亲和老泪纵横的母亲，我的心碎了。

那时的我很柔弱，也许是因为身体的原因，在火车上一想到“苍老伤心的父母”“白血病”就潸然泪下。我身边坐着两位军人，看我低落的情绪，还吃着药，一路上跟我聊着，我也倾吐着内心的惆怅。他们安慰我，一路上无微不至地照顾我，看我不吃饭，就给我买饭买水果。到了哈尔滨又帮我中转签字，一直送我上了火车，这种友情，我感激在心，但那时不懂事，又不会说话，只是含着眼泪和他们道别。

下了火车到了福利屯我又为难了，冰天雪地从哪走，到哪找车，怎么回连队？我只在13连呆了6个月，现两眼一抹黑，哪也不认识，从福利屯到团部还需要一天的路程。那时根本没有公共汽车，只能自己找顺路的拉货车，我站在那里迷茫无助。这时来了两个过路人，说来凑巧又一次遇到了好心人，他们是24团的兵团战友，一个姓李、一个姓王，随团里的车来福利屯拉货，准备往回返。我跟这两个人聊了起来，因为他们回24团要路过61团，就答应我顺路搭车。闲谈中他们了解了我的情况，先把我带到富锦县，为让我开心，送我到江边散心，还请我吃饭。

由于是严冬，雪大路又滑，车开到二龙山附近，车轱辘一打滑，一下子把我抛到路边那积雪有一米五左右的深沟里，一瞬间我的身影不见了。吓得司机赶紧刹住了车，他俩跳下了车，顺着路边的沟来找我，从深雪沟里把昏迷的我抬到了二龙山一个老乡家里的热炕上。他们找来了村医，我昏昏沉沉地感觉到他们用毛巾擦我的额头，老乡和村医为我忙碌着什么，村医说我有点发热，简单地治疗了一下。等我醒过来，村民把热腾腾的挂面汤送到我面前，让我发发汗，一个多小时后，村医看了看说没大问题了。临行前村民、村医千叮咛万嘱咐让我一路多加注意，这种亲人般的情谊又一次让我感动，我们向村民村医道了谢，他们热情地送我们上了路。车在坑坑洼洼的雪路上行走着，不知过了多长时间，24团的战友把我送到了团部。我与他们依依惜别后，幸好有去13连的车，就这样我终于又回到了连队。

两个军人、两个战友，还有村民和村医，这是我终生难忘的好人，终生难忘的友情。我万分感谢他们，遗憾的是我连他们的名字都不知道，只能祈祷他们一生平安。

到了13连，才知连里人都去7连修水利了，连做饭的人都去了，幸好连队的拖拉机回来拉东西。第二天我又坐着拖拉机到7连修水利，我突然回来，妹妹懵了，惊讶了半天才问我怎么回事，怎么又回来了。我无心细谈，只是说天津不接收。

我们家只有我一个男孩，在父母的眼里，养儿防老是那一代人的固有观念，我又一次带病离家重返北大荒，父母万般无奈的心酸痛楚可想而知。临行前母亲含泪悄悄地对我说“忍忍吧！你们有机会回来的”。当时我觉得不可能，只是听听而已，后来还是在 23 连安了家。

青　贝

1969 年 6 月刚到 13 连时由于身体不好经常生病，指导员对我特别照顾，让我在连里做通讯员，到团部给知青拿信件、邮包等。连队离团部有三十来里地，当时还没有路，来回都要经过水泡子，很是费劲。一个星期至少需要去两三次，刚开始每次回来脚上不是肿就是打满了泡，只能忍着，这也比天天脱坯、盖房、干农活轻省得多。

那时连里有一只狗，据说是德国黑背串儿，样子又高又猛，又通人性，知青们都很喜欢它，给它起了个名字叫“青贝”。我对青贝也十分喜爱，经常喂它，一来二去就和它混熟了，每次去团部出发时它把我送出很远。回来时，还不到连队，它远远地就会来迎我。

一次从团部返回连队，走在 10 连通往 13 连的道路上，突然，从东边的树林里窜出两只狼，一前一后把我夹在中间，惊吓得我心里打了一个寒战，头发立刻竖了起来。荒芜的草甸子上，只身一人怎么能对付两只狼呢？我害怕极了，这时我走它们也走，我停它们也停，就在离连队还有 100 多米时，我一看不妙，两条狼准备要攻击我了，后面的狼先扑过来。生死关头，急中生智，不知道当时哪来的那么大力气，顺手拔起旁边的柞树（大概有擀面棍粗），拼尽了全身力气，转身向我扑来的狼抡了过去，正好打在狼腿上，打得狼嗷嗷叫，前面的狼见状又跑了过来，我赶紧招架，又一次抡起树干，眼看着前面的狼就要扑过来了，两面夹击我算完了。就在这千钧一发之际，我听到了青贝的吼叫。只见它一路狂奔，不时地发出狂怒的吼声，那声音在荒野中震撼。我立刻来了精神，双手抡着柞树干前后来回狠狠地抽打着，两只狼一看我如此拼命，狗又来势汹汹，吓得拔腿跑了。狼跑了，我赶紧捡起从团部拿来的包裹、信件，背包上肩时大脑一片空白不知天南地北，踉踉跄跄地跟着青贝走。

青贝带着我回到连部，当时我连推门的力气也没有了，整个人瘫软在地，没了知觉，怎么上的床我都不知道。不知过了多久，醒来以后我才知道是天津知青曲文华把我抱上床的，听说在我倒地时青贝一直陪伴着我，不离左右。听说通讯员回来了，哈尔滨、天津等地的女知青来到连部门口都来拿自己的信，当时她们不知道我遭狼袭了，吵吵闹闹地都在问有没有自己的信，曲文华推开门，一口纯粹的天津话大声喊道："嚷嚷嘛，嚷嚷嘛，信嘛信，还信那，人都快死啦。"咚的一声把门关了，弄得这些女知青丈二和尚摸不着头脑，面面相觑。

后来我调到修理连期间，青贝几次从 13 连去找我，二十多里地啊！真不知道它是怎么找到的。看到它，我总是疼爱地抚摸它，从食堂里买点肉喂它。它总去，也耽误我的工作，我刚到修理连，那时很少有养狗的，我怕领导说，后来一狠心，它再来我就不喂它了，并且跟它说："你总来这里，不是个事，以后你不要来找我了，我也不喂你了。"青贝通人性，此后再也没有来，反而让我很想它。

一次趁休息日回连，快到连队时我想一会青贝就会来接我了，已经到了连队还未见它

的踪影，一种不祥的预兆涌入心头。到了连队一打听，才知道不知什么原因，犯了什么错，青贝让哥们儿们宰着吃了，我大脑嗡的一声，心里的滋味难以用语言来表达，也许它始终没有忘记我才不听别人话，我懊悔地对天大吼一声：“青贝……”

闯 祸

从天津回来后，一方面一直吃着药，另一方面渐渐适应了北大荒的劳动锻炼，身体比以前强了许多。1970 年我从 13 连调到团部修理连。连领导让我做修理工，一段时间里干的全是杂活，没有一点技术含量。我在 13 连没有与拖拉机打过交道，对车上的零部件一无所知，总想知道个一二，只有了解了才能当好修理工。一天，5 连的拖拉机停在修理车间附近等待修车，中午我一看车没熄火，附近也没人，围着拖拉机转了几圈，也没看出名堂，就进了驾驶室。坐在司机的位置上，突然一个念头涌上心头，趁着中午没人试它一把。东北有句名言：“操纵杆上绑块馒头狗都能开。”于是我按照平时看到拖拉机驾驶员的动作，两手板着操纵杆，脚踩离合器挂上挡加大油门，一松离合器，拖拉机真的就动起来了。不由得心中沾沾自喜：这开车有嘛难的。但拖拉机直向车间大门冲去，我慌了神也不知踩刹车，只听咣当一声拖拉机憋灭了，大门撞散了架。吓得我坐在驾驶室里，一句话也说不上来。这下惊动了连长、指导员，他们赶到现场，首先问伤没伤人，一看人没伤着，就把我带到连部问我怎么回事，我就说：“我想学学修理技术，了解一下拖拉机的各部件，谁知上了驾驶室就开上了。”由于我刚刚调到修理连，指导员、连长网开一面，批评教育一下，并且叫人把一个姓杨的师傅叫来，跟他说让我做他的徒弟，这样事情就算过去啦。

我开始跟着师傅学徒，可师傅还是只让我干杂活，拧拧螺丝、卸卸油底、上上缸盖、洗洗零件什么的，什么技术活都不让我摸。当干到技术活时就把我支开，让我干别的，等我回来他们已经干完了。我一看这么下去什么时候能学会修车，他是不想让我把技术学到手，我得想想办法。一天师傅们修完车中午去吃饭，我趁着他们不在，三下五除二把缸盖、活塞、连杆等零件全拆了，又照猫画虎装上，然后就吃饭去了。等他们上班回来，怎么启动车就是不着火，连长、技术组长、技术员、工长都来了，我师傅说一切都是按技术流程装的，不知为什么就是打不着。连长一回头看到了我，笑着过来问："你小子动没动过车？"我毫无掩饰地说："是我拆的，拆完我又给装上了，装得对不对不知道。"连长气得刚要发火，我赶紧说："你让我跟他学徒，他什么都不教我，就让我洗洗螺丝、拧拧螺丝跟原来一样只是干些杂活。"连长一听，转过来把师傅批评一顿。别说还真起作用，打那以后师傅开始让我干起了技术活，在学徒的十几个知青中，我是第一个把技术学到手的。记得一次回天津，朋友的拖拉机坏了怎么修都修不好，听说我修过拖拉机，就把我叫去，我三下五除二就修好了，得到了一片赞扬声。这完全得益于在修理连学的手艺。在这里还要感谢连长、指导员、师傅循循善诱的批评、教诲。

一天连长找我谈话，说 23 连要建一个修理点，调我去做筹备工作。我打点行李就去了。修理点没有建，支连长让我做了保管员。一次麦收，我赶着牛车去送饭。天很热，我把衣服脱下来放在牛背上。突然，不知为什么牛吓得跳了起来（后来一想可能是牛看到狼窝了），把饭全锨在地上，没法要了。我正准备回去重新拉饭，一回头看见五个小狗崽在窝里趴着，我顺手抓了两只回家养着。没想到到了半夜，两只大狼跑到连队直嚎到天亮，还把连队的大母猪咬死了好几头。第二天支连长把知青叫到食堂开会，问谁动了狼崽，没人吱声。这时我说我在麦地里捉了两只小狗崽，支连长一看说："这哪里是狗仔？是狼崽，你赶快放回去，不然的话狼会把你咬死！"上一次遭狼袭还心有余悸，吓得我跟连长商量怎么送回去，到了半夜，两只狼又来了，围着猪圈嚎叫。我和支连长已经准备好，神不知鬼不觉、悄悄将两只狼崽弄到猪圈外面，大狼过来就把小狼崽带走了，从此连队安宁了。这次闯祸，只可惜了几头老母猪，被我的无知冤屈致死。

作者简历：孙长青，男，1949年9月出生。天津知青。1969年5月下乡到黑龙江生产建设兵团6师61团13连。1969年11月办理病退回津手续，因天津方面拒不接受，于当年12月重返北大荒，先后任职于13连、修理连、23连。1979年2月返津。

集体照背后的故事

王敏华

这是一张12连建点时的集体照，是在1970年的春天，团部宣传股干事吴裕章下连队时为我们留下的永久纪念。

每当我看到这张老照片，展现在我们面前的仿佛是一幅磅礴而又凄美的画卷。战友们那一张张可爱的面庞，时时在我的眼前浮现；连队那一件件既平凡、又令人难忘的往事，像一部永不消失的纪录片，一遍遍地在我的脑海里回放……

哪里需要到哪里去

那是61团开发组建和迅猛发展的初期，建新点是全团工作的重中之重。老连队是新生连队的“孵化器”，老同志就是建新点的骨干力量。所谓的“老连队”，组建的时间也只有一年多。所谓的“老同志”，除了有几位当地的老职工外，也就是曾经参加过建点工作的同志，其实大多是20岁左右的年轻人。

1970年春节刚过，11连的姊妹连12连宣布成立。

当11连的战士们听到建新点的消息，个个激情澎湃，踊跃报名。大家都觉得这是一件很光荣的事，就像我们毅然来到祖国最艰苦、最边远的北大荒时的心情一样。明知新建点比老连队条件艰苦，但越是艰苦的地方越是要去，这是当时年轻人普遍的志向。

参加新建点的名单中也有未主动报名，是被领导点将来的，可没听说谁讲价钱、打退堂鼓。正像当时流行的这首歌一样：“毛主席的战士最听党的话，哪里需要到哪里去，哪里艰苦哪安家！”

12连是由11连和4连共同组建的。人员的组成以11连为主，4连为辅。虽然4连的人不多，但他们都是连部班的骨干成员，也都是“老三届”。当时连队编制有40多人，其中北京知青20多人，哈尔滨知青、天津知青、本地老职工和职工子弟约有20人。

12连刚进点时，就像还没有断奶的孩子，一切都离不开11连的帮助与支持。人员虽然分开了，但吃住还在老连队。大家每天徒步在新老连队间来回，早出晚归。这期间，11连连长周存旺、指导员罗宝华就像送闺女出嫁一样，前顾后虑事无巨细。尽管这样，他们还总是不放心，时常来新建点看看，问寒问暖，解决了许多工作和生活中的实际问题。老领导的良苦用心，让我们深受感动。对新连队年轻的领导班子和我们这些刚刚离开“家门”的孩子们来说，这无疑都是雪中送炭。

苦中求乐的收获

建点初期，我们连队的全部家当只有一顶帐篷，一栋木板房、一台拖拉机，还有一群帅气的小伙和漂亮的姑娘。这是一支朝气蓬勃、乐观向上、肯吃苦、特别能战斗的队伍，这支队伍是连队最宝贵的财富。

“一顶帐篷”，住着建点初期的全部成员，虽然有汽油桶做的炉子整夜烧得通红，但晚上我们仍要和衣戴帽睡觉，早上起床头发眉毛会挂满了白霜；虽然我们能喝到用牛车从老连队拉回来的井水，但其他用水还要溶化白雪和水泡子的冰；虽然吃的是冻萝卜、冻白菜，但大家感到与11连当初建点住地窨子、喝雪水的艰苦程度相比，条件已经好得多。

“一栋木板房”，是开春后盖起来的，因连队5月份又将迎来一批天津知青。房子大部分作为宿舍，间隔出一小部分作为食堂和木工房。能住上木板房，还真是“鸟枪换炮”了。在里面搭的大通铺离地面比在帐篷的地铺高多了，又隔潮又暖和。可当雨季来临的时候，由于防水不太好，外面下大雨，屋里下小雨。每逢这时，床上、地上摆满了接雨水的盆盆罐罐，五颜六色，比展销会还热闹呢！

新来的天津知青到团部的那一天，正赶上了下雨的天气。他们只得坐着爬犁从团部回连队。在雨中，尽管他们身上的衣服全都湿透了，但没有人抱怨。他们相互依偎着坐在一起，默默无语。我隐约听到有个女孩子哭出了声，后来紧挨着我坐的一个男孩儿也在无声地抽泣。

北大荒的五月，雨冷风寒。这些初来乍到的弟弟妹妹们，真的太难为他们了。我不断地鼓励着：“再坚持一下，坚持一下，我们的连队就要到啦！”当他们终于到达了连队时，看到老战士们的热情和食堂已经为他们准备了热乎乎的饭菜，像一股暖流驱散了他们一整天的疲惫和寒冷。

从照片上依稀可见木板房墙上的一块黑板，那是连队的学习园地。时事新闻、学习体会、好人好事、诗歌快板，是黑板报宣传的主要内容。板报小组由京、津、哈文笔好、责任心强的知青组成。

木板房右侧的食堂虽小，但解决了大问题。记得在连队的食堂还没有立足之地的时候，刚进点吃第一顿饭就来了个下马威。灶台是用冻土垒成的，加热后，只听“哄”的一声响，饭锅“不翼而飞”。找了半天，原来是被遇热化冻后塌下的灶台土给埋住了。真是“少年不知愁滋味”，虽然饭没吃成，大家还觉得挺开心。后来，“飞锅”的故事，还被一位战友写到了自编的节目里。

开春青黄不接，这时树林里嫩绿的野菠菜就成了我们的美食。但数量有限，我们吃的主要蔬菜是“发芽葱”。有一段时间，卫生员发现有的战士开始拉肚子，后来拉肚的人越来越多。经咨询，才得知是大葱惹的祸。

刚进点时，我们在困难重重的情况下，做了两件事：一是建设生活用房，改变居住状况；二是开荒、种地、打粮，肩负起“屯垦戍边”的任务。

为了早日建成连队的基本生活设施，全连队人员合理分工，有的班伐木，有的班打草，还有的班脱坯。这些都是盖房的基础准备工作，缺一不可。每一项工作都不轻松，相比起来，脱坯这活最累。农工班的小伙子和姑娘们，都不示弱。虽然累得汗流浃背，但还是干的蛮带劲、蛮乐观的。在劳动强度如此大的脱坯场上，还时不时地有人引吭高歌，给大家带来了少有的轻松与快乐。靠着仅有的一台拖拉机，机务班的同志马不停蹄、夜以继日，开垦出了千亩良田。

全连指战员发扬“两不怕”的拼搏精神，昼夜奋战，经过半年多的努力，盖起了食堂、宿舍和家属房，还为修建晒麦场和晒麦棚做好了准备。这时我们的“新家”才算初具规模。尤其值得骄傲的是，连队还实现了当年开荒、当年打粮的愿望。伴随着生产、生活双丰收的喜悦，我们又迎来了一个新的春天！

刻骨铭心的怀念

集体照展现出的画卷不仅有战天斗地的磅礴，还有让人难以言表的凄美与悲壮。

照片上的34位朝夕相处、同甘共苦的建点“元老”，已有6位战友相继离世。他们中有连队的主心骨、副连长张洪利；有在施工现场不惧危险，为排除哑炮而献出生命的好兄弟朱晓亮、任维杰；有以身作则又吃苦肯干、助人为乐的司务长张玉春、班长赵启俊和刘凤英。

今年恰逢晓亮和维杰两位兄弟去世40周年，也是他们60岁的生日。8月27日，我们这些来自北京、上海、哈尔滨的知青代表和农场第六管理区的领导，来到了两位兄弟长眠的地方，缅怀他们的英灵，诉说我们的哀思。整整40年了，他们的身影和音容笑貌仍旧历历在目。

朱晓亮，1953年8月14日出生在哈尔滨市的一个知识分子家庭。1969年8月下乡来到黑龙江生产建设兵团61团11连，1972年2月调到新建点12连工作。自1969至1973年，他曾在连队农工班和炊事班工作，一直担任班长职务（曾做过代理排长）。

他是一个正直、热情、勤奋、踏实的年轻人。在艰苦的环境中，始终保持着乐观、向上的精神状态，并影响和带动着周围的战友。1970年，他的父母调到湖南“三线”工作。按照政策规定，子女可以随迁。他却选择留在边疆。1972年以后，知青有了被推荐上大学的机会。根据表现，连队已经把他列入了推荐名单。他后来虽然没有上大学，却从未放松文化知识学习。每次探亲假回来，他都要买一些喜欢的书，夜晚，小油灯成为他最好的伙伴。

他把“热爱边疆，建设边疆”的决心，付之于脚踏实地的实际行动。在农工班，他吃苦耐劳，身先士卒扛木头，他挑大头。冬天脱谷时，他站在脱谷机的最前面。后背的衣服湿透了，冻得硬邦邦的，他仍坚持带领农工班的战士完成了当天的任务；在炊事班当班长，劈柴、挑水、刨冰、淘井这些力气活，他总是抢着干。他年龄最小，可他懂得尊重老师傅，善于调动大家的积极性。

当炊事班养的母猪要下崽时，他就昼夜在猪圈里守护着，困了就在那里睡一会儿。后来大家开玩笑称他为“和猪睡在一起的朱晓亮同志”。

晓亮还是一个热心肠的人。当他得知一个同乡家里生活很困难，连续每月从工资里拿出 20 元钱，资助同乡。他为人宽容大度，性格随和。他还是个活跃分子，每次连队的举办的文体活动总是少不了他。

朱晓亮同志在十二连工作期间，三次被评为优秀战士，多次受到连队的嘉奖。

任维杰，1953 年 3 月 17 日生于北京市。1969 年 9 月下乡来到黑龙江生产建设兵团，先后在 25 团 11 连、61 团 11 连和 12 连工作。他曾在连队后勤班赶过马车，在农工班当过副班长。

他工作积极，肯于吃苦，干一行爱一行。他很有个性，内心坚强。有一次，他的臀部长了个大疖子，流血化脓，疼痛难忍。领导让他休息，他说：“没事，我能坚持，这几天正是活多的时候。”他深知，这匹大白马只听他的，生人很难驾驭，还会有危险。他一直坚持工作。赶车时不能坐着就跪着，跪累了，就下车跑着赶。一个多月下来，工作一点都没耽误，他却瘦了整整一圈。他从不张扬，没听他叫过苦叫过累。

他聪明好学、善于动脑。当时大多数知青只知道傻干，不善于巧干，往往累得要命，还干不出多少活来。维杰却与大家不同，他很有“心计”。平时总是扎在老职工堆里，看似在谈天说地，其实是在偷偷学艺呢！无论脱坯、盖房，还是割小麦、割大豆，他都是一把好手。他活儿干得比别人漂亮，任务完成得又快又好，经常得到老职工们的夸奖。

他为人耿直，仗义执言。别看他平时话不多，但无论谁遇到什么困难，他都热心地去帮助。连队要是有个不平的事儿，敢于站出来伸张正义的总是他。

任维杰同志在12连工作期间，多次受到连队的嘉奖和表扬。

我和晓亮、维杰相处了四年。这四年，正是连队建点最艰苦的时期。住帐篷、吃冻菜；一起脱坯、盖房子；一起在齐腰深的水中捞麦子、在冰天雪地里刨豆子……

在连队，我和晓亮、维杰之间的关系，既是战友又是朋友。

我清楚地记得，晓亮的父母对他的要求一贯都很严格。我和朱妈妈之间有过约定，长时间保持着通信联系，相互通报晓亮的思想、工作和生活情况。朱妈妈每次看到晓亮的进步，都感到十分欣慰。

我清楚地记得，有一次维杰和同宿舍的伙伴发生了误会和矛盾，我俩开诚布公的谈话后，他的心情平和了许多，主动与同伴沟通，他们后来和好如初。

我清楚地记得晓亮谈恋爱了，在第一时间告诉了我，我为他们送上了深深的祝福。那一年我们还一起回到北京探亲，并邀请晓亮和他的朋友到我家做客。

我清楚地记得，也是一个探亲假，我和维杰一起回京。我带着连队的家访任务，去他家里看望。任妈妈用又大又甜的葡萄热情招待我们。她高兴地对我说：“小杰长大啦，这次从兵团回来好像变了个人似的！”

我更清楚地记得，那场意外酿成的悲剧，使我们痛失两位可爱的好兄弟。风华正茂的生命才刚刚开始却已凋零，令我们心碎、悲痛与惋惜！

朱晓亮、任维杰两兄弟的人生虽然短暂、平凡，但他们在关键时刻把安全让给了别人，把危险留给了自己，这种为他人、为工作不怕牺牲的精神，给我们留下了深深的感动和永远的怀念。

摄影：吴裕章、颜宪双、王洪源

昔日的知青战友们、创业农场的场领导、职工及他们的亲人们，从来都没有忘记过他们。我们的知青同伴们，每逢回到创业农场，都会专程来到那片小树林，默默地、深深地向他们献上一份哀思；战友们还经常会用各种方式来表达对两位兄弟的深深怀念；每当清明节到来时，原 12 连连长刘维年会带领职工去为他们扫墓；还有已故的原 11 连指导员罗宝华、机关和连队的老同志，每逢晓亮、维杰的家人来到农场，都主动为家属扫墓和安排相关事宜忙前跑后；建三江管局现已退休的工会主席孙英（上海知青，曾任兵团六师副政委）和她的丈夫颜宪双（部队干部）对家属给予了热情接待，颜宪双还亲自参加两位兄弟的祭奠活动。这一切，无不让我们为之感动。我们可以欣慰地说：晓亮、维杰，你们并没有离我们远去，你们永远活在我们的心里；你们并不孤单，亲人和朋友永远和你们在一起！

缅怀集体照上这些已故知青战友们的一生，凄凉、悲壮而美丽！他们青春的凄美、他们人生的悲壮，无不让我们为之动容；他们的精神，令我们弥久难忘。他们是一团永不熄灭的火焰，“在燃烧和熄灭的轮回中寻找生命的意义”。

作者简历：王敏华，女，1950年11月出生。北京知青。1967年12月到黑龙江省七星农场。1969年1月调至黑龙江生产建设兵团61团，先后任职于11连、12连、团机关。1979年3月起先后任职于黑龙江省农垦党校、黑龙江省农垦教育学院。1993年返京。

记 12 连的一对“小上海”

戎玲妹

“你的所得还那样少吗？你的付出还那样多吗？世上总有一些不平事……请你少一些烦恼……洒脱一些过得好。”这一首通俗歌曲似乎是为我们知青中的一部分战友量身定制的一样。

12 连的“小上海”陈连根就是我们知青大军中这样一位任劳任怨、吃苦耐劳、不计名利、不知苦和累，辛勤耕耘，乐天知命的好战友。由于长期劳累，积劳成疾，2011 年 6 月陈连根就离开了人世，年仅 58 岁。

作为 70 届的“小上海”，他们是被下乡的，但他并无怨言，踏踏实实地在 12 连工作到 1981 年才回到上海。

陈连根一到 12 连就被分配到机务排工作，他工作努力，友爱同事，样样事情都抢着干。在一次夜班脱谷时，“康拜”因喂入口出了故障，他抢先钻进去修理，还未修好，不知谁以为修好了，就启动了车，只听一声惨叫，“康拜”停了下来，陈连根的头皮从额头起被撕开了一大块，经医院抢救他的头皮缝了 19 针，伤口尚未完全愈合就重返工作岗位。

有一年冬天上山拉石头，他的徒弟开车。当时雪大路滑，下山时，铁牛 55 翻下山谷，他的上唇撕裂又缝了 2 针。

一到冬天，铁牛 55 就要烤车，他为了让徒弟多睡一会儿，宁可自己天不亮就起身去烤车。

由于他工作认真负责，善待同事，他 1971 年下乡，1975 年就光荣地加入了中国共产党。

蒋玉香在 12 连也是一位豪爽、能干、待人热情的好同志，她在农工班、马号、羊号、食堂都干过。她干一行爱一行，受到大家好评。

1977年这一对“小上海”由于情趣相投，喜结连理。婚后他们的小家成了知青的第二食堂，他们是来者都是客，用他们的小家温暖着大家的心。

1978年底到1979年初是知青大返城的时候，但他俩却没有提出返城的要求，直到知青差不多走光了的1981年，才按政策返回了上海。

他俩回沪初期生活依然艰苦。由于两家住房都小，姐妹兄弟又多，他俩就只好分别在自己父母家过日子。蒋玉香将自己的儿子安排在娘家。陈连根父母家的房子是私房，他哥哥结婚已在原有平房上加了一层，所以一年多以后，陈连根为了解决小家庭的居住问题，就在自己父母家的地下一锹锹一锨锨地挖出了一个十二三平方米，高度1.8米只能放下一个大橱的土坑，地上浇上水泥，四壁砌上砖，这才有了一个四面不透风、不见阳光的自己的小窝。但是由于一年四季不见阳光，阴暗潮湿，家里的东西没有一样是干的，全都发了霉。每逢大雨天家里就进水，陈连根还要到单位去借抽水机来排水。真不容易啊，想起来就让人心酸！被下乡到北大荒艰苦奋斗了10年，回到上海还要一锨锨挖、一车车推出200多立方米的土，为自己建造一个连土窑洞都不如的小窝。

回到上海以后，陈连根在市政公司工作，他仍像老黄牛一样默默无闻地苦干，工地成了他的家。奖状、立功不计其数。他始终认为自己是一名党员，理所当然地要埋头苦干。

在施工过程中他多次受伤。有一次铲车齿轮打断了皮带，齿轮正好飞到他的脸上，同事们都说陈连根这下完了，好像脑浆也被打出来了。实际是从鼻梁到额头都被打伤了，额头白骨露了出来，从鼻梁到额头缝了30多针。算起来从北大荒到上海他的脸部受伤3次被缝了50多针。

又是一个夜晚，他已任施工队队长，为了保证施工质量，他骑着霸伏助动车去工地检查，由于路上没有路灯，漆黑一片，他一下栽进了沥青堆，左手被高度烫伤。陈连根在市政工地没日没夜地干，他不仅埋头苦干，而且他还积极钻研业务，技术过硬。一遇到故障和技术问题大家都会第一个想到找陈连根。在一次修理车辆时他又被榔头砸断了右手食指，不等石膏拆除，他又去上班了。陈连根整天在工地忙乎，在家的日子屈指可数。因为过度劳累，他病倒了，化验单出来后情况很不好，医生要求他留院检查时，他还跟医生算星期几有什么工作，还要求医生推迟检查日期，医生被他的精神感动了，都说他是毛泽东时期的好同志。2011 年上半年他两次入院，第三次入院就再没出来，6 月他 58 岁终因胆癌扩散离开了人世。我们又失去了一位北大荒荒友。想想他们这些逝去的荒友，我心里就堵得慌，他们艰苦奋斗一生，好日子没过上几天就离开了人世，太亏了。

连根一直非常想念北大荒的战友们。生前他有一个愿望：60 岁退休后，带着全家一起到北京看望 12 连的战友。蒋玉香为了实现丈夫的愿望，把一手带大，正在上小学的孙女托付给邻居照顾，和我一起到北京参加了 2012 年 10 月 25 日的知青大聚会。北京知青刘玉华安排蒋玉香住在自己家里以便照顾。蒋玉香在玉华家住了四天，玉华夫妇和北京的姐妹们一直陪伴左右。在小蒋离京时，和战友们抱头痛

哭。玉华夫妇一直把小蒋送上回沪的高铁后，才依依不舍地离去。我想连根如若有知，知青兄弟姐妹们大团圆的消息，他一定会很欣慰的。

我始终认为，只有经过超强度艰辛劳作的人，才有毅力有能力承受一般人难以承受的艰苦。我们北大荒荒友就是这样的一群人。他们心宽大度、他们有耐力，他们是值得尊重的一群人。我爱你们——所有的北大荒荒友！

作者简历：戎玲妹，女，1953年12月出生。上海知青。1971年10月下乡到黑龙江生产建设兵团6师61团，先后任职于12连、军务股。1979年3月返沪。

记一场麦子倒囤的“战斗”

陈兴亚

那一年麦收进入了尾声，麦子已经基本入囤。连着下了两三天的大雨，大家有了机会休息。晒场主任每天几回定时地给粮囤里的麦子测温度。这天早上，还下着零星的雨，晒场主任回来了，他直接找连长，说有一囤麦子仓温已经超过40℃了。连长看了那囤麦子，下令马上倒囤！晒场主任赶忙跑回宿舍，叫上农工排的全体人员，上了场院。

雨后的土场院，人不能上去踩，倒囤只能在晒麦棚里进行。晒麦棚里两边都是麦囤，中间只有不太宽的走道，空间很小。大家用苫布把走道铺好，避免麦子漏到粮囤下面去。揭开粮囤上面的草帘，上去人用撮子把麦子扬下来，让麦子过风降温。下面的人用木锨把麦子使劲向后扬，腾挪地方。上面地方窄，只容两三个人一起干活，还有一个人往下捯茓子。干这活，体力好的干个20多分钟，胳膊就快抬不起来了，赶紧换人。这时连机务的、后勤的，都到了场院，大家在一起人声鼎沸，真是热闹！随着人员的增加，上面往下倒麦子的人换得更勤了，速度加快了很多。下面的麦子堆成了小山，开始装麻袋了。男生打撮，女生撑麻袋，往后抬，把成袋的麦子抬到一边码好。大家嘻嘻哈哈，嚷着闹着，玩命地干，真是热火朝天。等到囤里的麦子倒腾完，午饭的时间早就过了。连长看了看战况说，大家先回去吃饭、歇会儿，再回来入囤。

大家吃了饭，一商量今天一定要干完，不休息，都回到了晒麦场。打撮装袋的、发肩的、扛袋的，开始入囤。晒场主任负责茓囤子，还有两人拿着木锨往四周攉麦子。姑娘小伙们，都能扛着麻袋噌噌地跑。记得当时，小鞭（仇国民）和上海知青刘春余，都是又干又瘦的小个，可扛起麻袋上跳板一点都不含糊。大家你来我往穿梭似地忙碌着。

在那次干活中，我不幸受了伤。机务排的北京知青马二（李守遵）也要扛麻袋。他从来没干过这活，大家劝他，他不听，硬要试试。三个人给他往肩上放，我站在磅秤上给他助力。可没想到我们刚一撒手，他就扛不住了，麻袋一下从他的肩膀上掉了下来，砸在了磅秤的横梁上，磅秤一下子反弹回来，秤的横梁重重地打在了我的左眼的眉骨上，当时血就下来了。卫生员陶建华（上海知青），对着马二就嚷嚷上了："说你不行，你逞什么能呀！看看把陈兴亚弄的。"回到了连部，她打开医药柜

给我上药包扎。现在我的眉骨上还留下了一道疤。包扎后，我们就又回到场院干活了。

下班了，这一天可真累得不轻，身上的衣服都让汗溻透了，大家相约着到红卫小桥去洗澡。红卫小桥在61团和62团的交界处，那有一个大水坑，是修二抚公路时取土留下的。因为是活水，所以特别的清澈。每到夏天，那里就成了年轻人休闲的好去处，男生、女生都争着去洗澡、游泳、钓鱼，连里因此规定，单日归男生，双日归女生。今天虽然是单日子，本该归男生使用，但是大家累了一天，每人都是一身臭汗，男生就发扬风格。主动让女生先洗。就这样，女生、男生先后轮换着在大坑里洗去了一天的疲劳。

那一年，还是有一囤麦子由于倒囤不及时而发霉了。看到那么多麦子发芽，喂了猪，真让人心痛。

江畔历险记

邓和平

在10年北大荒艰苦生活的磨砺中，最使我刻骨铭心的是那次到富锦松花江畔卸煤的一段经历。

那是一个夏天，6师物资转运站通知各团派人去富锦卸煤。12连指导员王敏华当即带领我们20多名青年火速向货运码头进发。

长这么大我是头一回见到这么宽阔的江面、这么庞大的货船，简直太新奇了！

“那就是咱们要上的拉煤船，走，咱们先熟悉熟悉情况。”王敏华一边指点着，一边领着我们朝货运码头走去。

长长的跳板从船帮一直连接到岸边，离江面足有两三层楼高，这可比我们扛着麻袋走在跳板上往粮囤里装悬乎多啦！望着长长的跳板和脚下奔流不息的江水，心里不禁有些发慌；想着待会儿还要背上沉甸甸的煤口袋跑上跑下，双腿不禁微微有些发颤。

卸煤开始了。每个人提着口袋进到船舱里先把煤装满，然后背上肩头踏上长长的跳板。这会儿是害怕也得走，不害怕也得走，因为一个人若是停下来，后面会排起长长的队伍等着你走。一开始大家都有些战战兢兢，不一会儿就两腿紧倒小跑起来，到岸上指定的地方卸了煤，又立即提着口袋往跳板上快步跑去。一条由人组成的长龙在船上船下蜿蜒盘旋着，什么是累，啥叫害怕，统统被我们抛到脑后。没有话语、没有说笑，有的只是气喘吁吁、步履匆匆，热汗和着脸上的煤沫流淌下来，给我们一个个都勾画出了小花脸，来往碰面的时候，我们不禁开心地哑然一笑。

因跳板太窄，有一位女青年在晃晃悠悠的跳板上没站稳差点掉到江里，幸好她机灵，顺势坐在跳板上，真是有惊无险。

因为是夏天，船舱里非常热，起码40℃，我们都顾不了这些，时间紧任务重，拼啦！一位男同胞为了鼓舞大家的士气，站在煤堆上引吭高歌“咱们工人有力量！嘿！咱们工人有力量！每天每日工作忙……”

我们经过两个半天的苦干，终于将整船的煤卸完了，再看我们身上黑得也跟煤差不多啦！

我们几个女青年在江边选了个地方，小心翼翼地下了水。我因为不会游泳，不敢往深处走，就站在刚没过膝盖的地方慢慢洗了起来。

“有人落水啦！快救人呐！”

我猛抬头，只见不远处江面上有个女青年正一上一下地扑腾着，情况万分危机！我记得当时我和王敏华、张士英等人立即奋不顾身地朝落水者扑过去，因为水有阻力，脚下又有些滑，我们几个便手拉着手尽最大力气艰难地向前走去，不觉越走越深，当快要到达落水者身边时，我突然感觉到脚够不着地啦，身体随即没着没落地在江水里上下飘动起来，我的大脑顿时一阵空白……不一会儿，觉得脚下能踩到底了，头部也露出了水面，我便随着人们稀里糊涂地上了岸。当时我心里的确有些害怕，傻呆呆地站在那里漫无目的地望着江面。

被救者早已上了岸，一个青年指着滔滔的江水说：“你们几个刚才就在那儿挣扎来的，要不是有人下去拉你们，你们今天可真够悬的！”

我顺着那人手指的方向望去，只见湍急的水面不远有个旋涡正在打转，再远处，天水相连、水雾茫茫，心里不禁打了寒战。

颠簸的汽车使我从刚刚过去的惊险一幕中醒过神来，是谁把我们从江里拉上来的？是谁？怎么没想起谢谢人家呢？！

几十年过去了，每当我想起这件事就心感内疚。亲爱的战友，我在这里向你深深鞠上一躬，谢谢啦，不知名的恩人。

作者简历：邓和平，女，1950年10月出生。北京知青。1968年7月下乡到黑龙江省七星农场十五队。1969年初调至61团，先后任职于11连，12连、团直学校。1978年11月返京。

路

沈智庄

路，就像这个字本身：是“各”自的“足”下。

由于我对易学很感兴趣，经常有朋友找我探讨有关生命未来运程的问题。其实，人们对未来预知的渴望从人类诞生时起就产生了，这是人类在与自然界共生共存中对客观世界了解的必然，无可厚非。我以为，人生无非是走一条从未走过的路，由于前方充满了悬念，生命才愈加显得神奇。

如今我已满头华发，但躯壳中跳动的依稀还是那颗懵懵懂懂，对未来一无所知的、不成熟的心。挥之不去的依然是那些想忘都忘不掉的青春岁月。

一

1968年6月30号(也可能是第二天),迎来了到北大荒后的第一个公休日,拿到了第一次发的工资。

连里的铁牛55拉着我们来到了七星农场。记得我穿着当时发给我们的黄棉袄、黄棉裤，带着镶有羊剪绒帽边的黄帽子，俨然一幅解放军战士的模样。我先去照相馆照了相,又去邮局汇出了平生第一次挣到的工资,逛了场部的“大商店”，在那里除了可以买到常用的邮票、信封、火柴、蜡烛、肥皂、牙膏，还有夹着炒黄豆的糖果和砖块一样的大饼干等货物，根本没有现在所谓的“奢侈品”。40年过去了，时间磨灭了很多记忆，可当时的情景现在想来还是那样清晰。从那时开始，我们的生活绝对地向低标准看齐，觉得没有什么不可以面对的。

我们几个流连得稍久一点的战友被突如其来的一场大雨滞留，直到下午四五点钟仍未能搭到回去的顺风车。当时作为中国人民解放军黑龙江生产建设兵团一名战士就要严守纪律，必须按时返回连队，连一分钟都不能超。于是我和甄迎利，张志生，吴德宝，王世华五个人决定徒步走回连队。

我们趟着泥泞义无反顾地走进了夜色。蚊虫的肆虐早在到达火烧孟的第一天就领教过了,此时,在潮湿的风雨黄昏后更加猖獗。我们用上衣包裹在头上,蚊团一抹一把，不时钻进鼻孔。我和小甄一只手紧紧地挽着，一只手挥舞着驱赶蚊子，一溜歪斜地紧随三个男生往前赶路。小甄像老大姐一样有力的手给我一种安全感。此时，我有足够的时间去想象老一辈的无产阶级革命家们不怕牺牲的壮举，以给自己力量。小甄就是我身边的榜样，在手与手的接触中给我输送着信心和力量。其实，她的年龄可能仅大我一岁，十九岁而已。可她身上那种革命乐观主义精神却不知要比我强多少倍。

我们穿的“水袜子”早已经湿透，黏附的泥浆越来越重，几步走下来脚上的厚泥有十来斤重，就这样，我们深一脚浅一脚跌跌撞撞地走着，体力迅速地消耗，只能听到自己的喘息声。同伴们一路不停地讲着故事说着笑话，鼓舞士气。“抬头望见北斗星”“红军不怕远征难”的歌声在黑暗寂静的原野上竟是那样动听。我也被他们深深感染，心中只剩下一个念头：坚持，一定要坚持！想起红军长征二万五千里过雪山草地的英雄气概，这种感同身受的体验更加深了对革命先烈由衷的崇敬。

经过七星农场二营的时候，那里的老职工们告诉我们这一带不是很安全，有种凶残的“花脸狼”常在此出没，让我们留宿，第二天走。我们毫不犹豫地拒绝了，因为任何理由也无法打消我们按时回连队的决心。忘记了是否在这里补充了给养，也忘记了口渴的时候是否喝了水泡子里的水——在北大荒没有喝过水泡子里的水那倒是件十分稀罕的事。总之，“打尖”以后我们又继续前进了。我当时也紧随其后……

直到现在人近花甲，回想起来，我仍然无法定义自己是个什么样的人。

回想当时，得知我也要去北大荒以后我整整哭了一个星期，最后想想没什么别的出路，狠狠心还是迁了户口登上了北上的列车。也就是从那个时候起，一直到八年后离开，除了失去战友哭过一次外，我竟然没流过一滴眼泪。尽管那个地方我根本不喜欢也不适应，可是别人能行我就一定能行。

前行的路上，眼前小河里黑乎乎的露出一个庞然大物，我紧张的心快要跳出来了。记得是谁说过，这里的人不吃牛肉，牛死了就推到河里任其腐烂，也许是头牛吧？总之，它并没有变成我想象中的魑魅魍魉，疲劳的恐惧却越来越深了。好的气候条件下，一个人走七十里路大概也要八九个小时吧，眼下这条路实在是太难走了。我们还给自己定下了最后的时限，零点前必须赶回去，不能超过一分钟。我累得几乎不能思考，但零点前回去的概念变得格外清晰。“下定决心，不怕牺牲，排除万难，去争取胜利”，毛主席的教导激励着我们。张志生爽朗的笑声一如既往，只是声音已经沙哑了。

零点前的几分钟，当连队雪亮的煤气灯出现在视野时，我们欢呼了。我们用了大约 7 个小时的时间走完了那样的一段长达 70 多里的路，也是我刻骨铭心的一条路……

子曰：“人之所助者，信也”，多年来，我养成了一种习惯，从不轻言何事。一旦思想变成语言文字，那就覆水难收，就要落地有声，何也？信也。我一生中的贵人，是我引以为豪的兵团战友们。他们始终守护着我，帮助我，从不肯放弃我，使我不断地鞭策自己迎头赶上。因而，不能不说我人生的第一步，是在兵团战友们的拉拽中迈出去的，那 70 多里路影响了我一生走路的方式。

【附录】

一年以后，张志生患癌症英年离逝。手术后在癌细胞仍扩散的情况下，他还坚持做北京知青的家访，为知青能安心扎根边疆拼尽了最后一口气。他的骨灰按照生前遗愿，安葬在了 3 连也就是现在创业农场的烈士陵园，独自守望着这片为之魂留边陲的热土。《兵团战士报》登载了他的先进事迹，由我来执笔写就。遗憾终身的是，以我的思想水平实在没能表达出他崇高的境界。在此，请他九泉之下谅解。

甄迎利陪同她在联合国世界卫生组织任职的丈夫张国亮，定居瑞士日内瓦多年，平日吟诗作画相夫教子。我祝她永远幸福。

吴德宝（现名吴涛）已成为一名成功的企业家，拥有自己的文化艺术公司。

王世华更是享誉国内外的著名外科专家。

二

1968年9月5日，这是我作为兵团知青第一代女拖拉机手第一天上车的日子。崭新的东方红牌链轨式拖拉机像火红的朝阳一样耀眼。车长张继福，一个典型的山东人，中等偏瘦的身材，少言寡语，身上带着农场职工少有的文雅之气，虽然只二十几岁，可当时在我们知青眼里却已是老职工。他纯朴憨厚，口传身教，亲和认真。在那个缺失“师道”的时代，对我们这些接受“再教育”的知青来说，能被他人授予一种技艺真是千载难逢的好机会，只是那时并未能作如是观。中午收工的时候，我们的车拉着坐满人的爬犁缓慢地穿行在林间的小路上，

拖拉机的巨大轰鸣声在林子里回响。

爬犁的两根大圆木直接趴在地上，庞大的身躯虽然很笨重，一旦启动后在草地上滑行也能“悠”起来。由于爬犁与拖拉机是软牵引，所以在停车、变速、转弯、易辙的时候，爬犁也会“忽悠忽悠”地产生巨大惯性。

车子刚刚走出一小段路，后面追上来了一个人，纵身一跃就跳上了插在爬犁上的一根木板，坐上去颤颤悠悠的。

张师傅稳稳地开着车，不时回过头关照着后面的爬犁。

我坐在副驾驶座位前面的工具箱上，一边仔细观察着师傅的一举一动，又稍微倾斜着身体留意着外面的情况。张师傅轻轻地拉起了操向杆，车子缓缓地开始转弯了，爬犁的一侧慢慢地出现在我视线的左侧。

由于拖拉机与爬犁的转弯半径不同，爬犁底座的两根圆木开始一点点地移

出车辙，当两条平行的圆木即将移出却没有完全移出车辙的时候，这个弯就转过来了，爬犁呼的一下又返回了原来的车辙，瞬间会产生强烈的震颤。就在这时，我猛地看见坐在木板上的那个战友一下子掉进了爬犁下面。“停车！”我大喊一声，张师傅的反应极快，一脚离合一脚制动，机车停了下来。我飞身跳下车外。由于车子骤停，后面的爬犁撞到了拖拉机的后桥，粗大的钢筋都弯了过来。大约四五米长的爬犁后面露出了跌落的那个同学，太阳穴的鲜血汩汩冒出，我抓起头上带的军帽就按在了那里。黏稠的热乎乎的血在我的指缝间喷涌，那一刻我真真切切地感受到了血是热的。

拖拉机熄火了，喧闹的林子一下子变得死一般的沉寂。坐在爬犁上说说笑笑的同学们还没反应过来到底出了什么事的时候，事故已经发生了。

有人跑去叫来了连里的铁牛，卫生员等几个人护送着伤员去了场部医院。剩下的人则七嘴八舌地吵嚷个不停，“讨还血债”的呼声不绝于耳。大家在一时的激奋下开始成群结队地向场部走去。

已经是下午两三点钟了，我独自坐在国防公路边的小河旁。回想着刚刚经过的那惨痛一幕，心情久久不能平静。此时恐怕只有我最清楚他的呼吸早已停止了，我们现在所做的一切都是徒劳的，能做的就是等上级领导来处理善后事宜。可战友们的情绪失控了，结果又能怎样呢？

我仔细回想着整个事情的全过程：车子刚启动还很吃力地前行时他就上来了；他掉下去之前，我敢肯定绝对没有换挡提速，拖拉机转弯爬犁“出辙”的移动是不可避免的。我坚信张师傅的操作无懈可击。出事后我看到他涨着通红的脸，双手紧握在一起揉搓着，嘴里不停地说：“我去投案，我去投案。”那情景极大地震撼了我，我也涌起一种感动。

在这件事情上，一边是我十几年的校友，同一个车皮来到火烧孟的战友；一边是头一天认识，话还没有说过两句的老职工张师傅，我该做何选择？和大多数同学一道把张师傅送上法庭应该不难，但作为第一目击证人，我的证言将决定着张师傅的前途命运，乃至他的家人和孩子的未来生活。就在我颠来倒去左右权衡，仍旧莫衷一是的时候，张师傅那种义无反顾勇敢承担责任的形象，促使我最终下定了决心。赶在天黑前我拦下一辆“大解放”，踏上了去往场部的路。

这是我到北大荒两个月又一星期，第二次踏上了这条二抚公路。这一次的沉重远比第一次来的艰难，然而我选择了，选择对了。在场部，我留下了当时真实情况的证言。

这就是一起意外事故。出于对死者的敬畏，我隐去了他的姓名，我会永远地怀念他。

以后，在张师傅的带领下，我们车组在连里口碑甚好。张师傅仍旧是不苟言笑，我们谁也没再谈及发生过的事。再后来，为了爱护女知青的身心健康，兵团司令员一声令下“全兵团的女拖拉机手都下来”，而我却荣幸地成了一个例外，是当时留下的唯一的女拖拉机手。在这段日子里，张继福师傅像楷模一样影响着我的成长。这种成长不仅是能力上的，更是精神上的。他是我终身不能忘记的一个人，不知张师傅现在可好？

多年以后“荒友”相聚时，我遇到一个在北京某建筑企业里开重型机械的女司机，也是黑龙江兵团的，她说起很想见见当时兵团那个唯一的女拖拉机手。那时我的身体很不好，一幅病弱的样子，我还是淡然地告诉她“我就是”。

三

1973 年的最后一天，我去师部送干部报表。每年的最后一天，全国各地的干部报表都要逐层逐级汇总上报中央组织部。

第二天我决定返回团部，不能荒废时间，但直到天快黑时我都没有看到一辆车。

我去了25团车队，没有车。我又去了师部车队，一辆辆地打听，发现了一辆正在加水的大卡车，一位老职工已经在那里了；司机师傅极不情愿地说已经有人了——就是那个老职工——坐不下了。

我平生第一次，也是唯一的一次软磨硬缠地向他央求，总算同意了。我这一天的工夫可真没有白费，终于可以回到我的“家”了。

五点整我们出发了。尽管我整个人已经冻得像个冰块，但能如愿以偿地返回团里心中还是感觉暖暖的。在离开25团大概一二十里路的时候，我们在路上捡到了一个轮胎。

我和那位老职工一起把轮胎往卡钩上一套就又上路了。

没走多远，迎面驶来一辆挂着拖车的铁牛55，我想一定是他们丢的轮胎。我们的车稍稍往路边靠了靠，两车相会了。果然如此，我们把轮胎还给了他们。就在我们也要出发时，车却开不动了。只见大卡车的前轮在镜面似的路上不断地打滑，呼呼空转，后面的轮子不仅丝毫没有动，反而愈加向路的外侧偏移了。

司机师傅一遍遍地发动着车子，沉重的车子前身只是原地颤抖，一动不动。后面的轮子像是装了一个马达似的，向后外侧拖拽得更厉害。

远处地平线上出现了一束灯光，伴随着拖拉机的轰鸣声逐渐清晰。我们兴奋极了，这下有救了！果然是一台“东方红75”，车上刚巧还带着拉筋。我这个曾经的女车长，三下五除二就把钢筋套在了“大解放”前面的挂钩上。拖拉机把钢筋轻轻地拉直，两个师傅在我的指挥下一起开动，“加油！”……可能是我们的车太重了，也可能是路面冻得太过坚硬，拖拉机的链轨一样呼呼地空转。这就是说重力远远大于要冲破的摩擦力。反复几次的努力以失败告终，拖拉机也走了。

午夜时分，路上除了我们再也没有任何生命的迹象了……如果我们再多休息一会，车子冻坏，用不了几十分钟，我们的命运可想而知。

司机师傅突然似乎想起了什么，找出了随车带着的一副防滑链。我和那个老职工恰巧在师部一人买了一包火柴，一人买了一包蜡烛。

我们在没有任何救助条件下的拼搏开始了。我负责点灯照亮，他们两个人来套防滑链。我带着毛线手套的手早已变得像笤帚疙瘩一样不听使唤了，我一手拉起大衣的一边，一手抓起一把火柴一起划，刚点燃的火柴忽地就被大风吹灭了，不知要重复几遍才能勉强闪烁那么一两下亮光。他们两人借助微弱的亮光，摸索着，吃力地摆弄着那一大堆铁链。我这里蜡油撒了一身，不一会的工夫火柴就用光了。

眼睛慢慢地适应了黑暗，感觉没有先前那么黑了，我们干脆就摸黑干。我替换下了司机，正好他可以发动车子热热发动机，我们一个环节一个环节地往上套，忘记了时间，忘记了饥饿，大概这就是生命的求生本能。防滑链终于套上了。司机师傅兴奋地上了车，挂上挡，踩动了油门，“轰，轰”……车轮似乎有些转动，我觉得它就差那么一点力量，我拼尽全力在庞大的车身后面推。呼的一声车轮飞转起来——仍旧是空转。

我们相对无言地坐在驾驶室中，车子熄了火，大灯也关闭了。隐隐约约我看见雪地中似乎有稀稀落落的草在风中摇曳，那是一些相对强壮而没有完全被掩埋的草，我想都没有多想，跳出车门扑向雪原。我看见一根草就用手薅一根，薅够一抱就回来塞到车轮下。司机师傅发动了车子，车轮一转，那些干透了的草就像从粉碎机里出来一样，顿时变成了碎屑。

我累得几乎不能思想，但是不能停下来，也不敢停下来，一旦停下来恐怕就再也没有力气了。以往打草，几镰刀就是一捆，但现在是用手一根根地薅——要用多少时间重复多少次的动作才能够掰够这样一抱，可想而知。

塞进车轮下的草与地面渐渐紧紧地切合在了一起，突然，车轮咬住了地面，我和那个老职工竭尽全力在后面推，助它一臂之力。也就是在一个十分短暂的停顿刹那，车子移动了，我们更加用力地推，推，推……奇迹发生了！车子驶上了正轨。我们创造出了号称“大力神”的“东方红 75”拖拉机都没能创造的奇迹！

1974 年 1 月 2 日的凌晨 3 时我终于回到了团部。悄悄走进机关女生宿舍，钻进室友们烧得暖暖的热炕上的热被窝。

这一页就这样翻过去了。

今年春节听战友们说起约稿的事情，一是觉得人人都有难忘的故事，仅仅感受不同而已，不差我一个。五月三日再聚时，拜读汶川大哥“录回忆”，感动之余竟夜不能寐，尘封的往事虽多已模糊，但感受依然，拙笔录下几件权当是战友文章的读后感吧。就像所福生说的“我没有给北大荒留下什么，但北大荒却留给我很多，那是灵与肉的记忆。”

作者简历：沈智庄，女，1950 年出生。北京知青。1968 年 6 月下乡到黑龙江省七星农场五七连（后改为黑龙江生产建设兵团 6 师 61 团 3 连）。1970 年调到团政治处。 1976 年返京。

落井生还 战友情真

——61 团 3 连马玉茹落井生还纪实

蔡宝温

马玉茹托我代其执笔，叙述当年她不幸坠井，经多位战友奋勇救助脱险的经历，并向救助过她的战友们表示感谢。

那是 1970 年 5 月中旬，中午气温虽暖和了，但早晚气温依然很低，食堂后门的井内四周还结着冰坨，只留下一个水桶粗细的小口打水，全连 200 多人喝水、洗菜、做饭全靠它。在方圆 3 平方米左右的木井台的西北角，是木板搭的水房，水房内有一个高 3 米的热水锅炉，锅炉的加水口与井台辘轳之间，通过一个水槽连着。每天早、中、晚三顿饭，都需开水。早午两顿饭之间及晚饭后，是用水高峰时段。烧水员的工作责任重，劳动强度也较大。当时安排两个女知青烧水，工作强度可想而知。北京知青马玉茹和天津知青姜卫生，积极肯干，工作从不讲条件，有股子拼命地劲儿，烧水任务干得十分出色。她俩担负全连用开水和热水的任务。

那天，傍晚 05：30～06：30，是马玉茹值班。在宿舍，我碰到老姜在吃饭，她是上午班。这时，听见井边有人大喊：“快来人啊，马玉茹掉井里了。”老姜一听，扔下手中的饭碗，和我三步并作两步往外跑。跑到井边时，井边已经围了十来个人。傍晚时分气温很低，井台上的水渍又冰冻起来，滑不溜秋的，人站上去，很容易摔倒。井口里四周全是厚冰溜，只剩有水桶粗细的冰窟窿。天已经渐渐黑了，只听到马玉茹在井下渐弱的喊声。

原来，北京知青刘进武和天津知青李金生在食堂吃完饭回宿舍，他俩路过井台时，看到辘轳垮歪在井台，辘轳铁把插入坍倒的十字架底下，他们马上意识到，出事了。这时候听到了马玉茹在井底下喊：“救命，来人呐，我掉进井里了！”刘进武说：“我下去救她！”一边说一边脱掉棉衣就要往井下跳，李金生一把拉住他说：“不行，你这样下去，是救不了她的，井口这么小容易把马玉茹压垮，那就坏了。找绳索把她拉上来，才能够最快时间救出她。”于是，他们迅速找来九连环和钢丝绳，连好了钢丝绳，一边往井下顺钢丝绳，一边不停地向井下喊话：“别慌，抓住绳子，我们来救你了。”“马玉茹别怕，你看到钢线绳下去了别砸着，看准，你把井绳和钢丝绳一块儿抓住，抓牢，坚持住，我们大家把你提上来。”只听马玉茹在井下答应着，按照他们要求，紧紧抓住绳子。这时，北京知青拖拉机手王世华收工，刚把车停好入位，听说马玉茹出事了，立刻加入了提绳行列。只见他们三人一边喊着，一边用力开始往上拔。井下的马玉茹棉衣已浸水，她又骑着一铁桶水，再加上钢丝绳的重量，十分沉重。当时天已黑了，井台又结冰，救人艰巨而危险。但是为了争取时间，他们全然不顾带刺的钢丝绳，每往上提一下，他们手上就刮出一道血口子。由于井台湿滑，无法着力，大约提上几米多时，三人早已是大汗淋漓，汗、泥、血混在一起。三个人互相鼓着劲儿：“坚持住，马玉茹还在下面呢！”这时，食堂有人高喊：“来人啊，马玉茹掉井里啦了！”听到召唤，指导员、连长、男女宿舍的青年们迅速涌聚井台。连长指挥着拿来了食堂气灯、聚光手电，指导员为他们照明。男同胞们接力排成两队，每根绳后都是多个人一起拉。周围人们都紧盯着井口的两根绳子，大家的心都绷紧了，用“坚持住，加油”的喊声为马玉茹鼓劲，为战友们助阵。就这样经过 20 多分钟的紧张战斗，大家把马玉茹从井下 10 多米处拽了上来。一出井口，只见马玉茹骑坐在水桶上，面色苍白，头发蓬乱，眼镜丢了，雨靴也掉了一只，浑身棉衣裤全湿了，从上到下淌

着水。老姜眼含热泪上前把马玉茹抱住，有人拿来了棉大衣把马玉茹裹住后，拥进宿舍。卫生员刘淑琴提着药箱，随后紧跟进宿舍，我们分头赶紧拿大盆打温水给马玉茹擦身，食堂快速送来姜糖水和卧鸡蛋的热腾腾汤面。大家护理马玉茹喝下姜糖水，吃下汤面，卫生员为马玉茹试表测心跳，结果正常。大家高兴地向马玉茹表示祝贺：“你太棒了，太神了。”马玉茹眼含热泪哽咽着说：“谢谢大家，没有你们救我，我就完了。”

马玉茹事后回忆说：“那天傍晚5点多钟，和往常一样，我往锅炉内加水。刚摇辘轳提上了一桶水时，与我关系不错的哈尔滨青年鞠秀芬、李玉敏，前来辞行。她们走后，我又继续干活，心里寻思着事，一疏忽，右脚被湿滑的井绳一绊，一下子跌向井口。出于本能，我顺势抓紧了连着桶的井绳，就这样头朝下叽里咕噜滑进了井里。我也不知怎么挣扎着骑在水桶上，抱着井绳，眼前一片漆黑，就这样晃晃荡荡地，我拼命喊救命。”井台上打水的辘轳，由于马玉茹体重再加上一桶水，向下一坠，辘轳被压得“哐啷钢啷”地一通乱响乱转，然后辘轳十字支架承受不了超负荷重量的冲击，被压趴在井台上，木辘轳和铁摇把弹了出去，落在井口一尺多位置。真是好险，如果再往前一点儿，辘轳跌入井内了，砸到马玉茹，后果将更严重。

马玉茹落井生还的消息迅速传遍全连、全团，成为一段佳话。

这正是　突坠冰窟陷危机　众助逃生创奇迹

井底龙王梦访客　屯边戍垦惊天地

2015 年的三连聚会中，马玉茹为战友们高歌一曲。

买 鱼

张渊生

1968年底，开始组建61团。我随着新成立的工程1连直接就开进了二抚公路的138公里处，为以后的基建工程采伐树木。那时候叫进山，其实138公里处并没有山。

初期建点，一切从零开始，吃、喝、拉、撒、住，没有一件是轻松的。其中吃最成问题，青菜不用想，一律的冻白菜、冻萝卜、冻土豆。每天的伙食就是炒冻土豆片儿、炖冻萝卜快儿、剁冻白菜馅儿。兵团不缺肉，可到了冬天，还是冻肉。在“山上”伐了将近一个冬天的木头，天天如此。快开春的时候我们“下山”了。

到了“山下”，我们就盼着春天快点到来，春天来了，我们就可以不再吃冻菜了。这时，连里指派我干上士，也就是在炊事班做采买，平时在炊事班帮厨，是个比较自由的工作。我也是吃够了冻菜，就在司务长姜庆魁的带领下，配合着炊事班长，想方设法地给大家改善伙食。什么蒸馒头、包饺子、烙烙饼、压面条。压面条可不是轻松的活，百十号人几十斤的面条，都是炊事员一刀一刀切出来的，一顿面条下来，炊事员们个个手腕子酸痛。即便是做汤也是换着花样的汤，萝卜汤、白菜汤、西红柿汤，海带干豆腐丝汤。回到北京后，我按着那时的做法也做了几回汤，可喝着就没有那个味。

有一天，连长刘鸿业和司务长姜庆魁把我叫到连部，让我想办法，买点鱼给大家改善一下伙食。我一听有这样的好事，想都没想就答应了。当时，各个连的司务长、上士买菜和副食品，一般都去富锦和福利屯，要想买鱼就得去同江了。我马上就到汽车连打听有没有去同江的车，说也真巧，第二天还真有去同江的车，而且司机还是我挺熟悉的“大上海”（此人是上海知青，个子高大，故得此外号，真名反而没人叫了），但他说，司机楼可没地方了。我说没关系，我们这些司务长、上士经常跑外，五冬六夏的在车厢外呆个百八十公里那是常事。

第二天，我早早地就到了汽车连，上了“大上海”的车，直奔同江。五月的北大荒，虽然已是春天，却感觉不到一丝的春意。坐在大解放的车厢外，小风把你吹得那叫一个凉快。只能把大衣裹紧再裹紧，蜷缩成一团，忍着。

从创业到同江总共100多公里，我们在戏称的“水泥马路”上足足跑了将近三个小时，总算是熬到了同江。大上海把我送到江边，临走时嘱咐我：“你可得抓紧时间办事，我这趟活有点急，太晚了我可就不等了。”我说没问题。我想不就买点鱼吗，我也没别的事，到江边买了就走，肯定耽误不了。

到了江边，我才知道这买鱼不像我想的那么容易。原来我打算能背多少买多少，估计七八十斤没问题。我一打听，没有一家渔民有那么多，只能是这家十斤、那家八斤的一点一点凑。等我把这七八十斤凑齐了，已经是下午两点多了。当我费了好大劲背着一麻袋鱼赶到和“大上海”约好地方时，没有见到“大上海”和他的车。路边一家商店的服务员出来跟我说:“你是61团的采购员吧？”我急忙说：“是。”“你们团的司机叫我转告你，他在这等了你快半个钟头了，实在是等不了了，你哪怕再早来一会呢。”我一听就蒙了，这一麻袋鱼横是不能叫我背回去吧。“对啦”那个服务员又说：“你们那个司机临走时，让我替他跟你说声对不起。”这一声“对不起”真让我哭笑不得。

这么晚了，回团的车是肯定没了，先找个地方住下吧。我背着我的宝贝鱼走了几家旅馆都没住成，人家都嫌鱼太腥。最后总算是找到一家不大景气的小旅馆，接纳了我，人家还给了我一个“单间”（不景气的旅馆也嫌腥）。我刚安顿好，又进来一位，我一看好嘛，也是一个买了鱼没走成的，我俩一见面就全都乐了：臭味相投。

一聊天，才知道这位是28团的知青，也是个上士，为连队买鱼，因为误了时间没回去。聊着聊着就聊到这两麻袋鱼了。这些鱼捂在一起过一夜，那结果可想而知：不烂也得臭了。我们俩就这样面对面地坐着，每个人都是一脸愁容。这时的我们俩不光是臭味相投啦，简直就是同病相怜了。这时，房门被推开了，旅馆服务员伸进头来说：“二位吃不吃饭呐？”我们俩谁也没搭腔，那还有心思吃饭哪。服务员又补了一句：“要不来点酒解解闷儿。”28团那位顿时就火了：“去去去，别添乱了。”我一听酒，立刻来了精神：“走，买酒去！”“怎么，你还真喝呀？”“咱不喝，给鱼喝。”

不一会儿，我们俩每人提了一塑料桶白酒，外带两包棉花，兴冲冲地赶回旅馆。一进门就忙活起来，先把鱼的嘴掰开，塞进一个棉球，然后再往鱼嘴里灌一口酒。28团那位一边干一边问：“这样行吗？”“应该没问题”我说：“我也是听别人讲得，我觉得有道理，白酒能消毒，就应该能保鲜。再说了现在也没别的办法了，行不行先试试吧。”两麻袋鱼，我们一条条拿出来，塞棉球，灌酒，再一条条放回麻袋整好。溜溜干了大半夜。弄得整个房间是腥气哄哄、酒气冲天。这个房间我估计十天半个月不会有人住了。本来就不景气的小旅馆，让我们一折腾，就更惨了。不过我们俩倒是睡了大半夜的好觉。

第二天早上起来一看，两麻袋鱼还是那么鲜，我们踏实了。各自找了顺路车，带着剩下的半桶白酒，美美地“颠”回了连队。

一回到连队，大家听说有鱼吃了，人人兴高采烈，自然我成了最受欢迎的人。可有谁知道，当个司务长容易吗。那桶白酒我没能报销，因为剩下的那半桶，都让那帮小子们喝了。

买鱼历险记

陈兴亚

春末，麦子已经播完，接下来该播大田了。活多，活累，可食堂的伙食还是像冬天一样，吃的是储存的糠萝卜和散发着苦涩味道的土豆。唯一好点的是每天食堂磨的那两盘豆腐。这天一早，李德恩连长叫来了司务长赵济忠，问他能不能买点鱼来给大家改善伙食。连长让赵荣贵开东方红54一起去。

从17连向东两里多路过红卫小桥，是62团的地界，往前7里，经过62团1连，再向南30多里，有个鱼梁子，去那里买鱼。赵荣贵接到通知后，开着拖拉机就出发了，全连都高兴地等待他们满载而归。可快到中午时，看到他俩走着回来了，全身上下都湿透了。一问才知道，那一年的雨水特大，过了62团1连向前十几里，前头是一片汪洋，道路淹没在水下。又走了几里路，水就快和链轨一样高了。他俩不敢再往前开，想掉头回连队。由于不知道水下道路的情况，赵荣贵一调头，拖拉机滑出了路面，掉进了路边的沟里，一下就没了顶，他俩吓得急忙从驾驶楼两边钻了出来。赵瞎子是舍命不舍财，又一次钻入水中，把他那装钱的书包捞了出来。两人游到路上淌着水走了回来。

他俩正给大伙说着，连长也到了："别着急，先换衣服，别冻着，吃完饭，再商量捞车。"连长召开了紧急会议，要找几个水性好的小伙子去捞车。一群自以为游得还不错的小青年纷纷报名。连长挑了十几个人，让大家带上大衣，分乘两台75拖拉机，一台28胶轮车就出发了。

到62团1连，连长出钱，买了十几瓶色酒（用葡萄或其他水果为原料制成的酒，一般带有颜色，酒精含量较低）。白酒怕青年们喝了犯晕，弄点色酒喝取暖。到了拖拉机沉没的地方，大家在28胶轮车的车斗上，脱了衣服就要下水。连长拦住了大伙说："我先过去看看情况，找好了你们再下。"连长快五十的人，干活从来是干在前头。他下了车，手里拿着根棍，淌着没膝深的水，慢慢地探着走。走着走着他站住了，把木棍插在了地上。回头说："你们看好了，这是道边了，再往前深了，你们要多注意。"说完，他向前一扑就游向了拖拉机，手扶着拖拉机的顶盖，慢慢用脚探着，踩在了车的拖架上。看他猛吸了一口气，一下子沉到了水中。过了一会终于露出了水面，游了回来。大家赶忙把他拉上了拖车，给他披上一件大衣。他这时冻得直发抖，过了一会才说，拖架陷在了泥里，得先把泥扒开，穿上钢丝绳，才能把它拉出来。大家听完后轮流下水，实在冷得不行了才游上来。终于，钢丝绳穿上了，销子插好了。挂上东方红 75 上向前拉，可是没有拉动。原来水下拖拉机还挂着挡呢。机务的人员抢先下水，钻进没顶的驾驶楼里去摘挡，前后进去了三四次才把挡摘开。这次用两辆车一起拉它，慢慢地终于把它拖回了路面。这时天色已经黑了下来，大家伙怀着兴奋的心情凯旋了！大家虽然没吃上鱼，但是没有丝毫的抱怨。

那次参与捞车的，我依稀记得有赵荣贵、周培先、叶开福、张正华、陈宝宝、赵济忠、史连群、孟庆海、刘金刚、李玉春，其他人我已经记不清了。今天重提和回忆当年的故事，与当年参与其中的战友们一起，借此祭奠已故去的战友——史连群的在天之灵！希望我们大家，怀念他，记住他。因为他是曾经和我们一起共同奋斗过的荒友！

牧马情

韩树茂

我来61团科研站之前，一直在25团59连（原七星农场十六队）马号工作。从放马、喂马、遛马到赶车都干过，所以，对那段经历感触特别深。

记得1969年刚到马号，先是跟车往地里送种子、化肥，送饭。后来马号班长把我留下放马。刚一接触马还真有些害怕，后来渐渐地熟悉了马的性情，也就没什么了。我专门挑了一匹老马做头马，它老实、听话。平时放马时，只要一骑上它，不用赶，其他的马就紧随其后，想上哪就上哪。有一次放马，附近草甸子全是洋草，马不爱吃，马爱吃水稗草，开始乱跑，一下都跑到谷草地里去了。我一想，反正谷草也是喂牲口的，吃就吃点吧，没管它们，马正吃得高兴，我也悠闲地坐在地边，忽然听见有说话声，站起来一看，不好，是连长带着统计看地号来了。我想他一定看见那些马在吃谷草了，快跑吧。我骑上那匹老马，掉头就跑，那些散马看见老马跑了，也一窝蜂似地跟在我后边，转眼间不见了踪影。后来听我弟弟说，那天晚上开大会，连长专门讲了这件事，说得神乎其神，他说看见那些马吃谷草，刚要赶还没赶，它们就像听到有人召唤一样，转眼都跑光了。后来连长也没找我，这事也就过去了。不过，我真有点后怕，真要让我大会检查，可就坏了。

说起喂马，那可是一套子活。铡草，切豆饼，挑水，清圈，这些都是力气活，而喂马就是功夫活了。草要细，料要精，少喂勤添，搅拌均匀，一遍一遍地不厌其烦，直到马吃得把头放在槽子上睡着为止。我在旁边听着它们吃草的声音，那真是一种享受。如果图省事，往槽子里倒满草，放上泡好的豆饼，用棍子稍微搅拌两下就不管它了，什么时候吃光，再上一槽子。马吃着吃着就不吃了。槽子里还有草料，可是它们肚子还瘪着哪。我一开始也这样喂，后来班长说了这样一句话；“养马比君子，马要下大力干活，绝对不能亏待它。”这句话到现在我都没有忘记。

喂马时间长了，我也掌握了一些兽医知识，给马接生，处理简单的小病。说到接生，有一件事至今我还记忆犹新。母马生小马时，它必须舔干净小马身上的黏液，随着母马舔干的动作，小马就能借力挣扎着站起来，去吃第一口奶。据说，小马吃完第一口奶，它就不会得病，能健康地活下来。车老板说，这叫拜四方，拜过四方，小马就能站起来。母马在旁边，看着它，舔着它，给它加油。

记得那年麦收刚完，团部到我们连放电影，我们都去看了。就在那天晚上，一匹母马临产了，它还拴在圈里，小马下在了后面。可母马没能看到自己的骨肉，没有舔到小马，确切地说，没有闻到自己孩子的气味。电影散场后，回到马号，发现母马下崽了，马上把它牵了出来，把小马抱到它的跟前，可是已经晚了，母马不认自己的孩子了，小马刚把嘴放到母马肚子下，一蹄子就把它踢开了。我们把大马腿捆上，把小马放到它肚子下边，它又一点奶也没有了。那些天，我们真急坏了。我们试着让一匹瞎马喂它，可瞎马也不让它吃。眼看着小马一双无神的眼睛求助似地看着我，我心里真不是滋味，不行，不能看着它饿死，得想办法。我从食堂打来小米粥，加上一点细碎的豆饼，一口一口地喂，它还真吃了。从此，我就一点一点地喂它。晚饭时多打些小米粥，够它一天吃的。记得那段时间，我一拿起打饭的小盆，它就跑过来，跟着我一块儿去食堂打饭。回来后，我就给它拌好，看着它吃得真香，真的像喂小孩一样。不知过了多少时间，它能吃草了，我给它加了点大麦、麸子，开小灶。后来它长大了，出落成一匹漂亮的枣红马。车老板说，这是一匹好走马，就是专门骑的马，又快又稳。忽然有一天，车老板要牵它套车了，说实在的，我真舍不得。小马好像懂得我的意思，挣脱了，跑了。车老板想逮它，说什么也靠不了前。它跑得远远的，一边吃着草，一边往这边看。一直到中午，该喂马了，我试着往它那边走。它看着我，没动。我走过去，轻轻地摸了一下它的鼻梁子，说，该吃饭了，它居然跟在我后面，进了马圈。车老板都惊呆了。真的，我也没想到。马也是有感情的。从那以后，我更爱马了。

说到骑马，那真是一件惬意的事。我们马号有一匹黑种马，是一匹纯种伊犁马，有些像东洋马，高大、苗条，身上的皮毛像黑缎子一样亮。刚调来时，拴在院子里，见人就踢。一开始，我们班长遛它，我只管喂。渐渐地熟了，班长说，你骑着试试吧。我还真有点怕，班长说，没事。我一骑上它，没想到它出奇地老实，一动不动，难道他真的通人性？我和它形影不离，闲下来就用大扫帚扫它身上的灰尘。它可愿意让我扫了。去营部取包裹，都是我的事。我从不打它，信

马由缰，随便它跑。不过有一次，我真的害怕了。那年冬天，年底营部组织各连演唱组会演，我们乐队缺一架扬琴，让我去58连借一下。58连距我们连十几里地，中间是57连（15队）。我收拾停当，骑上马，很快就到了58连。人家很痛快，答应把扬琴借给我们。我像背背包一样，把扬琴绑在后背上，上了马就往家赶。十几里地哪，而且天快黑了。不料想，马一跑起来，我背上的扬琴，随着马的颠簸，咚咚地响了起来，跑得越快，声音越大。一下子马惊了。茫茫雪原，我骑着这匹黑马，真像离弦之箭一样。一开始，还不觉得害怕，越跑越快了，这是第一次跑得这么快，两耳生风，我不敢抬头，整个身子伏在马背上，一边在它耳边吁、吁地喊，一边用手摸着它的脖子，试图让它静下来。眼看57连越来越近了，马一点没有慢下来的意思。57连马号遥遥在望，眼看要驮着我直接冲进马号，马号旁边有一个豆秸垛，说时迟，那时快，我侧身从马背上翻滚到豆秸垛上，马一下冲进马圈。紧跟着听到一阵嘈杂，马圈里乱了营了。老半天马号大爷才把它逮着，出门一看，我背着扬琴，仰面朝天，还在豆秸垛上挣扎哪。大爷过来，把我拉起来说，回去别跑那么快了。我一个劲答应，行，行……上了马，战战兢兢地让它一步一步走回了连队。到家天都大黑了。

和马接触长了，一般的病就不用找兽医了。一些能自己处理的就处理了。不过大病还是得找兽医，比如马难产，就必须叫兽医来。记得有一次，我亲眼看到一匹母马难产，兽医急得团团转，小马死活生不下来。我就在旁边，束手无策，母马那个痛苦的样子，至今历历在目。马再痛苦也不会叫，它只会挣扎，大声喘气，两只眼睛都快鼓出来了，像抽搐一样，一下一下地，渐渐地不动了，劳累了一辈子，就这样去了，真想帮帮它，可又无能为力。所以马有病，我只要有能力，一定给它减轻痛苦。有一年秋天，我放马骑的那匹老马，老来得子，下了一匹小公马，如获至宝。我精心照料，把它们放开。大马带着小马在谷草垛那晒太阳，自由自在，相安无事。大概小马6个月大的时候，忽然有一天早上，我没有看到它们娘俩，却发现不远处有血迹。我心里一紧，想到出事了。果然不出所料，在离谷草垛不远的地方，我看见了它们。小马趴在地上，老马在小马旁边徘徊，不时发出呵呵的声音。我到近处一看，倒吸一口凉气，只见小马屁股上一个拳头大的窟窿。血都流干凝固了，鲜肉翻翻着，这是让狼掏了。我把兽医叫来，他摇摇头说够呛。我说，不能看着它死呀。他说，我给你点纱布，碘酒，双氧水。他告诉我如何处理。我用双氧水给它清洗伤口，用棉花擦干净，用纱布蘸满碘酒，填进它的伤口，小马疼得直哆嗦，它已无力挣扎了。老天有眼，自打上了药以后，小马有精神了，能吃东西了。我拌好草料放在它嘴边，打来水让它喝。一个星期换一次药。渐渐地长出了新肉，小马奇迹般地活下来了。后来长成了一匹健壮的大马，彪悍、有劲，车老板都争着弄到自己车上。事后，我也是后怕。它真是万幸，幸亏有老马护着，虽然受了重伤，还是保全了一条小命。

回城四十多年了，那些事像昨天发生的一样，令我难以忘怀。

难忘创业中学

马志顺

我第一次回创业农场是2005年国庆节，应学生邀请参加他们组织的高中毕业三十周年纪念活动。师生久别重逢格外亲切，其情其景无以言表，难以忘怀。

他们早已成家立业，并事业有成。有的走上了各级领导岗位，有的成为种粮大户，有的经营饭店，有的办起农机修理站，可谓各展其才，各显其能，成为农场后知青时代的栋梁。更有佼佼者，原建三江管理局副书记兼纪检委书记刘胜利，现在又出任了农垦总局纪检委副书记兼监察局局长。真是青出于蓝而胜于蓝，令人欣慰不已。原创业中学的领导和老师们，每当谈起这些学生，无不连声夸赞，引以为豪。

往事如歌，旧情难忘，一想起创业中学总有些片断在心中回放。

一、初为人师

1971年麦收时节，我离开一连去团直中学报到。从此，一个“接受再教育”的知青突然变成了教育工作者，这种角色的转换与其说是“华丽转身”，不如说是“滑稽转身”。不管怎么说，我还是暗自高兴，因为当老师就可以有充分理由和充足的时间看书学习了。

“文革”时期，我国基础教育推行的是九年一贯制，小学五年、初高中四年连读。当时团直中学刚创建，师资短缺，但是让尚未毕业的老高中生教新高中生，这不能不说是中国教育史上的“奇迹”。

校长张明、指导员幺万和与我面谈后，分配我的工作是讲授高中语文兼班主任。麦收后正式开学了，我走上讲台，对学生们那一双双充满期待的目光，深知责任重大。这些只小我五六岁的北大荒新一辈，必将成为这片黑土地的新主人，不可误人子弟，否则就是罪过。

"师者，传道授业解惑也"，老师没有一桶水难给学生一碗水。能否胜任高中老师，要有自知之明。

看过手中的教材，便多了几分自信，因为教材所选编的文章主要是毛主席著作和诗词，鲁迅杂文，而文言文很少，都是早已学过以及耳熟能详的名篇。我毕竟是初为人师，因此备课尤为认真。对文章逐句逐段细心研读，不仅写教案，还写了讲稿。

正式开讲那天，基本是按教案的思路和讲稿的内容展开的。效果如何？学生们聚精会神地听讲和不停地笔记告诉了我，第一堂课是成功的。

在那个"以阶级斗争为纲""政治挂帅"的年代，语文也演变成了政治教材。而我始终认为学习语文的根本目的就是提高语文能力，用语文这个工具去读文章，写文章，正所谓"授人以鱼不如授人以渔"。所以，我把教学重点放在阅读和写作方法上，多讲具有规律性的核心知识。几分耕耘几分收获，学生们的阅读和写作能力如春起之草，不见其增，日有所长。

在十年动乱期间，对学校教育的冲击最大。特别是"读书无用论"的思想在社会上蔓延。批判"师道尊严"更是破坏了正常的教育环境。当时兵团的现状也是如此。有些学生中途退学，当老师的去做工作，往往无法说服家长。有的家长甚至说"你们那么有知识，不也是来北大荒了吗？我孩子本来就在北大荒，读书不读书都一样。"面对这样的思想我只能哑口无言，当时真是找不出反驳她的理由。也对自己的处境感到隐隐心痛！

为了调动在校生的学习兴趣，老师们不断改进教学形式和教学方法。走出去，请进来；增加实践课，实验课；还自做教具，自绘图表，搞起了直观教学和形象教学。

我讲授《武松打虎》时，索性直接在黑板上画起了老虎，把老虎“一扑、一掀、一剪”的形态动作逐一画出，我边画边讲，学生边看边听，不时发出阵阵笑声，在笑声中理解了词义，激发了兴趣。

殊不知，我画的老虎纯属现买现卖，也算是“急用先学”吧，是备课时向美术老师周京生现学的，尽管有照猫画虎之嫌，但还是做到了“像不像三分样”。课后，还得到了校长的赞许。

众所周知，在任何情况下班主任都最难当，是费力不讨好的“倒霉蛋儿”，已成老师的共识。为了不成为“倒霉蛋儿”，我尝试了“让学生管理学生”的新模式。这不是我的发明，更不是突发奇想，而是看过当时《教育革命》杂志上的一篇经验介绍，我只不过是照方抓药。此方的关键是选好班干部，以班委会和团支部为杠杆，细化分工，明确职责，支持学生干部放手大胆地开展工作。遇到难题，班干们共同研究对策，班主任侧重指导和参谋。

无论是组织球类比赛、排练文艺节目，还是参加学校的运动会、文艺会演，都由班干们操办。那几年，学生参加最多的活动莫过于应和当时政治运动的“大批判”和校内外的劳动。班干部更需要发挥积极带头作用。

每周六下午的班会，都是由大班长刘胜利主持，各班委、组长、课代表分别讲评同学的纪律表现和学习情况。

最后，班长做全面总结，而我旁听，作补充。经过历练，班干部日见成熟，都能独当一面，成为老师的得力助手。我不仅工作轻松了，还建立起如同兄弟、兄妹般的师生关系。同学们在这个温暖的班集体，尽享学习的快乐，不但没人退学，而且还不断转来新同学。

二、偷看禁书

老师要多看书多学习，是提高教学水平的需要，也是师德所在。然而，语文老师想看的书很难找到。因为，在当时的政治环境里，除了毛主席著作、《人民日报》《解放军报》和人手必备的《毛主席语录》几乎找不到任何书籍。涉及语文知识的诗词、文言文更是见不到踪影，即使是中国古代经典故事也不能讲，所以我们当语文老师的最感到茫然和困惑。

怎么办？想看“红书”之外的书只能偷看。于是我把藏在箱底的“封资修”又翻出来，为掩人耳目，包上了新书皮，还写上“语文”两个醒目大字。说也奇怪，一捧起“封资修”的书就爱不释手，百看不厌。

正在自己得意之时，校领导突然找我谈话，直截了当地说：“据反映，你经常看些不该看的书，怎么不注意影响呢？”我当时愣住了，无言以对，便搬出鲁迅做挡箭牌，“鲁迅先生说过要广采百花酿佳蜜，语文老师就得多看书……”领导有些反感，嘴角挤出一丝苦笑说：“别跟我提语文啊，你那些书包上个语文书皮儿没有用，还是找没人的地方看去吧。”我望着领导走远的背影，回味他的话，有批评，也有提示，一片好意。之后，我便有所收敛。

没过多久，一天晚饭前，遇到军务股的何干事，他把我叫到一旁，问我在学校的工作情况，听完我简短的汇报后，便严肃地告诫我："学校是讲政治的地方，对老师要求很高，必须把握住自己，谨言慎行，不能因小失大，有的书最好别看。"接着又是一番叮嘱。

晚饭后，我回到办公室，一头倒在炕上，当时老师办公室与宿舍合二为一。背靠行李卷，两眼发直，校领导的提醒，何干事的告诫，在耳边缠绕，何干事的告诫已是第二次了，第一次也是因为"偷看禁书"。

我调到学校之前，何干事带领团工作组进驻一连，每年来连队的工作组名目繁多，不是路线教育工作组，就是春播工作组，麦收工作组，秋收工作组，来来去去走马灯似的，一般知青和他们接触不多，都是敬而远之，畏而避之。

有一天午休，我靠在行李卷上看《克雷洛夫寓言》，这本书是从同学手中刚传过来的，正看得入迷，不料工作组的何干事打此路过，从我行李后面的窗户往里张望。他的一望可把我吓着了，慌忙把手中的书塞进了行李卷。其实他就是随便一望，如果我不做任何反应也许没什么事儿，这一慌忙塞书反而引起了他的注意，随后便找我谈话。

我做好挨批的思想准备，因为已有前车之鉴。我的同学就是偷看《居里夫人传》被连领导在大会上臭批一顿。其中的批判词我至今没忘。"……他不看毛主席的书，净看乱七八糟的书，还偷看什么……什么夫人传，没出息。"话音未落，便引起哄堂大笑。批判会是在《毛主席的书我最爱读》的歌声中结束的。

这前车之鉴不能不让人害怕，所以与何干事谈话时我主动交代了偷看《克雷洛夫寓言》的经过，力争从宽处理，还反复强调说这书是上厕所用的。何干事见我过于紧张的样子，却面露笑容，轻声慢语地问了些与看书无关的事。当时中国正在修改宪法，他也征求了我对修改宪法的意见。我恢复常态，谈了几点看法，他边听边点头，当听到“宪法中的言论自由，信仰自由还有必要保留吗”他顿时严肃起来，加重了语气说：“有必要，很有必要！这条是不能改的。”我意识到自己说错了，马上自责自嘲地说：“我年轻幼稚不懂宪法，只会胡说八道。”何干事见我又紧张了，便笑着说：“没关系，这就叫言论自由嘛。”然后话题一转：“我也看过《克雷洛夫寓言》，挺有意思。不过，现在还应该把马列主义、毛泽东思想学好，其他书，不该看就不看，注意影响。”下午上工号吹响了，我俩谈话才结束。我三步并成两步地回到宿舍，从那本书上撕下几页，搓揉之后扔进厕所的粪坑里，以此印证“禁书”是上厕所用的。直到工作组走了，我才悬心落地。

想到这些，我倍感内疚，有愧于领导的关心爱护，偷看禁书必须叫停，我一个鲤鱼打挺蹦到地上，把禁书重藏箱底。又像以往那样，“两报一刊”不离手，《新华字典》天天看。

时隔不到一年，林彪事件发生。这爆炸性的新闻震惊了世界，却震懵中国，

国人陷入沉默与深思，一时间感觉茫然与困惑。“红书”开始“褪色”，“禁书”被知青自发解禁，公开传阅。

我自藏的一套《红楼梦》让一连同学借去，从男传到女，从知青传到老职工，不知道有多少人争相传阅，新书看成了旧书，旧书看成了破书，最终传向了何处，不得而知。总之，这套《红楼梦》一去不复返了。在我看来，这是好事，因为它象征着知青偷看禁书的时代也一去不复返了。

作者简历：马志顺，男，1948年12月出生。哈尔滨知青。1968年10月下乡到黑龙江生产建设兵团3师29团。1969年1月调至61团，先后任职于1连，团直中学、组织股。1978年上学离开兵团。现定居天津。

耙片敲响了

邓和平

珍宝岛事件后，连队里备战的气息越来越浓，兵团战士们个个摩拳擦掌，把备战这根弦儿绷得紧紧的，随时准备冲到战斗前线去痛击侵略者。

那时为了备战，我们每天早上出操，白天劳动，晚上搞军事训练。连里还为我们每人做了一把练习拼刺刀的木头枪。一有空闲，大家便拎着木头枪纷纷来到空地上“杀！杀！”地刺了起来，看大家那股认真劲儿，仿佛手里端着的就是一支真的钢枪。

为了多方面增强我们的军事素养，军人出身的指导员罗宝华安排我们夜间轮流值班，还时不时地突然搞一次紧急集合。

这天上午，我一直在和泥、脱坯，弄得腿上脚上全是泥水。吃过午饭，因为下午还要接着干，我就把两条裤腿儿一挽，光着脚躺在炕上休息。还没等闭上眼睛，突然间，挂在宿舍前面的耙片被人“当——当——当”地敲响了，我一骨碌爬起来，一把抓过木枪，光着脚就冲了出去。

“这次任务是急行军，大家都跟上，不准掉队！”

“报数！”

“1、2、3、4、5、6、7、8…”

“枪上——肩！”

“向右——转！齐步——走！”

随着一连串的命令，我们扛着木枪排着队，朝着连队后面的树林急匆匆地跑去。

一路上，我的脚不时地被草棵儿和树棍儿这儿扎一下、那儿硌一下，疼得我龇牙咧嘴，暗自叫苦！我一直坚持着没有吱声，终于熬到训练结束。

在指导员开始列队讲话时，我心里还美滋滋的：我居然光着脚跟着队伍跑完全程，经受住了艰苦训练的考验，是个合格的兵团战士。

“有个别战士，战备意识不强，竟敢不穿鞋参加急行军！这也就是个小林子，如果真打起仗来需要长途跋涉，你还能坚持得住吗？”

我低着头，眼睛紧盯着一双粘满泥污杂草的光脚：是呀，我能坚持得了么？

入冬以后，战备形势依然那样紧张。

一天深夜，“当！当！当！当！”一阵动人心魄的耙片敲击声陡然响起，紧张的气氛令我的心脏狂跳不止。战士们睡眼惺忪地撩开温暖的被子，在黑暗中摸索着套上棉袄棉裤，用脚趟着穿上棉鞋，然后抄起自己的木枪纷纷朝门外跑去。由于多次的紧急集合训练，这次竟然只用了几分钟的时间。

黑夜笼罩着原野，寒风阵阵。战士们排着整齐的队列，个个精神抖擞，认真地听指导员介绍敌情。

“接到上级通报，一个苏修特务窜入我区搞情报活动，上级命令我们立即包围这片树林进行搜索，活捉这个狗特务！”接着，指导员把手用力地一挥，男排和女排兵分两路，呈半弧形向黑压压的密林包抄过去。

还好，林子里厚厚的白雪能让我们看清前进的路径，我弯着腰，端着木枪，紧跟着前面的身影慢慢地向前挪着。零下30多度的气温把我从热被窝里带来的温暖一扫而光，冷风逐渐吹透了身上的棉袄棉裤，没有被棉帽遮严的眉眼部分结成厚厚的白霜。我上牙打着下牙“哒、哒、哒”地响个不止，可两只眼睛仍然努力地注视着周围的一切。

突然，树林中仿佛有几个黑影儿在晃动，我们的心一下子提到嗓子眼儿，还没等我们看清楚，只听有人用俄文厉声喊道：“缴枪不杀，举起手来！”随即我们就被扑倒在雪地上。这下可真遇到敌人了，我的心“咚咚”地跳个不停。正当我们与敌人搏斗时，这几个人竟哈哈地大笑起来，我定眼一看，原来是一排的几个男战士搞的恶作剧！

这几个“苏修特务”真可恨！要不是厚厚的积雪垫着，我们不定多倒霉呢！

演习结束了，我们女生排悻悻地回到宿舍。我刚摘下满是冰霜的帽子，一个战友突然惊叫道：“快看你的脸和耳朵都白啦！”我用手一摸，呀！摸到两块硬壳壳儿！这可怎么办呢？这时指导员刚好走进来，他说：“马上取点儿雪来赶紧擦一擦。”说着转身出了房门。

指导员双手捧着冰凉的白雪亲自为我揉擦了好一会儿，脸上的硬壳儿才慢慢软了下来，但随即就是火辣辣的疼痛，那滋味可不大好受，但我的心里却充满了感激和温暖。

后来，钢枪真的发了下来，我成了一个名副其实的武装战士。

多少年过去了，“当、当、当”的粑片敲击声犹在耳旁……

排演《红灯记》

徐德生

1970年的冬天，我被调到团文艺宣传队参加样板戏《红灯记》的排演工作，担任京胡伴奏。全队二十几个人，队长王康山带领大家艰苦奋斗，白手起家，从布景道具到一切演出所用的物品都要我们自己来制作。有练武功的，有练唱腔的。我在下乡以前有点京剧基础，就要帮助演员行腔调韵，再和乐队的其他同志合练。经过几个月的共同努力和领导的支持，在麦收前，终于把一台完整的京剧，排练得有模有样。

到了彩排的时候，团里的首长和部分连队的领导到场审查指导，3 连的大食堂座无虚席。随着开场锣鼓的响起，队员们在大幕拉开之前的紧张情绪慢慢地稳定了很多。第一场李玉和唱完了第一段，我们俩有一个眼神的交流，我们俩同时心里就有底了。演出结束后各位领导和我们一起在后台进行现场总结。政治处主任张书芳给了我们很大的鼓励，让我们继续努力，精雕细刻，每一个细节都不能放过。不久以后就由宣传股干事赵潞喜带领我们开始了全团的巡回演出。每到一个连队大家顾不得车马劳顿就一起搭布景搬道具，做演出前的准备。每次演出都受到连队领导和战士们的欢迎。

转眼两年过去了，现代戏不演了，我回到了原来的连队，仍然在工程 1 连当瓦工，建设新团部。在我们刚刚来到北大荒的时候，团部公路两边连一块砖头都没有，只是在树林旁边有三栋办公室的地基静静地躺在那里。是我们这些知青和原来的一些老职工一砖一瓦地累积，用 9 年的时间在荒无人烟的草甸子上建设成了有医院、招待所、银行、邮局、商店、学校和汽车修配厂等配套设施的新团部。

1980 年我又参加了全团文艺会演，年底参加全管局文艺汇演，取得了很好的成绩，评为全管局第二名。1983 年我作为教练员带领团足球队参加管局运动会，取得足球比赛第一名，同时我被评为最佳裁判员。在北大荒 15 年的时间得到了锻炼，增长了知识，同时收获了爱情，并有了一双儿女。在这里不能不说我的爱人崔玉棉，她是 1973 年调到我们团工程 1 连的，从相识、相知、相爱到结婚，有了我们爱情的结晶。特别在 1978 年大批知青返城的时候，我的情绪

很低落，是她给了我很大的安慰。在工作上鼓励我、支持我，生活上的关心和百般的照顾使我的情绪慢慢平静下来。1985 年回到天津后我们从零开始，白手起家，克服了各种困难，又是她给了我们一个安定的生活和工作。起早摸黑地工作，总算日子越过越好，这些都是她做出不懈努力的结果，我非常感谢我的妻子崔玉棉。

作者简历：徐德生，男，1951 年出生。天津知青。1970 年 5 月下乡到黑龙江生产建设兵团 6 师 61 团，先后任职于工程 1 连、5 连、团部招待所。1985 年返津。

亲历那个难以忘怀的场景

鲁和平

从创业人家网上看到小康大夫写的《你看，那是什么？》的文章，作为亲历者不时在脑海里回放当时的情景。

记得那是1969年的三四月份，刚去10连建点没多少天。此时在内地已是春天，树绿花开了，而在北大荒人们还穿着厚重的棉衣。那个季节北大荒的天气是白天太阳出来阳光一照荒原的雪就溶化了，太阳落山夜晚寒冷，刚化成的雪水又冻上了，可谓春寒料峭。

一天早上6点左右，10连吹哨集合整队出操。连队刚组建，各方来的也就三十几个人。全指导员带队跑步，大家排队跑完几圈后，指导员就宣布队伍解散，准备吃早饭。解散后，全指导员、我、周石琪、刘芸、小康大夫等人就往连队边上的小树林走去，去的目的可能是想找找树上有没有“猴头”（一种菌类），还是打算挖野菜，记不清了。刚进入树林没走几步，全指导员突然手指着前方用浓重的四川话问我们：“看，前方是什么？”顺着他手指的方向，我们几个人加快了脚步，走到跟前才看见是一个人，此人仰面朝天，身子直挺挺的，脸漆黑牙雪白，身上穿着蓝色的棉衣棉裤，头上戴着黑色棉帽子，身边还有一副棉手闷子，看样子30岁左右。他周围有一包迎春牌香烟，已拆开，一盒火柴打开洒了一地，一条腿上打着黄绑腿带，另一条腿上的黄绑腿带松开了拖在地上有一两米长。不远处还堆放着一些干树枝及其他散落着的长短不齐的树枝，现场十分凌乱。因为当时年轻，又有几个人在身边，并没有感觉害怕，只是想他是谁，怎么会躺在这。我们几个分析，认为这个人是迷了路，又冷又饿，想取暖没点着火，想呼救，百里荒原人迹罕见，怕把狼招来，最后冻死在荒郊野外。

人命关天，发现死人是大事，连领导立刻向团部保卫股报告。下午团部来人来了辆四轮拖拉机，勘查现场。随后支凤儒副连长（当时是10连机务副连长、后来是23连连长）带着我们几个人拉腿拽胳膊的把死尸装车拉团里处理去了。

后来才听说，这个人叫梁二虎，大概是25团上山伐木的职工。家中有急事才大雪天回家。可能是过于自信了，在回家途中迷路命丧黄泉。当时61团刚刚组建，没路没电没有任何标志，各连队也刚建点，没有多少人，只有几顶帐篷，也建在不太明显的地方。当时的形势是"备战、备荒"，"准备打仗"，连队建点都选在比较隐蔽的地方，不容易被发现，也免得被苏修飞机轰炸。听老同志讲，1969年的雪大，这个人冻死后被大雪掩埋，否则早被野狼吃了，全尸都落不下。春天雪开始溶化，才被我们发现。想想在兵团建点时听过几起人员迷路的故事，当事人都是经历了九死之后，方才捡条命。事隔四十多年，我为什么对当时的情景记得那么清，可能是因为在荒原第一次见到死人吧，印象深刻，原本对建点的事就印象深刻，对较恐怖的场景就更不容易忘怀了。

我想，人的生命只有一次，还是应该珍惜。

青春点滴

刘宝国

2013年的5月29日，是我们远赴黑龙江生产建设兵团的44周年纪念日。40多年来，祖国发生了巨大变化，我们也已经从十七八岁的年轻小伙儿变成了满头白发、步履蹒跚的花甲老人。然而，几十年来，黑土地情怀、北大荒情结，却是我们生命中挥之不去的记忆。每每忆起青春旅程中的点点滴滴，总会心潮澎湃。那山、那石、那草、那树，那些东北汉子们黝黑的脸庞、方言俚语，总会让我们激动不已。回顾我在黑土地上，生活工作的一千五百多个日日夜夜，感慨良多，择取个人所思所感，记叙几个片段，以示纪念。纪念已然逝去的青春岁月，纪念我们的兵团生活。

一、献血融入北大荒

1972年初秋时节，紧张忙碌的麦收结束了。遵照于长孝连长“歇人不歇马，不下露水不收工”的命令，十几天来，整个连队昼夜奋战，人困马乏，体力严重透支。麦收结束了，颗粒归仓了。连长下令休整一天。整个营区一片寂静，大多数人都在睡梦中。我由于第二天还有运输任务，机车又急待保养，下午三点多钟悄然起床，拖着疲惫的身躯，将铁牛 55 开到火锯房前。清洗机车，清洗三滤，换机油，加柴油。那时年轻，待到机车保养完毕时，已经一扫酸懒，精神焕发了。正在这时，只见一位战友急促跑来，边跑边挥手："快着车，有病号！"听到此，我急忙发动机车，在战友的帮助下挂上拖车向营区开去。

来到连队卫生所，见到卫生员上海知青小卫（卫永明），正在把左手放在连队会计胡凤琴的腹部，右手敲击进行检查，表情凝重。几分钟后站起身来，小声告诉连长：腹腔出血、必须马上送团卫生队。

拖车上铺上几条麻袋，战友们把会计抬上车，拖拉机变成了救护车，我和卫生员护送着会计，开车向团卫生队急驶而去。

经团卫生队医生诊断，会计胡凤琴腹腔大出血，治疗中急需输血。我和小卫没有丝毫犹豫，撸起袖子、伸出胳膊。验血结果我是 O 型，符合献血条件，200 毫升鲜红的、天津小伙的鲜血输入了当地老大姐、会计胡凤琴的体内。从此我知道了自己的血型，感受到了鲜血流出自己身体后瞬间的虚弱感。

天色已晚、会计住院了，还需要大量的鲜血。我和小魏又匆匆开车回到连队，向连长汇报后，又拉了一车人回到卫生队。当晚又有几位同志为会计输了血，有上海知青，哈尔滨知青等等。我们的鲜血与当地青年的鲜血溶入在一起，各大城市青年的鲜血融入了北大荒的黑土地。

这段往事已经过去了四十多年，回顾起青春年少时走过的路，做过的事，内心充实、无怨无悔。

二、连长的"古老肉"

61 团 5 连连长于长孝，人称于大包，军旅出身，一身正气、作风干练、走路生风、讲话条理分明。我们在他的领导下走过了 4 年的青春岁月。

老连长能经营、善指挥、会管理，开荒他开第一犁；播种他播头一粒；粮库送大豆，他要跟着第一车，验完成色才放心；打井盖房总是身先士卒，走在前面，把5连100多个新老员工管理得井井有条。然而4年多的北大荒生活，老连长留给我印象最深的还是这位东北民间业余大厨，节假日为青年们下厨做饭的情景，尤其忘不掉的是连长做的“古老肉”。

每逢节假日，连长总是围裙一扎，套袖一带，头上戴顶白色的烹饪帽，一头扎进厨房，为连队做上十几桌丰盛菜肴，而他做的“古老肉”最受知青们的欢迎。饭点将至，知青们围桌而坐，没有矜持、没有含蓄、风卷残云、大快朵颐、大口喝酒、大碗吃肉。十来人一桌竟要喝掉一塑料桶的“北大荒”，而最先净盘的一定是“古老肉”。那时5连知青们有一句顺口溜“先吃古老肉，再吃焖黄豆，大口喝烧酒，不醉不罢休。”

40多年过去了，老连长于长孝已经作古，然而分布在祖国各大城市的当年的知青们，依然怀念他。怀念他的为人、为官，怀念他下厨做的“古老肉”。

“古老肉”已然成为他留给黑龙江生产建设兵团61团5连的饮食文化遗产。

七八年前，古稀之年的老连长曾携老伴，哈尔滨、上海、北京、天津各地走了一圈，看望他当年的孩子们。每到一地，凡61团5连知青，均蜂拥而至，看望他们的老连长，举行盛大的宴会，欢迎他的到来。谈往事、叙真情，帮他洗澡，陪他聊天。现在想来，当年100多个远离家乡、远离父母的十七八岁的各大城市的男女青年，在他的庇佑下，没有闪失、没有伤害，许多人还入了党、提了干，锻炼了自己的才干，茁壮成长。几年后全须全尾地回到了自己父母的身边，回到了自己所在的城市。老连长于长孝为首的连队领导班子，功不可没，功德无量。老连长堪称是为官楷模，党的好干部。老连长我们怀念你，有了你，天堂也有“古老肉”。

三、师傅大夏

我来到61团5连后的几个月，就被选中进了机务排，而且上了铁牛55小型车，现在看来开个拖拉机算什么，而在当时却是众人瞩目，特别是驾驶全连只有一辆的轮式拖拉机。我的师父大夏是我进入社会后的第一个技术领路人。

大夏中等身材，山东人，操一口浓重的山东方言，口中一颗金牙，刀削一般的国字脸，棱角分明，当年三十五六岁，正值壮年。

师傅是五连机务排技术特别过硬、特别全面的师傅。各种机型全能，看到我这个聪明俊朗的小伙儿给他当徒弟，心中高兴，表面却不露声色。见面第一句话：“跟着我学徒开车，手要勤、嘴要勤、脑子要勤。一句话，学艺学艺、两手杵地，杵上三百六十天。师傅告诉你一句，其他的要靠你自己的悟性。”话是这样说，其实师傅言传身教，率先垂范。刚开始最让我不能接受的是，他只说一遍，你一次做不好他就给你脸色看。正是如此，激发了我潜心学艺的动力。一个多月后，但凡出车，师傅总是坐在副驾驶位置上让我开车。换挡、两脚离合，齿轮箱不能响；踩油门，要像踏浪一样悠着走，这样跑在砂石路上即不颠簸，行进速度快，又省油；倒车、挂拖车要一挂准。机车保养时，师傅要14号扳手，你要是递错了，他会狠狠瞪你一眼，顺手把扳手扔出去老远。你要乖乖跑去拿回来，重新把正确的工具递给他。机车要时时保持干净，锃明瓦亮。几个月后，师傅认可了我，我也适应了师傅的脾气。

机务排都是一帮"嘎小子"，印象最深的是当年的"一品盆"。所谓的"一品盆"就是万能的洗脸盆：早晚洗脸洗脚；白天保养车找不到容器，就用它装汽油；秋天到了，时不时用它来炒黄豆；冬夜里尿急，就用它撒尿。就是这样一群不修边幅，生活上不讲究的人，在技术上却一点不含糊，经常由几位老师傅挑头，私下里进行技术比武。每到这时，师傅就面带微笑，下巴一抬："宝国（东北人叫我抱果），启动车，挂拖车。"然后抬起拖车三脚架，等着我挂拖车。经常的训练，练就了我倒车一挂准的技能。倒车完毕，师徒二人得意的样子我至今难忘。

在师傅的严格要求、悉心培养下，我的开车技术突飞猛进，几个月后就能独立出车了。当年我与师傅二龙山拉石头，富锦县送大豆，饶河农场拉土豆种，周围方圆一二百里的半径内，基本上跑了个遍。

左起：夏善为、我师傅夏善鹏、吕法春、刘宝国、杨春城、刘凤鸣、张鹏、刘永来、李怀成

师傅严谨求实的作风，一丝不苟的技术风格，潜移默化地传递给我。40多年后，

当我从设计院技术总工的位置上退休时，回想起来，大夏——我师傅，我的第一位技术领路人，不仅教会了我开车，重要的是，师傅造就了我严谨求实、追求完美的作风。几十年过去了，师傅应该已是古稀之年了，你现在生活好吗？身体可还硬朗？远方的徒弟一直在想着你。

兵团的生活是艰苦的，然而艰难之中有幸福。幸福是什么？幸福是一种感觉。只要有追求，就能苦中作乐，苦中求乐。在北大荒的 4 年中，我深深体验到了官兵情、战友情、师徒情、姐弟情、兄弟情。正是这种情、这种爱，让我们在艰苦的环境中，互相支撑，互相鼓舞，互相支持，正是这种情给了我们青春的正能量，激发了我们前行的动力。

人生是个舞台，历史丰富多彩。当中国第五代领导集体，登上中国政治舞台的时候，我们欣喜地发现，他们中大多数人与我们有着共同的经历。作为同龄人，我们为他们喝彩，为我们共同的经历喝彩。存在的都是合理的，既然历史让我们这一代人，从黑土地走来，从黄土地起步，那么，怎么能让我们在回首往事时，不充满了知青岁月的情怀！

祝愿我们的第二故乡——北大荒，不再荒凉，生机勃勃，充满希望。

作者简历：刘宝国，男，1952 年 2 月出生。天津知青。1969 年 5 月下乡到黑龙江生产建设兵团 6 师 61 团 5 连。1973 年返城。

青春在磨砺中成长

李秋平

1969年末，由于中苏边境的紧张局势，上级批准成立武装连。我和广川、茂兴，一共十几人从10连调到武装11连。

那正是冬天最冷的时候。我们每天都在军训和伐木，生活紧张而有序。每天晚上轮流站岗，两个小时一换岗。如果赶上晴天，北大荒的夜里是很美的，满天的星星一闪一闪的，似乎离我们很近，感觉比天津的星星亮得多。我望着北极星，心想也许毛主席还没有睡吧，正在北京的中南海考虑国家大事呢。每当我想到这里，心中就会产生一种无穷力量。为了保卫边疆，保卫毛主席，我必须站好每一班岗。我睁大眼睛仔细观察，就怕真的有情况而没发现，耽误了国家大事。那时站岗若没有风的时候感觉还是不太冷的，但是一刮风就不好过了，穿着棉衣的感觉和没穿衣服一样，但是没一个荒友说一个“冷”字。

有一天夜里，司号员的紧急集合号突然把我们从梦中惊醒。我紧张得连穿衣服的手都在发抖。指导员接到团部通知，有一架苏联飞机入境，空投了2名间谍，命令我们迅速搜捕。我们深一脚、浅一脚，在荆棘丛生的树林里仔细地搜索着。树枝刮伤了我们的脸，有人冻坏了手脚，有人冻白脸，却没有人吭声。有的地方积雪很深，没人去过的雪地是暄的，人走上去就会陷进去。走着走着又有人陷了进去，没过腰了，大家把她拽上来。就这样我们艰难地走着、爬着、滚着，很奇怪没有发现任何目标。回到连队才知道，原来是演习。

有一次，我们背着背包扛着枪跑步去团部开会，从排头开始顺序每人背一段毛主席语录。一路接力背下去，群情激昂。我的背包很沉，因为来北大荒时，我母亲知道东北的冬天气候寒冷，棉花絮得很厚。这被子不仅背着沉，而且也叠不出豆腐块的形状。我从团部回到连队就把被子拆了，把棉絮撤出来一半。又打开箱子，把棉胶鞋和一些用不着的东西拿了出来，第二天和棉絮一起送给了老职工。当时考虑要打仗了，生死无常。跑不动，掉了队不就成俘虏了。被子薄了背着轻便，万一牺牲了呢，这些东西留着也没用……今天的年轻人会感到我的想法很是可笑，可我那个时候就是这样的幼稚和纯真，是我真实的思想。

有 50 多万中国青年进驻到这片荒蛮的黑土地，那里有我们的欢声笑语，也有我们的苦与痛。浪漫和凄凉伴随着我们，留下了 50 多万人的青春记忆。我们每天早上，在起床号声中拖着困乏的身体出操。出操完毕回到宿舍，值班员已打来热水，我们急忙洗漱，踩着吃饭的号声走进食堂吃早餐。一年四季，基本上早晨、晚上都是吃馒头、喝各种萝卜汤，中午是炒各种萝卜或炒土豆或炒白菜加馒头。吃完早餐，大家带上馒头排队进树林子伐木，一路歌声：“抬头望见北斗星，心中想念毛泽东，想念毛泽东，迷路时想您有方向，黑夜里想您照路程……”知青们用火热的青春、辛勤的劳动向北大荒挑战。迎着寒风，口渴了就吃口雪。没有一个人喊苦，更没有一个人偷懒。那个时代造就了每个人比着干的精神，不甘落后的思想。中午了，排长带着我们找一块空地，大家再找来干树枝点上火，一起体验火烤胸前暖，风吹背后寒的野外生活。大伙围坐一圈，一边烤着火，一边烤馒头吃。馒头冻得梆梆硬，用牙是咬不动的，我们只好烤一层吃一层。大家的歌声、欢声笑语声不断地传出树林子，传向蓝天白云……夕阳西下返回连队时，没有一个人是空着手的，而是顺便把伐好的木头带回去。别人扛一根，你就要扛两根，而且还抢着扛粗的……虽然是寒冷的冬天，但是我们却浑身冒汗，谁也不甘心落后。我们打着绑腿，但是回到宿舍棉胶鞋还是湿透了。每天晚上大家把棉胶鞋放在炉子上烤干，第二天接着穿。炉子是用砖砌的，从炉口到烟筒有很长的一段烟道，正好可以放下一个班所有人的棉胶鞋、鞋垫、手闷子。

1970 年的初春，在北大荒冰雪还没有完全溶化，早晚还是要穿棉衣的。可节气不饶人，春播就要开始了，连里派我们姐妹到地里去挖水沟排水，为春播作准备。

姐妹们几乎每天都会有人赶上生理期，我们这些十七八岁的女孩子，带着生理的病痛，义无反顾地踏进刺骨的冰水，当场有人大出血。那时的我们只知道忘我地蛮干，姐妹们风雨同舟、互相搀扶着，顽强地坚持到播种的那一天。那种痛、那种苦是现在年轻人无法理解也无法想象的。我们用稚嫩的肩膀担负起历史的重任，10 年之中，我们为国家上交了千万吨粮食，创下了不朽功绩，留下了我们兵团战士的坚韧足迹。

麦收就要开始了，这可不是我们在天津近郊参加劳动，拔麦子一哈腰就到地头了。现在我们站的地方，一眼望去是一片金黄一直与蓝天相衔，是看不见地头的麦田。北大荒的夏天，太阳照样炽热如炙，麦田里一股股热浪向我们袭来。姐妹们的嗓子冒烟了，被麦芒扎过的胳膊、大腿，浸在汗水里火辣辣地疼。我们只能忍着炎热，穿着长袖衣长裤。有的荒友因为怕蚊子、“小咬”钻进去还穿着秋衣、秋裤。兄弟姐妹们承受的劳动强度可想而知。我感觉自己的腰都快要折了，很想直一下腰，但是根本直不起来，只能慢慢地一点一点往下趴，最后躺在了麦垄上。那时我最佩服的就是那些一路向前不见直腰的荒友。那段时间，晚上做梦都在割麦子。梦见我的腰一点也不疼了，和兄弟姐妹们一路向前，唰唰地割麦子。实际上我却根本没这本事，这成了我一生的遗憾。

直到我 29 岁怀孕生产时才知道腰痛已落下病根，至今我干不了弯腰的活，每天扫地只能坚持一两分钟。

那年麦收之后，我的踝关节、膝关节、手关节多发性骨质增生，腰的疼痛造成活动受限。连队卫生室的大夫给我开了转院证明，到了团卫生队，大夫说是“类风湿”。又给我开了去汤原的转院证明，那时候的汤原医院就是兵团医院。在汤原还有一个六师的物资转运站，我在那里还见到了小学同学宝生。我们是一个大院长大的孩子，所以他陪我来到汤原医院。看病的大夫是个五十岁出头的军医，高高的个子、戴着一副高度近视眼镜。他一看我的情况，又开了一张转院证明，说：“姑娘耽误不得，快回家去治疗吧。”我和宝生立即回到转运站给连队领导写了封信，又给一起来的同学写了封信，连同转院证明一起放进了邮箱。第二天，宝生送我到火车站，转道哈尔滨回天津。

我父亲带着我在天津总医院、天津铁路医院、天津的 254 医院、北京的 103 野战军医院、北京的 256 医院都看过病。在北京 103 野战军医院住了月余，总算有了效果。那时思梦（我的发小）的父亲很是心疼我，已找人联系好要把我先调到牡丹江日报社，再转回天津日报社。我说：“那我不就真的成了半截革命啦，当时分配我去北大荒，我就要坚持到底。”正好小学同学东东在山西插队，也回来了，瘦了许多。听他讲在山西只能拿土豆当粮食吃，很苦的，生产力相当落后，文化也很落后，基本没有女孩子上学的，当地农民认为女孩子长大就要出嫁，就是婆家的人了，上学没有用。我和思梦的父亲说：“伯父，听到东东说的了吧。我们那吃的是白面馒头，过的是集体生活。我现在病好了，一定会干出成绩来的，您就放心吧！”

三个月后，我回到连队。连里根据我的身体情况，调离了武装连，让我跟着丁大爷种菜。正赶上摘菜的季节，我每天和老职工的家属们一起摘菜，稍加整理后准备储存。天气冷了，我和指导员的家属何姐、滕师傅的家属李姐、哈尔滨知青俊青，一起下到菜窖干活。我们每天把这些菜从这头倒腾到那头，气温要保持在0℃以上，不然菜就冻了。但同时又不能超过4℃，不然白菜就要烂。有一天丁大爷和何姐码白菜，每层之间要垫几根玉米秸，以便通风，可是白菜码一会儿就塌了。丁大爷把我叫了过去帮忙。我想白菜总塌就是不平衡，所以每码一层时，我都看好可放白菜的位置，大小棵搭配着放，尽力保持白菜的平衡面，真的白菜码再高也不塌了。从那之后丁大爷很是喜欢我，而且知道我有病也很照顾我。转眼就到了应该种菜的时候，但是天气还很冷，雪还没有化呢。只能先育苗，等待适合的气温再移植到地里。丁大爷带着我，在离场院不远的地方用秫秸围起了一个有25平方米的院子，就和现在的种菜大棚一样，只不过是在院子里放置了十几个用木头板订成的框子。木头框子里面盛上黑土，种上各种蔬菜和瓜果的种子，玻璃上面再盖上草苫子。每天要打开通风，有太阳时就多晒会儿，天气冷了多盖一层草苫子。每天不厌其烦地打开草苫子，打开玻璃，拔草、浇水；没太阳了再盖上玻璃，盖上草苫子。看着小苗一天一个样，心中不免十分喜悦。

到了冬天又要下菜窖干活了，由于我的“类风湿”病犯了，浑身痛得厉害，关节活动受限。菜窖环境阴湿，上下还要爬梯子，这活我实在是干不了了。可我又不想休息，正好猪号要人，赵大爷当时是农工排的排长，让我去猪号养猪。丁大爷恋恋不舍，到了蔬菜下来时就喊我去菜园吃西红柿，瓜熟了就喊我去吃甜瓜、香瓜，还有大西瓜。瓜还是那样甜，那样香，只不过物是人非，我已经成了这里的过客。

当时老职工韩大爷在猪号当班长，有北京的方方、天津的真真、四川的蓉蓉，还有本地的英子和我，大家都十分融洽。记得蓉蓉很能吃苦，是蓉蓉教我怎样打扫猪舍，怎样放猪，怎样帮母猪下崽……学了不少知识。有一次两只小猪崽病了，眼睛里长一种很硬的和脆骨一样的东西。蓉蓉每天让我抱着小猪崽，她拿着针把东西挑起，再用剪刀把它剪下来……没想到小猪崽还真好了，我俩十分高兴。当时的兽医，归国印尼华侨老谢说：“Long live Mao Zedong！你俩还真行。”

春天到了，每天早上我们轮流去放猪，剩下的去打扫猪舍。韩大爷煮猪食，是喂给猪舍的母猪的，还有两头是种猪需要喂精饲料。虽然是轮流去大草甸子放猪，可我和蓉蓉放猪的时候最多。我也很高兴去放猪。一路上我和蓉蓉赶着

头猪唱着歌："人人哪都说江南好，我说边疆赛江南，哎…来来来…哎…赛呀赛江南——"猪好像很爱听我们唱歌，一路哼哼着进入大草甸子。猪很喜欢吃那里的草，进了草甸子就不抬头了。我们只要看好领头的猪就行了，因为其他的猪全听它的。我和蓉蓉便躺在草地上各想着自己的心事，看着蓝天白云而心旷神怡。白色的云彩随风在不断地变化着，蓉蓉则不停地说着，那朵云多像一条龙；那朵云很像只兔子，你看竖起的两只耳朵；还有这一朵，像不像母亲搂着个孩子……我看着看着流出了泪水，我们都哭了……蓉蓉突然说："别哭了。我告诉你吧，别看我们人的眼睛有双眼皮的，还有单眼皮的，可是猪的眼睛都是双眼皮呢，尤其是小猪崽好看得很呢！不信你就看看。"我一看还真是的，全是双眼皮。蓉蓉嚷嚷着："该回去了。Le…LeLeLe…Le。"我也跟着喊着猪"Le…LeLeLe…Le"，把猪赶在了一起。唱着歌："日落西山红霞飞，战士打靶把营归，把营归，胸前的红花映彩霞，愉快的歌声满天飞……毛主席夸咱枪法数第一……"那是我最快乐的时候。回到了猪舍，头猪带领着仔猪进了猪圈，因为它们吃饱了，所以很是听话。

1972 年 2 月连队批准我和另外 3 名男荒友回家探亲。一路上为照顾我的身体，行李都是他们帮着提。假期快结束时，我见到了从部队赶回来的思梦。他看着我不仅没有长高反而矮了两厘米的身体很是心痛，不问便知我吃了不少苦……我平生第一次看到他情不自禁地流下了泪水 。

思梦的父亲又一次提出调我到牡丹江日报社的事情，只要我同意马上就可以办理手续。我说我真的不想去，在北大荒我毕竟还能坚持。尽管父母依依不舍，但我们还是按期乘上北去的列车归队了。

回到连队，因猪号已有别的荒友调去喂猪了，我只能去场院干活。虽已到了 3 月份，但是西伯利亚的寒流仍不愿离去，那北风一刮透心凉，穿着棉袄和大衣根本不顶事。我一直坚持着，坚持到天气变暖，坚持到麦收，场院热闹起来了，和荒友们开始了忙碌的麦收工作。

那时由于北大荒的特殊气候，我们龙口夺粮，水中捞麦。不论是卫生员、会计、文书全体上阵，我们自然也要上。到处可见浑身是泥，跪着割、爬着割、用手拽的荒友们。有不小心镰刀砍在腿上的，有手上起血泡的。慕容跪在地上，用手一把一把地拔麦子；德芳的镰刀不小心砍在了腿上，鲜血直流。那时候有一句口号叫作“革命化打败机械化”，艰难和困苦磨炼着我们，晚上回到连队还要拖着疲惫的身子，劈木头样子烧炕。在北大荒的日子就是这样一天天过来的。

时间过得很快，一晃又到了冬天。我在场院干活，腿快走不了道了，腰也弯了。再在场院干一冬，也许真的不会走路了。赵大爷说：“让你休息你不休，要不你去水房烧水吧，就是怕你提不动那桶水。”我说：“去，总不能待着吧，有活干就行了。”不能半截革命的意念一直支撑着我。到了水房是和北京知青茂和合作。每天茂和用水桶从水井里把水打上来，我接过水桶，提起来倒进通往锅炉的水槽里。半天坚持下来，到医务室拿了止痛药片，又能坚持一下午，晚上再去了医务室拿止痛药片。晚上睡觉时两只胳膊不知往哪里放好，腰的下面垫了一个枕头，胳膊肿起来了，就这样坚持着。每天就靠吃止痛药片挺了过来。我很高兴，总算把这活干了下来，也有一种成就感……

每个人都有不一样的青春，我的青春就是这样，可以把她命名为——坚持。

作者简历：李秋平，女，1951年3月出生。天津知青。1969年5月下乡到黑龙江生产建设兵团6师61团10连，1969年底调入11连。1975年离开兵团调至山东。1985年调回天津。

情未了

——刻骨铭心的回忆

邢素文

回城都三十多年了，可我还经常在梦中回到北大荒，我的青春、我的梦想都留在了那里。1969 年至 1979 年，3600 多个日日夜夜在那里度过，构成了我生命中不可缺少的一部分。十年的兵团生活就像一部连续剧，那是我们那个年代知青生活的真实写照，是我们拥有的宝贵财富。人的一生能有几个十年？

让我难以忘却，常在梦中浮现的还是在 1 连猪号放猪、喂猪的场景。在兵团的十年，我有七年都在猪号喂猪。对于猪号我就有着难以割舍的感情。

1 连的猪号建在连队的北面不到一里地的地方，一排几十米长，一面坡式的草房，墙体的阴面都是用切块的草筏子垒起来的。阳面及房棚是用大坯垒起来的。房子的一半用来做母猪的产房及仔猪的猪舍，另一半隔了两间小屋，一间兽医室兼男宿舍，另一间是女宿舍。最东面是一大间，南侧有两个大窗户，下面垒着两个大灶台，两口大锅，一口做豆腐、烧水用，另一口烧猪食。出了房棚门十几步远就是一口井，打水还是很方便的。

记得那年我被连里调到猪号当班长，黄连长找我谈了之后，我想也没想就接受了，养猪好啊。哪知道当了猪号的班长，猪的吃喝拉撒睡、猪的产仔、冬天的防寒越冬等等一切事，都要我们自己安排，责任重大。既然答应了连里到猪号，就好好干吧，没说的。

记得那年雨季，一天雨下得很大，农工班的战友们都在雨休，我们也不能放猪了，只好烧猪食喂。肥猪圈、母猪圈、种猪圈里的猪就像大合唱一样，嗷嗷叫个不停，等着我们喂。下雨天往猪槽子里挑猪食，地上都是泥浆，就已经很不容易了。但是猪吃完了，圈猪就更不容易了。猪太多，猪圈的条件差，干的地方少，猪只要放出来，就不想进圈。我们几个人围追堵截都不行，猪特利索，瞅准了一个空子就蹽了。我们好不容易才把所有的猪都赶进圈里。雨时大时小不停地下着，那天晚上天阴得厉害，雨越下越大，吃过晚饭我们几个说了一会话，就先后睡下了。后半夜我们睡得正香，就听到一阵阵滚滚雷声，夹着闪电。猪嗷嗷狂叫，不好，炸圈了！我们赶紧起来查看，猪都跑光了，急死人了。天刚亮雨还在下，我们赶紧先到连队附近的地里找猪，没有。我报告了连里，黄连长让我们吃过早饭赶紧分头到远一些的地号去找。

我负责到一号地找。一号地在猪号的后边很远的地方，那片地很大，我们经常去哪放猪。我从马号借了一匹小黑马（小黑马个子矮脾气好，平时我们经常骑它，听话好骑），骑上马就向一号地出发了。小黑马开始还很听话，到了一号地我发现地上有很多猪蹄子印，往里走就看见猪分成好几小群。我试着把猪往一块赶，没想到猪不听话，小黑马也不听话，可能是累了。我拍了它屁股几下，它急了，尥起蹶子把我从马背上甩了下来。我摔在地上，睁开眼那一瞬间，小黑马的蹄子正从我的眼前掠过，吓死我了。我下意识地闭上了眼睛，一会没什么动静才从地上爬起来，看到小黑马在离我不远的地方站着。我很感谢它没踩着我，但再也不敢骑它了。我一瘸一拐地去赶猪群，回头看小黑马朝着连队方向跑回去了。这时，猪号班的战友赶来了，一起把猪赶了回去。我们全身上下都跟泥猴一样，回去后，我们烧了一大锅水，从头洗到脚，又洗了衣服，一直折腾到中午才完事。就是这样，没有一个人叫苦喊累，我们很自然地接受了这一切。

经过了那次炸圈，猪号班战友商量着要改变一下猪号的环境。我计划再搭一个大一些的肥猪圈。然后在猪号房前十几米的地方挖一条三米多宽，跟猪号一样长的沟。这样喂猪时把猪圈在房前，两边各有人守住，三米多宽的沟，猪也跳不过去，圈猪就方便多了。挖沟的土还可以垫在房前。商量好了，我们就利用放猪的间隙，开始备料，大家一起动手到猪号后边的小树林里伐了很多小圆木。连里锯木场的板皮也被我们拉来了。奋斗了几天，简易的露天猪圈搭起来了，猪圈顶棚我们还苫上了羊草，下雨不漏，地上还铺上了板皮，看到猪待着舒服多了，我们都很高兴。记得猪号前边的那条沟我们着实挖了一阵子，功夫不负苦心人，日后这条沟我们受益匪浅。就是这样猪号班的战友，日复一日，月复一月忙忙叨叨地干着，总有干不完的活，我们觉得很充实。

1连有二十头左右的母猪，每年是冬夏产仔。母猪都被我们起了名字，老太婆、大老黑、大花……为的是做好产仔前的记录。母猪是配种后三个月三个

星期零三天预产期。我们在母猪产仔前把一切准备工作都做好，按照时间，安排母猪进圈产仔。夏天还好办，天长夜短又暖和，就是蚊子多了点。冬天产仔，准备工作就得从防寒越冬开始，一点都马虎不得。房檐每年都下沉，针大的缝，斗大的风。我们早早地就开始做防寒越冬的准备，不外乎就是和大泥抹房沿，堵窟窿。这些活，我们都不在话下。冬天母猪产仔前，要准备足够的阳草铺圈，北大荒不缺阳草。可就是第一年我刚到猪号，由于没有经验忽视了备草这件事，实际上猪号房栅后面连里给拉了很多草，让猪拱、牛踩糟蹋了不少，到了猪产仔垫圈时就不够用的了。急得我赶着牛车全连到处找草，场院边坯场边的草都被我拉了回来，抖掉上面的雪，晾一晾都用上了。接受了这次教训，转年，我们早早地就把大量的草运到了空圈内，房栅后的草，尽量垛高、垛好备用。

在北大荒的十年，我有七年就是这样年复一年过来的。艰苦的工作环境，培养了我不怕困难的性格，同时也培养了我独立完成各项工作的能力。北大荒就是一所大学校，在这所大学里我们经受了身体上、意志上的磨炼。我们精神是充实的，我们播种了，我们也收获了。

大火中的生死

黎　明

我记得很清楚，那场火发生在1970年10月，黑龙江已经是冬天了。晚上我正准备去食堂吃晚饭，可是一出办公室大门，我傻了，只见前面的大草甸子起火了。那个年代火光就是命令，我们机关几十号人顾不上吃饭，拿起扑火用具直奔火场。这里长满了草木树丛，稀稀拉拉的树木凑不成林，荒地上也高低不平，布满了榛树棵子。我们被随风飘来的烟雾包围，眼睛辣得直流泪，阵阵枯焦的气味也呛得鼻子很是难受。火场就是战场！在熊熊火焰面前我们没有一个人退缩，没有一个人逃脱，抡着手中的树条不停地奋力扑打。突然，一阵旋风带着火头迎面卷来，风过处，火焰腾起数尺高，延烧到灌木发出“哔哔剥剥”的燥裂声，苍茫的暮色中，那呼啸的前蹿的火，像无数条血红血红的蛇信。我看到越来越近的火惊呆了，僵立了，不知所措，竟然顺着火势跑。关键时刻，宣传股的老幺（幺万和）还有作训股的朱股长（朱世荣）箭一般飞步跑到我跟前，连拉带拽地拖着我往外跑。说不清什么原因我当时动弹不了，他俩分别拽着我的两只胳膊逆着风向和火势，准备冲向过火的安全地方。这时我双眼紧闭，几乎要窒息，最让人难受的阵阵热浪炙烤得

人恨不得钻入地下，可是又入地无门，此时我想到了死亡，只听耳边响起老幺的声音：“下定决心，不怕牺牲，排除万难，去争取胜利！”随后把我甩到了过火的安全地方。而后他俩一起喊：“同志们，党考验我们的时候到了！”又冲向了火场。

我经历了有生以来第一次人生考验，彻底领悟了“煎熬”的真实味道，求生的本能让我挺了过来，而心里却是无比的恐惧和紧张……

火是扑灭了，寒冷饥饿烟呛一起袭来，我就昏迷了，任凭战友们的呼唤，推动，就是不醒。这时干部股的干事王淑惠拿起别针在火上烤一下，就向我的人中、食指扎下去，但我还是没有醒。这时，齐参谋长叫警卫排的人留下，叫他们解开裤腰带，为我做一副简易担架。怕我冷，好几个人把棉衣脱下为我挡寒，就这样抬着我往卫生队走去。突然间担架断了，因为我太沉了，没有办法，每人背我一段路。当年他们都是血气方刚的小伙子，冒着初冬的严寒，忍着饥饿，踏着起伏不平的草垫，走向营地。两天后我苏醒了，是郭威告诉了我这一切。

40 多年后的今天，我对生命的意义有了充分的感悟，对我的领导，我的战友当年的爱护感慨万分，我要感谢你们对我的青春生命的保护。

后来，我在一次聚会中见到了老幺，我举起酒杯祝他好人一生平安。

作者简历：黎明，女，1949 年出生。哈尔滨知青。1966 年 8 月下乡到黑龙江省大兴农场。1968 年 12 月调到黑龙江生产建设兵团 6 师 61 团，先后任职于 9 连、5 连、管理股。1979 年底返哈。

十年求知与育人

李翠平

我16岁下乡，名为初中毕业，实际上1966年小学毕业就赶上了特殊时期，基本上就没上过什么文化课。在中学的一年多时间里，又几次下乡接受贫下中农再教育，就更没时间学文化课了，所以我的知识水平太有限了。在兵团，虽然实行的是军队编制，可实际上和农村相差无几。白天是枯燥的劳动，到了晚上，开会学习《毛主席语录》《红旗》杂志文章，回到宿舍，个人还要点着油灯再把所学的内容再浏览一遍。慢慢地，我几乎把小学时学到过的知识都忘掉了。即使没忘也不敢再提起，因为像小时候最爱看的《大林和小林》《小布头奇遇记》等许多书都被说成是“毒草”了。想学习文化知识，那是走白专道路。张铁生的白卷席卷全国，对这一切我总觉得不对劲。

这时，同宿舍里的一位大姐姐借给我一本《钢铁是怎样炼成的》，我欣喜若狂。大姐看我这么喜欢看书，就和我聊起来，谈话中我才了解到她是1968年来的高中毕业生，她有一箱子书呢，我以后可以不断地向她借书看了。

但是，意想不到的事发生了。那年冬天，她在连里被打成了反革命！在批判会上全连上下竞相发言，真有“打翻在地，再踏上一只脚”之势。面对这一切，我吓呆了！那么好的一位大姐，竟会组织反革命小组，反对党中央？而且似乎是“铁证如山”地从上面定了性的，我不知道应该怎样批判她，连站起来发言的勇气都没有。我在几次批判会上的沉默，招来了单独谈话。班长、排长轮番教育我要“立场坚定、旗帜鲜明”，要“接受团组织的考验”！还要我揭发她是如何腐蚀我的！天哪！天地良心！我在心里疾呼。我们之间仅几次简单的谈话，我只看过她借给我的一本书，这算什么腐蚀？这不是天大的冤假错案吗？

我没有什么可揭发的。我没有说，也不想说，我不能把莫须有的罪名强加在那么好的一个人身上。当时我尽管梦里都想成为一名光荣的共青团员，可我也不能违背事实。我内心非常矛盾、痛苦。无形之中，我好像站到了全连的对立面上，也成了一个被歧视、被批判的对象了，这对于只有十几岁的我，无疑是一种沉重的压力。我一个人偷偷流过泪，但是，从来没有屈服过。也许因为共同的遭遇吧，我和那位大姐成了好朋友。

两年后，她的问题得到了澄清，冤假错案终于平反了。

1972 年以后，知青中不少人都希望能被推荐上大学。我也深感自己知识贫乏，就请大姐做我的老师。她从书箱中翻出一本几何课本，从最基本的点、线、面讲起，那就是我学习文化知识的开端。后来，连里成立了夜校，开了代数、几何、语文、外语等四门课，大姐和其他三位“老”知青担任我们的老师。

我永远忘不了那段时光。当时，几乎每天晚饭后，大家都夹着书本像小学生一样去连队的小学校上课。在教室里，尽管师生都劳累了一天，可是在我们的脸上绝对找不到疲劳的神情。只见学生们安安静静坐在同我们身材不相称的矮小的课桌椅上，认真听老师讲课，仔细地记笔记。回去后还要趴在炕沿上做作业。我们的老师都是一流的，讲课认真，一丝不苟，对作业的要求也非常严格。就这样，我断断续续读完了初中的课程。尽管学习的时间是很零散的，学到的知识也是有限的，可这毕竟是我一生中难以忘怀的美好时光。

1974年，我被连里调到小学当教师。当时连里有一所小学，但很不正规，20个左右的学生从一年级到五年级（加上学前班）分三个教室上课。学习的内容，由教师的爱好而定，学习时间也由教师自由安排，有的老师上午只上一节课就回家去做家务，学生也只好放学了。学生松散惯了，对在学校学习知识也不重视。上课时，他们随心所欲，不讲纪律。所以，有个学生一连上了三年三年级也不能升学。学生有的家长受了“读书无用论”的影响，对孩子的功课没有任何要求，只把小学校当作一个能寄放孩子的地方，只等孩子长到16岁就可以上班挣钱了。

我虽然只受过六年级的小学教育，但我深知每一个人在少年时代获得的知识的重要性，所以到学校当教师之后，我努力回想自己在上学时老师是怎么做的，学校里有哪些“雷打不动”的教学秩序。我和其他两位老师商量，首先要保证学生上课的时间，每天上午要有四节课，每节课保证45分钟，课间休息10分钟。这些说起来容易，做起来太难了。我每天早上要比学生早到校半个小时，打扫教室，冬天还要生炉子。下午放学后要在学校批改作业，备课，为学生解答问题。直到学生都回家后，我才离开学校。要想让学生对每一堂课都有兴趣，精神集中地听课，我们又在语文、算术等主课之间增设了体育、音乐、图画三门课，而且在教学方法上也尽量想办法，以保证学生有持续的新鲜感。比如，当学生感到乏味，思想快要“开小差”的时候，讲一个与学习内容有关的小故事，让他们提起兴趣。必要的时候，也需要有一个灵活性。

记得有一次，课上到一半，忽然老天爷一下变了脸，狂风骤起，电闪雷鸣，这一切预示着一场暴风雨即将来临。班上所有的同学都向外张望，我先是让他们不要看下雨，可还是有人心神不定地向外面张望。我生气了，停下来不讲课，请同学们解释。一个大胆的学生站起来说：“老师，我家的酱缸还没盖呢！”其他学生也附和说：“老师，我家的酱缸也没盖呢！”我默然了，学生们的担心不是没有道理。每年春季，黄酱是每家餐桌上用以补充青菜不足的主要菜肴和调味品。要是酱缸里进了雨水，在当时的确是一种不小的损失！该不该放他们去盖酱缸呢……我终于决定：“放假十分钟，快去快回！”学生们飞也似的跑了。不到十分钟，小家伙们一个个气喘吁吁地跑回来了。坐下后一边喘，一边催老师快讲课，这后半节课，他们精神格外集中。这是一群多么朴实的乡村孩子啊！

学校应成为学生受教育的乐园。我不仅要求学生用心听讲，遵守纪律，还注意引导他们接受一些革命传统教育。记得每到清明节我们都组织同学们去扫墓，或以诗歌朗诵、演唱会的形式举行怀念先烈的活动。在我任教的五年中，每年都搞清明节的纪念活动。

为丰富同学们的课余生活，开阔他们的眼界，每到春暖花开的春天，我们就组织一次春游。现在回想起来，我那时真是煞费苦心。看到这些孩子除了上学，就是回家搂柴火，再不就是在连队这方圆一公里的地方疯跑打闹，我总觉得他们的生活太单调了，跟我的童年相比差距真是太大了。一想起当初我小时候丰富多彩的生活，便产生了要带他们一起游玩的念头。经过细心准备，我们带上水壶、干粮出发了，用学生的话讲：“向大森林挺进！”这一天，大家玩得别提有多高兴了！孩子们蹦蹦跳跳，高兴地说这说那，兴奋地打听北京的公园，北京的学生生活。问得最多的还是城市学生的春游。我们三个老师来自北京、上海、哈尔滨三个大城市，自然三个城市各有不同，各自介绍自己家乡的情况。我永远忘不了当时围坐在我身边的那群天真孩子的目光，这目光中有羡慕、有嫉妒、有向往。我抓住这一有利时机，引导孩子们畅谈自己的理想，大家你一言我一语热烈发言。有想参军的，有想当老师的，有想当医生的，虽说我们北大荒的孩子没见过大世面，可理想还是蛮丰富的。理想有了，接下来当然是如何实现的问题，自然而然话题又回到现实中来。“眼前如何做起？”

于是，小家伙们争着表决心。最后归为一句话："老师，看我们的实际行动吧！"

通过各种活动，学生们自觉学习的积极性提高了，师生关系也越来越融洽。早晨，我到学校时，学生们抢先生好了火炉，淘净了炉灰（我教的是毕业班的学生），擦净了桌椅。上课时几乎不用我维持秩序，大家特别自觉。我当然是尽量把课讲得既生动、又活泼。我教了五年学，送走了五个毕业班，我教的毕业生在中学入学考试的成绩基本处于上游水平。入校后，中学老师对我的学生反映也基本良好。

对落后生我也从不当"尾巴"甩。班上有一个学生叫小海，三年级上了三年。这个孩子倚仗他爸爸是连队领导，任性淘气，别人都怕他三分。加上当初在低年级任课的老师一味迁就，对他管教不严，在学校里称得上是个"小霸王"。可学习却说什么也不入门。就这样糊里糊涂升到了五年级，和他的弟弟同班。我刚接手教他时，他正儿八经地给我出过几次小难题，后经过多方引导，他也明白自己这样下去是不行的了。他的家长也明白过去的放任简直就是害他。我多次和家长协商对小海的教育问题，虽然大家都希望他能进步快一些，可毕竟他的基础太差了，五年级学生连乘法口诀都不会背，真让人啼笑皆非。后来我和小海定了一个"君子协定"：我保证你上中学，你跟着我的安排走。有一段时间，我的宿舍几乎成了小海的家，我从三年级的基础知识帮他补起，并且帮他保密（碍于面子，怕同学们笑话他）。终于，小海跟上来了，我们共用了两年时间，他顺利地考上了中学。经过艰苦的努力，在与孩子们的接触中，我们建立了深厚的友情。小海曾深有感触地对别人讲：“这么多老师教过我，只有李老师最好！”如今那个当年的小调皮早已长大成人，在当地是一名出色的司机。前几年到北京旅行结婚，还特意来看我。

就这样，我为边疆的教育事业付出了五年的心血，同时也与那里的学生、家长建立了感情。由于自己的努力，得到了家长的尊敬和百倍的爱护，记得在我任教期间，每到回京探亲前夕，到我住处的人特别多，有学生，也有家长。有让我捎东西的，也有让我向家人表示问候的，但更多的是送给我一些土产：黄豆、豆油、烟叶、大鹅蛋等等。这个说“不是给你的，帮我们带给你在北京的老人的”，那个说“一点小意思”，真让我激动不已。这一切，我认为是对我的教师工作的肯定，也是对我今后的期望。

1979 年，由于多年的劳累，身患各种疾病，使得我的身体再不能适应北大荒的寒冷。连队出面为我办理了病退手续。当时连队里的知青越来越少，看来上山下乡的浪潮即将退去，这也是大势所趋。可在去与留的问题上，我着实犹豫了一阵子。对于生我养我的北京，我有着深深的依恋之情，那毕竟是我的故乡，有我的亲人；再说父母也需要照顾。加上自己多病的身体，又不适合常年生活在北大荒。可再回头看一看我生活了整整 10 年的连队，我曾洒

35 年后和学生们再相聚

过无数汗水的土地，与我朝夕相处的老职工们，还有更让人舍不得的孩子们，尤其是望着那一双双期待的眼睛的时候，我的心痛了。我真想对他们说：“老师不走了！”可最后我还是决定走了。临行前一天的晚上，我最后一次去连长家告别。我永远忘不了老连长在对我的工作加以肯定之后，又嘱咐了许多今后回北京该如何如何的话，最后，他居然又问了一句：“你能不走吗？”这一句在一切都板上钉钉，并且连行李都托运走了的情况下说出的话，道出了老连长依依不舍的心情。

我走了，我终于走了，带着当地老农的深情，带着孩子们的向往，也带着自己的遗憾，离开了我为之奋斗了整整10年的北大荒。

作者简历：李翠平，女，1953年7月出生。北京知青。1969年8月下乡到黑龙江生产建设兵团6师25团19连。1969年12月调至61团，先后任职于军马连（后改为工程2连）、团直学校。1979年返京。

水深火热

——"4·27"大火亲历记

遇广仁

北大荒的4月和10月是干燥期，这期间很容易着火，一到这时，四周望去，荒原上总有荒火燃烧，烟尘滚滚。尤其是晚上，远远望去，有时能把半边天给映红了，颇有些壮观，当地有句话"一根火柴烧百里"，可见荒火之凶猛和危险。

1970年的4月，我在连里当通讯员。那天，接近黄昏时，团里来了紧急通知，要连里马上组织人员去扑火。西南的荒火已经烧了一天，开始谁也没理会，这时才让我们感觉到情况紧急。往西一看，还真有一片大火向我们驻地袭来，浓烟滚滚，已经很近了。从葛连长紧张的表情，我感到了问题的严重。我们很快就集合好了，拿起用桦树枝子做的打火工具。据老连长讲，老团哪年都要准备这些东西，用来打荒火，有备无患。

队伍上了公路，急忙上了团部来接我们的卡车，下车后以最快的速度向西跑，大火就在眼前，几米高的火头，翻滚向前，不知哪来的那么大的风，裹着热浪，扑面而来。连长喊住了大家，先在原地观察。火是从路南来的，当时连里有准备，已经把连队四周的荒地开出来了，大火不会对连里的营区构成威胁。只要大火不烧过南侧的公路，不久就会自行熄灭的。就在我们停下脚步观看的时候，火头从南向北，直扑向公路南的一个小榛材林，火头到了公路就分成两股，一路向西，沿着公路渐渐熄灭，一路火头向东朝着一连方向，越烧越旺。

连长指挥大家，等火头过了榛材林，火势减弱时，再从后边追打火，不能迎着火打，不能站在没烧过的地方。火头像燎蜂窝一样，很快就过了榛材林。烧过榛材林，火势弱了很多，但是火线长了，连长喊了一声“上”，大家就一字排开，追赶着大火。大火一个劲儿在向前翻滚着，我们在后边，一边用桦树枝子抽打，一边追着大火。由于连长指挥得当，大家都是在烧过的地方追着火，没有出现危险。不知追出去多远，天一点点地黑了，火光映照着一个个打火的身影，至今像影像一样深深地印记在我的脑海里。大家追火追得忘了时间，不知不觉，就追出了很远，也不知道到哪儿了。这时我突然感觉，水深了，因为只顾着打火，也看不见脚下是啥，起初只感觉一会儿是水，一会儿是烧过的草灰，也没感觉凉，当水深了的时候，才感觉这水刺骨的凉。因为4月底的北大荒，冰还没化透，上边是水，下边是冰，脚踩在冰水里，那滋味不好受。

火还没灭，大家还是奋不顾身地追打，这时水越来越深了，有人喊腿抽筋儿了，我也感觉水快到大腿根儿了，于是就把脚跟抬起，想让自己拔高点儿。一使劲不要紧，我的腿也抽筋儿了，那钻心的疼，差点儿就倒水里了，要是没有周围的同伴，一定是一种绝望的感觉。在那漆黑的深

夜，大火已经变得不那么可恶了，因为当时唯一能看到的就只有火光了。还好深水区只是一条很窄的沟，很快就过去了，大家继续不顾一切地追打着前面的火，人们只有一个机械的念头，打火，打火，追，追，勇往直前，向前，向前……

也不知道大火是被我们打灭了，还是自己灭的，终于看不到火苗了。这时，我们才感觉冷，感觉累，感觉失去了方向，感觉我们这时是多么需要火光。有人开玩笑说："早知道刚才咱们应该留点火，照个亮。"大家连一丝笑的力气也没有了，互相搀扶着，向来的方向走去，这时有的女生身体支持不住了，由于劳累，着凉，有人几乎动不了了，是被战友背回来的。

大火灭了以后，四周一片漆黑，根本就辨不清方向，在我们感觉是来的方向的位置，有一个红光，我们还猜测；这是有人在用手电，蒙上红布，给咱们打信号呢。大家来了信心，于是加快了脚步。再次趟过那条深水沟时，我真有些坚持不住了，勉强挺过来之后，更有向前走的信心了，因为方向没错！后来听说，就在再次趟过这条深水沟时，又有几个女生倒在水里，被人背回来的。大家在追赶大火时，一直是勇往直前。可是往回走时，怎么就感觉这么艰难，这么遥远呢？就是走不到头。

等到我们艰难地走到"红灯"跟前一看，哪是什么红灯，原来，是一支被大火烧过的大树的树干，炭火发出的余光。过了这棵大树，前边又是一片漆黑了，这时发现正前方有细小的亮光，这次肯定是手电了，是白光，有人用手电来给咱们打信号呢！大家顿时来了劲头，真正体验了一次黑夜里渴望指路明灯的感觉。能看见手电光的距离应该是不远了。没想到，我们艰难地，深一脚、浅一脚地，就是走不到头。这时候，每个人都累到了极点，我们互相搀扶着，拖着疲惫不堪的身体，感觉又走了很长时间才看清，所谓的"手电"原来是几辆大卡车在公路上横着，把大灯开足了，照向我们打火的方向，因为这点灯光，我们才没失去方向。

我们几个“自私的家伙”，是第一批到了公路，汽车很快就把我们送回住地，一看表，已经是凌晨3点多了。那些轮流背着累倒女生的战友，都安全返回连队时已经快天亮了。

第二天，老连长很和蔼地批评我一通，说我失职，连长说，在打仗时，通讯员不能离开连长，我倒好，这一夜都没看见我，说完，连长自己先笑了。

作者简历：遇广仁，男，1952年出生。天津知青。1969年6月下乡到黑龙江生产建设兵团6师61团1连。1978年3月返津。

调 猪

陈 正

人已退休，应酬却渐渐多了起来。昔日的学友、战友、荒友们年过花甲后近时记忆日益衰退，而远时记忆却越发清晰起来。怀旧的情绪促使大家随便找个理由就小聚一餐，念念旧情，说说旧闻乐事。此时真可谓醉翁之意不在酒，在于借酒抒情也。每每点菜时，大家都会点一道色香味分外诱人的红烧肉。我知道这红烧肉对于我们上山下乡的这一代人意味着什么，因为每当我看到那油光闪亮，颤颤悠悠的极品端上桌的时候，脑海里总会浮现出四十多年前的那次难忘的调猪经历……

我是 1971 年 7 月从 61 团工程 2 连的司务长岗位上调到团部商业股的。刚调入时，我对商业股充满好奇，因为“股”是部队编制，“商业”是地方上的生意，合在一起好像有点不伦不类。后来才逐步弄清这是兵团特有的编制。商业股管理的范围还真不小呢！从粮食的统计、管理和上缴国库，到全国、地方和本团粮票的发放；从面粉、豆油、白酒的加工管理，到成品粮油的计划供应；从牲畜饲料的保障，到生猪的调拨……前面几项工作对我来说难度都不大，唯独最后提到的生猪调拨，真把我搞得窘迫不堪。

1971 年 9 月中旬，我刚进商业股两个月，杜柏山股长就交给了我一个光荣而又艰巨的任务（至少对我而言是艰巨的）：要我带一个车去 25 团调一车

猪来，解决部分连队欢度国庆节的猪肉之需。杜股长可能是要考验一下我这个21岁的上海青年的办事能力到底如何，因为当时另一位科员谢世龙可要比我瓷实得多呀（与我当时身高1.76米、体重仅48公斤相比）！说实话，当时我在听到这个任务时，一下子蒙了：叫我一个白面书生独自带一个车，调一车猪？猪怎么上车？车怎么送猪？到时候是人赶猪,还是猪拱人？脑子一片空白。但是，我心里明白：蒙归蒙，去是肯定得去了。

不过话说回来，至今想来，这在那个“胃亏肉”的年代里确实是一项光荣的任务。因为当时61团建团不久，新建的连队都没有自己像样的猪圈，即使有少量的饲养，也供不应求。只要听说连队里今天要杀猪，那无疑就像要过节一样，战士们奔走相告，白天干起活来也像注入了兴奋剂，浑身是劲，胜过开动员大会。

那时候即使在团部机关食堂，也是亏肉亏得厉害。常日里，每天早晚两顿小米或馇子粥外加馒头，但下饭的东西一成不变：用大头菜（南方人叫卷心菜）根腌制的咸菜。印象太深刻了。好不容易盼到节日大会餐，来一次大快朵颐，风卷残云，但还念念不忘下一顿早早来排队，争取分到一勺会餐后剩菜的大杂烩。我亲眼目睹我们团部的一位中层领导，在众目睽睽之下，与人打赌，愣是将一碗老肥肉在几分钟内消灭干净，满嘴流油，喜笑颜开。想想心酸，但当时“胃亏肉”的窘境由此可见一斑。

言归正传，任务不容推辞，准备工作务必仔细。为了将每头猪的重量准确地与猪本体挂钩，不出现张冠李戴的混淆，我确实动了一番脑筋。用毛笔写在猪身上？不行，猪和猪相蹭止痒，字或消失或模糊；写字条塞进耳朵？也不行，到时找不到，是落在外面还是掉进耳朵眼儿里了？最后，我终于想出了一个挂“耳环”方法。用薄木板锯成5厘米～6厘米见方的块，在一端钻个孔，然后将它们编上号码。当每头猪称完重量后，立即用准备好的铁丝将此号码牌穿上猪的耳朵，给它带上标明其身份的“耳环”。同时，我还准备了一个表格，用以标明“耳环”和重量的关系。至于人与猪的 PK 只能走一步看一步，重在临场发挥了。

第二天下午，股里帮我从车队安排了一台车，好像是辆南京嘎斯，驾驶员是位转业军人。我包里揣了介绍信、“耳环”、表格和一把铁丝，忐忑不安地上路了。

到了 25 团商业股，开好了生猪调拨令（那个时候时兴“令”不是“函”，可能与部队编制有关，什么都要命令，连调猪也要命令）后，直奔他们安排好的供应连队。我们必须抓紧时间，因为装完猪后，我们必须当天赶回 61 团并将这些猪送到目的地连队。

到达供应连队后，首先要选猪。选猪的标准比较简单，难得来一次，怎么也得挑大个的，要对得起“胃亏肉”的战友们，此时我彻底忘了 PK 之忧了。称重还算比较顺利，连队里派了两个人负责称重和记账，他们要把好这个关。把绳套往猪肚子下一兜，两人扛起大秤一勾，重量就出来了。接下来就轮到我穿“耳环”了。一个对打针都有点心怵的人，第一次要用铁丝给猪耳朵扎孔，颤颤抖抖地就是下不了手。扎了几次都失败了，不是在嗷嗷叫的挣扎中弄弯了铁丝，就是扎在耳朵的边缘处又脱了出来，拉伤了耳朵。我迫使自己定下神来，找准猪耳朵上的最佳部位，捏准铁丝的力点，模仿医生的打针动作，一咬牙，快速使用爆发力，成功了！现在想来，人的很多潜力确实都是可以逼出来的。接下来就该“出嫁的娘子上轿了”。驾驶员打开了后厢板，连队的伙计扛来了晒场上的跳板搭在车上。猪走跳板？我在工程二连学会了推独轮砖车，但从未走过跳板。那些圆滚滚的家伙质量都比我大，想来也从未走过跳板，何以成行？果不其然，那些家伙就是不肯踏上这不归路，要么走到一半，原地岿然不动；要么上去后趁我们不备，翻身滚下车来。最后，我们只能再找来一块跳板

并在一起，两人在下面棍打手推往上赶，一人留车上看护，用了整整一个小时，才将几头猪归入厢内。等到第二个连队装猪时，因为有了经验，就顺利多了。

装好 12 头猪往回返的时候，已经是下午 5 点多了。好在黑龙江纬度高，夏季天黑得晚，我们赶在天黑前在 5 个连队顺利地卸下了猪，连队当场按“耳环”编码所代表的重量开好收据，双方都很满意。但当我们从最后一个连队往回赶时，途中突然下起了大雨。我记得当时从 15 连到 11 连的路仍是土路，而非沙石路。雨急风大，豆大的雨点不一会儿就将路面渗化成酥酥的“巧克力蛋糕面”了。我们的车在开始的时候，还可以醉汉般地左右扭动着前行，但行至 12 连至 11 连区间时，车被陷住了。我们折腾了半天，车轮还是原地打转。无奈之下，只能熄了火，冒雨步行到 12 连讨救兵。当我们深一脚，浅一脚走到 12 连时，已近半夜 11 点了。连里早已熄灯，战士们也已进入梦乡。我们想找到机务班的宿舍，找台拖拉机把车拉到安全道上。但那时到处漆黑一片，也搞不清哪栋是机务班的宿舍，只能碰运气。幸亏驾驶员出车时带着手电，我们就从就近的一栋房找起。轻轻地打开一扇门，手电光从下往上扫去……“啊！”我差点喊出声来，我们撞错了门，原来是“另一半”的宿舍。我羞红了脸，急急退出。等我们踉踉跄跄找对宿舍找对人，启动拖拉机，将汽车拉到安全地带时，已经是后半夜 1 点了……

如今当餐桌上端上形色各异的红烧肉时，我也能勉强地夹一小块放入口中细细地品味它的香甜，但无论如何也找不到当年的那种渴望的感觉了。在“胃亏肉”的年代里，能尽情享用一

顿红烧肉是多么奢侈的事。而今年事已高，生理指标也随之升高，红烧肉反成了我们忌口的菜肴。人的一生也是一样，当你倾尽全力去争取某一事物时，往往事不如意；而当你轻而易举就能得到它时，它又对你失去了意义。

作者简历：陈 正，男，1950 年 11 月出生。上海知青。1968 年 9 月下乡到黑龙江省七星农场五七连（后改为黑龙江生产建设兵团 6 师 61 团 3 连）。1969 年 5 月调至工程 2 连。1971 年 7 月调入团商业股。1979 年 2 月“病退”回到父母支内的江西军工厂。现定居上海。

我当炊事班长

韩建平

下决心接受任务

大约在 1972 年 6 月，负责后勤的黄伴华副连长和谢晓蕴排长代表连队领导找我谈话，要我担任炊事班班长。黄连长说：“你是第二十三任炊事班班长，我们相信你能胜任这项工作。炊事班长的工作不好做，关系到全连二百号人一日三餐的大事情，也关系到知青能否安心扎根边疆的大事情。”当时我听了连长的一番话，心里开始发慌，心跳加速。我马上对连长说我当不了炊事班长，因为我从小到大未做过一顿饭，连一块手帕都没有洗过，在家时衣来伸手，饭来张口。但是黄连长和谢排长仍然坚持做我的思想工作。

这时我也在考虑为什么连长要我当炊事班长：首先他们是为了照顾我，因为前一段时间我坐骨神经痛在炕上躺了一个月，下不了地，穿裤子腿都弯不过来，多亏了一起下乡的上海姐妹们帮忙和照顾。卫生员王红卫给我打了一个月的维生素 B12，我总算能下地了；其次，前些日子上海小姐妹谷来娣的父亲病重，她回家探亲去了。王连长要我们给她写一封慰问信，大家推荐我来写。我写完之后给黄连长看了，他觉得写得很好，还表扬了我。可能通过这件事他认为我有能力当炊事班长。既然领导这么看得起我，那就试试看吧，路是人走出来的，没有过不了的坎。想到这我就答应了黄连长，并且表示要好好工作，不辜负领导对我的照顾和培养。但是我向黄连长提出请求；“我有什么困难来找你，你要支持和帮助我。” 黄连长也爽快地答应了。

走马上任第一天

谈话后的第二天，我就走马上任了。当时炊事班共有10人，其中，司务长高志强外号“老山羊”（已去世），和上士（采购员）王志军是男生；剩下8名女炊事员，5位是食堂的老人：天津知青孙金英、赵玉书、周洪琴，哈尔滨知青刘玉民、胡松筠，外加新来的3位上海知青冯玉花、张翠凤和我。刚开始，我们几个向老炊事员学习揉馒头，这活儿不难，我一会儿就学会了。这时那几个老炊事员提出要班长炒菜，我想考验我的时刻到了，万事开头难，总得走第一步。可当我看到这么大的一口锅和这么大的一把炒勺，我又害怕了，以前从来没有见过如此阵势。我胆战心惊地往锅里倒了一点油，但不知道下一步该什么时候往里倒菜，就傻傻地站在锅台边。一会儿，油锅着火了！这下我呆住了，不知所措。这时多亏了老炊事员赵玉书，在旁边告诉我：“不要慌，倒菜。”我照她说的话马上把菜倒进锅里煸炒起来。中午开饭的时候，有一些男生问道：“这菜谁炒的，挺香的嘛，味道不错。”我听到这番话后心中的石头总算放了下来，心想因祸得福，这把火没白烧。心里刚舒坦些，又来添堵的了。调皮捣蛋的哈尔滨知青XXX（已去世）来了，他从后门闯进食堂，自己往饭盒里盛菜，我当时一股火就上来了。他长得人高马大，我还没有他肩膀高，但我心想今天不把他治服了，以后不好办。豁出去了——我上去一把抢过他的饭盒，把菜倒进盆里，对他说：“出去排队，要守规矩！”他当时愣了一下，随口说了声：“哟，还挺厉害的嘛。”接着乖乖地出去排队了。外面排队的人看到了说道；“哟，新上任的班长好厉害啊！”听到这些话我很开心，因为今天马到成功。

巧媳妇难为无米之炊

“在战争中学习战争，在游泳中学习游泳”，有连队领导和司务长高志强大哥的指导，我的管理能力不断地提高。在老炊事员们的帮助下，我的做饭技能也愈来愈熟练了。但那时炊事员最怕物资匮乏，俗话说“巧媳妇难为无米之炊”。

一年到头也吃不上几顿肉，鸡蛋和家禽根本不照面。平时就靠几样蔬菜当家，主要是白菜、土豆、大头菜和大萝卜。春节以后到开春这段青黄不接的日子，连这些菜都吃不上，因为当时食堂没有菜窖。那时连队里有几位天津知青，一到中午开饭的时候就会一边手里拿着勺子敲着空饭盒，一边说着顺口溜往食堂走，“从肇东到赵光，兵团司令都姓汤，早上喝汤迎朝阳，中午喝汤暖心房，晚上喝汤照月亮”。我们听了都忍不住大笑起来，但这首顺口溜却真实地反映出当时知青们的伙食：一般早餐是面条汤或豆浆等，中午冻白菜汤、土豆汤、大萝卜汤或豆腐汤，晚上大馇子粥或小米粥。那时为了能吃点肉，歪门邪道都用上了。一天上午只听到食堂门外有猪叫的声音，出去一看惨不忍睹：一口猪，它的屁股上被插了一把叉子，鲜血淋漓，到处乱窜。原来有几位男知青为了有肉吃，用叉子去插老职工家养的猪。连队领导非常体谅知青们的苦楚，用连队的钱买下了这口猪并送到了食堂。我在剔肉的时候，发现猪屁股那块肉都是紫色的。

说出来还真不怕大家笑话，那时为了能多吃一个肉包子还会吵架。我清楚记得有一天中午食堂改善伙食，做了猪肉韭菜包子，规定男的每人10个，女的每人8个，后来因为不够了我们炊事员每人5个。那次XXX又来捣乱了，第一次他说不够吃，我照顾他卖给他20个，因为他的饭量确实很大；第二次他来了又说不够吃，我又卖给他5个；第三次他又来了还说不够吃，我就把我自己的5个卖给他了。想不到第四次他还来，我正在吃早晨剩的馒头，我对他说这次真的没有了。他不相信进食堂搜查，翻了一遍也没有找到一个包子。他生气了说我装假，一不小心把缸子里的菜汤泼到我的脸上和衣服上。他的行为把我激怒了，气得我到黄连长那儿去告他的状。后来葛连长要他在大会上做检查并向我赔礼道歉。如果是现在绝对不会有人为了多吃一个包子而打架了。

自力更生改善伙食

当时的知青们确实很可怜，都是十八九、二十来岁的青年，正是长身体的时候，却缺少营养。面对这种情况，连队领导非常着急，他们开会后决定自力更生改善伙食。

那是1973的春天，知青们成立了一个种植蔬菜小组，平时主要由张景春和汪东辉负责，忙的时候我们炊事班的人也会去帮忙的。食堂还喂养了十几口猪，主要由奚彩彩负责。

高志强中午经常去帮忙喂猪，我有时也会去帮忙。高志强要求炊事班每周订菜谱，一周内中午的菜不重样。在当时要做到不重样是很不容易的。他还要求我们做到干净、卫生，如土豆必须削皮后再浸泡。每顿饭要保证大家吃饱，吃得健康。他还多次找领导要求增加豆油的供应。因为没有肉吃，炒菜多放点豆油也不错嘛。为了豆油我还去找过黄连长，要求他用连队的黄豆去换豆油。想不到他还真的派人到场院拉了两袋黄豆为我们换回了豆油，严格讲这种做法是违反国家政策的。当时规定每人每月半斤豆油，而我们连队已经达到每人每月1斤至3斤的标准了。连队领导冒着犯错误的风险为我们知青改善生活，是多么好的领导啊!

辛勤劳动结硕果

在大家的共同努力下，我们食堂的伙食愈来愈好了。蔬菜方面量多品种丰富，大伙还吃到了红烧鱼，因为连队出车到江边拉回一车鱼。吃肉又不用花钱，如一碗红烧肉只收4毛钱，那是佐料钱：猪肉炒白菜1毛2分。老山羊还到富锦换来了大米，因此主食的花样也比以前多了，如馒头、包子、花卷、面条、大米饭等。因为豆油多了，我们把隔顿的馒头做成油炸馒头，很受大家的欢迎。伙食好了，大家脸上的笑容也比以前多了，扎根边疆的决心也比以前更坚定了，民以食为天嘛！这时1连的伙食好在团里传开了，很多到1连来办事的人吃了我们做的饭菜都赞不绝口。他们说：“听说1连的伙食好，果然如此。”后来团里召开了全团炊事班班长会议，在会上1连食堂被评为全团最好的食堂，我还代表1连炊事班在会上发了言。在发言中我也再三强调我们的成果是靠大家共同努力取得的，没有领导的支持和司务长高志强的指导，没有老战士的帮助，单靠我的能力是不会取得这个荣誉的。团长和我握了手并鼓励我要再接再厉，更上一层楼。

连队的伙食好了，我个人也得到了丰厚的回报。那时进行工资改革，实行“工分制”，连长把奖励工分也给了我，说我一年365天，没有休息一天。因此大伙送我一个外号“六百工分”（当时在国内热映一部朝鲜电影《鲜花盛开的村庄》，男主人翁的父母托人在邻村给儿子物色的一位对象，特别能干，一年能挣六百工分）。接着来了更丰厚的回报，那就是推荐我去上学。我去上学的那年，食堂猪已经有二十多头，蔬菜大丰收，食堂腌了很多咸菜。新的菜窖已挖好，新的食堂正在建。望着食堂欣欣向荣的景象，我恋恋不舍，与战友们共同战斗过的地方和青春岁月，刻骨铭心，终生难忘！

作者简历：韩建平，女，1953年4月出生。上海知青。1971年10月26日到黑龙江生产建设兵团61团1连。1974年9月到齐齐哈尔市师范学校学习。1976年7月分配到齐齐哈尔建华机械厂第一中学任教。1978年5月调到齐齐哈尔和平机器厂第一中学。1993年9月返沪。

我的北大荒（节选）

李　璞

到北大荒

1966年7月12日，我和165名各校同学一起，作为哈尔滨市第一批自愿下乡的在校初中毕业生整装待发，从这一刻起，“知青”成了我们共同的名字。

13日早上到达八虎力火车站，细雨中曙光农场的卡车伴着欢快的锣鼓声把我们接到场部。三天的参观学习，我并没感到这北大荒有多么荒凉，但也没有宣传介绍的那么好，先进的农村而已。我只记得我第一次摸到安2型双翼飞机的机翼，惊奇地发现竟是布做的。学习结束后我们分别被分到二队和五队去集训，我到了五队。

1966的果园自照

参加第一次劳动是7月18日，大豆地里拔大草。这一天的日记里写了这么几段话：“今天我们上了到曙光农场以来的第一堂劳动课，拔草这活看起来容易，干起来可就费力了，拔完一垄之后，把我累得直不起腰来……干完活在地头上我又看了一会主席语录……劳动途中，我主动要求给全队担水，是抱着为同学服务的思想，可是由于我在家没担过水，这回一走起来可就觉得两臂发酸，压得我走不动了。这时旁边的农工看见了，要我放下他们挑。我想起了毛主席的话：‘艰苦的工作就像担子，摆在我们面前，看我们敢不敢承担。’想到这我浑身就增添了力气，又一口气挑了很远，这不是毛泽东思想的威力吗？”当年日记是我的真实记录，就是那样天真傻气。当年有一个和雷锋并列的英雄王杰，他遇什么事都结合毛主席的话去想。

一天，要收工了，我突然发现随身必带、引为自豪的宝贝，全队唯一的一本毛主席语录不见了。那是在军工厂的老叔给我的，军队系统内部发行的珍贵礼物。全体知青都主动返回田间帮我寻找，最后还是没找到，知青们的焦急和关切使我感到像丢了大家的宝贝一样自责，幸好不久红宝书就满天下了。

再上征途

1968 年 6 月 18 日，毛主席批准组建黑龙江生产建设兵团，知青上山下乡运动正式开始。已经改称黑龙江生产建设兵团 3 师 31 团 4 连的我所在的曙光四队，来了大批哈尔滨知青，农垦战士变成了兵团战士，我们也被尊称为“老六”知青了。我却没感到先行者的骄傲，我们自愿下乡时想的是来上课，取得毕业证，再回城升学，现在看来这个课是没有毕业的时候了，就这样真当个农民吗？转眼已快 20 岁了，20 岁，岳飞已枪挑小梁王、罗成 16 岁破长蛇阵、邹容 18 岁发表“革命军”、聂耳作国歌也只有 23 岁……我呢？心中难免迷茫。

兵团组建 6 师，31 团要承建 61 团的三个连，地点靠近抚远。许多人认为，那里荒无人烟，遍布沼泽地，还离边境不远，打起仗来危险。我却把它看作是一次机会，荒凉、艰苦、危险正是吸引我的地方。我又一次主动要求，自愿去开发抚远荒原。

曙光农场四队是我走上社会的起点，是我人生的梦开始的地方。那里的山和水、人和事都深深地沉淀在我的记忆中，伴我再次踏上征途。

初踏大荒原

我们是坐着履带式拖拉机牵引的爬犁、顺着新修建的二抚战备路、顶着大烟泡进入荒原的。风雪刮得什么也看不见，只听到风吼声中不时传来几声凄凉的乌鸦叫，狗皮帽子上结满了白霜和冰，得经常下来抖掉身上的雪，跟着爬犁跑上几步，除了领略大荒原的下马威外，什么也没有看到。

三天的大烟泡过后，我钻出帐篷，适应了耀眼的光芒，睁开了眼睛，青天白雪，没有山没有海，也没有风。一望无边的蓝和白充满整个世界，天边的地平线竟然和大海一样是弧形的直接苍穹。远处融入蓝白间的淡灰玫瑰色是白桦林，林中垂直升起邻队的炊烟，“大漠孤烟直，长河落日圆”可改为大荒孤烟直，长空唱雪白或雪原伴蓝天了。中国博大的文化中不乏优美的风光诗词，但在我浅薄的学识中却找不到一句形容大荒雪原的词句，毛主席的《沁园春·雪》写的也是秦晋高原，这里也并不是唯余茫茫，还有那碧蓝的天空呢。我头脑中更创造不出一句词语，能够形容这一刻我对北大荒之壮美的感受（后来我发明了流彩画，画作中喜欢使用纯蓝色和粉红色，也许就是源于这一刻的情缘吧）。

激情不减的我，夜不眠，躲一躲烤乌拉草鞋垫的味道，出外换气。黑夜奇冷无风，天上的星星比任何地方看到的都多，好像都冻在了空中，和我一样瑟

李璞流彩画《东流》

瑟发抖，只是星更高，宇宙更神秘深远，真是穹宇浩瀚，还有苍凉。一颗流星划过，远处传来低沉的狼嗥。

开春，雪逐渐溶化，北大荒露出了真容。荒原原来是由无数塔头墩子组成的，塔头墩子长在表面看不见的烂泥中，这就是沼泽地。要踩着塔头墩子行走，否则踩进泥泽真的是越陷越深，不能自拔。长出野草后，是美丽的绿色大荒原，采摘黄花菜时更要踩准塔头。

伐木、打井、脱坯、盖房、开荒、种田，我们踏出了荒原上的第一道脚印，拖拉机工作三小时拓开了第一道田垄，这个长度的田垄是不是世界之最？我不知道。

不久传来友团的拖拉机陷没沼泽的事，第一道脚印是伴随着危险和牺牲的光荣。

我这样记载了我心中的北大荒：

盘古开天定八方，独留神异北大荒。

千年沧海人踪绝，乾宇云飞万里扬。

老树深山泽鱼跃，獐狍熊鹿浩原忙。

雁过长旻炊烟直，夜静星高走群狼。

百谷欢歌生黑土，绿盛春夏唱秋黄。

严冬白雪伴冰洁，刺骨寒风壮尔郎。

放眼弧形地平线，忽闻阵阵野花香。

桦林醉倒多情汉，笑醒不知梦哪乡。

后来我的这几句顺口溜，还被哈尔滨电视台制作成了歌曲《初踏北大荒》，由李利作曲，岳世一娃演唱，成为我的专题片《写在大地和蓝天上的流彩人生》的主题歌。

荒原熊祭

“棒打狍子瓢舀鱼，野鸡飞到饭锅里”，这两句话是对北大荒的荒凉和富饶最经典的概括。但野鸡并没有飞到61团5连的饭锅里，化开的雪水里也闻不到鱼味，冒着热气的萝卜汤总要细心挑净漂浮的蚊虫，才能入口，有时可见到三两成群的狍子，没试过用棒子能否打到。

一天早上6点多突然传令紧急集合，我们拿起随手的锹镐匆忙跑出帐篷，有人连棉裤都穿反了。只见不远处，雪地里有一只黑熊行走，大家兴奋地呼喊着追赶，黑熊不紧不慢地越跑越远。两台东方红拖拉机启动了，半个小时后轰鸣的拖拉机拖着一只和链轨一样长的黑熊凯旋了。几位好汉兴奋地讲述着两台拖拉机协同作战、压上黑熊的脑袋最早将它制服的经过。

大家都说这熊肉比牛肉粗，吃了后背都会透油，是难得的口福，很偏食的我还是放嘴里一块熊肉，咽了一小口，一阵恶心全吐了出来，多少天我都觉得后背有透油的感觉。看着外面晾着的熊皮，我不解本该冬眠的黑熊，何以这么早就出来了。面对一碗热腾腾的熊肉时，我眼前总闪现黑熊在雪地上奔走的情景，那跃动的黑点，像不断变动位置的音符，在一片雪白中画出的单调曲线，是生命的进行曲，还是挽歌？

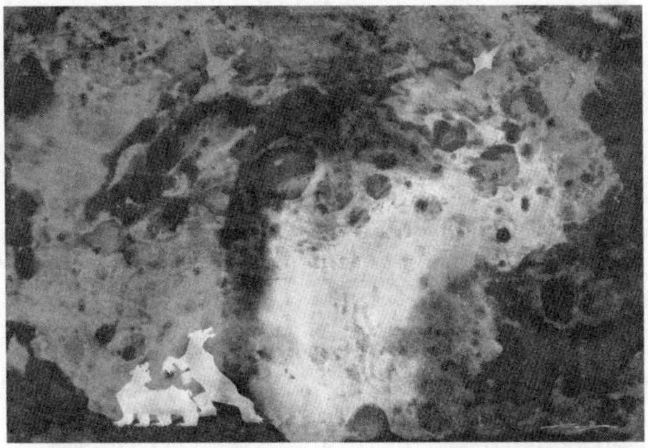

李璞流彩画《天苍苍》

小时候，我和弟弟养了一只小鸡雏，成了弟弟的宠物，长到九斤，就叫九斤黄，是大院里的鸡王，我还画过它站在弟弟肩上的速写，后来它被做成了鸡炖蘑菇，我和弟弟都一口没吃，至今都不吃鸡肉。

弱肉强食的道理，是大自然的铁律？我弄不明白。

放映员踪迹

1969 年底，团里人陪慰问团来五连慰问，发现我写的黑板报美术字和插图写画得好。1970 年一月初我被调到了算上我也只有两人的团电影队。

我第一次独立放电影是到两个伐木点。带着 8.75 毫米放映机和小发电机，搭车队拉木头的大挂车先到了 210 公里伐木点，放映前还磕磕巴巴地宣讲几句，得到了掌声。要到 194 公里 4 连伐木点去时，团里的挂车司机谁都不去，因为是计件拉运，谁也不愿意浪费时间和多跑路。这时我也可以搭车回团部，但少年气盛，心想不就 16 公里吗，没车就不能去吗？我让钉一个木爬犁，给我派一个人，拉着爬犁上路了。走了 8 公里，才碰到师部的卡车，把我带到了 194 公里伐木点。当晚放映后，我搭装满 8 米长大圆木的大挂车回团部。

车下山后行驶到一条河上，结冰积雪的河道很平整，也没有大的急弯。连轴转的司机小肖突然问我："会不会开车？""不会，只开过一次东方红。"他说："道理一样。"他跟我比画了一阵就说："路这么好，挂上五挡就不用换了，只管踩着油门顺车辙慢转方向盘就行了，你试试。"说着停下车让我和他换了位置。第一次坐在司机的位置，我并没紧张，按着他的指点，车平平稳稳地开着大灯前进了。行驶十几公里时，他已经发出了鼾声。

李璞版画《北疆雪夜》

漆黑的夜里，车大灯照亮的白色车辙在延伸，时速已达 80 公里，我发现速度快更平稳。正在我得意没学就会开车时，前面出现一个稍陡一点的弯，我却不知道减速，顺打方向盘，车头一下扎进了路旁雪堆里，后面的挂车侧翻了，幸好车头和挂车不是一体的，车头没翻。

真是没有天生的英雄。

那年春节，盼望已久的新片《看不见的战线》轮到了我们团放映两天。电影是那时最重要的文化活动，新片，又是春节，团里重视，派汽车跟随要求全团各连都要看到，可放映员只我一人。深夜的车灯余光经常反射出道旁绿色的亮点，我知道那是野兽的眼睛，在到新建点的路上，车开不快，那绿光竟有数十点，不远不近地跟着我们，老司机谭师傅说，那是狼群。两天两夜，汽车司机换了三个人五个班，四十八小时我没睡觉，多次被人叫起换片，我坚持下来完成了任务。

李璞和 90 岁老抗联李敏

那一年我被评为五好战士。

一个极寒冷的冬天，有人劈柴时，发现分离的桦树皮和树干上各有一行字，树干上是凹下去的字，树皮是凸出的字，共十个刀刻繁体字：“抗联从此过子孙不断头”。怕被人烧掉，我和赵潞喜把它们放到了宣传股小仓库里，我说：“回哈尔滨时，我把它带到东北烈士纪念馆去。”然后就带着《钢琴伴唱红灯记》影片下连队了。

放映样板戏影片是重要政治任务，无论放映了多少遍，有没有人看，要向上级汇报放映场次，是重要业绩。寒夜，在 13 连放映时，大食堂早已没有了窗玻璃，四面透风，我们只能在厨房内，向打饭窗口外放映。来了没几个人，站着观看，还要不停地跺脚。换第二卷片时，我向外一看，观众只剩一个据说神经不好的人和一个几岁小孩了。我感慨，露天放映宽银幕《卖花姑娘》时，开演不久雨就越下越大，观众千余，无一人离场。又想样板戏中的英雄是幸运的，虽然今天没人看，但他们家喻户晓。而刻下那十个字的人是不是英雄呢？那个时代会写字的人，应该是家境不错，民族危难时能挺身而出，应该具有崇高的境界。

我回到宣传股，去找那两件文物，已经不见了，荒原也有过崇高的证据，不知被谁烧掉了。

远眺大荒

当年在曙光农场，跟车去八虎力果园拉沙果，我曾冒失地爬到了几十米高的高压输电塔的分叉处，去俯视大地。感到高度还不够，就向一个几米高的支臂爬去，被尤特司机大夏拼命喊了下来，我才知道那是三十万伏的带电高压线，我险些进入电击场，有些后怕。但多年来，登高远眺北大荒景色的愿望一直在心。

李璞版画《荒原野炊》

机会来了，师里要办展览，我和吴玉章、孙国平想把团部建设面貌拍下来，寻找了几个拍摄点拍的都不理想。为拍摄全景，我带着相机爬上了三十多米高的锅炉房大烟筒，这个高度在整个抚远荒原也应是制高点了。天上飘着白云，我感到离天那么近，下面很多很小的人都抬头望着我，白云的飘动并没让我感到眩晕，我两腿跨着像脸盆一样大小的烟筒口，沉着地倒举起120海鸥相机，几个方向拍了一卷胶片后，我停留了一会，满足地欣赏到了这个角度的北大荒。远眺那更广阔的视野，展现了平地见不到的壮美画面，蓝天白云，各种不同层次的绿色交错组合，其中点点红色是拖拉机，最美丽的还是婀娜多姿的白桦林，团部的红砖红瓦房也不显得多余，那也是我们征服荒原的成果。

照片拍摄是成功的，我们将五张整幅相纸的照片拼接成一幅六十一团团部全景图，角度新颖。在师部布展时，师长王少伯来参观，离很远就奔过来，嘴里喊着这是哪？

制高点的远眺，加深了我对北大荒博大美丽和神奇的感受。

离北大荒

1977年4月，61团改为创业农场。10月恢复高考，12月考试。

当年我们看到的“天机”：“只要表现好，早去早回，学校不能没学生”其实没错，这些年，学校招了不少工农兵学生，但我早下乡，表现好并没有早回去，而与工农兵大学生、参军、入党等好事无缘，是因出身不好早已把我归入另类了吧？现在能考了，学业又荒废多年，自感无望。不久传来部分和我一样境遇的画友王兰、刘孔喜等考上美术学院的消息，我动了心，决定“闯关叫阵”，参加高考。

1978年，我以两优一良的最好成绩和四次参加全国美展的资历，考上了沈阳鲁迅美术学院。那年中央美院限25岁以下，因此无缘。

股长纪常庆交给我录取通知书时，我并没有激动，上大学当科学家，从小就是我的理想，是我不顾家人苦心阻拦，自愿下乡，一意孤行至今已整12年，这是人生最宝贵的12年，科学家没当上，能上培养画家的大学也算圆梦了吧。

1978年，还是7月，我搭去福利屯送粮的卡车离开了创业农场，告别了我的北大荒。火车开动的一刻，我要再望一眼北大荒，车外是杂乱的人群。

镰刀伤缝两针的疤痕留在了手腕上，擦肩而过的情缘留在了记忆中，青春留在了北大荒。而北大荒12年的苦辣酸甜成了我艺术创作的宝贵财富，至今取之不尽。

李璞版画《熊迹》

2013年8月，我随知青代表团参加了创业农场建场四十五周年庆祝活动。为了感恩庆祝会上，我送给农场一幅曾在中国美术馆展出过的画作《开天辟地》，因为这幅画的灵感就来自这片土地。我在画上记了几个字："历史让一群普通人来到了杳无人烟而不普通的土地上，做着各自该做的普通事情，四十五年后，历史已记下了普通人做的普通事情，只用了四个字：开天辟地。"

开天大荒惊盘古，辟地创业壮中华的伟业，历史虽然只记了四个字，却是每个参与者的平凡故事成就了历史。又是不可选择的历史让我们这一代被称为知青的少年，不管情愿或不情愿都成了参与者，在北大荒这片土地上写下了平凡故事，而这故事不论是恨、爱、悲情、庆幸、感恩、结仇，都是难忘的，因为那是人生最宝贵的青春记忆。

辉煌伟业被历史记下了，平凡故事被青春记下了，时常梦回北大荒。

作者简历：李 璞，男，1949年10月出生。哈尔滨知青。1966年7月下乡到黑龙江省曙光农场四队（后改制为黑龙江生产建设兵团3师31团4连）。1968年底调入61团，先后任职于5连、宣传股电影放映队。1978年7月上学离开农场。现为海外华侨。

我和我们的 13 连小学校

赵春华

我在北大荒当了 5 年的老师，这是那时 13 连师生的合影。这张照片是过去 135 相机拍的小原片，照片只有军棋棋子那么大小，照片本来就不很清楚，再翻拍成大照片就更模糊了。但是，我仍然能记着他们是谁，叫什么名字。照片的左面是我的工作伙伴——张慧老师，右面自然就是我了。

看着孩子们一张张可爱的面孔，我想他们现在也都步入了不惑之年，不知道他们现在都在哪里、情况如何。不过，我记得前排右三的小姑娘叫袁雪梅，爸爸妈妈都是北京知青。别看爸爸妈妈长相一般，家里的四个女儿可真像四朵

成金凤的女儿，长得和妈妈还真像。

花，个个可爱、漂亮、甜美、乖巧，这是13连男女老少公认的。因此雪梅长大后就当上了空姐，而且还是在国家领导人的专机上呢。

还有，后排右四的成金凤——就是这次13连大聚会从创业农场来北京的丁姐的女儿，这次大聚会成金凤的女儿也和姥姥一起来到北京，我学生的女儿都出落成了漂亮的大姑娘了，真是光阴似箭啊。

那时的北大荒，信息相对闭塞，学校除了课本、课本教材说明外，就什么都没有了。那时，也根本没有电视，只有收音机。因此，为了丰富教学内容，

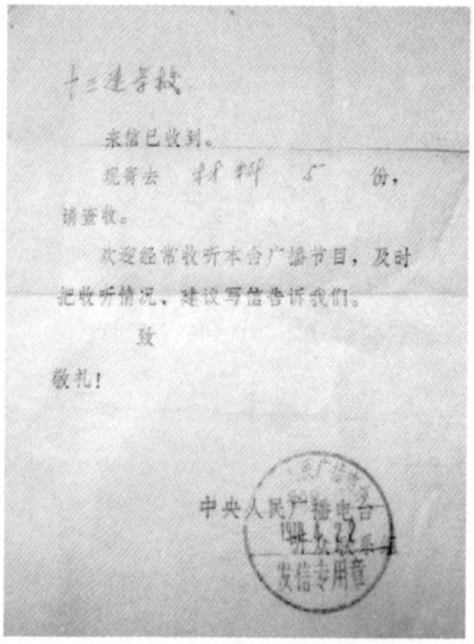

十三连学校

来信已收到。

现寄去 材料 5 份，请查收。

欢迎经常收听本台广播节目，及时把收听情况、建议写信告诉我们。

致

敬礼！

中央人民广播电台

1978.4.22

发信专用章

我就抱着试试看的想法，给当时的中央人民广播电台写了一封信，说明了我们的情况，希望能给我们这些远在祖国边陲的北大荒孩子们寄些相关材料来。没想到，中央人民广播电台还真寄来了材料，这使我和孩子们都非常高兴。

随着寄来的材料还有一封信，我也一直保存着。信和材料是1978年4月22日寄来的，到现在已有34年了。

还有几张儿童画是我上小学时画的，现在算来起码也有55年了。去北大荒时，我把我的全部“家当”都带到了北大荒，当然，也包括我小时候画的画。那时，每到节日放假，尤其是春节，很多知青都回家探亲，在冷冷清清的宿舍里，我就会拿出这些画，一张一张地欣赏一遍，也会多少驱走几许想家的念头，感到一些淡淡的温馨。

当老师后，为了把教室布置得更有气氛，我就把这些小时候画的画，画成了大的宣传画，贴在教室墙上。那时，连队只有红、黄、蓝三种广告颜料，这些画中的其他颜色，都是自己兑出来的。

回想在北大荒当老师期间，为了学生，我还学会了另外两门手艺。其一是理发，说到理发，女孩子还好办，小辫子尽管长好了，剪个小刘海就很可爱了。而男孩子就不然了，头发不能长得太长，需要经常理发。于是，我们就买了一把推子。这用理发推子理发，最怕的就是夹头发，要找到巧劲。为了找这个巧劲，我就在自己的小辫稍上练手，待练到差不多了，我的小辫也短了一截，但是我终于可以给男同学理发了。老师给学生理发，学生感到很亲切，加深了师生间的感情，同时也减轻了家长的负担，受到家长的欢迎。

直到现在，我的这个手艺都没放下，我先生的头发，就一直是我理的，先生说，让我理比到理发馆理还放心呢，因为我会画画，自然知道理成什么样子才好看。

我学的第二个手艺就是用缝纫机，这还要缘于到学生家家访。在家访时，看到学生家长缝纫机用得很溜，我就随口夸了几句。学生家长就说，你也来试试看，我说怕把缝纫机弄坏了，家长说没事，顶多就是倒车断根针。听到家长这样说，我就坐到了缝纫机前，先空车练（就是不放线），然后放上线在纸上练，最后在布上练。练得差不多了，我就用自己的花布，给几个女同学每人做了一条裙子。看到她们穿上裙子高兴的、美美的样子，我也感到这门手艺没有白学。

后来，我的这门手艺一发不可收拾，在北大荒时，我就用上好的白府绸布，给老妈妈做了一件纯中式大襟、算盘疙瘩扣的衣服，以表孝心，妈妈非常喜欢。我还给自己做衣服，给孩子做衣服，甚至给出国的嫂子做衣服，得到外国人连连夸赞，因为我做的衣服，都用的是中国面料，如真丝面料、蜡染布，做成中式旗袍或时尚款式。

以下的衣服就都是我自己做的，每当人们问我，你是在哪儿学的手艺啊？我都会骄傲地回答：“在北大荒学的。”

我俩的故事

张新国

我和张晓虎是初中同窗三年的校友，都姓张，五百年前是一家。据说张姓的始祖就是制作弓箭的工匠，从根儿上就带有“征服气质”。或许是这原因，从上初一开始，我俩就比，最初是比个儿头，而且是骑自行车去王府井百货大楼。当时，王府井百货大楼进门一侧的大墙上镶嵌着几扇高大的镜子，站在大镜子前比，一目了然。在我印象中，那几扇镜子当时是全北京最大的。

起初，我俩一般高，后来他渐渐比我高起来。我也有办法拉平距离，在王府井力生体育用品商店买双厚底的“回力”球鞋，我的个子就陡然增高了。可我买他也买，我俩的身高还是有差距。初二之后，晓虎进了学校体操队，大概用吊环和单杠把个子生生“抻”长了不少，我干脆不比了，越比越没劲。他在班里也不算高，好歹比我高点儿有限，但对我也是打击。

初中三年，我俩基本属于“臭味相投”的哥儿们，学习成绩属中上等，都没有远大抱负和宏伟理想。我们最大的乐趣是课余时间一起偷着去大窑坑游野泳（当时是学校禁止的），那是砖厂挖土烧砖后留下的大水坑，距离后来的荒友于晴、白启民、刘铁栋、解凌、高理、洪力、徐凡之等人上学的化工学院附中不远。晓虎的二姐也在化院附中，和刘铁栋同班。我俩和班里几个淘气的同学上树偷桃，鱼塘摸鱼，用弹弓打蛤蟆。一次被狗追着咬，我们几个淘气包骑车比赛逃命，晓虎拼命踩脚踏板却落在后边。原来是他吓慌了神，居然朝反方向踩脚踏板，一时成为我们的笑料，被我比下去一回。

到了“文革”初起，我的政治抱负比他宏伟远大了，因为我敢异想天开——报考“主席学校”，毕业后当不上国家领导人也能当官。当然，我这个伟大的理想终成泡影，主要赖全世界找不到“主席学校”。我俩是一个“红卫兵”组织，最早“煽风点火”去了丹东。途径沈阳的时候，好像是说了几句过头话，还在沈阳幼儿师范学院被关押了几天，是跟一群画人体素描用的男女石膏模特关在一起。那时候，连光着身子的石膏人体模特，都算“封资修”。可我们是活人，跟这些平日看不见的“裸体”们共处一室，也算大开眼界了。

晓虎的钢笔和毛笔书法都不错，上学时自己去北海临摹《三希堂法帖》，“文革”写大字报使得书法水平更是突飞猛进，一天能写完一大瓶“一得阁”墨汁。他写的大字报贴出去，总有不少人看，但观众主要是看他的书法。我的字儿跟他比不了，可我比他“官”大，官拜学校革委会成员，他好像对当官和权力没啥兴趣。

接着时兴“大串联”，我们准备步行去湖南韶山冲“朝圣”，可他发烧没能走。我们组织留给他的重要任务是看好组织的红色大印，接待好来京串联的造反派小将。后来得知，晓虎的接待任务完成得不错，每天两次去和平里“稻香村”后边的大食堂，用手推车给来京串联的学生们拉饭，饭菜都是免费的，他干得挺辛苦。但说到看守红色大印的任务，我就不敢恭维了。

我们“长征”返回学校，大家第一眼看到的就是作为我们“司令部”的教室大门紧锁，门框上方钉着一颗钉子，一根绳子从钉子上垂下，象征权力的重要红色印章，就系在绳子下端，挂在大门外边晃荡。大门紧锁却把最重要的大印挂在门外，锁大门还有什么意义！把“革命大权”视同儿戏，他也太不像话了！面对忿忿然的同学，晓虎解释说，他每天两次离开学校去运送饭菜，起初都把印章拴在裤腰带上，但前去食堂拉饭菜的人很多，需要排队等候，而每天不知有多少人在学校找他盖章办事（那时候“红卫兵”的大印最好用）却找不到人，只好把大印挂在大门上——谁都可以盖，不耽误事情，也无须审批浪费时间。他的解释弄得大家哭笑不得，说来也怪，竟然没人偷走红色印章。直到今天，晓虎对权力也没兴趣，尽管他父母都是延安的老革命高干。

再后来，我们一起到了北大荒，都分在七星农场的良种站。起初，晓虎喂养奶牛，后来去赶大车。他每次骑着高头大马去食堂旁边的烘炉给马匹挂掌，引得男女知青们羡慕不已。我提出跟他赛马，他同意了。

那天是周日，马匹不干活，公路上也没有车辆。但接连几天的大雪，使得地面沟满壕平。一眼看去，到处都是一马平川的大雪原，好不壮观！赛马应当公平对决，他如果骑那匹俄罗斯种的大辕马（就是我们“三张”照片中，我牵着的那匹马），我骑马厩内的任何马也只能是第二名。还有一匹“二青马”，体态脚力极佳，但生性胆小，好像没人骑过。晓虎练过体操，曾经通过了当时“劳卫制”二级运动员的考核，身体素质没的说。他能纵身跳上大辕马高高的马背，当时良种站的知青很少有人能做到。为了公平起见，我俩各自挑选一匹身材较为矮小的蒙古马，牵着来到二抚公路上。我们把马匹牵出一段距离朝回跑，约定谁先跑到路边的一个厕所算赢。

我俩翻身上马，比赛开始。我能看出来，他没把我放在眼里。我心里暗暗较劲，非得赢他不可！双腿一夹，用缰绳狠抽马屁股，胯下的白色里套马顿时四蹄腾空，冲在了前边，我心里好生得意。我回头一瞥，他骑着栗色骟马，不紧不慢地跟在后边，怎么加鞭也超不过我。雪花在马蹄下翻飞，眼看厕所越来越近，今天的冠军，非我莫属了。

我们的左前方路边是知青的一排砖瓦房宿舍，右边稍远处是马号低矮的土房。我俩骑马沿着公路中央狂奔，公路两侧的排水沟已经被大雪填埋得和路面一样平整。猛地，晓虎在后边喊了一声“小心”，我还没明白是什么意思，胯下的坐骑突然一闪，朝公路右侧的马号直冲而去。我的身体骤然失去重心，但还没有摔下来，双手紧紧抱住马脖子。就这样，我紧紧拥抱着我的马，一头钻进了路边排水沟内的大雪中，人和马都被大雪“活埋”了。

公路上传来晓虎的哈哈大笑声，还有看到这场面的几个观众的笑声。我像个雪人一样狼狈地爬出雪坑一看，我的马已经爬出雪窝，快跑回马厩了。赛马结果，没有胜负，只有意外事故。一般来说，马匹不会自己往壕沟里跑，但当时大雪把地面填平，它也看不出公路和壕沟的区别。晓虎解释说，马匹都恋圈，骑马经过“家门口”的时候，要特别小心马匹突然往家跑。马匹的突然动作，赶大车的行话叫“败道”。刚才，他在后边看出我的马要败道，所以提醒我“小心”，可我怎么知道马肚子里的盘算？

别光说我俩的囧事，我们也比过当英雄，有过光辉而不灿烂的英雄事迹，只可惜这“光辉”没多大亮儿，没几个人知道。

那是1968年夏秋之交，我们良种站的几个男女知青，来到北大荒已经多半年没洗过澡了。大家相约到草甸子里的一个较大的水泡子内游泳洗澡，彻底“斗虱批修（主要是男生）”。开始，大家都有些“男女授受不亲”，男生和女生各自划出“楚河汉界”，各游各的。但水泡子里的杂草极多，很容易被草缠住脚腕，为了在出现意外时相互有照应，彼此约定能看见就行。

这个水泡子挺大，像个小湖。没多会儿，水泡子中间突然传来惊叫声，一个女生的脑袋在水面上下起伏，显然是出危险了！晓虎当时的位置距离溺水者最近，他游自由泳（不易被水草缠住）飞快冲了过去，率先托起那个女生。接着，我们就看见晓虎和那位女生的脑袋在水面此起彼伏。

几十年后，根据我们在聚会中那位溺水女生和晓虎的共同追忆，当时的大致情况是这样的：晓虎让女生扶住自己的肩膀，准备带着她游回岸边。晓虎让她只要能露出嘴巴呼吸就行，这样她的大部分体重都在水里。但那位女生完全不熟悉水性，出于恐惧想让脑袋高高离开水面，只能用力下压晓虎的肩膀。这一来，她的体重大部分到了晓虎的肩膀上，晓虎只能沉下去。那地方的水有多深不知道，但肯定是踩不到底的，而且水里的杂草极多，对游野泳者是极大的威胁。

据那位女生说，她和晓虎在短短几分钟内，在此起彼伏的过程中，有如下情景和断断续续的对话：

晓虎：你轻点儿摁，你一使劲，我就沉下去了？（没说完就沉下去）

女生：可我害怕呀？行，我轻点儿。（一松手，自己却沉下去）

晓虎：扶着我的肩膀，往岸边游。（托起对方）

女生：可我不会游呀！（一按，晓虎又沉下去）

晓虎：那，你是怎么游到这水中间的？（浮上来，有些生气）

女生：我是抱着一块木头漂过来的，木头没抱住——（自己又沉下去）

晓虎：坚持，你看，张新国也过来了！（开始喝水了，吐出一口绿水）

女生：要不，你甭管我了，自己走吧。（也开始喝水，态度坚决地一按，晓虎沉下去）

晓虎：那可不行！要死一块儿死——（近乎挣扎着浮出水面，托起女生）

就在二人在水里“开会讨论生死问题”的几分钟里，我在水里找到一截木头，推着木头飞快地游了过来。女生抱住木头，我和晓虎一起把木头和女生推到的岸边，总算化险为夷了。那位女生的姓名就不说了，反正是咱们知青中的佼佼者。她是女四中的，曾经跟“小咬”一样，也“削发明志”，剃过秃瓢儿。

这回，救人第一，比赛第二，算是“双赢”。

我俩的这段“光辉事迹”，也不过是良种站的荒友们在后来聚会中偶然提起的小笑话，一笑了之。当过知青的人，谁还没有点儿助人为乐的事儿？今天写出来也是凑个小故事，没有表彰自己的意思。

晓虎还干过一件荒唐事儿。他在北大荒的劳动还不嫌累，得知田小波回京探亲，让田小波把他在家练块儿用的哑铃带回来。那对哑铃不是制式的，是五八年大炼钢铁时工人们自己铸造的，比买的哑铃重得多。小波傻乎乎的认真，跑到晓虎家里取哑铃，弄得晓虎爸爸哭笑不得。有道是“千里不捎针”，晓虎竟然让这么个瘦弱漂亮的小姑娘，千里迢迢背那么重的两个大铁砣子，八成是在北大荒把脑袋冻智障了。当然，小波没能完成这次荒唐的任务。

再后来，我俩一起从 25 团调到 61 团，很快各行其是，彼此的故事反而知道得不多，想比都没有机会了。再后来，我上学，他当兵，听说他在辽西的老四野主力部队中从战士当到军事教官，四年间全副武装走了八千里（正规部队的“拉练”，比建设兵团的艰苦多了）。他所在的“红军团”曾经全副武装昼夜兼程，在冬天用 24 小时走完 130 多公里，最后走到“脚掌有多大，血泡就有多大”，创造了全军在和平年代的长途行军记录。再后来，他作为沈阳军区的“军事技术尖子”，在准备参加“全军运动会”的训练时摔伤了腰，本来是个干部苗子却要求复员，或许还是他对权力没兴趣所致。当时部队复员政策是“哪儿来，回哪儿去”，他没有北京户口，也曾准备重返北大荒。正赶上返城风潮，他妈妈便把他办回了北京。

回城后，成家，立业，各自忙得昏天黑地，聚少离多。我这个“老贫农”从当农工到退休，一直都在“下乡”。晓虎一头钻进故纸堆，成了文人，后来“下海”写电视剧，现在还忙着给大家出书。要说比，他在“爬格子”，我在“爬地垄沟”，隔行如隔山，我们之间已没有可比性了。

其实，晓虎上初中时已经显示出文学天分，他有家学渊源，他的外祖父是我国著名翻译家董秋斯（笔名“求思”）。这名字也许大家不知道，最早的世界名著中译本《战争与和平》《大卫、科波菲尔》《马背上的水手——杰克伦敦传》，还有最早把“米老鼠”和“唐老鸭”介绍到中国的《唐老鸭开报馆》等等，都是他外祖父的译著。抗战爆发之前，他外祖父最早把日本企图侵略中国的《田中奏折》翻译出来，刊登在报纸上，可惜没能引起国民党政府的注意和警惕。初中三年间，晓虎在他外祖父家不知看了多少书。在我们到北大荒的第三年，他的外祖父在“文革”中挨整，心情抑郁而离世。晓虎报名去东北时，外祖父送给他一支“英雄 200”金笔，意思是“干革命别把文化干丢了”。

后来的事实证明，晓虎干革命把英雄 200 金笔干丢了，但没把文化干丢。他的家学底蕴，使他在后来的文化竞争中具有先天优势。他今天能用自己的文化优势为大家出书服务，也就不奇怪了。作为老朋友，也许我对他的老底儿更清楚。当然，自身的刻苦是更重要的因素，我就不多说了。

对了，有人说“没有孙子想孙子，有了孙子当孙子”。我俩眼下都有了小孙子，他的孙子叫“漾漾（往外洒）”，我的孙子叫“兜兜（往里装）”。我俩如果还想比，只能比谁“当孙子”当得更好了。

作者简历：张新国，男，1949 年 11 月出生。北京知青。1967 年 12 月到黑龙江省七星农场良种站。1968 年调到黑龙江生产建设兵团 6 师 61 团，先后任职于军马连（后改为工程 2 连）、宣传股电影队。1977 年考入八一农垦大学，毕业后返京。

我们连的多彩文化

刘宝华

“边疆离北京有多远，有多远……”“新搭的帐篷雪白的墙，屋里挂上毛主席的像……”这是5连的天津知青在一次聚会时情不自禁唱起的几十年前的老歌。这歌声又把我带回了北大荒。

我们连有一批文化活跃分子，他们都是连队的骨干，有思想有才华，不断地策划着各项活动，丰富着连队的文化生活。

唱革命歌曲在5连蔚然成风。开会唱、拉练唱，宿舍里、麦田里、晒麦场上，都能听到那些耳熟能详的歌声。知青探亲回来都会带回当时城里流行的新歌，我们就把它抄成大字报，挂在会场的中央一起学唱。不管是新歌还是老歌，抒情的、进行曲还是样板戏选段，几年里已有几十首甚至更多的歌在5连传唱。每到连队开大会前，激情四射的全连歌唱可算是一景。男生、女生，排与排之间飙歌震耳欲聋。有的人唱得脸红脖子粗，有的人唱得尽兴到吼起来。那，就是最炫的歌。农闲时连长会在大家“啦……啦……”的伴唱中跳起他拿手的朝鲜舞，大家又是鼓掌又是叫好，气氛甚是热烈。大家把唱歌作为一天劳作后的放松，连长却把它当作一项任务：“好好唱！

不唱痛快，不开会！”听到连长这样的鼓励，大家的歌声更洪亮了。这洪亮的歌声响遍三江大地，唤醒亘古荒原。

这歌声饱含着青春的热血，它唱出了战天斗地的乐观和不惧风雪严寒的坚强。同时，也有青年们对郁闷、思乡情的释放和宣泄。

唱吧！尽情地唱！让地球人都知道，我们是知青；我们是不甘寂寞的知青；我们是激情燃烧的知青。

连队宣传报道组把板报壁报搞得生动活泼，宣传好人好事。文艺宣传队自编自导节目，曾被兄弟连队请去演出，受到热烈欢迎。5连组建武装连后，除种地打粮外，还要完成战备训练任务，站岗放哨、紧急集合、野营拉练、军事演习等不亚于野战部队。为配合武装连的政治思想教育工作，宣传队自编自导了小歌剧《第四班岗》，由李璞作词，杨善华谱曲。讲述一个战士厌倦站岗，在第四班站岗中打瞌睡，经过教育后痛改前非的故事。通过这部剧教育战士时刻提高警惕，牢记毛主席的教导，屯垦戍边，保卫祖国。歌中唱到：兵团战士意志强，手握钢枪心向党。弹上膛，刀出鞘，反帝反修保边疆……歌剧的主旋律及歌词颇具专业水平。

春节到了，为表达知青对老职工的心意，大家编写了对联，挨家挨户送到老职工家。年三十，我们打好糨糊，带上刷子，从连东头开始贴。没想到寒冬腊月糨糊刚一刷上，就冻了，对联拿在手里，我们束手无策。这时站在一旁的老职工端来一盆水，用水冻对联，嘿！这是个好办法，对联很快就冻在墙上了。看着一副副大红对联，知青和老职工们都很高兴，是对联把他们的心连在了一起。白雪、蓝天、红对联，为连队的大年增添了节日气氛。春联副副人心喜，笑脸张张映日红。

5连文化生活中另一大亮点就是吟诗作乐。艰苦劳动没有压垮青年们的意志，他们不颓废，不沮丧。把在工作生活中的激情用诗歌的形式抒发出来。有人写散文诗，有人写格律诗，也有人喜欢按词牌填词。由开始的十几首增加到上百首。连队的草根诗人也越来越多，有青年也有老职工。而老职工曾辉最善于即兴发挥，记得我调2连工作，在欢送大会上他还即兴吟诵了一段五言诗，让人难以忘怀。我们把这些诗歌整理分类，编辑成册，命名为《战地黄花》。共编辑3集，每集大约50首，诗集都是钢板刻印的，参与刻印的有指导员李伟，还有孙忱谦等。战地黄花分外香，整个集子充满了那个时代质朴的泥土气息，至今读起来让人感到那么亲切和振奋。如孙忱谦的“排涝盆端三江水，抗旱独挡八面风……”陈俊民的“绿色的帐篷，是我们战斗的起点，双手的老茧，诉说着创业的艰难……”都表现了知识青年的革命豪情。

我们连除有诗歌集，还办有诗歌展览，诗歌笔会。业余时间，大家经常聚在一起，切磋技艺，讲评习作。先由作者朗诵自己的作品，然后谈自己写作的背景和创意，讲作品的构思和意境；再由大家讲评，提出建议；最后进行修改。这都是知青们自发营造的文化氛围。至今想起还让人感到那么温馨浪漫。当时那些活动对提高大家的创作水平很有益处。那种形式用现在时髦的词来讲就是笔会，诗歌笔会。

以诗言志志亦同，壮语豪情贯长虹。

荒原尽洒青春血，万千苦乐在其中。

多彩的文化改变了连队的精神面貌，促进了连队的精神文明建设。知青下乡到北大荒，不仅开荒建点，使荒原变成了绿洲，更重要的是带去了城市的文明，城市的文化，为农场的现代化建设打下了多彩的底色。

谨以此篇作为纪念，以飨5连的战友们！

作者简历：刘宝华，女，1949年7月出生。天津知青。1969年5月下乡到黑龙江生产建设兵团6师61团，先后任职于5连、2连、师部科研所、61团机关。1979年5月返津。

我是小铁匠

王全新

1970年5月葛连长找我，让我到3连烘炉学习打铁，主要是学打马掌，钉马掌。其实我从内心深处并不愿意干这一行，当时我非常羡慕机务排的工作，觉得开拖拉机很帅气。但既然领导决定了，我还是按期到了3连。

到了3连才知道2连有一北京知青也来学习。三连烘炉有三个人，师傅姓罗岁数不大，有一手好手艺。还有一个北京青年和一个天津青年。我们每天就同他们干日常的工作，腾出时间罗师傅就教我们制造工具，教我们打马掌，教我们补油管，总之教了我们很多的技术。一个多月后，学艺结束。在这里，我才知道铁经过煅烧会变得那么软，会那么顺从地按人的意志制作成各种工具、器具。我也知道，打铁可是一个技术活。在天津，烘炉叫铁匠炉，天津有名的工业技术发源地三条石就是从铁匠炉发展起来的。在工厂，这一行叫锻工。谁都知道在工厂凡是技术工种要三年学徒才能出师的。所以我对回连后能否担当起这个工作还是捏了一把汗。

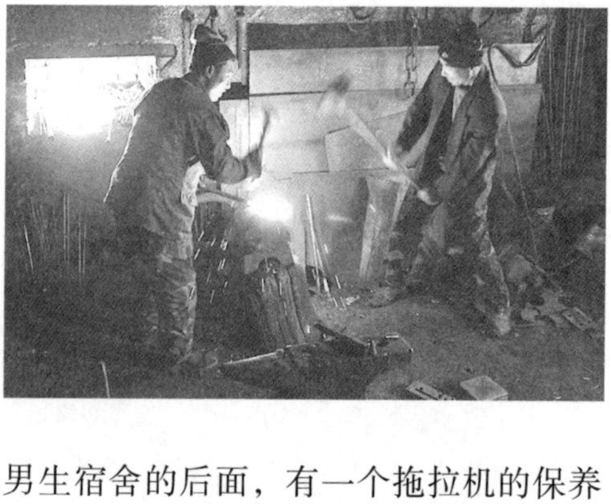

1连原来就有一个烘炉，就在我们男生宿舍的后面，有一个拖拉机的保养间，屋子不大，停放一台拖拉机就没有什么地方了。烘炉就挤在保养间的一角，基本没有什么工具。烧火用的风箱用着还顺手，但是烘炉的烟囱太小，一点火，浓烟从烟囱走不了多少，都冒在了屋子里，经常呛得人跑到屋外喘口气。保养间的两扇大木门就跟要散了一样，既不挡风也不保暖。就在这样简陋的条件下开始了我新的工作。

时隔不久连里盖了一个新的保养间，并且单有一个烘炉间，垒起了新的烘炉，工作间也大了，工作环境好多了。俗话讲“师傅领进门，修行靠个人”“会不会，看工具”，所以制作工具是当下的第一要务。排里还给我配了一个人，那段日子我们天天都在打造工具，经过一番努力，我们把基本的工具都制作完成了。从那时开始，连里只要是沾铁的活就找我。按天津来讲，烘炉叫黑铁，铁皮的活叫白铁，俗称黑白铁。入冬的时候需要打几十节的烟囱，有时还要打水桶。烟囱直的好打，弯头可就需要技术了，所以在我回家探亲的时候，到新华书店买了本《钣金工展开手册》。这本书真是帮了大忙，我打烟囱弯头时用上了，打洗衣盆、烧水壶都用上了。以后连里又进了一台电焊机，虽然是旧的，但是很好用。还进来了一个小台钻，烘炉就有点像是一个小修理车间了。我又买了有关电焊的技术书籍，了解电焊的几种方法，电焊机电流大小的运用。我越来越感到小小烘炉间大有用武之地了。我遇上的难活就是给食堂用2mm的铁皮制作一个蒸馒头的锥形大锅盖。食堂原来的锅盖因长久使用坏了，司务长高志强从团里领了两张铁皮让我制作。当时我心里真是没有底，因为锅盖体积较大，展开的图不好画；铁皮厚，不好裁剪和弯弯；如电焊，铁皮就又显得有些薄了，电流不好控制。虽然有难度，功夫不负有心人，我还真将这个大锅盖做好了。高志强非常满意，我也感到了成功的喜悦。

潘指导员调来我连不久，要求给地里送热水。那是10月的时候，水送到地里就凉了，他让我想法制作一个到地里以后能加一下温的东西。我想了半天，就在水桶下部做了一个小灶，到了地里用些干草就能加温了。连里以后就用它给地里送水，大伙不再喝凉水了。

烧开水用的铁水壶别看小，要是做出来并非易事。白铁活讲究实用还要美观，壶体是下大上小的圆锥体就要画图展开，哪一个部位都有一定的学问。就拿壶梁来讲，就要砸成波浪形。我没见过制作过程，只能自己深思构想，细心琢磨。别看一把小壶，需要十余个样板图，虽然没有师傅，我还是将它们做了出来。在这个过程中，还牵扯到数学、几何等相关的问题，没办法，只能是边学边用。以后连里有好几个成家的，都在团里买镀锌铁皮让我给做洗衣盆、烧水壶、水桶、水舀子。

其实一张铁皮如果用料不计算好是打不出这些东西的。我就仔细地计算安排，尽量减少废料。

当时连里有一个技术改造能手叫王恩厚，他的三项改造给连里的生产带来很大的帮助。一个是播种机的划印器，保证了在播种时拖拉机不串行；一个是过筛机，能让大豆尽快将谷草杂物清除出去；再就是将谷物联合收割机改造成能收割大豆的割刀。在改造工作中我积极配合，特别是制作收大豆的割刀量大，需要一个一个地打造，费了很大的功夫。这个技改非常成功，使收割大豆也能用上机械，节省人力减少了浪费。

我曾几次向连长请辞，特别有一个修理厂的锻工调到1连后，我去意更甚，但连长就是不同意。我一直琢磨葛连长如此执拗的原因，也许他觉得我有点钻劲儿。其实我小的时候就爱看走街串巷“换锅底换盆底”的师傅们干活。上学时我就自己做鱼缸，自己配钥匙，自己洗相片，自己修自行车。没想到自己的动手能力在北大荒派上了用场，并在实践中有了进一步的提高。是烘炉培养了我刻苦钻研的良好习惯，所以我现在见到新的产品总爱研究一番；是烘炉培养了我自己动手修修补补的能力，现在无论是家用电器，还是自行车等器具，坏了我都敢拆，敢修。

从兵团回来，我就再也没有接触过这一行，但是在1连干烘炉这段时间，是我人生中一段重要的经历。它不仅让我的臂膀增加了力量，也让我增强了克服困难的毅力和勇气。

我在分机房值班

战玉霞

有一天我们排长老杜对我说指导员叫我到连部有事。我听了心里怦怦跳，不会是嫌我小鸡没喂好吧（因为那时我是鸡倌呀）？

一进连部，指导员李继美一脸严肃地对我说："团部要在9连建个电话分机接转站，要一个责任心强、肯吃苦的青年当话务员，我们研究了让你去。""让我？我也不会呀！"我脱口而出。指导员一听就笑了，说："团部来人教你，你要认真学呀。"这时我才想起一进连部发现连部被隔开，当时我想着心事也没问。

指导员边说边带我来到那个被隔出的小屋，一位现役军人迎面走来，指导员介绍说："这是团通讯股董股长。"董股长向我介绍了坐在分机旁和外线说话的话务班长王云婷。董股长说："现在国际上苏修不停挑衅，61团地处边境枢纽，地理位置很重要，要提高警惕，还要保证生产股报进度时线路畅通无阻。平时人不离岗，具体情况让话务班长传达。"说完，董股长坐车走了。

话务班长王云婷教我接转，给我讲注意事项、话务员守则，她说："你先干着，现在是考验期，合格了就批准你当话务员，不合格换人。"两天后王云婷走了。

一个人值班我很紧张，晚间不敢睡，很怕耽搁电话，困了坐在分机旁打个盹，也不敢放夜铃，怕睡着了听不见。每天傍晚6点生产科李宝凤按时打电话找各连统计报开荒进度。那时119是作战指挥部，每天要查各连的值班情况（边境时局很紧张，口号是备战备荒为人民）。会计牛力和我做伴在分机房住，还有副指导员王新忠。她俩看我不敢睡觉，困得直打瞌睡，怪可怜的，有时替我接转。她们像大姐姐一样爱护我，那时我心里感到可温暖了。

有一天屋外下着大雨，远处轰轰隆隆直响，该到试机时间了（战备时期每隔两小时和总机试线一次）。我插上线呼叫总机——摇不到，我又摇还摇不到总机。牛力和王新忠过来摇（那时是手摇发电机）也摇不到总机，我吓得哭了，担心是老毛子打过来，把电话线掐断了。牛力在旁边劝我不要哭。这时指导员和连长闻讯也过来了，分析情况说：“老毛子打过来能直接往里去吗？也没看见飞机过去呀。”大家又一起到门外观察，谁也不出声听着，听了一会指导员李继美说：“远处不像打炮，像打雷。”大家又听了一会，纷纷说：“哦，是远处打雷。”我不哭了，忙跑到屋里试线，但还是要不到。

这时我冷静了下来，看看分机的接线盒——没掉线；看看闸刀——合得很好没缝隙；再看看保险丝——有一根保险断了。我大声喊：“找到了，找到了！”连部的人都过来了，问找到了什么，我说：“保险丝断了！”指导员叫牛力帮我安保险丝，其他人正常工作，一场虚惊过去了。

哪里有保险丝？牛力跑到木匠房问没有。我急了说铁丝也行，牛力到处找也没找到铁丝，只找回一把钳子，我看了真是哭笑不得，别说，还就这把钳子立了功！

我看连里什么也没有急了，到屋外线杆下找，心想外线人员工作时有没有多余的线头扔掉呢？别说真让我找到一段 2 寸多长的铁线，忙跑到屋里用钳子安到保险丝的位置上，刚安好总机就来电话了。

我赶快去接电话，就听王云婷焦急地说："咋回事？刚接电话？是不是广播完没放闸？你知道吗，现在是战备时期，半个小时了联系不上你，119 都让各个武装连紧急集合了，你再不来电话，武装连就上 9 连去了。"我忙说："保险丝断了……"王云婷没等我说完就说："保险丝断了你咋还能讲话？！你等着董股长和你说话。"在电话里我一边说着情况一边哭。董股长说："你别哭了，你知道吗？你们分机要不到，牵连着七个连队上千条生命，首长多担心呀，我们马上去，姜政委亲自去。"说完放下电话。

姜政委来？！我感到事情严重了。那时我感觉时间过得很快，只是一会儿，就听到连部门外响起汽车声。牛力出去看看，跑回来说："团部来了好几辆车，来了不少人呢。"我听了又哭起来，心想这回坏了，我惹大祸了。

过了一会董股长和王云婷走进来，董股长说："情况 9 连指导员向领导汇报了，关键时刻你能急中生智解决问题，刚上分机十几天出现这种情况处理得很好嘛！谁教你用铁丝代替保险丝的？"我一边哭一边说："没有保险丝，一着急

就用铁丝了，铁丝也能导电呀。”王云婷走过来拉着我的手说：“别哭了，你做得对！在电话里我一急说的话过重了，你知道吗？你这电话要不到，首长多着急呀！姜政委、武装部长、119 的股长、警卫排长、外线班长都来了。”我听了不知说什么好。

这时指导员推开门说姜政委叫我过去，我刚哭完眼睛还红，听说姜政委叫我过去就低着头走进连部。

“你是小战？怎么，听说你哭鼻子了？你在关键时刻事情处理得不错嘛！为什么哭呀？还低着头，抬起头来吧。”姜政委说。我抬起头回答：“我是小战，我要不到总机，我怕 ……”“你怕啥？”姜政委问。我说：“我怕、我怕老毛子飞机打过来。”姜政委说：“打到团部来？”我眼睛一红从嗓子眼挤出一个字“嗯！”，这时一屋子人都笑了。

我最难忘的北大荒经历

——追忆我挖的第一口井

陈 坚

电视剧《知青》在央视播出以来，心情久久不能平静。40 年前，在黑龙江生产建设兵团生活与战斗的画面不时浮现在眼前，引起我不尽的回忆。

1969 年 5 月 29 日我们离开了天津，来到了黑龙江生产建设兵团 6 师 61 团 5 连。从此开始了艰苦、漫长而又伴随着欢乐的战斗生活。由于是新建连，住帐篷，睡大通铺、点油灯，这些都是我们在城里从未见过的。初春的北大荒，根本就没有菜吃，每天只能吃海带炒黄豆芽。最困难的是，由于没有水井，只能用雪水和水泡子的水洗漱、洗衣和煮粥。煮出来的玉米碴子粥，味道苦涩难以入口。为了解决这一难题，连里决定打井。

这个光荣的任务落在我们四个人肩上：排长张宪柯（老职工）、我、曲维庆、王汝从。记得开工那天风很大，地上的雪也很厚。选好地点后，张排长带领我们先清理积雪。厚厚的雪在风吹日晒的作用下，表面已经形成一层硬壳，清理起来并不轻松，一会儿我们就冒了汗。积雪清干净了，眼前这一大块黑土地就是全连人的水源地了，大家都很兴奋。我们平生第一次抡起铁镐，铆足了劲，拼命干了起来。那时北大荒的天气，白天也有摄氏零下二十七八度，每一镐下去，手臂被震得抬起老高，地下却只留下一个个浅浅的小坑。不一会儿每一个人手上都磨起了血泡，身上的棉衣也穿不住了，浑身直冒热气。男儿本是钢铁汉！为了大家能喝上干净的水，我们咬着牙、忍着手掌的疼痛，没有一个人叫苦，加劲努力，可半天下来几个人也就刨了二十多厘米深，还累得满头大汗。曲维庆对老张说："照这样下去，得哪辈子干完，连部不是有炸药吗，干吗不用？"张宪柯听了说："对呀！你们先干着，我去连部。"说完转身就走了。我们几个坐在土堆上，刚休息一会儿就坐不住了，汗水浸透的衣服瞬间冻成硬片，贴在身上刺骨冰凉。俗话说：东北冻懒人，还真不是瞎说，我们只好又干了起来。过了会儿，张宪柯拿着雷管、炸药，还有大锤和钢钎回来了。我们都兴奋起来，在老张的指挥下，掌钎的掌钎，抡锤的抡锤，又苦干了半天，终于打好了炮眼。填上炸药后，我和王汝从点着导火索，迅速跑出了50多米，随着三声巨响，冻层炸开了。第一次打眼放炮，那震耳欲聋的炮声也令我们几个知青激动不已。只见一大块一大块的冻土横七竖八的叠落在一起。这要是人工刨，好几天也干不出来。张宪柯说："今天就到这吧，先别动、明天再干，因为这时弄开冻层明天又会冻上一层，就白干了。"第一天就取得了这么大的成绩，让我们很高兴。

第二天我们把炸开的冻土块，一块一块地搬出来，清理了碎土渣，几个人继续开挖。铲去表层薄薄的冻土，下面就是瓷实湿润的黑土了。这一天的进度明显加快了，半天就挖了3米深。打井真是一个技术活，没有经验不行，就是有经验的人有时也会失手，功亏一篑。曲

维庆开始准备井樘木，井樘木的形状是有讲究的，一块一块之间上下左右必须能紧密衔接。张宪柯下去像摆积木一样，沿着井壁把井樘木一层层拼接起来，又回填好土，夯实。待安好辘轳后，每次只能一个人下井挖土了。上面两个人负责摇辘轳、倒土，张宪柯和曲维庆负责锯好井樘木。等挖到一定深度，他们继续安放井樘木。

随着井越挖越深，风险也就越来越大。摇上来的土筐偶尔晃动一下，就会有土块掉下去，砸在井下的人身上，弄得肩上、背上青一块紫一块的。最危险的是有一次掉下一把铁锹，急得上边的人大喊，井下的人有了防备，紧紧贴着一侧的井壁，才没出什么意外，但真是让人后怕，头发都立起来了！

十多天过去了，井已挖到十五六米深。让我终生难忘的是，那天我刚挖了两层土，也就 60 多厘米，突然感到脚下的土往上拱，出水了！不一会儿水就到了小腿肚。我又高兴又有些慌，就怕井塌了，急的连忙喊："老张，快放绳子，把我摇上去！"张宪柯说："别慌，你看仔细了，是不是渗水，先把工具放上去。"当时我太紧张了，把我摇上来时，铁锹还是落在了井下。张宪柯让我们把他慢慢地放下去，看看确实是出水了，让我们赶紧把事先准备的碎石投入井中，一个时辰过去了，水已涨到 7 米深，摇上一桶井水，喝在嘴里甜甜的、凉凉的，每一个人心里别提多高兴了。从今往后，我们再也不用喝那又苦又涩的泡子水啦。

这件事情过去了 40 多年，但每次回忆起那段经历，都十分激动。

之后我又参与打了两口井，但唯有打这口井印象最深。在北大荒这十年里经历了许多：脱坯、烧砖、伐木头、盖房子、割麦子、割豆子、打水泥晒场，几乎干过所有的活，以后又上了机务排，多次受到团里的通令嘉奖。虽然没有惊天动地的壮举，但这一段经历让我从一个不谙世事、幼稚无知的青年学生成长为一个真诚、善良、坚强、勇敢的顶天立地的男子汉！

快要到我们下乡44周年纪念日了，心里感触就更多了。如今我们这些知青都已60多岁，有些人已经不在了。每当我们相聚在一起时，最多的话题，还是我们在兵团共同度过的那些青春往事。所有的苦与难、因无知而出的洋相，都会让我们津津乐道。尽管是老生常谈，但我们还是兴趣盎然。每当这时，我们就好像又回到了十七八岁，回到了给予我们苦难、磨炼、快乐、团结、友谊的黑土地。我们深深地热爱北大荒，也期盼着北大荒的明天更加美好！

作者简历：陈坚，男，1951年12月出生。天津知青。1969年5月下乡到黑龙江生产建设兵团61团5连。1979年3月返津。

想当年……

张志强

“地下黑支部的头头”

大概在七几年的一个初春，当初建团时的工程连已经一分为三，当不了武装战士的我分在以木材加工为主业的工程 3 连（即木材加工厂），任“上士”班长。受“关心国家大事”的熏陶，工余时间经常和几位有共同兴趣的同事，在带锯车间座机旁的木板房，探讨国事和单位现状，在群众中有一定影响。

正值黑龙江省革委会主任潘复生被打倒，全省从上到下开展层层揭批及肃流毒运动。一天晚上开大会，本来是批判潘复生的“流毒”，指导员话题一转，对我发起了突然袭击，说什么有个“地下黑支部”破坏了连队的正常秩序……点名我就是“地下黑支部”的头头。接着，早就安排好的几个发言进行了上纲上线的批判。空洞的口号，弄得我莫名其妙，不成想，他们还有“证据”揭发我。

我的一个同事，也是同批的校友，拿出一个记事本，据他说这是日常记录了我的“黑话”，即反动言论等。他念一条，逼我回答一条，是否我说的，只能回答是与否，不许解释，不许谈前因后果。说实话，他还真没有造谣，而且我也坚信这些言论根本不是“黑话”，也不是什么反动言论，不外乎几个人探讨时的只言片语。于是，他说一条，我毫不迟疑地肯定一条。不料，半路杀出两个上海知青，顾某某和张某某抢着跟我争，说很多言论“版权”属于他们！这回热闹了，谁能想到还有人争着把批判的靶子引向自己呢，会进行不下去了。

一天后在连部，几个领导、骨干对我进行小范围的“帮助”。劝我“交代问题，认识错误”。一个排长站起来叫我交代家庭背景，竟然问我的父亲“解放前你是怎样混进共产党内的”，我一听就火了，立刻站起来大声说：“这是个混蛋问题！我只知道我生下来，父亲就是共产党员！解放前地下党组织是想混就混得进去的吗？！党组织从没有对我父亲下这个结论。你这是对党的污蔑！……”连长一看赶紧打圆场，说：“就到这吧！你看你是不是在会议记录上签个字？”“凭什么？所有参加会的人都签吗？”我表示不解。指导员赶紧说：“算啦。你回去好好想想，写个检查交上来。”“检查，我不写！你们想怎么办就怎么办！我接着！”

其实，我心里也不知道继续下去会是怎样的结果？几年来的北大荒生活，当年的“热血沸腾”正在逐渐变冷。抗争、彷徨、迷惘不时折磨着自己，所谓的“地下黑支部活动”即是表现之一。和批判硬顶、对抗，实是无奈之举，多多少少有点豁出去的意思。

几天后，连里宣布我停职检查。指导员拿着“材料”去团政治处汇报，回来后连领导开了半天会。连着几天，团里几个朋友陆续来看我，据说指导员在团部碰了个大钉子，还让政治处张副主任狠狠地批了一通，“地下黑支部”的事就再也没提过。

时间是最好的良药，经过逐渐磨合，互相有了了解，消除了心结，我和指导员、连长成了推心置腹的好朋友。我又被任命为一排二班班长，一切恢复常态。没过两年，工作上我成了连队骨干（会计兼后勤排长），被指导员称为离不开的“拐棍”。

差点成了“英雄”

1971年夏天，我奉命在富锦码头“驻在”了一段时间，任务是接受由依兰林区通过松花江漂运来的木材，再调汽车运回团木材加工厂。每根圆圆的木头上都钉有一个特制的铁钉，一头牢牢地钉进木头里，露出的一头有个孔，被铁丝穿过。所有的木头被串成木排，由拖轮拖着顺江流而下，到达目的地，再拖上码头堆料场。我们的堆料场，其实就是松花江大堤内一片干枯的河床。

最后一批木材到场后，上岸非常顺利，办好交接手续，打发走拖轮，望着横七竖八的根根圆木，总算松了口气，只等团里来车运走，任务圆满完成！谁承想老天爷不开面，下起了大雨，一连好几天，所谓的国防公路断了，汽车来不了。江水一天天上涨，水流越来越急，一浪高过一浪……

一天早饭后，我刚到料场，“松花江发水了！”随着一声喊，干枯的河床被大浪一下子削去二、三米，有的木头已被水卷走。我脑袋“轰”地一响，看见师部装卸连有人已冲向水里，三下五除二，我脱掉衣服就跳进水里，伸手去抓一根圆木，不想木头一滚，扑了个空，呛了口水，被一个大浪冲进激流……

多亏本人水性还可以，立即镇定下来，看准一根大圆木，用手紧紧抓住串排用的特制铁钉，身体随着水流，向下游冲去。

也不知过了多久，江面越来越宽，水流也慢了下来，我慢慢调整着木头的方向，一点点向岸边靠，终于进了一片芦苇荡，够到了地，走到了岸边。这时，才发现短裤、背心全被水冲走了，全身一丝不挂……

我只好蹲在地上，等待战友救援。

此次水灾木材损失不少！自己也差点成了“英雄”，年轻时的行动，你说是对，还是错？！当时，是根本想都没想！

（摘自本人两年前发表在《晚霞网》的博文）

“小牛”

张晓虎

小牛不是牛，是人，是天津知青牛增禄。为了能饰演现代革命样板戏《红灯记》里一个战士角色，他摔伤了颈椎，最后死得非常痛苦。

那是我从3师25团调到6师61团工程2连开荒建点不久，连队分来一批天津知青。工程2连最初叫军马连，据说是准备给参加中苏边境冲突的解放军饲养军马，但始终也没看见一匹马。跟我们相比，天津知青们的年龄更小，有些女知青刚坐着拖拉机拉的大爬犁进来的，看着一望无际的荒草甸子，大爬犁下边的泥水，简陋的帐篷和连队设施，坐在大爬犁上就哭起来。

我们这个新建的连队，的确是太简陋了。在我写的东北知青电视剧《那些年，那些事》里，再现了当年开荒点的局部情景。

我在连队当司务长，管伙食，小牛分到伙房当炊事员。他没哭过，走路晃荡着瘦瘦的身体，整天乐呵呵的，歪带着褪色的军帽，一副少年不知愁滋味的样子。我当时的体重足有80公斤，小牛也就50公斤左右，相差30公斤。小牛用天津话惊呼：30公斤？六十市斤呢！好嘛，整整半扇猪肉！还是带着脊骨和肋骨的！

头一天，他就知道体重在劳动中的重要性了。

在草席搭建的临时伙房里，我和小牛一起“压面”。连队人不算多，几十口子，但蒸馒头和面不能一小块一小块地和，是用一块大面板，把一袋几十斤重的面粉都倒在面板上，用水和成面团。之后，面板两侧各站一个人，中间横着一根粗大的压面杖，两人各执一端，一起一落地来回反复碾压大面团。压面杖有一米多长，中间粗，两端细，就像抬木头的“蘑菇头”（大家也叫“磨骨头”），但比蘑菇头粗大得多。

压面是体力活，我和小牛的体重相差30公斤，每次我把压面杖按下去，小牛就像被跷跷板掘了起来，全身都趴在压面杖上，两条腿在空中乱蹬也压不下去。我只能松松劲，让他落下来，不然这顿馒头是蒸不出来了。

此后，小牛发誓要增加体重，拼命吃饭，好在北大荒不像陕西插队的知青们，终年为吃饱肚子发愁，这里是粮仓，吃饭不是大问题。不过，直到我离开连队，小牛也没长几斤肉，向来不服气的小牛，对这事情服气了。

小牛的不服气是出名的，天津人叫“杠子头”，什么事情都跟别人抬杠。一次碰上连雨天，伙房外的柈子（木柴）都淋湿了，燃不起火焰。我让小牛去油罐接一些柴油，泼在灶坑里助燃。很快，小牛提回半桶柴油，我特意吩咐他每次要用炒菜的长把勺子少舀一些，距离灶坑远一点儿，把灶坑旁边的易燃物搬开，不然伙房就该着火了。小牛不以为然，非说油多火大，舀起满满一勺子柴油就泼进了灶坑。我拦阻已经来不及了，只见一股大火噗地窜出灶坑，活像窜出一条火蛇，灶上的大铁锅飞出了灶台，小牛惊叫一声摔倒。我急忙过去一看，他的头发和眉毛都被烧焦了，脸也被熏黑，幸好没大伤。

从此，小牛知道了，朝灶坑内泼洒柴油，每次不能超过小半勺。唉，这么简单的事情，小牛为啥也非要“实践出真知”？毛主席是说过：要想知道梨子的滋味，就得亲口尝尝。殊不知，有些“梨子”是不能尝的，尝一次也许就永远没有第二次了？可小牛倔强，还是不停地尝了下去。

小牛不怕苦累，诙谐乐观的性格，是我带他去团部和富锦县采购副食品才更有体会的。当时是深秋，我准备多买几坛子酱油准备越冬，冬天的北大荒零下40℃，外出采购是很难的，所以带上了小牛做帮手。

我们开荒点当时吃的豆油和酱油，61团都没有，只能去25团和富锦县城采购。翻浆（路面泥泞）的二抚（二龙山到抚远）公路边上，经常是各连的司务长见面的地方，大家都必须拦住过往的卡车，蹭车去老团和县城，这种长途汽车当然是全免费的。大家兜里揣着全连的伙食费，那是连队的金库，只能花在最有用的地方。

一般的行程安排，都是先去最远的富锦县城，买回几大坛子酱油和调味品。酱油是装坛卖的，每坛的重量都在五六十斤。返程途经25团的时候，再买豆油等物。每次外出采购往返，都是非常苦累的事情。可司务长都是单独外出采买，而且还有女知青司务长，大家就相互帮忙，把沉重的油桶和酱油坛子搬上搬下，还得坐在马路边不停招手，拦截过往的卡车。车辆一停，装卸要快，不然司机就没好脸了，那种苦累滋味是现在的年轻人无法想象的。

拦截卡车，我们都让女司务长站在路边招手，男司机们极容易“上钩”。我在兵团的几年间，倒没听说男司机调戏女司务长的事情，但有个大姑娘坐在司机身边，对男司机乏味的长途驾驶，总是件让男性荷尔蒙飙升的事情。卡车司机一旦中了美人计停车，冲上来的男司务长们和一大堆坛子罐子，就让司机们傻眼却也无奈了。只要卡车上有地方，总能塞得满满当当的。

那天，我和小牛在富锦县城采购了很多东西，和几个司务长借用手推车，把东西推到路边摆了一大堆，好在那年月没人怀疑我们练摊儿。我们坐在路边，连续招手两个多小时，非但没有卡车停下，而且都是快速通过——司机们大概被我们身后小山一样的物资吓坏了。

眼看时间快不够我们返回25团了，在富锦县留宿，房费比25团招待所要贵几毛钱，这是大家都无法接受的。小牛突发灵感，借来头巾裹住脑袋，伪装成大姑娘招手，竟然让一辆带挂子（拖车）的大卡车停住，而且是空车。我们几个男司务长乐疯了，立刻包围了卡车，司机束手就擒。真别说，小牛裹上头巾，苗条的身材，清秀的脸庞，还真像个漂亮大姑娘！

停车的司机就像“虎落平阳被犬欺”，我们这些司务长个个如狼似虎，男的都像鲁智深，女的也像孙二娘，我还没见过停车的司机敢跟我们叫板的。能欺负我们的司机，都是在飞驰而过的驾驶室车窗内，笑着对我们招招手——这就足以气得我们破口骂街干瞪眼了。

当然，这是个真实的玩笑。总的说来，那时候过往的司机们，只要车厢还能装东西，大多会主动停车，帮着司务长们装货，这是大家都心照不宣的事情，现在想来心里也暖暖的，不像现在。

从富锦县城的采购开始，我们的物资越来越多，而且从采购处运到路边拦车，再到25团的团部再次采购，大量食品物资不停地搬上搬下，每人到底有多大的工作量，只有天知道！小牛一路上发疯似的装卸货物，我说酱油坛子太重他抱不动，可他非要自己抱，结果差点儿摔了坛子，砸了脚面。那一次采购回来，从来不喊累的小牛，也用一只手撑着腰，晃荡了好几天。

除了苦累，还有危险。

那次从25团返回61团的途中，我们搭乘的是一辆拉木材带拖车的大卡车。圆木被整齐地截断，在车厢内装得高出了车厢栏板，用绳子捆绑结实。我们的东西装在前车的圆木堆上，前车厢和拖车的圆木上边，坐满了要返回61团的男女知青，我和小牛坐在后边的拖车上。坐在高高的圆木上边，四面没有遮拦，其实非常危险，可心里别提多踏实了——总算可以直接回家，不用再倒腾东西了。有人唱起“我们坐在高高的土堆上边，听妈妈讲那过去的事情……”，可我已经没精神听“妈妈讲故事”了，眼皮子累得早就睁不开了。

当时的二抚公路还是砂石路，秋天下雨就翻浆，路面就像洗衣服的搓板，坐车如行船，每小时能走二三十公里，就算高速了。卡车行至半路，路面塌陷，只能下路走田地。可那段路基偏偏挺高，司机开车下路时的倾斜角度不够，卡车和后边的拖车瞬间侧翻了，而我当时竟然睡得昏天黑地。

顷刻间，我只觉得天地翻覆，身体急速下沉，我本能地腾空跳了起来，直到被重重地摔在松软的黑土地里，我才睁开眼睛，此时还不知道发生了什么事情。

顿时，田野间一片惊叫，卡车和拖车侧翻，圆木滚了一地，幸亏卡车和拖车都没有扣过来！没有受伤的和受了轻伤的男女知青们，忙着抬起圆木，抢救被压住的人。我动动脑袋和身体，好像是没有受伤，于是，我急忙爬起来，先去找小牛，却见他脸上和全身都是泥污，正在搬一根粗大的圆木。谢天谢地！车上那么多圆木滚下来，车上所有人没有重伤，也没有被砸死的！

我问：你没事吧？

小牛笑笑，一口天津话：嘛？嘛？我是谁？我能有嘛事儿？

吹吧，小牛真可爱。

我看看翻倒的卡车，从我坐的拖车圆木堆上，到我跌落的地方，大概要在空中弧形飞行六七米远，不知道自己是怎么飞过来的？也不知道小牛是如何大难不死的，我俩居然能全身而还，真不可思议！最怕摔的酱油坛子竟然没有破碎，别的东西都是不怕摔的，我们的采购任务可谓功德圆满！

我曾经练过中国式摔跤，还是学校体操队的成员，通过了二级体操运动员的考核。也许是体操运动员的素质加上北大荒雨后松软潮湿的土地，再加上运气，救了我一命。

回到连队后，小牛才跟我说实话。他当时正好坐在拖车的车尾没睡觉，看见危险就提前跳下车，不仅轻松躲过了劫难，而且看见我的“空中飞人”动作，佩服得不得了。我告诉他，我练过中国式摔跤，“挨摔”是基本功。还练过体操，说着做了个前手翻和侧空翻。之后，他非磨着跟我学习翻跟头。可我看他硬胳膊硬腿，全身的韧带都拉不开，只教过他几招摔跤技术，没敢让他练习翻跟头。北大荒哪有我们在工人体育场体操房的设备呀，非常容易受伤的。

后来，我离开连队去当兵，离开了那片黑土地。

六年之后，我在部队参加全军运动会选拔，作为沈阳军区的军事三项竞赛选手，在军部集训时摔伤腰部，放弃去广州军事体育学院深造提干的机会，复员回到北京。大概是在第二年，碰上当年的知青荒友，才知道小牛已经走了。

而且，他正是练习翻跟头出的事。

我第一反应就是后悔——早知如此，我当年应该教教他，我毕竟受过一些专业训练，至少让他知道翻跟头的危险，学点儿避免受伤的训练常识。

“早知如此”是废话，后悔药没地方买！

小牛已经永远走了，走的真没意义。

听荒友说，61 团的宣传队住在工程连，天天排练样板戏《红灯记》，一些年轻人看着宣传队在练习武功，也都不知深浅地跟着翻跟头拿把式，用以消磨无聊的时间。那一天中午，几个知青在炕上摞了几个枕头，就开始练习“窜毛”（就是有一点高度的前滚翻）。马上就要到上工的时间了，小牛说再翻一个就上班去，结果在翻过枕头的那一瞬间，一头撞在了炕上，摔伤了颈椎。大家一着急，把他缩在腔子里的脖子拉出来，结果导致严重的颈椎拉伤。要知道，颈椎牵引在今天也是一项非常危险、难度极大的医疗技术，可当年的知青们谁知道这些！

小牛在病床上躺了三年，最后痛苦地走了。这三年，他不知道忍受了多少常人难以想象的痛苦，走了反倒解脱了，这是我唯一能安慰自己的理由。

在那场政治动乱中，“样板戏”是全国人民唯一可看可演的文艺节目。不知有多少人演过“样板戏”，可小牛却因为演“样板戏”而献上了自己年轻的生命。对一个年轻人来说，不知道这是不是那个时代的另一种“样板”？

说实话，离开北大荒四十多年了，我忘记了很多当年共事的知青朋友的名字，但我忘不掉“杠子头”小牛——牛增禄。我曾经保存着一张我拉车，小牛推车的劳动照片，是135相机照的。可几次搬家，不知道丢到哪儿去了……

我挺想念小牛，他还活着有多好，哪怕他……

作者简历：张晓虎，男，1950年6月出生。北京知青。1967年12月下乡到黑龙江七星农场（后改为黑龙江生产建设兵团6师25团）良种站。1969年2月调至61团，先后任职于军马连（后改为工程2连）、工程1连。1971年参军离开兵团。现定居北京。

夜闯黑瞎子林

白长江

顺着拖拉机明亮的灯光指引，无垠的雪原一直覆盖到天的尽头。爬犁两侧不远处，一道道黝黑而充满神秘的林带，把黑的天和白的雪严格地区分开来。万籁寂静，只有东方红 54 欢快的链轨声惊扰了千古荒原的睡梦。

啊！北大荒的林海雪原好美呀！

“我 – 们 – 来 – 啦！”不知是谁亮着嗓子向着旷野呐喊着。

“我 – 们 – 来 – 啦！”远处幽幽的林海会意地传来轻轻的回声。

像粽子般团坐在爬犁上的 24 名男女小分队员开始兴奋起来，尽管 –41℃的彻骨严寒把人们冻得上牙打着下牙，大家还是高声地叫着、喊着，寒暄着。在人们的屁股底下是叠放着的两顶崭新的帐篷和各自的行李，爬犁前头是新领的二十多把玻璃斧子、洋镐和快马子，还有锅碗瓢盆等杂七杂八的用具。我们的目标是黑瞎林，一个充满诱惑而令人神往的地方。

“小伙子，冷不？瞧你的小脸冻得黢青，赶紧揉揉……”身旁一位操着山东口音的人一边说着，一边飞快地抄起一把雪敷到我的脸上，我连忙抽出冻僵的双手接过来笨拙地揉擦着。

借着拖拉机尾灯透过纷纷雪雾投射过来的光芒，我开始注意起身边这位与众不同的山东汉子。毛茸茸的狗皮帽子下是一副显得十分熟悉的面庞：浓眉大眼、鼻直口阔、面色黝黑，像极了一个人，对！“李向阳！”——游击队长！他穿着一件短羊皮袄，腰扎子弹带，足蹬毡靴打着绑腿，臂弯里紧紧搂着一支崭新的双筒猎枪。望着他被霜雪哈气染白的眉毛跟胡子，我不由得突发奇想……

“队长！咱……”

“俺不是啥队长，俺姓张，俺叫张洪利，哈哈！”

“哦！那——老张，黑瞎林真的有熊瞎子吗？”我弱弱地问道。

“有哦！那是熊瞎子的家嘛，要不凭啥叫黑瞎林哩！你怕不怕？它一张大嘴，就这个样子：嗷——”

老张突然用双臂搂住我的脑袋，一股热气钻进我的脖子。我一下子就喜欢上了这个标准的山东汉子兼猎手。

从 11 点由火烧盂出发已经过去将近两个小时了，我紧缩的双腿被冻得近乎失去知觉，我挥起拳头用力往大腿上狠狠砸了一下，竟然像砸在木头桩上一样，我有些害怕地望了老张一眼。

“咋地？”老张立即醒悟过来，他大喊：“快停车！”

“快停呀！”不少队员也被冻得忍耐不住，一边急切地朝前呼喊，一边抓起雪团朝前扔去。

隆隆作响的拖拉机像是装听不见似的继续朝前跑着。

老张把枪朝天一顺，就听“啪——勾儿”一声，清脆的枪声捎带着回音儿在茫茫夜空久久回荡。拖拉机停了下来。

“咋搞地呀？没冻坏人吧！快，快，快！统统下！马上下！”

随着一串酸溜溜的山西口音，一位走路有些前颠的中年人从驾驶楼副驾位上跳了下来。他的黑面儿狗皮帽子上头又扁又尖，一双不大的眼睛在尾灯的照射下仿佛闪着泪水的光芒。“这是周连长！”老张说。

“都起来！都起来！快活动活动！”周连长一

边挥舞着双臂，一边连珠炮似地大吐着哈气呼喊着。

男女队员们哼哼唧唧地慢慢挪下爬犁，一个女孩子缩成一团怎么也站不起身，她身旁的一个大块头青年双臂一使劲“嘿”的一声，像端花盆儿似的把她端了下来。

“到前面不远啦！大家慢慢跟着爬犁，不要停，千万不敢停下来呀！我到前头指路，张洪利你多照看着点儿哈！”连长转过身忙着去指挥车辆。大家在老张的关照下开始在没膝的雪地里艰难地跋涉起来……

“快看！那是什么？”花盆女孩惊叫着，大家顺着她的手势定睛望去，只见在拖拉机大灯的余晖映衬下，在左前方几丈开外的雪窝窝里，一只火红色毛茸茸的小家伙正惊恐地望着我们这些外来户。老张朝大家“嘘！”地做了个手势，众人立即猫下了身子，躲到爬犁后面。拖拉机也同时觉察到了情况，放低了油门站下来小声哼哼着，只见老张悄没声儿地把猎枪架在行李上，瞄了又瞄……

“快打呀！老张！再不打要跑啦！”我凑在老张身旁焦急地低声嘟囔着。

那个小家伙似乎闻到了枪的味道，像安了弹簧般地“腾”地跳将起来，犹如离弦之箭“嗖”地蹿向远处的丛林。

“那是个什么东西呀，老张？”

“那是只火狐狸。”

“那您怎么不打呀？多好玩儿呀！”

“狐狸皮可值钱呢！”

大家伙儿围着老张七嘴八舌地嚷嚷着，好像是他故意放跑了火狐狸。老张嘿嘿笑着，用白纸条卷了一根儿烟叼在嘴里，随即一团呛人的烟雾遮住了他坚毅的面庞。

老张沙哑着嗓子说道：“那家伙还小哩！打了太可惜了，让它再好好活两年吧！”

“那两年后，怎么可能再见到它？”我认真地说。

“傻小子！随它去吧，你真想要了它的命不成？哈哈哈哈！”

老张爽朗地大笑着：“走哇！上车啦，上车啦！”大家意犹未尽地再次坐上爬犁，随着一阵发动机的闷响，爬犁底下“吱吱扭扭”地叫了几声，动了。

又过了半个多小时，想象中的黑瞎林终于呈现在我们的眼前。

枝干茂密的杂树林里，粗壮高大的白杨举起无数支落满白雪的“手臂”，夹道欢迎着我们的到来；三五成群的小白桦好像羞涩的少女，伸展着婀娜的身姿躲闪其间；黑色的柞木不惧风雪的淫威，仍然倔强地掐着所剩无几的枯叶，给皑皑白雪覆盖下的黑白世界平添了几抹难得的火红。

拖拉机拽着我们绕着黑瞎林兜了大半个圈子，终于检阅完毕，在一个天然的避风港湾停了下来。卸掉了牵引钩，“东方红”轻巧地一转，把明亮的车灯直射向不远处一个半坍塌的大雪窝棚子上。周连长登上爬犁，看了看聚拢过来的这二十来个年轻人，仿佛面对着千军万马般地振臂一呼：“小伙子们！姑娘们！有谁知道今天是什么日子？”

“我知道，今天是12月26日毛主席的诞辰！”花盆姑娘脆声答道。

“对嘛！俺们就是要在这一天向毛主席他老人家报喜，俺宣布：黑龙江生产建设兵团6师61团11连今天正式成立啦！”周连长挥了挥手，习惯地前后错了几步接着说：“大家看这个塌了的地窨子就是当年老抗联留下的革命遗迹，俺们这支11连的先头部队就要在革命前辈住过的地方安营扎寨，建立伐木点，为明年的盖房、开荒做好前期准备。俺们要发扬解放军不怕疲劳、连续作战的战斗作风打好眼前这一仗！大家有没有信心？”

“有！”豪情万丈的呐喊声震得树上的雪挂“扑拉拉”地飘洒下来，一只野鸡“咕咕咕”地叫着，不知从什么地方由近而远地消失在密林深处。

依照周连长的命令，队伍分成三拨：有的去伐木；有的清理地窨子；有的料理物资，准备后勤。

在车灯的照明与漫天星斗的映衬下，一场热火朝天的夜战打响了。原本寂静的黑瞎林从此热闹起来。随着几声轰然倒地的落木声，老张领着我们喊着号子，肩扛蘑菇头，把几棵一搂多粗的杨木移到林外，紧接着我们又手提着玻璃斧子纷纷冲进密林，见到杨木杆儿就砍，“哒——哒——”清脆悦耳的砍树声此起彼伏，在这冰天雪地的原始密林里久久回荡。

天亮了。东方的鱼肚白使掀去黑色面纱的林海雪原别有一番亮丽的姿容，迎着黑瞎林黎明的第一缕阳光，我们唱着、我们笑着，一颗颗年轻的心像长了翅膀在美丽的雪原上自由地飞翔。

在清理过的地窨子上，一顶崭新的帐篷伫立起来了。用大原木架起来的对面炕上，排满了整齐的杨木杆，上面铺上厚厚的茅草，小伙子们打闹着、说笑着，开始安置自己的行李；几位姑娘在帐篷的一头拉起了幔帐——该男女有别了。

我们吃的第一顿早饭是斧劈冻猪肉、雪煮疙瘩汤和火烤冻馒头。

第一天晚上，我们只能戴着棉帽子睡觉，醒来的时候，白色的霜花封严了我们棉帽下的双眼，连被子上都是我们呼出气结成的霜花。

我们依然欢笑着、歌唱着，美丽的黑瞎林是我们的乐园，因为那时我们正年轻。

谨以此文向 11 连建点小分队的 23 名队友致以兵团战士的战斗敬礼！

他们是：周存旺　张洪利　赵志远　赵潞喜　丁海嘉　殷　枫

宋　龙　周静正　李　武　夏邦本　张永泽　吴小平

边长福　陈云涛　谢其祥　王增悦　吕献宾　徐兴民

张　燕　刘占龙　鲍德君　强建蓉　黄雪萍

一次艰难的买碱经历

李 敬

1972年，物资供应匮乏，地处东北边疆的生产建设兵团，尤为严重。每个兵团战士每月只配售半块肥皂，连队食堂连蒸馒头的碱都快没有了，望着快吃空的碱袋子，这可急坏了各连司务长。

兵团的主食大多是发面馒头、包子。为了节约用碱，发面不敢让它完全发起来，半发面的馒头是又酸又硬，加之那个年代把好麦子都上交国家了，自己留下来的有一部分都发了芽，蒸出来的馒头发黏，就餐的知青每天怨声载道，浪费也很严重。粮食是计划供应的，本来就有些紧张。司务长们除了忍受着就餐人员闲言碎语，还担心着粮食能否吃到月头，一时间都犯了难。

那时我是3连的司务长，同样忍受着这种煎熬。尽管想了一些土办法，用豆秸灰滤碱，但收效甚微。也许是因为我离团部近的原因，团里商业股的领导让我去买碱。兵团的知青很少外出，而且又是公差，却不曾想这趟想象中的美差竟让我经历了终生难忘的严峻考验。

采购本是一种商业行为，除了到生产厂家，就是到一些较大城市的商业流通部门，可商业股领导却让我去肇源农场找时任农场党委书记的马金堂。马金堂曾是组建61团时的主要领导，大家都称马政委。一个小知青去面见这样一个不太熟悉的大领导，心里难免忐忑。好在有一个我认识的天津老知青马继平也在肇源农场工作，听说他就是为了追随平易近人的马政委，从61团调到了肇源农场，我心里才有了些底气。

肇源农场地处大庆以北，到场部后的第二天一早，马继平转达了老领导的指示，完全出乎了我的预料，原来买碱是要到他们周边的屯子去自己收购。我虽然深感为难，但想想受团里的重托，还是下决心要迎难而上。

肇源农场坐落在肇源县内，县内的许多屯子大部分是盐碱地，很多的地表都泛起一层层薄薄的碱，农民把这些地表碱收集起来，经过简单的加工去除杂质熬制成水碱。这就是我们所需要的蒸馒头用的碱。

按照马继平的指点，我步行近三十里地到周围的屯子去收购碱。来到第一个屯子时已接近中午，我见人便打听买碱的事，村民用惊疑的眼光看着我，摇摇头，回答没有。中午时分我走得满头是汗，屯子的行人已很少，我看见一位五六十岁的老人，走路有点瘸，便急忙赶上去问他，他狐疑地看着我，见我不像本地人，就问我是哪里人，为什么到这里来买碱，等我把情况介绍完了，他暗示我到一个僻静处说话。在这荒凉的小村子里，他这一暗示倒叫我心里有些怕。但为了完成任务，只能硬着头皮跟着他。这时他才道出了村民不敢搭讪的原委："小伙子，像你这样到处打听买碱，是很冒险的，要是让供销社的人知道了，就会把你抓起来的，水碱是不能允许私自买卖的。"尽管我还不明白不能买卖的原因，但是心里还是有些怕了。我只身来到这人烟稀少的小村庄，如果真让人给抓起来，都没有人会知道。老人姓陈，把我领到他的院子里，告诉我说："有人问你，你就说是我的亲戚，到我家吃完饭后，我领你去找队长。"

"文革"期间的生产队长，也就是现在的村长。队长姓李，一听说我也姓李就更亲近些了。听说我需要的水碱数量比较大，他很感兴趣。他和我讲，这个地方的农民很穷，很少能看见现钱，不少的农户由于庄稼活少，都熬制了些水碱，但不敢明着卖，因为水碱也属于国家的三类物资，应该由供销社统购统销。但当地水碱的用途很少，国家也不调拨，所以供销社也很少收购，农户熬制的水碱能卖出去的不多。李队长接着说："根据你需要的量，对当地农民来说是个好事，两三个屯子没有这么大量，要集中好几个屯子的水碱才能满足你的需求，但是几乎每个屯子都有供销社……"那个时候供销社是系统管理，不归村里管。经过李队长的介绍，我也感到事情难办了。我试着问李队长，能否有解决的办法，因为我们兵团太需要这些碱了。李队长说要通过供销社这个事根本办不成,但要想把这么大批量的碱从车站发出去又必须要有供销社的证明，否则铁路根本不会给发运。这时坐在旁边的老陈头说他有个远房亲戚在离火车站不远的屯子里当供销社主任，可以求他帮忙。李队长说：“也只能试试看，先看看能不能搞来证明，如果能搞来证明，再考虑如何收购这些水碱。”

李队长不到四十岁，精明强干。他让老陈领着我拿着四瓶酒去找那个亲戚开证明，他自己先联系其他的屯子。老陈和我走了大约三十多里路才赶到那个屯子，已是下午五点多钟了。

那个年代除了自己的工资和外出每天补助六角钱之外就没有其他收入了。十几元钱买四瓶酒，得自己掏腰包，抵上半个月的工资了，虽然心疼，但为了能把事情做成，也只能豁出去了。老陈感觉能拿上四瓶酒去走亲戚很是体面，在我的再三请求下，人家终于答应能给开一个证明。我很高兴，起码这是闯过了第一关，有希望了。

天快黑了，老陈说什么也不走了，可我放心不下着急回去，老陈怕我迷路使劲挽留我，我还是坚持要走。

这个地方村和村之间根本没有正式的路，所谓的路只是车轧出来的辙。而且这个地方又都是盐碱地，地上的草都很少，茫茫一片，也找不到什么标志物。

天完全黑了，再往前，看到几条不同方向的车辙，我已经辨不清应该顺着哪个车辙走了。路上根本看不到有行人，屯子里都没有通电，天一晚，黑蒙蒙

的一片。我心里紧张起来，如果走错了方向，这一夜就不知道走到哪去了。我除了心里恨老陈，也开始后悔自己太逞强了，真是有点进退两难。听屯子里的人讲过这一带时常也会有孤狼出现，我手里连个木棒也没有，再看了看周围只有一棵不大的树，为了安全也只能上树待一夜了。我爬上树，半蹲在树杈上，虽然有了点安全感，但这一宿可怎么过啊！真睡着也容易从树上掉下来。不管怎样，这也是唯一的办法了。忙着赶路身上的内衣已经被汗湿了，晚上的凉风一吹，不免有些寒意，心里也越发埋怨自己不该逞强。强忍了半个多小时，耳边好像听到有铁牛跑动的声音，过了一会声音大了些，看见远处好像有个车灯转了过来。果然有台铁牛朝这个方向开来！嘿，真是天无绝人之路。心想不管怎样先到个安全的地方再说，便从树上下来。当车开到我身前时，却加大了油门，好像不愿让我搭车。情急之中我抓住了拖车的后箱板，翻身跃进了车厢。这时我才看清车厢前边站着三个人，手里分别握着一个长把的农具，齐声喊道"你是谁，到哪去？"我喘着大气说明了我要去的屯子和要找的人，他们紧张的神情才有些缓和。原来他们误以为我是从第五监狱跑出来的犯人。"这么晚了你怎么一个人在这个地方？"他们正好路过我要去的那个屯子，听口气他们和我要找的人也认识。下车后借着月光和白天的印象我终于摸到了李队长的家门口，不得不惊扰了早已进入梦乡的李队长。

第二天李队长就领着我到附近的屯子了解情况，到下午四点多钟的时候我们已经转到了第四个屯子。李队长和这个屯子的队长也很熟，两个队长交谈了一会儿后，李队长和我说，"根据目前了解的情况，数量基本上差不多了。"李队长让我留在胡队长这个屯，他有事先回去了。

晚饭是在胡队长家安排的，胡队长不知我的底细，还特地找了两个能喝酒的，其实我根本不会喝酒。看这架势心里不免忐忑，酒过一巡我才明白他们是和我来谈价格的。我虽处弱势，但价格底线不能破，从每斤一毛一最后到每斤一毛二谈成。虽然表面上看他们很凶，但终究也是为了当地农民的利益着想啊。胡队长答应明早派车和我一起去县城买装碱的草袋子。从他们屯子到县城虽然近一些，也要走四五十里地。

转天一大早我们到县城买了四百多个草袋子。天黑前回到了屯子，从肇源农场出来已经三天了，那时没有通讯工具，也怕马继平惦念，我谢绝了胡队长的晚饭，执意要回农场。胡队长见留不住我就找村民借了辆自行车，开始村民不愿借，好在胡队长打了保票。要知道那时农民家里的一辆自行车比现在的一辆汽车还珍贵。我骑上车就往农场场部的方向猛蹬。开始骑的还很快，我想三十里路也就一个小时，后来就骑不动了，路面越来越软，就像骑在沙土地上。随着天黑，心里又发慌了，就使劲蹬。突然，自行车的链盘掉了，原来自行车的链盘是点焊上的，现在只能推着车走了。走着走着，猛然间前边一个黑乎乎的东西出现在我的视线中，我不再敢往前走了。这是一条小路，是人们步行或骑自行车轧出来的一条路，路两边也没有庄稼，是一片片稀稀拉拉的荒草地。这个黑乎乎的东西在路边趴着，还不时地动一动。路行至一半多了，又是个进退两难。我站住了，定住神仔细看，也分辨不出是什么动物。不由得想起我们刚到北大荒不久，在 3 连通往 5 连的下道上就发现过熊瞎子的事。想到这，我出了一身的冷汗，再想想这个地方没有树林子，草也很稀，不应该是黑瞎子出没的地方，再看那东西虽然动，但没有袭击我或逃走的意思，如果这样对峙起来，恐怕这一夜我也过不去。人害怕到了极点，脑子就有一个闪念“不就是死吗？还有比死更可怕的吗？”我鼓足了勇气，推车用最快的速度冲过了那个黑东西趴着的地方。感觉冲出了二三十米，我才敢回头看看那是什么东西，但也没有看清。它仍然没有追赶我的意思。于是我快步往场部赶去。远远看见场部的灯光，心里才稍微放松了些。不到十点，我赶到了马继平家。

我走后的第二天晚上马继平就开始担心了，第三天早上他把我接连两天都未回的情况汇报给了马政委。政委说如果今天夜里还不见人回来，明早就让农场派两辆摩托车去各屯找。不管怎样，我活着回来了。马继平又是埋怨又是关心，惊奇地看着我，眼里闪出了泪花，这种惦念可能只有在那时的战友之间。我把情况向马继平做了简短的介绍，在他家吃过晚饭后就去农场招待所了。

那晚我睡得很香。醒来，天已经大亮。我赶紧找人修好了自行车，又返回了胡队长的屯子。吃过午饭，李队长也过来了，一起研究后面的工作。李队长提出必须找一个没有供销社的屯子，让各屯子的村民把水碱都送过去，再找机会送往火车站。事情决定后，由胡队长把草袋子分发到各个屯子。

收碱的时间定在星期日的晚上，也是供销社休息的日子。这么大的动作还要避开各供销社的眼睛，确实有些难度。可是很少见到现钱的农民，为了生计，他们竟做得如此严密和细致，悄无声息地从不同的屯子把四百多袋水碱集中到了一起。在现场我们点上提灯把场地照得通亮，一边验质一边过称，一直忙到后半夜。那时的农民很朴实，他们缺钱但不缺德，所以我一个人才能在这么短的时间内完成如此大的工作量。

后来在使用中竟没有发现有掺杂使假的现象。农民兄弟们用自己的行动证实了那个年代人们的诚信。

看着集中起来的水碱，我心里有喜有忧，想到这么大量的物资在运往火车站三四十里路途中，要避开路上所有供销社的监管不是个容易事，不觉愁上心来。按现在的话讲，物权已经转移，这些货就算是我的了，一旦出现差错真不知道我要担多大的责任。那段时间我寝食难安，李队长看出了我的心思，一边安慰我一边作了周密的安排：后天夜里两点，组织十几辆马车都集中到存碱的屯子，天亮前一趟送到火车站，就可以避开所有的检查。只是在常规运费基础上每辆多给一块钱。我表示同意。转天夜里一点多钟，在一片寂静中装好了水碱。装车前为避免有声响，所有大车的马铃铛都摘掉了。我清点数量后，十一辆车就静悄悄地出发了。老陈在第一辆车上，我在最后一辆车，浩浩荡荡的直奔火车站。一切顺利，货卸到站台上，码好了垛，我紧张的心才稍稍得到了安定。但没想更难办的事还在后面等着我。

当时的火车站十分简陋，站台就在火车路基底下的一块平地上，而且是土地。车站附近渺无人烟，货物卸到所谓的站台上也要自己看管，丢失了自己负责。我只能和老陈商量，每天支付老陈两元钱工资，让老陈自己解决吃住问题，和我倒班昼夜看管着这批货物。

屋漏偏逢连阴雨，货到站台的第二天就开始下起了小雨。水碱最怕水了，一旦雨水化了水碱，损失可就大了。情急之中，老陈叫我去找郭站长，但人家说一概由货主负责。我百般请求，站长终于同意借给我一块铁路的苫布，先把碱盖起来。傍晚时分雨停了。由于在车站人生地不熟的，头一天怕碱丢了就没敢离开车站，第二天又为下雨着急，雨停了，才感到饿得难受。想来已经近两天没吃饭了。老陈约我一起找认识的人家蹭饭吃，我不好意思，但去饭馆要走出五里地，雨后的土路不好走，踏着泥泞的路，当我找到仅有的一个小饭馆时，已经关门了。因为吃饭的人太少，又加上阴天下雨，饭馆也就早关门了。望着阴蒙蒙的天，看着两脚泥，好不容易到了饭馆，肚子咕噜噜地叫个不停，门却关了，心里酸楚楚的。没办法我叫开了门，一个妇女望着我说："关门了，没有饭了。"我说："我快两天没吃饭了，能不能给我弄点东西吃。"在我的请求下，她让我进了门，告诉我还有几张饼，我让她给我做个汤，就这样总算吃了顿饱饭。回到车站，晚上睡在货运室的办公桌上，枕着货运员的台账，站长还给我找了个羊皮大衣，也算冷不着。

一连四天过去了，都没有我装车的消息。我咬紧牙关，强压焦虑等了七天，我实在坚持不住了。晚上我找到了郭站长的家，忍不住哭了。郭站长耐心地劝我，反倒使我哭得更厉害了。最后郭站长承诺下个礼拜一定想办法把货发出去。此后又等了近一周的时间，一天下午郭站长到站上找到了我，说明天下午给甩车，上午需要把手续办了。如同久旱逢甘霖，心里别提多高兴了。

转天天刚亮我就从这个车站走到下一个火车站，又走二十多里地才到肇源农场场部办理了手续，紧跟着我就返回了火车站，来回八十多里地，我也没感到累，把手续办好后车皮也给甩下来了。我要和装卸工装车，被站长制止。装好了车，天已经晚了，我只能又回到货运室的办公桌上休息。一颗紧张了多日的心终于放松了。躺下后，也许是高兴的原因，怎么也睡不着了。这时感到身上有些刺痒，脱下内衣一看，秋裤边缝上的虱子已经排成了队……

第二天早上，郭站长见到我，也很为我高兴，并愿意给我在押运车里找个座位回天津看看。我表示了谢意，因为那个年代是不允许这样做的。

火车开动了，我要回兵团同战友们共享食堂有碱蒸馒头的喜悦！

作者简历：李敬，男，1951年5月出生。天津知青。1969年5月下乡到黑龙江生产建设兵团6师61团3连。1979年4月返津。

一次未到的处分

章伯弢

“一夜就盖起一栋房”，这在当年，没有任何机械，也非专搞建筑的连队，多少是个奇迹。这奇迹就发生在20世纪70年代的61团1连，而且还是被“逼”出来的。

1969年，各大城市知青到了兵团，几年后，绝大部分人都进入了婚配年龄，但如何从根本解决知青安家问题，却没有相应政策，就有了“保卫边疆不发枪，扎根边疆不盖房”的牢骚话。

那时1连包括我在内，已经有几对新人等待“归巢”。作为指导员，我只好在力所能及的情况下，最大限度地解决知青安家的现实问题——住房。

当年新建团的盖房有两种，一种是草房，一种是砖房，那些“弯着腰，拄着棍，披头散发流眼泪”的草房，简单易行好操作，但工不少用，房不耐用，管理费事。所以，我下决心要盖就盖砖房，一步到位。

盖砖房，首先要解决材料问题，最主要的是砖。当时，团里只有一个砖瓦连，61团是新建团，处处都在施工，基建任务繁重，求远远大于供。如果都等砖瓦连供砖，也就是说按正常程序申请，遥遥无期，一连的房子一时半时肯定是盖不起来，要解决这个问题，只能另辟蹊径。当时，我与附近向阳川村的章书记认识，闲暇时，有时与他喝点小酒，聊聊家常，再加之是同姓，关系一直不错。这个村主要工作就是烧砖。有一次与他聊天，讲到连队目前急需砖的困难，书记人很直率，也说出他村里面临的困难，队里大面积的小麦正待收割，劳力严重不足，如果雨季之前麦子还未割完，一年的收成就泡汤了，他正为此火急火燎。

我一听，心里一亮，他们的短处正是我们的长处啊，我们有收割机，于是，我就说："我尽力统筹安排，两处忙碌，争取用我们的收割机帮你们把麦子收回来，然后你们支援我们一些红砖，您看行不行？"章村长一听，互通有无，能把小麦在雨季之前抢回来，保住一年的收成，真是求之不得啊，当即就表态同意。于是这单"易货交易"拍板成交了，我们帮他们收割麦子，他们支持我们一栋房子的砖。

"易货交易"在当时经济尚不发达、物资短缺的农村，非常普遍。我觉得这事情于情于理都可以操作，于是，也没有向上级请示，就定了下来。

我们双方都十分守信用。没过几天，我们帮他们收完了麦子，他们也把房子的砖备好了，我又求助汽车队队长王权，派了十几辆次卡车，帮助把砖如数

如期拉回，全连上下都非常兴奋，有了砖，这房子就算盖成了。

但是正当我们高兴的时候，消息传到团部，主管基建的副团长把我唤去，明确对我说：“你这样做是违反规定的，这几车砖必须全部没收。”而且，当即通知我，第二天就由团部派车到连里把砖拉走。

我一听，就火了，但是还是耐着性子与他商谈，首先我一再强调，知青和许多职工都急等用房，许多知青已到了安家年龄，成双成对，无房安置，后果不堪设想；其次，这种“易货交易”并不少，团里不是也经常用豆油、白面换一些团里急需的紧缺物资，等等。尽管反复解释，始终未能说动他，领导还是决定第二天去车把一连的砖拉走。

眼看就要盖成的房子“搁浅”了，“到嘴的鸭子飞了”，实在是不甘心。我坚持认为与砖瓦厂的“易货”并不违法！想来想去，横下心来，抗一次上，想法把砖留下，不让辛苦换来的砖被强行没收。

要保住砖，保住房，唯一的办法就是当天夜里要把房子盖好，把砖全部用光。

我召开全体职工大会，向大家通报了情况，把盖房的初衷，易物交换的经过做了说明。最后，我说：“要么连夜盖房，要么砖被没收，如果连夜盖房，团里要是处分，撤职，我一人扛着，与大家无关……”我的话，用今天的话，可谓使劲“煽情”。

动员果然奏效，谁也不同意辛辛苦苦换来的砖被拉走了！

于是我决定：所有的职工都加班，挑灯夜战，务必一夜之间把房盖起来。

之前，连队已经把一栋房的地基、框架完成了，砌砖前的一切准备工作也都就绪，就等砖了。

晚饭后，职工们悉数到齐，和泥、搬砖、砌墙，后勤人员准备夜宵……各就各位，一场盖房突击战打响了。大家挥汗如雨，干得是热火朝天。人们轮流休息，换班用餐，歇人不歇工具……

当曙光初露，朝霞四射的时候，一栋新房大套起来了。职工们收工休息，我却不能休息，心知麻烦事还在后面。上午，团部派十几辆卡车，副团长乘着小吉普带路，浩浩荡荡开进1连拉砖。但是，他们看到的却是阳光下的一栋新房和地上剩下的碎砖头。副团长火冒三丈，连办公室都未进，调转车头走了。我也不知后果是什么，心想至少有个“无组织无纪律”的处分吧，只好静静等待……

也许是巧合，正好过后有新政策出台，兵团要改制为农场，领导们都忙着这件事，甚至连副团长等现役军人都无暇过问其他事了。1连“以物换物”盖房之事好像无足轻重，排不上日程了。

当职工和知青们（包括我在内）搬入新居后，兴奋之余却感到“甘蔗没有两头甜”，为官一任总要担当，尽管为1连上下做了件好事，但对上级组织来说，总归还欠我一个处分。

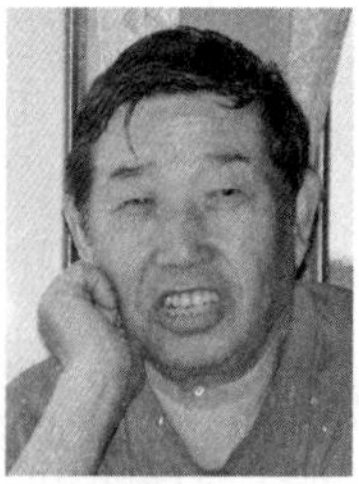

作者简历：章伯弢，男，1949年出生。北京知青。1967年12月下乡到黑龙江省集贤农场（后改为黑龙江生产建设兵团3师29团、现为双鸭山农场），1969年调至6师61团，先后任职于1连、保卫股。1978年返京。

一段难忘的经历

孙云华

去过北大荒的人们常谈论起战麦海的事，有的悲观感叹，有的诗意绵绵。我也见过表现战麦海之类的歌舞，那只是浪漫的艺术再现，在我的脑海中没留下什么深刻印象，而我在61团13连经历过真正的战麦海——那才是难忘的日日夜夜。

1971年的七八月间，13连那金黄的麦浪一望无际，沉甸甸的麦穗低垂着头，风吹过去，如波涛翻涌展现了一派丰收在望的景象。

就要开镰了，雨却下个没完，淅淅沥沥的，一天、两天、三天……这里本来就是一片沼泽地，哪里经得起老天爷这样的折腾。地饱和了，拖拉机打误了，康拜因无法行走。上万顷的麦子只有靠人来割。人们焦灼得恨不能遮住那无情的天。被水泡了的麦子可怜地低下了头，无助地摇来摇去，有的倒伏了，让人看了真心疼。被水泡过的麦穗时间一长就会发芽甚至烂掉，难道一年的血汗就这样白流了吗？到了手的粮食就这样毁掉了吗？“把粮食从老天爷嘴里夺回来！”成了大家的共同心声。团党委一声令下：“发扬小镰刀精神，龙口夺粮！”

战斗打响了，从战士到干部，从连队到机关人人精神抖擞，个个挥动镰刀奋勇上阵，大家只有一个信念：龙口夺粮。天还没亮，麦海里早已响起了唰唰的声音。北大荒的夏季是蚊子、瞎蠓、“小咬”三班倒，它们伴随着闷热的天气嗡嗡地扑向人们，令人难以忍受。但大家一挥镰就忘记了这一切，只见麦海中银镰飞舞，唰唰的割麦声伴随着雨声汇成了壮美的战麦海交响曲，人们的汗水和雨水交织在一起，身上一片水，脚下水一片，没有人叫苦，没有人喊累。夜色中银镰闪闪，收工的号子响了，连长再三催促，人们才艰难地直起腰，拖着疲惫的双脚，三一群五一伙缓缓地回到营房。一路上我们才感受了小咬、蚊子的厉害，感受到一天的辛劳。我们草草地洗了洗就躺下了，真想睡他个三天三夜，但第二天出工却没有一个人迟到。

雨还在下，此时麦田真成了麦的海洋，麦子倒伏了，有的地方麦子和泥水交织在一起；有的地方麦穗刚刚露出水面；有的地方积水已齐腰高，排水沟壑水已一人深，真是沟满壑平。麦子在水面漂浮，麦趺在水中游荡，望着那些向人求救似的麦子，几十个小伙子脱掉衣服穿着内裤，一个个扑通扑通跳进水中，他们推着麦趺似一艘艘开足了马力的战舰飞驰到路边，他们双手拖着麦趺用尽全身力气托上路边。这是一场真正的战斗，那场面振奋着人们的精神，焕发了人们战斗的勇气。女青年们站在水中自动排成一行，穿梭般地传递着麦捆，把小麦一捆捆送到路边。道路上的人们奔忙着装满了一车又一车的小麦，小型车飞奔着，牛马车忙碌着，好一派豪壮的战麦海，可歌可泣啊！

就这样我们水中来泥里去，奋战在麦海中，在这里度过了多少个日日夜夜。有的人病了、有的人手割破了、有的人脚泡肿了，但为了最后一天的会战，每个人拖着极度疲劳的身躯，从四面汇集在最后的一块麦田里，唰、唰、唰几十亩麦子一挥镰就乖乖地倒下了。人们欢呼着、跳跃着，手里挥舞着银镰似乎向天示意："我们战胜了你！" 当我们看到场院上那一堆堆金色的麦粒，远望一车车小麦运向粮仓，心中有着难以名状的自豪。

那时虽然没有浪漫的诗情画意，也没有悲观失意的感叹，但在那里我领悟了与天奋斗其乐无穷的真正含义，领悟了北大荒生活的真谛。我留恋这段生活，我为自己能和战友们共同谱写这曲真正的人生乐章而感到骄傲。啊！难忘的北大荒、难忘的战麦海、难忘的那些日日夜夜……

附言：

这是我 1985 年上大学时写的一篇作文，语文老师让我们写一写个人经历的事情。当时在我脑海中只有北大荒 13 连的生活历历在目，虽然我在 13 连仅逗留了三四年，可见刻骨铭心的经历并不是靠时间累积的，也不是能被时间磨灭的。

一路相伴

——一只小狗陪我走过那片荒原

王洪源

我不知多少次跟别人讲过一只小狗的故事，但一直没有付诸文字。现在我们有了“创业人家”，想想还是写出来，毕竟也是发生在那里的事情，让更多的战友和我一起分享这份感动。

自从调到宣传股做文教工作，下连队是我最经常的任务，而且多数都是腿儿走，很少有幸搭上辆车。走得多了，也就不在乎了，而且傻大胆，有时顶着星星就上路，一个人走从来不知道害怕。

那年夏末，我从 7 连去 19 连，19 连是新建连，还没有路，只有用犁铧一条一条扣过来的草垡子，曲曲弯弯地通向远方，约有八九里地。那是一个午后，我背着书包就出发了。7 连的后边是猪圈，从那儿朝东北方向走，回头看了一眼猪圈，见猪圈的矮墙上用白灰画了一溜大圆圈，知道那是吓唬狼的，我从小就见过。太阳已经不那么热了，我自由自在地唱着歌儿，蹦蹦跳跳地走着。可走着走着就觉得不对劲儿了，好像有尾巴，扭脸一看，“呀！”是一条狗，它既不漂亮、也不高大，就是一条普通得让人无法记住的小黄狗。原来是它在跟梢，不远不近的。我最害怕狗了，就捡起一块土坷垃向它扔去，它本能地一躲，并没有逃跑，只是站在那里望着我。我继续向前走，可走了一段，它又跟上了，我又吓它，它又站住了。就这样反复了三四回，轰也轰不走，它死活跟定了我。

我只好认输，反正它也不咬我，跟就跟吧，转念一想，自己一个女知青，孤身一人走在这四野茫茫的路上，也没个伴，就让它给我当保镖吧。就这样，我不理它，它也不理我，一前一后，一路相随。

走着走着，我就看出门道来了，原来它当真是在保护我呢！

每当前方有矮树丛、有土包包、凡是它认为可能藏匿什么或是可疑的地方，它总是颠儿颠儿地跑到前面，踅摸一圈没什么情况，就乖乖地在那儿等着我。等我走到近前，它又一声不哈地、不远不近地跟在我身后。这时，我心里突然有一种感动，可爱的小黄狗，你叫什么？是谁派你来护送我走野路，还是你天生的善良仁义，知道一个女孩子需要保护……不觉间我的眼睛有点儿湿润了。

已远远看到19连的大牌楼了，上面还写着：十九连欢迎你。我高兴地回头向小黄狗招手，想带它一起走进19连，给它找一点儿水、一点儿吃的东西，走了这一路，我都没和它说过一句话，更别提谢谢了。这回我要真心实意地感谢它，一路默默不语的，可能知道我怕它，连叫一声都没有，一直把我送到终点。但让我深感意外的是，它竟然不领我的情，一反来时轰也轰不走的情形，死活不再向前迈进一步。我拼命地叫它：你来呀！快过来呀！姐姐给你找水喝！一切都无济于事，它就是站在那里不动，我刚刚迈步想走近它，它却迅速掉转头，向着来时的路，一溜烟儿似的奔跑而去。我的眼泪刷的一下就涌出来了。多么知情达义的小黄狗啊！

这是什么精神？这么无私、无怨、不求索取，我都未及轻轻地抚摸它一下，跟它说一声谢谢，顿时心中充满了对它的愧疚。

我望着它渐行渐远的欢快的背影，回想着它每每在前方等我的模样，觉得有一股暖流在身上涌动。它那宁死不受禄的样子，那一双善良的眼睛，永远定格在我的心里。

许多年了，旧事难忘。也不知那只小黄狗还在不在，不管它在与不在，今天我都要告诉大家这个真实的故事，让大家都记住它的善良、仁义。在这里我要大声地向它说一声：谢谢！更在心里大声地呼喊：小黄狗，你听到了吗？

让我们真诚的祝愿人类的好伙伴小黄狗一生平安！

一双棉胶鞋

殷　枫

记得 1967 年 11 月从北京出发前，我去海淀黄庄领取了北京发给奔赴北大荒学生们（那时还不叫知识青年）的行装：一套藏蓝色棉衣裤、一顶深绿羊剪绒皮帽（毛特别粗）、一双棉胶鞋（胶皮乌拉）、一床不薄不厚浅花棉被和一副棉手套。那时的棉衣裤、棉被里的棉花质量真好，蓝棉衣裤特别厚，帮我们抵御了北大荒的严寒。

棉胶鞋很肥大，里面能套上一双毛袜子或一双棉袜，很暖和。我穿着它，在北大荒零下二三十摄氏度的严寒下，在外面时间长了，脚冻木了，冻麻了，没了知觉，使劲跺脚可以缓过来，从来没有冻伤过。我记得 1968 年中秋节的前两天下了小雨，接着又混合着小冰雪花，浇湿了地面，大地已开始上冻，北大荒的严冬就到了。天冷了，我脚底下的水袜子（北大荒管高帮军用胶鞋叫水袜子）已经穿不住了，可是北京发的棉胶鞋经过我一冬一春的乱造（上林子砍柴，下河修桥，割玉米秸，追狗踩耗子……）早已开帮露趾了。我没当回事，还凑合着。

一天，队里开会，说农场给队里分配了 5 张棉胶鞋票，各组回去讨论给谁，救急不救贫（这是我第一次听到和体会到“救急不救贫”这一社会上的救助原则。我也才知道，由于物资匮乏，买棉鞋是要鞋票的，而且很多老职工家里，都需要添置防寒服装）。马号开会讨论时，牛车车老板孙师傅提议分配给我一双，大家都一致同意。这样我又拥有了意义非凡的第二双棉胶鞋。这双鞋自然使我与北大荒的情感更近了一步，只是当时我并未察觉。在北大荒的冬天我一直穿着棉胶鞋，周围的知青很多人从家买来皮毛鞋、大头鞋，又漂亮，又结实，又暖和。我很羡慕，可是一双要二十几块钱，买不起也舍不得，还是穿我的胶皮乌拉鞋。到61团11连后，记得还住在连队背后土坡上的地窨子里时，又统计按人头批购了一次棉胶鞋。可能是新团物资供应比较充分，以后尽管我穿得很费，但再也没有缺过棉胶鞋和毡袜。

在以后北大荒的年月里，我也尽我所能，经常从经济上、生活上、劳动上帮助周围的人。北大荒的严寒、北大荒的艰苦劳动、北大荒远离喧嚣城市和亲人的激情生活，让大家团结互助，融为一体。

在暴风雨中锻炼成长

战玉霞

看到春华姐发的老照片，不由得浮想联翩……

那时兵团话务员接受的是军营式的严格训练，我们既当话务员，上传下达，又当线务员，每年外出架线，话务员抽出 2 人去放线。50 斤一捆的线两人抬，一捆一捆的放。立杆时我们和线务员一起喊着号子将杆立起来，线架好我们又登杆标杆号，在杆上绑扎线，太阳照在油炸线杆上，烤得我们脸上一层层掉皮，干一天活累得腰酸腿痛。

一次轮到我和吴丽丽到 17 连架线。下午我们正在野外作业，我和吴丽丽抬着放线车走在前面放线。刚刚还很好的天气一下子变了脸，天上布满了乌云，紧接着下起了瓢泼大雨。这时邮局王双利骑着自行车到 17 连送信，看见我们就想带我们走。我让小

吴先走，我说："一个一个带骑得快。"王双利骑着自行车带吴丽丽走了，我在下面也跟着往回跑。刚跑不远碰到金维和，他的气管不好，跑得呼哧带喘的，我就扶着他一起跑。王双利把吴丽丽送到前面装外线工具的牛车上又回来接我。

这时天空一片漆黑，风雨交加。有鸡蛋黄那么大小的冰雹，不断向我们袭来。王双利看又多了一人，说："快一起上吧。"看天黑得像锅底似的，我很害怕，什么也没说就和金维和一前一后坐在自行车上，王双利很吃力地蹬着车子。刚走一会儿，一阵风把我们连人带车刮倒在地，车子压得我好痛，爬起来顾不上痛拽着金维和就跑，一边跑一边说："双利你自己骑，骑得快。"那时真是什么也不顾了，我脱掉外衣和金维和一人拽一头挡着冰雹，在野地里深一脚浅一脚地跑。不敢到公路上跑，公路地势高，怕遭雷击。

金维和跑不动了，就趴在地上喘着气让我先走。我急了，说："不行，我们在野外，一会儿要打雷的话就危险了。"我硬把他拽起来接着跑。跑回17连我们身上都湿透了，头上被冰雹砸的包好几天才下去。

兵团话务员

后来王双利说："小战拽着金维和跑，不顾我了，让我一人骑车走，咋骑呀？摔倒时车把摔歪了，脚蹬摔坏了，我看不能骑了，就把车扔在路边沟里快跑吧。"当时我还写了一篇广播稿《在暴风雨中锻炼成长》，在团广播站广播了。我记得其中有这样一句话："我们要勇敢，我们要坚强，要像雄鹰一样在暴风雨中翱翔。"

返城后，每次我们通电科的哈尔滨知青聚会，大家都会绘声绘色地讲这件事，大家说："小战拽着金维和跑得那叫一个快，怪不得她打篮球时人家叫她满场飞呢？"然后就是一阵开心的大笑。

在家留守的话务员也不轻松，在减员的情况下，既要完成接转任务，领导开电话会议又要去接会议机，还要负责团部直属单位的电话维修。电话坏了修电话，线路坏了上杆查线。在一些人眼中话务员工作很轻松，实际有时我们也很苦，但谁也不叫苦，我们苦中作乐。

我们话务班连续几年被评为总局、管局的先进。我们经常唱："我们是科学的千里眼，顺风耳，我们是毛主席的红色传令兵。"

在女生宿舍里

董立敏

憋不住尿

1969年冬天，我们女生从帐篷搬到“拉合辫”房，原来的木板床也改成了土坯火炕。虽然炕头的被褥常有烤煳的时候，但整个火炕却很暖和，比木板床好多了。

来年夏天，我们嫌烧炕太热，找柴禾又麻烦，就不烧了。北大荒的夏天温差大，正午时30多摄氏度，晚上还得盖棉被。地上的湿气不断地上返，褥子总是潮乎乎的。没过多久，就发生了奇怪的现象，每晚起夜时，总是憋不住尿，几乎成了大家的通病。有时甚至把褥子尿湿了，女生要脸面，不敢拿出去晒，只得拆洗。可晚上睡觉前又做不上，只好把被子当褥子，铺一半盖一半，或者挤到同伴被窝里。

后来，出现这种情况的人逐渐增多，没人探究原因，却找到了尿不湿的窍门。只要一憋醒，立马掀开褥子，往地上跳，即便尿湿了炕，也湿不了褥子，而且动作越快效果越好。常常因心急弄出动静，吵醒旁边的人，惹一通取笑。

后来才明白，尿急是因寒湿引起的。于是注意经常烧烧炕，保证土炕的干燥，这奇怪的病逐渐消失了。

夜半惊魂

一天夜里，睡得正香，突然被一声尖叫声惊醒。大家纷纷爬起来，打开手电，点上蜡烛。只见哈尔滨的小王战战兢兢，捂着鼻子大叫：“耗子！耗子！”大家四处搜索，有的抄起枕头，有的抓起衣服，可连耗子的影儿也没找到。

大家感到蹊跷，目光又回到惊魂未定的小王身上，问：“为什么会有耗子出来，而且单单咬你的鼻子呢？”小王自己也纳闷。这时，有个绰号叫“球球”的说：“嗨！临睡觉时，我看见她鼻子上沾了馒头渣，是不是它把耗子引来了呢？”“对！没错，就是这馒头渣！”大家七嘴八舌，笑声一片。

火烧连营

夏天是蚊虫、“小咬”猖獗的季节，一到天黑，它们就活跃起来。于是，吃过晚饭就赶紧洗涮，趁着蚊子、“小咬”尚未出动，早早地躲进自己的蚊帐。蚊帐四周严严实实地塞到褥子下，不能有丝毫缝隙，免得被蚊虫们钻空子。

自己建造拉合辫房

女生宿舍的火炕很长，能睡十多个人。蚊帐靠里面的两个角挂在墙壁上，靠外的两角挂在炕沿上方一条绷紧的绳子上，十多个蚊帐整齐地排列成一个方阵。

天黑了，每个蚊帐里都点起了蜡烛，有的看书，有的写信，有的聊天、说笑。突然，有人“哎呦”一声叫起来 ，不知是谁碰倒了蜡烛。那棉线织成的蚊帐，沾火就着，迅速向两侧蔓延，好几个蚊帐都烧着了。大家叫喊着，七手八脚地扑打，有人说：“这不是火烧连营吗”！引得大家都笑起来。被烧的人破涕为笑，钻到别人蚊帐里去了。

后来大家学精了，一旦感觉不妙就立刻扯下自己的蚊帐，迅速团成一团，紧紧抱在怀里。这一招还真灵，顶多殃及相邻的人，即便沾了火，也能剩下半片。

多少年后，一想起这事就觉得好笑。都是因为当时照明条件差，连个带罩的煤油灯也没有。可是，如果当时条件好点儿，如果没有那么多蚊子、小咬，那就不是北大荒了，哪里还会有这些乐子呢？

铁姑娘赵艳华

杨秀英　蔡宝温

提起赵艳华，那可是3连女知青中响当当的领军人物，是当之无愧的铁姑娘。1.65米的个头，体格健壮，长脸形配一双炯炯有神的眼睛，面庞间透着一股刚毅果敢泼辣劲儿。

说起这位铁姑娘，创业初期，无论是脱坯、挑泥、缮房、伐木，总是冲在前面，处处领先，干起工作，就有一股敢拼敢闯的劲儿。

1971年割倒伏麦子，连续奋战两三个月，她人瘦了将近30斤。腿上，蚊虫叮咬的包儿，被没膝盖的污水长期浸泡溃烂，但她仍然在火线上奋勇当先。

张敏　张喜芬　赵艳华　王金荣　肖淑芬　柳琦

她干了很多行当，而且她行行都干得出色。当加油员，每天在两米多高的油罐上爬上爬下。任凭酷热日晒，雨雪风霜，她始终任劳任怨，恪尽职守。

她当铁牛驾驶员，铁牛没有驾驶搂，长期暴露日晒雨淋，风吹雪冻，她脸上晒出一层黑斑。跑长途车，颠得骨头都散了架，天天弄得像泥塑一样。可是她从不叫苦，不喊累，不退缩。

当年实行女拖拉机手包车组时，一共 4 人。宝温和副驾沈智庄一班，她和车长唐建华一班，正赶上车长在孕期，所以她那个班一个人单挑。当时麦收刚完，紧跟着为来年备耕翻地。由于女同志体力远不及男同志，拉五铧犁，深翻作业遇上泡子地时，陷车真是苦不堪言。有几次，我接班看见她时，拖拉机和大犁刚从泡子地里拉出来。据她说，她把工作服垫在泥里，用撬杠，将木板垫在车下，拼尽全力才把车拖出来。男车组陷车，需要两人配合解决，而她一个人顶班，真够受的了。虽然女包车组只存在了几个月，但她用智慧和毅力完成任务的精神给大家留下了深刻的印象。

赵艳华任农工副排长时，连里新来了两批天津知青。她身先士卒传帮带，吃苦在前，处处争挑重担。她是干农活的行家里手，收麦子、割豆子、砍玉米总是高定额完成。她入囤上“三级跳”，比一些男知青还猛，出色完成了各项任务，带出了一批优秀的骨干。

她当副连长，真抓实干。不但抓好生产任务，还配合指导员，开展宣传教育工作，与战士进行细致的思想谈心，从不虚夸，扎扎实实干出成效。

3 连的创业史上，3 连创业人的记忆里，记载着她的战功和英姿飒爽的风采。光荣属于她，模范属于她——铁姑娘赵艳华。

作者简历：杨秀英，女，1950 年 3 月出生。北京知青。1968 年 6 月 26 日到黑龙江省七星农场五七连（后改为黑龙江生产建设兵团 61 团 3 连），后调至三连、团直学校二分校工作。1974 年回京。

遭遇战 阵地战 阻击战

——记一场与黏虫的战争

殷 枫

罗宝华指导员在晨曦中，在暮色里，作灭虫战斗的动员总结：胜利永远是我们的。

那一年7月上旬一天的早晨，周存旺连长把两个男女农工排的班组长召集一起，神情有些异样，口气重而急促地说："情况紧急，北边麦地遭遇了大面积的黏虫虫害。我从来没有遇到过这样突然出现的严重情况，现有条件只有人工喷洒农药灭虫。"虫情就是命令。我们来到地边，一看麦田，不由倒吸一口冷气。我的妈哟，只见麦田里本来麦穗饱满摇曳的小麦，叶片上都挂着几条黑绿色的黏虫。看得男生们直起鸡皮疙瘩，女生们更是花容失色，"妈呀妈呀"地向后退。

这时的麦子已经进入乳熟期，顶多再有七到十天，经过蜡熟，就可以收割了。那时连里播种过的"迎春"（好像是迎春一号）和"合作六号"都是老国营农场培育的优良春麦品种。前者早熟，麦芒长，但麦穗芒口松，熟透后易脱粒，对收割期要求紧；后者晚熟，麦穗长，无芒，芒口紧，适于较长的收割期，但脱粒不净，出现不脱壳的麦头子。眼前的麦子，麦芒介于两个品种之间，短芒，可能是新的中熟品种吧。这一年，天气也是风调雨顺，小麦长势非常好。因此，怎容可恶的黏虫来糟蹋。

周连长调来了几台手摇喷粉机，但还是不够用。他就想了个办法，做了一些粗布袋，用麻袋针扎上很多的眼，灌上药粉，女生们人手一个，拿一根小棍，互相间距一人的距离，边走边敲打，一团团、一股股带有杀气的白雾撒播在麦田里。

2012 年夏吉林省发生了大面积的粘虫灾害，使用的都是国家规定的低毒少残留的农药进行灭虫。而我们那时用的是“六六六”粉剂，那个呛人，戴上口罩顶不了太大用。女生们很多人没有风镜，一天下来，眼睛红肿，视物不清。11 连当年种了两块麦地，连队北边的 1 号耕地面积最大，3 号地在连队驻地南边，是第二大的地块。我们打了 1 号地，就打 3 号地。虫口夺粮最紧张的阶段，眼看着麦叶不到两天的功夫几乎就被虫子啃光了，急得我们使劲地摇着喷粉机，脚下几乎跑起来。药总算打了一遍，早打药的麦子，还留了几片被虫啃过的半截叶片，晚打的麦子，都几乎光杆了。要知道，春小麦一生中只长七片叶子，从三叶期分蘖后，拔节、孕穗、扬花、灌浆、乳熟，全靠后几片的叶子进行光合作用。经虫子一闹，成了光杆司令，虫子吃饱了，人可就没麦子吃了。你看那虫子，黑黑绿绿的，在那挣扎，还紧抱在麦穗麦秆上。不管怎么说，这一场与虫的遭遇战结束了。可是，女生们在麦地里药雾中打药的身影，还一直留在我的脑海中。

灭虫战斗中勇敢乐观的女战士们。

刚喘口气，战斗的警报又拉响了。原来黏虫有迁徙性，吃光了一块就向四周转移。虫卵孵出幼虫时不起眼，昼伏夜出，可是经过暴食，粘虫的身体和数量像爆炸一样剧增。迁徙的景象，让无数的青绿粘虫演绎得十分震撼。我们打的农药，一是不均匀，二是天气干燥，对虫儿们粘附力不强，因而杀虫的威力有限。一些虫们着了药，不啃麦子了，却也没有死亡，吊在麦秆麦穗上，另一些，就开始了大转移。

原本连里能抽出打药的男生只有十来个人，女生多一些。我们男生的新任务就是需要在 1 号地与 2 号地之间挖一条宽深各 30 厘米，两边沟壁垂直光滑的防虫沟，以阻止粘虫迁徙。号令一下，男生们扛起桶锹直奔战场而去。这时，天已过午，快到晚半晌了，大家根本不需要动员和督促，就紧张地机械似地挖土、修壁、清沟，顾不得擦汗，其间连休息都没有。大约两个半小时，一条长 2200 多米长的防虫壕就完工了，沟底还撒了一层农药。大家担心沟浅不管用，大部分都深近 50 厘米。平均一人二百来米长，真不知我们是怎样完成的。要是平时干活也这个干劲，周连长大嘴还不咧到耳根子。

在晚霞衬映下的暗影中，黏虫大军乌泱乌泱地贴着地皮杀奔而来。我们将信将疑地看着防虫沟。哈！有效！特效！黏虫有 4 对足和 3 对爪，适合在植物茎干叶片上附着爬行；可是，当它们奋勇地冲进沟里，在垂直的沟壁上，爬几下就掉下来。一转眼，沟底就铺了一层在那挣扎乱爬的黏虫。当我们轻松地吃完晚饭，在宿舍中洗漱，准备睡觉时，又来的通知，明天每人拿着脸盆去为玉米施药。我们的神经又紧张起来。

周连长和罗指导员一步步安排好了与黏虫战斗的部署。转天一大早，我们来到了 2 号地，用敌百虫拌好的颗粒农药已经准备好。看了昨天的战果，真是好险。沟里已足有半沟深粘虫的尸体，很多还在垂死挣扎，亏得我们沟挖得深，要不恐怕容不下。看看黏虫经过的地方，稗草、毛毛草、野麦子，凡禾本科的植物全成了光杆儿。转过头再看2号地，播种的玉米、谷子，完好无恙。这要是也让黏虫们逮着，那可就惨了。

为玉米施颗粒药，防的是玉米螟。这东西专在玉米雄穗抽出前，钻进玉米芯儿为害，要在它发作前，将三四颗药粒施进玉米的喇叭口。第一场麦地灭虫，黏虫占了先机，胜我们一筹。杀灭黏虫最佳是在黏虫三龄期以前，当我们发现时，黏虫已进入四五龄期，它们的抗药性已经增强了，我们的灭虫十分被动。而第二场战斗——挖战壕，我们占据主动，全胜。这第三场玉米螟阻击战完成的相对轻松。这时的玉米，高的刚及腰，矮的只到膝盖。

十一连的男女农工排的兵团战士，在麦田里浓重的农药粉雾中，喷洒农药灭虫。

天助北大荒的11连，这时老天骤然下了一场不大不小的急雨。一场雨将虫子们从麦子上，打进水里泥里，麦地里铺满烂兮兮的虫尸和虫屎。雨水加剧了农药药性效力发作，害虫们哪里还有招架的机会。周连长咧着嘴笑着："老天爷替我们施了一场好肥料。"

那一年缺少叶片的麦子加速成熟，麦收提前了。麦收非常顺利，也不需要农工排割麦子给康拜因打道。麦子减产多少周连长没有讲，不过，他一直都很高兴，因为小虫们的"功劳"，麦粒还没有收割就干得透透的，上了场院，翻几番就入囤，交粮了。场院上也没有见到太多的瘪麦粒，大概是没有了叶片的麦秆，裹挟小，收割机将瘪麦子都吹跑了。

那一年的秋天，谷子丰收，长长的、金灿灿的谷穗低下头，真是诱人呐。谷子的植株几乎高到人的肩膀，谷草根部长得有大拇指粗细。我们这些大城市来的青年，继承着祖辈们千百年来从土地农耕中获就的吃苦耐劳的品质，在艰苦的劳动中，已经与北大荒融为一体。在北大荒，我们劳动着，痛苦并快乐着。

多少年过去了，我们早已没有了农人的形象。可是，北大荒那一年一年变换的四季；一场场肆虐的或鹅毛飞舞或如刀割面的风雪；一阵阵或暴戾或轻柔的季雨；那野趣盎然粗犷的原野森林，春夏百鸟鸣唱，繁花似锦，秋冬草木萧肃，万籁寂静。那景象闪动着，催动着我们的心扉。我们在北大荒，或轰轰烈烈，情绪激昂；或默默无闻，兢兢业业。时间拉远了我们的过去，却无法模糊我们的记忆。那是我们有别于其他人的一段经历。

战胜“大酱缸”

遇广仁

我们兵团6师61团1连，地处黑龙江三江平原，地势低洼，有不少沼泽地。有些地方看上去，表面是草，实际上草下边都是水，尤其是把草垡子压破了，不管是人或车，就会陷进去。这就是人们说的“大酱缸”，在上冻之前，人和车都要绕开走。

有一年初冬，大地早早地就上冻了。有个北京知青，下晚班回来，开着东方红拖拉机，向连队驻地走的时候，觉得冬季水泡子都结冰了，也就没挑选道路，朝着连队方向，径直跑开了。在平如镜面的冰上，开着拖拉机跑，那是很惬意的一件事，用现在的话说就是爽。当时是初冬，冰面冻得不厚。就在北京知青得意地在冰上开着拖拉机飞跑时，不幸的事儿发生了，就听咔嚓一声，冰面裂开了，拖拉机掉到了冰窟里。水立刻没到了驾驶室。驾驶员好不容易爬出来，赶到连里搬救兵已经是大半夜了，只好等天亮再作处理。

在当时，东方红拖拉机是我们连最值钱的家底了。连长一听拖拉机掉冰窟窿里了非常着急，马上由机务连长组织人开着另一台拖拉机，拉上爬犁，急急忙忙赶往出事地点。大家一看，这拖拉机已经快没顶了，我们拿出带去的圆木杆子，用三根绑成个三脚架，再装上起重用的倒链，有人下到水里把钢丝绳拴好，就开始往上吊。三个点的三脚架都吃上劲后，再往上就不行了。由于在冰上，三个着力点打滑，根本使不上劲，几个人一起把着也无济于事。于是大家就献计献策。我想，要是把三个点都连一起，形成一个整体，就不会滑动了。我在王连长耳边小声说了这个办法，王连长听了以后，说这方法可以试一下。大家立刻研究怎样把三个点的三脚架连成一体，最后决定，用六根长一点的原木，把三个落地点连成整体。方案定了之后，马上找来圆木和铁丝，把三个点用铁丝牢固地绑在圆木两头，形成一个整体的三脚架，这时再看那台拖拉机，就剩一个驾驶室天蓝色的顶盖儿了。王连长指着快要没顶的拖拉机对我说："看过《北大荒人》那本书吗？那里写的大酱缸就是这样的。这底下有多深，谁也说不清，人掉下去，越挣扎越往下陷。" 拖拉机经刚才那一吊，一放，眼看着就又下陷了一大截。我不禁猜想，这种大水泡子是怎么形成的，是什么时候形成的，几万年，几十万年？不得而知。

固定好三脚架之后，开始往上倒铁链。这次还真行，稳稳当当地把拖拉机提出了水面，然后用另一台拖拉机牵引着，把三脚架和拖拉机一起慢慢往前移。冰上很滑，不一会儿，整个三脚架连同拖拉机，被移离了那个大冰窟窿。慢慢放下拖拉机，拆掉三脚架，用车牵引着回到了一连住地。

战胜"大酱缸"，这只是我们在北大荒战天斗地的一个小插曲。

战胜疾病 拯救生命

王笑微

那年兰队长奉命组建61团卫生队。1969年1月先后来报到的有25团的我和王淑惠，随后是张大平和赵凤珠。我们都是兰文秀队长调去的北京和哈尔滨知青。2月份31团的齐大夫、康大夫等人也来了，之后陆陆续续又来了好多人。

开始的日子我们借住在3连的帐篷里，我们每人领到了一个带红十字的药箱，里面配备了常用药。就这样我们成了光荣的卫生战士，大家都叫我们卫生员。

记得我们第一次背着药箱去的是5连，连里还没几个人呢。去之前兰大夫告诉了我们常用药的用法。当时也就有几种药，复方阿司匹林简称APC（感冒、止疼、退烧），甘草片（止咳），磺胺类的消炎药磺胺嘧啶简称SD（用于一般炎症），磺胺类消炎药还有sg是治疗肠炎也就是拉肚子的。SMP磺胺类长效消炎药，一天只需吃一次。再有就是处理小外伤的，红药水、酒精棉球、消炎粉、绷带、胶布、剪子、针灸针等等。整理好药箱把它跨在肩上，我们就向着茫茫荒原，懵懵懂懂、毫无畏惧地出发了。

那时到新建点的人员身体都很健康，少有生病的，要真是啥病人都有我们就傻眼了。因此，也给了我们这些初学者时间，我们要尽快学习掌握医疗知识。

1968年底1969年初进军荒原，冰天雪地的只能搭帐篷，不能盖房子。眼瞅着各连队陆续进了点，人员都住进了搭的帐篷里。我们之中的一些人就陆陆续续到了各连队担任卫生员，我到了 1 连，王淑惠到了 4 连，赵凤珠去了 5 连，张大平留在了团部。

身边没有老师，赶紧让家里邮来各种医疗护理书籍拼命看。一本一寸厚的《赤脚医生手册》还真是包罗万象，内、外、妇、儿无所不有，才 1.90 元。后来回家探亲就少不了逛书店，《基础医学问答》《解剖图谱》《儿科手册》，厚厚的《内科学》现在看看才 7.20 元。总之，看着有用就买。

在一连担任卫生员这段时间还真是照着《赤脚医生手册》边学习边应用，解决小伤小病，问题大一些的就去卫生队。卫生队解决不了的，就返城回家看去了。看病回来的，我都会问问结果如何，然后看看书，下次再遇到就不会一无所知了。

后排左起第一人就是吕霜

唯一在医院学习过的就是接生，1968 年 9 月七星农场二队送我去农场医院学习。先到了妇产科，老师是妇科大夫吕霜，我们是师生又像姐妹，住在一个宿舍里。有生小孩的她就带我去，她是医学院校毕业的，理论和实践经验都很棒。

吕霜大夫浓浓的眉毛、大大的眼睛，中等个子，名字冷，人却是极热心的。后来 25 团排演了现代京剧《沙家浜》，吕大夫扮演的沙奶奶形神兼备。

有一次吕大夫带我去一个场部职工家里接生，生产过程都很顺利，胎盘娩出后宫缩无力出血不止。吕大夫也是刚出校门没几年，见到这种情况也紧张得不得了。用颤抖急促的声音命令我：“快、快！快注射一只麦角！”我是无知者无畏，很迅速地敲开安瓶，针管里吸好药立即给产妇肌肉注射。血止住了，产妇平安了。

我俩都有点后怕，在回医院的路上浑身发软。我俩互相搀扶着边走边聊，吕大夫问我："笑微你猜我当时想到啥了？"我说："不知道。"吕大夫接着说："唉，想到蹲笆篱子了。"我心想生孩子真是命悬一线，大小两条命产科大夫容易吗？

吕大夫还多次嘱咐我，新生儿的脐带也万万不可掉以轻心，一定要扎好扎紧。她用自己亲身经历的事来警示我，她抬起头看着远方，慢慢地讲了她刚从学校出来不久遇到的一件事。一个新生儿的脐带没扎紧，等护士发现时血已经渗透了包扎的纱布。七星农场医院的王院长是个很了不起的人，他卷起袖子毫不犹豫的给新生儿献了一百毫升血，小生命得救了。从此，我深深地体会到医患因生命而结缘，携手共渡难关，战胜疾病，拯救生命。

在61团卫生队时身边像齐大夫这样的都是我们的老师，他们是医学院校毕业有真才实学的人。

赵福臣大夫是西安医学院毕业的内科大夫。我曾和赵大夫麦收巡回医疗时去了11连，赵大夫就带着我做了一例"肛门周围脓肿"小手术，切开、引流，放上磺胺软膏做的引流纱布条，内科大夫做外科手术也很熟练。

在走回团部的路上我一个劲儿不停地打嗝儿（膈肌痉挛），怎么也止不住。和我们一起往回走的还有一个工程3连的山东籍老职工，不知道他搞什么技术工作，老能在团部见到他。走着走着他忽然说我拿了他的牙膏，惊得我非同小可，我张口结舌地不知道说什么好。这时候这位老职工乐了，问我还打嗝儿吗，吓得我早就不打了。这叫啥疗法？俩卫生队的让一个老职工给治好了毛病，这真是三人行必有我师焉，我又学会了一招，以后屡试不爽。

在平时的工作中，我从曲玉英大夫、姜桂珍大夫、白大夫、小康大夫那里都学到了知识。卫生队也有实践中成长起来的大夫，像兰队长的老伴妇科李惠琴大夫，还有放射科秦大夫等等，都给了我们很多温暖和帮助。我们向他们学习，他们耐心地教我们。

齐大夫成了我们的良师益友。记得有一次我在老团部接生，大概是汽车队的一个转业兵姓孙，他爱人生小孩，经过检查，产妇一切正常。我很顺利地接下了一个宝宝，处理完婴儿脐带，用小被子包好小孩。准备帮助产妇分娩胎盘，回头一看，呦！咋又伸出了一只小脚丫（产妇的腹型并不大，一阵一阵的宫缩让你摸不清胎位）！我没见过这种情况，我不敢贸然处理。给卫生队打过电话后，齐大夫很快就来了。齐大夫熟练地给产妇做了内倒转，顺利地又生出了一个宝宝，还是一对龙凤胎呢。

还有一次印象极深刻的手术，让我们见识了什么叫悬壶济世，什么叫起死回生。也是一个寒冷的冬天，天都黑了。那是一位九〇粮库的车老板，送来时，乱哄哄的一群北大荒农村打扮的人，抬着一个身材矮小的东北男人。大家嘴里都喊着：快救人！快救人！齐大夫很镇静地挥了挥手，大家安静后急切地询问了病史并判断是一个外伤引起的急腹症。原来这是个赶大车的老板，不知何故马惊了，老板掉了下来还被车轱辘挤压了肚子。我们都没见过这么重的腹部外伤病人。卫生队领导坐镇，医生、护士全由齐大夫指挥，手术室那边紧急动员尽快进入手术状态，病房值班护士立即做好术前一切准备。当时大家都把这个九〇粮库的车老板当成自己的阶级弟兄，以最快的速度，最大的热情投入抢救阶级弟兄的紧张战斗。手术后才知道，肠子都挤压破了，只好截去一大截。由于粪便都到了腹腔，造成了感染性休克。由于齐大夫判断准确，手术果断，后续治疗得当。病人奇迹般地活了过来，经过一段时间恢复高高兴兴出院了。

在后来的日子里，常常看到一个歪戴着狗皮帽子，嘻嘻哈哈到卫生队串门的矮个子男人，他就是那个九死一生的九〇粮库车老板。不经一事，不长一智。在实践中我们渐渐成熟了。

齐大夫就是这样，大人、小孩、男的、女的，属于哪科的疾病都会看，他主刀做过的大手术，就有开颅手术、肠扭转手术、肝破裂、脾破裂，等等。我们做护士的也是哪个科的病人都要接触，都要学会掌握各科的护理技术。

做计划生育女扎手术，齐大夫那时候就能做到几分钟就完成，还没说上几句话，手术就结束了。而且刀口不到一厘米，神吧？

卫生队外科手术有时蔡队长也上手术台主刀，手术麻醉都是刘友平大夫。一个部队卫生员出身的麻醉科大夫，能够做到大小手术麻醉到位也是很了不起的。麻深了，病人生命就有危险。麻浅了，手术就不能顺利进行。

哈尔滨知青赵凤珠、上海知青彭新民、本地青年柳翠娥都做过手术室护士，由知青到合格的手术室护士，跟齐大夫的“传、帮、带”是密不可分的。齐大夫不是简单地传授技术，而是一种言传身教。

手术室护士素质要求高，主刀医生全神贯注地做手术，眼睛盯着手术视野。手一伸，器械护士就要准确无误递上医生需要的器械，所以思路要跟着医生走，该递止血钳就不能递别的，救死扶伤、争分夺秒，递错了齐大夫就不客气了。我至今还记得手术室里那紧张严肃的气氛，静静的，只能听见器械递到术者和助手手里的“啪、啪”声，清脆而响亮。那时真的感觉医生、护士是个神圣的职业。

齐大夫医术精湛，他聪明、睿智、好学，热情、平易近人。跟他学到了很多书本上学不到的知识，学到了医生对病人那种认真负责、不是亲人胜似亲人的精神。

不得不提的还有我们卫生队建队第一人兰文秀队长，所有人见到他第一印象就是满面红光，一脸的灿烂笑容。他走起路来风风火火，没当过兵却有军人作风。

1969 年 1 月份他曾和张野场长带着我和王淑惠、何干事，在白雪皑皑的荒原上为医院选址。一个不是医学专家的人全面筹建了 61 团卫生队，相当于一个小型的综合医院，不能不说是个奇迹。多年来他经常带着大家上班前搞环境卫生。其实，他患有严重的风湿性心脏病。他从来不把疾病放在心上，有时还让实习卫生员听诊自己典型的心脏杂音，用自己给大家当“教具”。

左起：王笑微、王淑慧、兰大夫、何干事、张野

左起：王笑微、王淑慧、兰大夫、何干事、张野

前几年听说兰队长已离开了我们，但他的音容笑貌永远留在了我们心中。

在卫生队的那段时间里见多了生生死死，更感觉到了生命的宝贵，健康的重要。人生的路未知而漫长，有一些不得不去面对的疾病、伤痛、甚至离别，但这就是生活。

弹指一挥间，我们都步入花甲之年了，想当年在北大荒，我们还在医疗战线承担过战胜疾病、拯救生命的重任。那些年那些事，留给我们太多宝贵的人生体验，想到这些心里总是充满了温暖和感动。眼前常常浮现出张张熟悉的面孔，由于篇幅有限不能各个提到，但每个一起工作过的荒友都铭记在心底。让我们的友谊长存！

站 岗

韩蕴华

1969 年的初春，北大荒依然白雪覆盖，北风呼啸，没有一点春天景象。我是 3 月 25 日从 29 团来到 61 团 1 连的，坐了几个小时的汽车，有人说到了，只看见离公路边不远的（实际上没有正式的公路，只是用推土机推成的土砂石路）雪地上支起的几顶帐篷，这就是我们的连队？和 29 团不同，没有了房屋，没有了山，没有了小河，远远望去只是一片平坦、开阔、银白色的世界，雪地上有几片稀疏小树林，偶尔有几只狍子飞驰跑过。

建点初期住的是帐篷，烧木头取暖，地是湿的。劳动是修路、伐木、脱坯、建房。吃的主食是馒头，菜很少，比起 29 团来，条件艰苦了很多。

就是在 1 连这片荒野上，聚集了来自北京、上海、天津、哈尔滨、佳木斯的知青和 29 团的老职工，发生了很多很多的事。44 年过去了，我从青年步入了老年，但那时的人和事时常在脑海里闪过，永远也忘不掉。暑假到了，我终于结束了繁忙的工作，有时间静下心来慢慢回忆 6 年的兵团生活经历，在荒友们的鼓励下，终于拿起了笔写点回忆了，先从建点初期连队的站岗、巡逻、放哨（值夜班）说起吧。

1969 年 3 月，中苏边境珍宝岛自卫反击战爆发。苏联军队几次对黑龙江省乌苏里江主航道中心线中国一侧的珍宝岛实施武装侵扰，并向中国岸上纵深地区开炮。中国人民解放军边防部队被迫进行自卫反击。

一天晚上团里派政治处的季长庆同志到 1 连给我们讲军事课，讲了边防斗争的范围扩大了，沈阳军区给兵团打电话要准备打仗，准备打游击……会上，

团部表扬了11连，说他们军训做得好；团里准备成立一个军训领导小组下到各连去，指导军训，有可能全团要进行紧急集合……

为防止敌特破坏、偷袭，连队党支部经过研究做出决定：全连夜间安排岗哨。每晚站岗8小时，共分成4班，每班2小时。第一班从晚10点到夜里12点，第二班从12点到次日2点，依次排，最后一班从4点到6点。开始时连队的人少，站岗的人也就少，大批天津、上海知青还没有来，连队也就几十人吧，一个多星期就要站一次岗。我站岗的次数很多，每班都站过，有印象的几次不妨说一说。

5月中旬的一天，白天劳动了一天，切草筏子，运草筏子盖豆腐房。当时我所在的农工班，班长是老李（李修兴）和王树本，我是小工，负责运草筏子。一天劳动后很累很累，刚刚睡着，马上醒了，今夜我要站岗！离站岗巡逻的时间还差一个多小时就不敢睡了，点着油灯不断看表，快到点时，我一骨碌爬了起来，向外面走去。连里最初安排站岗是一男一女，两个人一班。14日那天我和章伯petite一班，我俩拿着一个手电，一人拿了一根大木棒就出发了。那天天气晴朗，借着星光月色能看清连队驻地宿舍间的道路，偶尔也用手电左右照照，周围一片寂静，只有经过右边小树林时，传来了风吹树叶的沙沙声。我们用手电照去，确认没有异常情况后，转身走向了油罐方向。到了油罐底下，我们围着油罐转了一圈后，我正想往回走，真没想到章伯petite竟提议到油罐顶上去看看。油罐本身就高，加上又是夜里，我心里很是害怕，但嘴上又不敢说出来。他很快爬到了油罐顶上，我也颤颤巍巍地跟着爬了上去。这是1连的最高处，站在上面，能看到1连黑乎乎的全貌，二抚公路也能看得很远。突然北面、东北面有一颗颗信号弹腾空升起，绿的、黄的、红的，一颗两颗三颗单独或一起升起，当时我相信这是苏修特务的联络信号，并对此坚信不疑。现在想想是真有特务还是其他原因，仍然是一个谜。我们披着棉袄在冷风中瞭望着，观察着，不知站了多久。那晚是在营区最高点上站的一班岗。

6月初的一天，夜里下起了雨，这天我和卢谦值第四班，心里有事睡不着觉，提前接班去了。雨虽然停了，连队的土道还十分泥泞，我穿上雨靴来到交接班的地点，没想到卢谦已经等在那里了。我们接过上一班哨兵递过来的手电、木棒，开始了第四班站岗。北大荒6月虽然天亮得较早，但是那时1连没有通电，没有路灯，加上天阴得很沉，整个1连是黑漆漆的一片。我俩只能借着手电的光亮巡视了1连重点地方，食堂、宿舍、小树林、油罐等，没发现什么情况。这时天已经蒙蒙亮了，我俩就去给食堂烧水。当时连里还没有专人烧水，规定第四班岗哨做这件事。水烧好后，看到1连的这条主道路上坑坑洼洼，商量后决定修修路。我们找来了铁锹，开始向路坑中填土，谁也不说话，只是挖土填坑，直到查岗的连长喊了我们才停下来。连长表扬了我们几句，就到别处查看去了，我们虽然很累，但想到能为早上大家顺畅出行，减少车辆的颠簸做点小事，心里却很高兴。站岗结束后卢谦找我要一个红五角星，我借给他了一个，还把这件事写进了日记，并在借字下面画了横线。这是我唯一一次借给别人东西的记录，借出的东西竟是一枚小小的红五角星。这件事让现在的年轻人看起来是多么可笑！可是这就是历史，这就是当时我们对共和国的感情，对解放军的感情。吃完早饭后，我又开始了繁重的脱坯建房劳动。

1969年的5月31日，一连来了80多名天津知青，人多了，哨兵的队伍也壮大了，站岗的周期也就加长了，要半个多月站一次岗。排岗的原则是以老带新，一男一女，但当排不开时，也有两个女生站一班岗，我也有过和女生一起站岗的经历。如和赵玉书、徐湘玲、秦静等都一起站过岗的。和女生一起站岗我就更加害怕，看着这些都比我小，才十几岁瘦弱、单薄、漂亮的小姑娘，真不忍心半夜从被窝中把她们叫醒。一次走在漆黑的路上，望着瘦弱的同伴，我心里在想：别说是遇上特务，就是有别的坏人，我俩也早就成靶子了，但又不敢说出口，只好硬着头皮向前走。照例巡逻一圈后，再到连部门前站岗。

有时轰隆轰隆的坦克和运兵车从二抚公路上经过，震得1连的土地都在颤动。那年的夏天，傍晚蚊子很多，成群结队在我们面前乱飞，一把就能拍上几只，甚至更多。深夜温度低，站岗时虽然蚊子少了一些，但还是要带上防蚊帽，穿上秋裤和胶鞋，手上涂些避蚊油，全副武装，防止蚊虫叮咬。

后来连里建起了猪号，岗哨又增加了一个重点巡查的地方。严冬的夜里，我们顶着西伯利亚刮来的狂风，冒着零下三四十度的严寒站岗、巡逻、放哨。听着不远处传来野狼的嗷嗷嚎叫，在空旷的荒野中回荡，我们虽然心里也感到害怕，但是想到能为祖国站岗放哨，感到无限的光荣、自豪。这是我们的真实想法。

在这段时间里1连还进行了夜间紧急集合、拉练……之后随着局势逐步缓解，连队也于1971年结束了站岗、巡逻、放哨，把工作重点放在了粮食生产上。站岗这项制度执行了近两年。两年来，1连的每个人都站过很多班岗。虽然我们没发现过特务，没逮着过坏人，但重要的是磨炼了意志，锻炼了胆量，增强了对祖国的感情，培养了军人的优良作风，成为我们今后人生奋斗和振兴中华道路上一笔宝贵的精神财富。

作者简历：韩蕴华，女，1947年出生。天津知青。1968年10月下乡到黑龙江建设兵团3师29团。1969年3月调至6师61团1连。1974年返津。

知识让我们在北大荒有所作为

崔福忠

我在北大荒的第一个冬季，连队领导安排我搞种子发芽试验。在连队家属区的西边，给我两间房搞试验用。

我连的农业技术员陈崇迁先给讲了为什么要干这个试验，又给我讲了如何做这个试验。使我认识到，农业不是简单的播种、收获。要想得到粮食丰收，首先要有优良的品种，还要因地制宜地搞科学种田；这样就需要学习农业科学知识。可以说我们这批知青，我是先行者了。

我先做了许多小木盒，又到地里取来土，把土装入盒子里铺平，待用。再到场院，从其他连队调来的粮种囤里取来种子。每囤种子的样品都要分别保管，囤号、品名、产地、时间，取种是囤的哪个部位都要详细记录。取回种子后要测种子的千粒重并且做好记录。以后每一天每一步都要有记录。当时我们只有两个品种，一种叫科龙，一种叫农大101。农大品种的麦子磨成面粉后，白度高、好吃，产量也可以，而科龙的品质虽然差点，但产量高，所以各连还是大量地种植科龙。

我们在每个小木盒里种上100粒，盒外要贴上标签，写上播种日期、编号，码放好，每天观察并记录，定期浇水。烧好炉子控制屋里的室温，还有做好气象等记录。做完一期一定要统计芽率是多少。这样的试验要重复多次，最后算出平均值。用这个平均值去指导实际生产。

农业生产非常讲究合理密植，合理密植才能使亩产达到最高。种子发芽试验是较为重要的。我们是在新开垦土地上播种，种子是外调来的，适合不适合当地的土壤，就需要试验决定播多少种子，才达到合理密植。

由于工作条件好，所以有大量的时间可以看书学习，从那时开始我就养成了爱看书的习惯。开始看些小说类的，后来觉得还是看点科学技术的好。我就写信让家里在北京给我订《科学普及》和《科学实验》两种杂志，按月寄给我。我现在应用的科学技术，有许多还是那个时候学的。那时的科学技术不保密，图文并茂，讲解详细易懂。

第二年，我们从北京农业科学院求援来 920 菌种，开始学习细菌培养，试制 920 农药。吴建疆又是忙着做无菌箱，还得忙着购买一些玻璃的罐头、瓶子。然后，连里安排几名女生来学做农药。我们又是消毒灭菌，又是制作培养基，忙得不亦乐乎。由于条件太差，缺少操作经验，第一次没成功。

我们又开始第二次，问题就出现在温度控制不好，主要是加热就靠一个炉子和热炕。温度低了使劲烧，烧了好长时间温度才慢慢地往上升。达到了要求的温度，想恒温，可是温度一个劲地往上升。这时有人说开门开窗，让外面的冷空气进来帮助降温。可这样不是白消毒了吗？显然行不通。眼看着试验又要泡汤了，还是吴建疆聪明。他用几只温度计放在不同的位置，通过监测，发现室温非常不均，位置高的温度就高，位置低的温度就低。火炕上面温度高，靠后窗户温度就低，炉子周围温度最高。室内温度分布搞清楚了，问题就有办法解决了。我们将这些培养器皿（瓶瓶罐罐）进行大调整，高处移到低处，低处移到高处。离热源近的和离热源远的调换一下位置。这么一调换，培养器皿的温度就降到了适宜菌类生长的条件 26℃ ~ 28℃之间，每隔几个小时就得调换

一次。在这个温度下工作，如同洗桑拿，每调一次，都是大汗淋漓，十分辛苦。

看到菌种的孢子生长得那么好，每个人心里都很高兴。白色的菌丝，宛如雪花在瓶里，好像在庆贺我们的成功。我们的920在蔬菜地里进行了试验，实践证明，用了920的和没用的就是不一样。这就是科学呀！

这个试验，对我们连后来的副业生产起了很大的作用。如酒坊的酒曲，酒母的制作，酱油的发酵制作，都要进行菌种的培养。科学知识用到了生产实际中，就能转化为生产力。我们3连领导十分重视这方面的工作，让农业技术员陈崇迁担任了副连长。

北大荒的冬天十分漫长。我们连为了缩短小麦成熟期，撇开雨季，研究了小麦生长的特点。小麦是种在冰上，收在火中。就是说小麦生长期是120天左右，如果能早播种，就可早收获。春天北大荒还是白雪覆盖着大地，黑土地见不到阳光，没有化冻，种子是播不到土里去的。我们就在2月底3月初用拖拉机拉着原木在雪地上横着那么一拖，带着黑土的雪就翻到上面来了。黑色的土一见阳光就吸热，雪自然就化快了。为了提高工作效率，我们用联合器拉上几根横木，拖拉机一走，就很宽的一大片。原木采用的是白桦木，树干直，重量大，并且耐磨，使用寿命长，效果好。经过这么一处理，一个星期多一点就全部露出黑土地的本来面目。

经过检测土壤，已经化冻一厘米多了，这样在3月中旬我们就可以开始播种小麦了。我们连基本上要播一个多月的麦种。然后改播大豆。一直播到芒种。播种期就结束了。

记得有句农谚说：种地不上粪，等于瞎胡混。而且中央领导也要求我们兵团解决这个问题。机械化作业，这么大面积往地里施肥可真是个难题。后来经过多方面研究，设计出一种把肥料做成与种子大小一样颗粒的造粒机，肥粒和种子混在一起进行条播，一次解决播种和施肥的问题。我们团制作样机的任务又落实在连。

那年春天，我从北京探亲刚回到连队，吃完晚饭正和小师弟崔宪政下棋，团长亲自到我们宿舍给我下达制造颗粒肥机的任务。我拿起团长带来的图纸看了一下，说："这图纸没用，照这图是做不出来的"。接着又说了一句"我两个星期就可以造出一台颗粒肥机，但您的吉普车得让我玩两天"团长说："团里几位首长就这么一辆车。"我又说："我可不是为了玩，我知道别的团的颗粒肥机已经做出来了，我去看一眼，回来马上造出来，这是最快的办法。"

第二天早晨我刚起床，给首长开车的李师傅就进我们宿舍找我说："团长安排我这两天为你服务。"

在修理厂和我连几名老职工的帮助下，我们只用了一个星期就把样机做出来了。一边安排拖拉机来试机，一边给团长打电话，等到团长和生产股长到我们连时，颗粒肥已经造出了几吨。团长非常高兴，立刻打电话，要修理厂的连长和指导员赶紧到3连，把样机带回去，照样给每连做一台，全团春播必须种肥一起播。

那个时候我们每天晚上点上煤油灯想看书看不了，光线太暗，只能一两个人趴在油灯跟前，看看家信或写写家信。

北大荒的天，早上亮得早，晚上也黑得特早。我们这些小青年，精神头儿旺盛，晚上要是没有会，黑灯瞎火的什么也干不了。干脆钻被窝睡觉。躺下又睡不着，于是有人提议唱歌。大家都知道那时候就那么几首歌，唱来唱去，不一会就唱到了《我爱北京天安门》。这时就勾起大家的思乡情，唱歌的声音越来越小，而哭声越来越大。记得我们那个时候很多人都是含着眼泪睡着的。

后来有人提议别唱歌了，打扑克吧。一个宿舍一两盏煤油灯，只有把牌冲着灯光，自己才能看清牌，可是同时也被别人看到了；没法玩呀！有人出主意，在自己脑门上贴张白纸，把灯放在中间，这样用白纸的反光，照亮自己的牌，这样自己就看清楚自己的牌了。这招不错，很快就在宿舍里传开了。这样玩两天又觉得没意思了。后来又有人建议，谁输了谁喝凉水。在北大荒刚从井里打上来的水，冰凉刺骨，喝到嘴里直扎牙。一口气喝一碗，感觉心里哇凉哇凉的。这种玩法，使有的人夜里起夜多；有的直拉稀；还有厉害的，第二天起不来床，上不了班。看到这情况领导着急，我们大家也着急！

我的好哥们吴建疆跟我说："这都是黑灯瞎火惹的祸。如果有电灯，大家可以学习，可以干好多正事，谁还这么瞎玩呀！"我说："可不是嘛！有发电机就好了。"

过了几天吴建疆悄悄告诉我，他找到一台人家报废不要的小发电机，不知道能不能修好。我对他说只要有机器就一定有办法修好。我告诉吴建疆一个秘密，我有两本《发动机修理经验汇编》，在那书里一定可以找到好办法。此事和连领导一说，领导们非常支持。我们把机器运来，拆开一看，是连杆瓦坏了。因为只有这么一台，没有配件。怎么办？我俩查看了我的书，知道必须先找到一个会将巴氏合金挂到连杆上的人，这样我们就可以修复小发电机。

我们运气十分好，25团修理厂还真有一位老师傅会挂巴氏合金的。我们找到他，请他帮忙。那个年代的人，都是活雷锋，他十分乐意帮助我们，一分钱也不要。最后我们写了封感谢信，送给他的领导就完事了。

连里安排机务上的丁兆杰由拖拉机手改为电工。韩保管从团大库领来电线、电灯泡。接上线、安上灯。这样我们五七连（3连）就提前告别了煤油灯，率先用上了电灯。

到了晚上，电灯非常明亮，我们不仅可以看书学习、写信，而且还可以干很多很多我们要干的事。

知识青年在北大荒，要想有所作为，必须能把在学校里学到的知识，包括后来在书本上学到的知识，用在实践中，体现出科学技术就是生产力，回报给那片黑土地。

附录一

关于黑龙江省创业农场知青名录的简要说明

在广大战友的关心、配合下，在各连队召集人的认真组织下，在创业农场劳资科的大力支持下，《创业情怀》编委会历时近一年，终于完成了《黑龙江生产建设兵团6师61团知青名录》的收集、整理、修订工作，3898名知青的姓名将收入《创业情怀》，与我们的青春记忆融为一体，永久留存。

将知青名录纳入《创业情怀》一书是在2015年5月的一次编委会上决定的。这是一项艰苦繁杂的工作。时隔30多年，当年的知青早已两鬓斑白，记忆力也已大不如前，要准确、完整地凭回忆搞出当年全团知青名单，绝对是一件难上加难的事儿。好在我团2012年10月份曾举办过一次大型知青聚会，大约有800多名各地知青参加，各连召集人手中都保留了本连参会人员的签名，这是最宝贵，也是最基础的资料。在此基础上，召集人各显神通，用各种办法丰富、完善本连队的知青名单。第一稿“知青大名单”就是在这个基础上形成的，上面有2000人左右。但是，这个名单存在着一些问题，其中最大的问题是遗漏多、重复多，有的人先后在几个单位工作过，结果全都“榜”上有名。这个名单在网上公布后，引起了战友们的极大关注，点击率空前高，挑出了许许多多的错处，提了许许多多的建议，做了许许多多的补充。接下来，各连队召集人再次发动本连战友，补充、修改名单，有的竟一下子补充了50多人。经整理，第二次征求意见稿发到了网上。这次大家的意见明显少了，可取的意见和建议也不多，但名单显然还存有许多缺陷，操作人员感到困惑，不知从何下手来进一步完善。整理工作遇到瓶颈，几乎处于停顿状态。

2015年8月下旬，受编委会委托，11连的李雨农、廉洁回创业农场探亲时，找到了一份当年的病退知青名单，上面记载着从1970至1979年10年间共2500多名病退知青的详细情况。创业农场还提供了一份至今工资关系仍在农场、共计33人的“留守人员”名单，这真是两份宝贵的原始资料，有了这两份名单“垫底”，再加上战友们回忆的名单，把上学的、参军的、困退的、转插队的、调动的等等补充上，名单不就基本上凑齐了吗?

真是“柳暗花明又一村”，意外的惊喜！名录整理工作重新启动。操作人员先把用照相机拍下来的185页病退名单打印、录入，再和已有的回忆名单一一对照，把所有名单像过筛子一样地过了一遍，对重复的和同音不同字的逐一甄别、核对。一圈干下来，仅同名同姓的就挑出了35处，其中4个连队当年就存在重名现象，而以大、小来区分，如大某某某、小某某某，真是富有创意。

整理后的《名录》上，共有46个连队（单位），近3900名知青的姓名。这些来自北京、上海、天津、哈尔滨、佳木斯、鹤岗等地的战友，全都或长或短、或多或少地在那片黑土地上生活、工作过。那里，记录着我们的青春脚步，镌刻着我们的知青印记，那里是我们人生的开始，是我们成长的见证。我们也着着实实为了黑土地的开发建设贡献过自己的心血和力量。

本着“雁过留声、人过留名”的原则，如今，这3900名知青和我们的回忆文集《创业情怀》绑在了一起，也是和北大荒绑在了一起，其实他们本来就是一体，不管你对那里爱也好、恨也罢，生命里有了这一段历史，就留下了不可磨灭的印记。应该说，我团知青名录的出世，是一件非常有意义的事情。

在收集、整理、核对知青名单过程中，创业农场的朋友们给予了热忱的关心和积极的帮助，各连队召集人和部分知青战友，甚至还有许多老职工子女都做了很多工作，付出了很大努力。特别是创业农场的郭亚南、毕玉金、井立英、韩现金、杨国民、张爱玲；志愿者廉洁、赵春华、王洪源、杨仁蓉、李雨农；知青战友周金红、刘宝华、付子明、钱凤俊、李家琪，以及各连队的联络员等等，均付出了极大的努力。在此，向所有提供名单和信息的人员，表示深深的敬意和感谢！

最后需要告知的几点是：

1. 此名单仅包括北京、上海、天津、哈尔滨、双鸭山、牡丹江、鹤岗等城市的下乡知青，不包括国家正式分配到农场（兵团）的大、中专毕业生，不包括本地青年，也不包括转业官兵。

2. 每个姓名在名录中只出现一次，原则上以离开农场（兵团）时所在的单位为准。但因人数众多，有的战友多次调动，不只在一个单位工作过，为了避免重复或遗漏，只保留其在一个单位的名字，不能保证是其在农场的最后一个单位。

3. 知青名录一律以姓氏汉语拼音的第一个字母的序列排序。

因年代久远，资料有限，在整理过程中仍难免会有重复、遗漏、错别字等不准确之处，恳请广大知青战友指正和谅解。

《创业情怀》编委会

附录二

创业农场（原黑龙江生产建设兵团 6 师 61 团）知青名录（共计 3896 人）

根据创业农场知青病退名单和广大知青回忆整理：

1连 176人

艾振江	鲍惠兰	才乐邦	陈　红	陈　雅	陈　颖
陈国勤	陈美华	陈明彦	陈雅琴	陈长江	崔绍华
丁文俊	董玉权	段翠敏	段万忠	范长林	冯玉花
付金树	高福兴	高洪顺	高维银	高志强	龚红斌
谷来娣	顾秀珍	管志慧	郭宝贵	郭月琴	国绍华
韩建平	韩秀梅	韩蕴华	赫永新	赫永义	胡松云
黄英俊	贾惠英	贾曼云	贾庆珍	蒋明芳	蒋长林
蒋竹筠	焦玉珍	金作云	李　雁	李桂芹	李连成
李瑞明	李山林	李少庆	李晓文	李迎春	李玉英
李忠信	梁桂荣	刘存德	刘凤玲	刘君弟	刘美华
刘太军	刘文林	刘秀玉	刘玉民	柳国胜	卢　谦
卢隆盛	吕桂民	马龙驹	马忠民	毛建国	孟宪云
穆建城	穆瑞军	那尔民	倪立敏	倪晓雁	潘金兰
潘学英	乔亚芝	秦　静	秦林根	曲德福	曲增文
任松兰	尚洪成	邵雅琴	史景民	宋耕通	宋志耕
隋承兰	孙爱玲	孙金英	孙荣会	孙淑范	孙淑玲
孙淑琴	孙秀萍	孙亚茹	田素兰	田秀梅	田长春
汪东辉	王　莉	王　军	王凤芹	王凤桐	王光文
王红卫	王景洪	王培志	王全新	王松滨	王秀敏
王志军	温绍武	奚彩彩	相俊芬	谢德利	谢桂芝
谢淑琴	谢志萍	邢素文	宿宗仁	徐　滨	徐国英
徐时铎	徐湘玲	许华池	薛　波	杨常礼	杨荷莉

杨俊芬	杨丽军	杨丽珠	杨萍莉	杨万芝	姚　香
伊淑敏	伊淑贤	易　明	尹长青	尤品一	于福海
于宪华	于允祥	遇广仁	喻卫东	张宝珠	张翠凤
张桂荣	张航建	张建平	张景春	张雷红	张龙妹
张淑侠	张秀宽	张玉霞	章伯弢	章晓霞	赵丽云
赵玉书	赵子良	甄玉敏	郑　平	郑洪华	郑津沙
周洪琴	周建国	周静正	朱庆元	朱士增	朱世华
邹续才	曾宪庭				

2连 145人

白秀慈	毕润生	边　力	蔡玉兰	曹美英	曹士进
曹志丰	常龙生	陈美英	陈明祥	陈秋月	陈淑学
陈新年	陈玉英	崔锦棉	崔全友	董建民	范　慧
范国强	范文桃	冯秀芹	冯展学	高玉华	韩　丽
韩洪兰	韩丽梅	韩素英	何林惠	黄克诚	纪昌凤
季兰凤	贾　杰	李　菲	李　虹	李大为	李大云
李寿山	李素梅	李素敏	李云兰	李云秋	历　荔
刘凤荣	刘秋兰	刘生跃	刘胜利	刘淑兰	刘喜兰
刘玉华（重名）		刘玉华（重名）		刘玉萍	刘正岩
刘宗和	柳桂芬	柳惠芳	柳江明	陆玲芬	陆新宁
陆月昇	吕秀珍	吕玉温	马　光	马凤英	马健萍
马启云	马荣明	马世宏	马玉芬	孟庆功	苗幼珍
苗幼枝	穆善福	倪月华	聂玉明	宁云生	钮维杰
乔亚珍	任进全	沈跃忠	石玉龙	宋国栋	苏庆武
孙艳梅	唐滨生	田　芳	宛文桃	万玉龙	汪红顶
王　义	王　玉	王福增	王贺满	王焕芹	王建利
王金平	王金荣	王茂森	王庆芬	王汝宁	王淑珍（重名）
王秀芳	王秀娟	王秀荣	王永明	王玉生	魏连运
吴　彬	吴建民	吴连民	吴培勇	武孝金	夏淑文

项　军　谢光育　辛汝林　许金玲　薛秀玉　闫贵仁
颜玉伟　杨友德　尹春江　应明岗　于拴柱　展会芹
张　兰　张　伟　张　政　张彩华　张彩霞　张殿友
张惠敏　张来宝　张连顺　张瑞华　张素然　张秀琴
张拥宪　赵凤海　赵丽英　赵庆林　赵万泉　周建成
朱艳芝　紫惠生　左四安

3连 122人

安俊芹　曹林林　曹玉敏　陈继联　陈立国　陈明贵
陈实平　陈长虹　崔宪政　丁淑凤　冯纪林　付天禄
高慧平　高来友　高云芳　巩万彪　谷民改　顾景全
郭金秀　韩福茂　韩福轩　韩丽丽　韩伍合　韩月珍
纪剑光　贾学银　姜德军　姜卫生　金　平　孔桂敏
李　敬　李宝和　李宝芸　李桂兰　李和平　李慧茹
李金生　李凯胜　李润光　李忆雷　廉大情　廉小莉
刘大锁　刘德禄　刘国权　刘洪津　刘进武　刘书清
刘淑华　刘淑琴　刘树成　刘树仁　刘玉华（重名）
刘振江　柳　琦　陆宪旺　罗桂林　吕志成　马金英
马玉茹　绵作璋　潘维芬　彭继贤　浦汉沪　邱海琳
曲丽兰　任佩荣　邵锡维　邵煜栋　沈　萍　沈建鸣
施志萍　宋　玉　宋玉芝　宋振江　孙晓声　孙秀英
孙长信　陶振宇　王建设　王金荣（重名）　王汝敏
王世华　王铁山　王文俊　王育英　王月兴　吴　涛
吴承宪　吴国英　吴建国　夏慧丽　肖新凤　谢　芳
谢贵宝　谢绍润　信兰萍　徐　雯　许莉琴　姚景涛
殷志诚　尹　政　于建国　于秀凤　于兆芬　喻培丽
袁关生　张　敏　张宝禄　张德明　张建国　张维明
张小江　张玉珍　张志生　张作章　赵全荣　赵润萍
赵淑君　赵秀文（重名）　朱伟均　朱元强

4连 118人

曹国珍　曹学勇　曹玉玲　曹月华　陈宝洁　陈德利
陈华铭　陈立荣　陈崇序　单桂喜　单藕琦　杜桂芳
冯广春　冯宗友　傅根来　高明奇　顾洪斌　顾顺宽
顾思琳　关　畅　郭书奇　郭艳萍　贺再余　胡金凤
黄孝滨　黄玉池　纪广义　金廷友　康东萍　孔　坚
李　英（重名）　李　五　李德仁　李京洲　李俊龙
李克礼　李秋娣　李素梅（重名）　李文学　李锡英
李雪征　李玉明　李占岭　林洪义　林瑞华　刘　静
刘福俊　刘洪祥　刘建亭　刘淑芹（重名）　刘克伟
刘双栋　刘锡伦　刘玉芬　刘玉芹　刘月琴　刘云生
刘振环　柳传明　吕义泰　吕振才　马惠阁　马秀玲
马铁良　孟天铎　宁芸香　秦殿和　石　方　宋晓群
孙德起　孙德琴　孙洪芬　孙建华　孙晋然　孙树义
谈成忠　唐宝芬　唐文瑞　佟嘉禾　万世元　王德昌
王国珍　王建中　王明选　王淑影　王颜彬　王艳玲
王玉清　王再文　吴国群　吴六妹　吴新娟　武凤琴
夏翠萍　谢宝权　谢宝忠　徐建国　徐秀莲　薛清林
杨辰江　杨广琤　杨桂玲　杨信义　尤段一　张广明
张国民　张继承　张家胜　张克敏　张立书　张淑琴（重名）
张宪勤　张一曼　张月秋　张志军　赵庆永　郑晓锋
朱玉书

5连 178人

安吉忠　毕连海　曹筱凤　曹正英　陈　坚　陈光辉
陈贵金　陈景平　陈俊民　陈利和　陈思祥　陈文焕
陈燕明　程宝华　程海燕　崔水新　戴　连　邓建平
丁洪英　丁廷基　董惠民　杜克明　冯润来　付晓冬

高　晶	高筱云	耿连臣	郭学海	韩志桂	郝建国
鸿雁飞	侯全爱	侯秀玲	胡亚珍	胡玉芬	黄　萍
黄诗仙	吉延军	贾金来	姜大彦	蒋玉英	蒋振英
李爱华	李东军	李根才	李根英	李建平	李景华
李敏英	李世芳	李守遵	李维奇	李锡林	李永志
李友志	刘宝国	刘宝玲	刘宝义	刘春生	刘凤华
刘来俊	刘世杰	刘秀荣	刘永来	刘泽波	刘志新
刘中江	柳淑荣	龙淑香	路文彦	吕淑英	马国强
马国义	马丽凤	马清云	马志英	马助鲜	毛永臣
穆业福	宁拴柱	齐宝福	秦秀云	瞿连起	曲维庆
任　军	荣光庭	沈百忠	石知行	宋国贞	宋书琴
宋万军	孙德云	孙景芝	孙庆云	单玉敏	谭凤贤
谭玉成	田俊凡	脱来革	王春英	王翠梅	王德忠
王桂芬	王桂荣	王捍东	王敬学	王俊玉	王丽华
王丽君	王丽敏	王连根	王梅深	王荣海	王少寅
王胜合	王淑英	王维琛	王新兴	王秀萍	王秀芝
王英孝	王英忠	王玉林	王子良	卫建华	卫永杰
魏德玉	魏鹤鸣	魏少芳	魏叔华	魏淑芳	温　波
吴建生	吴树华	吴文杰	吴志平	夏铁军	徐德生
徐革英	徐建明	徐文亮	徐忠良	薛继东	闫玉才
杨根英	杨桂书	杨维山	杨新生	杨志忠	尹亚军
于存林	于华琴	俞桂华	战玉英	张　杰	张　坤
张　藜	张国秀	张静怡	张兰存	张立珍	张赛英
张世奇	张文生	张文燕	张秀香	张亚萍	张友成
张中田	赵洪声	赵美娣	赵万彪	赵玉如	朱敏芝
朱琦峰	邹春玉	邹建中	左国爱		

6连 144人

安士生	安学斌	毕宝兰	陈丽萍	陈全喜	陈秀芬

戴嵩林　刁淑云　丁宝芳　丁宝昆　董传横　董桂新
董继成　董双贵　杜　杰　杜金彪　杜素英　范福全
付爱娥　高秀蕊　高雅芳　葛亚芬　葛亚珍　耿守炯
顾桂珍　顾学华　郭振香　韩冠男　韩全会　韩秀珍
洪　军　吉建中　纪宝龙　江晓波　康连仲　李成兰
李广春　李美华　李锁文　李庭华　李卫国　李学文
李春光　梁继林　蔺秀环　刘广胜　刘纪林　刘甲学
刘佩福　刘书明　刘淑芹（重名）　刘学成　刘玉华（重名）
陆信芳　吕慧菊　马忠义　毛建民　孟清华　年成敏
穆朝森　穆青萍　齐瑞华　宋文革　宋玉敏　宋玉琴
苏继祥　苏友文　苏子倩　孙金华　孙秀青　孙学芝
谈玉茹　陶艳玲　屠艳芹　王　慧　王　琦　王爱华（重名）
王安国　王伯新　王春兰　王慧英　王爱华（重名）
王昆宝　王立庆　王淑俊　王秀兰（重名）　王学辉
王永诚　王玉萍　王志民　韦九庄　魏彤舫　魏新凤
吴连超　夏宝娣　肖翠兰　秀　勇　徐福宽　徐建冬
徐丽莉　徐明珠　许德华　许志平　许志强　闫金保
杨丽芳　杨巧林　杨瑞芹　杨文喜　杨亚琴　杨玉华
杨忠贵　尹登芳　于德赢　于建文　于建新　于景升
于文甫　禹　君　袁淑芝　袁耀森　岳家棋　翟振兰
张东初　张福芬　张桂清　张界林　张金彪　张金祥
张丽君　张丽敏　张文艳　张文英　张晓建　张新华
张艳敏　赵慧菊　赵秀文（重名）　赵颖媛　钟秀娟
周继红　周淑珍　周英根　邹淑敏

7连 192人

包艳芳　蔡　伟　蔡世英　曹桂英　陈阿丽　陈葆荷
陈克芳　陈荣珍　陈树义　陈万华　程惠广　程惠敏
程增晋　崔丛彦　崔长山　代书玲　戴素珍　董淑敏

杜建芝	段金荣	段秀茹	冯宝林	冯淑琴	冯秀琴
高福敏	高秋林	高秀荣	高玉凤	高增林	顾广惠
关丽荣	郭振林	郭自强	韩建华	胡秋菊	黄德祥
霍瑞德	霍玉德	贾学荣	姜永义	蒋国民	蒋林山
缴新生	金恒河	金维水	金玉粉	康永革	李　杰
李　磊	李宝文	李保选	李凤兰	李凤琴	李凤山
李洪起	李金美	李津凤	李淑芬	李学智	李英东
李玉臣	李玉芬	李玉修	李泽菏	李志文	廉桂琴
梁国峰	廖志臣	邻万一	林怀义	刘　华	刘　理
刘　学	刘凤云	刘桂芹	刘国政	刘慧芝	刘金良
刘绍君	刘书青	刘淑梅	刘维忠	刘文奎	刘银玉
刘宗明	柳　杰	陆建英	路荣珍	骆长有	吕金成
吕金凤	吕淑华	吕玉琴	马桂兰	马秀芬	马秀娟
苗洪伟	苗华强	南云楼	聂春景	钱英华	邱纪华
邱丽存	任建忠	史艳玲	宋会锋	宋四平	苏明信
孙宝琴	孙建国	孙寿亮	孙淑芝	孙友忠	唐绍娣
天　敏	天　爽	田秀兰	王　飞	王　杰（重名）	
王　莲	王春香	王凤林	王桂芳	王慧琴	王金华
王丽华	王连柱	王美玲	王培卿	王世斌	王淑霞
王文利	王学工	王玉来	王玉明	王志刚	王志国
魏宗茹	温　泉	吴　波	吴　凤	吴桂森	吴国琴
吴丽荣	武志强	谢兰茹	谢慎岭	邢少华	徐景华
徐庆波	徐兆龙	许成豹	许领弟	严世海	严世泰
杨　丽	杨　忠	杨福坤	杨福琴	杨国革	杨树宏
姚素珍	依燕芝	尹振才	于　敏	于　爽	于文生
袁洪波	翟淑芬	战绩荣	张　胜	张宝森	张常青
张崇泽	张大凤	张国英	张家林	张家生	张建华（重名）
张金爽	张景洲	张书田	张月英	张志民	赵国芳

赵淑娟　郑灵敏　周德兴　周其国　周文涛　朱世国
朱亚兰

8连 93人

安伟博　安伟丹　白彦生　白耀武　蔡宝温　柴国岑
常万利　陈胜玉　陈学玲　谌丽英　程子兵　崔恩平
董世顺　杜君志　高常荣　高士芳　谷莉津　郭金喜
韩桂英　何德生　黄红英　黄利民　贾凤英　贾联众
贾培柱　孔繁林　李春秋　李金香（重名）　李淑兰
李铁民　李秀芬　李学增　李玉栓　刘　月　刘宝龙
刘德身　刘德胜　刘福荣　刘桂梅　刘荣利　刘文玉
吕家恒　马春林　马学峰　聂德亚　蒲建生　齐国新
瞿丽丽　余清发　石建华　苏东联　孙德亮　孙凤云
王　会　王崇喜　王凤兰　王凤玲　王凤云　王国栋（重名）
王秀芹　温秀华　武春和　晓　红　熊泽健　徐赤田
许久玲　闫宝华　闫俊英　闫相彬　杨　光　杨冬霞
杨淑芬　杨毓英　杨志慧　裔殿武　于淑珍　于永生
云秀琴　战仁福　张广兰　张力强　张丽荃　张寿庄
张书铭　张淑云　张铁民　张新民　赵济忠　赵淑芳
郑书伟　周　葵　周金红　朱秀琴

9连 168人

白爱芳　鲍凤珠　陈　英　陈朝阳　陈佩云　程伟志
崔　健　戴志贵　邓秋辰　董国男　董长龙　杜瑞霞
范树茂　房迎春　付国强　高景峰　高书玉　高锁柱
高笑莲　高原牧　龚丽萍　顾宝桐　顾迪淳　管文华
郭军红　郭志根　韩国芬　韩世玲　韩世萍　韩淑琴
郝春强　洪燕飞　侯贺明　侯淑芬（重名）　胡凤义

黄长银　稔秀兰　吉明庆　纪秀珍　纪咨明　季承英
姜　兰　焦炳强　金玉顺　靳　军　井庆典　康燕林
康跃志　乐秀珍　李　英（重名）　李宝义　李富珍
李关生　李家琪　李剑秋　李来强　李培仁　李同来
李文香　李占才　李忠海　梁淑英　凌长生　刘　红
刘桂荣　刘天君　刘玉宝　刘长胜　陆承荣　罗友萍
律兆文　马桂芬　矛根福　孟庆玉　孟兆玉　苗健华
牛　力　欧淑凤　齐广发　祁绍宇　钱　慧　钱俊桥
强建升　乔介芳　瞿良弟　任　政　商淑珍　沈雅芬
石秀英　史淑兰　史锡录　史永珍　宋惠双　宋月娥
孙　刚　孙纯秋　孙洁茹　孙金弟　孙秀玲（重名）
孙秀芹　孙秀荣　孙长友　孙治禹　田　敏　田洪生
王宏茹　王家柏　王建秋　王金顺　王景荣　王久明
王立志　王联生　王玲玉　王肃齐　王秀芳（重名）
王元生　魏文平　吴秋玲　吴　琼　肖淑媛　肖太生
徐剑秋　徐康妹　徐文辉　徐武军　徐延莲　薛秀琴
闫国华　闫长元　颜振明　杨　萍　杨炳发　杨嘉利
杨秋起　杨瑞琴　幺桂芬　姚志广　伊福堂　尹桂芹
印慧荣　于俊英　袁招娣　詹志坚　战兴有　张　浩
张爱春　张滨华　张金环　张金鸾　张立国　张启荣
张绥英　张晓玲　张艳君　张忠范　赵桂英　赵继舜
赵序信　赵玉淑　钟　乾　周宝库　周朝阳　周建梅
周云娣　庄志芬　邹海华　左学慧

10连 136人

白金栋（重名）　白淑珍　曹丽云　常秀芬　陈桂平
陈金柱　陈玉涛　陈宗纲　程　平　初桂鑫　褚春和
崔秀英　崔玉梅　窦彩霞　范　宏　房俊华　冯国友
冯胜利　付志芬　高　虹　高龙宝　郭　伟　侯大平

侯桂兰 胡美荣 胡新丽 霍玉梅 焦新池 金水鑫
李宝泉 李宝孝 李德全 李兰丁 李培源 李平原
李树华 李卫平 李文远 李新来 李振华 梁国琴
林兰珍 刘　义 刘德华 刘光泉 刘海舟 刘来运
刘士宽 刘淑云 刘素兰 刘素敏 刘艳琴 刘长义
刘占龙 陆金大 卢　英 罗秀兰 毛荣华 孟淑芳
朴京玉 齐长岭 祁承漉 乔炳红 邱建明 冉庆福
任家俊 施玉荣 宋洪魁 宋忠胜 苏淑敏 孙　辉
孙宝芬 孙建新 孙乃然 孙士广 孙芝兰 太素琴
田　生 田宝华 王　惠（重名） 王　琪 王滨芬
王滨梅 王朝菊 王根娣 王金勇 王敬兰 王俊玲
王丽娜（重名） 王铃发 王鲁光 王普路 王秋华
王少军 王卫红 王孝勇 王友良 王雨新 王振明
王忠孝 魏兴华 邢丽媛 徐立新 徐圣韬 徐小妹
闫丽丽 杨惠英 杨庆国 杨文生（重名） 幺树文
姚辉君 于冬鸣 袁国强 袁海霞 袁克贤 岳春香
张桂萍 张军烨 张启平 张瑞明 张亚娟 张荫春
张荫杰 张友琴 张玉凤 张玉茹 张玉祥 赵爱华
赵桂芳 赵家敏 赵树林 赵素云 周德义 周石琪
朱琪华 朱蕴芳

11连 192人

安丽萍 卞留珍 卜荣庆 蔡剑刚 柴德芳 车忠禄
陈宝华 陈继江 陈文晓 陈运涛 程宝坤 迟洪恩
崔顺启 代俊清 代志桂 丁宝祥 董太平 董玉珍
杜素玲 樊振德 范慕蓉 范长胜 付金武 付奎武
付奎侠 付振先 高景祥 高寿章 高鲜华 韩淑华
何桂茹 何忠泽 侯桂芳 侯卫国 化风荣 黄家骅
黄士昆 黄惜英 黄永华 霍云芳 贾如生 贾永生

江　华　姜德起　姜明英　蒋本英　焦凤兰　康文革
李　影　李　岳　李　兵　李贺玲　李惠洁　李金华
李俊杰　李秋平　李淑凤　李淑君　李新荣　李秀英
李永和　李雨农　李振强　李宗和　栗新来　廉　洁
林茂兴　林树成　刘　凯　刘　栓　刘春华　刘广全
刘桂珍　刘洪海　刘美丽　刘树芝　刘思建　刘忆新
刘月霞　卢　力　吕德林　吕秀英　吕光礼　牟海文
马爱仙　马成坤　马全乐　马跃兴　孟凡起　孟惠娟
孟庆武　潘存方　潘秋兰　钱丽萍　渠领军　任连成
宋玉强　宋宗山　苏长江　孙素莲　孙新恩　孙玉瑞
单尽其　唐秋萍　唐玉庙　滕国平　田　华　田春芳
铁惠琴　汪志斌　王　芬　王辰山　王芬兰　王福田
王海芹　王景文　王庆焱　王文焱　王修芳　王秀华
王永奎　王永生　王长清　王兆华　王志东　隗志红
魏绍丽　吴金全　夏彬来　夏秋萍　项玉花　项志强
肖清臣　肖淑杰　谢其祥　信桂华　邢旭林　邢旭新
徐　兵　徐秋平　徐秀玲　许得舒　许永奇　许玉俭
玄淑云　薛金华　严如岗　杨明华　杨秀芬　杨秀玲
杨玉臣　杨正信　姚建强　姚丽君　于庆祥　于新华
于召唤　翟惠珍　张春喜　张大千　张凤芝　张国华
张海凤　张恒新　张建民　张满山　张水国　张兴华
张永祥　张永泽　张远征　张志诚　张志刚（重名）
张忠生　章建华　赵桂云　赵洪义　赵淑兰　赵永旭
赵志敏　郑宗和　仲文清　仲玉玲　周　维　周解荣
周美河　周长启　朱国营　朱泉杰　朱仲山　宗朝宽
邹振萍

12连 74人

曾佩荣　陈连根　陈阳军　程继照　丛万利　董　杰

杜玉龙　费榴英　高　晖　高　昆　高秀玲　郭翠英
郭凤云　韩金祥　郝佩君　贺玉明　蒋伯龙　蒋玉香
焦庆玉　静金玲　康淑贤　康秀栾　李德勇　李富芝
李桂珍（重名）　李经奎　李秋敏　李维峰　李亚芬
李玉琪　李志芳　刘德海　刘恩建　刘玉华（重名）
刘志胜　马玉贵　马长江　马兆霞　苗永长　潘连生
彭峰鸣　渠慧英　任维杰　盛建新　苏连奎　孙秀珍
王　红　王宝维　王康山　王茂英　王全来　王占群
王志忠　吴秀华　修新原　徐桂兰　徐剑方　许瑞新
殷永兴　尹来顺　张　勤　张广华　张广杰　张克强
张文魁　张益生　张玉华（重名）　张玉玲　赵宝源
赵德恩　赵洪星　赵启俊　赵玉英　朱晓亮

13连 158人

蔡香柳　曹　亮　常振华　陈存贵　陈光荣　陈树繁
陈通津　陈永红　陈照增　程　龙　程爱玲　程玉琳
褚德明　戴振霞　丁鸣环　董玉华　范国锋　冯景华
冯寿昌　冯双锁　冯智硕　傅桂英　甘大方　宫敬德
顾胜利　关庆珍　关元海　桂玉兰　韩淑云　郝志成
何远和　何志荣　贺秋华　胡春林　胡乃芳　黄翡娜
黄金章　黄秀茹　贾淑焕　雷洪山　李　军　李　英（重名）
李　松　李阿根　李大欣　李会莫　李家勇　李景辉
李连美　李世林　李淑文　李文玉　李一波　李月慈
李长生　栗宗义　梁　强　林爱珍　刘洪章　刘利斌
刘其敏　刘庆香　刘文华　刘文吉　刘学惠　刘战林
陆桂屏　陆新华　马会来　马同辉　孟祥瑞　苗瑞庆
莫占伏　倪　军　牛秀云　潘春光　潘高航　齐学滨
邱继清　曲国章　曲文华　荣宝琴　沈澄清　史恩元
宋兰玲　宋小欣　宋玉芬　苏永星　孙茂和　孙青珍

孙秀芬　孙耀强　孙玉洁　孙玉琴　唐丽萍　滕　敏
滕虎全　佟德瑛　佟慧捷　佟依生　万世方　王宝钧
王桂芝　王怀荣　王继红　王建江　王静文　王兰亭
王连荣　王双利　王文勤　王秀英（重名）　王玉敏
魏东夫　魏平霄　吴元海　谢宝全　修丽君　徐　军
徐秀云　徐玉春　徐玉香　严　敏　阎家保　杨　宇
杨丽君　姚　燕　姚桂珍　姚学增　尹富权　尤宪民
于文荣　袁建民　翟　伟　展大奎　张　慧　张　力
张　莲　张凤梅　张桂英　张来德　张立军　张丽娟
张淑红　张欣忠　张雨民　张长立　张志红　张志敏（重名）
赵　军　赵春华　赵福权　赵启明　赵士臣　赵玉梅
郑　耘　祖淑琴　祖树新

14连 26人

陈利河　陈淑华　崔素芬　丁利华　丁秀其　高增林
宫津生　龚淑琴　谷秀茹　郭润贞　黄世华　康宝文
李凤岐　林淮海　娄振刚　马恒成　王超英　王鹏云
王淑敏　魏承荣　魏承祥　杨　华　张　杰　张万秋
赵美琴　郑　捷

15连 94人

曹德库　陈玉莲　崔善俊　戴元富　丁　权　顿国胜
方文义　弗榴英　耿福元　郭士平　韩宝玲　韩志珍
侯淑云　侯砚玲　胡凤才　胡凤云　黄　艳　贾瑾华
蒋　颖　蒋竹君　解基茹　金玉玲　津勤忠　孔繁艳
李　鹏　李春平　李凤伟　李军言　李平江　李世超
李祥文　李秀美　李永波　李忠庆　刘爱琴　刘凤云
刘富荣　刘家来　刘久生　刘兰芳　娄坤尧　卢秀霞
卢秀云　吕中堃　马国庆　马唯真　孟　华　牛玉凤

潘勤忠　彭品官　彭颖新　邱士英　桑德元　沈汉刚
时金枝　孙臣福　孙凤敏　孙洪泰　孙银昌　唐富根
唐晓梅　王根华　王桂兰　王洪伟　王慧丽　王金花
王景莲　王梅琴　王世英　王亚平　王云向　夏瑾华
谢志年　徐桂珍　薛云清　颜景荣　杨凤国　杨沪敏
杨相文　杨玉生　于桂兰　于显和　张宝忠　张春玲
张国林　张沪生（重名）　张沪生（重名）　张金生
赵化燃　赵化岩　朱小平　朱秀云　朱玉凤　左元海

16连（苗圃）9人

贾永三　江秋环　刘家琴　罗新茹　王福琴　王忠会
谢　冰　张玉华（重名）　赵秀萍

17连 93人

白金林　包玉华　曹小平　陈　兰　陈宝宝　陈兴亚
陈勇胜　崔善信　崔岩松　单翠兰　丁秀奇　杜星华
付振贤　傅国廷　郭相友　韩立英　韩伟光　何　燕
李宝弟　李凤岐　李守俊　李玉春　李玉妹　李玉萍（重名）
李玉萍（重名）　李忠秋　历德君　刘春俞　刘金娥
刘金刚　刘秀云　刘迎春　刘振亚　吕爱毛（吕泽媛）
吕泽生　马　强　马玉珍　孟庆珍　穆瑞芹　牛玉萍
彭迎新　乔慧文　仇国明　史连群　孙凤荣　孙金荣
孙兰琴　孙满城　孙突芹　孙跃强　唐巧妹　陶建华
王彩凤　王桂英　王国立　王慧珍　王坤华　王瑞云
王文平　王振平　王志杰　王志学　王忠学　吴建初
吴艳霞　夏　友　徐　克　徐春香　徐盛达　许凤梅
许建平　许振平　薛瑞海　闫德顺　闫世海　闫世泰
杨惠芬　叶开福　张承祥　张国清　张洪根　张克春
张玉敏（重名）　张正华　张志岩　张忠向　张忠扬

赵国华　赵荣贵　郑伟利　周培先　周玉萍　邹志久

18连 53人

陈崇序　丁立华　付文明　关仙传　韩国燕　贺　志
景建民　李凤红　李光岐　李俊华　李连生　刘景全
刘乃江　刘培华　刘铁成　刘晓东　刘艳芳　罗宝俊
罗淑华　毛介民　潘子德　庞厚良　宋桂兰　宋小强
苏　利　苏立华　孙秀玲（重名）　王淑芬　王显中
王玉玺　乌彩珍　夏　敏　夏月芹　肖光友　杨　青
杨黎曙　杨其云　姚寇铁　阴津元　于秀云　于志雄
余竹夷　翟兰娟　张辰利　张锦英　张俊生　张连勇
张清芬　张云曼　张兆庆　赵洪生　朱友明　宗　黎

19连 67人

包荣华　曹秀英　曾凡清　陈辅德　陈荣娣　陈秀梅
董　然　杜士荣　冯秀芹（重名）　高从贵　高玉红
葛雅芬　宫子琪　龚中立　顾爱龙　关锐敏　李宝海
李宝强　李德义　李国伟　李海江　李洪明　李文英
李泽菊　李兆林　梁再东　刘宝文　刘建增　刘学诚
罗光选　吕金兰　吕金玲　马　援　马贵满　闵彩珍
牟伟芬　钱智仁　曲敬霞　沈受英　史大田　宋彩珍
孙丽萍　唐学庆　唐学荣　陶建征　王金宝　王景顺
王欣欣　王长海　王振民　吴其文　武成玉　徐雅萍
徐长友　杨赛凤　于钧利　张春娟　张世和　张新源
赵柏松　赵广富　郑桂芬　郑新根　周　芳　周文忠
周秀红　周云芳

20连 52人

毕研祥　蔡士英　曹荣华　柴希安　成增晋　程晓华

程晓燕	程秀云	崔永臣	崔玉德	笪秀云	关庆芳
郭佩琴	蒋国学	蒋喜和	解兰茹	李桂芝	李丽云
李振国	刘桂英	刘丽梅	刘丽霞	刘庆玲	刘世江
刘志强	陆荣珍	吕文岗	孟伟斌	钱家鹏	曲少华
曲少琴	绳雅芬	孙国发	孙守亮	孙永泉	王广西
王丽英	王彦彬	谢镇领	徐梅祥	颜国祥	杨国萍
杨建茹	张　谦	张　志	张淑华	张淑琴（重名）	
张淑湘	赵东升	赵景贵	赵学英	周俊桥	

21连 69人

蔡秀美	陈炳泽	陈华芳	邓乃顺	杜富贵	范永温
冯立庆	付慧兰	谷新菊	关景林	郭阿生	郭永清
胡爱玉	黄琴娣	吉宏珉	李春玲	李富泉	李洪光
李维佳	李显才	刘玉华（重名）		马水仙	毛丽萍
孟淑珍	墨占伏	穆纪军	邱洪祥	任金禄	沈榴华
石　颖	孙贵平	孙惠芳	孙铁林	所广华	谭国珍
王芬玲	王国顺	王洪起	王秋平	王维俊	王显花
吴承忠	吴荣兴	吴柱高	谢正然	徐　瑞	徐梅娣
徐迺宝	许凤杰	许锡昌	闫富士	杨广仁	杨建光
杨龙泉	叶建华	于　臣	展会琴	张　红	张兰芳
张晓培	张晓桐	张雪华	张玉珍	章慧琪	赵素英
周建华	朱建华	朱明华	宗年英		

22连 135人

蔡林忠	蔡雨生	陈桂英	陈继联	陈荣华	陈少义
陈双林	陈文英	陈秀英	陈玉明	成祝杰	程国华
程国荣	崔凤利	代淑芬	戴立民	戴玉坤	丁凤林
董秉山	段春秀	樊凤兰	范国华	房国发	费培琢
冯井华	高桂秋	高希希	巩万爽	顾井芝	关　莉

韩洪民　侯贵玲　胡金德　贾凤云　贾秀多　蒋厚群
蒋秀英　李　勤　李成勤　李建勋　李金兰　李静芳
李美宇　李淑云　刘连君　刘庆国　刘淑贤　刘淑芝
刘元龙　卢士官　罗惠屏　吕宝俭　马大雄　马桂祥
满玉芹　门洪祥　米淑芳　明　莹　倪惠娣　倪永华
彭继成　乔秀芝　邱元丽　邵关驹　邵诵娟　沈爱娣
沈根娣　石玉忠　宋玉枝　孙　艳　孙春光　孙桂芝
孙龙英　孙长亮　田长利　佟依权　王宝生　王德龙
王国栋（重名）　王洪吉　王惠芳　王建华　王泉富
王淑芹　王树玲　王杏英　王秀兰（重名）　王秀英（重名）
王宗麟　闻　荣　翁建新　武敏华　夏立民　夏忠文
肖丽秋　谢　颖　修依权　宿殿利　徐婉燕　徐雅伟
徐志仁　闫征生　杨鼎才　杨洪亮　杨怀淦　杨建军
杨连生　杨萍芳　姚惠娟　乙安华　尹　政　于定良
鱼兆奂　俞一龙　俞增锦　臧广茂　张　林　张宝祯
张富荣　张淑敏　张锡龙　张秀芹　张银宝　张玉芳
赵怀丽　赵巧凤　郑洪臣　郑守华　郑秀山　钟　乾
周淑华　朱胜利　朱淑芬　朱宪照　朱永康

23连 129人

毕淑芳　曹　霞　常　征　陈建红　陈佩华　陈秀华
崔志刚　丁古里　董　伍　董文君　杜　辰　范淑珍
方晓明　冯美华　冯淑宴　付巧荣　付玉芝　高铁环
高玉秀　关长江　韩凤玲　韩贵林　韩连岐　胡玉梅
黄广荣　黄国真　贾福旺　蒋　颍　雷洪福　李　武
李东海　李贵旺　李建国　李健民　李仁朝　李如华
李淑英　李维安　李向东　李秀然　李燕敏　梁国华
梁招娣　林彩艳　刘　军　刘　毅　刘滨生　刘彩霞
刘金龙　刘秀芸　娄菊花　娄菊妹　鲁和平　陆丽珍

马世荣　孟庆海　孟宪峰　孟宪英　苗志滨　那振海
倪宝英　潘玉香　齐秀华　仇亚彪　曲卫泽　仁芳霞
如六一　施连才　孙忱慊　孙金柱　孙尚业　孙世广
孙长青　田爱青　田克定　佟胜英　王　敏　王东凤
王福娣　王静芝　王利生　王淑凤　王素兰　王西茹
王喜连　王香莲　王晓明　王亚滨　王玉芬　王玉仙
卫永明　魏彤廉　吴凤华　吴振斌　夏根娣　谢国华
谢国荣　辛胜国　徐福恩　徐长江　许来喜　许祖德
薛新民　薛延宁　闫　静　杨　俊　杨洪良　杨慧英
杨文政　姚运华　殷　枫　袁建议　袁永建　张　晶
张扣芳　张林杰　张巧阁　张淑兰　张秀琴（重名）
张旭桃　张忠田　章静芬　赵凤琴　赵迺怡　赵文麟
赵振东　赵志荣　郑春荣　周宪平

24连 108人

安春玲　安清芝　鲍德君　曹红军　曹梅芳　陈海利
陈永华　陈玉英　迟宏恩　崔吉祥　崔美英　戴磊山
丁彩娣　丁长发　范婴生　冯雪芬　谷集先　顾双宝
郭京民　韩丽芳　韩淑英　韩素音　韩秀洁　洪汝沁
侯茂林　胡林松　胡令美　黄建民　黄振民　贾铁良
姜　豪　蒋明杰　金　建　李胜玉　李长春　刘彩云
刘玉兰　罗学根　吕俊才　吕联芬　马建强　毛根娣
毛国才　牟桂云　倪时也　牛秀文　齐保福　乔志文
秦玉兰　商永桂　商永柱　邵海珠　邵建国　沈　黎
沈慧洁　施小青　宋芙蓉　谭兴妹　王　滨　王　萍
王炳友　王德明　王建国　王建平　吴国敏　吴海林
吴梅英（重名）　吴梅英（重名）　吴小平　吴志良
武仲魁　夏文玲　邢贵起　邢金龙　徐　伟　徐富强
徐国柱　徐继芝　徐进宏　薛三章　杨宏文　杨梅华

杨庆宝	杨永臣	姚金兰	殷宝生	尹　成	袁　锋
袁庆海	张　燕	张　敏	张　跃	张德忠	张俊华
张瑞芳	张淑香	张曙英	张伟莉	张月成	赵成辉
赵福生	赵丽君	赵长春	郑丽君	周　军	周尔昆
周淑影	朱桂芳				

25连 121人

薄英利	车玉华	陈菊梅	陈文燕	陈占兰	崔　武
崔崇权	崔书丽	单金奇	董传恒	董庆平	冯宝玉
冯士琪	付会兰	高景增	顾家骧	关井林	关丽霞
郭洪滨	郭吉祥	郭俊荣	郭荣和	郝金荣	贺　放
胡建华	胡淑芬	胡思官	胡天华	胡显彬	桓文柱
霍凤桐	季　强	季广义	井宝琴	景红光	兰权德
李　果	李　宏	李　钧	李　玉	李桂珍（重名）	
李国楼	李建民	李克礼	李绪斌	刘恩健	刘会彬
刘文彬	刘庆云	刘秀荣	刘玉杰	刘桂芝（重名）	
娄秀玲	卢宝琴	陆　平	陆雪玲	罗秀芝	马　英
孟淑华	苗艳芳	莫秀珍	钱凤俊	钱洪凤	秦　至
瞿凤英	曲领占	任凌华	申爱光	盛东亮	宋振铎
苏立学	孙华天	孙晓美	孙玉琳	唐六妹	唐正履
田国生	王　杰（重名）		王　颖	王德华	王敦柱
王金生	王立艳	王明山	王胜利	王士锴	王淑君
王锁柱	王玉刚	王玉荣	韦爱玲	吴秀琴	肖国华
肖素芬	谢桂珍	邢笑红	许丽芝	许义成	闫秀英
闫永利	杨世钧	杨志强	叶湘文	于桂华	于淑环
郁慕仁	元喆荣	张　丽	张美英	张树彬	张素芬
张修功	张玉芬	张志英	赵宏伟	赵金海	赵文华
赵永波	钟广福	钟文斌	周宗和		

建筑连（工程1连） 160人

安金明	白金栋	白淑芬	柏世忠	蔡伯勤	蔡淑萍
曹继圣	陈怀贵	陈继茹	陈文玲	楚德明	崔吉祥
戴青泉	戴青山	单宝荣	丁海嘉	丁亚娟	董丽英
杜守先	杜占宏	费淑芹	高敬凤	高宜贯	高玉杰
高增岳	高志臣	耿连起	宫连吉	宫卫东	关秀英
关彦峰	郭潞延	郭庆义	郝佩军	郝秀河	何广琴
贺艳春	黄建国	黄淑凤	黄星月	荐福仁	姜淑珍
降兰铮	金志光	兰维国	李柏红	李凤霞	李桂芬
李宏欣	李鸿光	李健芝	李美荣	李三福	李云友
李振森	梁来津	刘　娟	刘　玉	刘国明	刘连文
刘龙发	刘世清	刘香玲	刘新洞	罗文友	罗英武
吕金城	吕子明	孟淑梅	孟宪锁	聂亚琴	潘　伟
潘国庆	潘星敏	庞绍荣	秦都敏	尚玉杰	沈桂英
石秀芳	时晓敏	隋德海	隋丽花	孙　峰	孙洪泽
孙聚福	孙丽华	孙丽琳	孙连杰	孙淑艳	孙彦朋
孙艳芳	唐春青	唐家兴	唐小平	唐学志	陶淑敏
田洪清	王洪林	王家玲	王建行	王金兰	王敬凤
王俊元	王庆海	王淑玲	王淑珍（重名）		王喜芬
王秀艳	王长捷	王志明	吴广军	吴继光	吴建英
奚丽君	夏文斌	夏英杰	肖业明	肖志林	谢　冰
谢　华	徐丽莉	徐学颜	许玉梅	薛尚卿	杨　毅
杨淑清	杨文贵	杨玉芬（重名）		尹东柞	于怀玉
于金锁	张　滨	张　勇	张滨德	张凤臣	张庚琴
张惠玲	张兰旌	张丽华	张民秀	张民英	张秀凤
张艳玲	张玉庆	张长喜	张志刚	赵金坤	赵起超
赵伟玉	赵亚彬	赵艳云	赵忠福	郑宝生	郑崇和
周　林	周振华	周志敏	朱德文	朱凤珍	朱丽霞

砖瓦连（工程2连） 242人

安英爱　白　杰　鲍亚杰　边维其　卜范芝　蔡　明
蔡建平　曹淑华　曹雅琴　陈鹤云　陈惠萍　陈金萍
陈宜年　程桂英　程惠珠　程庆祥　程彦华　迟淑琴
迟淑贤　崔德斌　崔建新　崔维克　代继庆　单春杰
邸晓莹　董文华　杜洪林　杜建筑　杜迎建　段希贤
鄂　义　房玉林　房中林　冯丽珠　付本立　付宏博
甘大孟　高静娴　高庆华　高文泉　顾凤鞠　郭祥晨
郭月明　韩　毅　韩艳华　郝洪建　郝孟君　何宝光
何淑华　贺梦玉　黄桂荣　黄国香　黄维义　及秀琴
季春香　贾芮新　贾彦辰　姜宝新　姜玉滨　蒋　寅
降兰庄　金　萍　井印田　鞠　凯　鞠家柏　康全友
朗　瑜　李　玲　李宝良　李春耕　李翠萍　李冬芹
李芙英　李金香（重名）　李立红　李苗生　李秋艳
李守珍　李淑华（重名）　李树昆　李随心　李秀范
李学海　李学洪　李学勤　李彦平　李玉臣　李长青
李志刚　李忠孚　厉德君　连又新　梁秋敏　梁永华
刘　福　刘　建　刘春霞　刘建一　刘君明　刘淑芬
刘学荣　刘艳莉　刘耀华　刘永铭　刘志勇　刘忠吉
刘忠文　卢树江　鲁福海　鲁淑杰　吕本良　吕才胜
吕春燕　吕国君　马全芬　马忠仁　孟繁辉　孟志华
穆　杰　穆亚鹏　那延钧　倪金丽　牛增禄　潘卫平
潘小妹　庞春英　庞凤英　齐秀琴　乔亚军　邱纪清
邱元江　曲铭祺　任艳芳　尚志燕　邵淑会　沈岱玲
绳文清　施殷雷　孙梦珠　孙秀梅　孙长琴　所庆生
谭冬卓　汤建国　田更栓　田绍义　田永耀　佟桂云
王　康　王　福　王爱梅　王二敏　王静国　王黎明
王立兴　王丽娜（重名）　王连旭　王文霞　王秀梅

王彦群	王占庭	王振庭	王子荣	魏新华	吴德奎
吴金霞	吴志才	武春合	武会琴	席国宝	夏宝平
夏美娟	邢晓英	徐秋莲	徐仲莉	宣荷花	薛建柱
薛秀华	闫晓萍	严宝华	严永利	杨　军	杨　慧
杨秀影	杨义光	姚文春	姚志明	姚志伟	叶　宝
叶桂云	叶会云	叶惠英	殷秀芬	尹树军	于德润
庚广荣	袁邦华	张　霞	张　泽	张成祥	张道琪
张凤云	张贵山	张建辉	张建林	张立荣	张连生
张胜利	张书阳	张文玲	张文贤	张晓虎	张晓杰
张亚丽	张占英	张志敏	赵德福	赵德宽	赵桂荣
赵金生	赵庆海	赵先国	赵永凤	赵玉平	赵玉泉
郑凤英	郑伟民	郑文君	郑秀英	郑学静	郑玉秀
郑玉珍	周玉茹	朱庆新	朱珊珊	朱晓声	朱亚芹
朱英成	朱永成	祝金福	庄秀英	左　玲	

木材连（工程3连） 50人

曹桂祥	曹玉香	杜龙贵	费连军	冯志玲	付子明
高俊萍	顾迪信	管祖兰	郭启敏	胡小林	姜淑萍
姜玉敏	李津生	李玉文	梁纪辛	刘桂兰	刘建辉
刘景利	刘世兴	娄玉敏	陆敬东	吕春盛	庞学锦
齐利杰	任伯权	宋桂华	宋卫国	孙家和	孙建仁
孙敬严	孙秀芝	王德利	王凤珍	王俊达	王新忠
王亚仙	王玉珍	王志英	杨桂芝	杨绍忠	杨艳茹
杨玉欣	银有民	张建华（重名）		张志强	赵生元
周宪忠	周忠玉	朱水宝			

加工连 86人

曹玉敏	曾玉清	常桂琴	陈宝堃	陈珊萍	陈同庆
陈彦滨	陈彦波	丁玉敏	范　萍	范启华	范启萍

范秋双　冯颖丽　高清才　高先华　郭玉明　韩树喜
侯淑芬（重名）　黄亚文　贾志杰　蒋跃光　金　森
鞠　平　李风年　李凤福　李佩英　李学琴　刘　芸
刘和平　刘金香　刘丽珍　刘铁跃　苗志刚　宁书芳
任铁固　绳亚芝　宋巨福　隋俊英　孙丽艳　单敬东
王福喜　王明宝　王明先　王文俊　王秀英（重名）
王英玲　王云芳　王正官　韦兆云　魏传荣　吴立春
肖天强　谢　芳　邢喜秀　修新元　徐开华　徐玉俭
徐忠兆　杨春芝　杨大槐　杨守信　杨秀青　杨秀者
杨玉芬（重名）　幺俊彦　尤端一　于　虹　于存福
于存贵　俞和平　张春玉　张巨川　张喜芬　张晓东
张晓江　张志风　赵滨生　赵忠平　郑丽春　郑丽香
周仁江　周石其　邹凤琴　祖　杰　蕞柏青

修理连 38人

陈刚青　陈厚德　陈玉兰　杜凤菊　郭宝恒　郭淑珍
贺亚君　李洪生　李克杰　李顺和　李振和　连凤芹
米振豪　庞树生　乔惠文　石文慧　史庆海　孙　刚
泰林根　王　芳　王辑华　王金锁　王俊云　王来友
王淑琴　王秀云　王英玲　王贵生　魏志宏　武绍广
徐宝光　闫淑枝　杨守焕　张东菊　张玉敏　张跃英
赵桂玲　赵景学

水利队 28人

白春生　崔素支　邓玉华　丁春华　费良国　冯国臣
逄玉洁　郭守泉　焦双勤　劳梅丽　李淑华（重名）
林建慧　柳东江　孟桂芝　潘立宏　祁承录　荣建平
宋英蓉　孙胜义　孙志君　王建明　肖秀英　徐保林
闫贵喜　张保路　赵树山　郑淑琴　周平平

采石连 41人

蔡淑清	陈晓荣	戴金娣	付静萍	韩巧爱	纪桂香
江淑京	李铁英	梁羊妹	刘春起	刘家林	刘志国
潘宝玲	乔春华	屈琐庭	史济国	孙淑洁	唐兴军
滕仲英	田文青	王连山	王庆秀	王汝霞	王兆会
王忠礼	吴立君	吴铁龙	修立臣	杨福嘉	杨淑杰
余和勇	张春兰	张桂云	张培恩	张树梅	张银才
张泽群	赵广印	赵丽华	赵先华	朱喜荣	

科研连 27人

陈亚琴	崔盛枝	杜炳林	付春玲	高玲霞	郭淑梅
韩行山	韩树茂	侯桂玲	江本亭	李　捷	李桂荣
李金英	刘继金	罗幸茹	马成春	荣振宇	史　莹
王起身	王树本	王永芝	邢宝亮	杨　林	袁秀兰
张雷虹	周成文	周义平			

学校 79人

白凤兰	白婉懿	包彩娟	卞国良	曹晓霞	陈　华
陈冬生	陈行颐	陈养芬	邓和平	董立敏	董守仁
敦益民	顾广宙	郭　威	郭淑云	郭秀英	郭银娥
韩　征	韩淑敏	韩　正	郝志忠	贾爱莲	李　华
李东旭	李惠安	李晓兰	李秀玲	李玉玲	刘金平
刘佩君	刘泉平	刘铁栋	罗　辉	马志顺	穆瑞福
戚沈萍	孙桂萍	孙清华	孙亚杰	所福生	田　力
田凤云	万和临	王　瑾	王维仲	王秀玲	王云婷
温晋成	吴家生	吴裕光	武艳梅	肖　真	谢晓蕴
徐圣涛	徐世江	许文进	许薪茹	许宿英	杨秀英
幺树远	姚辉军	俞　建	俞　林	张凤卿	张国亮
张民阜	张瑞全	张世英	张志香	赵九玲	赵克琦

赵亚云　赵志远　甄恩良　甄迎利　郑文杰　钟　一
周京生

卫生队 48人

艾振清　陈来娣　陈亚雄　单新生　丁崇育　董光爱
龚礼明　谷凤英　黄公忠　江　毅　蒋　敏　金玉成
李淑芝　李亚茹　厉东友　刘凤英　刘桂芝（重名）
刘金华　刘世欣　刘树胜　楼淑琴　彭新民　彭延素
邵寅康　宋玉玲　滕秀英　田守礼　田守珍　王朝英
王凤英　王福生　王强民　王笑微　王月英　吴信明
徐润香　徐伟国　杨淑范　于景生　于卓娟　张大平
张善水　张衍霞　张毓敏　赵凤珠　郑斯文　周　玲
周国霞

汽车队 41人

安平原　边长福　陈津财　丛凤霞　崔慕良　崔万锡
杜国岩　杜燕岭　方勇毅　顾佩清　郭润安　姜春生
蒋丽芳　李　刚　李洪强　李庆军　刘德荣　刘国友
刘继成　律洪鹏　沈中伟　孙立英　王甫康　王金田
王立国　王南生　王兆明　闫　利　叶志东　于金香
于文普　张　昶　张　颖　张　安　张凤清　张桂玲
张国良　张幼华　赵金昆　赵树文　赵秀荣

架线连 7人

李　栩　刘鸿鑫　王　强　王长青　阎士泰　赵玉祥
赵振岗

变电所 11人

怀月华　刘国军　刘双庆　彭继承　汪玉芬　王昌清
王春莲　王金镇　王京柱　王冒清　赵玉骅

仓库 9人

葛燕生　关　平　郭善锋　李慧敏　钱淑兰　王秀亭
夏邦本　徐月英　杨晓朝

服务站 3人

田桂芬　王裕声　张方森

养路段 1人

高春荣

银行 2人

黎　明　佟德英

铁路办 1人

张玲珍

商店（服务连） 24人

陈志勇　崔福忠　顾松麟　关明辉　何维康　金　勇
李　红　李凤英　刘和义　吕先文　漆玉先　任维艳
王芳云　魏立代　肖淑芬　谢艳敏　邢德芬　薛　晶
闫晓平　张变玲　赵　建　赵艳华　钟　妮　周汶川

招待所 2人

杜毓芬　赵岫玲

团部机关 148人

白长江　曹喜琴　柴寿颖　陈　正　陈富荣　陈建华
成连玉　崔来友　崔慕元　崔淑华　丁海华　丁维荣
董庆福　窦振清　杜龙芝　段德桐　范启东　范淑琴
付双根　高纯茹　高淑兰　高向荣　顾一兵　郭军峰

郭淑兰	郭铁生	郭月芹	何　佳	黄雪萍	纪长锁
金万禄	金维和	鞠秀芬	兰大正	李　波	李　璞
李　伟	李宝凤	李宝琴	李晨露	李维占	李新华
李延华	李玉茹	李长江	林东升	林元明	刘　芳
刘　敬	刘　路	刘宝华	刘凤兰	刘菊生	刘立刚
罗殿臣	律洪飞	马长锁	孟庆伍	牟志国	牛家林
牛玉香	齐国新	钱玉霞	强建荣	秦洪德	曲锁庭
戎玲妹	沈百华	沈智庄	史和平	宋　龙	苏秉谦
孙尔琦	孙国平	孙秀清	孙云华	孙振利	单英敏
唐月贵	万京新	汪轶孙	王　惠（重名）		王　力
王　强	王春玲	王德臣	王福珍	王贵福	王桂臣
王洪源	王敏华	王朋云	王淑惠	王西连	王长久
吴　萍	吴光和	吴金霞	吴丽丽	吴裕章	吴振华
肖　金	谢常华	邢柏青	邢敏珍	许新民	薛惠兰
闫桂仁	杨会英	杨秋鸣	杨仁蓉	杨善华	杨守莲
杨文生（重名）		杨玉敏	于　光	于存举	于礼华
虞梦娟	战玉霞	张　军	张宝龙	张凤英	张福元
张国平	张红兵	张惠敏（重名）		张金玉	张景山
张梅康	张平稳	张淑英	张松珍	张松芝	张新国
张玉春	张渊生	张志忠	赵俊祥	赵潞喜	赵万岭
赵秀敏	赵忠驰	周渔川	朱莲萍	朱玉凤	左淑芳
左秀英					

编后语

《创业情怀》共计收录了101位作者的138篇文章，这些作者都是1968年之后的10年中参与“创业农场”垦荒建设的各地知青。他们以创业铭心的情怀，描绘了3000多名知青战友共同经历的点滴往事，从不同侧面反映了那段特殊历史中这群年轻人的人生磨砺。本书作者署名“路拾遗”就是61团知青的共同名字，是我们人生路上拾起的那段难忘的青春遗迹。

本书文章的初稿基本取自《创业人家》博客。为了保障成书质量，61团志愿者委员会组织了一个专门的“编委会”，对本书的主旨定位、文章选编、结构安排等进行了部署，在大家的分工合作下奠定了良好的基础。

在此期间，张渊生负责文章下载、集合分类，具体事务繁复而纷杂，加上两次电脑文件丢失，承担了巨大的工作压力；全书近40万字的文稿最后都是由孙国平一人逐篇、逐字核对，工作量之浩繁可想而知；“一曲舟歌文化创意工作室”邬洁负责图文排版、装帧设计，仅照片修复一项其难度就不可言述。工作室的年轻人感动于书中内容，主动加班工作，表示“我们也是志愿者”！为了丰富本书的内容，吴裕章倾尽所有的61团老照片，并以内容分类无偿提供；白长江当年的速写作品，王德臣的“我们的宣传股”篆刻等都为本书锦上添花！

我们应该感谢为本书倾注心血的所有人！

今天，在大家的努力和期盼中终于集册成书了。

“创业情怀”又一次注释了我们共同的心声！

2018年元月

编委会成员（以姓氏笔画为序）：

于　光　马志顺　王洪源　白长江　刘宝华　孙国平
李　伟　李雨农　杨仁蓉　杨善华　吴裕章　张民阜
张渊生　陈　正　陈宜年　周汶川　赵春华　顾一兵
顾广宙　殷　枫　谢晓蕴　廉　洁

创业农场隶属于黑龙江农垦总局建三江管理局，位于富锦市、同江市及挠河县交界处。南临七星河、东南接挠力河、北依别拉洪河；三水环拥，西通平川，天泽沃野。是在亘古荒原上开垦的一隅粮仓宝地。

1968年12月26日，由三个农场抽调441人，首批挺进这个传说名为“火烧孟”的茫野之地。雪墙围帐，薪火融冰，第一缕炊烟告示了一个新农场的诞生。1969年，根据毛泽东主席“6·18批示”，国营农场改制为生产建设兵团。1970年2月，18名现役军人带领3051名城市知青，在这里组建了沈阳军区黑龙江生产建设兵团6师61团。

1976年2月，“61团”改回“黑龙江农垦总局建三江管理局创业农场”。至今，创业农场仍旧开创着宏大的农垦事业。

“创业”不仅是地名，不仅是词组，更是每个“创业人”的人生铭忆……

同一视角
创业农场三十年

创业农场新貌

摘自网络，
向原作者致谢！

图书在版编目（CIP）数据

创业情怀/路拾遗著. — 北京：经济日报出版社，2018.5
ISBN 978-7-5196-0346-5

I. ①创… II. ①路… III. ①随笔—作品集—中国—当代 IV. ①I267.1

中国版本图书馆CIP数据核字（2018）第082300号

创业情怀（下册） 路拾遗 著

总 编 辑 周汶川
著作权人 孙国平
封面设计 周汶川
编　　辑 林 珏
校　　对 李艳春

出版发行 经济日报出版社
地址：北京市西城区白纸坊东街2号A座综合楼710
邮箱：edpbook@126.com
网址：http://www.edpbook.com.cn
电话：010-63567691（编辑部）
010-63567692（发行部）
印　　刷 北京文昌阁彩色印刷有限责任公司
开　　本 787毫米×1092毫米 1/16
字　　数 568千字
印　　张 43.5印张
版　　次 2018年6月第1版第1次印刷
书　　号 ISBN 978-7-5196-0346-5
定　　价 68.00元（RMB）（上、下两册）